Jules Verne

Nord gegen Süd

Erster Band

Jules Verne

Nord gegen Süd

Erster Band

Unveränderter Nachdruck der Originalausgabe.

1. Auflage 2022 | ISBN: 978-3-36827-603-4

Verlag: Outlook Verlag GmbH, Zeilweg 44, 60439 Frankfurt, Deutschland
Vertretungsberechtigt: E. Roepke, Zeilweg 44, 60439 Frankfurt, Deutschland
Druck: Books on Demand GmbH, In de Tarpen 42, 22848 Norderstedt, Deutschland

Nord gegen Süd.

Erster Band.

»Da kommt Texar! . . Da kommt Texar!« (S. 6.)

Collection Verne. Band 52.

Nord gegen Süd.

Von

Julius Verne.

Autorisirte Ausgabe.

Erster Band.

Zweite Auflage.

Wien. Pest. Leipzig.
A. Hartleben's Verlag.

Druck von Ch. Reißer & M. Werthner, Wien.

Erster Theil.

I.

An Bord des Dampfers »Shannon«.

Florida, dessen Gebiet schon im Jahre 1819 dem großen amerikanischen Bundesstaate angeschlossen war, wurde wenige Jahre später zum eigenen Staat erhoben. Durch diese Angliederung nahm das Territorium der Republik um siebenundsechzigtausend Quadratmeilen zu. Der Stern Floridas glänzt jedoch nur wie ein Himmels=körper zweiter Größe am Firmament der siebenund=dreißig Sterne, welche in der Flagge der Vereinigten Staaten nebeneinander gestellt sind.

Es bildet nur eine schmale und niedrige Land=zunge, dieses Florida. Seine geringe Breite gestattet es den dasselbe bewässernden Flußläufen — mit der einzigen Ausnahme des Saint = John — nicht, zu einiger Bedeutung anzuwachsen. Bei der kaum unter=brochenen Bodenoberfläche fehlt es den Flüssen auch an stärker abfallenden Betten, um etwa eine reißende Strömung aufzuweisen. Eigentliche Berge gibt es nicht; nur vereinzelt ziehen sich da und dort schwach auftretende Linien jener »Bluffs« oder Hügel hin, die man in den mittleren und den westlichen Staaten der Union so häufig antrifft. Die Gestalt des Landes

könnte man der eines Biberschwanzes vergleichen, der
zwischen dem Atlantischen Ocean im Osten und dem
Golf von Mexiko im Westen ins Meer eintauchte.

Florida hat also keinen weiteren Nachbar als den
Staat Georgia, dessen Grenze im Norden mit der
seinigen verläuft. Diese Grenze bildet gleichzeitig die
Landenge, welche die Halbinsel mit der übrigen Land=
masse verbindet.

Alles in Allem erscheint Florida mit seinen zur
Hälfte spanischen, zur Hälfte amerikanischen Einwohnern
und den, von ihren Stammesgenossen im Far=West
sich wesentlich unterscheidenden Seminolen=Indianern
als ein merkwürdiges, fast fremdartiges Land. Wenn
es einerseits dürr, sandig und am südlichen Ufer bei=
nahe vollständig von Dünenreihen umrahmt ist, welche
der Atlantische Ocean im Laufe der Zeiten aufthürmte,
so zeigt andererseits der Boden seiner nördlichen Ebenen
eine geradezu wunderbare Fruchtbarkeit. Seinem Namen
macht es volle Ehre, denn die Flora des Landes ist
prachtvoll, üppig und von überraschender Abwechslung,
was ohne Zweifel daher kommt, daß diese Gebiets=
theile von dem Saint=John reichlich bewässert werden.
Langsam wälzen sich die Gewässer desselben in breitem
Bande und in der Richtung von Süden nach Norden
gegen zweihundertfünfzig englische Meilen (= 402 Kilo=
meter) weit hin, von denen hundertsieben Meilen
(= 172 Kilometer) bis zum Georg=See bequem schiff=
bar sind. Die große, den Querflüssen des Landes
mangelnde Längenentwicklung verdankt er der Richtung
seines Laufes. Zahlreiche Seitenarme ernähren ihn,
indem sie ihm, meist in den vielen Ausbuchtungen seiner
beiden Ufer, ihr Wasser zuführen. Der Saint=John
bildet also die Hauptarterie des Landes; er belebt es

mit seinen Fluthen — diesem Blute, das durch die Adern der Erde rollt.

Am 7. Februar 1862 glitt der Dampfer »Shannon« den Saint=John hinab. Um vier Uhr des Morgens sollte derselbe, nachdem er schon die stromaufwärts ge= legenen Stationen und die verschiedenen Forts der Graf= schaften (Counties) Saint=Jean und Putnam berührt, den kleinen Flecken Picolata anlaufen. Einige Meilen weiter hin gelangt er dann nach der Grafschaft Duval, die sich bis zu der, von dem Flusse gleichen Namens begrenzten Grafschaft Nassau ausdehnt.

Picolata selbst ist nur eine unbedeutende Ortschaft, seine Umgebungen aber bergen reiche Indigo= und Reis= pflanzungen, große Baumwoll= und Zuckerrohrfelder, sowie unermeßliche Cypressenwaldungen. Hier lebt auch auf ziemlich weitem Umkreise eine verhältnißmäßig dichte Bevölkerung, und seine Lage sichert ihm einen beträcht= lichen Personen= und Güterverkehr. Es ist auch der Ein= schiffungsplatz für Saint=Augustine, eine der bedeuten= deren Städte des östlichen Florida, welche gegen zwölf Meilen von hier am Gestade des Oceans da liegt, wo diesem die lange schmale Insel Anastasia vorge= lagert ist. Ein fast schnurgerader Weg setzt den Flecken und die Stadt in Verbindung.

An genanntem Tage hätte man nahe der Landungs= brücke von Picolata eine größere Menge Reisender als gewöhnlich wahrnehmen können. Verschiedene schnell dahinrollende Wagen, sogenannte »Stages«, d. s. acht= sitzige Gefährte mit einer Bespannung von vier bis sechs Maulthieren, welche wie toll über jene Straße und durch die Sümpfe dahinjagen, hatten sie hierher befördert. Es kam nämlich darauf an, das Vorüberkommen des Dampfers nicht zu versäumen, wenn man nicht eine Ver=

1*

zögerung von mindestens achtundvierzig Stunden erleiden wollte, um die stromabwärts gelegenen Städte, Flecken, Forts und Dörfer zu erreichen. Der »Shannon« berührt nämlich nicht jeden Tag die beiden Ufer des Saint= John, und jener Zeit versah dieser Dampfer den Dienst auf dem Flusse noch allein. Man muß also in Picolata bei der Hand sein, wenn er daselbst anlegt, und so hatten die Wagen denn auch ihr Contingent an Passa= gieren schon vor einer Stunde hier abgesetzt.

Eben jetzt befanden sich wohl gegen fünfzig an der Landungsbrücke von Picolata. Sie warteten, nicht ohne eine gewisse Erregtheit unter einander schwatzend. Man hätte leicht beobachten können, daß sie zwei be= sondere Gruppen bildeten, welche wenig Neigung ver= riethen, sich einander zu nähern. Ob es nun eine be= sonders ernste Angelegenheit, etwa eine politisch wichtige Sache gewesen war, die sie alle nach Saint=Augustine getrieben gehabt hatte — jedenfalls lag es auf der Hand, daß es zu einer Einigung zwischen ihnen nicht gekommen war. Als Feinde dort eingetroffen, kehrten sie auch als solche zurück. Das sah man nur zu deutlich an den gereizten Blicken, die sie untereinander aus= tauschten, an der Absonderung, welche beide Gruppen beobachteten, und hörte man aus verschiedenen übel= launigen Worten, deren aufreizender Sinn Niemandem zu entgehen schien.

Jetzt gellte von stromaufwärts her langgedehntes Pfeifen durch die Luft. Der »Shannon« erschien hinter einer hervorspringenden Ecke des rechten Ufers, eine halbe Meile oberhalb Picolata. Dicke Rauchwolken drangen wirbelnd aus seinen beiden Schornsteinen und lagerten sich um die Kronen der großen Bäume, welche der Seewind am entgegengesetzten Ufer abschüttelte.

Die sich bewegende Masse nahm rasch an Größe zu.
Die Flut war im Abnehmen. Die durch dieselbe früher
verursachte Gegenströmung hatte die Bewegung des
Schiffes drei bis vier Stunden vorher verlangsamt,
jetzt aber begünstigte sie diese, da die Wassermassen
des Saint=John wieder nach seiner Mündung hin zu=
rückwichen.

Endlich ließ sich die Glocke vernehmen. Die
Schaufelräder arbeiteten rückwärts gegen das Wasser
und brachten den »Shannon« zum Stillstand, so daß
dieser, dem Zug der Sorrtaue nachgebend, sich dicht
an die Landungsbrücke legte.

Die Einschiffung vollzog sich mit einer gewissen
Hast; eine der beiden Gruppen ging zuerst an Bord,
ohne daß ihr die andere dabei den Rang abzulaufen
versuchte. Das rührte offenbar davon her, daß die
letztere einen oder mehrere noch rückständige Passa=
giere erwartete, welche Gefahr liefen, das Boot
zu versäumen, denn zwei oder drei Männer traten
daraus hervor und eilten am Quai von Picolata bis
nach der Stelle, wo die Straße nach Saint=Augustine
mündet. Von dort blickten sie augenscheinlich ungeduldig
in der Richtung nach Osten hinaus.

Das hatte auch seinen guten Grund, denn der
auf der Commandobrücke des »Shannon« stehende
Capitän rief schon dringend:

»Einsteigen! Einsteigen!

— Nur noch wenige Minuten, erwiderte Einer
aus der zweiten Gruppe, der auf der Landungsbrücke
zurückgeblieben war.

— Ich kann nicht warten, meine Herren.

— Nur ein paar Minuten!

— Nein, nicht eine einzige!

— Nur einen Augenblick!

— Unmöglich! Die Flut nimmt ab und ich würde Gefahr laufen, über der Barre von Jacksonville nicht genug Fahrwasser zu finden!

— Uebrigens, ließ sich einer der Reisenden vernehmen, haben wir nicht die geringste Ursache, uns den Launen von Nachzüglern zu fügen!«

Der Mann, der diese Bemerkung gemacht hatte, gehörte zu der ersten Gruppe, welche auf dem hinteren Oberdeck des »Shannon« Platz genommen hatte.

»Ganz meine Ansicht, Herr Burbank, antwortete der Capitän. Der Dienst vor Allem!... Vorwärts, meine Herren, oder ich gebe Befehl, die Sorrtaue einzuziehen!«

Schon machten sich einige Männer vom Dampfer bereit, diesen mittelst ihrer dicken Stangen von der Landungsbrücke nach dem Fahrwasser hinauszuschieben und wiederholt ließ die Dampfpfeife ihren schrillen Ton vernehmen. Da unterbrach ein Ausruf die Vorbereitungen zur Abfahrt.

»Da kommt Texar!... Da kommt Texar!«

Ein in größter Eile dahersausender Wagen erschien eben an der Ecke des Quais von Picolata. Die vier Maulthiere, welche denselben zogen, hielten dicht vor der Landungsbrücke still. Ein Mann entstieg dem Wagen. Seine Genossen, die ihm entgegen gegangen waren, kamen eilends wieder herein, dann gingen Alle an Bord.

»Noch einen Augenblick, Texar, und Du wärst nicht mit fortgekommen, was doch recht unangenehm gewesen wäre, sagte der Eine jener Beiden.

— Ja, Du hättest vor zwei weiteren Tagen nicht zurück sein können in ... Wo?... Nun, das werden wir ja erfahren, wenn Dir's zu sagen beliebt, setzte der Andere hinzu.

— Und hätte der Capitän auf den unverschämten, Burbank gehört, nahm ein Dritter das Wort, so schwamm der »Shannon« jetzt schon eine gute Viertel= meile unterhalb Picolatas.«

Texar hatte sich, begleitet von seinen Freunden, nach dem Vorderdeck begeben. Er begnügte sich, James Burbank, von dem ihn nur die Commandobrücke trennte, einen boshaften Blick zuzuwerfen. Wenn er auch kein Wort laut werden ließ, so verrieth es doch jener Blick, daß zwischen diesen beiden Männern ein unversöhnlicher Haß herrschen mußte.

Was James Burbank angeht, so drehte dieser, nachdem er Texar kurz aber gerade in das Gesicht angesehen, dem Gegner nichtachtend den Rücken und setzte sich auf dem Hinterdeck, wo seine Anhänger schon Platz genommen hatten, ruhig nieder.

»Er ist nicht bei guter Laune, der Burbank, meinte einer der Genossen Texar's. Kann mir's leicht denken. Das hat er nun von seinen Lügen, und der Recorder (eine Art Stadtrichter in England und Amerika) hat seinen falschen Zeugnissen volle Gerechtigkeit wider= fahren lassen.

— Aber noch nicht seiner Person, fiel Texar ein, und daß der Richterspruch auch diese ereilt, das nehme ich auf mich.«

Der »Shannon« hatte inzwischen die ihn mit dem Lande verbindenden Taue gelöst. Der durch den langen Bootshaken abgedrängte Vordertheil tauchte schon wieder in die Strömung. Dann glitt er, getrieben von seinen mächtigen Rädern, welche die zurückweichende

Flut noch weiter unterstützte, schnell zwischen den Ufern des Saint=John hinab.

Die Bauart dieser Dampfboote, welche den Dienst auf amerikanischen Strömen versehen, ist ja wohl ziemlich allgemein bekannt. Wirklich schwimmende Häuser von mehreren Stockwerken und überdeckt von breiten Terrassen, werden sie von den zwei Maschinenschornsteinen hoch überragt, und daneben von den Flaggenmasten, welche gleichzeitig zur Befestigung einer Zeltüber= dachung dienen. Auf dem Hudson wie auf dem Missis= sippi könnten diese Dampfboote, diese Wasserpaläste, wohl die ganze Bevölkerung eines Fleckens aufnehmen. So großartiger Verhältnisse bedurfte es nicht für den Verkehr auf dem Saint=John und den der Städte Floridas.

Der »Shannon« ist nur ein schwimmendes Hôtel, obwohl er der inneren wie äußeren Anordnung nach den »Kentukys« oder »Dean Richmonds« vollkommen ähnelte.

Das Wetter war prächtig. Ueber dem tiefblauen Himmel verbreiteten sich nur vereinzelt leichte Dunst= wolken. Hier unter dem 30. Breitengrad ist der Monat Februar in der Neuen Welt fast ebenso warm wie in der Alten etwa an der Grenze der Sahara. Dabei wehte übrigens eine angenehme Seebrise, welche hier das sonst leicht allzu heiße Klima mäßigte. Die aller= meisten Passagiere des »Shannon« waren auch auf dem Verdeck geblieben, um den erquickenden Duft ein= zuathmen, den die Winde aus den benachbarten Wäldern herübertrugen. Die schrägen Strahlen der Sonne konnten sie nicht erreichen unter den Zeltdächern, welche durch die eigene Schnelligkeit des Dampfers gleich indischen Punkas hin und her bewegt wurden.

Texar und fünf bis sechs seiner Begleiter, die mit ihm zu Schiffe gegangen waren, hatten es vorgezogen, sich nach einer der Abtheilungen des Speisesaales hinab= zubegeben. Hier vertilgten sie — geübte Trinker, deren Gaumen an die starken Liqueure der amerikanischen Schänken gewöhnt waren — ganze Gläser voll Gin, Bittrem oder Bourbon=Whisky. Es waren ziemlich rohe Gesellen mit vernachlässigtem Aeußeren und roh in ihren Reden, mehr mit Leder als mit Tuch bekleidet, und dem Anschein nach gewohnt, mehr in den Urwäldern als in den Städten Floridas zu leben. Texar schien über sie eine Art Oberherrschaft auszuüben, die er wohl nicht weniger seiner Energie des Charakters, wie seiner hervorragenden Stellung und guten Vermögenslage ver= dankte. Da Texar nicht zu sprechen beliebte, schwiegen seine Genossen ebenfalls still und verwendeten die Zeit, da sie nicht plauderten, eifrig zum Trinken.

Nachdem Texar flüchtigen Blickes eine der Zeitungen durchmustert, die auf den Tischen des Speisesalons zer= streut lagen, warf er das Blatt weg mit den Worten:

»Das ist Alles schon alt!

— Glaub' es gern, bestätigte einer seiner Begleiter, eine vor drei Tagen erschienene Nummer!

— Und binnen drei Tagen geschieht mancherlei, seit man sich jetzt vor unseren Thoren schlägt, setzte ein Anderer hinzu.

— Wie stehts denn überhaupt mit dem Kriege? fragte Texar.

— Was uns persönlich nahe angeht, Texar, wie folgt: die föderalistische Regierung beschäftigt sich, wie man sagt, mit den Vorbereitungen zu einer Expedition nach Florida. Wir werden uns also in nächster Zeit auf einen Einfall der Föderalisten gefaßt machen müssen.

— Ist das gewiß?

— Ich weiß es nicht; das Gerücht davon ging
aber in Savannah, und in Saint-Augustine hat man
es mir bestätigt.

— Bah! Sie mögen nur kommen, diese Föderalisten, die sich vermessen, uns unterdrücken zu wollen!
rief Texar, der seine Drohung mit einem so heftigen
Faustschlage begleitete, daß die Gläser und Flaschen
auf dem Tische tanzten. Ja, sie mögen nur kommen!
Man wird dann ja sehen, ob die Sclavenbesitzer Floridas
sich von jenen abolitionistischen Räubern gutmüthig aus-
plündern lassen!«

Diese Antwort Texar's hätte Jedem, der bezüglich
der eben jetzt in Amerika sich abspielenden Ereignisse
nicht auf dem Laufenden gewesen wäre, zweierlei gelehrt:
daß der thatsächlich durch jenen am 11. April vom Fort
Sumter abgefeuerten Kanonenschuß erklärte Secessionskrieg jetzt fast am hitzigsten wüthete, denn er streckte
sich hinab bis zu den Grenzen des äußersten Südens;
und dann, daß Texar als Parteigänger der Sclaverei
gemeinsame Sache mit der weitaus größten Mehrheit
der Bevölkerung der sogenannten Sclavenstaaten machte.

Heute fanden sich nun an Bord des »Shannon«
mehrere Vertreter der zwei Hauptparteien, einestheils
— nach den verschiedenen, ihnen während dieses langen
Kampfes gegebenen Benennungen — Nordstaatler, Anti-
Sclavenkämpfer, Abolitionisten oder Föderirte, und
anderentheils Südstaatler, Sclavenkämpfer, Secessionisten oder Conföderirte.

Eine Stunde später erhoben sich, nachdem sie sich
hinreichend gesättigt, Texar und die Seinigen, um nach
dem Oberdeck des »Shannon« zurückzukehren. Das

Schiff war schon an der rechten Uferseite an der Trent-
und der Sechsmeilenbucht vorübergekommen, welche den
Zusammenhang der Gewässer des Flusses, die eine mit
dem Innern eines dichten Cypressenwaldes, die andere
mit den ausgedehnten Zwölfmeilen-Sümpfen vermitteln,
welche Letztere den Namen von ihrer Länge entlehnt
haben.

Der Dampfer zog jetzt zwischen einer Doppelwand
prächtiger Bäume dahin, zwischen Tulpenbäumen, Magnolien, Pinien, Cypressen, immergrünen Eichen, Yuccas
und verschieden anderen, die sich alle durch schönen
Wuchs auszeichneten und deren Stämme unter einem
unentwirrbaren Dickicht von Azaleen und Schlangenkraut verschwanden. Zuweilen erschien an der offenen
Seite jener Buchten, durch welche die sumpfigen Ebenen
der Grafschaften Saint-Jean und Duval den Wasser-
zufluß erhalten, die ganze Atmosphäre von starkem
Moschusgeruch erfüllt. Dieser rührte jedoch nicht von
jenen Pflanzenspecies der zur Familie Mimulus gehörigen Moschusblume her, deren Duft sich in diesen
Klimaten oft recht bemerkbar macht, sondern von Alli-
gatoren, welche bei dem Vorüberrauschen des »Shannon«
nach dem hohen Ufergebüsch entflohen. Dazu flatterten
Vögel aller Art in die Höhe, Spechte, Sumpfreiher,
Jaccamars oder Glanzvögel, Rohrdommeln, weißköpfige
Tauben, Orpheen, Spottvögel und hundert andere von
verschiedener Gestalt und Befiederung, während der
merkwürdige Katzenvogel mit seiner Bauchrednerstimme
alle Laute, jedes Geräusch derselben nachahmte — selbst
das sonore, fast dem Ton einer Metalltrompete gleichende
Geschrei des Halskrausenhahnes, dessen Laute man bis
auf eine Entfernung von vier bis fünf (englischen) Meilen
hören kann.

In dem Augenblicke, wo Texar hinter dem Treppen=
mantel hervortrat, um sich wieder nach dem Verdeck zu
begeben, wollte eben eine Frau nach dem Salon hin=
untergehen. Diese wich etwas zurück, als sie sich uner=
wartet jenem Manne gegenübersah. Es war eine im
Dienste der Familie Burbank stehende Mestizin. Ihre
erste Bewegung war die eines unüberwindlichen Ab=
scheus, als sie sich Auge in Auge mit jenem erklärten
Feind ihres Herrn befand. Ohne auf den stechenden
Blick, den Texar ihr zusandte, weiter zu achten, wich
sie zur Seite aus; Jener dagegen wandte sich, die
Achseln zuckend, an seine Genossen:

»Ja, das ist Zermah, rief er, eine der Sclavinnen
jenes James Burbank, der sich als Gegner der Sclaverei
aufzuspielen wagt.«

Zermah gab keine Antwort. Als der Eingang zur
Treppenkappe frei war, begab sie sich nach dem großen
Salon des »Shannon« hinunter, scheinbar ohne diesem
Zwischenfall die geringste Beachtung zu schenken.

Texar selbst wandte sich nach dem Vordertheile
des Schiffes. Nachdem er sich dort, ohne sich weiter
um die Genossen, die ihm gefolgt waren, zu bekümmern,
eine Cigarre angezündet, schien er mit einer gewissen
Aufmerksamkeit das linke Ufer des Saint=John nahe
der Grenze der Grafschaft Putnam ins Auge zu fassen.

Indessen drehte sich das Gespräch auf dem Hinter=
deck des »Shannon« ebenfalls um die kriegerischen
Ereignisse. Nachdem Zermah sich entfernt, war James
Burbank mit zwei Freunden, die ihn nach Saint=
Augustine begleitet hatten, allein zurückgeblieben, der
Eine war sein Schwager, Mr. Edward Carrol, der
Andere ein Floridier, Mr. Walter Stannard, der in
Jacksonville wohnte.

Auch diese drei Männer sprachen mit einer gewissen Erregtheit von dem blutigen Kampfe, dessen endlicher Ausgang eine Lebensfrage für die Vereinigten Staaten bildete. Wir werden aber erkennen, daß James Burbank bezüglich dieser hochwichtigen Angelegenheit ganz andere Anschauungen hegte als jener Texar.

»Es verlangt mich dringend, sagte er, nach Cambleß-Bay zurückzukehren. Wir sind seit zwei Tagen abwesend; vielleicht sind inzwischen neue Nachrichten vom Kriege eingetroffen; vielleicht auch sind Dupont und Sherman schon im Besitz des Port-Royal und der Inseln von Süd-Carolina.

— Jedenfalls kann das nicht lange auf sich warten lassen, antwortete Edward Carrol, und es sollte mich sehr wundern, wenn der Präsident Lincoln den Feldzug nicht noch bis nach Florida selbst ausdehnte.

— Das könnte er gar nicht zeitig genug thun! meinte James Burbank; wahrhaftig, es ist höchste Zeit, den Willen der Union allen diesen Südstaatlern von Georgia und Florida, die sich für weit genug vom Schusse glauben, um jemals erreicht zu werden, wieder aufzunöthigen. Ihr seht ja, bis zu welchem Grade von Frechheit solche Zustände heimatlose Landstreicher wie jenen Texar verleiten können. Er pocht auf die Unterstützung der Sclavenhalter des Landes und reizt sie auf gegen uns Leute aus dem Norden, deren Lage sich von Tag zu Tag schwieriger gestaltet und die wohl alle Rückschläge des Kampfes empfinden müssen.

— Du hast Recht, James, erwiderte Edward Carrol. Es ist höchst nothwendig, daß Florida wieder unter die Gewalt der Regierung von Washington kommt. Ja, auch ich sehne mich danach, daß die föderalistische Armee hier Gesetz und Ordnung wieder herstellt, sonst werden wir noch gezwungen sein, unsere Pflanzungen ganz zu verlassen.

— Das ist vielleicht nur eine Frage weniger Tage, lieber Burbank, murmelte Walter Stannard. Als ich vorgestern Jackſonville verließ, herrschte schon eine allgemeine Beunruhigung wegen der dem Commodore Dupont zugeschriebenen Absicht, die Einfahrt in den Saint-John zu erzwingen, und das gab einen passenden Vorwand, Diejenigen zu bedrohen, welche nicht wie die Parteigänger der Sclaverei denken. Ich fürchte sehr, daß in allernächster Zeit ein Straßenaufruhr die südstaatlichen Behörden zu Gunsten von Leuten der schlimmsten Sorte stürzen dürfte.

— Das nimmt mich nicht wunder, antwortete James Burbank. Auch bei etwaiger Annäherung der föderalistischen Armee werden uns noch genug schwere Tage bevorstehen. Doch es ist eben unmöglich, das zu vermeiden.

— Was sollten wir übrigens auch thun? fragte Walter Stannard. Selbst wenn sich in Jackſonville und vielleicht an einzelnen Punkten in Florida da und dort muthige und tüchtige Coloniſten finden, welche bezüglich der Frage der Sclaverei ebenso denken wie wir, so sind diese doch bei weitem nicht zahlreich genug, um sich etwaiger Uebergriffe der Secessionisten zu widersetzen. Wir können, was unsere Sicherheit angeht, nur auf das Eintreffen der Föderalisten rechnen, und wenn deren Einmarsch einmal beschlossene Sache ist, so wäre nur zu wünschen, daß er so schnell wie möglich erfolge.

— Ja ... wenn sie nur bald kämen, rief James Burbank, uns aus der Gewalt jener schändlichen Buben zu erlösen!«

Es wird sich bald zeigen, ob die Männer aus
dem Norden, welche Familien- oder Vermögensrück=
sichten nöthigten, sich, um überhaupt unter einer der
Sclaverei günstigen Bevölkerung leben zu können, den
landesüblichen Gewohnheiten anzubequemen, Recht hatten,
eine solche Sprache zu führen und nicht Ursache hatten,
Alles zu fürchten.

Was James Burbank und seine Freunde über
den Krieg dachten, entsprach völlig der Wahrheit. Die
föderalistische Regierung rüstete eine Expedition aus
mit der Absicht, sich Florida zu unterwerfen. Es handelte
sich dabei weniger darum, sich des Staates zu be=
mächtigen oder ihn militärisch zu besetzen, sondern nur
darum, alle Ausgänge den Contrebandisten zu verschließen,
welche unablässig die Blockade zu brechen suchten, so=
wohl um einheimische Erzeugnisse auszuführen, als
auch um Waffen und Schießbedarf hineinzuschmuggeln.

Der »Shannon« wagte jetzt schon gar nicht mehr,
die südlichen Küstenstriche von Georgia, die sich in der
Gewalt der Generale des Nordens befanden, anzu=
laufen. Er ging aus Vorsicht nicht weiter, als bis zur
Grenze, ein wenig oberhalb der Mündung des Saint=
John, bis zu dem etwa so hoch wie der nördliche
Theil der Insel Amelia gelegene Hafen von Fer=
nandina, von dem die Eisenbahn von Cedar=Kays
ausgeht, welche die Halbinsel Florida in schräger
Richtung durchschneidet und im Golf von Mexico
mündet.

Weiter nördlich als die Insel Amelia und der
Rio Saint=Mary wäre der »Shannon« Gefahr ge=
laufen, von föderalistischen Schiffen abgefangen zu
werden, welche unablässig diesen Theil der Küste über=
wachten.

Hieraus ergibt sich schon, daß die Passagiere des Dampfers in der Hauptsache aus Floridiern bestanden, deren Geschäfte sie nicht weiter als bis zu den Grenzen des Landes zu gehen nöthigten. Alle wohnten in den, an den Ufern des Saint=John und seiner Nebenflüsse erbauten Städten, Flecken und Weilern, die Meisten von ihnen entweder in Saint=Augustine oder in Jack= sonville. An derartigen Stationen konnten sie entweder über die Landungsbrücke, welche ein Stück ins Wasser herausragte, oder unter Benützung hölzerner Verpfäh= lungen, sogenannter »Piers«, aussteigen, welche nach englischer Methode angelegt waren und Jene von der Benützung besonderer Boote befreiten.

Einer der Passagiere des Dampfers indeß wollte diesen mitten im Strom verlassen. Er beabsichtigte ohne das Anlegen des »Shannon« an einem regelmäßigen Landungsplatz abzuwarten, an einer Stelle des Stromes auszusteigen, wo weder ein Dorf, noch ein einzelnes Haus, ja nicht einmal eine Jäger= oder Fischerhütte zu erblicken war.

Dieser Passagier war Texar.

Gegen sechs Uhr Abends ließ der »Shannon« drei laute Pfiffe hören. Seine Räder wurden fast augenblicklich gestoppt und er glitt nur mit der Strömung weiter, die an dieser Stelle des Flusses eine sehr schwache ist. Er befand sich jetzt gegenüber der Schwarzen Bucht.

Diese Bucht bildet eine tiefe, in das linke Ufer= land hineinragende Aushöhlung, in deren Hintergrunde ein kleinerer namenloser Rio sich ergießt, welcher am Fuße des Fort Heilmann, hart der Grenze der Grafschaften Putnam und Duval vorüberfließt. Seine schmale Quelle verschwindet fast ganz unter einem

Gewölbe von üppigem Gezweig, deſſen Blätterwerk
ſich wie der Einſchlag eines ſehr dichten Gewebes mit
jenem vermengt. Dieſe düſtere Lagune iſt ſozuſagen den
Leuten im Lande ſo gut wie unbekannt. Niemand noch
hat es verſucht, in dieſelbe einzudringen, und Niemand
wußte, daß ſie jenem Texar zum Aufenthaltsorte diente.
Die Erklärung hiervon liegt darin, daß das Ufer des
Saint-John an der Oeffnung der Schwarzen Bucht
nirgends eine Unterbrechung zu erleiden ſcheint. Jetzt, wo
die Nacht ziemlich ſchnell herabſank, mußte ein Fähr-
mann ſehr bekannt mit der Oertlichkeit ſein, um ſich
mit einem Boote in dieſe tiefſchattige Bucht zu wagen.

Auf die erſten durchdringenden Töne der Dampfpfeife des »Shannon« hatte ſofort ein dreimal wieder-
holter Ruf geantwortet.

Der Schein eines Feuers, das zwiſchen hohem
Geſtrüpp am Ufer leuchtete, ſetzte ſich darauf in
Bewegung, als Zeichen, daß ein Boot an den Dampfer
anlegen wollte.

Es war das ein Skiff, ein kleines Boot aus
Baumrinde, das ein einziges Doppelruder zu ſteuern
und fortzutreiben genügte. Bald befand ſich das Skiff
nur noch eine halbe Kabellänge vom »Shannon«.

Texar begab ſich nach dem äußerſten Theile des
Vorderdecks und rief, mit ſeinen Händen eine Art
Sprachrohr bildend:

»Aoh!

— Aoh! ertönte es als Antwort.

— Biſt Du es, Squambo?

— Ja, Herr!

— Lege an!«

Das Skiff drehte neben dem Dampfer bei. Beim
Schein einer am Ende ſeines Vorderſtevens angebrachten

Fackel konnte man den Mann erkennen, der es führte. Es war ein Indianer mit tiefschwarzem, dickem Haar und nackt bis zum Gürtel — eine kräftige Gestalt, nach dem Torso zu urtheilen, den er beim zitternden Fackelschein zeigte.

Eben wandte sich Texar nach seinen Genossen zurück, denen er die Hand drückte und ein bedeutungs= volles »auf Wiedersehen« zurief. Nachdem er noch einen drohenden Blick nach der Seite Burbank's zu geworfen, stieg er die hinter dem Radmantel des Backbords an= gebrachte Treppe hinab und gesellte sich zu dem In= dianer Squambo. Mit einigen Ruderschlägen hatte sich der Dampfer von dem Skiff entfernt und kein Mensch konnte nun ahnen, daß das leichte Boot sich unter dem Buschwerk des Ufers verlieren sollte.

»Ein Schurke weniger an Bord! bemerkte Edward Carrol, ohne sich darum zu kümmern, ob er nicht etwa von den Genossen Texar's gehört werden könne.

— Ja wohl, bestätigte Burbank, und der ist gleichzeitig ein höchst gefährlicher Verbrecher. Ich wenigstens hege in dieser Beziehung nicht den gering= sten Zweifel, obwohl der Elende sich immer durch wirklich unerklärliche Beweise seines Alibi aus der Schlinge zu ziehen wußte.

— Jedenfalls, fiel Mr. Stannard ein, könnte man ihn, wenn diese Nacht in der Umgebung von Jackson= ville eine Unthat verübt werden sollte, derselben nicht zeihen, da er eben den »Shannon« verlassen hat.

— Ich kann mir über den Burschen nicht ganz klar werden, ließ sich James Burbank vernehmen. Wenn mir Einer sagte, man habe ihn in dem Augen= blicke, wo wir jetzt von ihm reden, fünfzig Meilen weiter im Norden von Florida einen Diebstahl oder einen Mord begehen sehen, so würde mich das auch

nicht wundern. Und wahrlich, wenn es ihm gelänge,
zu beweisen, daß er nicht der Urheber jenes Ver=
brechens ist, so würde es mich, nach dem, was vorgegangen
ist, auch nicht mehr wundernehmen. — Doch genug,
wir beschäftigen uns zu lange mit jenem Menschen! —
Sie kehren nach Jackjonville zurück, Stannard?

— Noch heut' Abend.

— Ihre Tochter erwartet Sie daselbst?

— Ja, ich sehne mich danach, wieder an ihrer
Seite zu sein.

— Das begreif' ich, erwiderte James Burbank. Und
wann gedenken Sie uns in Camdleß=Bay aufzusuchen?

— Binnen wenigen Tagen.

— Kommen Sie ja so zeitig wie Sie können,
lieber Stannard. Sie wissen, wir stehen am Vorabend
sehr ernster Ereignisse, welche sich mit der Annäherung
der föderalistischen Truppen nur noch verschlimmern
können. Ich habe mich auch gefragt, ob Sie mit Ihrer
Tochter Alice in unserer Wohnung, im Castle=House,
sich nicht mehr in Sicherheit befinden, als inmitten
jener Stadt, wo die Südstaatler fähig sind, sich zu
jedem Exceß hinreißen zu lassen.

— Recht schön, aber bin ich denn nicht selbst
hier im Süden heimisch, lieber Burbank?

— Gewiß, Stannard, aber Sie denken und
handeln, als ob Sie aus dem Norden stammten.«

Eine Stunde später kam der »Shannon«, den
die jetzt immer schneller und schneller fallende Ebbe
mit sich fortriß, an dem kleinen, auf einem frischgrünen
Hügel gelegenen Weiler Mandarin vorüber; dann
hielt derselbe fünf bis sechs Meilen weiterhin, an dem
rechten Flußufer an. Hier ist ein Landungsquai errichtet,
an dem die Schiffe anlegen können, um Ladung ein=

2*

zunehmen. Nur wenig oberhalb desselben erhob sich auch ein fast elegant zu nennender Pier, ein leichter Fußsteg aus Holz, der, an zwei Drahtseilen befestigt, die Landungsbrücke von Cambleß=Bay bildete.

Am äußersten Ende des Piers warteten zwei Schwarze mit Fackeln in den Händen, denn die Nacht war jetzt schon recht dunkel.

James Burbank nahm Abschied von Mr. Stannard und sprang, gefolgt von Edward Carrol, gewandt auf den Holzsteg.

Hinter ihm ging die Mestizin Zermah, welche schon von fern auf eine Kinderstimme antwortete:

»Da bin ich, Dy!... Ich komme!

— Und Papa?

— Der Papa auch!«

Die Fackeln entfernten sich und der »Shannon« nahm seine Fahrt wieder auf, indem er dem linken Ufer zusteuerte. Drei Meilen oberhalb Cambleß=Bay und an der anderen Seite des Flusses hielt er an der Landungsbrücke von Jacksonville an, um die größte Anzahl der noch übrigen Passagiere abzusetzen.

Hier verließ auch Walter Stannard das Schiff zugleich mit drei oder vier jener Leute, von denen sich Texar ein und eine halbe Stunde früher, wo das Skiff ihn abholte, verabschiedet hatte. Jetzt verblieben nur noch etwa ein halbes Dutzend Passagiere an Bord des Dampfers, von denen die Einen nach Pablo reisen wollten, einem kleinen Flecken, der in der Nähe des sich an den Mündungen des Saint=John erhebenden Leuchtthurmes erbaut ist, während Andere sich nach der Insel Talbot, seeseits an der Mündung des gleich= namigen engen Fahrwassers, und die Letzten sich end= lich nach dem Hafenort Fernandina begeben wollten.

Die Räder des »Shannon« peitschten also aufs Neue
die Fluten des Stromes, dessen Barre das Schiff
ohne Unfall passiren konnte. Eine Stunde später war
es hinter der Ausbiegung der Trent-Bucht verschwunden, wo der Saint-John seine Gewässer schon mit den
langen Wogen des Oceans vermischt.

II.

Camdleß-Bay.

Camdleß-Bay, so lautete der Name der Pflanzung,
welche James Burbank gehörte. Hier wohnte der reiche
Colonist mit seiner ganzen Familie. Der Name Camdleß
rührte von einer der Buchten des Saint-John her,
die sich ein wenig stromaufwärts von Jacksonville und
am entgegengesetzten Ufer des Flusses öffnet. In Folge
ihrer nahen Lage ward der Verkehr mit dieser Stadt
Floridas sehr erleichtert. Ein gutes Boot brauchte bei
Nord- oder Südwind, wenn es zum Hinwege die Ebbe
und zum Rückwege die Flut benützte, nicht mehr als
eine Stunde, um die drei Meilen zurückzulegen, welche
Camdleß-Bay von dem Hauptorte der Grafschaft Duval
trennten.

James Burbank nannte eine der schönsten Besitzungen des Landes sein. Reich von Geburt und durch
seine weitere Familie, gehörten zu seinem Vermögen
auch noch ausgedehnte Ländereien im Staate New-
Jersey, der an den Staat New-York grenzt.

Diese Niederlassung am rechten Ufer des Saint-
John war sehr glücklich gewählt, um daselbst eine

Pflanzung von sehr beträchtlichem Werthe zu gründen. Zu den schon von Natur glücklichen Unterlagen hatte die Menschenhand kaum etwas hinzuzufügen. Der Grund und Boden eignete sich von selbst zur erfolgreichen Aus=nützung im größten Maßstabe. So zeigte auch die Pflanzung von Camdleß=Bay unter der Leitung eines intelligenten, thätigen Mannes im kräftigsten Alter, den neben zahlreichem geübten Personal auch reiche Capi=talien unterstützen, das Bild des vollkommensten, blühendsten Gedeihens.

Bei einem Umfange von zwölf (englischen) Meilen umfaßte die Besitzung einen Flächeninhalt von vier=tausend Acres (= etwa dreitausend Hektar). Wohl gab es deren noch größere in den Südstaaten der Union, gewiß aber nirgends besser eingerichtete und verwaltete Besitzungen. Wohngebäude, Häuser für das Dienst=personal, Schuppen, Ställe, Wohnstätten für die Sclaven, Wirthschaftsgebäude, Scheuern zur Aufspeicherung der Bodenerzeugnisse, Tennen zu deren weiterer Bearbeitung, Ateliers und Werkstätten, Schienenwege, welche von der Grenzlinie der Pflanzung nach einem kleinen Ein=schiffungshafen zusammenliefen, Straßen, Wege u. s. w. — Alles war mit Rücksicht auf die praktischen Be=dürfnisse bestens vorgesehen und in Stand gehalten. Daß es ein Amerikaner aus dem Norden gewesen, der alle diese Anordnungen entworfen, überwacht und aus=geführt hatte, erkannte man auf den ersten Blick. Nur die Niederlassungen ersten Ranges in Virginia und vielleicht in Nord= und Südcarolina hätten der Be=sitzung von Camdleß=Bay an die Seite gestellt werden können. Der Grund und Boden der Pflanzung enthielt übrigens Highs=hummoks, das ist hochgelegenes Land, welches sich von Natur zum Anbau von Getreidearten eignet; ferner »Low=hummoks«, das sind Niederungen, in denen der Kaffee= und Cacaobaum vorzüglich ge= deiht, und endlich »Marshs«, das sind eine Art sum= pfiger Ebenen, auf denen mit Vortheil Reis und Zucker= rohr gezogen wird.

Bekanntlich gehört die Baumwolle von Georgia und Florida zu den geschätztesten Sorten auf den Märkten Europas und Amerikas, ein Vorzug, den sie der Länge und der Feinheit ihrer Fasern verdankt. Die Baum= wollfelder mit ihren in regelmäßig verlaufenden Linien gepflanzten Stäben, ihren zartgrünen Blättern und den gelben Blüten, die an das Blaßgelb mancher Malven erinnern, bildeten auch eine der bedeutendsten Ein= kunftsquellen der Besitzung. Zur Zeit der Ernte be= deckten sich diese, je einen bis anderthalb Acre (etwa vierzig bis sechzig Ar) enthaltenden Feldabtheilungen mit Hütten, in welchen dann mit Weib und Kind die Sclaven Unterkunft fanden, die mit dem Abschneiden der Samenkapseln und dem Ausziehen der Baumwolle (sammt den Kernen) aus den Hülsen, beschäftigt sind — übrigens eine ziemlich schwierige Arbeit, da die sich leicht zerbröckelnden Hülsen unversehrt bleiben müssen, weil sie sonst von den feinen Fasern kaum wieder zu entfernen sind. Die an der Sonne getrocknete Baum= wolle wird dann durch Mühlen mit Zahnrädern und Walzen, welche die noch darin befindlichen Kerne aus= scheiden, gereinigt, mittelst hydraulischer Pressen fest zusammengedrückt, in Ballen mit Eisenreifen verpackt und so bis zur endlichen Ausfuhr aufgespeichert. Segel= schiffe und Dampfer konnten dann diese Ballen im eigenen Hafen von Camdleß=Bay verladen.

Neben seinen Baumwollplantagen cultivirte James Burbank auch ausgedehnte Kaffee= und Zuckerrohr=

pflanzungen. Die ersteren bildeten Quartiere von tausend
bis zwölfhundert, fünfzehn bis zwanzig Fuß hohen
baumartigen Büschen, deren etwa kirschengroße Früchte
je zwei Körner enthalten, welche nur ausgenommen
und getrocknet werden. Die anderen erschienen mehr
als eine Art Prairien — man könnte fast sagen, Sümpfe
— mit neun bis zehn Fuß hohen Rohrstengeln, deren
Wipfel sich hin und her wiegten, wie die Helmbüsche
auf dem Marsche befindlicher Reiterhorden. In Camdleß=
Bay wendete man diesen Pflanzen besondere Sorgfalt
zu. Das gereifte Zuckerrohr lieferte den Zucker in
Form eines süßen Saftes, den die in den Vereinigten
Staaten vorzüglich entwickelte Raffinerie in gereinigten
festen Zucker verwandelte; aus den Rückständen wurden
dann noch die Syrups hergestellt, welche zur Be=
reitung des Tafias oder Rums dienen, und der Zucker=
rohrwein, eine gegohrene Mischung des frisch ausge=
preßten Saftes mit Ananas= oder Orangensaft. Obwohl
diese Cultur sich an Umfang mit der der Baumwolle
nicht messen konnte, war sie doch sehr einträglich. Einige
Gehege von Cacaobäumen, Felder mit Mais, Yams,
Bataten, türkischem Weizen, Tabak und zwei= bis drei=
hundert Acres mit Reis trugen daneben noch ihren Theil
zu den Erträgnissen der Musterpflanzung James Bur=
bank's bei.

Noch ein anderer Betriebszweig lieferte jedoch
einen Gewinnstantheil, der jenem von der Baumwollen=
cultur ebenbürtig war, die Urbarmachung des uner=
schöpflichen Waldbestandes nämlich, der viele Acres
der Pflanzung bedeckte. Ohne hier von den Erzeugnissen
der Zimmet=, Pfeffer= und Orangen=, der Citronen=,
Feigen=, Mango= und Brotbäume zu reden, so wenig
wie von den reichen Ernten fast aller europäischen

Obstbäume, welche in Florida aufs trefflichste ge=
deihen, wurden diese Wälder auch einer geregelten,
aber unausgesetzten Abholzung unterworfen. Da gab
es wahre Reichthümer von Campecheholz Gazumas
oder mexikanischen Ulmen, welche jetzt so mannigfaltige
Verwendung finden, von Baobabs (Affenbrotbäumen),
von Korallenholz mit blutrothem Stamm und ebenso
gefärbten Blüten, von Pfirsichen, gelbblütigen Ma=
ronen= und schwarzen Wallnußbäumen, von Stein=
eichen, australischen Fichten, die ein vorzügliches Ma=
terial für Zimmerarbeiten und Schiffsmasten liefern;
von wilden Cacaobäumen, deren reife Samenkapseln
die heiße Sonne des Südens gleich Petarden auf=
springen macht; von Tannen, Tulpenbäumen, Weiden,
Cedern und vor Allem von Cypressen, dem Baume,
der auf der ganzen Halbinsel so ungeheuer häufig vor=
kommt, daß er oft Wälder von sechzig bis hundert
Meilen Länge bildet. James Burbank hatte sich des=
halb veranlaßt gesehen, an verschiedenen Punkten der
Niederlassung größere Sägemühlen zu errichten. Quer
durch einige Rios und kleinere Zuflüsse des Saint=
John hatte er Wehre angelegt, welche deren friedlichen
Lauf da und dort zu Wasserfällen umgestaltete, die
nun wiederum genug mechanische Kraft zur Bearbeitung
der Balken, Bohlen und Bretter lieferten, mit denen
wohl hundert Schiffe alljährlich hätten voll beladen
werden können.

Wir dürfen auch nicht vergessen, der weiten, fetten
Prairien zu erwähnen, welche Pferde, Maulesel und zahl=
reiches Nutzvieh ernährten, dessen Producte allen Bedürf=
nissen des Herrenhauses und der Landwirthschaft genügten.

Was das Geflügel angeht, so gab es davon so
viele verschiedene Arten, welche theils die Wälder be=

wohnten, theils auf den Feldern und Wiesengründen nisteten, daß man sich schwer eine Vorstellung machen kann, in welchem Maße dasselbe in Cambleß=Bay — wie übrigens in ganz Florida — vertreten war. Ueber den Waldungen zogen ihre Kreise weißköpfige Adler mit sehr großer Flügelspannweite, deren scharfer Schrei dem Tone einer zersprungenen Trompete ähnlich ist; Geier von außerordentlicher Wildheit und Blutgier neben Riesen=Rohrdommeln, mit spitzigem, fast einem Bayonnet gleichenden Schnabel. Am Flusse selbst und zwischen dem üppig aufgeschossenen Schilfrohr des Ufers, wie unter dem Gewirr riesiger Bambusstengel, bargen sich rosen= oder scharlachrothe Flamingos, blendend weiße Ibisse, von denen man zu sagen ver= sucht war, sie seien eben erst von einem alten Denkmale Aegyptens weggeflogen; ferner Pelikane von über= raschender Größe; Myriaden von Wasser= und See= schwalben; sogenannte Krebsfresser mit grünem, pelz= ähnlichem Gefieder und einem Schopf auf dem Kopfe; Courlans mit purpurrothen Deckfedern und braunem, weißgetüpfeltem Flaum; Glanzvögel; Taucherkönige mit goldigen Reflexen, überhaupt eine ganze Welt von Tauchervögeln wie Wasserhühner, sogenannte »Wid= geons = Enten«, zur Gattung der Pfeifer gehörig; Kriechenten, Regentaucher, ohne die Sturmvögel, die Wasserscheerer zu zählen, so wenig wie die Kreuz= schnäbel, Seeraben, Möven, die Spitzschwänze, welche jeder Windstoß bis über den Saint=John hinunter= trieb, und manchmal zeigten sich dazu auch noch Exoceten oder fliegende Fische, eine gute Prise für verschiedene Wasserraubvögel. Ueber die Prairien hinweg flatterten Wasser= und gewöhnliche Schnepfen, Courlis und marmorirte Leimschnepfen, Sultanhühner mit rothem,

blauem, grünem, gelbem und weißem Gefieder, gleich
fliegenden Paletten, ferner Halskrausenhähne und Reb=
hühner, sowie Tauben mit weißem Kopfe und rothen
Füßen. Was eßbare Vierfüßler angeht, so gab es
langschwänzige Hasen, etwa Verbindungsglieder zwischen
den Kaninchen und den Hasen Europas, und vorzüg=
lich Damwild in ganzen Rudeln; endlich sogenannte
Racons oder Waschbären, Schildkröten, Ichneumons;
aber freilich lauerten hier auch mehr als genug recht
giftige Schlangen. Das waren also die Vertreter des
Thierreiches in der herrlichen Niederlassung von
Camdleß=Bay — ohne die Neger männlichen und weib=
lichen Geschlechts zu zählen, welche für den großartigen
Betrieb nöthig waren. Denn was macht — um unsere
auffallende Nebeneinanderstellung zu rechtfertigen —
die ungeheuerliche Gewohnheit der Sclaverei aus diesen
armen Menschen anderes als Thiere, welche gleich
Saumthieren ge= oder verkauft werden?

Wie kam es aber, daß James Burbank, ein
Parteigänger der Doctrin der Antisclaverei, ein Nord=
staatler, der nur den Triumph des Nordens erwartete,
die Sclaverei in seiner Pflanzung noch nicht auf=
gehoben hatte? Würde er zögern das zu thun, sobald
die Umstände es gestatteten? Nein, gewiß nicht! Es
war das auch nur noch eine Frage von Wochen,
vielleicht von Tagen, da die föderalistische Armee schon
einige Punkte des benachbarten Staates besetzt hatte
und sich zu einem Einfall nach Florida bereitete.

James Burbank hatte übrigens in Camdleß=Bay
schon alle Maßnahmen getroffen, welche das Loos
seiner Sclaven erleichtern konnten. Auf der Pflanzung
befanden sich gegen siebenzig Schwarze beiderlei Ge=
schlechts, welche in geräumigen, sorgsam unterhaltenen

Baracken wohnten, genügend Nahrung erhielten und
nie über ihre Kräfte zu arbeiten hatten. Dem Ober=
aufseher der Pflanzung, wie allen Unteraufsehern, war
anbefohlen, dieselben mit Gerechtigkeit und Milde zu
behandeln. Alle Anforderungen wurden dabei bestens
erfüllt, obwohl körperliche Züchtigungen in Camdleß=
Bay grundsätzlich ausgeschlossen blieben. Das bildete
einen auffallenden Unterschied mit den meisten übrigen
Pflanzungen Floridas und ein System, welches seitens
der Nachbarn James Burbank's nicht ohne Mißgunst
angesehen wurde. Es erklärt sich, daß solche Verhält=
nisse Letzterem hierzulande eine schwierige Stellung
bereiten mußten, vor allem gerade jetzt, wo das Loos
der Waffen die Frage der Sclaverei entscheiden sollte.

Das zahlreiche Personal der Pflanzung war in
gesunden und bequemen kleinen Häuschen untergebracht.
Zwischen Gruppen von je fünfzig vereinigt, bildeten
dieselben zehn Weiler oder Barackenlager, die sich
längs fließender Gewässer hinzogen. Hier lebten die
Schwarzen mit ihren Frauen und Kindern. Jede Familie
war, soweit sich das thun ließ, mit einerlei Arbeit in
den Feldern, den Wäldern oder Werkstätten beschäftigt,
um deren Mitglieder auch während der Arbeitsstunden
so wenig als möglich von einander zu trennen. An
der Spitze jener Weiler stand je ein Unteraufseher,
eine Art Geschäftsführer, um nicht zu sagen Ge=
meindevorstand, welcher die Angelegenheiten der ihm
direct Untergebenen leitete und selbst wieder der Cen=
tralstelle dieses Staates im Kleinen verantwortlich war.
Diese Centralstelle bildete das Herrenhaus von Camdleß=
Bay, das von einer Umwallung hoher Palissaden um=
schlossen wurde, deren dicht aneinanderschließende, loth=
recht stehende Planken sich zur Hälfte unter dem

Grün der üppigen Vegetation verbargen. Hier erhob sich also die Privatwohnung der Familie Burbank.

Halb Haus, halb Schloß, hatte diese Wohnung den ihr mit Recht zukommenden Namen Castle-House erhalten.

Schon seit einer Reihe von Jahren gehörte Camdleß-Bay den Vorfahren James Burbank's. Zu jener Zeit, wo noch Verwüstungen durch die Indianer zu befürchten waren, hatten sich die Besitzer genöthigt gesehen, wenigstens die eigene Wohnung zu befestigen. Die Zeit war ja noch nicht so fern, wo General Jessup Florida gegen die Seminolen zu vertheidigen hatte. Lange Jahre hindurch hatten die Ansiedler von jenen rastlosen Nomaden furchtbar zu leiden gehabt. Ihre Wohnungen wurden nicht allein durch freche Diebstähle geplündert, nein, auch nicht selten durch Blut befleckt und dann noch durch Feuer vollends vernichtet. Selbst die Städte waren wiederholt von solchen feindlichen Einfällen und Raubzügen bedroht gewesen. An manchen Stellen ragen noch die traurigen Ruinen empor, welche die Indianer von ihren Zügen hinterlassen haben. Weniger als fünfzehn Meilen von Camdleß-Bay und nahe dem Weiler Mandarin zeigt man noch heute »das blutige Haus«, in dem der Ansiedler Mr. Motte, dessen Frau und drei junge Töchter von den Missethätern scalpirt und nachher ermordet worden waren. In unseren Tagen ist der Vernichtungskampf zwischen dem Bleichgesicht und der Rothhaut jedoch als beendet zu betrachten. Die endgiltig besiegten Seminolen haben weit weg, nach dem Westen des Mississippi zurückweichen müssen. Man hört nicht mehr von ihnen sprechen, höchstens von einzelnen Haufen, welche noch den sumpfigen Theil des südlichen Florida durchziehen.

Das Land hat also von diesen wilden Eingebornen nichts mehr zu fürchten.

Die früheren Verhältnisse erklären es jedoch, daß die Wohnungen der Ansiedler so hergestellt waren, um einen plötzlichen Ueberfall der Indianer Trotz bieten und wenigstens widerstehen zu können, bis die freiwilligen Bataillone herankamen, welche sich in den Städten und Weilern der Nachbarschaft organisirt hatten. Das Schlößchen Castle-House war also in dieser Weise gesichert worden.

Castle-House erhob sich auf einer leichten Bodenwelle mitten in einem etwa drei Acres großen, abgeschlossenen Park, der einige hundert Yards hinter dem Ufer des Saint-John anfing. Ein ziemlich tiefer Wasserlauf umgab diesen Park, dessen Sicherheit eine große Plankenumwallung vervollständigte, durch welche nur ein einziger Eingang und zwar über eine den »Festungsgraben« überspannende Brücke führte. An der Rückseite des kleinen Hügels verbreiteten sich schöne, zu Wäldchen vereinigte Bäume über die sanften Abhänge des Parkes hinab, um den sie eine herrliche grüne Einfassung bildeten. Eine schattenfrische Allee von Bambus, dessen Stengel sich wie in einem gerippten Bogengewölbe kreuzten, führte, gleich einem sehr langen Kirchenschiff, von dem Quai des kleinen Hafens von Cambleß-Bay bis zu den ersten Rasenplätzen. Im Innern verbreiteten sich nämlich auf allen von den Bäumen nicht besetzten Flächen saftig grüne Grasflächen, durchschnitten von langen Fußwegen, welche, abgeschlossen durch weiße niedrige Geländer, auf einem fein übersandeten Platz vor dem Castle-House selbst ausmündeten.

Dieses sehr unregelmäßig erbaute Schlößchen bot mancherlei Ueberraschendes sowohl in der Gesammtheit seiner Anordnung wie bezüglich der Phantasie in seinen Details. Für den Fall aber, daß etwaige Angreifer auch die Plankenwand das Parkes überstiegen gehabt hätten, hätte es sich doch — gewiß ein nicht unwichtiger Umstand — auch noch selbst zu vertheidigen und eine mehrstündige Belagerung auszuhalten vermocht. Die Fenster seines Erdgeschosses waren mit Eisengittern versehen; das Hauptthor an der Vorderseite glich an Festigkeit einer Fallbrücke. An verschiedenen Punkten der aus einem marmorhaltigen Stein erbauten Mauern befanden sich herausspringende sogenannte »Pfefferbüchsen«, welche die Vertheidigung dadurch noch erleichterten, daß sie die Angreifer in der Flanke unter Feuer zu nehmen gestatteten.

Kurz, mit seinen auf das Nothwendigste beschränkten Oeffnungen, mit dem Mittelthurm, der das Ganze überragte und das Sternenbanner der Union trug, mit seinen Zinnen und den mehrfach ausgesparten Schießscharten, der Neigung seiner Mauern nahe dem Erdboden, den hoch aufragenden Dächern, und mit der Dicke seiner Wände, welche wiederum einzelne Schießscharten zeigten, glich dieses Gebäude weit mehr einer Festung, als einer Landwohnung oder einem Lusthause.

Wie schon erwähnt, war eine solche Anordnung des Ganzen nöthig gewesen, um die Bewohner desselben zu jener Zeit zu schützen, wo noch die wüthenden Einfälle von Indianern auf dem Gebiete von Florida zur Tagesordnung gehörten. Es war sogar ein unterirdischer Gang vorhanden, der, unter der Palissade und dem umgebenden Wasserarm hinlaufend, Castle-House mit einer kleinen Bucht des Saint-John, der sogenannten Marino-Bucht, in Verbindung setzte. Dieser

Gang konnte im Falle der dringendsten Gefahr noch zu einer unbemerkbaren Flucht dienen.

Gewiß waren zu jener Zeit die Seminolen, welche die Halbinsel fast alle verlassen hatten, nicht mehr zu fürchten. Wenn das auch schon von den letztvergangenen zwanzig Jahren galt, so konnte doch Niemand sagen, was die Zukunft in ihrem Schooße barg. Wer konnte wissen, ob diese Gefahr, welche James Burbank gewiß nicht mehr seitens der Indianer drohte, ihm nicht einmal von Seiten der eigenen Landsleute nahe treten könnte? War nicht gerade er, als vereinzelt wohnender Nord=staatler, hier im südlichen Lande allen Wechselfällen des Krieges ausgesetzt, der bisher schon so blutig verlaufen war und zahlreiche Repressalien hervorgerufen hatte?

Jedenfalls hatte die Nothwendigkeit, für die Sicher=heit des Castle=House zu sorgen, diesem bezüglich der Bequemlichkeit im Inneren keinen Abbruch gethan. Alles war hier geräumig, die Zimmer luxuriös und vornehm ausgestattet. Die Familie Burbank fand hier, inmitten herrlicher Natur, alle Vortheile vereinigt, welche ein großes Vermögen bieten kann, wenn es bei Denen, die dasselbe besitzen, mit wirklichem künstlerischen Sinn ver=einigt ist.

Hinter dem Schlosse erstreckten sich in dem vor=behaltenen Park prächtige Gärten bis nach der Palissade, deren Planken hier unter Klettersträuchen und den Ranken von Passionsblumen völlig verschwanden. Myriaden von Colibris gaukelten und glänzten in der Luft umher. Haine von Orangen, Bosquets von Oelbäumen, Gra=naten, Pontederien mit himmelblauen Blüthendolden, Gruppen von Mangnolien, deren an Farbe altem Elfenbein gleichende Kelche die Luft mit würzigem Wohlgeruche erfüllten, Gebüsche von Palmen, die ihre

zierlichen Fächer im Winde hin und her bewegten,
Guirlanden von blaßvioletten Schlingpflanzen, Büschel
von Tupeas mit grünen Rosetten, Yuccas mit ihrem
scharfen Säbelgeklirr, rosafarbene Rhododendrons,
Gesträuche von Myrthen und Pampelpomeranzen, mit
einem Worte, Alles, was die Flora einer an die
Tropenkreise grenzenden Zone nur hervorzubringen
vermag, war auf diesen Beeten zum Ergötzen des Ge-
ruchs- und Gesichtssinnes vereinigt.

An der Grenze der Umwallung und unter dem
schützenden Dache von Cypressen und Affenbrotbäumen
erhoben sich die Stallungen, Wagenschuppen, Hunde-
ställe, die Baulichkeiten für die Milcherei und befanden
sich daran anschließend die Hühnerhöfe. Dank dem
dichten Gezweig jener schönen Bäume, das selbst die
Sonne dieser Breitenlage nicht zu durchdringen vermochte,
hatten die Hausthiere kaum etwas von der Hitze des
Sommers zu leiden. Von den Rios der Nachbarschaft
abgeleitete Adern fließenden Wassers unterhielten hier
stets eine angenehme Kühle.

Man sieht hieraus, daß die speciell für die Bewohner von Camdleß-Bay vorbehaltene Stätte einen
wunderschönen Mittelpunkt in der weiten Besitzung
James Burbank's bildete. Weder das Knarren der
Baumwollmühlen, noch das Krächzen der Sägen oder
die Schläge der Aexte beim Fällen der Bäume oder
sonst ein Geräusch dieses so vielfältigen und ausgedehnten Betriebes, drang bis über die Planken der
Umzäunung.

Nur die tausend Vögel der Fauna Floridas
konnten fliegend von einem Baume zum anderen gelangen. Durch diese befiederten Sänger, deren Feder-
schmuck mit den leuchtenden Blumen dieser Zone wett-

eiferte, waren hier nicht weniger willkommen, als die Wohlgerüche, mit welchen der sanfte Wind sich belud, wenn er die Prairien und Wälder der Nachbarschaft überfächelte.

Das war Camdleß=Bay, die Pflanzung James Burbank's, und eine der reichsten des östlichen Florida.

III.

Etwas vom Secessionskriege.

Wir schalten hier einige Worte über den Se= cessionskrieg ein, mit dem die nachfolgende Erzählung in innigem Zusammenhange steht.

Wir möchten dabei auch von vornherein aus= drücklich darauf hinweisen, daß dieser Krieg, wie es auch der Graf von Paris, der damalige Adjutant des General Mac Clellan in seiner vortrefflichen »Geschichte des Bürgerkrieges in Nordamerika« ausgesprochen hat, keineswegs eine Tariffrage, so wenig wie einen wirk= lichen Stammesunterschied zwischen dem Norden und dem Süden zur Ursache hatte. Die angelsächsische Race herrschte gleichmäßig im ganzen Gebiete der Vereinigten Staaten. Auch eine Handelsfrage ist bei diesem ent= setzlichen brudermörderischen Kampfe niemals im Spiel gewesen. »Die Sclaverei ist es, welche dadurch, daß sie in der einen Hälfte der Republik beibehalten und in der anderen verpönt war, zwei feindliche Gesell= schaften geschaffen hatte. Sie hatte die Sitten der= jenigen, wo sie herrschte, tief hinein umgewandelt und nur die äußere Form der Regierung intact gelassen.

Sie wurde denn, wenn auch nicht zum Vorwand und
zur Gelegenheitsursache, so doch zum wirklichen Grund
jenes Antagonismus, dessen unvermeidliche Folge der
Bürgerkrieg war.«

In den Sclavenstaaten gibt es drei Gesellschafts=
classen. Die unterste, in der Anzahl von etwa vier
Millionen als Sclaven dienender Neger, macht fast ein
Drittel der Bevölkerung aus, die oberste ist die Kaste
der verhältnißmäßig wenig unterrichteten reichen, auf
Andere verächtlich herabblickenden Grundbesitzer, welche
für sich die Leitung der öffentlichen Angelegenheiten
in Anspruch nehmen. Zwischen ihnen steht die unruhige,
träge und elende Classe der kleinen weißen Leute.
Wider Erwarten traten gerade diese besonders lebhaft
für Aufrechterhaltung der Sclaverei ein, ohne Zweifel
weil sie fürchteten, daß die emancipirten Neger sich mit
ihnen bald auf das gleiche Niveau stellen würden.

Der Norden begegnete also als Gegnern nicht
allein den reichen Grundeigenthümern, sondern auch
jenen kleinen Leuten unter den Weißen, welche vor=
züglich auf dem Lande, inmitten der dienenden Be=
völkerung lebten. Der Kampf mußte also ein furcht=
barer werden. Er brachte sogar innerhalb der Familien
solche Meinungsverschiedenheiten hervor, daß nicht
selten von zwei Brüdern einer unter der Fahne der
Conföderirten, der andere unter der der Föderalisten
kämpfte. Ein großes Volk konnte aber gar nicht zögern,
die Sclaverei bis zur Wurzel auszurotten. Seit dem
letzten Jahrhundert schon hatte der berühmte Franklin
die Freigebung der Sclaven gefordert. Im Jahre 1807
hatte Jefferson dem Congreß empfohlen, einen Handel
zu unterdrücken, dessen Aufhören die Moral, die Ehre

3*

und die theuersten Interessen der Nation gleichmäßig verlangten.

Der Norden hatte also gewiß Recht, gegen den Süden zu marschiren und diesen wieder unter seine Botmäßigkeit zu bringen. Uebrigens ergab sich als Folge dieses Vorgehens nur eine innigere Verschmelzung aller Elemente der großen Republik und die Zerstörung des so traurigen Irrthums, daß jeder Bürger in erster Linie seinem besondern Staate und nur in zweiter dem gemeinsamen Bunde zu gehorchen habe.

Gerade in Florida war es, wo die ersten, die Sclaven betreffenden Fragen auf die Tagesordnung kommen sollten. Zu Anfang dieses Jahrhunderts hatte ein Indianerhäuptling Namens Osceola zur Frau eine entflohene Sclavin, die in dem sumpfigen Theil des Gebietes von Florida, welches die Ewergladen genannt wird, geboren war. Eines Tages wurde diese Frau aufgegriffen und als Sclavin mit Gewalt entführt. Osceola wiegelte deshalb die Indianer auf, begann den Kampf gegen die Sclaverei, wurde aber gefangen, und starb in der Festung, in die man ihn gesperrt hatte. Der Krieg ging nichtsdestoweniger weiter fort, und, sagt der Historiker Thomas Higginson, die Geld= summe, welche dieser Kampf verschlungen, war dreimal so groß, als Spanien einst für die Abtretung von Florida gezahlt worden war.

Wir schildern hier kurz den Anfang des lang= wierigen Secessionskrieges und dann den Stand der Dinge während des Monats Februar 1862, das heißt in der Zeit, wo James Burbank und seine Familie davon die furchtbarsten Rückschläge erleiden sollten, die uns so interessant erschienen, daß wir sie als Haupt= inhalt dieser Erzählung wiedergeben.

Am 16. October 1859 bemächtigte sich der helden=
müthige Capitän John Brown an der Spitze einer
kleinen Truppe flüchtiger Sclaven des Forts Harpers=
Ferry in Virginien. Die Befreiung der Farbigen ist
sein Ziel, das er kühn aller Welt verkündet; durch die
Compagnien der Milizen besiegt, wird er gefangen,
zum Tode verurtheilt und in Charlestown am 2. De=
cember 1859 mit sechs seiner Genossen gehenkt.

Am 20. December 1860 tritt in Süd=Carolina
eine Vereinigung zusammen, welche die Secessions=
decrete mit Begeisterung annimmt. Im folgenden Jahre
war Abraham Lincoln am 4. März zum Präsidenten
der Republik ernannt. Die Südstaaten nahmen diese
Wahl als eine gegen die Institution der Sclaverei ge=
richtete Drohung auf. Am 11. April 1861 fällt das
Fort Sumter, eines derjenigen, welche die Rhede von
Charlestown vertheidigen, in die Hand der vom Ge=
neral Beauregard angeführten Südstaaten. Nord=Caro=
lina, Virginia, Arkansas und Tenessee schließen sich
dem Separatbunde sofort an.

Von der föderalistischen Regierung werden fünf=
undsiebenzigtausend Freiwillige ausgehoben. Zunächst
beeilt man sich, Washington, die Hauptstadt der Ver=
einigten Staaten von Amerika, gegen einen etwaigen
Handstreich der Conföderirten sicher zu stellen. Man
versorgt wieder die Arsenale des Nordens, welche fast
ganz leer waren, während die des Südens unter der
Präsidentschaft Buchanan's mit Allem reichlich versehen
waren. Kriegsmaterial wird, oft zu ganz außerordent=
lichen Preisen, eiligst angeschafft. Darauf erklärt Abraham
Lincoln die Häfen des Südens in Blockadezustand.

In Virginien kommt es zu den ersten kriegerischen
Ereignissen. Mac Clellan treibt die Rebellen nach

Weſten zurück. Am 21. Juli aber werden die föde=
raliſtiſchen Truppen unter dem Oberbefehl Mac Dowel's
bei Bull Run aufs Haupt geſchlagen und ziehen ſich
flüchtend bis Waſhington zurück. Wenn die Südſtaatler
jetzt nicht für ihre Hauptſtadt Richmond zitterten, ſo
hatten dafür die Nordſtaatler alle Urſache, für die
Hauptſtadt der Republik zu zittern. Einige Monate
ſpäter werden die Föderaliſten noch einmal bei den Balls=
Bluffs beſiegt. Dieſe unglückliche Affaire wird jedoch
bald durch verſchiedene Expeditionen wett gemacht,
welche den Unioniſten das Fort Hatteras und Port=
Royal=Harbour in die Hand liefern, deren ſich die
ſeparirten Staaten nicht wieder bemächtigen können. Gegen
Ende des Jahres 1861 geht der Oberbefehl über die
Heere der Union an den Generalmajor Georges Mac
Clellan über.

Inzwiſchen haben im Laufe dieſes Jahres die
Kaperſchiffe der Sclavenhalter alle Meere unſicher ge=
macht, und in den Häfen Frankreichs, Englands,
Spaniens und Portugals Aufnahme gefunden — ein
großer Fehler, da die damit ausgeſprochene Aner=
kennung der Seceſſioniſten als kriegsführende Macht
nur die Folge hatte, dieſe zu ermuthigen und den
Bürgerkrieg weiter in die Länge zu ziehen.

Dann kamen die Vorgänge zur See, welche einen
ſo lauten Wiederhall fanden.

Hier iſt der »Sumter« mit ſeinem Capitän Semmes
zu nennen; ferner das Auftauchen des Widderſchiffes
»Manaſſas«, ſowie an 12. October das Seegefecht
an den Miſſiſſippi=Mündungen. Darauf folgt am
8. November die Wegnahme des engliſchen Schiffes
»Trent«, auf dem der Capitän Wilkes die conföderirten
Commiſſäre gefangen nimmt — was nahe daran war,

einen Krieg zwischen England und den Vereinigten
Staaten zu entzünden.

Daneben liefern sich die Abolitionisten und die
Sclavenhalter blutige Treffen mit abwechselnden Erfolgen
und Mißerfolgen bis in den Staat Missouri hinunter.
Von den besten Generalen des Nordens wird einer,
Lyon, getödtet, was den Rückzug der Föderirten nach
Stella und den Marsch Price's mit dem conföderirten
Heere nach dem Norden veranlaßt. Man schlägt sich
bei Frederiktown am 21. October, bei Springfield am
25., und am 27. nimmt Fremont mit den Conföderirten diese Stadt ein. Die Schlacht bei Belmont
zwischen Grant und Polk bleibt unentschieden. Endlich
macht der in den nördlichen Staaten so strenge Winter
dem Feldzuge vorläufig ein Ende.

Die ersten Monate des Jahres 1862 vergehen
unter erstaunlichen Anstrengungen, welche auf beiden
Seiten zur Fortsetzung des Kampfes gemacht werden.

Im Norden erläßt der Congreß ein Gesetz, dem-
zufolge fünfmalhunderttausend Freiwillige ausgehoben
werden — die übrigens bis zu Ende des Krieges die
Zahl einer Million erreichen — und eine Anleihe von
fünfhundert Millionen Dollars aufgenommen wird.
Große Armeen, darunter vorzüglich die des Potomak,
werden aufgestellt. Ihre Generäle sind Banks, Butler,
Grant, Sherman, Mac Clellan, Meade, Thomas,
Karney und Hallek, um nur die hervorragendsten zu
erwähnen. Alle Waffengattungen treten in Thätigkeit.
Infanterie, Cavallerie, Artillerie und Genie werden
möglichst gleichmäßig in Divisionen eingetheilt; Kriegsmaterial wird mit äußerster Anspannung aller Kräfte
hergestellt. Minié-Gewehre und Cole-Büchsen, gezogene
Kanonen nach dem System von Parrot und Rodman,

Geschütze mit glatter Seele und Dalgren'schen Colum-
biaden, ferner Mörser, Revolverkanonen, Schrapnel-
geschosse und Belagerungsparks. Man organisirt die
Telegraphen- und die Luftschiffer-Abtheilungen, die Be-
richterstattung an die großen Blätter, die Zufuhren,
welche von zwanzigtausend Wagen, bespannt mit acht-
zigtausend Maulesein, besorgt werden. Man häuft Vor-
räthe jeder Art unter dem Chef der Verwaltung auf.
Man erbaut Kriegsschiffe nach dem Widdertypus, die
»Rams« des Obersten Ellet, die »Gun-boats« oder
Kanonenboote des Commodore Foote, die zum ersten
Male in einem Seekriege in Thätigkeit treten.

Im Süden ist der Kriegseifer nicht minder groß.
Wohl gibt es hier Geschützgießereien, wie in Neu-
Orleans, in Memphis, neben den Werkstätten in Tre-
dogar bei Richmond, welche Parrott's und Rodman's
Kanonen liefern, doch das genügt noch nicht. Die con-
föderirte Armee wendet sich nach Europa. Liège und
Birmingham senden ihr ganze Schiffsladungen Kriegs-
material, vorzüglich Armstrong- und Whitworthkanonen.

Blockadebrecher, welche in südlichen Häfen Baumwolle zu billigem Preise einkaufen wollen, erhalten
solche nur im Austausch gegen Kriegsmaterial. Dann
organisirt sich die Armee. Ihre Generäle sind Johnston,
Lee, Beauregard, Jackson, Critenden, Floyd und Pillow.
Zum Heere stoßen noch reguläre Truppen. Milizen und
Guerillas schließen sich den vierhunderttausend Freiwilligen an, welche auf drei Jahre höchstens und auf
ein Jahr mindestens in Dienst genommen sind und
die der separatistische Congreß von 8. August seinem
Präsidenten Jefferson Davis bewilligt.

Während dieser Vorbereitungen entbrennt der
Kampf schon wieder während der zweiten Hälfte des

erften Winters. Von allen Sclavenstaaten hat die
föderaliftische Regierung bis jetzt nur Maryland, das
öftliche Virginia, einige Theile von Kentucky, den
größten Theil von Miſſouri und eine Anzahl Küften-
punkte in ihrer Gewalt.

Die Feindſeligkeiten entbrennen zuerſt im Oſten
von Kentucky. Am 7. Januar ſchlägt Garfield die Conföderirten bei Middle-Creek und am 20. unterliegen
dieſe wiederum bei Logan-Croß oder Mill-Springs.
Am 2. Februar ſchifft ſich Grant mit zwei Diviſionen
auf einigen großen Dampfern des Teneſſee ein, welche
die Panzerflottille Foote's unterſtützen ſollen. Am 6. fällt
Fort Henry in ſeine Gewalt. Damit iſt ein Glied
jener Kette gebrochen, »auf welche ſich, ſagt der Ge-
ſchichtſchreiber jenes Bürgerkrieges, das ganze Ver-
theidigungsſyſtem ſeines Gegners Johnſton ſtützte.«
Cumberland und die Hauptſtadt von Teneſſee ſehen
ſich alſo direct und binnen kurzem von den Heerſäulen
der Föderaliſten bedroht. Johnſton ſucht deshalb auch ſeine
Kräfte bei Fort Donelſon mehr zurückzuziehen, um einen
für die Vertheidigung geeigneteren Stützpunkt zu gewinnen.

Zu derſelben Zeit kommt eine andere Expedition,
beſtehend aus ſechszehntauſend Mann unter den Befehlen Burnſide's und aus einer Flottille von vierundzwanzig bewaffneten Dampfern nebſt fünfzig Trans-
portſchiffen die Cheſapeake-Bay hinunter und geht, von
Hampton-Roads aus, am 12. Januar unter Segel;
trotz der heftigen Stürme des 24. Januar dringt ſie
in den Pimlico-Sund ein, um ſich der Inſel Roanoke
zu bemächtigen und die Küſte von Nord-Carolina
zu unterwerfen. Die Inſel iſt jedoch befeſtigt. Nach
Weſten zu wird der Canal durch verankerte Schiffs-
rümpfe verſperrt. Die Batterien und Land-Feldwerke

machen jeden Zutritt sehr schwierig. Fünf- bis sechs-
tausend Mann sind mit Unterstützung einer Flottille von
sieben Kanonenbooten entschlossen, jede Landung zu
verhindern. Trotz des Opfermuthes ihrer Vertheidiger
fällt die Insel jedoch zwischen dem 7. und 8. Februar
mit zwanzig Kanonen und zweitausend Gefangenen in
Burnside's Hand. Am folgenden Morgen schon sind
die Föderirten Herrn von Elisabeth-City und auch
der ganzen Küste des Albemarle-Sundes, das heißt
des ganzen Nordens dieses Binnenmeeres.

Um die Lage der Dinge am 6. Februar vollständig zu schildern, haben wir noch eines südstaatlichen
Generals zu erwähnen, des früheren Professors der
Chemie, Jackson, der als puritanischer Soldat Virginia
vertheidigt. Nach der Zurückberufung Lee's nach Richmond übernimmt er das Commando der Armee. Er
verläßt Virginia am 1. Januar mit seinen zehntausend
Mann, überschreitet die Alleghany-Berge, um Bath an
der Eisenbahn nach Ohio zu nehmen. Besiegt durch
das Klima und vernichtet durch Stürme, muß er nach
Winchester zurückkehren, ohne sein Ziel erreicht zu haben.

Was endlich speciell die Küstenstrecken des Südens
von Carolina bis Florida angeht, so ereignete sich
daselbst in der Hauptsache folgendes:

In der zweiten Hälfte des Jahres 1861 besaß
der Norden genug schnelle Fahrzeuge, um die Polizei
auf diesen Meeren aufrecht zu erhalten, obwohl er sich
des berüchtigten »Sumter« nicht bemächtigen konnte,
der im Jahre 1862 vor Gibraltar ankerte, um in den
europäischen Meeren amerikanische Schiffe zu kapern.
Der »Jefferson-Davis« dagegen mußte, um der Wegnahme durch die Föderirten zu entgehen, nach Saint-
Augustine in Florida flüchten, wo er bei der Ein-

fahrt selbst unterging. Fast zur nämlichen Zeit fängt ein Kreuzer, der Florida bewacht, das Kaperschiff »Beauregard« weg. Dafür werden freilich in England neue Schiffe zu demselben Zwecke gebaut und aus- gerüstet. Nun dehnt eine Proclamation Abraham Lincoln's die Blockade auf die Küste Virginias und Nord-Carolinas — zwar nur die sogenannte fictive oder die Blockade auf dem Papier — über eine Küsten- strecke von viertausendfünfhundert Kilometer aus. Um diese zu überwachen, besaß man nur zwei Geschwader, eines zur Blockade im Atlantischen Meere und das zweite zu der im Golf von Mexiko.

Am 12. October versuchen die Conföderirten zum ersten Male die Mündung des Mississippi mit dem »Manassas«, dem ersten Fahrzeuge, das während dieses Krieges gepanzert wurde, und unterstützt durch eine Flottille von Brandern, zu befreien. Wenn der Plan mißlang und die Corvette »Richmond« heil und gesund aus diesem Ueberfall hervorging, so gelang es dafür einen kleinen Dampfer, dem »Sea-Bird«, eine föderali- stische Goëlette unter den Kanonen des Forts Monroë wegzuführen.

Inzwischen macht es sich nöthig, einen Punkt zu besitzen, der den Kreuzern des Atlantischen Oceans als Operationsbasis dienen kann. Die Bundesregierung beschließt also, sich des Forts Hatteras, welches die Fahrstraße gleichen Namens beherrscht und die alle Blockadebrecher mit Vorliebe aufzusuchen pflegen, zu be- mächtigen. Das Fort ist nur schwierig zu nehmen. Es wird durch eine, das Fort Clark genannte, vierseitige Redoute vertheidigt. Etwa tausend Mann und das siebente Regiment von Nord-Carolina bilden dessen Besatzung. Vergeblich. Das föderalistische Geschwader,

bestehend aus zwei Fregatten, drei Corvetten, einem
Aviso und zwei großen Dampfern, geht am 27. August
vor der Einfahrt vor Anker. Commodore Stoingham
und General Butler leiten den Angriff. Die Redoute
wird genommen. Nach hartnäckigem Widerstand hißt
das Fort Hatteras die weiße Fahne. Damit ist den
Nordstaaten für die ganze Dauer des Krieges die
Operationsbasis gesichert.

Im November bleibt die Insel Santa Rosa, im
Osten von Pensacola und im Golf von Mexiko, welche
gewissermaßen noch zur Küste Floridas gehört, trotz aller
Anstrengungen der Conföderirten in der Gewalt der
föderalistischen Truppen.

Die Einnahme des Forts Hatteras erscheint jedoch
immer noch nicht ausreichend für die sichere Durchführung der letzten Operationen. Dazu müssen noch
andere Küstenpunkte von Süd-Carolina, Georgia und
Florida gewonnen werden. Zwei Dampffregatten, der
»Wasbah« und der »Sud«, drei Segelfregatten, fünf
Corvetten, sechs Kanonenboote, mehrere Avisos, fünf-
undzwanzig mit Kohlen und Proviant beladene Fahrzeuge und zweiunddreißig Dampfer zum Transport
von fünfzehntausendsechshundert Mann unter Commando
des General Sherman werden dem Commodore Dupont übergeben. Die Flottille geht am 25. October von
Fort Monroë aus unter Segel. Nachdem sie seewärts
des Cap Hatteras einen kurzen, aber furchtbaren Sturm
glücklich überstanden, kommt sie in Sicht der Einfahrt
bei Hilton-Head, zwischen Charlestown und Savannah;
hier breitet sich die Bai von Port-Royal, eine der
wichtigsten der amerikanischen Conföderation aus, wo
der General Ripley die südstaatlichen Kräfte befehligte.
Die beiden Forts Walker und Beauregard bestreichen,

etwa viertausend Meter von einander entfernt, den Eingang der Bai. Acht Dampfer vertheidigen dieselbe und ihre Barre erscheint für eine angreifende Flotte fast unzugänglich.

Am 5. November ist die Abbakung des Forts vollendet und nach Auswechslung einiger Kanonenschüsse dringt Dupont in die Bai ein, ohne daß die Truppen Sherman's landen können. Am 7. Vormittags greift er das Fort Walker und nachher auch das Fort Beauregard an. Er zerstört dieselben durch einen Hagel der schwersten Geschosse. Die Forts werden geräumt. Die Föderalistischen besetzen dieselben fast ohne Schwertstreich und Sherman versichert sich dieser für den Fortgang der militärischen Operationen so entscheidenden Stützpunkte. Das war ein Schlag, der die conföderirten Staaten ins Herz traf. Die benachbarten Inseln fallen eine nach der andern in die Gewalt der Föderirten, selbst die Insel Tybee und das Fort Pulaski, das den Fluß Savannah beherrscht. Am Schlusse des Jahres ist Dupont Herr der fünf Baien von North-Edisto, Saint-Helena, Port-Royal, Tybee, Warsaw und der ganzen Kette von Inseln und Holmen, welche sich längs der Küste von Carolina und Georgia hinzieht. Ein letzter Erfolg am 1. Januar 1862 gestattet ihm die an den Ufern des Coosaw errichteten Werke der Conföderirten zu besetzen.

Das war also die Lage der kriegführenden Parteien zu Anfang des Februar 1862 und dieses die Fortschritte der föderalistischen Regierung gegen den Süden in dem Augenblicke, wo die Schiffe des Commodore Dupont und die Truppe Sherman's Florida ernstlicher bedrohten.

IV.

Die Familie Burbank.

Es war wenige Minuten nach sieben Uhr, als James Burbank und Edward Carrol die Stufen des Vorplatzes emporstiegen, nachdem sich die Hauptthür des Castle-House, an der nach dem Saint-John ge= richteten Seite, öffnete. Das kleine Töchterchen an der Hand führend, folgte Zermah den Männern nach. Alle befanden sich jetzt in dem Hausflur, einer Art Vor= raumes, von dessem kuppelförmig abgedachten Hinter= grunde die doppelwangige große Treppe nach den oberen Stockwerken führte.

Hier befand sich Frau Burbank in Gesellschaft Perry's, des Oberaufsehers der ganzen Pflanzung.

»Keine neueren Nachrichten von Jacksonville?

— Gar keine, mein Lieber.

— Und auch nichts Neues von Gilbert?

— Doch ... ein Brief!

— Gott sei Dank!«

Das waren die ersten kurzen Fragen und Ant= worten, welche zwischen Frau Burbank und ihrem Gatten gewechselt wurden.

Nachdem James Burbank seine Frau und die kleine Dy umarmt, erbrach er das ihm überlieferte Schreiben.

Dieser Brief war in Abwesenheit James Burbank's nicht geöffnet worden. Bei der augenblicklichen Lage des Absenders, ebenso wie der seiner Angehörigen in Florida, hatte Frau Burbank gewünscht, daß ihr Gatte der erste sei, der dessen Inhalt kennen lernte.

»Dieser Brief ist jedenfalls nicht mit der Post gekommen? fragte James Burbank.

— Nein, Herr James, antwortete Perry. Das wäre seitens des Herrn Gilbert zu unvorsichtig gewesen.

— Und wer hat es auf sich genommen, ihn zu überbringen?

— Ein Mann aus Georgia, auf dessen Ergebenheit unser junger Lieutenant sich verlassen zu können glaubte.

— Wann ist das Schreiben eingetroffen?

— Gestern.

— Und der Ueberbringer? . . .

— Ist noch denselben Abend wieder umgekehrt.

— Hoffentlich gut belohnt für seinen Dienst? . . .

— Ja, lieber Freund, erklärte Frau Burbank, aber schon von Gilbert selbst, so daß er von uns nichts mehr annehmen wollte.«

Die Vorhalle war durch zwei, auf einem Marmortische stehende Lampen erleuchtet, hinter dem Tische stand ein großes Sopha. James Burbank nahm am Tische Platz. Seine Gattin und die kleine Tochter setzten sich neben ihn. Edward Carrol hatte sich, nachdem er seiner Schwester warm die Hand gedrückt, in einen Armstuhl niedergelassen. Zermah und Perry standen neben dem Treppenaufgange. Sie gehörten so vollständig zur Familie, daß der Brief ohne Bedenken in ihrer Gegenwart verlesen werden konnte.

James Burbank hatte das Papier entfaltet.

»Er ist vom 3. Februar, sagte er.

— Schon vier Tage alt, bemerkte Edward Carrol. Das ist unter den gegenwärtigen Verhältnissen lange Zeit . . .

— Lies doch, Papa, lies doch!« rief das kleine Mädchen mit einer bei ihrem Alter sehr natürlichen Ungeduld.

Der Brief lautete folgendermaßen:

»An Bord des »Wasbah«, auf der Rhede von Edisto.

Am 3. Februar 1862.

Mein liebster Vater!

Ich umarme zuerst im Geiste meine Mutter, meine kleine Schwester und Dich selbst. Ich vergesse auch nicht meinen Onkel Carrol, und um nichts zu übergehen, sende ich der guten Zermah die herzlichsten Grüße von ihrem Manne, meinem wackeren, treuergebenen Mars. Wir befinden uns Beide so gut wie irgend möglich und hegen das dringendste Verlangen, bald bei Euch zu sein. Das wird auch nicht lange mehr dauern, und sollte uns Herr Perry auch noch so sehr verwünschen, wenn er, der würdige Verwalter, angesichts der unauf=haltsamen Fortschritte des Nordens als eingefleischter Anhänger der Sclaverei seinem Unmuthe Luft macht.«

— Da haben Sie Ihren Theil, Perry, warf Edward Carrol ein.

— Darüber hat Jeder seine eigenen Gedanken! antwortete Perry wie Einer, der die seinigen auf keinen Fall aufzugeben gewillt schien.

James Burbank fuhr fort:

»Dieser Brief kommt Euch durch einen Mann zu, dem ich trauen kann; seid also in dieser Hinsicht ohne Sorgen. Ihr werdet schon erfahren haben, daß das Geschwader des Commodore Dupont sich der Bai des Port=Royal und der benachbarten Inseln bemächtigt hat. Der Norden überwältigt also nach und nach den Süden. Es ist auch sehr wahrscheinlich, daß die föde=ralistische Regierung versuchen wird, die Haupthäfen

von Florida zu beſetzen. Man ſpricht ſchon von einer
Expedition, welche Dupont und Sherman gegen Ende
des Monats gleichzeitig unternehmen werden. Sehr
wahrſcheinlich würden wir dann die Bai von Saint-
Andrews unter unſere Gewalt bringen. Von dort aus
wäre man in bequemer Lage, in den Staat Florida
ſelbſt einzudringen.

»O, wie ſehne ich mich, ſchon dort zu ſein, lieber
Vater, und ſelbſtverſtändlich mit unſerer ſiegreichen Flottille! Eure Lage inmitten jener ſclavenhaltenden Bevölkerung beunruhigt mich jede Stunde neu. Der Augenblick naht jedoch heran, wo wir zum ſchönſten Triumphe
den Ideen verhelfen werden, welche in Camdleß-Bay
ſtets die herrſchenden geweſen ſind.

»Ach, wenn ich nur, und wäre es blos auf vierundzwanzig Stunden, entweichen könnte, wie würde ich
eilen, Euch einmal wiederzuſehen! Doch nein, das wäre
für Euch und für mich gar zu unklug gehandelt, und
es iſt beſſer, ſich in Geduld zu faſſen. Noch einige
Wochen, und wir ſind Alle wieder in Caſtle-Houſe bei-
ſammen.

»Ich eile zum Schluſſe und frage mich nur, ob
ich Niemand vergeſſen habe, meine zärtlichen Grüße
zu ſenden. Ja, wahrhaftig! Da hab' ich den Herrn
Stannard und meine liebliche Alice, nach der ich mich
ja ſo herzlich ſehne, doch übergangen! Bringt ihrem
Vater die wärmſten Grüße und ihr — noch etwas
mehr von mir! ...

»Mit kindlicher Verehrung die innigſten Grüße von
Gilbert Burbank.«

James Burbank hatte auf den Tiſch den Brief
niedergelegt, den ſeine Gattin ſogleich ergriff und an

ihre Lippen führte. Auch die kleine Dy drückte einen herzhaften Kuß auf die Unterschrift ihres Bruders.

»Tüchtiger Junge! sagte Edward Carrol.

— Und ein braver Mann, der Mars! setzte Burbank hinzu mit einem Blicke auf Zermah, welche das kleine Mädchen liebkoste.

— Wir werden Alice benachrichtigen müssen, daß wir einen Brief von Gilbert erhalten haben, ließ Frau Burbank sich vernehmen.

— Ja, ich werde ihr schreiben, erklärte James Burbank. In einigen Tagen muß ich übrigens selbst nach Jacksonville und werde dort Stannard aufsuchen. Seit Gilbert diesen Brief schrieb, können bezüglich der geplanten Expedition schon weitere Nachrichten eingelaufen sein. O, daß unsere Freunde aus dem Norden doch bald kämen und über Florida das Banner der Union von neuem wehen ließen! Hier wird unsere Lage mit der Zeit fast unhaltbar!«

In der That hatte sich mit der Weiterausdehnung des Kriegstheaters nach dem Süden in Florida eine klarliegende Umwandlung der Ansichten über die Frage vollzogen, welche jetzt den Bestand der Vereinigten Staaten gefährdete. Bis zu dieser Zeit hatte sich die Sclaverei in dieser alten spanischen Colonie eigentlich niemals recht entwickelt, und letztere auch nicht mit demselben Feuer wie Virginia und die beiden Carolina an der Bewegung theilgenommen. Bald wußten sich aber einige fanatische Führer an die Spitze der Parteigänger für Beibehaltung der Sclaverei zu setzen. Jetzt beherrschten diese Leute, die nur auf eine Empörung hofften, bei der sie nichts zu verlieren hatten, vielleicht aber viel zu gewinnen dachten, die Behörden sowohl in Saint-Augustine, wie vorzüglich in Jacksonville, wo sie sich auf die Hefe der Bevölkerung stützten. Das war der Grund, warum die Lage James Burbank's, dessen Abstammung und Gedanken Jedermann kannte, sich unter gewissen Umständen höchst beunruhigend gestalten konnte.

Nahezu zwanzig Jahre waren verflossen, seit James Burbank nach seinem Wegzuge aus New-Jersey, wo er auch noch einige Liegenschaften besaß, sich mit seiner Gattin und einem damals vier Jahre alten Sohne in Camdleß-Bay niedergelassen hatte. Wir wissen schon, wie überraschend diese Ansiedlung durch seine einsichtsvolle Thätigkeit und unter Mithilfe seines Schwagers Edward Carrol emporgeblüht war. Hier war auch, fünfzehn Jahre nach seiner Uebersiedelung nach dieser Pflanzung, sein zweites Kind, die kleine Dy, als Spätling geboren worden.

James Burbank zählte jetzt sechsundvierzig Jahre. Er war ein Mann von kräftiger Gesundheit, an Arbeit gewöhnt und pflegte sich selbst nie zu schonen. Man kannte seinen energischen Charakter. Sehr treu seinen einmal gefaßten Meinungen, genirte er sich nicht im mindesten, diese laut werden zu lassen. Groß, kaum einige graue Haare auf dem Scheitel, hatte er ein etwas ernstes, aber offenes und deshalb vertrauenerweckendes Gesicht. Mit dem bekannten Kinnbart der Amerikaner des Nordens, also ohne Backen- und Schnurrbart, entsprach er vollkommen dem Typus des Yankees von Neuengland. Auf der ganzen Pflanzung liebte man ihn, weil er gut, und gehorchte man ihm, weil er gerecht war. Seine Schwarzen zeigten sich ihm aufrichtig ergeben, und er wartete nicht ohne Ungeduld darauf, daß die Verhältnisse ihm gestatten würden, jene ganz frei zu geben. Sein etwa gleichalteriger Schwager be-

4*

ſchäftigte ſich hauptſächlich mit dem Rechnungsweſen
von Camdleß=Bay. Edward Carrol ſtimmte mit ihm
in allen Angelegenheiten überein und theilte auch ſeine
Anſchauungen bezüglich der Sclavenfrage.

In der ganzen kleinen Welt von Camdleß=Bay
gab es alſo nur den Oberverwalter Perry, welcher
anderen Anſichten huldigte. Man darf deshalb aber
nicht etwa glauben, daß der ſonſt ganz ehrenwerthe
Mann die Sclaven mißhandelte; im Gegentheil, er
ſuchte dieſe ſo glücklich zu machen, wie es deren Ver=
hältniſſe geſtatteten.

»Aber, ſagte er immer, es gibt in den heißen Ländern
Gegenden, wo die Landarbeiten eben nur von Schwarzen
ausgeführt werden können. Schwarze nun, welche keine
Sclaven ſind, wären auch gar keine Schwarzen mehr.«

Das war die Theorie, welche er bei jeder ſich
bietenden Gelegenheit zu vertheidigen ſuchte, und man
ließ ihm das ſo hingehen, ohne beſonderes Gewicht
darauf zu legen. Als er jetzt freilich das Waffenglück
den Anti=Sclavereivertretern zufallen ſah, behielt Perry
ſeine Gedanken mehr für ſich, da er meinte, die Folgen
würden ſich ja bald zeigen, wenn Mr. Burbank ſeine
Sclaven frei gegeben haben werde.

Wir wiederholen, daß jener übrigens ein vortreff=
licher und auch ſehr muthiger Mann war. Als James
Burbank und Edward Carrol ſeiner Zeit einer Ab=
theilung Miliz beitraten, welche man »Minute-men«, d. i.
Minuten=Männer nannte, weil ſie bereit ſein mußten,
jeden Augenblick auszurücken, da ſchloß Perry ſich ihnen
ohne Bedenken gegen die letzten Banden der Seminolen an.

Frau Burbank zählte zu dieſer Zeit erſt neunund=
dreißig Jahre. Sie war noch ſehr ſchön zu nennen,
und ihre Tochter verſprach einſt der Mutter Ebenbild

zu werden. James Burbank hatte in ihr eine liebevolle, hingebende Lebensgefährtin gefunden, der er ein gutes Theil seines Glückes verdankte. Die edle Frau lebte nur für ihren Gatten und ihre Kinder, die sie anbetete und um deren willen sie bei den jetzigen Zeitverhält= nissen, welche den grausamen Bürgerkrieg auch in Florida auflodern zu lassen drohten, manche ängstliche Stunde verbrachte. Und wenn Diana, oder vielmehr Dy, wie man sie vertraulich nannte, ein sechsjähriges heiteres, liebenswürdiges und lebensfrohes Mägdlein, im Castle= House an der Seite ihrer Mutter weilte, so war doch Gilbert nicht mehr hier. Das verursachte aber Frau Burbank unabläßige Befürchtungen, die sie nicht immer zu verheimlichen vermochte.

Gilbert war ein junger Mann von damals vierund= zwanzig Jahren, in dem man die Geistes= und Cha= raktereigenschaften seines Vaters, nur vielleicht noch offener zutage tretend, und dessen körperliche Eigen= schaften, nur mit etwas mehr Grazie und Liebreiz, leicht wiederfand. Ein beherzter Bursche und alle Körperübungen von Kindheit auf betreibend, war er gleich gewandt im Reiten, wie im Wassersport und be= ziehungsweise in der Jagd. Zum nicht geringen Schrecken seiner Mutter hatten ihm die schier endlosen Wälder und Sümpfe der Grafschaft Duval ebenso häufig als Schauplatz seiner kecken Streifzüge gedient, wie die Buchten und Wasserstraßen des Saint=John bis hinaus zur äußer= sten Mündung des Pablo. Gilbert hegte auch eine an= geborene Neigung, Soldat zu werden, wobei ihm die Fähigkeit zur Ertragung von Strapazen jeder Art besonders zu statten kam, und das ließ ihm denn, als die ersten Schüsse im Secessionskriege krachten, keine Ruhe mehr. Er sah ein, daß seine Pflicht ihn unter

die Reihen der Föderirten rief, und zauderte auch
keinen Augenblick, sondern verlangte unverzüglich ab-
reisen zu dürfen. Welchen Kummer ein solcher Entschluß
auch seiner Gattin bereiten, welche Gefahren derselbe
unter den gegebenen Verhältnissen auch heraufbeschwören
mochte — James Burbank dachte doch keine Minute
daran, sich den Wünschen seines Sohnes zu widersetzen.
Er meinte wie dieser, daß hier eine heilige Pflicht
vorliege, und die Pflicht geht einmal über Alles.

Gilbert brach also nach dem Norden auf, doch
wurde seine Abreise möglichst geheim gehalten. Hätte
man in Jacksonville gewußt, daß James Burbank's
eigener Sohn in der Nordarmee Dienst thun wollte,
so wäre das für Camdleß-Bay nicht ohne unberechen-
bare Repressalien hingenommen worden. Der junge
Mann hatte Empfehlungsbriefe an verschiedene Freunde
seines Vaters mitgenommen, die dieser noch im Staate
Neu-Jersey hatte. Bei seiner von jeher gezeigten Vorliebe für das Meer erhielt er leicht Anstellung in der
Bundesmarine. Jener Zeit gab es ein rasches Avance-
ment, und da Gilbert keineswegs zu denen gehörte,
welche zurückblieben, so kam auch er schnell vorwärts.
Die Regierung von Washington hatte sogar ein besonders wachsames Auge für diesen jungen Mann, der
trotz der dadurch bedrohten Lage seiner Familie nicht
unterlassen hatte, ihr seine Dienste anzubieten. Gilbert
zeichnete sich zuerst beim Angriff auf das Fort Sumter
aus. Er befand sich auf dem »Richmond«, als dieses
Schiff an der Mündung des Mississippi vom »Manassas« angegriffen wurde, und trug nicht wenig dazu
bei, es von jenem klar zu machen und zurückzuführen.
Nach diesem Vorfalle wurde er zum Schiffsfähnrich
ernannt, obwohl er nicht aus der Marineschule von

Annapolis gekommen war, ebensowenig wie die meisten jener improvisirten Officiere, welche der Handelsflotte entnommen waren. Mit dem neuen Grade trat er zum Geschwader des Commodore Dupont über und war bei der ruhmreichen Einnahme der Fort Hatteras, sowie bei der Wegnahme der Seas-Islands thätig betheiligt. Seit einigen Wochen diente er als Lieutenant auf einem der Kanonenboote des Commodore Dupont, welche den Auftrag erhalten hatten, die Einfahrt in den Saint-John mit Gewalt zu erzwingen.

Gewiß drängte es diesen jungen Mann ebenfalls, den blutigen Kampf baldigst beendigt zu sehen. Er liebte und wurde wieder geliebt! Nach Ablauf seines Dienstes wollte er nach Camdleß-Bay zurückkehren und dort die Tochter eines der besten Freunde seines Vaters heimführen.

Mr. Stannard gehörte nicht zur Classe der Pflanzer von Florida. Als vermögender Witwer lebend, hatte er sich ausschließlich der Erziehung seiner Tochter widmen wollen. Er wohnte in Jacksonville, von wo er nur drei bis vier Meilen auf dem Flusse zurückzulegen hatte, um sich nach Camdleß-Bay zu begeben. Seit fünfzehn Jahren schon ließ er keine Woche verstreichen, ohne die Familie Burbank einmal zu besuchen. Man könnte also fast sagen, daß Gilbert und Alice Stannard zusammen aufgezogen wurden. In Folge dessen war ein dereinstiger Ehebund zwischen den jungen Leuten schon lange ins Auge gefaßt, jetzt auch endgiltig beschlossen worden, eine Vereinigung, welche ihr späteres Glück zu gewährleisten versprach. Obwohl Walter Stannard selbst aus dem Süden stammte, war er doch ebenso Gegner der Sclaverei, wie vereinzelte Mitbürger von Florida; diese bildeten freilich eine zu

geringe Anzahl, um der großen Mehrheit der Pflanzer
und anderen Einwohner von Jackonville die Spitze
bieten zu können. Die Ansichten der letzteren aber
neigten sich von Tag zu Tage unzweideutiger der separa=
tistischen Bewegung zu. Die Folge davon war, daß
jene ehrenwerthen Leute von den Parteiführern in der
Grafschaft, wie von den kleinen Leuten unter den
Weißen und von der Hefe der Bevölkerung, welche den
ersteren zu jeder Ausschreitung willig Heerbann leistete,
mit sehr scheelen Blicken betrachtet wurden.

Walter Stannard war ein Amerikaner aus Neu=
Orleans. Frau Stannard, von französischer Herkunft
und noch sehr jung verstorben, hatte ihrer Tochter alle
die liebenswürdigen Eigenschaften vererbt, welche das
französische Blut auszeichnen. Als Gilbert zum Heere
aufbrach, hatte Alice, zur großen Beruhigung und zum
Troste der Frau Burbank, eine recht lobenswerthe
Energie gezeigt. Wie innig sie Gilbert auch liebte und
die gleiche Empfindung von diesem getheilt wußte,
hatte sie der Mutter desselben doch wiederholt vorge=
stellt, daß seine Abreise eine Ehrenpflicht, daß sich für
diese Sache zu schlagen mit dem Kämpfen für Be=
freiung einer zahlreichen Menschenclasse und zuletzt für
die Freiheit selbst gleichbedeutend sei. Miß Alice zählte
damals neunzehn Jahre. Sie war eine junge Blondine
mit fast schwarzen Augen, warmem Teint, eleganter
Gestalt und vornehm=edlen Gesichtszügen. Vielleicht
erschien sie etwas zu ernsthaft, dafür besaß sie aber so
beweglichen Ausdruck, daß ihr hübsches Gesicht sich bei
dem geringsten Lächeln vollkommen veränderte.

Die Familie Burbank wäre jedoch in ihren
treuesten Mitgliedern nicht lückenlos gekennzeichnet,

wenn wir es unterließen, deren zwei Diener, Mars und Zermah, mit einigen Federstrichen zu schildern.

Wir wissen aus seinem Brief, daß Gilbert nicht allein abgereist war. Mars, der Gatte Zermah's, hatte ihn begleitet und der junge Mann hätte keinen seiner Person treuer ergebenen Gefährten finden können, als diesen Sclaven von Camdleß-Bay, der damit, daß er den Fuß auf den Boden der Nordstaaten gesetzt, frei geworden war. Für Mars blieb Gilbert freilich noch immer dessen junger Gebieter und er hatte diesen nicht verlassen wollen, obgleich die Bundesregierung schon Negerbataillone errichtet hatte, in denen er hätte Aufnahme finden können.

Mars und Zermah waren eigentlich ihrer Abstammung nach keine Neger, sondern Mestizen. Zermah's Bruder war jener heldenmüthige Sclave, Robert Small, der vier Monate später in der Bai von Charlestown den Conföderirten einen kleinen, mit zwei Kanonen ausgerüsteten Dampfer wegnahm, den er der föderalistischen Marine zuführte.

Zermah wußte also, an wen sie sich zu halten hatte, und Mars ebenso. Es war eine glückliche Haushaltung, welche in den ersten Jahren freilich der abscheuliche Sclavenhandel mehr als einmal bedrohte, und gerade in einem Augenblick, wo Mars und Zermah durch die Zufälligkeiten eines Verkaufes getrennt werden sollten, waren sie in Camdleß-Bay unter das Personal der Pflanzung eingetreten.

Das geschah nämlich unter folgenden Verhältnissen:

Zermah zählte jetzt einunddreißig Jahre, Mars deren fünfunddreißig. Sieben Jahre früher hatten sie sich geheiratet, als sie einem Pflanzer Namens Tickborn angehörten, dessen Niederlassung sich einige zwanzig

Meilen stromaufwärts von Camöleß-Bay befand. Seit
einigen Jahren unterhielt dieser Pflanzer häufige Beziehungen mit Texar. Dieser besuchte auch in kürzeren
Zwischenräumen jene Pflanzung, wo er immer gute
Aufnahme fand; das war deshalb nicht zu verwundern,
weil Tickborn sich auch keiner besonderen Achtung in
der Grafschaft rühmen konnte. Bei seinen mittelmäßigen
geistigen Fähigkeiten war er geschäftlich allmählich herab-
gekommen und sah sich genöthigt, einen Theil seiner
Sclaven zum Verkauf auszubieten.

Gerade zu dieser Zeit hatte Zermah, die wie das
ganze Personal der Tickborn'schen Pflanzung eine sehr
schlechte Behandlung erfuhr, einem armen kleinen Wesen
das Leben gegeben, von dem sie jedoch sofort getrennt
wurde. Und während sie darauf im Gefängniß einen
Fehler büßte, an dem sie nicht einmal schuld war, ging
ihr Kind elend zu Grunde. Den Schmerz Zermah's
und die auflodernde Wuth Mars' wird man sich unschwer
vorstellen können. Was vermochten diese Unglücklichen
aber gegen einen Herrn, dem ihr Fleisch lebend und
todt gehörte, da er es gekauft hatte?

Zu diesem Kummer gesellte sich noch ein anderer
nicht minder schwerer. Schon am nächsten Tage nach
dem Ableben ihres Kindes waren Mars und Zermah
zur Auction gestellt worden und dadurch bedroht, von
einander getrennt zu werden. Ja, sie sollten nicht einmal
den Trost haben, sich bei einem neuen Herrn vereinigt
zu finden. Es war ein Mann aufgetreten, der ein Gebot
auf Zermah that, aber nur auf diese allein, obgleich
dieser überhaupt keine Pflanzung besaß. Vielleicht lief
das Ganze nur auf eine Laune des Käufers hinaus.
Dieser Mann war Texar. Sein Freund Tickborn wollte
eben schon den Contract mit ihm abschließen, als noch

im letzten Augenblick ein Mehrgebot seitens eines anderen Käufers erfolgte.

James Burbank war es, der dieser öffentlichen Versteigerung von Sclaven Tickborn's beiwohnte, und er fühlte sich von dem grausamen Geschick der unglücklichen Mestizin, welche vergeblich darum flehte, von ihrem Manne nicht getrennt zu werden, tief gerührt.

Zufällig brauchte James Burbank auch eine Amme für sein kleines Töchterchen. Da er gehört, daß eine der Sclavinnen Tickborn's, deren Kind eben gestorben war, sich in passenden Umständen befand, hatte er eigentlich nur die Amme erstehen wollen, Zermah's heiße Thränen veranlaßten ihn jedoch, auch auf deren Mann und zwar gleich mehr, als bisher geschehen war, zu bieten.

Texar kannte James Burbank, der ihn schon wiederholt als einen Mann von verdächtigem Rufe von seinem Grund und Boden verwiesen hatte. Davon schrieb sich auch der Haß her, den Texar gegen die ganze Familie auf Camdleß-Bay hegte.

Texar wollte also gegen seinen reichen Mitbewerber kämpfen — vergeblich. Er hatte sich's einmal in den Kopf gesetzt. Er steigerte schon auf das Doppelte den Preis, den Tickborn für die Mestizin und deren Mann verlangte. Das bewirkte allerdings, daß James Burbank diese ziemlich theuer bezahlen mußte, schließlich wurde ihm das Paar aber doch zugeschlagen.

So kam es also, daß Mars und Zermah nicht nur nicht getrennt wurden, sondern sie traten damit auch in den Dienst des besten und edelmüthigsten Pflanzers von ganz Florida. Welch' großen Trost gewährte ihnen dieser Ausgang in ihrem großen Leide

und wie vertrauensvoll konnten sie nun in die Zu=
kunft blicken!

Zermah besaß sechs Jahre später noch die ganze
reife Schönheit der Mestizen. Eine thatkräftige Natur und
gegen ihre Herrschaft ergebenen Herzens, hatte sie mehr
als einmal Gelegenheit gehabt — und sollte diese noch
öfter haben — dieser ihre treue Anhänglichkeit
zu beweisen. Mars war ganz würdig der Frau,
mit welcher ihn die hochherzige Handlungsweise James
Burbank's für immer verbunden hatte. Er zeigte
übrigens den merkwürdigen Typus jener Afrikaner,
denen reichlich Creolenblut beigemischt ist. Groß und
kraftvoll, sowie von unerschütterlichem Muthe, sollte
er seinem Herrn die wichtigsten Dienste leisten.

Uebrigens wurden diese beiden dem Personale der
Pflanzung hinzutretenden Diener keineswegs als Sclaven
behandelt, vielmehr wegen ihrer Sanftmuth und Intelli=
genz von Allen hochgeschätzt. Mars wurde speciell dem
jungen Gilbert zugetheilt, Zermah diente als Amme
Dianas, und so war es selbstverständlich, daß ihr Verkehr
mit der Familie allmählich einen ziemlich vertraulichen
Ton annahm.

Zermah empfand übrigens für das kleine Mädchen
eine wahrhaft mütterliche Liebe, die Mutterliebe, welche
sie ihrem verlorenen Kinde nicht zu theil werden lassen
konnte. Dy erwiderte ihr diese in vollem Maße und
die Zuneigung der einen hatte immer der mütterlichen
Sorgfalt der anderen die Wage gehalten. Auch Frau
Burbank hegte für Zermah ebenso freundliche wie
dankbare Empfindungen.

Dasselbe Verhältniß bestand zwischen Gilbert
und Mars. Gewandt und kräftig, wie der Mestize
war, hatte er auf ihn einen höchst glücklichen Einfluß

bezüglich aller körperlichen Uebungen, und James Bur=
bank konnte sich nur Glück wünschen, ihn seinem Sohn
beigegeben zu haben.

Zu keiner Zeit vorher war also die Lage Zer=
mah's und Mars' eine so erwünschte gewesen, und so
hatte sie sich gestaltet, als sie eben aus den Händen
Tickborn's in die Texar's hätten übergehen sollen. —
Das hatten und wollten sie nie vergessen.

V.

Die schwarze Bucht.

Beim ersten Tagesgrauen des folgenden Morgens
ging ein Mann am Ufer eines der kleinen, tief in der
als »Schwarze Bucht« bekannten Lagune verlorenen
Inselchen hin und her. Das war Texar; wenige Schritte
von ihm hatte eben ein noch in seinem Skiff sitzender
Indianer sein schmales Fahrzeug ans Land getrieben;
das war Squambo, derselbe, der Jenen am Vorabend
vom »Shannon« abgeholt hatte.

Nachdem er einigemal hin= und hergewandelt,
blieb Texar vor einer Magnolie stehen, zog einen der
tiefer hängenden Aeste des Baumes herab und riß
davon ein Blatt mit dem Stengel los. Dann ent=
nahm er seinem Taschenbuche ein kleines Billet, das
nur drei bis vier mit Tinte geschriebene Worte ent=
hielt. Dieses Billet, das er sehr eng zusammenrollte,
steckte er in den unteren Hauptnerv des Blattes, und
führte das so geschickt aus, daß das Mangobaumblatt
nichts von seinem gewöhnlichen Aussehen verloren hatte.

»Squambo! rief darauf Texar.

— Herr? antwortete der Diener.

— Begieb Dich nach der bewußten Stelle.«

Squambo nahm das Blatt, legte es im Vordertheil des Skiff nieder und setzte sich selbst auf das Hintertheil, dann ergriff er die Pagaie, ruderte um die äußerste Spitze der Insel und drang in einen gewundenen, von dem dicken Laub der Bäume halb versteckten Wasserarm ein.

Diese Lagune war launisch von einem Labyrinth von Canälen wie von engen mit schwärzlichem Wasser ge= füllten Schleifen durchsetzt, wie man solche in manchen Gärtnereien Europas antrifft. Ohne die Durchlässe dieser tiefeinschneidenden Einbuchtung, in der sich viel Nebenarme des Saint=John verlieren, zu kennen, hätte sich gewiß Niemand hineingewagt.

Squambo war sich jedoch keinen Augenblick im Unklaren. Wo man nimmermehr einen Ausweg ver= muthet hätte, da trieb er sein Skiff ohne Bedenken hin. Die niedrigen Zweige, welche er auseinanderbog, schlossen sich hinter ihm wieder zusammen, und Niemand hätte sagen können, daß hier ein Fahrzeug vorüber= gekommen sei.

So drang der Indianer immer tiefer in die lang gewundenen Schläuche ein, welche manchmal kaum so breit waren, wie die Abzugsgräben, welche man zur Entwässerung der Wiesengründe anlegt. Eine ganze Welt von Wasservögeln flatterte bei seiner Annäherung auf. Schlüpfrige Aale mit spitzigen Köpfen wanden sich durch die über das Wasser hinausragenden Wurzeln hindurch. Squambo bekümmerte sich weder um die Reptilien, noch um die eingeschlafenen Kaimans, die er durch das Anstoßen mit seinen Rudern erwecken konnte. Er glitt immer weiter vorwärts, und wenn es ihm am Raume zum Rudern gebrach, stieß er sich mit dem Ende seiner Pagaie vorwärts.

Obwohl jetzt schon heller Tag war und der schwere Dunst der Nacht bei den ersten Strahlen der Sonne zu verschwinden begann, konnte man ihn unter dem Schutze dieses undurchdringlichen grünen Daches doch nicht sehen. Selbst bei höchstem Sonnenstande wäre kein Strahl bis hierher gedrungen. Diese sumpfigen Strecken bedurften auch eines gewissen Halbdunkels, ebenso für die in ihrem schwarzen Gewässer wimmelnden Wesen, wie für die tausenderlei Wasserpflanzen, die auf dessen Oberfläche schwammen.

Während einer Stunde gelangte Squambo so von einem Eilande zum anderen, und als sein Skiff anhielt, befand er sich an einem der letzten Theile der Bucht.

Hier, wo der sumpfige Charakter der Lagune sich verlor, ließen die weniger dicht stehenden und minder reich belaubten Bäume endlich das Tageslicht durch= dringen. Jenseits dieser Stelle breitete sich eine weite Prairie aus, welche in der Ferne wieder Waldungen umsäumten und die sich nur wenig über den Saint= John erhob. Auf derselben sproßten kaum fünf bis sechs Bäume. Wenn der Fuß den noch immer halb morastigen Boden betrat, bekam er die Empfindung, als bewege er sich auf elastischen Polstern dahin. In langem Zickzack wucherten nur einige Sassafrasbüsche mit mageren Blättern und wenigen violetten Beeren auf der Wiesenfläche.

Nachdem er sein Skiff an einem Baumstumpf des Ufers befestigt, ging Squambo ans Land. Der nächtliche Nebel begann sich aufzulösen. Die gänzlich vereinsamte Wiese tauchte allmählich aus dem Dunste

auf. Zwischen den fünf bis sechs Bäumen, deren
Schattenbild sich wirr durcheinander darüber erhob,
stand auch ein mittelgroßer Mangobaum.

Nach diesem Baume begab sich der Indianer,
erreichte ihn nach wenigen Minuten und bog hier einen
Zweig desselben herab, an dessen Ende er das von
Texar erhaltene Billet befestigte. Dann schnellte der
Zweig, sich selbst überlassen, wieder hinauf, und das
Blatt verlor sich unter dem übrigen Laube des Mango-
baumes.

Squambo kehrte wieder nach seinem Skiff zurück und schlug die Richtung nach jenem Eilande ein,
auf dem sein Herr ihn erwartete.

Diese Schwarze Bucht, so genannt nach dem
düsteren Scheine ihres Wassers, konnte eine Gesammt-
fläche von fünf- bis sechshundert Acres bedecken.
Vom Saint-John ernährt, bildete sie eine Art ganz
undurchdringlichen Archipels für jeden, der ihre zahllosen
Windungen nicht ganz genau kannte. Wohl an hundert
Eilande ragten aus ihr empor. Weder Brücken noch
Stege verbanden diese miteinander, lange Leinen von
Lianen spannten sich von einem zum anderen. Manche
hohe Aeste erschienen über den tausend Armen, welche
sie trennten, innig verschlungen. Weiter gab es nichts
— es war demnach äußerst erschwert, von einer Stelle
der Lagune nach einer anderen zu gelangen.

Eines jener Eilande, etwa im Mittelpunkt des
ganzen Systems, zeichnete sich durch seinen Umfang
von etwa zwanzig Acres und seine Höhe von fünf
bis sechs Fuß über dem mittleren Wasserstande des
Saint-John — zwischen Ebbe und Flut — aus.

Vor langer Zeit hatte dieses Eiland eine kleine
Festung, mehr nur ein Blockhaus, getragen, das jetzt,

wenigstens militärisch genommen, verlassen war. Seine
halb verfaulten Palissaden erhoben sich noch unter den
großen Bäumen, den Mangos, Cypressen, Steineichen,
schwarzen Wallnußbäumen und australischen Fichten, durch
welche sich lange Guirlanden von Coboeas und anderen
endlosen Schlingpflanzen hinwanden.

Innerhalb der Umfassung entdeckte das Auge
endlich unter üppigem Grün noch die geometrischen
Linien des kleinen Bollwerks oder vielmehr dieses Be
obachtungspostens, der niemals mehr als zwanzig Mann
aufzunehmen eingerichtet gewesen war. In den Holz-
wänden befanden sich einige Schießscharten. Mit Rasen
überzogene Dächer deckten das Haus mit einem wirklichen Erdpanzer. Im Innern sah man einige Zimmer
inmitten eines centralen Raumes, der als Magazin
für Proviant und Schießbedarf gedient haben mochte.
Um in die kleine Festung einzudringen, mußte man
erst durch ein enges Ausfallsthor über die Umfassung
hinaus gelangen, dann den mit einigen Bäumen be-
standenen Hof überschreiten und endlich ein Dutzend
Stufen emporklimmen, welche durch aufgelegte Planken
gebildet wurden, dann kam man erst an die einzige
Pforte, welche Zutritt nach dem Innern gewährte, doch
auch diese bestand eigentlich nur aus einer früheren
Schießscharte, welche zu beregtem Zwecke etwas er
weitert worden war.

In diesem versteckten Winkel pflegte Texar sich
aufzuhalten; hier vermuthete ihn keine Seele. Vor
aller Augen verborgen, lebte er hier mit dem seinem
Herrn treu ergebenen Squambo, der nicht mehr werth
war als Jener, und mit fünf oder sechs Sclaven,
welche ebenfalls nicht viel mehr werth waren als der
Indianer.

Es war, wie man erkennt, ziemlich weit entfernt von diesem Eilande der Schwarzen Bucht bis nach den reichen Niederlassungen an beiden Ufern des Flusses, dort wäre auch die Existenz Texar's und seiner Genossen kaum gesichert gewesen, obwohl diese wenig Ansprüche machten. Einige Hausthiere, ein halb Dutzend Acres, bepflanzt mit Pataten, Ignamen und Gurken, etwa zwanzig Obstbäume in halbwildem Zustande, das war Alles, ohne die Jagd in den benachbarten Wäldern und den Fischfang in den Teichen der Lagune anzuführen, welche doch zu jeder Jahreszeit einigen Ertrag liefern mußten. Die Bewohner der Schwarzen Bucht besaßen aber ohne Zweifel auch noch andere Hilfsquellen, deren Geheimniß nur Texar und Squambo kannten.

Die Sicherheit des Blockhauses war schon durch seine Lage in der Mitte dieser unzugänglichen Wildniß gewährleistet, und überdies hatte ja Niemand einen Grund, dasselbe anzugreifen. Jedenfalls hätte das Gebell der Hunde des Eilandes, zwei jener wilden von den Caraïben eingeführten Spürhunde, welche die Spanier früher zum Einfangen der Neger verwandten, die erste verdächtige Annäherung verrathen.

Das war also die seiner ganz würdige Wohnung jenes Texar. Ueber seine Persönlichkeit selbst noch einige Worte:

Texar zählte jetzt fünfunddreißig Jahre. Er war von mittelgroßem Wuchs, von kräftiger Constitution und abgehärtet durch den fortwährenden Aufenthalt im Freien und sein von jeher abenteuerliches Leben. Spanier von Geburt, konnte er seine Abstammung nicht verleugnen. Sein Haar war schwarz und struppig, die Augenbrauen dicht, seine Augen grünlich und der

Mund breit, aber mit dünnen, eingezogenen Lippen,
als wäre er nur durch einen Säbelhieb entstanden,
die Nase kurz mit weiten, mehr nüsternartigen Nasen=
löchern. Seine ganze Erscheinung verrieth einen hinter=
listigen gewaltthätigen Charakter. Früher trug er einen
Vollbart; nachdem ihm aber dieser vor zwei Jahren
bei irgend welcher nicht näher bekannten Gelegenheit
zur Hälfte verbrannt worden war, hatte er ihn ge=
schoren, und dadurch trat die Härte seiner Gesichts=
züge nur noch abschreckender hervor.

Vor zehn bis zwölf Jahren war dieser Aben=
teurer zuerst in Florida aufgetreten und hatte sich in
jenem Blockhause festgesetzt, dessen Benützung ihm
Niemand streitig machte. Woher er gekommen, wußte
man nicht, und er sprach nicht davon. Ebensowenig
war etwas über sein früheres Leben bekannt. Man
vermuthete nur — und zwar mit Recht — daß er
früher Sclavenhändler gewesen sei und wohl manche
Schiffsladung Neger nach den Häfen von Georgia
und den beiden Carolina geschafft hatte. Reichthümer
konnte er dem Anscheine nach bei diesem verruchten
Handel nicht gesammelt haben. Jedenfalls besaß er
keine Achtung, nicht einmal in dem Lande, wo Leute
seines Schlages keineswegs zu den Seltenheiten gehören.

Wenn Texar auch vielfach und zwar nicht zu
seinem Vortheile bekannt war, so hinderte ihn das doch
nicht, in der Grafschaft, und vorzüglich in Jacksonville,
einen merkbaren Einfluß auszuüben, der sich jedoch
nur auf die minderwerthigen Elemente der Bevölkerung
des Hauptortes erstreckte. Dorthin begab er sich häufig
in Geschäften, von denen er nichts verlauten ließ.
Unter den kleinen weißen Leuten und den verworfensten
Subjecten der Stadt hatte er sich nicht wenig Freunde

5*

erworben. Das haben wir ja schon gesehen, als er
in Begleitung eines halben Dutzend ziemlich ver-
dächtiger Gestalten von Saint-Augustine zurückkehrte.
Sein Einfluß machte sich jedoch auch noch bei einzelnen
Pflanzern am Saint-John geltend. Er besuchte diese
zuweilen, und wenn diese Besuche auch nicht erwidert
wurden, weil Niemand seine versteckte Höhle in der
Schwarzen Bucht kannte, so hatte er doch zu verschiedenen Niederlassungen an beiden Ufern Zutritt. Die
Jagd bot übrigens sehr natürliche Gelegenheit zu jenen
Verbindungen, welche sich leicht zwischen Leuten von
gleichen Sitten und gleichem Geschmack anknüpfen.

Andererseits war dieser Einfluß seit mehreren
Jahren nur noch gewachsen in Folge der herrschenden
Anschauungen, zu deren lautestem Vertheidiger Texar
sich aufwarf. Kaum hatte die Sclavenfrage jene unselige
Trennung der beiden Hälften der Union herbeigeführt,
als Texar sich als der verbissenste und entschlossenste
Anhänger der Sclaverei vordrängte. Seinen Reden nach
leitete ihn dabei kein persönliches Interesse, da er selbst
kaum ein halbes Dutzend Sclaven besaß. Er vertheidigte
angeblich nur das Princip; aber mit welchen Mitteln?
Dadurch, daß er an die niedrigsten Leidenschaften
appellirte, die Habgier der großen Menge erregte, diese
zur Plünderung, zur Brandlegung und selbst zu Mord-
thaten gegen diejenigen Einwohner und Pflanzer ver-
leitete, welche die Ideen des Nordens theilten. Jetzt
eben ging der gefährliche Abenteurer auf nichts Ge-
ringeres aus, als auf den Sturz der Civilbehörden
von Jacksonville, wo er die ehrenhaftesten Männer
mit gemäßigten Ansichten, welche wegen ihres Charakters sonst allgemein geachtet wurden, durch seine
rücksichtslosesten Parteigänger zu ersetzen gedachte. War

er erst durch eine Empörung Herr der Grafschaft, so hätte er dann völlig freie Bahn gehabt, seine persönliche Rache zu befriedigen.

Es versteht sich von selbst, daß James Burbank und andere Besitzer von Pflanzungen das Wühlen und Treiben dieses, schon durch seine niedrigen Gesinnungen zu fürchtenden Menschen nicht unbeachtet ließen. Daraus eben entsprang jener Haß auf der einen und das Mißtrauen auf der anderen Seite, welche durch die nächsten Ereignisse nur noch verschärft werden sollten.

Hierbei kamen noch zu dem, was man von Texar, seit er den Sclavenhandel aufgegeben, zu wissen glaubte, verschiedene höchst verdächtige Thatsachen. Bei Gelegenheit des letzten Einfalles der Seminolen schien Alles darauf hinzudeuten, daß diese irgendwelche geheime Unterstützung gefunden haben mußten. Hatte er sie angewiesen, welche Schandthaten auszuführen, und sie unterrichtet, welche Niederlassungen anzuzünden wären? Unterstützte er sie dabei, Hinterhalte und Fallen zu legen? Das konnte in Folge gewisser Nebenumstände gar nicht in Zweifel gezogen werden, und nach dem letzten Einfalle jener Indianer sahen die Behörden sich gezwungen, auf den Spanier zu fahnden, ihn gefangen zu setzen und vor Gericht zu stellen.

Texar berief sich dagegen auf einen Alibibeweis — ein Vertheidigungssystem, das ihm auch noch mehrfach von Vortheil sein sollte — und es wurde in der That nachgewiesen, daß er an dem Angriff auf eine Farm in der Grafschaft Duval nicht theilgenommen haben könne, weil er sich zu derselben Zeit zu Savannah im Staate Georgia, einige vierzig Meilen weiter nördlich und außerhalb der Grenzen Floridas befunden habe.

In den folgenden Jahren wurde sowohl auf Pflanzungen als auch zum Nachtheile von Reisenden, welche auf den Straßen in Florida überfallen waren, mehrere sehr bedeutende Diebstähle verübt. Wohl hatte man dabei auch Texar als Theilnehmer an diesen Verbrechen im Verdachte, doch wegen Mangels an Beweisen ging er wiederum straflos aus.

Da bot sich eine Gelegenheit, wo man den bisher unfaßbaren Missethäter auf frischer That ertappt zu haben glaubte. Es war der Vorfall, um deswillen er gestern nach der Stadt und vor den Richter von Saint-Augustine geladen war.

Acht Tage vorher nämlich kamen James Burbank, Edward Carrol und Walter Stannard vom Besuch einer Pflanzung in der Nachbarschaft von Camdleß-Bay, als sie gegen sieben Uhr Abends bei anbrechender Dunkelheit laute Nothrufe bis zu sich dringen hörten. Sie beeilten sich nach dem Punkte, von dem die Rufe ertönten, zu gelangen und befanden sich bald vor den Gebäuden einer vereinzelt stehenden Farm.

Diese Gebäude standen in Flammen. Die Farm war vorher von einem halben Dutzend Leuten, die schon wieder nach verschiedenen Seiten verschwunden waren, geplündert worden; weit konnten die Urheber dieser Missethat jedoch nicht sein; man bemerkte sogar noch zwei der Schurken, welche quer durch den Wald entflohen.

James Burbank und seine Freunde machten sich sofort auf, dieselben, und zwar in der Richtung nach Camdleß-Bay, zu verfolgen. Vergeblich. Den beiden Brandstiftern gelang es, unter dem dichten Gehölz zu entkommen. Jedenfalls hatten aber die Herren Burbank,

Carrol und Stannard sehr bestimmt einen derselben
erkannt, und das war Texar, der Spanier.

Außerdem — und das machte diese Wahrnehmung
noch beweisender — wäre Zermah, als jenes Individuum an einer Ecke der Grenze von Camdleß-Bay
verschwand, von diesem beinahe angerannt worden.
Auch ihrer Wahrnehmung nach war es Texar gewesen,
der, so schnell er konnte, entfloh.

Begreiflicher Weise erregte dieses Vorkommniß in
der Grafschaft großes Aufsehen. Ein Raub mit nach-
folgender Brandlegung ist das Verbrechen, welches am
meisten von den auf weiten Strecken vertheilt siedelnden
Colonisten gefürchtet wird.

James Burbank zögerte also gar nicht, davon an
geeigneter Stelle Anzeige zu machen, und auf seine Anklage hin beschloß die Behörde, gegen Texar eine Untersuchung zu eröffnen.

Der Spanier wurde nach Saint-Augustine dem
Recorder zugeführt, um seinen Belastungszeugen gegen-
übergestellt zu werden. James Burbank, Walter
Stannard und Edward Carrol sagten übereinstimmend
aus, daß sie Texar in dem Individuum erkannt hätten,
das von der brennenden Farm entfloh. Für sie war
hierin gar kein Irrthum möglich. Texar mußte einer
der Urheber jenes Verbrechens sein.

Auch der Spanier hatte zu seiner Entlastung verschiedene Zeugen mit nach Saint-Augustine gebracht.
Diese Zeugen nun erklärten ausdrücklich, daß sie sich
an dem betreffenden Abend mit Texar in Jacksonville
in der »Tienda« eines gewissen Torrillo, einer übel-
berüchtigten, aber sehr bekannten Gastwirthschaft, befunden hätten. Texar hatte sie den ganzen Abend über
nicht verlassen. Diese Aussage wurde noch durch den

Umstand unterstützt, daß Texar gerade in der Stunde, wo das Verbrechen begangen wurde, mit einem anderen Gaste in der Wirthschaft Torillo's Streit gehabt hatte — einen Streit, der mit einer Schlägerei und Bedro= hungen endigte, wegen welcher gegen ihn höchst wahr= scheinlich noch Klage erhoben wurde.

Gegenüber dieser Behauptung, welche den Stempel der Wahrheit trug und übrigens auch von anderen, Texar ganz fremden Personen bestätigt wurde, konnte der Magistrat von Saint Augustine nicht wohl etwas anderes thun, als die angefangene Untersuchung ein= stellen und den Angeklagten von der Beschuldigung frei= sprechen. Sein Alibi war auch diesmal unbestreitbar zum Vortheil dieser seltsamen Persönlichkeit erwiesen worden.

Nach dieser Verhandlung und in Begleitung seiner Zeugen war Texar an jenem 7. Februar von Saint= Augustine zurückgekehrt. Wir wissen, wie er sich an Bord des »Shannon« benahm, während der Dampfer den Fluß hinunterglitt. Dann hatte er sich auf dem Skiff, das der Indianer Squambo führte, nach dem Blockhaus begeben, wohin ihm nur schwer Jemand hätte folgen können. Diesen Squambo, einen intelligenten, schlauen Seminolen, der der Vertraute Texar's geworden war, hatte der Spanier nach der letzten Erhebung der Indianer, bei der sein Name besonders und mit Recht genannt wurde, in Dienst.

Bei den Empfindungen, die er gegen James Burbank hegte, konnte in dem Spanier kein anderer Gedanke als der aufkommen, sich mit allen möglichen Mitteln zu rächen. Bei den obwaltenden Verhältnissen und den Wechselfällen des Krieges mußte Texar, wenn es ihm gelang, die Behörden von Jacksonville zu stürzen, für Camdleß=Bay sehr gefährlich werden.

Zugegeben, daß James Burbank bei seinem energischen
und entschlossenen Charakter auch vor einem solchen
Menschen nicht zitterte, so hatte doch Frau Burbank
nur zu viel Ursache, für ihren Gatten und die Ihrigen
zu fürchten.

Dazu kommt noch, daß diese so ehrenwerthe
Familie gewiß in unablässiger Angst geschwebt hätte,
wenn sie nur ahnen konnte, daß Texar vermuthete,
Gilbert Burbank habe sich der Armee des Nordens angeschlossen. Wie er das erfahren hatte, da die Abreise
des jungen Mannes doch sehr geheim gehalten worden
war ... jedenfalls durch Spionage, und wiederholt werden
wir sehen, daß verschiedene Spione auf der Lauer waren,
ihn von Allem zu unterrichten.

Wenn nun Texar Ursache hatte zu der Annahme,
daß der Sohn von James Burbank in den Reihen
der Föderirten diente und sich unter dem Befehle des
Commodore Dupont befand, so lag auch die Befürchtung
nahe, daß er versuchen würde, den jungen Lieutenant
in eine Falle zu verlocken, sich seiner Person zu bemächtigen und ihn anzuklagen. Man kann sich leicht
genug denken, welches Loos Gilbert erwartete, wenn
er den durch die Fortschritte der Nordarmee aufs Höchste
erregten Südstaatlern in die Hände fiel.

So war der Zustand der Dinge bei Beginn unserer
Erzählung, dies die Lage der Föderirten, welche beinahe bis zur Seegrenze Floridas vorgedrungen waren,
und die Stellung der Familie Burbank inmitten der
Grafschaft Duval und die Texar's — nicht allein in
Jacksonville, sondern auch im ganzen Gebiete der
Sclavenstaaten. Wenn der Spanier sein Ziel erreichte
und die Behörden durch seine Parteigänger gestürzt
wurden, so mußte es ihm mehr als leicht sein, auf

Camdleß-Bay eine gegen die Abolitionisten wüthende Menge zu hetzen.

Etwa eine Stunde nach seiner Trennung von Texar war Squambo wieder an der mittelsten kleinen Insel zurück. Er zog sein Skiff auf das Uferland, ging durch die Umzäunung und stieg die Treppe nach dem Blockhaus hinauf.

»Ist es geschehen? fragte ihn Texar.

— Ja, Herr!

— Nun ... Nichts?

— Nichts.«

VI.

Jacksonville.

»Ja, Zermah, Ihr habt nun einmal das Licht der Welt erblickt, um Sclaven zu sein, bemerkte der Oberverwalter, sein gewohntes Steckenpferd reitend. Ja, Sclaven, nimmermehr aber, um freie Geschöpfe zu werden.

— Das ist meine Ansicht nicht, erwiderte Zermah ruhigen Tones, ohne irgend welche Erregung zu zeigen, da sie an derartige Gespräche mit dem ersten Verwalter von Camdleß-Bay schon gewöhnt war.

— Wohl möglich, Zermah! Doch wie dem auch sei, Ihr werdet Euch endlich zu der Anschauung bekennen müssen, daß es zwischen Weißen und Schwarzen vernünftiger Weise niemals zu einer Gleichstellung kommen kann.

— Das ist schon geschehen, Herr Perry, und ist schon durch die Natur selbst bestimmt worden.

— Ihr täuscht Euch, Zermah, Beweis dafür ist, daß es auf der Erde zehnmal, zwanzigmal — was sag' ich? — hundertmal mehr Weiße als Schwarze gibt.

— Und deshalb haben Jene die Letzteren ins Sclavenjoch gebeugt, antwortete Zermah. Sie hatten die Macht und haben dieselbe mißbraucht. Wären die Schwarzen in der Ueberzahl auf der Erde gewesen, so würden sie die Weißen zu ihren Sclaven gemacht haben. . . . Doch nein; sie hätten sich sicherlich gerechter und minder grausam gezeigt!«

Man darf nicht etwa glauben, daß dieses vollkommen müßige Zwiegespräch es verhinderte, daß Zermah und der Oberverwalter in bestem Einvernehmen lebten. In diesem Augenblick hatten sie eben nichts Anderes zu thun, als zu plaudern. Man könnte nur voraussetzen, daß sie dazu einen nützlicheren Gegenstand hätten wählen sollen, und das wäre wohl auch der Fall gewesen, ohne die Grille des Sclavenverwalters, immer und immer wieder die Sclavenfrage zu behandeln.

Beide saßen im Hintertheile eines der Boote von Camdleß-Bay, welches vier Mann von der Pflanzung ruderten. Sie glitten in schräger Richtung über den Fluß und begaben sich, von der fallenden Fluth begünstigt, gerade nach Jacksonville.

Der Verwalter hatte daselbst einige Geschäfte für James Burbank zu besorgen, und Zermah wollte verschiedene Toilettegegenstände für die kleine Dy kaufen.

Es war jetzt der 10. Februar. Seit drei Tagen war James Burbank nach dem Castle-House und Texar nach der Schwarzen Bucht nach jenen Vorgängen in Saint-Augustine zurückgekehrt.

Selbstverständlich hatten Mr. Stannard und seine Tochter schon am folgenden Tage eine kurze Mit-

theilung von Camdleß-Bay erhalten, welche sie im Aus-
zuge über den letzteingegangenen Brief Gilberts unterrichtete. Diese Neuigkeiten konnten gar nicht zeitig genug
eintreffen, um Alice, deren Leben seit dem Ausbruch
des schrecklichen Krieges zwischen dem Süden und dem
Norden in fortwährender Angst verging, wenigstens
einigermaßen zu beruhigen.

Das mit einem lateinischen Segel versehene Boot
glitt rasch dahin. Vor Ablauf einer Viertelstunde mußte
es den Hafen von Jacksonville erreichen. Der Verwalter
behielt also nicht viel Zeit, sein Lieblingsthema zu entwickeln, und er ließ diese nicht ungenützt verstreichen.

»Nein, Zermah, fuhr er fort, nein! Auch wenn
die Schwarzen in der Ueberzahl gewesen wären, hätte
das an dem Stande der Dinge nichts geändert. Ja,
ich behaupte sogar, daß man, der endliche Ausgang
des Krieges sei nun welcher er will, doch allemal zur
Sclaverei zurückkehren wird, denn Sclaven sind einmal
für den Betrieb der Pflanzungen unerläßlich nothwendig.

— Das ist, wie Sie recht gut wissen, die Ansicht
des Herrn Burbank aber nicht, antwortete Zermah.

— Ich weiß es; doch bei aller Achtung, die ich
vor ihm empfinde, muß ich es gestehen, daß er sich
damit täuscht. Ein Schwarzer gehört zu einer Pflanzung
ganz ebenso, wie etwa ein Pferd oder ein Feldgeräth.
Wenn ein Pferd davon laufen könnte, wie es ihm beliebte, oder es einem Pfluge möglich wäre, sich in
andere Hände als die seines Eigenthümers zu begeben,
so wäre jeder regelrechte Betrieb ausgeschlossen. Herr
Burbank mag nur seine Sclaven freigeben, und er wird
bald sehen, was aus Camdleß-Bay wird.

— Das hätte er schon gethan, erwiderte Zermah, wenn die Umstände es ihm erlaubten. Ihnen, Herr Perry, kann das ja nicht unbekannt sein. Doch, wollen Sie wissen, was die Folge wäre? Kein Einziger hätte die Pflanzung verlassen und nichts hätte sich geändert, außer dem Rechte, die Schwarzen gleich Arbeitsthieren zu behandeln. Da auch Sie niemals von diesem Rechte Gebrauch gemacht haben, wäre Camdleß-Bay eben geblieben, was es vorher war.

— Meint Ihr etwa, Zermah, mich zu Euren Anschauungen bekehren zu können? fragte der Verwalter.

— Keineswegs, Herr Verwalter. Das wäre übrigens auch aus einem ganz nahe liegenden Grunde sehr unnütz.

— Und warum denn?

— Weil Sie über diese Frage eigentlich ganz ebenso denken, wie Herr Burbank, Herr Carrol und Herr Stannard, ja, wie alle Diejenigen, welche ein edles Herz und gerechten Sinn haben.

— Niemals, Zermah, niemals! Ja ich behaupte sogar, was ich vertrete, das thue ich im wirklichen Interesse der Schwarzen. Wenn man diese ihrem freien Willen überläßt, so werden sie untergehen und die ganze Race wird bald verschwinden.

— Das glaub' ich nicht, Herr Perry, was Sie auch sagen mögen. Auf jeden Fall wäre es jedoch besser, die Race ginge gänzlich unter, als in aller Ewigkeit der erniedrigenden Sclaverei unterworfen zu sein!«

Der Verwalter hatte schon eine Antwort auf den Lippen und es ist wohl vorauszusetzen, daß seine Gegenbeweise noch lange nicht zu Ende waren. Eben wurde jedoch das Segel eingezogen und das Boot stieß an die Pfahlwand des Hafens. Hier sollte dasselbe die Rückkehr Zermah's und des Verwalters erwarten. Beide

gingen denn auch sofort an's Land, um ihre Geschäfte
zu besorgen.

Jacksonville liegt am linken Ufer des Saint=John,
an der Grenze einer großen und niedrigen Ebene, die
nur am Horizont von dem immergrünen Rahmen herr=
licher Waldungen abgeschlossen wird. Mais= und Zucker=
felder, sowie, vorzüglich mehr in der Nähe des Flusses,
ausgedehnte Reisplantagen nehmen den größten Theil
das umgebenden Landes ein.

Vor kaum zehn Jahren war Jacksonville noch nichts
als ein großes Dorf mit einer Art Vorstadt, deren
Lehm= und Schilfrohrhütten der schwarzen Bevölkerung
zur Wohnung dienten.

Jetzt begann das Dorf sich zur Stadt umzuwan=
deln, und zwar ebenso durch seine schöneren und be=
quemeren Gebäude, wie die besser angelegten und sorg=
samer unterhaltenen Straßen und die seitdem mindestens
verdoppelte Anzahl seiner Bewohner. Im Laufe des
folgenden Monats sollte dieser Hauptort der Grafschaft
Duval durch die Eisenbahn mit Talhassee, der Haupt=
stadt von Florida, noch mehr gewinnen.

Schon hatten der Verwalter und Zermah bemerkt,
daß in der Stadt eine besonders lebhafte Erregung
herrschte. Einige hundert Leute, die einen Südstaatler
amerikanischer Abstammung, die anderen Mulatten,
Mestizen von spanischer Abkunft, erwarteten das Ein=
treffen eines Dampfers, dessen Rauchsäule ein Stück
stromabwärts über einer niedrigen in den Saint=John
vorspringenden Landspitze sichtbar wurde. Einige der=
selben hatten sich, um mit dem Dampfer noch schneller
in Verbindung zu treten, in Hafenschaluppen geworfen,
während Andere in den großen, einmastigen Dogres
(das sind Flußschiffe, ähnlich den holländischen, zum

Häringsfange dienenden Fahrzeugen) Platz nahmen, welche
man so zahlreich auf dem Wasser des Saint=John bemerken kann.

Seit dem vorhergehenden Tage waren nämlich sehr
ernsthafte Nachrichten vom Kriegsschauplatz eingegangen.
Die geplanten Operationen, deren Gilbert Burbank in
seinem Briefe Erwähnung gethan, wurden allmählich
ins Werk gesetzt. Man wußte recht gut, daß die Flottille
des Commodore Dupont in nächster Zeit unter Segel
gehen und daß General Sherman diese mit Landungs=
truppen begleiten sollte. Nach welcher Seite diese Expedition sich richten würde, das blieb bisher noch unbestimmt, obwohl Alles darauf hindeutete, daß dieselbe
den Saint=John und die Küste von Florida angreifen
werde. Nach Gilbert war jetzt also Florida unmittelbar bedroht, von einem Einfalle föderalistischer Heere
überzogen zu werden.

Als der Dampfer, der von Florida kam, an der
Pfahlwand des Hafens von Jacksonville angelegt hatte,
konnten dessen Passagiere jene Nachrichten nur allseitig
bestätigen. Sie vervollständigten dieselben übrigens noch
dahin, daß Commodore Dupont in der Bai von Saint=
Andreas vor Anker gehen werde, um den günstigen
Augenblick abzuwarten, wo er sich einen Weg durch die
enge Wasserstraße neben der Insel Amelia und in die
Mündung des Saint=John erzwingen könne.

Sofort zerstreuten sich alle Gruppen in der Stadt
und scheuchten dabei eine Menge jener großen Urubus
auf, denen hier die Reinigung der Straßen allein ob-
liegt. Alles schrie erregt durcheinander.

»Stand halten gegen die Nordstaatler! Nieder
mit den Nordstaatlern!« so lauteten die wilden Rufe,
welche einzelne, Texar ergebene Rädelsführer unter das

schon an sich aufgeregte Volk schleuderten. Auf dem großen Platze vor dem Court-House, dem Gerichtsgebäude, und bis zur bischöflichen Kirche hin, kam es zu stürmischen Kundgebungen, und es kostete den Behörden keine geringe Mühe, das Aufbrausen der Volksmassen zu dämpfen, obgleich die Einwohner von Jacksonville, wie schon oben bemerkt, bezüglich der Frage der Sclaverei getheilter Ansicht waren. In solchen erregten Zeiten machen aber bekanntlich die frechsten Schreier und die hitzigsten Tollköpfe die Gesetze, während die gemäßigten Elemente der Herrschaft jener so gut wie immer unterliegen.

Vorzüglich war es in den Gasthäusern und Tiendas, wo die von starken Getränken angefeuerten Kehlen am lautesten wurden. »Die Bierbankhelden« — wie man bei uns sagen würde — entwickelten hier ihre Pläne, um dem Einfalle einen unüberwindlichen Widerstand entgegenzusetzen.

»Sofort müssen Milizen nach Fernandina gesendet werden! rief der Eine.

— In der Einfahrt zum Saint-John müssen Schiffe versenkt werden, brüllte ein Anderer.

— Wir müssen rund um die Stadt Erdbefestigungen aufwerfen und diese mit Kanonen spicken!

— Und auf der Eisenbahn von Fernandina nach Cedar-Keys schleunigst Hilfe herbeiholen!

— Auch das Leuchtfeuer muß gelöscht werden, damit die Flotte nicht in der Nacht in die Mündungen eindringen kann!

— Legt nur viel Torpedos in den Fluß!«

Von dieser Kriegsmaschine hatte man, obwohl sie zur Zeit des Secessionskrieges etwas noch ganz Neues war, doch schon reden hören, und ohne zu wissen, wie

dieselbe eigentlich wirkte, hielt man es doch für an=
gezeigt, von ihr Gebrauch zu machen.

»Vor Allem, erklärte einer der wüthendsten Redner
in der Tienda Torillo's, sind alle Nordstaatler der
Stadt und diejenigen Südstaatler, welche mit jenen
übereinstimmen, in sicheren Gewahrsam zu bringen!«

Es wäre ja zu verwundern gewesen, wenn Niemand
daran gedacht hätte, diesen Vorschlag zu machen, die
Ultima ratio hirnverbrannter Parteigänger aller Zeiten.
Derselbe wurde denn auch mit lauten Hochs auf=
genommen. Zum Glück für die ehrbaren Leute von
Jacksonville sollten die Behörden der Stadt denn doch
noch etwas zögern, diesem Verlangen des Volkes nach=
zukommen.

Auf ihrem Wege durch die Straßen hatte Zermah
auf Alles, was hier vorging, ein scharfes Auge gehabt,
um ihren von dieser Bewegung direct bedrohten Herrn
darüber aufklären zu können. Wenn man einmal zu
Gewaltmaßregeln schritt, so beschränkten sich diese gewiß
nicht auf die Stadt allein, sondern auch über sie hin=
aus bis nach den Pflanzungen in der Grafschaft.
Sicherlich hatte man dabei Camdleß=Bay in erster
Linie im Auge. Das veranlaßte die Mestizin, sich behufs
Einziehung möglichst sicherer Nachrichten nach dem
Hause zu begeben, das Herr Stannard außerhalb der
Vorstadt bewohnte.

Es war das eine reizende, jede Bequemlichkeit
bietende Stätte und angenehm in einer großen Oase
gelegen, welche die Art der Waldfäller an dieser Ecke
der Ebene verschont hatte. In Folge der sorgsamen
Aufmerksamkeit der Miß Alice, befand sich das Haus
im Innern wie im Aeußern in völlig tadellosem Zu=
stande. Man erkannte schon die einsichtsvolle und

pflichtgetreue Hausfrau in dem jungen Mädchen, die der Tod ihrer Mutter schon sehr frühzeitig berufen hatte, das ganze Personal Walter Stannard's zu überwachen.

Zermah wurde seitens des jungen Mädchens hochwillkommen geheißen. Miß Alice fing dieser gegenüber gleich an von Gilberts Brief zu sprechen. Zermah konnte ihr denselben fast wortgetreu wiederholen.

»Ja, er ist jetzt nicht entfernt, sagte Miß Alice, doch unter welchen Verhältnissen wird er nach Florida zurückkehren? Welche Gefahren können ihn noch vor dem Ausgange dieser Expedition bedrohen?

— Gefahren, Alice? nahm Mr. Stannard das Wort. Beruhige Dich! Gilbert hat beim Kreuzen an der Küste von Georgia und vorzüglich im Kampfe vor Port-Royal weit schlimmeren Gefahren die Stirn geboten. Ich bilde mir immer ein, der Widerstand der Floridier wird weder so furchtbar noch von langer Dauer sein. Was wollen sie beginnen mit dem Saint-John, auf dem die Kanonenboote bis ins Herz der Grafschaft eindringen können? Jede Vertheidigung scheint mir da sehr schwierig, wenn nicht gar unmöglich.

— O, sprächst Du doch wahr, lieber Vater, sagte Alice, und gebe der Himmel, daß dieser blutige Krieg bald sein Ende findet!

— Er kann nur mit der Niederwerfung des Südens ein Ende nehmen, erwiderte Mr. Stannard, das wird also noch lange dauern, und ich fürchte, daß Jefferson Davis mit seinen Generälen Lee, Johnston und Beauregard in den mittleren Staaten noch ernsten Widerstand leisten könne. Nein, die Bundestruppen werden mit den Conföderirten nicht allzuleichtes Spiel haben. Florida freilich können sie ohne Schwierigkeit in die Hand bekommen; leider sichert ihnen dieser Besitz keineswegs den endlichen Sieg.

— Wenn Gilbert nur keine Unklugheit begeht! sagte Miß Alice, die Hände ringend. Wenn er dem Verlangen nachgäbe, seine Familie auf einige Stunden wiederzusehen, da er sich dieser so nahe weiß...

— Dieser und — Ihnen, Miß Alice, unterbrach sie Zermah, denn gehören Sie nicht auch schon zur Familie Burbank?

— Ja, Zermah, mit dem Herzen!

— Nein, nein, Alice, fürchte deshalb nichts, bemerkte Mr. Stannard. Gilbert ist viel zu vernünftig, sich in dieser Weise einem Unfalle auszusetzen, zumal da Commodore Dupont doch nur wenige Tage brauchen wird, um sich Floridas zu bemächtigen. Es wäre eine nicht zu entschuldigende Tollkühnheit, sich hier ins Land zu wagen, so lange die Föderirten noch nicht Herrn desselben sind...

— Und gerade jetzt, wo die Geister so erregt sind, um jeder Gewaltthätigkeit fähig zu sein! setzte Zermah hinzu.

— Freilich, eben heute ist die Stadt in höchster Aufregung, bestätigte Mr. Stannard. Ich habe sie gesehen und gehört, diese Volksverführer, Texar verläßt sie seit sechs bis acht Tagen gar nicht mehr. Er treibt sie, spornt sie an, und die Uebelthäter werden schließlich die ganze Volksmasse zur Empörung reizen, und nicht nur gegen die Behörden allein, sondern auch gegen alle Einwohner, welche ihre Anschauungen nicht theilen.

— Halten Sie, Herr Stannard, sagte Zermah, es nicht für rathsamer, Jacksonville wenigstens während einiger Tage ganz zu verlassen? Es wäre doch ein Gebot der Vorsicht, hieher nicht zurückzukehren, bevor

die föderirten Truppen in Florida eingetroffen sind.
Herr Burbank hat mir aufgetragen, Ihnen zu wieder-
holen, daß er sich glücklich schätzen würde, Sie und
Miß Alice im Castle-House zu sehen.

— Ja . . . ich weiß es . . . antwortete Mr. Stannard, ich habe Burbank's Anerbieten nicht vergessen . . .
Doch ist Castle-House denn sicherer als Jacksonville?
Wenn diese Abenteurer, jene gewissenlosen Tollköpfe, zur
Herrschaft kämen, würden sie sich dann nicht auch über
das Land ausbreiten und würden nicht gerade die Pflanzungen zuerst der Verwüstung durch sie ausgesetzt sein?

— Herr Stannard, warf Zermah dagegen ein, im
Falle der Gefahr scheint es mir besser, vereinigt zu sein. . . .

— Zermah hat Recht, lieber Vater. Gewiß wäre
es besser, in Camdleß-Bay mit Allen zusammen zu sein.

— Ohne Zweifel, Alice, antwortete Mr. Stannard.
Ich lehne auch das Anerbieten Burbank's gar nicht
ab, glaube aber nicht, daß die Gefahr so nahe ist.
Zermah wird unsere Freunde benachrichtigen, daß ich
noch einige Tage brauche, meine Angelegenheiten in
Ordnung zu bringen, und dann werden wir gern die
Gastfreundschaft des Castle-House in Anspruch nehmen. . . .

— Und sollte Herr Gilbert sich dort einfinden,
sagte Zermah, so wird er wenigstens Alle, die er liebt,
beisammen finden.«

Zermah nahm Abschied von Walter Stannard
und seiner Tochter. Dann begab sie sich mitten durch
die lärmende, immer noch anwachsende Volksmenge nach
dem Landungsplatze, wo der Verwalter sie schon erwartete. Beide stiegen in das Boot, um den Fluß
wieder zu überschreiten, und Perry nahm sein früheres
Gespräch genau an dem Punkte, wo es abgebrochen
worden war, wieder auf.

Ob sich Mr. Stannard, wenn er die Gefahr noch nicht so nahe wähnte, wohl täuschte? Die Ereignisse sollten sich leider überstürzen und Jacksonville davon die ersten Rückschläge empfinden.

Die föderalistische Regierung ging inzwischen immer noch mit einiger Schonung vor, um die Interessen des Südens nicht mehr als nöthig zu verletzen.

Sie griff nur zu allmählich fortschreitenden Maßregeln. Zwei Jahre nach Eröffnung der Feindseligkeiten hatte der weise Abraham Lincoln die Abschaffung der Sclaverei auf dem ganzen Gebiete der Vereinigten Staaten noch immer nicht officiell ausgeschrieben. Noch mehrere Monate sollten vergehen, bis eine Botschaft des Präsidenten die Frage der Auslösung und allmählichen Emancipation der Schwarzen verkündete, bevor die gänzliche Befreiung proclamirt und die Eröffnung eines Credits von einer Million Dollars beschlossen wurde mit der Bestimmung, zur Schadloshaltung früherer Besitzer für jeden frei gegebenen Sclaven dreihundert Dollars auszuzahlen. Wenn einzelne Generäle des Nordens sich berechtigt geglaubt hatten, in den von ihren Truppen besetzten Ländern die Dienstbarkeit der Schwarzen aufzuheben, so wurden sie bisher stets desavouirt. Es herrschte eben noch keine völlige Uebereinstimmung bezüglich dieser Frage und man sprach sogar von einigen Heerführern der Unionisten, welche diese Maßregeln weder vernünftig noch zweckmäßig fanden.

Inzwischen nahmen die kriegerischen Ereignisse und meist zum Nachtheile der Conföderirten immer ihren Fortgang. Der General Price hatte am 12. Februar mit seinen Milizien aus Missouri ganz Arkansas räumen müssen. Wir wissen schon, daß das Fort Henry von den Föderirten genommen und besetzt worden war. Jetzt griffen diese das von zahlreicher Artillerie vertheidigte Fort Donelson an, welches außerdem noch durch Außenwerke, die auch die kleine Stadt Dover umschlossen, geschützt wurde. Trotz Kälte und Schnee fiel das doppelt, auf der Landseite von fünfzehntausend Mann unter General Grant und auf der Wasserseite von den Kanonenbooten des Commodore Foot bedrohte Fort am 14. Februar mit einer ganzen Division von Südstaatlern, Mannschaften und Kriegsmaterial, den Föderirten in die Hände.

Für die Conföderirten war das ein sehr harter Schlag und die Wirkung dieser Niederlage machte sich weithin fühlbar. Als nächste Folge führte sie den Rückzug des General Johnston herbei, der die wichtige Stadt Nashville am Cumberland aufgeben mußte. Die vom Schrecken gepackten Einwohner verließen dieselbe bald nach ihm, und dasselbe Loos traf wenige Tage später das Fort Columbus. Der ganze Staat Kentucky war damit der Bundesregierung wieder unterworfen.

Man begreift leicht, mit welchen Empfindungen von Zorn, welchen Gedanken an Rache diese Ereignisse in Florida aufgenommen wurden.

Die Behörden wären gar nicht im Stande gewesen, diese Aufregung zu dämpfen, welche sich bis in die Weiler der entferntesten Grafschaften hinein verbreitete. Die Gefahr wuchs jetzt sozusagen von Tag zu Tag für Jeden, der nicht die Anschauungen des Südens theilte und sich den Plänen zum Widerstand gegen die förderirte Armee offen anschloß. In Talhassee wie in Saint-Augustine kam es zu Ruhestörungen, deren Unterdrückung sich ziemlich schwierig gestaltete; vorzüglich

aber war es in Jackſonville, wo die Erhebung des
Volkes zunächſt in Gewaltthätigkeiten auszuarten drohte.

Unter ſolchen Umſtänden mußte die Lage von
Camdleß-Bay immer ſchwieriger werden. Mit ſeinem
ihm ergebenen Perſonale konnte James Burbank zwar,
wenigſtens dem erſten, etwa auf die Pflanzung gerichteten Sturm widerſtehen, obgleich es jener Zeit
ſehr ſchwer war, ſich Waffen und Schießbedarf in
ausreichender Menge zu beſchaffen. Mr. Stannard aber,
der in Jackſonville in erſter Linie bedroht war, hatte
alle Urſache, für die Sicherheit ſeiner Wohnung, ſeiner
Tochter und aller Seinen zu fürchten.

James Burbank ſchrieb Jenem, da ihm die Gefahren dieſer Lage bekannt waren, einen Brief nach
dem anderen. Er entſandte mehrere Boten mit der
Bitte, ſich unverzüglich zu ihm nach dem Caſtle-Houſe
zu begeben. Dort ſei man verhältnißmäßig in Sicherheit, wenn es darauf ankäme, eine andere Zuflucht zu
ſuchen, und wenn es nöthig würde, tiefer hinein ins Land
zu entfliehen bis zu dem Augenblick, wo die föderirten
Truppen durch ihre Anweſenheit wieder einige Sicherheit gewährleiſteten, ſo werde man das von hier aus,
beſſer bewerkſtelligen können.

Auf dieſes Drängen hin entſchloß ſich Mr. Walter
Stannard, Jackſonville unverzüglich zu verlaſſen und
ſich nach Camdleß-Bay zu flüchten. Er brach am
Morgen des 23. ſo heimlich als möglich und ohne
etwas von ſeiner Abſicht merken zu laſſen, auf. Ein
Boot erwartete ihn im Hintergrunde einer kleinen
Bucht des Saint-John, etwa eine Meile ſtromaufwärts.
Miß Alice und er beſtiegen daſſelbe, fuhren raſch quer
über den Fluß und langten glücklich an dem kleinen
Hafen an, wo die Familie Burbank ſie erwartete.

Man kann sich leicht vorstellen, welcher Empfang ihnen zu theil ward. Alice war ja so gut wie eine Tochter von Frau Burbank, und jetzt sahen sich Alle vereinigt. Die bösen Tage hoffte man nun mit mehr Sicherheit und jedenfalls mit weniger Angst zu verbringen.

In der That war es die höchste Zeit gewesen, aus Jacksonville wegzukommen. Am nächsten Tage schon wurde des Haus des Mr. Stannard von einer Bande Missethäter überfallen, welche ihre Schandthaten mit dem bequemen Mantel des localen Patriotismus verdeckten. Die Behörde hatte große Mühe eine Plünderung desselben zu verhüten, sowie einige andere Wohnungen zu schützen, welche ehrbaren Bürgern gehörten, die nur nicht mit den Separatisten in ein Horn stießen. Offenbar nahte die Stunde heran, wo die rechtmäßigen Behörden verdrängt und durch Anführer der aufständischen Menge ersetzt werden sollten. Diese aber würden, statt Gewaltthätigkeiten entgegenzutreten, solche vielmehr selbst veranlassen.

Wirklich hatte, wie Mr. Stannard früher Zermah sagte, Texar sich seit einer Reihe von Tagen entschlossen, seinen unbekannten Schlupfwinkel zu verlassen, um sich nach Jacksonville zu begeben. Hier fand er seine gewohnten Spießgesellen, die sich aus der Hefe der Bevölkerung recrutirten und von verschiedenen Pflanzungen an beiden Ufern des Flusses zusammengeströmt waren. Diese Tollköpfe beabsichtigten nichts anderes, als den Städten ebenso wie dem ganzen Lande ihren Willen aufzuzwingen. Sie standen mit der Mehrzahl gleichgesinnter Anhänger in den verschiedenen Grafschaften von Florida in schriftlichem Verkehr, und indem sie die Sclavenfrage überall geschickt voran stellten, ge=

wannen sie jeden Tag an Einfluß. Noch kurze Zeit, und sie mußten in Jacksonville wie in Saint-Augustine, wo schon alle Landstreicher, Abenteurer und Wald- läufer, deren es hier zu Lande sehr viele gibt, sich zu- sammenfanden, die Herren seien, über die öffentliche Gewalt gebieten und die Civil- und Militärmacht in ihrer Hand vereinigen. Die Milizen wie die regulären Truppen würden dann nicht zaudern, mit jenen Hitz- köpfen gemeinsame Sache zu machen, wie es ja un- glücklicher Weise in erregten Zeiten meist der Fall ist, wenn die rohe Gewalt das Heft in der Hand hält.

James Burbank war über Alles, was außerhalb vorging, sehr wohl unterrichtet. Mehrere seiner Ver- trauten, auf die er zählen konnte, hielten ihn bezüglich der Bewegung, die sich in Jacksonville vorbereitete, stets auf dem Laufenden. Er wußte, daß Texar wieder aufgetaucht war, daß sein trauriger Einfluß auf die untere Volksclasse, welche wie er meist spanischer Ab- kunft war, immer zunahm. Ein solcher Mann an der Spitze der Stadt war eine unmittelbare Bedrohung für Camdleß-Bay; James Burbank bereitete sich auch für alle Fälle vor, entweder auf heftigen Widerstand, wenn dieser möglich schien, oder auf eine Flucht, wenn es nothwendig sein sollte, Castle-House der Plünderung und Zerstörung durch Feuer preis zu geben. Die Sicherheit seiner Familie und seiner Freunde möglichst zu erhöhen, war und blieb sein unablässiger Gedanke.

Während dieser Tage zeigte Zermah wirklich die rührendste Ergebenheit. Jede Stunde überwachte sie die Grenzen der Besitzung, vorzüglich an der Flußseite. Einige Sclaven, welche sie unter den Intelligentesten und Besten ausgewählt hatte, blieben Tag und Nacht auf den Posten, die sie ihnen bestimmte. Jede Unter-

nehmung gegen die Pflanzung mußte also sofort ge=
meldet werden können. Die Familie konnte nicht über=
rascht werden, ohne Zeit zum Rückzuge nach dem
Castle=House zu gewinnen.

Es war jedoch nicht ein directer Angriff mit be=
waffneter Hand, um deswillen sich James Burbank
vorläufig zu sorgen brauchte. So lange die Herrschaft
nicht in den Händen Texar's und seinesgleichen war,
konnte man das nicht wohl wagen. Unter dem Drucke
der öffentlichen Meinung wurde die Behörde dagegen
zu einer Maßregel veranlaßt, welcher den Anhängern
der gegen den Norden so überaus feindlich gesinnten
Leute eine Art Genugthuung bieten sollte.

James Burbank war vielleicht der bedeutendste
Pflanzer von Florida, sowie der reichste von denen,
dessen Anschauungen man hinlänglich kannte, man
hielt also zunächst immer ihn im Auge und er wurde
in die Lage gebracht, sich über seine persönliche Ge=
sinnung bezüglich der Sclavenbefreiung inmitten eines
Sclavenstaates auszusprechen.

Am Abend des 26. erschien ein Gerichtsdiener
von Jacksonville auf Camdleß=Bay, der ein an James
Burbank adressirtes Schreiben überbrachte.

Dasselbe enthielt Folgendes:

»Vorladung — an Mr. James Burbank, sich in
Person morgen am 27. Februar elf Uhr Vormittags
im Court=Justice vor den Richtern von Jacksonville
einzufinden.«

Nichts weiter.

VII.

Und doch!

Wenn das auch noch nicht ein Donnerschlag war, so war es doch der Blitz, der diesem vorangeht.

James Burbank schien nicht besonders betroffen, doch welche Beunruhigung machte es seiner ganzen Familie. Warum wurde der Eigenthümer von Camdleß-Bay nach Jacksonville »befohlen«.

Denn es war schon mehr ein Befehl als eine gewöhnliche Vorladung, vor den Richtern zu erscheinen. Was wollte man von ihm? Bildete diese Maßnahme etwa nur den Vorläufer einer Intrigue, die gegen ihn angesponnen worden war? Und war seine Freiheit, vielleicht gar sein Leben durch die zu erwartende Entscheidung bedroht? Wenn er Castle-House verließ, wenn er gehorchte, würde man ihn auch dahin wieder heimkehren lassen? Und wenn er nicht gehorchte, würde man Gewalt anwenden, ihn nach der Stadt zu führen? Und welchen Gefahren, welchen Gewaltthätigkeiten würden die Seinigen dann ausgesetzt sein? — Das waren etwa die Fragen, die er im Geiste überwog.

»Du wirst nicht gehen, James!«

Frau Burbank sprach diese Worte, doch man empfand es, daß sie im Namen Aller sprach.

»Nein, Herr Burbank, setzte Alice hinzu, Sie können nicht daran denken, uns zu verlassen.

— Und Dich der Gnade und Ungnade solcher Leute preiszugeben!« bemerkte Edward Carrol.

James Burbank hatte nicht geantwortet. Anfangs mochte sich gegenüber dieser brutalen Vorladung sein

ganzes Innere empört haben, denn es kostete ihm viel
Mühe sich zu beherrschen.

Was war denn Neues geschehen, das den ganzen
Magistrat jetzt so kühn machte? Sollten die Gefährten
und Spießgesellen Texar's schon die Herren geworden
sein? Hatten sie die Behörden gestürzt, welche immer
noch einige Mäßigung an den Tag legten, und übten
sie jetzt die Gewalt an deren Stelle? — Nein. — Der
Verwalter Perry, der erst diesen Nachmittag von Jacksonville gekommen war, hatte keine Neuigkeit dieser Art
mitgebracht.

»Sollte es nicht, ließ Mr. Stannard sich vernehmen, vielleicht ein neues kriegerisches, zum Vortheil
der Südstaaten ausgefallenes Ereigniß sein, das den
Leuten jetzt den Muth gibt, ganz rücksichtslos gegen
uns aufzutreten?

—— Ich fürchte fast, daß so etwas zu Grunde liegt,
antwortete Edward Carrol. Hätte der Norden eine
Niederlage erlitten, so fühlten sich die Schurken durch
die Annäherung des Commodore Dupont nicht mehr
bedroht und sie wären im Stande, jeden Exceß zu begehen.

—— Man sprach davon, sagte Mr. Stannard, daß
die föderirten Truppen sich in Texas vor den Milizen
Sibley's zurückziehen und nach einer schweren bei
Valverde erlittenen Niederlage wieder hätten über den
Rio-Grande gehen müssen. Das theilte mir wenigstens
ein Mann aus Jacksonville mit, dem ich vor kaum einer
Stunde begegnete.

—— Nun, da hätten wir es ja, meinte Edward
Carrol, was diesen Leuten den Kamm so schwellen gemacht hat.

— Die Armee Sherman's, die Flotille Dupont's werden also nicht eintreffen! rief Frau Burbank.

— Wir haben erst den 26. Februar, erwiderte Miß Alice, und nach Gilberts Brief würden die föde=rirten Schiffe vor dem 28. nicht in See gehen.

— Und dann haben sie erst noch bis zu den Mündungen des Saint=John hinunterzusegeln, setzte Mr. Stannard hinzu, dann sind die Durchfahrten zu forciren und es gilt auch die Barre zu überschreiten und bis Jacksonville hinunterzudampfen. Das erfordert mindestens zehn Tage....

— Zehn Tage! murmelte Alice.

— Zehn Tage!... rief auch Frau Burbank und wie viel Unheil kann bis dahin über uns kommen!«

James Burbank hatte an dem Gespräch keinen Theil genommen. Er überlegte. Gegenüber der ihm zugegangenen Vorladung, fragte er sich, was er thun solle.

Folgte er der Ladung nicht, so lief er Gefahr, den ganzen Pöbel von Jacksonville unter offener oder stillschweigender Zustimmung der Behörden sich auf Camdleß=Bay stürzen zu sehen und damit seine Familie ganz unberechenbaren Gefahren auszusetzen. Nein, es war besser, in dieser Angelegenheit mit eigener Person einzutreten. Sollte dadurch wirklich seine Freiheit, selbst sein Leben bedroht werden, so durfte er doch hoffen, diese Gefahr auf sich allein beschränkt zu sehen.

Frau Burbank betrachtete ihren Gatten mit leb=hafter Unruhe; sie fühlte, daß dieser mit sich kämpfte, und zögerte deshalb, eine Frage an ihn zu richten. Auch Miß Alice, Mr. Stannard oder Edward Carrol wagten es nicht ihn zu fragen, welche Antwort er auf den von Jacksonville eingetroffenen Befehl zu geben denke.

Da war es die kleine Dy, welche sich, natürlich
unbewußt, zum Dolmetscher der Empfindungen Aller
machte. Sie war nahe an ihren Vater herangetreten,
der sie auf seine Knie gesetzt hatte.

»Papa? begann das Kind.

— Was willst Du, mein Herzchen?

— Wirst Du zu den bösen Leuten gehen, die uns
so viel Unglück bereiten wollen?

— Ja … ich werde gehen! …

— James! … rief Frau Burbank.

— Es muß sein! … Es ist meine Bürgerpflicht! …
Ich werde gehen.«

James Burbank hatte sich so entschieden geäußert,
daß es unnütz gewesen wäre, seinen Entschluß, dessen
mögliche Folgen er gewiß allseitig erwogen hatte, weiter
bekämpfen zu wollen. Seine Gattin hatte sich ihm ge=
nähert, sie schmiegte sich an ihn und preßte ihn in die
Arme, aber sie sagte nichts mehr. Was hätte sie auch
noch anführen können?

»Liebe Freunde, begann da James Burbank, es
ist Alles in Allem nicht unwahrscheinlich, daß wir die
Tragweite dieses auffallenden Willküractes bedeutend
überschätzen. Was kann mir denn vorgeworfen werden?
Etwas Thatsächliches gewiß nicht, das wissen Alle zu
gut. Will man gar meine Anschauungen als straffällig
anfechten … sie mögen es versuchen! Meine Anschauungen
gehören mir! Ich habe sie vor meinen Widersachern
nie verhehlt, und was ich mein ganzes Leben lang ge=
dacht habe, das kann und werde ich Jedermann, wenn
es sein muß, auch offen ins Gesicht wiederholen.

— Wir begleiten Dich, sagte Edward Carrol.

— Ja, fiel Mr. Stannard zustimmend ein. Wir
lassen Sie nicht ohne uns nach Jacksonville gehen.

— Nein, liebe Freunde, entgegnete James Bur=
bank. Mir allein gilt die Vorladung, vor dem Richter=
collegium im Court=Justice zu erscheinen, und ich werde
demnach allein gehen. Es könnte überdies der Fall ein=
treten, daß ich mehrere Tage zurückgehalten würde, das
bedingt um so dringender Eure fernere Anwesenheit
auf Camdleß=Bay, denn Euch allein muß ich inzwischen
unsere Familie anvertrauen.

— Du willst uns also verlassen, Papa? schluchzte
die kleine Dy.

— Ja mein Schatz, antwortete James Burbank
fast heiteren Tones. Doch wenn ich auch morgen nicht
mit Dir frühstücken sollte, so kannst Du darauf zählen,
daß ich wenigstens zur Mittagszeit zurück bin, und den
Abend verbringen wir wieder Alle miteinander. — Ah,
gut, daß ich's nicht vergesse, so kurze Zeit ich auch nur
in Jacksonville bleibe, werd' ich doch Zeit genug haben,
Dir irgend etwas zu kaufen. Was würde Dir denn
eine rechte Freude machen? — Was soll ich Dir mit
heimbringen?

— Dich, mein guter Papa ... Dich! ...« ant=
wortete das Kind.

Nach diesem Worte, welches so recht bezeichnend
die Wünsche Aller ausdrückte, trennte sich die Familie
und James Burbank ordnete nur noch diejenigen Sicher=
heitsmaßregeln an, welche die Umstände zu erfordern
schienen.

Die Nacht verstrich ohne Zwischenfall. Am fol=
genden Morgen schlug James Burbank, der mit dem
ersten Tagesgrauen aufgestanden war, den Weg durch
die nach dem kleinen Hafen führende Bambusallee ein.
Dort ordnete er an, von acht Uhr ab ein Boot bereit
zu halten, das ihn über den Strom setzen sollte.

Als er, von der Landungsstelle zurückkehrend, dem Castle-House zuschritt, kam Zermah auf ihn zu.

»Herr Burbank, sagte sie, Ihr Entschluß steht also fest? Sie wollen sich nach Jackonville begeben?

— Ohne Zweifel, Zermah; dazu bin ich schon in unser Aller Interesse gezwungen. Du verstehst mich doch, nicht wahr?

— Ja, Herr, eine Weigerung von Ihrer Seite könnte die Banden Texar's nach Camdleß-Bay locken.

— Und diese Gefahr, die schlimmste von allen, gilt es auf jeden Fall zu vermeiden! fügte James Burbank ihren Worten hinzu.

— Wünschen Sie, daß ich Sie begleite?

— Ich wünsche im Gegentheil, daß Du bestimmt auf der Pflanzung bleibst, Zermah. Du mußt bei der Hand, mußt meiner Frau und meinem Töchterchen nahe sein, wenn diese vor meiner Rückkehr von irgend welcher Gefahr bedrängt würden.

— Ich werde sie nicht verlassen, Herr Burbank.

— Du hast nichts Neues erfahren?

— Nein; gewiß ist nur, daß verschiedene verdächtige Gestalten rings um die Pflanzung auf der Lauer liegen oder diese wenigstens überwachen. Diese Nacht haben auch zwei oder drei Boote auf dem Strome gekreuzt. Sollten die Leute eine Ahnung davon haben, daß Herr Gilbert abgereist ist, um in den Dienst der föderirten Armee zu treten, daß er unter den Befehlen des Commodore Dupont steht und sich vielleicht versucht fühlen könnte, einmal heimlich nach Camdleß-Bay zu kommen?

— Mein braver Sohn! antwortete Mr. Burbank. Nein, er besitzt zu viel gesunden Menschenverstand, um eine solche Unbesonnenheit zu wagen.

— Ich fürchte nur, meinte Zermah, Texar hegt
in dieser Beziehung einigen Verdacht. Allen Gerüchten
nach wächst sein Einfluß mit jedem Tage. Wenn Sie
in Jacksonville sind, hüten Sie sich vor diesem Texar,
Herr ...

— Ja wohl, Zermah, wie vor einer giftigen
Schlange. Doch, ich bin auf meiner Hut. Versuchte er
etwa während meiner Abwesenheit einen Handstreich
auf das Castle-House ...

— Fürchten Sie nur für sich allein, Herr Bur=
bank, aber sorgen Sie sich ja nicht um uns. Ihre
Sclaven werden die Pflanzung zu vertheidigen wissen,
ja, wenn es nöthig wäre, für Sie bis zum letzten
Mann in den Tod gehen. Sie sind Ihnen Alle, Alle
ergeben, sie lieben Sie so innig! Ich weiß, was die
Leute denken, was sie sagen, und weiß, wessen sie
fähig sind. Von anderen Ansiedelungen aus wurde
schon der Versuch gemacht, sie zur Auflehnung zu
überreden ... sie haben Keiner davon ein Wort
hören wollen. Alle bilden nur eine einzige große
Familie, welche sozusagen in der Ihrigen wurzelt. Sie
können auf Ihre Leute zählen.

— Ich weiß es, Zermah, und ich rechne auf
dieselben.

James Burbank kehrte nach der Wohnung zurück.
Als die Zeit herangekommen war, verabschiedete er sich
von seiner Frau, von der kleinen Tochter und Miß
Alice. Er versprach ihnen seinerseits die größte Selbst=
beherrschung gegenüber jenen Beamten, wer diese auch
seien, die ihn vor ihren Richterstuhl verlangt hatten
und verpflichtete sich, Alles zu unterlassen, was Gewalt=
thätigkeiten gegen ihn herbeiführen könnte. Sicherlich
würde er noch denselben Tag wieder heimkehren. Dann

rief er allen den Seinen noch ein herzliches Lebewohl zu und machte sich zum Aufbruch fertig. Ohne Zweifel hatte James Burbank begründete Ursache, für seine Person zu fürchten, doch war er weit unruhiger wegen seiner ganzen Familie, die er, jeder Gefahr ausgesetzt, im Castle=House zurückließ.

Walter Stannard und Edward Carrol gaben ihm bis zum kleinen Hafen das Geleite. Dort traf er noch seine letzten Anordnungen, und unter günstiger Südost=Brise entfernte sich das Boot rasch von der Landungsstelle von Camdleß=Bay.

Eine Stunde später, gegen zehn Uhr, ging James Burbank an dem Quai von Jacksonville ans Land.

Dieser Quai zeigte sich zur Zeit auffallend ver= ödet; hier befanden sich nur einige fremde Matrosen mit Löschung mehrerer Dogres beschäftigt. James Burbank wurde also bei seiner Ankunft nicht erkannt und konnte sich, ohne vorher schon angemeldet zu werden, zu einem seiner Geschäftsfreunde begeben, der am anderen Ende des Hafenplatzes wohnte.

Mr. Harvey war erstaunt und sehr ängstlich be= troffen, ihn zu sehen. Er hatte nicht geglaubt, daß Mr. Burbank der schroffen Vorladung, sich den Richtern des Court=Justice zu stellen, Folge leisten würde. In der Stadt herrschte im allgemeinen dieselbe Ansicht. Worauf jener lakonische Befehl, vor den Richtern zu erscheinen, eigentlich fußte, konnte Mr. Harvey auch nicht sagen. Wahrscheinlich wollte man, um dem drängenden Volkswillen ein Zugeständniß zu machen, von James Burbank bündige Erklärungen verlangen über sein Verhalten seit Ausbruch des Bürgerkrieges, wie über seine — übrigens hinlänglich bekannten — Anschauungen betreffs der Sclavenfrage. Vielleicht hatte man auch den Hintergedanken, sich, wenn dazu irgend eine brauchbare Handhabe gefunden wurde, seiner Person zu bemächtigen, um den reichsten nord= staatlichen Pflanzer von Florida als eine Art Geißel für das Verhalten seiner Gesinnungsgenossen in der Hand zu haben. Mr. Harvey meinte, es wäre für ihn doch wohl rathsamer gewesen, auf Camdleß=Bay zu bleiben, ja, er könne sogar, da bis jetzt Niemand von seinem Hiersein wußte, noch unbemerkt dahin zurück= kehren.

James Burbank war aber nicht gekommen, um davon zu gehen. Er wollte wissen, woran er sei. Er sollte es erfahren.

An seinen Geschäftsfreund stellte er noch folgende wichtige Fragen, wie sie die Lage, in der er sich be= fand, naturgemäß eingab:

»Waren hier die öffentlichen Behörden zu Gunsten der Pöbelhelden von Jacksonville schon gestürzt?«

(Noch nicht, ihre Lage war aber sehr unsicher geworden. Beim ersten Aufstandsversuche sei ihre Ver= drängung durch den Druck der Verhältnisse zu erwarten.)

»Hatte nicht der Spanier Texar bei der sich vor= bereitenden Volksbewegung die Hand im Spiele?«

(Ja; man betrachtete ihn als den Parteiführer der Sclavereifreunde in Florida. Seine Genossen und er würden sich bald zu Herren der Stadt aufschwingen.)

»Hatten die letzten Kriegsnachrichten, welche sich gerüchtweise schon in ganz Florida zu verbreiten be= gannen, Bestätigung gefunden?«

(Ja, in der allerletzten Zeit. Die Organisation der Südstaaten war zur vollendeten Thatsache ge= worden. Die am 22. Februar endgiltig eingesetzte Regierung wählte Jefferson Davis zum Präsidenten

7*

und Stephens zu dessen Stellvertreter. Beide waren
für den Zeitraum von sechs Jahren erwählt. In dem
aus zwei Kammern bestehenden, in Richmond zusammengetretenen Congresse hatte Jefferson Davis vor drei
Tagen den Antrag auf obligatorische Dienstpflicht eingebracht. Seitdem hatten die Conföderirten auch einige
theilweise, im Ganzen aber bedeutungslose Erfolge
davongetragen. Uebrigens drang, wie man sagte, seit
dem 24. ein beträchtlicher Theil der Armee des Generals Mac Clellan über den oberen Potomac vor,
wodurch die Räumung von Columbus seitens der Südstaatler bedingt wurde. Jetzt stand auch eine große
Schlacht am Mississippi bevor, in der die Armee der
Separatisten sich mit der des General Grant messen
sollte.)

»Und das Geschwader des Commodore Dupont —
würde es vor den Mündungen des Saint-John erscheinen?«

(Es ging das Gerücht, daß dasselbe binnen etwa
zehn Tagen die Einfahrt zu erzwingen versuchen werde.
Wenn Texar und dessen Spießgesellen also einen Handstreich planten, der die Stadt in ihre Gewalt bringen
und ihnen zur Befriedigung persönlicher Rachegelüste
Gelegenheit geben sollte, so dürften sie damit nicht
lange zaudern.)

Das war der höchst gespannte Stand der Dinge
in Jacksonville, bei dem Niemand wissen konnte, ob
der »Fall Burbank« die Weiterentwickelung nicht überraschend beschleunigen würde.

Als die für sein Erscheinen bestimmte Stunde
schlug, verließ James Burbank das Haus seines Geschäftsfreundes und begab sich nach dem Platze, wo
das Gebäude des Court-Justice sich erhob. In den

Straßen herrschte jetzt eine lebhafte Bewegung und dichte Volksmengen drängten sich nach derselben Richtung, wie er ging, dahin. Man fühlte voraus, daß sich aus dieser an sich unbedeutenden Sache ein Aufstand mit den beklagenswerthesten Folgen entwickeln könne.

Der Platz war voll von Leuten aller Art — von ärmeren Weißen, Negern und Mestizen, welche einen Höllenlärm verführten. Hatten auch nur verhältnißmäßig Wenige in den räumlich etwas beschränkten Verhandlungssaal des Gerichtsgebäudes Einlaß finden können, so befanden sich darin doch eine Anzahl Anhänger Texar's, bunt durcheinander gewürfelt mit einer gewissen Menge ehrbarer und jedem ungerechten Verfahren abholder Leute. Auf jeden Fall mußte es Letzteren aber schwer werden, demjenigen Theile der Bevölkerung Widerstand zu leisten, der sich nun einmal den Sturz der jetzigen Obrigkeit Jacksonvilles zum Ziele gesetzt hatte.

Als James Burbank auf dem Platze erschien, wurde er sofort erkannt und von den verschiedensten Seiten ertönten laute Ausrufe, die man schwerlich hätte zu seinen Gunsten deuten können. Einzelne muthigere Bürger umringten ihn; sie wollten nicht zulassen, daß ein ehrenwerther und geachteter Mann, wie der Pflanzer von Camdleß=Bay es war, schutzlos den Rohheiten der Menge preisgegeben sei. Schon indem er der ihm zugegangenen Vorladung nachkam, gab er einen gleichzeitigen Beweis von selbstbewußter Würde und Entschlossenheit. Das mußten Ehrlichdenkende ihm Dank wissen.

James Burbank konnte sich also über den Platz Bahn brechen. Er gelangte nach der Thürschwelle des Court=Justice, trat ein und begab sich vor den Richtersitz, wohin er gegen alles Recht gerufen worden war.

Der oberste Beamte der Stadt und seine Bei=
sitzer befanden sich schon an ihrem Platze. Es waren
gemäßigte Männer, denen man ihr gerechtes Urtheil
nachrühmte. Es ist deshalb leicht verständlich, welchen
Bedrohungen sie seit Ausbruch des Secessionskrieges
stets ausgesetzt gewesen sein mochten. Welcher Muth
gehörte nicht schon dazu, jetzt in ihrer Stellung zu
bleiben, und welche Energie, sich auch darin zu erhalten.
Wenn sie bisher noch allem Anstürmen aufrührerischer
Elemente hatten widerstehen können, so lag das in dem
Umstande, daß die Sclavenfrage gerade in Florida,
wie wir wissen, die Geister nicht allzusehr erregte,
während sie in den anderen Südstaaten alle Leiden=
schaften wachrief. Immerhin gewannen die separatisti=
schen Anschauungen allmählich an Boden, und damit
wuchs natürlich der Einfluß der zu einem Handstreiche
vollbereiten Abenteurer und Landstreicher aus allen
Theilen der Grafschaft. Ja, es war nur die Absicht,
der öffentlichen Meinung ein Zugeständniß zu machen,
daß die Behörden, dem Drucke tollster Hitzköpfe nach=
gebend, sich entschlossen hatten, James Burbank auf
die Anklage eines der Führer jener Partei, des
Spaniers Texar, vor ihre Schranken zu fordern.

Das von der einen Seite beifällige, von der
anderen mißfällige Murmeln, welches den Besitzer von
Camdleß=Bay bei seinem Eintritte in den Saal em=
pfing, beruhigte sich bald. Vor der Schranke stehend,
mit dem ruhigen Blicke eines Mannes, den nichts zu
erschüttern vermag, wartete James Burbank nicht einmal,
bis der Richter die gewöhnliche Vorbefragung begann.

„Sie haben James Burbank vorladen lassen,
sagte er mit fester Stimme. James Burbank steht vor
Ihnen!“

Trotzdem erfüllte man zunächst die vorgeschriebenen Formalitäten, bei welchen Burbank kurz und bündig die verlangten Antworten gab. Dann fragte er:

»Wessen beschuldigt man mich?

— Durch Worte oder vielleicht auch durch Thaten den Anschauungen und Hoffnungen feindlich entgegenzuwirken, welche jetzt Florida erfüllen.

— Und wer klagt mich an? forschte James Burbank weiter.

— Ich!«

Dieses Wort kam von Texar; James Burbank hatte dessen Stimme erkannt. Er wandte darauf nicht einmal den Kopf nach dessen Seite hin, sondern begnügte sich, über diesen erbärmlichen Ankläger, der ihn in diese Lage gebracht, verächtlich mit den Achseln zu zucken.

Die Begleiter und Anhänger Texar's feuerten ihren Führer durch Zurufe und bedeutsame Handbewegungen weiter an.

»Zunächst, sagte dieser, schleudere ich James Burbank die Thatsache seiner Eigenschaft als geborener Nordstaatler ins Gesicht. Seine Anwesenheit in Jacksonville ist inmitten eines conföderirten Staates schon eine andauernde Beleidigung. Da er nach Herz und Abstammung den Nordstaatlern zugehört, warum ist er nicht wieder nach dem Norden gezogen?

— Ich bin in Florida, weil es mir paßt daselbst zu sein, antwortete James Burbank. Seit zwanzig Jahren wohne ich in dieser Grafschaft. Wenn ich hier nicht geboren bin, weiß man wenigstens, woher ich stamme. Das mögen sich Die gesagt sein lassen, deren Vergangenheit man nicht kennt, die sich hüten, vor Anderer Augen zu wohnen und deren Privatleben mit gerechterem Grunde untersucht zu werden verdient, als das meinige.«

Texar, der doch durch diese Antwort direct angegriffen war, veränderte sich nicht.

»Und dann?... fuhr James Burbank fort.

— Dann?... nahm der Spanier wieder das Wort. In dem Augenblicke, wo das Land sich für Beibehaltung der Sclaverei erhebt, wo es bereit ist, zur Zurückweisung der föderirten Heere sein Blut zu verspritzen, beschuldige ich ferner James Burbank, Abolitionist zu sein und abolitionistische Propaganda zu treiben.

— James Burbank, mischte sich hier der Richter ein, Sie begreifen, daß eine solche Beschuldigung unter den obwaltenden Verhältnissen von schwerstwiegender Bedeutung ist. Ich bitte Sie also, sich darüber auszulassen.

— Herr Richter, antwortete James Burbank, meine Antwort wird sehr einfach lauten. Ich habe weder jemals eine derartige Propaganda getrieben, noch wird es mir in Zukunft einfallen, das zu thun. Diese Anklage beruht auf falscher Voraussetzung. Was meine Ansicht über die Sclaverei angeht, sei es mir erlaubt, diese hier darzulegen. Ja, ich bin für Abschaffung der Sclaverei, ebenso wie ich den Kampf, den der Süden gegen den Norden unternimmt, tief beklage. Ja, ich fürchte sogar, der Süden gehe dem schlimmsten Unheil entgegen, das er hätte vermeiden können, und in seinem eigenen Interesse hätte ich ihn gern einen anderen Weg einschlagen sehen, statt sich in einen Krieg gegen die gesunde Vernunft, gegen das öffentliche Gewissen einzulassen. Sie werden einst noch erkennen, daß Die, welche zu Ihnen wie ich heute sprechen, nicht Unrecht gehabt haben. Wenn die Stunde einer Umwandlung, eines moralischen Fortschrittes geschlagen hat, ist jedes Widerstreben eine — Thorheit.

Außerdem würde eine Lostrennung des Südens von dem jetzigen Bundesstaate einem Verbrechen gegen das amerikanische Vaterland gleichstehen. Weder Vernunft, noch Gerechtigkeit oder Macht sind auf Ihrer Seite, und jenes Verbrechen wird also unterbleiben.«

Diesen Worten wurde zunächst einige Zustimmung zutheil, welche lautere Schreier jedoch sofort unterdrückten. Die Mehrzahl einer Zuhörerschaft von Leuten ohne Glauben und Gesetz konnte sich mit denselben nicht befriedigen.

Als der Richter wieder einiges Stillschweigen im Verhandlungssaale hergestellt, fuhr James Burbank fort:

»Und jetzt erwarte ich, daß mehr auf Thatsachen als auf Gedanken gestützte Anklagen vorgebracht werden, auf welche ich, sobald sie mir kund gegeben wurden, die Antwort nicht schuldig zu bleiben verspreche.«

Gegenüber einer solchen würdigen Haltung des Angeklagten geriethen die Richter schon in nicht geringe Verlegenheit. Sie kannten ja keine einzige Thatsache, die James Burbank hätte zum Vorwurf gemacht werden können. Ihre Rolle beschränkte sich deshalb darauf, Anschuldigungen mit Beweisen, wenn es solche gab, vorbringen zu lassen.

Texar sah ein, daß er in die Zwangslage kam, sich bestimmter zu erklären, wenn er sein Ziel nicht verfehlen wollte.

»Zugegeben! sagte er. Es ist auch meine Ansicht nicht, daß man die Freiheit der Gedanken über die Sclaverei antasten dürfe, nicht einmal in einem Lande, das sich sonst bis zum letzten Mann für deren Aufrechthaltung erhebt. Wenn aber James Burbank das Recht besitzt, über die Sclavenfrage zu denken, wie es ihm beliebt, wenn es wahr ist, daß er sich enthält, Anhänger seiner Anschauungen zu werben, so entblödet er sich doch nicht, ein Einverständniß mit einem Feinde zu unterhalten, der knapp vor den Thoren von Florida steht!«

Diese Anklage des Einverständnisses mit den Föderirten war unter den dermaligen Verhältnissen eine sehr ernste. Das hörte man auch aus dem Murmeln, welches die Reihen der Zuhörer durchlief. Immerhin schwebte dieselbe vorläufig in der Luft und bedurfte erst noch der Beweise.

»Sie behaupten, ich unterhielte irgend welche Verbindungen mit dem Feinde? fragte James Burbank.

— Ja, versicherte Texar.

— Wollen Sie es beweisen? ... Ich verlange es!

— Gut, antwortete Texar. Vor nun drei Wochen hat ein an James Burbank entsendeter Bote die föde- rirte Armee oder mindestens die Flottenabtheilung des Commodore Dupont verlassen. Dieser Mann hat sich nach Camdleß-Bay begeben; er ist von dem Augen- blicke, wo er die Pflanzung verließ, bis zum Austritte über die Grenze von Florida beobachtet worden. — Können Sie das leugnen?«

Es handelte sich hierbei offenbar um den Boten, der den Brief des jungen Lieutenants überbracht hatte. Texar's Spione unterlagen in dieser Beziehung keinem Irrthum. Diesmal betraf die Anschuldigung eine greif- bare Thatsache, und Alle warteten nicht ohne eine ge- wisse Beklemmung darauf, wie James Burbank's Antwort lauten würde.

Dieser zögerte nicht im mindesten, das zuzugestehen, was ja thatsächlich die reine Wahrheit war.

›Gewiß, sagte er, zu jener Zeit ist nach Camdleß-Bay ein fremder Mann gekommen, doch das war nur ein Bote. Er gehörte auch nicht zur föderirten Armee, sondern brachte nur ein Schreiben von meinem Sohne . . .

— Von Ihrem Sohne, fiel Texar rasch ein, von Ihrem Sohne, der, wenn wir recht unterrichtet sind, in den Dienst der Unionstruppen getreten ist; von Ihrem Sohne, der vielleicht in den ersten Reihen der Feinde steht, welche jetzt zu einem Einfall nach Florida unterwegs sind.‹

Die Heftigkeit, mit der Texar diese Worte hervorpolterte, verfehlten nicht einen sehr lebhaften Eindruck auf die Zuhörer. Wenn James Burbank nach dem Zugeständniß, ein Schreiben seines Sohnes erhalten zu haben, auch ferner noch zugab, daß Gilbert in die föderalistische Armee eingetreten sei, wie wollte er sich dann gegen die Beschuldigung, Verbindungen mit den Feinden der Südstaaten unterhalten zu haben, wirksam vertheidigen?

›Wollen Sie auf die behaupteten und Ihren Sohn betreffenden Thatsachen Auskunft geben? fragte der Richter.

— Nein, Herr Richter, erwiderte James Burbank festen Tones, ich habe darauf nichts zu erklären. Um meinen Sohn handelt es sich hier, so viel ich weiß, überhaupt nicht. Nur ich allein bin beschuldigt, ein Einverständniß mit den Bundestruppen gepflogen zu haben, das aber lehne ich bestimmt ab und überlasse es dem Manne, dessen Anklagen gegen mich nur persönlichem Hasse entstammen, dafür einen einzigen Beweis beizubringen.

— Er gesteht also doch schon zu, daß sein Sohn in diesem Augenblick unter den Reihen der Föderirten kämpft, rief Texar.

— Ich habe nichts zuzugestehen ... nichts! entgegnete James Burbank. Es ist Ihre Sache, zu beweisen, was Sie gegen mich vorbringen.

— Gut ... ich werde es noch beweisen! versetzte Texar. Binnen wenig Tagen werd' ich im Besitz des Beweises sein, den man von mir verlangt, und wenn ich den erst in der Hand habe ...

— Wenn Sie ihn haben, fiel ihm der Richter in die Rede, so können wir weiter über diese Angelegenheit verhandeln. Bis dahin sehe ich aber nicht, gegen welche Anschuldigungen sich James Burbank hier zu verantworten hätte.«

Mit dieser Erklärung erwies sich der Richter als einen Mann von ehrlicher Gerechtigkeitsliebe. Er hatte damit gewiß ganz recht. Leider hatte er unrecht, recht zu haben gegenüber einem Zuhörerkreise, der von vornherein gegen den reichen Pflanzer auf Camdleß-Bay eingenommen war. Es kam also als Antwort auf diese Erklärung zu einem unwilligen Murren, ja selbst zu wirklichen Einreden seitens der unbefriedigten Anhänger Texar's. Der Spanier verstand diese Meinungsäußerungen gut genug, und indem er ferner von jeder Herbeiziehung Gilbert Burbank's absah, beschränkte er sich nur auf Anschuldigungen gegen dessen Vater.

»Ja wohl, wiederholte er, ich werde durch Beweise meine Behauptung erhärten, daß James Burbank in heimlicher Verbindung mit dem Feinde steht, der einen Ueberfall Floridas vorbereitet. Doch davon jetzt abgesehen, bilden ja schon die Anschauungen, die er ungescheut an dieser Stelle vertritt, Anschauungen, welche zur Lösung der Sclavenfrage im Sinne unserer Feinde hinneigen, eine öffentliche Gefahr. Ich verlange also im Namen aller Besitzer von Sclaven, welche sich niemals dem Joch beugen werden, das der Norden ihnen aufzuerlegen sucht, daß man sich seiner Person versichere.

— Ja! . . . Richtig!« riefen die Genossen Texar's, während ein Theil der Anwesenden vergeblich gegen ein solches nicht zu rechtfertigendes Verlangen Einspruch erhob.

Als es dem Richter gelungen, die Ruhe im Verhandlungssaale herzustellen, konnte James sich wieder äußern.

»Ich widersetze mich mit aller Macht, mit allem auf meiner Seite stehenden gesetzlichen Rechte, gegen die Willkürmaßregel, zu der man den Gerichtshof zu drängen sucht, erklärte er bestimmt. Ich mag ja Abolitionist sein, ja, ich habe das ja schon zugestanden, ich denke aber, bei unseren auf freiester Grundlage beruhenden Gesetzen sind Anschauungen jeder Art frei. Bisher hat es noch nicht als Verbrechen gegolten, Gegner der Sclaverei zu sein, und wo keine Schuld vorliegt, ist auch das Gesetz ohnmächtig, eine Strafe zu verhängen.«

Noch zahlreichere Zustimmungen schienen James Burbank Recht zu geben. Zweifelsohne hielt auch Texar die Gelegenheit für gegeben, seine das Ziel nicht bestreichenden Geschütze anders aufzufahren. Es ist also nicht zu verwundern, wenn er James Burbank die unerwartete Aufforderung ins Gesicht schleuderte:

»Nun, so geben Sie doch Ihre eigenen Sclaven frei, da Sie Gegner der Sclaverei sind!

— Das werd' ich auch thun, erklärte James Burbank. Ich werde es sofort thun, wenn die Stunde dazu herangekommen ist.

— Wirklich! . . . Ja, ja, Sie werden es thun, so=
bald die föderirten Truppen in Florida die Herren
geworden sind! warf Texar ein. Sie brauchen eben die
Soldaten Sherman's und die Seeleute Dupont's, um
den Muth zu finden, Ihre Handlungen und Ihre An=
sichten in Einklang zu setzen. Ja freilich, das ist klug
— aber feig obendrein!

— Feig! fuhr James Burbank, ohne eine Ahnung,
daß ihm sein Gegner nur eine Falle zu stellen suchte,
entrüstet auf.

— Ja, feig! wiederholte Texar. Wagen Sie es
doch, Ihre Anschauungen in Thatsachen zu übersetzen!
Bisher konnte man nur zu dem Glauben verleitet
werden, daß Sie eine wohlfeile Popularität zu er=
haschen suchen, um sich bei den Nordstaatlern einen
Stein ins Brett zu setzen. Ja, dem Scheine nach Feind
der Sclaverei, sind Sie doch im Grunde und aus
Interesse nichts anderes als ein Anhänger derselben!«

James Burbank hatte sich auf diese schamlose
Beleidigung hin erhoben und warf seinem Ankläger
einen tief verächtlichen Blick zu. Das war mehr als er
ertragen konnte. Ein derartiger Vorwurf der Schein=
heiligkeit stand in zu grellem Widerspruch gegen sein
ganzes, aller Welt offen vor Augen liegendes und
loyales Leben.

»Bürger von Jacksonville, rief er so laut, daß ihn
Alle verstehen mußten, von diesem Tage ab besitze ich
keinen einzigen Sclaven mehr; heute noch verkünde ich
die Freigebung aller Sclaven auf dem ganzen Gebiete
von Cambleß=Bay!«

Zuerst antworteten dieser unerschrockenen Erklärung
nur laute Hurrahs. Ja, es gehörte nicht wenig Muth
zur Abgabe derselben — vielleicht mehr Muth als

Klugheit. James Burbank hatte sich eben von seiner
gerechten Entrüstung fortreißen lassen.

Es lag ja zu klar auf der Hand, daß eine solche
Maßnahme die anderen Pflanzer von Florida mit
großem Nachtheile bedrohte. Im Saale des Court-
Justice blieb denn auch die Gegenwirkung nicht aus.
Die ersten, dem Ansiedler auf Camdleß-Bay geltenden
Beifallsrufe wurden bald erstickt durch das wüste Geschrei nicht nur Derer, welche der Sclaverei aus Grundsatz
hold waren, sondern auch Solcher, welche der Sclavenfrage bisher ziemlich theilnahmslos gegenübergestanden
hatten. Ja, Texar's Freunde hätten sich diesen lauten
Ausbruch des Unwillens gern zunutze gemacht, um
gegen James Burbank handgreiflich zu werden, wenn
der Spanier selbst sie nicht davon zurückgehalten hätte.

»Laßt ihn gewähren, sagte er. James Burbank
hat sich schon selbst entwaffnet und von jetzt ab gehört
er uns!«

Diese Worte, deren Bedeutung der Leser bald
faffen lernen wird, genügten, die zu Gewaltthätigkeiten
Geneigten wieder in die nöthigen Schranken zu verweisen. James Burbank entging auch jeder Belästigung,
als ihm der Richter seine Entlassung eröffnet hatte.
Mangels jeden Beweises lag keine Ursache vor, der
verlangten Einsperrung James Burbank's Folge zu
geben. Später, wenn der auf seinen Aussagen behar-
rende Spanier Beweise beibrächte, um James Burbank
des Einverständnisses mit dem Feinde zu überführen,
sollte die Untersuchung wieder aufgenommen werden.
Bis dahin war und blieb James Burbank frei.

Freilich sollte diese öffentlich abgegebene Erklärung
bezüglich der Freilassung des gesammten Arbeitspersonals
auf Camdleß-Bay später gegen die städtischen Behörden

und zu Gunsten der zum Aufstande drängenden Partei bis zum Aeußersten ausgenützt worden.

Trotz alledem wußten es die Polizeibeamten zu hindern, daß es gegen James Burbank, als dieser den Court-Justice verließ und darauf von einer ihm gewiß sehr übel gesinnten Volksmenge verfolgt wurde, nicht zu Thätlichkeiten kam. Die Sache verlief mit Verwünschungen, Bedrohungen, doch ohne Bethätigung von Gewalt. Offenbar beschützte Jenen der Einfluß Texar's. James Burbank konnte also die Quaianlagen des Hafens erreichen, wo sein Boot ihn erwartete. Hier nahm er von seinem Geschäftsfreunde, Mr. Harvey, der ihn nicht verlassen hatte, Abschied. Dann segelte er hinaus und war bald über die Tragweite des Geschreis hinaus, mit dem die Pöbelhaufen seine Abfahrt begleiteten.

Da die Fluth im Sinken war, setzte ihn das von der Strömung beeinträchtigte Boot erst nach zwei Stunden an der Landungsbrücke von Camdleß-Bay ab, wo er von seiner Familie schon sehnsüchtig erwartet wurde. Welche Freude erregte aber das Wiedersehen in dieser ganzen kleinen Welt, die so vielen Grund zu der Befürchtung gehabt hatte, ihn vielleicht von den Seinigen ferngehalten zu sehen!

»O nein, sagte er zu der kleinen Dy; ich hatte Dir versprochen, zum Mittagsessen zurück zu sein, mein lieber Schatz, und Du weißt, daß ich meine Versprechungen stets einhalte!«

VIII.

Die letzte Sclavin.

Noch am nämlichen Abend setzte James Burbank die Seinigen in Kenntniß von dem, was im Courte-Justice vorgegangen war. Er enthüllte ihnen das gehässige Auftreten Texar's. Nur auf Drängen dieses Mannes und der Pöbelmengen von Jacksonville war seine Vorladung dahin erfolgt. Die Haltung der Behörden in dieser für sie recht mißlichen Angelegenheit verdiente dagegen alles Lob. Auf die Beschuldigung seines Einvernehmens mit den Föderirten hatten sie nur mit der Forderung von Beweisen, welche dieselbe stützen konnte, geantwortet. Da Texar diese Beweise nicht vorzulegen vermochte, war James Burbank frei ausgegangen.

Bei Gelegenheit jener haltlosen Beschuldigungen war jedoch auch der Name Gilberts mit gefallen. Im Allgemeinen schienen auch Fernerstehende nicht daran zu zweifeln, daß der junge Mann sich unter den Truppen des Nordens befand, und James Burbank's Weigerung, auf diese Nebenfrage einzugehen, mußte ja einem halben Zugeständnisse seinerseits gleichkommen.

Es ist also begreiflich, welche Furcht und Angst sowohl Frau Burbank und Miß Alice, wie überhaupt die ganze, so schwer bedrohte Familie peinigte, denn wie leicht konnten sich die Tollköpfe von Jacksonville für den ihnen nicht erreichbaren Sohn an dessen Vater halten. Von Texar lief es ohne Zweifel mehr auf

Prahlerei hinaus, wenn er versprach, zur Erhärtung jener Behauptung binnen wenigen Tage Beweise zur Stelle zu schaffen. Andrerseits war doch die Möglichkeit nicht ausgeschlossen, daß ihm das irgendwie gelang, und dann gestaltete sich die Lage allerdings höchst bedenklich.

»Mein armer Gilbert! seufzte Frau Burbank. Ihn so in der Nähe Texar's zu wissen, der zur Erreichung seines Ziels gewiß vor nichts zurückschreckt!

— Sollten wir ihm über die Vorgänge in Jacksonville nicht eine Mittheilung zugehen lassen können? schlug Miß Alice vor.

— Ja, setzte Mr. Stannard hinzu. Wäre es nicht wenigstens angezeigt, ihm wissen zu lassen, daß jede Unklugheit von seiner Seite für seine Angehörigen wie für ihn selbst die schlimmsten Folgen haben müsse?

— Wie sollten wir ihn aber benachrichtigen? warf James Burbank ein. Es ist nur zu wahrscheinlich, daß Camdleß=Bay unabläsig von Spionen belauert wird. Schon der Bote, den uns Gilbert gesandt hatte, ist bei seiner Rückkehr beobachtet und verfolgt worden. Jeder Brief, den wir etwa schrieben, könnte Texar in die Hände fallen; jeder Mann, den wir mit einer mündlichen Nachricht absendeten, könnte unterwegs abgefangen werden. Nein, liebe Freunde, unternehmen wir nichts, was die ohnehin schwierige Lage noch verschlimmern könnte, und gebe der Himmel, daß die föderalistische Armee nicht zögert, Florida zu besetzen. Es ist die höchste Zeit für die Minderzahl ehrbarer Leute, welche sich von der großen Mehrzahl von Schurken bedroht sieht.«

James Burbank hatte ganz recht. Bei der Ueberwachung, welche jedenfalls rings um seine Pflanzung stattfand, wäre es sehr unklug gewesen, einen Brief=

wechsel mit Gilbert zu versuchen. Uebrigens nahte ja der ersehnte Augenblick, wo James Burbank und die hiesigen Anhänger der Nordstaaten unter dem Schutze der föderirten Armee wieder Sicherheit finden mußten.

Am folgenden Tage schon sollte Commodore Dupont von der Rhede von Edisto aus unter Segel gehen. Vor Ablauf von drei Tagen durfte man also der Nachricht entgegensehen, daß die Flotte, nachdem sie längs der Küste von Georgia herabgefahren, in der Bai von Saint-Andrews erschienen sei.

James Burbank schilderte dann den ernsten Zwischenfall, zu dem es vor dem Richterstuhle in Jacksonville gekommen war. Er setzte auseinander, wie er auf die ihm von Texar bezüglich seiner Haltung gegenüber den Sclaven von Camdleß=Bay ins Gesicht geschleuderte Herausforderung habe antworten müssen. Pochend auf sein Recht und seinem Gewissen nach= gebend, habe er ganz öffentlich die Absicht einer so= fortigen Freilassung der Sclaven seiner Besitzung an= gekündigt. Was noch keiner der südlichen Staaten zu verkündigen gewagt, ohne durch die Entscheidung der Waffen dazu genöthigt gewesen zu sein, das hatte er freiwillig und auf eigene Eingebung hin gethan.

Gewiß eine ebenso kühne als edelmüthige Er= klärung. Welche Folgen dieselbe haben werde, ließ sich zunächst nicht voraussehen. Jedenfalls war jene nicht derart, um die Lage James Burbank's inmitten eines ausgesprochenen Sclavenstaates minder bedrohlich zu gestalten. Vielleicht konnte sie gewisse Anzeichen schon unter der Oberfläche liegender Empörungen unter den Sclaven der anderen Pflanzungen hervorrufen. Immer= hin! Die Familie Burbank billigte, ergriffen von der

Hochsinnigkeit dieser Handlungsweise, ohne Rückhalt, was deren Oberhaupt gethan hatte.

»James, ließ Frau Burbank sich vernehmen, was auch daraus folgen möge, Du hast ganz recht gethan, die gehässige Nachrede, welche jener Texar gemein genug war, Dir unter die Augen zu sagen, in dieser Weise zu entkräften.

— Wir sind stolz auf Dich, Vater, setzte Miß Alice hinzu, die Mr. Burbank hier zum ersten Male diesen Namen gab.

— Und, meine liebe Tochter, antwortete James Burbank, wenn Gilbert und die Föderirten in Florida eindringen, so werden sie keinen einzigen Sclaven mehr auf Camdleß-Bay vorfinden.

— Ich danke Ihnen, Herr Burbank, sagte da Zermah, ich danke Ihnen im eigenen Namen und in dem meiner Genossen. Was mich betrifft, so habe ich mich bei Ihnen freilich niemals als Sclavin gefühlt. Ihre Güte, Ihr Edelmuth hatten mich schon ebenso frei gemacht, wie ich es heute bin.

— Du hast Recht, Zermah, antwortete Frau Burbank. Sclavin oder Freigelassene, wir werden Dich deshalb nicht minder lieb behalten.«

Zermah hatte vergeblich versucht, ihre innere Erregung zu bemeistern. Sie nahm die kleine Dy in die Arme und preßte sie an ihre Brust.

Die Herren Carrol und Stannard hatten James Burbank's Hand mit größter Wärme gedrückt, das sagte diesem, daß sie ihm beistimmten und seine ebenso kühne als gerechte Handlungsweise gern anerkannten.

Unter dem Eindrucke dieses Edelmuthes kann es nicht wundernehmen, daß die Familie Burbank einstweilen völlig vergaß, wie die Handlungsweise James

Burbank's in Zukunft doch manche Ungelegenheit her=
beiführen würde.

Auf Camdleß=Bay dachte aber gewiß Niemand
daran, James Burbank deshalb zu tadeln, außer jeden=
falls der Inspector Perry, wenn er von dem erfuhr,
was sich inzwischen zugetragen hatte. Dieser befand sich
jedoch gerade auf einer Rundfahrt durch die Ansiedlung
und konnte vor Einbruch der Nacht nicht zurückkehren.

Es war jetzt schon spät geworden. Man trennte
sich; James Burbank meldete aber zuvor noch, daß
er am folgenden Morgen seinen Sclaven deren Frei=
lassungsschein einhändigen würde.

»Wir werden bei Dir sein, James, antwortete
Frau Burbank, wenn Du sie für frei erklärst.

— Ja, Alle! setzte Edward Carrol hinzu.

— Und ich auch, Vater? fragte die kleine Dy.

— Ja, Du auch, mein Herz, Du auch.

— Meine gute Zermah, wandte sich das Kind an
diese, wirst Du nachher von uns fortgehen?

— Nein, mein Kind, antwortete Zermah, nein;
Dich verlaß ich nimmermehr!«

Jeder zog sich dann, nachdem die gewöhnlichen
Vorsichtsmaßregeln zur Sicherheit des Castle=House
getroffen waren, nach seinem Zimmer zurück.

Am anderen Morgen war die erste Person, welche
James Burbank in dem das Wohnhaus umgebenden
Parke antraf, gerade Mr. Perry. Da das Geheimniß
streng gewahrt worden war, wußte der Verwalter noch
von nichts; er vernahm es jedoch alsbald aus dem
Munde James Burbank's selbst, der die grenzenlose
Verblüffung des Mr. Perry schon vorauszusehen
schien.

»O, Herr Burbank!... Herr Burbank!«

Der würdige Mann war so außer Fassung ge=
bracht, daß er keine Erwiderung fand.

»Die Sache kann Sie doch eigentlich nicht über=
raschen, Perry, fuhr James Burbank fort. Ich bin
den Ereignissen einfach zuvorgekommen. Sie wissen ja,
daß die Freilassung der Sclaven eine Maßregel ist, die
sich jedem auf seine Würde haltenden Staate unbedingt
aufnöthigt.

— Auf seine Würde, Herr Burbank! Was hat
hiermit denn die Würde des Staatswesens zu thun?

— Sie haben von dem Worte Würde keine rechte
Vorstellung, Perry. Nun, dann jedem auf seine Interessen
achtenden Staat.

— Seine Interessen . . . seine Interessen, Herr
Burbank! Sie wagen zu sagen, seine Interessen?

— Ja gewiß, und die kommende Zeit wird Ihnen
gar nicht lange den Beweis dafür schuldig bleiben,
lieber Perry.

— Wo soll man dann aber das nöthige Personal
für die Pflanzungen hernehmen, Herr Burbank?

— Immer aus dem Volk der Schwarzen, Perry.

— Doch wenn die Schwarzen vom Zwange dieser
Arbeit befreit sind, werden sie nicht mehr arbeiten
wollen.

— Im Gegentheil, sie werden arbeiten, ja sogar
mit größerem Eifer, weil es freiwillig geschieht, und
mit mehr Vergnügen, weil ihre Lage eine bessere sein
wird.

— Aber Ihre Leute, Herr Burbank? . . . Ihre
Leute werden Sie baldigst verlassen!

— Es sollte mich sehr wundern, lieber Perry,
wenn es einen Einzigen darunter gäbe, der einen Ge=
danken daran hätte.

— Dann bin ich aber nicht mehr der Oberauf=
seher der Sclaven von Camdleß=Bay.

— Nein, doch nach wie vor der erste Verwalter
auf Camdleß=Bay, und ich meine nicht, daß Ihre
Stellung eine geringerwerthige geworden sei, wenn
Sie fortan freien Männern und nicht mehr Sclaven
zu befehlen haben.

— Aber . . .

— Lassen Sie sich im Voraus gesagt sein, lieber
Perry, daß ich auf alle ihre »Aber« eine Antwort
bereit habe. Söhnen Sie sich also mit einer Maßnahme
aus, die doch früher oder später getroffen werden
mußte, und welche meine eigene Familie, vergessen Sie
das nicht, herzlich willkommen geheißen hat.

— Und unsere Schwarzen wissen nichts davon?

— Bis jetzt noch nichts, antwortete James Bur=
bank; ich ersuche Sie auch, Perry, gegen dieselben noch
nicht darüber zu sprechen. Sie werden noch heute Alles
selbst erfahren. Rufen Sie die Leute für heute Nach=
mittag drei Uhr in den Park des Castle=House zu=
sammen, indem Sie sich begnügen zu melden, daß ich
denselben eine Mittheilung zu machen habe.«

Darauf zog sich der Verwalter mit dem unver=
blümtesten Ausdruck des Erstaunens zurück und wieder=
holte öfter für sich:

»Schwarze, welche keine Sclaven sind! Schwarze,
die für eigene Rechnung arbeiten sollen! Schwarze, die
sich ihre Bedürfnisse selbst beschaffen müssen! Damit ist
jede gesellschaftliche Ordnung auf den Kopf gestellt!
Das ist der Umsturz der menschlichen Gesetze! Das ist
gegen die Natur! Ja, gegen die Natur!«

Während des Morgens besuchten James Bur=
bank, Walter Stannard und Edward Carrol in einem

leichten Preschwagen einen Theil der Pflanzungen an
der nördlichen Grenze. Die Sclaven waren bei ihrer
gewohnten Arbeit in den Reisplantagen, den Kaffee-
und Zuckerrohrfeldern. Dieselbe Regsamkeit herrschte in
den Werkstätten und in den Sägemühlen. Das Geheimniß war wohl bewahrt geblieben. Zwischen Jacksonville und Camdleß-Bay hatten sich noch keine Verbindungen anknüpfen können. Gerade Diejenigen, welche
es in erster Linie anging, wußten von dem Vorhaben
James Burbank's noch nicht das Geringste.

Da sie einmal durch die, vielleicht gefährdetsten
Theile der Pflanzung kamen, wollten James Burbank
und seine Freunde sich versichern, daß sich an den
Grenzen des weitausgedehnten Gebietes nichts Verdächtiges zeige. Nach der Erklärung vom Vortage lag
die Befürchtung nahe, daß ein Theil des Pöbels von
Jacksonville oder vom benachbarten Lande nicht übel
Lust bekommen haben könnte, sich auf Camdleß-Bay
zu stürzen. Diese Befürchtung erwies sich als unbe-
gründet. Weder von dieser Seite des Flusses noch von
dem Wasserlaufe des Saint-John selbst wurden verdächtige Gestalten gemeldet. Der »Shannon«, der gegen
zehn Uhr Morgens gerade stromaufwärts fuhr, hielt
nicht an der kleinen Landungsbrücke des Hafens, sondern
setzte seinen Weg nach Picolata fort. Weder von oberhalb noch von unterhalb des Flusses war also für die
Insassen des Castle-House etwas zu fürchten.

Ein wenig vor Mittag überschritten James Burbank,
Walter Stannard und Edward Carrol wieder die
Brücke der Umzäunung und betraten das Wohnhaus.
Die ganze Familie erwartete sie zum Frühstück. Alle
schienen mehr beruhigt und plauderten in zwangloser
Weise. Es sah fast aus, als sei bezüglich der Gesammt-

lage eine gewisse Entspannung eingetreten. Ohne Zweifel hatte die Entschlossenheit der Behörde von Jackonville den Hitzigsten von Texar's Partei doch einige Achtung abgenöthigt; und wenn dieser Zustand der Dinge nur noch einige Tage anhielt, mußte die föderirte Armee Florida ja besetzt und unter ihrer Gewalt haben. Die Gegner der Sclaverei, ob solche aus dem Norden oder aus dem Süden, waren dann in Sicherheit.

James Burbank konnte also zu der Ceremonie der Freilassung schreiten — zur ersten dieser Art, welche in einem Sclavenstaate vorgenommen wurde.

Derjenige von allen Schwarzen der Ansiedlung, der voraussichtlich die größte Befriedigung darüber empfinden würde, war ein Bursche von zwanzig Jahren, Namens Pygmalion, der gewöhnlich nur Pyg genannt wurde. In dem Hause der eigentlichen Dienstleute des Castle-House beschäftigt, wohnte genannter Pyg auch in demselben. Er arbeitete weder in den Feldern noch in den Werkstätten oder auf den Zimmerplätzen von Camdleß-Bay. Wir müssen hier vorausschicken, daß Pygmalion nur ein lächerlicher, eitler und ziemlich träger junger Mann war, dem seine Herren Vieles aus Gut= müthigkeit so hingehen ließen. Seitdem die Sclaven= frage zur brennenden Frage geworden, mußte man ihn nur seine großmäuligen Phrasen über die menschliche Freiheit vortragen hören. Vorzüglich seine Stammes= genossen belästigte er bei jeder Gelegenheit mit seinen Flunkereien, wenn diese auch nur darüber lachten. Er setzte sich auf's hohe Pferd, wie man sagt, er, den jeder Esel schon abgesattelt hätte. Da er aber im Grunde nicht bösartiger Natur war, so ließ man ihn nach Herzenslust sich heiser reden.

Man erkennt schon, welcherlei Verhandlung er mit
dem Verwalter Perry haben mußte, wenn dieser in
der Laune war, ihn anzuhören, und man kann sich
wohl vorstellen, wie er diesen Freilassungsact aufnahm,
der ihm seine »Menschenwürde« wieder geben sollte.

Heute wurde den Schwarzen also gemeldet, daß
sie sich in dem reservirten Park des Castle-House zu
versammeln hätten; dort wollte ihnen der Besitzer von
Camdleß-Bay eine wichtige Mittheilung machen.

Ein wenig vor vier Uhr — der für die Ver-
sammlung festgesetzten Stunde — hatte sich das ganze
Personal, das übrigens aus den Baracken kam, vor
dem Castle-House anzusammeln begonnen. Die wackeren
Leute waren nach dem Mittagsessen gar nicht wieder
nach den Werkstätten, noch in die Felder oder nach den
Stellen, wo Bäume gefällt wurden, zurückgekehrt. Sie
hatten etwas Toilette machen und die Arbeitsanzüge
gegen den Sonntagsstaat vertauschen wollen, wie das
übrigens von jeher Sitte war, wenn sie innerhalb der
Umzäunung etwas zu schaffen hatten. Es herrschte jetzt
überall reges Leben und schnelles Hinundherlaufen von
Hütte zu Hütte, während der Verwalter Perry, für sich
in den Bart murmelnd, von einer Baracke zur anderen
schritt.

»Wenn ich bedenke, brummte er, daß man diese
Schwarzen noch in der jetzigen Stunde mit vollkommenem
Recht verkaufen könnte, da sie vorläufig doch nichts
anderes als eine Waare sind!

Nach Ablauf einer Stunde würde es nicht mehr
zulässig sein, sie zu kaufen oder zu verkaufen! Ja, ich bleibe
dabei, so lange ich noch einen Athemzug habe, der Herr
Burbank mag nun reden und thun was er will, nach
ihm der Präsident Lincoln und nach diesem alle Föde-

rirten des Nordens und alle Freisinnigen beider Welten — es ist doch gegen die Natur!«

In demselben Augenblicke befand sich Pygmalion, der auch noch nichts wußte, gerade ganz nahe bei dem Verwalter.

»Warum wurden wir zusammengerufen, Herr Perry? fragte Pygmalion. Wären Sie so freundlich, es mir zu sagen?

— Ja, Du Dummkopf, es geschah, um Dich . .«

Der Verwalter hielt inne, da er das Geheimniß ja nicht verrathen wollte. Da kam ihm noch ein Gedanke.

»Tritt noch näher, Pygmalion,« sagte er.

Pygmalion folgte der Aufforderung.

»Ich zupfe Dich zuweilen an den Ohren, mein Junge, nicht wahr?

— Ja, leider, Herr Perry, weil das — entgegen aller menschlichen und göttlichen Gerechtigkeit — einmal Ihr Recht ist.

— Richtig, und weil das mein Recht ist, werd' ich mir gestatten, davon noch einmal Gebrauch zu machen.«

Und ohne auf das Wehgeschrei Pygmalion's zu achten und übrigens auch, ohne ihm besonders hart mitzuspielen, zerrte er diesen noch einmal an den Ohren, die schon eine recht anständige Länge hatten. Wahrlich, es schien dem Verwalter eine Herzenserleichterung zu sein, zum letzten Male eines seiner Rechte bei einem Sclaven der Pflanzung geltend gemacht zu haben.

Um vier Uhr erschienen James Burbank und die Seinigen auf dem erhöhten Vorplatz des Castle=House. Innerhalb der Umzäunung standen siebenhundert Sclaven — Männer, Frauen und Kinder — in Gruppen bei=

sammen, selbst einige zwanzig solcher alten Schwarzen,
welche, als sie zur Arbeit untauglich geworden waren,
in den Baracken von Camdleß=Bay eine sichere Zu=
flucht für ihre alten Tage fanden.

Sofort wurde es ringsum tief still. Auf einen
Wink James Burbank's ließen Perry und die Unter=
verwalter das Personal näher herantreten, damit Jeder
die ihnen zu eröffnende Mittheilung deutlich verstehen
konnte.

James Burbank nahm das Wort:

»Meine Freunde, begann er, Ihr wißt Alle, daß
ein schon lange dauernder höchst blutiger Bürgerkrieg
die Bevölkerung der Vereinigten Staaten entzweit hat.
Die wahre Ursache dieses Krieges ist die Sclaverei
gewesen. Der Süden, der durch die geplante Frei=
lassung sein Lebensinteresse geschädigt glaubte, entschied
sich für deren Beibehaltung; der Norden wollte dieselbe,
im Namen der Menschlichkeit, ausgerottet wissen. Gott
stand auf der Seite der Vertheidiger einer gerechten
Sache und schon mehr als einmal neigte sich der Sieg
zu Gunsten Derer, welche jetzt für die Befreiung aller
und jeder menschlichen Racen kämpfen. Seit längerer
Zeit hab' ich, wie Jedermann weiß, getreu meiner
Herkunft, die Ansichten des Nordens getheilt, ohne in
der Lage zu sein, dieselben thatsächlich beweisen zu
können. Gewisse Verhältnisse haben es jetzt herbeigeführt,
daß in dem Augenblick, wo es mir möglich ist, meine
Handlungsweise mit meinen Ansichten in Ueberein=
stimmung zu setzen, ich mich beeile, dieses Werk zu be=
schleunigen. So hört denn, was ich Euch im Namen
meiner ganzen Familie zu eröffnen habe.«

In den Reihen der Leute entstand ein leises
Murmeln gespannter Erwartung, doch legte sich das=

selbe sofort wieder, und dann gab James Burbank mit weitschallender und verständlicher Stimme folgende Erklärung ab:

»Vom heutigen Tage, dem 28. Februar 1862, ab sind die Sclaven meiner Ansiedlung jeder Zwangs=arbeit ledig. Sie können allein über ihre Person ver=fügen. Auf Camdleß=Bay gibt es hinfort nur noch freie Männer!«

Die ersten durch diese Worte hervorgerufenen Aeußerungen gaben sich durch laute Hurrahs von allen Seiten zu erkennen. Alle Arme bewegten sich wie zum Danke und laut wurde der Name Burbank's gerufen. Alle drängten sich nach dem Vorplatze. Männer, Frauen und Kinder wollten ihrem Befreier die Hand küssen. Es herrschte ein unbeschreiblicher Enthusiasmus, der sich, gerade weil er unvorbereitet war, desto natur=gemäßer und kräftiger kund gab. Man kann sich wohl denken, wie Pygmalion mit den Armen umherfocht, wie er sich in hochtönenden Redensarten erging und sich vor Stolz aufblies.

Dann trat ein alter Neger — der älteste des gesammten Personals — bis an die Stufen des Vor=platzes heran. Dort erhob er den Kopf und sagte mit tiefbewegter Stimme:

»Im Namen der bisherigen und von jetzt befreiten Sclaven von Camdleß=Bay nehmen Sie unseren Dank dafür entgegen, Herr Burbank, an uns die ersten Worte, betreffend unsere Freigebung, gerichtet zu haben, die in ganz Florida gesprochen wurden!«

Und während er so sprach, stieg der alte Neger langsam die Stufen des Vorplatzes hinauf. An James Burbank herantretend, küßte er ihm die Hand und da

die kleine Dy ihm die Arme entgegenstreckte, hob er
diese auf und zeigte sie seinen Kameraden.

»Hurrah!... Hurrah für Herrn Burbank!«

Diese Freudenrufe hallten in der Luft wieder und
mußten wohl bis Jackfonville an der anderen Seite
des Saint-John die Botschaft von dem großen Acte
tragen, der sich eben vollzogen hatte.

Die Familie James Burbank's war tief bewegt.
Vergebens versuchten Alle die lauten Kundgebungen
des Enthusiasmus zu beruhigen. Erst Zermah sollte
dies gelingen, als die Leute sie auf dem Vorplatz an
den Rand treten sahen, um ihrerseits das Wort zu
nehmen.

»Meine lieben Freunde, nun sind wir Alle frei
— Dank dem Edelmuthe, der Menschenliebe Desjenigen,
der unser Herr und der der beste der Herren war!

— Ja!... Ja!... riefen Hunderte von Stimmen,
die ihre Erkenntlichkeit zugleich an den Tag legen wollten.

— Ein Jeder von uns kann in Zukunft über
seine Person verfügen, fuhr Zermah fort. Jeder kann
die Pflanzung verlassen und von seiner Freiheit Gebrauch machen, wie es ihm das eigene Interesse gebietet. Was mich betrifft, so werde ich allein der Eingebung meines Herzens folgen, und ich bin überzeugt,
daß die meisten von Euch dasselbe thun werden, was
ich zu thun gedenke. Seit sechs Jahren nun bin ich
auf Camdleß-Bay eingetreten; mein Mann und ich, wir
haben hier gelebt und wünschen einst hier unser Leben
zu beschließen. Ich richte also an Herrn Burbank die
Bitte, uns auch als Freie hier zu behalten, wie wir
als Sclaven bei ihm waren. Mögen Diejenigen, welche
denselben Wunsch hegen...

— Alle!... Alle!«

Diese tausendfach wiederholten Worte bewiesen, wie hoch der Herr von Camdleß-Bay von Allen geschätzt wurde, weil es feste Bande der Freundschaft und Dankbarkeit waren, die ihn mit allen Untergebenen auf jenem Besitzthum verknüpften.

James Burbank nahm darauf wieder das Wort. Er äußerte, daß alle die, welche auf der Pflanzung zu bleiben wünschten, das auch unter den neuen Verhältnissen könnten, es werde sich nur darum handeln, mit allgemeiner Uebereinstimmung den Lohn für die freie Arbeit ebenso wie die Rechte der nun Freigelassenen fest zu setzen. Er fügte hinzu, daß zunächst die veränderte Sachlage gesetzliche Bestätigung finden müsse. Um dieser Anforderung zu genügen, werde jeder Schwarze für seine Familie wie für sich einen Freilassungsschein erhalten, der ihm erlauben würde, in der menschlichen Gesellschaft die ihm rechtlich zukommende Stellung einzunehmen.

Das wurde denn auch mit Hilfe der Unterverwalter sofort ausgeführt.

Seit längerer Zeit entschlossen, seine Sclaven freizulassen, hatte James Burbank hierzu schon die nöthigen Vorarbeiten besorgt, und jeder Schwarze nahm seinen Schein mit den rührendsten Zeichen von herzlicher Dankbarkeit in Empfang.

Das Ende des Tages wurde nun dem Vergnügen gewidmet. Wenn die Leute alle am nächsten Tage wieder zu ihren gewöhnlichen Arbeiten zurückkehren wollten, so galt der heutige auf der ganzen Pflanzung als Festtag. Die Familie Burbank, welche unter den wackeren Leuten blieb, erhielt von Allen die unzweideutigsten Zeichen von Zuneigung, wie die Versicherung einer Ergebenheit ohne Grenzen.

Inmitten seiner früheren »Heerde menschlicher Wesen« bewegte sich auch der Oberverwalter Perry, wie eine Seele im Fegefeuer hin und her. Und als James Burbank an ihn die Frage richtete:

»Nun, Perry, was sagen Sie dazu? erwiderte er:

— Ich sage, Herr Burbank, daß diese Afrikaner, wenn sie auch scheinbar Freie sind, doch noch immer in Afrika geboren sind und ihre Hautfarbe auch nicht gewechselt haben. Kurz, da sie als Schwarze geboren sind, werden sie auch als Schwarze sterben. . . .

— Aber als Weiße leben, versetzte Burbank lächelnd, und ich denke, das ist die Hauptsache.«

Am nämlichen Abend sah der Tisch des Castle-House die Familie Burbank wirklich glückliche Menschen und wir können hinzufügen auch mit mehr Vertrauen in die Zukunft beisammen.

Nur noch wenige Tage und die Sicherheit Floridas mußte vollkommen hergestellt sein. Von Jacksonville war übrigens keinerlei schlimme Nachricht eingetroffen. Es war ja möglich, daß das Auftreten James Burbank's vor den Richtern des Court-Justice einen günstigen Eindruck bei der Mehrzahl der Einwohner hinterlassen hatte.

Zum Abendessen war auch der Verwalter Perry hinzugezogen, der sich, da er doch nichts ändern konnte, schon in das Unvermeidliche fügen lernen mußte. Er saß dabei sogar dem ältesten Schwarzen gegenüber, den James Burbank eingeladen hatte, um für seine Person desto deutlicher zu erkennen zu geben, daß die Freilassung des Alten wie seiner Kameraden nicht nur eine inhaltlose Erklärung seitens des Besitzers von Camdleß-Bay, sondern damit eine wirkliche Gleichstellung seiner Leute zur Thatsache geworden sei. Von draußen ertönte der Festjubel herein und der Park erglänzte an verschiedenen Stellen von Freudenfeuern.

Als die Mahlzeit im besten Gange war, erschien eine Deputation, welche dem kleinen Mädchen ein überraschend schönes Bouquet brachte, das schönste, welches gewiß jemals dem »Fräulein Dy vom Castle-House« gewidmet worden war. Freundliche Reden und Danksagungen wurden dabei von beiden Seiten mit herzlicher Aufrichtigkeit gewechselt.

Dann zogen sich Alle zurück und die Familie begab sich nach der kühleren Vorhalle. Es schien, als ob der so schön begonnene Tag auch glücklich enden müsse.

Gegen acht Uhr herrschte wieder Ruhe auf der ganzen Pflanzung. Man durfte sich wohl dem Glauben hingeben, daß diese durch nichts gestört würde, als sich von draußen ein Geräusch von Stimmen hören ließ.

James Burbank erhob sich und öffnete sofort die Thüre der Vorhalle.

Auf dem Vorplatze standen einige Personen in lautem Gespräch.

»Was gibt es? fragte James Burbank.

— Herr Burbank, antwortete einer der Verwalter, eben kam ein Boot nach unserer Landungsbrücke.

— Und woher kam es?

— Vom linken Flußufer.

— Wer war darin?

— Ein Bote, der von der städtischen Behörde von Jacksonville an Sie abgesendet ist.

— Und was will er?

— Er hat Ihnen eine Mittheilung zu machen. Gestatten Sie, daß er an's Land kommt?

— Natürlich.«

Frau Burbank hatte sich ihrem Gatten genähert; Miß Alice trat raschen Schrittes an ein Fenster der Vorhalle, während Mr. Stannard und Edward Carrol sich nach der Thür begaben. Zermah hatte sich, die kleine Dy an der Hand fassend, erhoben. Alle empfanden eine Art Ahnung, daß sich hier etwas besonders Wichtiges ereignen werde.

Der Verwalter war nach der Landungsbrücke des Hafens zurückgekehrt. Zehn Minuten später erschien er mit dem Boten, den ein Fahrzeug von Jacksonville nach Camdleß-Bay gebracht hatte.

Es war das ein Mann in der Uniform der Milizen der Grafschaft. Er wurde in die Vorhalle geführt und fragte hier nach Herrn Burbank.

»Das bin ich! Was wünschen Sie?...

— Ihnen diese Schrift zu überreichen.«

Der Bote hielt ihm damit einen großen Briefumschlag entgegen, der an einer Ecke den Stempel des Court-Justice trug.

James Burbank erbrach das Siegel und las wie folgt:

»Auf Befehl der neu eingesetzten Obrigkeit von Jacksonville wird jeder Sclave der gegen den Willen der Südstaatler frei geworden ist, sofort des Landes verwiesen.

Diese Maßregel ist binnen achtundvierzig Stunden auszuführen — bei Vermeidung der Anwendung von Gewalt.

Gegeben zu Jacksonville 28. Februar 1862.

Texar«.

Die bisherigen Behörden, welche das beste Vertrauen verdienten, waren gestürzt worden. Unterstützt

von seinen Spießgesellen, stand jetzt seit kurzer Zeit
Texar an der Spitze der Stadt.

»Was soll ich als Antwort überbringen? fragte
der Bote.

— Gar nichts!« erwiderte James Burbank.

Der Bote zog sich zurück und wurde nach seinem
Fahrzeug begleitet, das wieder nach der linken Flußseite
hinübersteuerte.

Auf Anordnung des Spaniers sollten also die
früheren Sclaven der Pflanzung vertrieben werden!
Allein dadurch, daß sie freigelassen waren, hatten sie
das Recht verwirkt, auf dem Gebiete von Florida zu
leben! Camdleß-Bay sollte seines ganzen Personals
beraubt werden, auf welches James Burbank zur Vertheidigung der Pflanzung rechnen konnte!

»Frei sein unter solchen Bedingungen? rief
Zermah, nein, niemals! Ich verzichte auf die Freiheit,
und da es nothwendig ist, um bei Ihnen bleiben zu
können, Herr Burbank, so will ich lieber wieder Sclavin
werden!«

Bei diesen Worten ergriff Zermah ihren Freilassungsschein, zerriß ihn in Stücken und sank vor
James Burbank auf die Knie.

IX.

In Erwartung.

Das war die erste Folge der edelmüthigen Regung,
der James Burbank auch gehorcht hatte, als er seine
Sclaven freiließ, ehe die föderirte Armee die Herrin
des Landes geworden war.

9*

Jetzt herrschten Texar und seine Genossen in der Stadt und Grafschaft. Sie konnten ungehindert jeden Gewaltact ausüben, zu dem ihre rohe und gefühllose Natur sie etwa trieb, das heißt, sie konnten ungestraft die größten Excesse begehen. Wenn es dem Spanier auf seine unbewiesenen Beschuldigungen hin auch nicht gelungen war, James Burbank seiner Freiheit zu berauben, so hatte er, in geschickter Benützung der Verhältnisse in Jacksonville, wo sich der größte Theil der Bewohnerschaft wegen der Haltung der Richter in der Angelegenheit des Besitzers von Camdleß-Bay in hocherregter Stimmung befand, nichtsdestoweniger sein Ziel erreicht. Nach Entlassung des sclavenfreundlichen Ansiedlers, der eben für seine ganze Besitzung die bedingungslose Freigebung verkündet hatte, des Nordstaatlers, der dem Feinde ohne Hehl den besten Erfolg wünschte, hatte Texar die große Masse urtheilsloser ungerechter Leute aufzuhetzen und die ganze Stadt zum Aufstande zu bringen gewußt. Nachdem er die Vertreibung der früheren, so compromittirten Beamten durchgesetzt, hatte er deren Stelle mit den Vorgeschrittensten seiner Partei ausgefüllt und eine Art Ausschuß gebildet, in dem die weißen kleinen Leute mit den Floridiern von spanischer Abkunft sich in die Gewalt theilten.

Daneben rief er schleunigst die schon lange bearbeiteten und mit dem Pöbel gemeinsame Sache machenden Milizen zusammen. Jetzt lag das Schicksal aller Bewohner der Grafschaft allein in seiner Hand.

Wir müssen hier einfügen, daß James Burbank's Vorgehen auch seitens der Ansiedler, deren Besitzungen die beiden Ufer des Saint-John begrenzten, keine Zustimmung gefunden hatte. Diese mochten nicht mit Unrecht fürchten, daß ihre Sclaven versuchen könnten, sie zu

demselben Schritte zu zwingen. Die große Menge der
Pflanzer sahen, als Anhänger der Sclaverei und ent=
schlossen, den Anforderungen der Unionisten Widerstand
entgegen zu setzen, mit größter Unruhe den siegreichen
Vormarsch der föderirten Armeen. Auch sie verlangten
und erwarteten, daß Florida widerstehen würde, wie
manche andere Südstaaten bisher widerstanden. Wenn
die ganze Frage der Freilassung der Sclaven zu
Anfang des Kampfes bei ihnen einer gewissen Theil=
nahmslosigkeit begegnet war, so beeilten sie sich jetzt,
unter die Fahnen Jefferson Davis' einzutreten. Sie
waren vollkommen bereit, die Rebellen in ihren Maß=
regeln gegen die Regierung Abraham Lincoln's nach
Kräften zu unterstützen.

Unter diesen Verhältnissen scheint es nicht wunder=
bar, daß es Texar, der sich auf die, bezüglich der
Vertheidigung derselben Sache vereinigten Ansichten
und Interessen stützte, nun gelungen war, seine Person,
trotz der geringen Achtung, die er sonst genoß, mit
obenan zu stellen. Jetzt konnte er als Herrscher
handeln, doch weniger mit der Wirkung, den Wider=
stand mit Hilfe der Südstaatler zu organisiren und
die Flottille des Commodore Dupont zurückzuweisen,
als um seinen eigenen lasterhaften Neigungen zu fröhnen.

Bei dem eingewurzelten Hasse, den er gegen die
Familie Burbank hegte, hatte es Texar auch seine
erste Sorge sein lassen, die auf Camdleß=Bay statt=
gehabte Freilassung mit der gehässigen Maßregel zu
beantworten, derzufolge alle Freigelassenen das Gebiet
des Staates binnen achtundvierzig Stunden zu ver=
lassen hatten.

»Gehe ich in dieser Weise vor, so sagte er für sich
— so wahre ich die Interessen der unmittelbar be=

drohten anderen Ansiedler. Ja, sie müssen diese Ver=
ordnung billigen, deren erste Wirkung die sein wird,
jeden Sclavenaufstand innerhalb des Gebietes von
Florida unmöglich zu machen.«

Die Mehrheit hatte auch wirklich dieser Verord=
nung Texar's, so sehr sie auch den Stempel der
Willkür trug, ohne Bedenken zugestimmt. Ja, sie war
eine willkürliche, ungerechte und unhaltbare. James
Burbank befand sich völlig im Recht, wenn er seine
Sclaven freigab. Dieses Recht besaß er von jeher. Er
konnte dasselbe schon üben, ehe der unselige Krieg die
Vereinigten Staaten in Folge der Sclavenfrage ge=
trennt hatte. Dieses Recht konnte ihm in keinem Falle
verkümmert werden, und niemals hatte die Maßnahme
Texar's die Gerechtigkeit, nicht einmal ein geschriebenes
Recht zur Seite.

Jetzt sollte also zunächst Cambleß=Bay seiner natür=
lichen Beschützer beraubt werden — und in dieser Hin=
sicht schien der Spanier seinen Zweck vollkommen
erreicht zu haben.

Das sah man im Castle=House auch ein, und
vielleicht hätte man wünschen können, daß James
Burbank den Tag abgewartet hätte, wo er in dieser
Weise ohne Gefahr vorgehen konnte. Der Leser erinnert
sich jedoch, daß er, vor dem Richterstuhle von Jackson=
ville beschuldigt, mit seinen Principien im Widerspruch
zu sein, und aufgefordert, diese Nichtübereinstimmung
zu beseitigen, seine Entrüstung nicht hatte zügeln
können, daß er sich öffentlich ausgesprochen und auch
öffentlich, vor dem ganzen Personal der Ansied=
lung, zur Befreiung der Schwarzen von Cambleß=Bay
verschritt.

Da nun durch diese vollendete Thatsache die Lage der Familie Burbank und ihrer Gäste sich wesentlich schlimmer gestaltet hatte, mußte eiligst eine Entscheidung getroffen werden, was unter den gegebenen Umständen zu thun sei.

Noch an demselben Abend kam deshalb das Gespräch zuerst auf die Frage, ob überhaupt der Act der Freilassung noch in Berücksichtigung zu ziehen sei. Das wurde abgewiesen, da es auf keinem Fall an der Sachlage etwas geändert hätte. Texar würde auf diese verspätete Umkehr gewiß keinen Werth gelegt haben. Mit Einstimmigkeit hatten übrigens die Schwarzen der Pflanzung, als sie die gegen sie gerichtete, von der neuen Obrigkeit in Jacksonville verlesene Verordnung vernahmen, sich beeilt, das Beispiel Zermah's nachzuahmen — alle Freilassungsscheine waren einfach zerrissen worden. Um Camdleß-Bay nicht verlassen zu müssen, um nicht aus dem Lande gejagt zu werden, machten sich gern Alle wieder zu Sclaven bis zu dem Tage, wo sie durch Staatsgesetz die Erlaubniß erhielten, frei zu sein und frei zu leben, wo es ihnen beliebte.

Doch wozu konnte das dienen? Entschlossen, mit ihrem früheren Herrn die Ansiedlung, die ihre wahre Heimat geworden war, zu vertheidigen — würden sie das auch jetzt, da sie frei waren, mit gleicher Hingebung thun? — Gewiß, Zermah verbürgte sich für sie. James Burbank glaubte demnach, auf das einmal Geschehene nicht weiter zurückkommen zu sollen. Alle schlossen sich seiner Ansicht an; sie täuschten sich auch nicht, denn am nächsten Tage, als der vom Bürgerausschuß zu Jacksonville verlesene Befehl bekannt wurde, traten überall auf Camdleß-Bay die deutlichsten Anzeichen von Ergebenheit und unwandelbarer Treue hervor,

und wenn Texar seiner Verordnung durch Gewalt
Nachdruck geben wollte, so mußte er ernsthaften Wider=
stand finden, denn Alle waren darüber einig, Gewalt
mit Gewalt zu vertreiben.

»Und dann, sagte Edward Carrol, drängen uns
die Ereignisse. In zwei Tagen, vielleicht in vierund=
zwanzig Stunden, wird die Sclavenfrage für Florida
entschieden sein. Uebermorgen kann die föderirte Flottille
sich die Mündungen des Saint=John mit Gewalt
geöffnet haben, und dann . . .

— Und wenn die Milizen mit Hilfe der con=
föderirten Truppen sich dem zu widersetzen versuchten . . .
warf Mr. Stannard ein.

— Wenn sie Widerstand leisten, so wird dieser
nicht von langer Dauer sein, antwortete Edward Carrol.
Ohne Schiffe, ohne Kanonenboote können sie sich weder
der Einfahrt des Commodore Dupont, noch der Aus=
schiffung der Truppen Sherman's, so wenig wie der
Besetzung von Fernandina, Jacksonville oder Saint=
Augustine widersetzen. Nach Einnahme dieser Punkte
sind die Föderirten die Herren von Florida. Dann
bleibt Texar und seinem Gelichter nichts anderes übrig
als die schleunigste Flucht.

— O, könnte man sich lieber dieses Menschen
bemächtigen, rief James Burbank. Wenn er sich in den
Händen der föderirten Justiz befindet, würden wir ja
sehen, ob ihm immer und immer wieder ein Alibibeweis
gelänge, um dem Galgen, den er schon lange verdient
hat, zu entgehen!«

Die Nacht verstrich, ohne daß die Sicherheit des
Castle=House in irgend welcher Weise gestört worden
wäre. Und doch, wie ängstigten sich Frau Burbank
und Miß Alice!

Am folgenden Tage, am 1. März, legte man sich auf die Lauer, um jedes von außen kommende Geräusch sogleich zu vernehmen, wenn die Pflanzung an diesem Tage auch noch nicht eigentlich bedroht erschien. Die Verordnung Texar's hatte die Ausweisung der Freigelassenen innerhalb der nächsten vierundzwanzig Stunden verlangt. Entschlossen, diesem Befehl nicht nachzukommen, fand James Burbank die nöthige Zeit, seine Vertheidigungsmittel so gut wie möglich zu ordnen. Von Wichtigkeit war es, über alle Gerüchte, die vom Kriegsschauplatz kamen, unterrichtet zu sein. Hierdurch konnte jeden Augenblick die Sachlage eine Aenderung erleiden. James Burbank und sein Schwager stiegen also zu Pferde. Am rechten Ufer des Saint=John hinabbreitend, begaben sie sich nach den Mündungen des Flusses, um deren Verzweigungen, die sich gegen zehn (englische) Meilen bis zu der San=Pablo=Spitze, welche den Leuchtthurm trägt, zu besichtigen. Wenn sie an dem am anderen Ufer liegenden Jacksonville vorüberkamen, mußte es ihnen leicht sein, zu erkennen, ob eine Ansammlung von Booten irgend einen nahe bevorstehenden Handstreich seitens des Pöbels gegen Camdleß=Bay in Aussicht stellte. Nach einer halben Stunde hatten die beiden Reiter die Grenze der Ansiedlung überschritten und begaben sich nun weiter nach Norden.

Inzwischen tauschten Frau Burbank und Alice, im Park von Castle=House auf= und abgehend, ihre Gedanken aus. Mr. Stannard suchte vergeblich, sie etwas mehr zu beruhigen. Sie hatten einmal das Vorgefühl einer herannahenden Katastrophe.

Zermah hatte während derselben Zeit den verschiedenen Baracken einen Besuch abgestattet. Obwohl die ihnen drohende Ausweisung bekannt war, dachten

die Schwarzen doch nicht im Geringsten daran, ihr
Folge zu geben, sondern hatten alle die gewohnten
Arbeiten wieder aufgenommen. Wer konnte es wagen, sie,
die wie ihr früherer Herr und Meister entschlossen waren,
Widerstand zu leisten, jetzt deshalb, weil sie ihre per=
sönliche Freiheit erlangt, aus ihrem Adoptivvaterlande
zu vertreiben? In dieser Hinsicht überbrachte Zermah
ihrer Herrin die beruhigendsten Nachrichten. Auf das
Personal von Camdleß=Bay konnte diese auf jeden Fall
rechnen.

»Ja, sagte sie, alle meine Gefährten würden eher
wieder Sclaven werden, wie ich es selbst gethan, als
die Pflanzung und ihre Herrschaft in Castle=House zu
verlassen; und wenn man sie dazu nöthigen will, so
werden sie ihre Rechte zu vertheidigen wissen!«

Jetzt war nur noch die Rückkehr James Burbank's
und Edward Carrol's abzuwarten. Heute, am 1. März,
lag wenigstens schon die Möglichkeit vor, die föderirte
Flottille in Sicht des Leuchtthurmes von San=Pablo
auftauchen und vielleicht gar noch die Einfahrt in den
Saint=John unternehmen zu sehen. Die Conföderirten
zählten unbedingt nicht zuviel Milizen, um die ganze
Einfahrt zu besetzen und die dann unmittelbar bedrohten
Behörden von Jacksonville wären auch nicht mehr im
Stande, ihre Drohungen gegen die Freigelassenen von
Camdleß=Bay wahrzumachen.

Der Verwalter Perry machte inzwischen seinen
gewohnten täglichen Besuch auf den verschiedenen Holz=
plätzen und in den Werkstätten der Pflanzung. Auch
er konnte sich dabei von der besten Gesinnung der
Schwarzen durch den Augenschein überzeugen. Obwohl
es ihm gar nicht paßte, beobachtete er, daß trotz der
veränderten Verhältnisse deren Arbeitslust und Er=

gebenheit gegen die Familie Burbank noch ganz die früheren waren. Zur Abwehr jedes Angriffes, den der Pöbel von Jacksonville gegen sie unternehmen konnte, waren Alle gleichmäßig fest entschlossen. Nach der Meinung Perry's, der an seinen Anschauungen bezüglich der Sclaverei jetzt noch hartnäckiger als je hing, konnten diese schönen Gefühle nur nicht lange anhalten und die Natur würde über kurz oder lang doch ihre Rechte fordern. Wenn sie einmal die Freiheit gekostet, würden die neuen Freigelassenen von selbst in das frühere dienstbare Verhältniß zurückkehren, würden wieder zu dem Range herabsteigen, den ihnen die Natur in der Stufenleiter ihrer Geschöpfe — das heißt hier zwischen Mensch und Thier — angewiesen hatte.

Bei seinem Rundgange begegnete er dem aufgeblasenen Pygmalion. Dieser Faselhans hatte noch immer seine stolze Haltung vom Abend vorher beibehalten. Wenn man ihn so dahinstolzieren sah, die Hände auf dem Rücken und den Kopf hoch aufgeworfen, so erkannte man auf den ersten Blick, daß er jetzt »ein freier Mann« war. Jedenfalls fiel es ihm gar nicht ein, zu arbeiten.

»Ah, guten Tag, Herr Perry, begann er selbstbewußten Tones.

— Was machst Du denn, Faulpelz?

— Ich gehe spazieren. Habe ich nicht das Recht, nichts zu thun, da ich jetzt kein elender Sclave mehr bin und meinen Freilassungsschein in der Tasche trage?

— Und wer wird Dich denn später ernähren, Pygmalion?

— Ich selbst, Herr Perry.

— Und wie denn?

— Indem ich esse wie zuvor.

— Wer wird Dir aber zu essen geben?

— Mein Herr.

— Dein Herr ... Hast Du denn schon vergessen, daß Du keinen Herrn mehr hast, Einfaltspinsel?

— Nein, ich habe keinen und werde später auch keinen haben; Herr Burbank wird mich schon nicht von der Pflanzung verweisen, wo ich ihm, ohne zu prahlen, doch einige Dienste leiste.

— Im Gegentheil, er wird Dich wegschicken!

— Er wird mich fortschicken?

— Ohne Zweifel. Wenn Du ihm noch gehörtest, könnte er Dich trotz Deines Nichtsthuns behalten. Von der Minute an dagegen, wo Du ihm nicht mehr gehörst, wird er Dich, wenn Du nicht arbeiten willst, mir nichts dir nichts vor die Thüre setzen, und dann werden wir ja sehen, was Du mit Deiner Freiheit anfängst, armer Tropf!«

Offenbar hatte Pygmalion die Sache von dieser Seite noch nicht betrachtet.

»Wie, Herr Perry, Sie glauben, Herr Burbank könnte so grausam sein, mich ...

— Von Grausamkeit ist gar keine Rede, unter= brach ihn der Verwalter, es ist die Logik der That= sachen, welche das herbeiführt. Ob Herr Burbank übrigens will oder nicht, vom Bürgerausschuß in Jacksonville ist eine Verordnung eingegangen, welche ihm die Ausweisung aller Freigelassenen aus Florida zur Pflicht macht.

— Ist das wahr?

— Nur zu wahr, und es wird sich jetzt zeigen wie Du und Deine Kameraden Euch aus der Klemme ziehen werdet, wo Ihr nun einen Herrn nicht mehr habt.

— Ich will aber Camdleß-Bay nicht verlassen! rief Pygmalion ... Da ich frei bin ...

— Ja, Du hast die Freiheit fortzugehen, nicht aber als Freier hier zu bleiben. Ich rathe Dir also, bald Deine Sachen zu packen.

— Und was soll aus mir werden?

— Das ist eben Deine Sache.

— Nun, da ich einmal frei bin ... fuhr Pygmalion fort, der hierauf stets zurückkam.

— Das scheint mir noch nicht hinreichend.

— Sagen Sie mir doch, was ich thun soll, Herr Perry!

— Was Du thun sollst? Wahrlich, so höre ... und folge meinen Darlegungen, wenn Du es im Stande bist.

— Ich bin es.

— Du bist nun Freigelassener, nicht wahr?

— Ja, gewiß, Herr Perry, und ich wiederhole Ihnen, ich habe meinen Freilassungsschein in der Tasche.

— Nun, so ... zerreiße ihn!

— Nimmermehr.

— Nun, wenn Du das nicht willst, sehe ich für Dich nur ein einziges Mittel, um im Lande bleiben zu können.

— Und das wäre? ...

— Wechsle Deine Hautfarbe, Schwachkopf, wechsle sie doch, Pygmalion, schnell! Wenn Du ein Weißer geworden bist, wirst Du berechtigt sein, auf Camdleß-Bay zu wohnen — sonst nicht.«

Sichtlich befriedigt, den hohen Einbildungen Pygmalion's diese kleine Lection ertheilt zu haben, drehte der Verwalter dem verdutzten Burschen den Rücken zu.

Pygmalion blieb in Gedanken versunken stehen. Er sah wohl ein, daß es für ihn, um seinen Platz zu erhalten, nicht hinreichte, nicht mehr Sclave zu sein, er sollte auch ein Weißer werden. Doch wie zum Teufel konnte er nur anfangen, auf Verlangen weiß zu erscheinen, dessen Haut die Natur tief ebenholzschwarz gefärbt hatte?

Und als Pygmalion nach der Wohnung der Dienstleute zurückkehrte, da kratzte er sich ganz gehörig hinter den Ohren.

Kurz vor Mittag waren James Burbank und Edward Carrol wieder im Castle-House zurück. Auf der Seite nach Jacksonville zu hatten sie nichts Verdächtiges bemerkt. Die Boote lagen an ihren gewohnten Plätzen, die einen an der Uferwand des Hafens vertäut, die anderen etwas weiter draußen im Wasser verankert. Auf dem linken Ufer des Saint-John hatten sich einzelne Abtheilungen von Conföderirten gezeigt, die in nördlicher Richtung nach der Grafschaft Nassau zu marschirten. Vorläufig schien also nichts Camdleß-Bay zu bedrohen.

Am Strande der verzweigten Mündung angelangt, hatten James Burbank und sein Begleiter ihre Blicke auf das hohe Meer hinausschweifen lassen. Kein Segel erschien am Horizonte, keine Rauchsäule eines Dampfers zog am Himmel hin, welche die Annäherung eines Geschwaders angezeigt hätten. Vorbereitungen zur Vertheidigung waren auf diesem Theile der floridischen Küste nirgends getroffen, weder Strandbatterien noch Brustwehren hatte man errichtet, überhaupt nichts vorgesehen, um die Ausmündung abzusperren. Wenn sich die föderirten Schiffe entweder an der Nassau-Bucht oder an der Mündung des Saint-John zeigten, konnten sie, ohne Hindernisse zu finden, eindringen. Nur der Leuchtthurm von Pablo war außer Dienst gestellt.

Seine abgetragene große Laterne konnte die schmale Fahrstraße nicht mehr erkennen lassen; doch das erschwerte die Einfahrt der Flottille ja nur während der Nacht.

So lautete der Bericht der Herren Burbank und Carrol, als sie zum Frühstück zu Hause wieder eingetroffen waren.

Weiterhin diente zur Beruhigung, daß sich auch in Jacksonville keine Bewegung beobachten ließ, die auf einen unmittelbar bevorstehenden Angriff auf Camdleß-Bay hindeutete.

»Richtig, bemerkte Mr. Stannard, beunruhigend erscheint allein, daß die Schiffe des Commodore Dupont noch nicht in Sicht sind. Hier liegt eine Verzögerung vor, die mir unerklärlich vorkommt.

— Ja, meinte auch Edward Carrol, wenn die Flottille vorgestern in See gegangen und aus der Bai von Saint-Andrews abgesegelt ist, mußte sie sich jetzt vor Fernandina befinden.

— Seit einigen Tagen ist sehr schlechte Witterung gewesen, erwiderte James Burbank, möglicher Weise hat sich Commodore Dupont bei den herrschenden scharfen Westwinden gezwungen gesehen, weiter auf die hohe See hinauszugehen. Inzwischen hat sich der Wind jedoch gelegt und es würde mich gar nicht wundern, wenn noch diese Nacht....

— Möchte der Himmel Dich erhören, lieber James, und uns endlich zu Hilfe kommen! sagte Frau Burbank.

— Doch, Herr Burbank, bemerkte Alice, wie könnte die Flottille, da der Leuchtthurm von Pablo gelöscht ist, diese Nacht in den Saint-John einsegeln?

— In den Saint-John, das wäre freilich unthunlich, meine liebe Alice, bestätigte James Burbank, doch bevor die Föderirten die Mündung des Flusses selbst angreifen, müssen sie sich erst der Insel Amelia und dann des Fleckens Fernandina bemächtigen, um die Bahnlinie nach Cedar-Keys in die Hand zu be= kommen. Ich erwarte die Fahrzeuge des Commodore Dupont noch nicht vor drei bis vier Tagen, denn eher können sie kaum den Saint-John hinaufsegeln.

— Du hast Recht, James, antwortete Edward Carrol, und ich hoffe, die Einnahme von Fernandina allein wird genügen, um die Conföderirten zum Rück= zuge zu veranlassen. Vielleicht räumen die Milizen sogar Jacksonville, ohne die Ankunft der Kanonenboote abzuwarten. In diesem Falle wäre Camdleß-Bay durch Texar und seine Mordgesellen gar nicht mehr bedroht...

— Das ist wohl möglich, meine Freunde, er= widerte James Burbank. Die Föderirten brauchen gewiß nur den Fuß auf das Gebiet Floridas zu setzen, und es bedarf nichts weiter, um unsere Sicherheit zu gewähr= leisten. — Von der Pflanzung her hat man nichts Neues gehört?

— Nein, Herr Burbank, erklärte Alice. Ich erfuhr nur durch Zermah, daß die Schwarzen ihre Beschäfti= gung auf den Zimmerplätzen, in den Wäldern und Werk= stätten wieder aufgenommen haben. Sie versicherte, daß die Leute jeden Augenblick bereit seien, bis zum letzten Mann für die Vertheidigung von Camdleß-Bay ein= zutreten.

— Hoffen wir noch, daß es uns erspart bleibt, ihre Ergebenheit auf diese harte Probe zu stellen. Entweder bin ich in starkem Irrthum befangen, oder jene Schurken, welche sich mit Gewalt in den Besitz der Macht gesetzt haben, flüchten aus Jacksonville, so= bald die Föderirten nur im Fahrwasser von Florida

auftauchen. Trotzdem müssen wir auf unserer Hut sein.
Ist es Ihnen recht, Stannard, uns, Carrol und mich,
nach dem Frühstück zu begleiten, wenn wir zur Be=
sichtigung der am meisten ausgesetzten Theile der An=
siedlung aufbrechen? Ich kann natürlich nicht wünschen,
daß Sie, lieber Freund, und Alice im Castle=House
etwa noch größeren Gefahren, als in Jacksonville selbst,
ausgesetzt wären. Ich würde es mir wahrlich nicht ver=
zeihen können, Sie hierher gerufen zu haben, wenn die
Dinge eine gar zu schlimme Wendung nähmen.

— Wären wir, mein lieber James, antwortete
Stannard, in unserer Wohnung zu Jacksonville zurück=
geblieben, so litten wir höchst wahrscheinlich schon jetzt
unter den Bedrückungen der dortigen Behörde, wie Alle,
deren Abneigung gegen die Sclaverei kein Geheimniß
ist. . . .

— Und erscheint es denn, Herr Burbank, fügte
Alice hinzu, in jedem Falle, selbst wenn die Gefahren
hier größer sein sollten, nicht besser, daß wir sie Alle
theilen?

— Ja, gewiß, meine liebste Tochter, antwortete
James Burbank. Doch bis jetzt habe ich noch die beste
Hoffnung und denke, Texar wird kaum Zeit finden,
seinen gegen meine Leute gerichteten Erlaß zur Durch=
führung zu bringen.

Während des Nachmittags und bis zum Mittag=
essen besuchten James Burbank und seine beiden Freunde
die verschiedenen Baracken, wobei auch Perry sie be=
gleitete. Sie konnten sich überzeugen, daß die Stimmung
der Schwarzen nichts zu wünschen übrig ließ. James
Burbank glaubte die Aufmerksamkeit seines Verwalters
auf den Eifer richten zu sollen, mit dem die neuen Frei=

gelaſſenen ſich ihrer Arbeit hingaben. Kein Einziger derſelben fehlte bei einem Namensaufrufe.

»Ja, ja ... erwiderte Perry; erſt müſſen wir aber wiſſen, wie ſie ihre Arbeiten jetzt verrichten.

— Aber, Perry, dieſe wackeren Schwarzen haben doch beim Wechſel ihrer geſellſchaftlichen Lage nicht auch ihre Arme gewechſelt, oder meinen Sie das?

— Noch nicht, Herr Burbank, antwortete der Starr= kopf, dagegen werden Sie bald genug wahrnehmen, daß ſie an den Armen nicht mehr dieſelben Hände haben ...

— Ich dächte gar, Perry, lachte James Bur= bank ... Ich meine, ihre Hände werden ſtets fünf Finger haben und vernünftiger Weiſe kann man doch nicht mehr verlangen.«

Nach Beendigung der Beſichtigung kehrte James Burbank mit ſeinen Begleitern nach dem Caſtle=Houſe zurück. Der Abend verging bei mehr beruhigter Stimmung als der vorige. Beim Ausbleiben jeder neuen Nachricht von Jackſonville fing man ſchon an ſich der Hoffnung hinzugeben, daß Texar wohl darauf verzichten werde, ſeine Drohungen wahr zu machen, oder daß ihm wohl auch die Zeit zur Ausführung derſelben fehlen möge.

Nichtsdeſtoweniger wurden für die Nacht die um= faſſendſten Maßregeln getroffen. Perry und ſeine Unter= verwalter ordneten Patrouillengänge längs der Grenze der Beſitzung und vorzüglich am Ufer des Saint=John an. Die Schwarzen waren verſtändigt worden, ſich auf ein gegebenes Alarmzeichen an der Paliſſadenumzäunung einzufinden, und an deren enges Thor wurden Wach= poſten aufgeſtellt.

Wiederholt erhoben ſich Burbank und ſeine Freunde, um nachzuſehen, ob allen Befehlen ſtreng nachgekommen

sei. Als die Sonne wieder erschien, hatte kein Vorfall
die Ruhe der übrigen Bewohner von Camdleß-Bay
gestört.

X.

Der Morgen des 2. März.

Am folgenden Morgen, den 2. März, erhielt James
Burbank weitere Nachrichten durch einen seiner Unterverwalter, der, ohne den geringsten Verdacht zu erwecken, den Fluß überschreiten und von Jacksonville
hatte heimkehren können.

Diese Nachrichten, an deren Zuverlässigkeit nicht
zu zweifeln war, erschienen, wie der Leser sehen wird,
von großer Bedeutung.

Der Commodore Dupont hatte mit Anbruch des
Tages in der Bai von Saint-Andrews, östlich der Küste
von Georgia, Anker geworfen. Der »Wasbah«, auf dem
seine Flagge gehißt war, segelte an der Spitze eines
Geschwaders von sechsundzwanzig Fahrzeugen, nämlich
achtzehn Kanonenbooten, einem Rammschiff, einem bewaffneten Transportschiff und sechs anderen Transport-
schiffen, welch' letztere die Brigade des Generals Wright
an Bord hatten.

Wie Gilbert in seinem letzten Briefe schon gemeldet, begleitete General Sherman diese Expedition.

Unverzüglich hatte der Commodore Dupont, dessen
Eintreffen die ungünstige Witterung verzögert hatte,
die nötigen Maßnahmen angeordnet, um die Fahr-
straßen von Saint-Mary in seine Gewalt zu bekommen.

Diese sehr schwierigen Wasserstraßen öffnen sich an der Mündung des gleichnamigen Rio im Norden der Insel Amelia, an der Grenze zwischen Georgia und Florida.

Fernandina, der Hauptpunkt der Insel, wurde durch das Fort Clinch vertheidigt, dessen dicke Mauern eine Besatzung von fünfzehnhundert Mann bargen, und man hätte wohl voraussetzen können, daß die Südstaatler in diesem Festungswerke, das sich zu einer längeren Vertheidigung recht wohl eignete, den föderirten Truppen ernsthaften Widerstand leisten würden.

Das bestätigte sich jedoch nicht. Nach dem, was der Unterverwalter berichtete, ging in Jacksonville viel= mehr das Gerücht, die Conföderirten hätten das Fort Clinch schon geräumt, als sich das feindliche Geschwader nur in der Bai von Saint=Mary zeigte, und nicht allein das Fort Clinch, sondern sie hätten auch Fer= nandina selbst, sowie die Insel Cumberland und über= haupt diesen ganzen Theil der Küste von Florida auf= gegeben.

Bis hierher reichten die nach dem Castle=House gelangten Nachrichten. Da die Föderirten endlich in Florida gelandet waren, mußte der ganze Staat binnen kurzer Zeit in ihre Hände fallen. Wohl mochten einige Tage darüber vergehen, ehe die Kanonenboote die Barre des Saint=John überschritten hatten. Schon ihre An= wesenheit flößte indeß gewiß der unlängst eingesetzten Behörde von Jacksonville den nöthigen Respect ein, und man konnte wohl hoffen, daß Texar und die Seinigen, schon aus Furcht vor einer etwaigen Wiedervergeltung, nicht wagen würden, etwas gegen die Pflanzung eines so hervorragenden Ansiedlers wie James Burbank zu unternehmen.

Das war eine wirkliche Erleichterung für die ganze Familie, deren frühere Furcht jetzt sogleich froher Hoffnung Platz machte, und Alice Stannard ebenso wie Frau Burbank gewährte es neben der Gewißheit, daß Gilbert nicht mehr weit von ihnen war, die Aussicht, daß sie diesen, die eine ihren Verlobten, die andere ihren Sohn, bald wiedersehen würden, ohne daß sie für seine Sicherheit zu bangen brauchten.

Wirklich hätte der junge Lieutenant jetzt nur dreißig Meilen zurückzulegen gehabt, um von Saint-Andrews aus den kleinen Hafen von Camdleß-Bay zu erreichen. Eben jetzt befand er sich an Bord des Kanonenbootes »Ottawa«, und dieses Kanonenboot hatte sich gerade durch eine Kriegsthat ausgezeichnet, welche in der Marinegeschichte noch ohne Beispiel dastand.

Am Morgen des 2. März hatte sich nämlich Folgendes ereignet, wovon der Unterverwalter bei seinem kurzen Aufenthalte in Jacksonville nichts hören konnte und das doch zum vollen Verständniß der nachfolgenden ernsten Ereignisse zu wissen nöthig ist.

Gleich nach der Capitulation des Fort Clinch seitens der conföderirten Besatzung, entsandte der Commodore Dupont einige nur mäßig tief gehende Fahrzeuge nach dem Canal von Saint-Mary. Schon hatte sich, die südstaatlichen Truppen auf den Fersen, die weiße Bevölkerung ins Innere des Landes zurückgezogen und alle Flecken, Dörfer und Ansiedlungen kopfüber verlassen. Es war eine wirkliche Panik, entstanden durch die Vorstellungen harter Vergeltungsmaßregeln, welche die Secessionisten irrthümlicher Weise von den Anführern der Föderirten fürchteten. Und nicht nur in Florida, sondern auch an den Grenzen von Georgia, im ganzen zwischen den Baien von Ossabow und von Saint-Mary

liegenden Theile des Staates suchten die Einwohner
ihr Heil in schleunigster Flucht, um den Landungs=
truppen von der Brigade Wright zu entgehen. Unter
diesen Verhältnissen hatten die Schiffe des Commodore
Dupont keinen einzigen Kanonenschuß abzugeben, um
sich des Forts Clinch und Fernandinas zu bemächtigen,
nur das Kanonenboot »Ottawa«, auf dem Gilbert, immer
von Mars begleitet, die Stelle des zweiten Officiers
versah, kam, wie der Leser gleich sehen wird, dazu, seine
Feuerschlünde spielen zu lassen.

Die Stadt Fernandina ist mit der westlichen
Küste von Florida, welche sich dem Golf von Mexiko
zuwendet, durch eine Bahnlinie verbunden, die von hier
aus nach dem Hafen von Cedar=Keys verläuft. Diese
Eisenbahn folgt zuerst dem Strande der Insel Amelia,
und überschreitet dann vor Erreichung des Festlandes
auf einer auf Baumstämmen ruhenden Brücke die
Nassau=Bucht.

Gerade als die »Ottawa« in der Mitte dieser
Bucht erschien, rollte ein Zug über jene Brücke. Die
Besatzung von Fernandina entfloh eben und nahm
Proviant und die Kriegsgeräthe mit sich; ihr folgten
noch verschiedene hervorragende Personen der Stadt.
Das Kanonenboot machte sofort Dampf auf, flog
rauschend an die Brücke heran und gab aus seinen
Jagdgeschützen Feuer und zwar ebenso auf die Holz=
stützen wie gegen den forteilenden Zug. Gilbert, der
auf dem Vorderdecke stand, leitete die Kanonade, welche
sich durch mehrere glückliche Treffer auszeichnete. Unter
anderen schlug ein Geschoß so in den letzten Wagen
des Zuges ein, daß es sowohl dessen Achsen zer=
trümmerte, als auch die Verbindungskette nach vorn
zu zerriß. Ohne sich einen Augenblick aufzuhalten

— was ihn ja in sehr schlimme Lage versetzt hätte —
flog der Zug weiter, ohne auf den letzten Wagen
Rücksicht zu nehmen. Diesen überließ er einfach seinem
Schicksal und mit aller Macht vorwärts dampfend
verschwand er bald im Südwesten der Halbinsel. In
diesem Augenblick drang eine Abtheilung der Föderirten
in Fernandina ein. Ein Theil derselben stürmte nach der
Brücke, und binnen weniger Minuten war der Wagen
mit seinen Insassen, meist Civilpersonen, gefangen
genommen. Man führte darauf Alle dem ersten Officier,
dem Oberst Gardner, der in Fernandina commandirte,
zu, hielt dieselben, um ein Beispiel zu geben, auf einem
der Fahrzeuge des Geschwaders achtundvierzig Stunden
lang eingesperrt und ließ sie dann laufen.

Als der Eisenbahnzug verschwunden war, mußte
die »Ottawa« sich begnügen, ein mit Kriegsmaterial
beladenes Schiff anzugreifen, das sich in die Bai ge=
flüchtet hatte und bald weggenommen wurde.

Dieser Vorfall war ganz geeignet, die conföderirten
Truppen ebenso wie die Einwohner der Städte Flori=
das zu entmuthigen, und vorzüglich in Jackjonville trat
das deutlich zu Tage. Die Mündungen des Saint=
John mußten danach ganz ebenso aufgelassen werden,
wie das bei denen des Saint=Mary der Fall gewesen
war, das unterlag schon keinem Zweifel mehr; wahr=
scheinlich aber fanden die Unionisten auch in Jack=
jonville, in Saint=Augustine und endlich in allen Ort=
schaften der Grafschaft überhaupt keinen weiteren Wider=
stand.

Der Familie Burbank diente das natürlich zu
großer Beruhigung. Unter diesen Verhältnissen konnte
man es glauben, daß Texar nicht wagen würde, seinen
bisherigen Plan durchzuführen. Seine Spießgesellen

mußten ja wohl, allein durch die Gewalt der That=
sachen, bald wieder gestürzt werden und dann nahm
nothwendiger Weise der bessere Theil der Bevölkerung
die Leitung der Stadt wieder in die Hand, die ihr
eine Pöbelempörung zeitweilig entrissen hatte.

Offenbar hatte man Grund genug so zu denken,
und folglich auch Grund genug, neue Hoffnung zu
schöpfen. Als das Personal von Camdleß=Bay diese
Nachrichten erfuhr, welche in Jacksonville schon ver=
breitet und bezüglich ihrer Wichtigkeit erkannt waren,
gab es seiner Freude durch laute Hurrahs Ausdruck,
zu denen auch Pygmalion nach Kräften beitrug.

Immerhin durfte man sich vorläufig noch nicht
der Sorge für diejenigen Maßregeln entschlagen, welche
die Sicherheit der Ansiedlung noch während einiger
Zeit, das heißt, bis die Kanonenboote des Nordens
auf dem Flusse erschienen, erhöhen sollten.

Nein, das durfte man entschieden nicht! Unglück=
licher Weise sollte — und das konnte James Burbank
leider nicht voraussehen und nicht einmal ahnen —
doch eine ganze Woche verstreichen, bis die Föderirten
in die Lage kamen, den Saint=John hinaufzusegeln
und sich zu Herren des Stromlaufes zu machen. Bis
dahin konnte aber noch manches Unheil über die An=
siedlung von Camdleß=Bay hereinbrechen.

In der That sah sich der Commodore Dupont,
obwohl er Fernandina immer besetzt hielt, doch genöthigt,
mit einer gewissen Vorsicht vorzugehen. Es gehörte zu
seiner Aufgabe, die föderalistische Flagge an allen
Punkten zu entfalten, nach denen seine Schiffe nur
gelangen konnten. Deshalb mußte er sein Geschwader
theilen. Ein Kanonenboot wurde in den Fluß Saint=
Mary beordert, um die gleichnamige kleine Stadt zu

besetzen und etwa zwanzig Meilen weit ins Land ein=
zudringen. Drei andere Kanonenboote unter Führung
des Capitän Gordon erhielten den Befehl, im Norden
alle Baien zu durchsuchen, sich der Inseln Jykill und
Saint=Simon zu bemächtigen und die beiden kleinen
Städte Brunswik und Darien einzunehmen, welche
theilweise von ihren Bewohnern verlassen waren. Sechs
Dampfboote von geringerem Tiefgang waren dazu
bestimmt, unter dem Befehl des Commandanten Stevens
den Saint=John hinaufzufahren, um Jacksonville zu
unterwerfen. Der von Dupont selbst geführte Rest des
Geschwaders endlich sollte wieder in See stechen, um
Saint=Augustine in seine Gewalt zu bekommen und
gleichzeitig die Küste bis zum Mosquito=Inlet zu
blockiren, deren Wasserstraßen damit für jede Kriegs=
contrebande gesperrt werden sollten.

Alle diese Operationen konnten aber unmöglich
während der nächsten vierundzwanzig Stunden durch=
geführt werden, und vierundzwanzig Stunden genügten,
um das Gebiet der Verwüstung durch die Südstaatler
auszuliefern.

Es mochte gegen drei Uhr Nachmittags sein, als
James Burbank die ersten Zeichen von dem bemerkte,
was man gegen ihn im Schilde führte. Nachdem der
Oberverwalter Perry nämlich einen Rundgang um die
Grenzen der Pflanzung unternommen, kehrte er rasch
zum Castle=House zurück und sagte:

»Herr Burbank, es ist mir die Meldung zuge=
gangen, daß zahlreiche verdächtige Erscheinungen auf=
getaucht sind, welche sich Camdleß=Bay zu nähern suchen.

— Von Norden her, Perry?

— Ja, von Norden.«

Fast gleichzeitig kam Zermah von dem kleinen Hafen hergelaufen und meldete ihrem Herrn, daß mehrere Boote den Fluß überschritten und nach dem Ufer zu hielten.

»Kommen sie von Jacksonville?

— Jedenfalls.

— Begeben wir uns ins Castle-House, antwortete James Burbank, und Du, Zermah, verläßt dasselbe unter keiner Bedingung.

— Gewiß nicht, Herr.«

James Burbank konnte den Seinigen, als er sich wieder unter ihnen befand, nicht verheimlichen, daß die Lage beunruhigend zu werden beginne. In Erwartung eines Angriffes, der jetzt nur zu gewiß erschien, war es doch besser, daß Alle im Voraus davon wußten.

»Diese elenden Schurken, sagte Mr. Stannard, sollten es also am Vortage, wo sie sicher erdrückt werden, noch wagen ...

— Ja, antwortete James Burbank sehr kühl. Texar kann sich eine solche Gelegenheit, an uns Rache zu nehmen — wo er gewiß schon bereit ist, nach Befriedigung derselben zu entweichen — nicht entgehen lassen.«

Dann fuhr er lebhafter fort:

»Sollen denn die Verbrechen dieses Menschen stets unbestraft bleiben! ... Sollte er sich immer der Gerechtigkeit zu entziehen wissen! ... Wahrlich, erst lernt man an der menschlichen und dann vielleicht an der göttlichen Gerechtigkeit zweifeln ...

— James, fiel Frau Burbank ein, lästere nicht Gott in dem Augenblicke, wo wir vielleicht mehr als je auf seine Hilfe zählen müssen ....

— Und vertrauen wir uns seinem allmächtigen Schutze!« fügte Alice Stannard hinzu.

James Burbank gewann seine gewohnte Kaltblütig= keit wieder und traf ruhig die nächsten Anordnungen zur Vertheidigung des Castle=House.

»Die Schwarzen sind doch benachrichtigt? fragte Edward Carrol.

— Das soll nicht auf sich warten lassen, erwiderte James Burbank. Meine Ansicht geht dahin, daß wir uns auf die Vertheidigung der Umplankung, welche den reservirten Park und das Wohnhaus umschließt, zu beschränken haben. Wir können gar nicht daran denken, schon an der Grenze von Camdleß=Bay viel= leicht eine ganze Schaar Bewaffneter abzuwehren, denn es ist höchst wahrscheinlich, daß unsere Angreifer in großer Anzahl auftreten werden. Wir müssen unsere Vertheidiger also bei der Umplankung sammeln; sollte unglücklicher Weise die Palissade genommen werden, so kann das Castle=House, das schon den Banden der Seminolen widerstanden hat, uns auch gegen die Banden Texar's Schutz gewähren. Meine Frau, Alice und Dy, ebenso wie Zermah, deren Obhut ich alle Drei an= vertraue, dürfen das Castle=House ohne meinen Befehl nicht verlassen. Im Falle, daß wir auch da allzusehr bedrängt würden, habe ich Vorsorge getroffen, daß diese sich durch den Tunnel retten können, der mit der kleinen Bucht Marino im Saint=John in Verbindung steht. Dort wird unter dem Ufergesträuch ein Boot mit zwei Mann versteckt liegen, und in diesem Falle wirst Du, Zermah, mit jenen den Fluß hinauf fahren und eine Zuflucht in dem Lusthause auf dem Cedernstein suchen.

— Aber Du, James?

— Und Du, Vater?«

Frau Burbank und Miß Alice hatten, die eine James Burbank's, die andere Mr. Stannard's Arm ergriffen, als sei der Augenblick zur Flucht aus dem Castle-House schon gekommen.

»Wir werden das Menschenmögliche thun, um uns Euch anzuschließen, wenn unsere Stellung hier ganz unhaltbar würde, antwortete James Burbank. Ihr müßt mir aber das Versprechen geben, Euch bei zu sehr anwachsender Gefahr in jener Zufluchtsstätte auf dem Cedernstein in Sicherheit zu bringen. Wir werden dann mehr Muth, ja mehr Kühnheit haben, die Uebelthäter zurückzutreiben und bis zum letzten Büchsenschuß zu widerstehen.«

Offenbar war das das Richtigste, wenn die zu zahlreichen Angreifer nach Ueberwindung der Palissade den Park überschwemmten, um das Castle-House unmittelbar zu stürmen.

James Burbank beschäftigte sich nun sofort damit, sein Personal zusammenzurufen. Perry und die Unterverwalter eilten nach den verschiedenen Baracken, um ihre Leute zu sammeln. Nach weniger als einer Stunde waren die Schwarzen, zum Gefecht ausgerüstet, nahe dem Thore vor der Umplankung aufgestellt. Deren Frauen und Kinder hatten vorläufig Zuflucht in den Camdleß-Bay umgebenden Waldungen suchen müssen.

Unglücklicher Weise erwiesen sich die Hilfsmittel zur Vorbereitung einer ernsthaften Abwehr im CastleHouse als ziemlich beschränkt.

Wie die Verhältnisse lagen, wäre es fast unmöglich gewesen, sich Waffen und Schießbedarf in einer zum Schutze der Pflanzung ausreichenden Menge zu beschaffen. In Jacksonville wenigstens hätte man solche vergeblich zu kaufen gesucht. Man mußte sich also mit dem begnügen, was nach dem letztvorhergegangenen Kampfe gegen die Seminolen übrig geblieben war.

Kurz, James Burbank's Plan lief nur darauf hinaus, Castle-House vor Brandstiftung und Plünderung zu schützen. Die ganze Ansiedlung zu vertheidigen, die Holzplätze, Ateliers und Werkstätten zu retten, die Baracken zu erhalten und eine Verwüstung der Pflanzung zu verhindern, daran hätte er nicht denken können und dachte auch gar nicht daran. Höchstens standen ihm vierhundert Schwarze zu Gebote, die er den An= greifern entgegenstellen konnte, und diese Leute waren noch obendrein sehr mangelhaft bewaffnet. Einige Dutzend Flinten wurden unter die gewandtesten derselben vertheilt, während die Präcisionsgewehre für James Burbank, seine Freunde, Perry und die Unterverwalter bestimmt blieben. Alle hatten sich nach dem kleinen Thore begeben. Hier wurden die Mannschaften so ver= theilt, um einem Sturme auf die Umzäunung bestens widerstehen zu können, da die Palissade überdies durch einen kleinen Wasserlauf dicht vor derselben vertheidigt wurde.

Es ist fast selbstverständlich, daß Pygmalion in= mitten dieses Tumults höchst geschäftig und ruhelos hin und her lief, ohne etwas zu nützen. Man hätte ihn für einen jener Komiker in den Jahrmarktscircussen halten können, welche sich die Miene geben, als könnten sie Alles ausführen und — zur großen Belustigung der Zuschauer — gar nichts thun. Obwohl Pygmalion sich sehr stark zu den Vertheidigern des Herrenhauses rechnete, dachte er doch nicht im Geringsten daran, sich seinen draußen stehenden Kameraden anzuschließen. Eine solche Ergebenheit gegen James Burbank hätte er nimmer empfunden.

Da nun Alles bereit war, wartete man der Ent=
wicklung der Dinge. Zunächst kam es darauf an zu
wissen, von welcher Seite aus der Angriff erfolgen
würde. Wenn der Feind von der nördlichen Seite her
in die Pflanzung eindrang, konnte eine wirksamere Ver=
theidigung ins Werk gesetzt werden. Griff jener da=
gegen von dem Flusse her an, so mußte dieses schwerer
werden, da Camdleß=Bay nach dieser Seite ganz offen
lag. — Eine Landung hat freilich immer größere
Schwierigkeiten, und jedenfalls bedurfte es einer
größeren Anzahl von Booten, um einen bewaffneten
Haufen von einem Ufer des Saint=John nach dem
anderen überzusetzen.

Darüber sprachen James Burbank und die Herren
Carrol und Stannard, während sie die Leute zurück=
erwarteten, welche nach der Grenze der Besitzung aus=
gesendet worden waren.

Es sollte nicht lange dauern, bis die Art, wie der
Angriff eingeleitet wurde, zu Tage kam.

Um viereinhalb Uhr Nachmittags strömten die=
jenigen Aufpasser schleunigst zusammen, welche die Nord=
seite der Pflanzung überwacht hatten, und machten
ihre betreffende Meldung.

Ein Haufen bewaffneter Männer, die aus jener
Richtung herkamen, bewegte sich auf Camdleß=Bay
zu, doch konnte man noch nicht unterscheiden, ob es
eine Abtheilung Milizen der Grafschaft oder nur ein
von der voraussichtlichen Plünderung angelockter Pöbel=
haufen war, der es übernommen hatte, Texar's Befehl
Nachdruck zu geben. Auf jeden Fall mußte dieser Haufen
aber tausend Mann zählen und es unmöglich sein,
ihm mit dem Personal der Pflanzung auf die Dauer
zu widerstehen. Höchstens durfte man hoffen, daß das

Castle-House, wenn jene die Palissade durch Sturm nahmen, ihnen einen ernsthafteren und längeren Wider= stand entgegensetzen werde.

Das eine lag jedoch auf der Hand, daß dieser Haufen eine Landung hier gar nicht versucht hatte, die in dem kleinen Hafen oder an den Ufern von Camdleß= Bay große Schwierigkeit gefunden hätte, und daß der= selbe den Saint=John flußaufwärts von Jacksonville in mindestens fünfzig Fahrzeugen überschritten haben mochte. Da hatten wohl drei bis vier Ueberfahrten hingereicht, Alle über das Wasser zu bringen.

Es war also eine weise Vorsicht gewesen, die James Burbank beobachtet hatte, seine Leute alle bei der Umplankung des Castle=House zu vereinigen, weil es doch unmöglich gewesen wäre, die Grenze der An= siedlung einer hinreichend bewaffneten und an Zahl fast dreifach überlegenen Truppe streitig zu machen.

Zweifelhaft blieb es, wer die Angreifer anführte, und ob das vielleicht gar Texar selbst war. In der= selben Stunde, wo er sich durch die föderirten Truppen bedroht sah, würde es mehr als kühn erschienen sein, sich an die Spitze seiner Bande zu stellen, und wenn er es doch gethan hätte, so konnte es nur in der Ab= sicht geschehen sein, nach Befriedigung seiner Rache und Zerstörung der Pflanzung, vielleicht auch nachdem die Familie Burbank ermordet oder im Kampfe ge= fallen, sofort nach den südlicheren Gebieten zu entfliehen, etwa um sich bis nach den Evergladen zu begeben, welche ihm durch ihre versteckte Lage im unteren Florida eine ziemlich sichere Zuflucht boten.

Diese schlimmste Möglichkeit hatte James Burbank vor allem ins Auge zu fassen gehabt und aus eben diesem Grunde sorgte er zunächst für die Sicherheit

seiner Gattin, seiner Tochter und Alice Stannard's, die
unter der Obhut der mit der Oertlichkeit vertrauten
Zermah auf dem Cedernstein, der etwa eine Meile
oberhalb Cambleß=Bay lag, eine sichere Zuflucht finden
mußten. Waren sie gezwungen, Castle=House den An=
greifern preis zu geben, so wollte er mit seinen Freunden
sich daselbst seiner Familie anschließen, um im Ver=
borgenen den Zeitpunkt abzuwarten, wo die Sicherheit
ehrbarer Leute unter dem Schutze der föderirten Armeen
nicht mehr angetastet werden konnte.

Deshalb wartete auch, versteckt in dem Ufergebüsch
des Saint=John, ein mit zwei Schwarzen bemanntes
Boot am Ausgang des Tunnels, der das Herrenhaus
mit der Marino=Bucht in Verbindung setzte. Doch be=
vor es zu dieser Trennung kam — wann dieselbe auch
nothwendig wurde — galt es sich zu vertheidigen, während
einiger Stunden, mindestens bis zum Anbruch der
Nacht, Widerstand zu leisten. Unter dem Schutze der
Dunkelheit konnte das Boot dann unbemerkt den Fluß
hinauffahren, ohne Gefahr zu laufen, von den ver=
dächtigen Fahrzeugen, welche sich jetzt auf dessen Ge=
wässern tummelten, verfolgt zu werden.

XI.

Der Abend des 2. März.

James Burbank, seine Freunde und der größte
Theil der Schwarzen waren zum Kampfe gerüstet und
erwarteten nur noch den Angriff. Nach den getroffenen
Anordnungen sollte man diesen zuerst hinter den Plan=

fen der Umzäunung, welche den reservirten Park abschlossen, begegnen und dann unter dem Schutze der Mauern des Castle-House fortsetzen, im Falle man nach Erstürmung des Parkes in dieses flüchten müsse.

Gegen fünf Uhr verkündete ein schon ziemlich deutlich vernehmbares Geschrei, daß die Angreifer nicht mehr fern sein konnten. Doch auch ohne dieses Zeichen hätte man leicht genug erkannt, daß sie schon in dem ganzen nördlichen Theil der Pflanzung hausten. An verschiedenen Stellen wirbelten nämlich schwarze Rauch-säulen über die den Horizont abschließenden Waldungen empor. Offenbar waren die Sägemühlen in Brand ge-steckt worden und jedenfalls fielen auch die Baracken der Schwarzen nach vorhergegangener Plünderung dem gierigen Elemente zum Raube. Die armen Neger hatten kaum Zeit gehabt, nur einige Gegenstände aus ihren verlassenen Hütten in Sicherheit zu bringen, Gegenstände, welche erst durch den Act der Freigebung wirklich in ihren Besitz übergegangen waren. Natürlich antworteten von ihrer Seite vielfache Ausrufe berechtigter Wuth auf das Geheul der feindlichen Bande. Es war ja ihr eigenes Gut, das die Uebelthäter bei diesem Einbruch nach Camdleß-Bay vernichteten.

Inzwischen näherte sich das Geschrei dem Castle-House immer mehr und mehr. Ein dunkler Schein be-leuchtete den Horizont im Norden, als wenn die Sonne in dieser Himmelsgegend untergegangen wäre. Manch-mal wälzte sich ein warmer Rauch bis zum Herren-hause und man hörte heftige Detonationen, die von dem Krachen der trockenen, auf den Zimmerplätzen der Pflanzung aufgestapelten Hölzer herrührten; dann wieder verrieth eine gewaltige Explosion, daß ein Dampfkessel in den Sägemühlen gesprungen war, mit einem Wort, Alles bewies, daß die Verwüstung im vollem Gange war.

Noch befanden sich die Herren James Burbank, Carrol und Stannard außerhalb des engen Thores der Umzäunung. Hier empfingen und vertheilten sie die letzten Abtheilungen der Schwarzen, die noch nach= träglich herangezogen, wo man die Angreifer schon jeden Augenblick erscheinen zu sehen erwarten durfte. Gewiß zeigte ein wohlgenährtes Gewehrfeuer den Augenblick an, wo sie sich nur mehr in geringer Ent= fernung von den Palissaden befanden. Sie konnten diese übrigens um so leichter angreifen, weil die ersten Baumgruppen kaum fünfzig bis sechzig Schritte von den Planken derselben standen, und sie sich diesen also fast vollständig gedeckt nähern und die ersten Kugeln eher einschlagen konnten, als die Gewehre selbst zu sehen waren.

Nach kurzer Berathschlagung einigten James Bur= bank und seine Freunde sich dahin, ihr Personal unter dem Schutze der Palissaden geeignet aufzustellen. Dort würden die mit Flinten bewaffneten Schwarzen weniger der Gefahr ausgesetzt sein, wenn sie durch den Winkel, den die oberen zugespitzten Planken bildeten, Feuer gaben, und wenn die Angreifer versuchen sollten, den Wasser= lauf zu überschreiten, um die Umzäunung mit Gewalt zu nehmen, gelang es vielleicht, sie zurückzuweisen.

Dieser Befehl wurde ausgeführt. Die Schwarzen zogen sich nach dem inneren Raume zurück und das Thor wurde geschlossen, als James Burbank, der noch einen letzten Blick nach außen warf, einen in voller Hast heraneilenden Mann bemerkte, der sich unter die Vertheidiger des Castle-House flüchten zu wollen schien.

Das wurde dadurch noch mehr bekräftigt, daß ihm aus dem Walde einige Kugeln nachflogen, ohne ihn glücklicher Weise zu treffen. Mit gewaltigem Sprung gelangte er nach der kleinen Brücke und befand sich bald in Sicherheit hinter der Umzäunung, deren Thür nun fest geschlossen und nach Möglichkeit befestigt wurde.

»Wer sind Sie? fragte ihn James Burbank.

— Einer der Angestellten des Mr. Harvey, Ihres Geschäftsfreundes in Jacksonville, antwortete jener fast athemlos.

— Wie? Herr Harvey hat Sie mit einer Nachricht nach Castle-House gesendet?

— Ja, und da der Fluß überwacht wurde, habe ich den geraden Weg über den Saint-John nicht einschlagen können.

— Und haben Sie sich jenen Milizen, ohne Verdacht zu erregen, anschließen können?

— Ja, ihnen folgt eine ganze Bande Raubgesindel. Ich mischte mich unter sie, und sobald ich eine Gelegenheit sah, zu entfliehen, that ich es, auf die Gefahr hin, einige Flintenschüsse nachgeschickt zu bekommen.

— Schön, junger Freund, ich danke Ihnen! Sie bringen mir jedenfalls etwas von Harvey.

— Ja, hier, Herr Burbank, hier ist es.«

James Burbank nahm ein kleines Schreiben entgegen und las. Mr. Harvey sagte darin zuerst, daß er dem Boten rücksichtslos vertrauen könne, denn John Bruce gehöre zu seinen getreuesten Leuten. Nachdem er ihn angehört, werde Herr Burbank wissen, was er zu seiner und der Seinigen Sicherheit zu thun habe.

Im nämlichen Augenblicke krachten draußen vielleicht ein Dutzend Flintenschüsse. Jetzt galt es, keinen Augenblick zu verlieren.

11*

»Was wünscht mir Herr Harvey denn durch Sie mitzutheilen? fragte James Burbank.

— Zunächst Folgendes, antwortete John Bruce. Der bewaffnete Haufe, der den Saint=John über= schritten hat, um sich auf Cambleß=Bay zu stürzen, zähle mindestens vierzehn= bis fünfzehnhundert Mann.

— Ich hatte ihn nicht geringer geschätzt. Weiter. Befindet sich etwa Texar an der Spitze desselben?

— Das hat Herr Harvey nicht auskundschaften können, erwiderte John Bruce. Gewiß ist dagegen, daß Texar sich seit vierundzwanzig Stunden nicht mehr in Jacksonville befindet.

— Das deutet auf einen neuen Schurkenstreich des Elenden, sagte James Burbank.

— Ja freilich, bestätigte John Bruce, Herr Harvey meinte ganz dasselbe. Uebrigens hat Texar nicht nöthig, selbst anwesend zu sein, um seiner Verordnung wegen Ausweisung der Sclaven Nachdruck zu geben. . . .

— Die Ausweisung! . . . rief James Burbank, eine Ausweisung mit Hilfe von Brandstiftung und Plünderung! . . .

— Auch meint Herr Harvey, Sie würden jetzt, da es noch Zeit ist, gut thun, Ihre Familie in Sicher= heit zu bringen, indem Sie dieselbe Castle=House sofort zu verlassen überreden.

— Castle=House ist in der Lage Widerstand zu leisten, antwortete James Burbank, und wir werden es nicht aufgeben, so lange die Lage nicht ganz unhalt= bar geworden ist. — Von Jacksonville gibt es nichts Neues?

— Nichts, Herr Burbank.

— Und die föderalistischen Truppen haben ihren Vormarsch auf Florida noch nicht begonnen?

— Wenigstens nicht weiter, als daß sie Fernandina und die Bai von Saint-Mary besetzt haben.

— Der Zweck Ihrer Sendung wäre also? . . .

— Sie zuerst darüber aufzuklären, daß die Ausweisung der Sclaven nur ein von Texar erfundener Vorwand ist, um Ihre Pflanzung zu zerstören und sich Ihrer Person zu bemächtigen.

— Sie wissen also, erkundigte sich James Burbank noch einmal, nicht, ob Texar jene Uebelthäter dort anführt?

— Nein, Herr Burbank — Herr Harvey hat sich vergeblich bemüht, darüber Aufschluß zu erhalten. Auch ich selbst habe mich, seit ich von Jacksonville fort bin, darüber nicht unterrichten können.

— Sind die Mitglieder der Miliz, welche jene Bande von Angreifern begleiten, auch zahlreich?

— Höchstens ein Hundert, erwiderte John Bruce. Der Pöbel aber, den sie mit hieher ziehen, gehört zur allerschlimmsten Sorte. Texar verschaffte ihnen die Waffen und es ist zu befürchten, daß sie jedes Excesses fähig sind. Ich wiederhole Ihnen, Herr Burbank, Herr Harvey's Rath geht dahin, daß Sie am besten thun, Castle-House sofort zu verlassen. Er hat mich auch beauftragt, Ihnen zu melden, daß er Ihnen sein Landhaus in Hampton-Red zur Verfügung stellt. Dieses Landhaus liegt etwa zehn Meilen stromaufwärts am rechten Flußufer. Dort wären Sie für einige Tage in Sicherheit. . . .

— Ja, ja, ich weiß es!

— Unter der Bedingung, daß Sie das Castle-House augenblicklich verlassen, könnte ich Sie selbst und Ihre Familie heimlich dahinbringen, bevor jeder Rückzug zur Unmöglichkeit wird.

— Ich sage Herrn Harvey meinen Dank, ebenso wie Ihnen, junger Freund, sagte James Burbank; soweit sind wir aber noch nicht.

— Wie Sie wollen, Herr Burbank, erwiderte John Bruce. Ich bleibe auf jeden Fall zu Ihrer Verfügung, wenn Sie etwa meiner Dienste bedürfen.«

Der in diesem Augenblick beginnende Angriff nahm die volle Aufmerksamkeit James Burbank's in Anspruch.

Plötzlich krachte ein heftiges Gewehrfeuer, ohne daß man die Angreifer selbst bis jetzt wahrnehmen konnte, da sich diese durch die ersten Bäume deckten. Es regnete wirklich Kugeln auf die Palissade, freilich ohne diese besonders zu beschädigen. Unglücklicher Weise konnten James Burbank und seine Begleiter dasselbe nur leicht erwidern, da sie nicht mehr, als etwa vierzig Gewehre besaßen. Da sie sich aber andererseits in günstigerer Stellung befanden, so konnten sie auch erfolgreicher schießen als die Milizen, die an der Spitze der Feinde standen. In Folge dessen wurden nicht wenige derselben am Saume des Waldes hingestreckt.

Dieser Fernkampf hielt schon etwa eine halbe Stunde und mehr zum Vortheil des Personals von Camdleß-Bay an, dann aber vertheilten sich die Angreifer, um die Palissade mit Sturm zu nehmen. Da sie dieselbe an verschiedenen Punkten anzugreifen gedachten, hatten sie sich mit Planken und Schwellen von den Zimmerplätzen, die jetzt in hellen Flammen standen, versehen. An vielen Stellen wurden diese Planken über den kleinen Wasserlauf geworfen und gestatteten so den Leuten des Spaniers bis an den Fuß der Umzäunung selbst zu gelangen, wobei sie freilich ernste Verluste erlitten und mancher unter wohlgezielten Kugeln

zusammenbrach). Dann klammerten sie sich an die Planken,
kletterten Einer dem Anderen auf die Schultern, aber
es gelang ihnen doch nicht, darüber hinwegzukommen.
Die gegen die Brandstifter wüthenden Schwarzen warfen
sie mit tollem Muthe zurück. Leider zeigte es sich, daß
die Vertheidiger von Camdleß-Bay nicht auf allen
Stellen zugleich sein konnten, was durch einen an
Zahl übergroßen Feind bedingt wurde.

Bis zum Anbruch der Nacht konnten sie Jenen
gewiß widerstehen, zumal da Keiner von ihnen eine
ernsthaftere Verwundung davon getragen hatte. James
Burbank und Walter Stannard waren, obwohl sie sich
gewiß nicht zurückhielten, nicht einmal gestreift worden.
Nur Edward Carrol hatte eine Kugel die Schulter
verletzt, und dieser mußte deshalb nach der Vorhalle
zurückkehren, wo Frau Burbank, Alice und Zermah
nach besten Kräften für ihn sorgten.

Die Nacht kam jedoch auch den Angreifern zugute.
Unter dem Schutze der Dunkelheit näherten sich fünfzig
der Tollkühnsten dem engen Thore, das sie mit der
Art bearbeiteten. Dasselbe widerstand jedoch. Zweifel=
los hätten sie überhaupt in die Umzäunung nicht ein=
zudringen vermocht, wenn ihnen nicht durch einen kühnen
Handstreich eine Bresche eröffnet worden wäre.

Ein Theil der Dienerwohnung fing nämlich Feuer,
und die von dem trockenen Holze genährten Flammen
nagten gleichzeitig den Theil der Planken an, an die
jene anstießen.

James Burbank stürzte nach dem brennenden Theil
der Palissade, wenn auch nicht, um das Feuer zu löschen,
so doch um diese zu vertheidigen.

Im Scheine der Flammen sah man einen Mann
durch den Rauch springen, nach außen stürzen und den

Wasserlauf auf der darüber geworfenen Planke über=
schreiten.

Es war das einer der Angreifer, dem es gelungen
war, dadurch von der Seite des Saint=John in den
Park zu gelangen, daß er unter den Büschen am Ufer
hindurchschlich. Dann war er, ohne bemerkt zu werden,
in eine der Stallungen eingedrungen. Hier legte er,
auf die Gefahr hin selbst in den Flammen umzukommen,
Feuer an die Strohvorräthe, um diesen Theil der Um=
zäunung zu zerstören.

Jetzt stand also eine Bresche offen. Vergeblich ver=
suchten James Burbank und seine Begleiter diesen Ein=
gang zu versperren. Eine Menge Angreifer drängten
sich durch denselben, und der Park wimmelte alsbald
von einigen hundert Menschen.

Nicht wenige fielen dabei von beiden Seiten, denn
jetzt wüthete der Kampf Mann gegen Mann. Von allen
Seiten krachten die Gewehre. Bald wurde das Castle-
House vollständig umschlossen, während die von der
Uebermacht verdrängten Schwarzen, außerhalb des Parks
zurückgeworfen, nach den Waldungen von Cambleß-Bay
flüchten mußten.

Sie hatten gekämpft, so viel sie konnten und mit
ebensoviel Muth und Ergebenheit; unter so ungleichen
Verhältnissen aber noch weiter auszuharren, wäre gleich=
bedeutend mit dem Untergange Aller gewesen.

James Burbank, Walter Stannard, Perry, die
Unterverwalter und auch John Bruce, der sich wacker
geschlagen hatte, sowie einzelne Schwarze, mußten zuletzt
hinter den Mauern des Castle-House Schutz suchen.

Es war jetzt fast neun Uhr Abends und der
Himmel im Westen vollkommen dunkel, nur nach Norden

zu erschien dieser noch geröthet von den Feuersbrünsten, die auf dem Gebiete von Camdleß-Bay wütheten.

James Burbank und Walter Stannard eilten sofort hinein.

»Ihr müßt fliehen, rief James Burbank, fliehen im Augenblick. Ob jene Banden hier noch mit Gewalt eindringen, oder sich begnügen, das Castle-House zu belagern, bis wir uns ergeben müssen, ist gleichgiltig, jedenfalls ist es hier jetzt zu gefährlich! Das Boot ist bereit! Fort, fort! Dich, mein Weib, und Dich Alice, bitte ich dringend, folgt Zermah mit Dy nach dem Cedernstein! Dort werdet Ihr in Sicherheit sein, und wenn auch wir uns gezwungen sehen, zu weichen, so werden wir Euch dort wiederfinden und dann bei Euch bleiben. . . .

— Lieber Vater, sagte Miß Alice, komme doch gleich mit uns, und auch Sie, Herr Burbank! . . .

— Ja, James . . . komm . . . bleib' nicht länger hier! flehte Frau Burbank.

— Ich! erwiderte James Burbank. Ich sollte das Castle-House jenen Elenden überlassen? Nimmer=mehr, so lange noch ein Widerstand möglich ist. . . . Wir können uns gegen Jene noch lange halten — und wenn wir Euch in Sicherheit wissen, werden wir nur noch muthiger sein, uns zu wehren.

— James!

— Es muß sein!«

Draußen tobte das Geheul immer wilder. Die Hausthüre erzitterte unter den Axtschlägen der erhitzten Rotten, welche jetzt die nach dem Flusse gelegene Haupt=front des Castle-House angriffen.

»Fort, fort! drängte James Burbank, schon ist es fast ganz dunkel! . . . Niemand wird Euch im Schatten

sehen können! ... Brecht auf! ... Ihr lähmt mich, wenn
Ihr hier verweilt! ... Um des Himmelswillen, fort!«

Zermah war, die kleine Dy führend, voraus ge=
schritten. Frau Burbank mußte sich den Armen ihres
Gatten, Alice denen ihres Vaters entreißen. Beide ver=
schwanden auf der Treppe, welche nach dem Keller
hinabführte, um sich nach dem an der Marino=Bucht
mündenden Tunnel zu begeben.

»Und nun, meine Freunde, sagte James Burbank,
sich an Perry und die Unterverwalter, sowie an einige
Schwarze wendend, die an seiner Seite geblieben
waren, vertheidigen wir uns bis auf den letzten Bluts=
tropfen!«

Ihm nacheilend stiegen Alle die große Treppe der
Vorhalle hinauf, um an den Fenstern des oberen Ge=
schosses Stellung zu nehmen. Von hier aus antworteten
sie den hundertfachen Gewehrschüssen, welche die Außen=
wände des Castle=House zu einem Siebe machten, mit
nur selteneren aber desto wirksamerem Feuer, da sie ja
die dichte Masse der Angreifer aufs Korn nahmen.
Jetzt handelte es sich nur darum, ob Letztere dazu
gelangten, die Hauptthür durch Axt oder Feuer zu
vernichten, denn nichts konnte ihnen sonst eine Bresche
eröffnen, um in die Wohnung einzudringen. Was draußen
gegenüber einer hölzernen Pallisade von Erfolg gewesen
war, versprach wenigstens gegen diese Mauer von Stein
nicht zu gelingen. Inzwischen drängten sich, im Dunkel
so viel als möglich Schutz suchend, etwa zwanzig ent=
schlossene Männer auf den Vorplatz. Die Thür wurde
jetzt mit noch größerer Wuth und Gewalt bearbeitet,
und sie mußte sehr fest sein, um den Schlägen der Aexte
und Hacken zu widerstehen. Dieser Versuch kostete
mehreren der Angreifer das Leben, denn die Fenster

des oberen Stockwerkes lagen so, daß jene von hier aus in's Kreuzfeuer genommen werden konnten.

Zu gleicher Zeit verschlimmerte ein anderer Umstand die Lage noch mehr — der Schießbedarf drohte zur Neige zu gehen. James Burbank, seine Freunde, die Verwalter und einige mit Flinten bewaffnete Schwarze hatten seit Beginn des nun dreistündigen Kampfes den größten Theil verbraucht. Wenn das Gefecht noch eine Zeit lang fortdauern sollte, wie hätten die Belagerten noch Widerstand leisten können, wenn die letzte Patrone verpufft war? Dann kamen sie in die Zwangslage, das Castle-House jenen Wütherichen zu überlassen, die dasselbe gewiß in eine Ruine verwandeln würden.

Und doch gab es für sie gar keinen anderen Ausweg, wenn es den Angreifern gelang, die schon in allen Fugen zitternde Thür zu sprengen. James Burbank fühlte das wohl, aber er wollte warten, denn jeden Augenblick konnte ja eine Wendung zum Bessern eintreten, und für seine Gattin, seine Tochter und Miß Alice hatte er ja nichts mehr zu fürchten. Männer sind es sich aber selbst schuldig, gegen den Ansturm von Mördern, Brandstiftern und Räubern zu kämpfen.

»Noch für eine Stunde haben wir Munition! rief James Burbank. Benützen wir sie, meine Freunde, und übergeben wir das Castle-House nicht!«

James Burbank hatte kaum diesen Satz vollendet, als aus der Ferne ein dumpfer Knall vernehmbar wurde.

»Ein Kanonenschuß!« rief er.

Von Westen her dröhnte, von der anderen Seite des Flusses, noch eine Detonation.

»Ein zweiter Schuß! sagte Mr. Stannard.

— Horcht! Still!« gebot James Burbank.

Da, noch ein dritter Knall, den der Wind eben deutlicher nach dem Castle-House trug.

»Sollte das ein Signal sein, um die Burschen nach dem linken Ufer zurückzurufen? fragte Walter Stannard.

— Vielleicht! antwortete James Burbank. Es ist ja möglich, daß da weiter unten etwas vorgefallen wäre.

— Ja, und wenn jene drei Kanonenschüsse nicht in Jacksonville abgegeben wurden ... bemerkte der Oberverwalter.

— So rühren dieselben von den föderirten Schiffen her! rief James Burbank. Sollte die Flottille endlich den Eingang in den Saint-John erzwungen haben und den Fluß aufwärts gesegelt sein?«

Im Grunde schien es ja nicht unmöglich, daß der Commodore Dupont sich zum Herrn des Flusses gemacht hatte, wenigstens im unteren Theile seines Laufes.

Und doch war es nicht so. Die drei Kanonenschüsse waren von der Uferbatterie in Jacksonville abgegeben, das ergab sich schon aus dem Umstand, daß keine weiteren nachfolgten. Es fand also weder auf dem Saint-John noch auf den Ebenen der Grafschaft Duval ein Treffen zwischen den Kriegsschiffen der Nordstaaten und den conföderirten Truppen statt.

Dagegen unterlag es keinem Zweifel, daß jene Schüsse als Signal gedient hatten, daß sie dem Anführer der hier kämpfenden Milizen gegolten, denn als Perry an eines der Seitenfenster trat, rief er plötzlich:

»Sie gehen zurück! ... Sie ziehen sich zurück!«

James Burbank und die ihn zunächst Stehenden begaben sich jetzt nach dem mittleren Fenster, das halb geöffnet stand.

Man hörte keine Axthiebe mehr an die Thüre donnern und das Feuern hatte aufgehört, ja schon war kaum noch einer der Angreifer zu sehen, und wenn man ihr Geschrei, ihr wüthendes Geheul auch noch vernahm, so entfernten sie sich doch offenbar mehr und mehr.

Irgend ein Zwischenfall hatte also die Machthaber von Jacksonville bestimmt, den ganzen bewaffneten Haufen nach dem anderen Ufer des Saint=John zurück= zurufen. Ohne Zweifel war vorher ausgemacht worden, daß drei Kanonenschüsse abgegeben werden sollten, wenn irgend eine Bewegung des feindlichen Geschwaders die Stellungen der Conföderirten bedrohte. So hatten denn auch die Angreifer mitten im letzten Ansturm inne gehalten, und jetzt wälzten sie sich durch die ver= wüsteten Felder der Besitzung nach der von einzelnen lodernden Flammen erleuchteten Straße.

Und eine Stunde später überschritten sie wieder den Fluß an der Stelle, wo ihre Boote sie zwei Meilen unterhalb Camdleß=Bay erwarteten.

Bald war auch in der Ferne Alles verstummt. Dem schrecklichen Knattern und Knallen folgte eine Todtenstille auf der ganzen Pflanzung.

Es war jetzt neunundeinhalb Uhr Abends. James Burbank und seine Begleiter begeben sich wieder hin= unter nach der Vorhalle des Erdgeschosses. Hier befand sich noch auf einem Divan ausgestreckt der leicht ver= wundete Edward Carrol, den nur der Blutverlust ge= schwächt hatte.

Man meldete ihm, was in Folge des von Jackson=
ville gekommenen Signals geschehen sei. Das Castle=
House hatte, wenigstens für den Augenblick, von der
Bande Texar's nichts zu fürchten.

»Ja gewiß, sagte James Burbank, aber die Macht
in der Stadt ist noch in den Händen der elendesten
Gesellen geblieben. Der Schurke hat meine freigelassenen
Neger vertreiben wollen, und er hat sie vertrieben! Er
hat aus Rache die Pflanzung zerstören wollen — und
es sind nur noch Ruinen von ihr übrig.

— James, wandte sich Walter Stannard an ihn,
es hätte uns ein noch weit größeres Unglück widerfahren
können; bedenke, daß Keiner bei der Vertheidigung des
Castle=House gefallen ist. Deine Frau, Dein Kind und
meine Tochter hätten jenen Verbrechern in die Hände
fallen können, und sie befinden sich in Sicherheit.

— Sie haben Recht, Stannard, und Gott sei
Dank dafür! Was hier auf Befehl Texar's geschehen
ist, wird nicht ungestraft bleiben, und ich werde Rechen=
schaft verlangen für das vergossene Blut!...

— Vielleicht, bemerkte Edward Carrol, ist es nun
eher zu bedauern, daß Deine Frau, Alice, Dy und
Zermah das Castle=House verlassen haben. Ich weiß
wohl, daß wir damals schlimm bedrängt waren....
Und doch, ich wüßte sie lieber hier!...

— Vor Tagesanbruch werde ich sie aufsuchen,
erwiderte James Burbank; sie werden in tödtlicher
Ungewißheit sein, und da muß ich sie beruhigen.

— Dann wird sich auch zeigen, ob es besser ist,
sie gleich nach Camdleß=Bay mit zurückzunehmen oder
sie einige Tage auf dem Cedernstein verweilen zu lassen.

— Ja, ja, meinte Walter Stannard, man darf
nichts übereilen. Vielleicht ist noch nicht Alles vorbei...

und so lange Jackſonville unter der Herrſchaft Texar's
ſteht, haben wir Urſache auf unſerer Hut zu ſein.

— Eben deshalb werde ich mit Vorſicht handeln,
verſicherte James Burbank. Perry, Sie werden dafür
ſorgen, daß morgen früh kurz vor Tagesanbruch ein
Boot für mich bereit iſt. Ich denke nur einen einzigen
Mann zu brauchen, um an Ort und Stelle zu gelangen....«

Da unterbrach ein ſchmerzlicher Schrei, ein verzweifelter Hilferuf James Burbank's Worte.

Dieſer Schrei ertönte von der Seite des Parks
her, wo die Planken ſich ziemlich dicht neben dem
Wohnhauſe hinzogen. Ihm folgten bald die Worte:

»Mein Vater!... Mein Vater!...

— Das iſt die Stimme meiner Tochter, rief Mr.
Stannard.

— Ach, welch' neues Unglück!...« rief James
Burbank.

Alle öffneten die Thür und eilten ins Freie.

Da fanden ſie Alice nur wenige Schritte von der
Paliſſade, und neben ihr lag Frau Burbank ausgeſtreckt
auf der Erde.

Dy und Zermah waren nicht mit dabei.

»Mein Kind!« rief James Burbank.

Beim Klang ſeiner Stimme erwachte Frau Burbank; ſie konnte nicht ſprechen ... mit der Hand wies
ſie nach dem Fluſſe.

»Geraubt!... Entführt!...

— Ja, durch Texar!...« erwiderte Alice.

Und dann ſank auch ſie bewußtlos neben Frau
Burbank zuſammen.

XII.

Die sechs folgenden Tage.

Als Frau Burbank und Miß Alice den unter-
irdischen Gang betreten hatten, der nach der kleinen
Marino-Bucht im Saint-John führte, schritt Zermah
ihnen voraus. An der einen Hand hielt sie das kleine
Mädchen und in der anderen eine Laterne, deren
schwacher Schein den Weg doch einigermaßen erhellte.

Am Ende des Tunnels angekommen, hatte Zermah
Frau Burbank gebeten, zu warten. Sie wollte sich erst
überzeugen, daß das Boot mit den zwei Schwarzen
bei der Hand sei, die sie nach dem Cedernstein geleiten
sollten. Nachdem sie die Thür geöffnet, welche den
Ausgang des Tunnels abschloß, ging sie vorsichtig nach
dem Flusse zu.

Seit einer Minute — nur eine einzige Minute
— erwarteten Frau Burbank und Miß Alice erst die
Rückkehr Zermah's, als das junge Mädchen die Bemerkung machte, daß die kleine Dy nicht da sei.

»Dy ... Dy? ...« rief Frau Burbank, auf die
Gefahr hin, ihre Anwesenheit an diesem Orte zu verrathen.

Das Kind antwortete nicht. Immer gewohnt,
Zermah zu folgen, war diese auch, ohne daß ihre
Mutter es bemerkte, der Wärterin nach außerhalb des
Tunnels und nach der Seite der Flußbucht zu nach-
gelaufen.

Plötzlich hörten sie ängstliche Klagerufe. In der
Vorahnung einer neuen Gefahr, und ohne daran zu

denken, daß diese ihnen ja auch selbst drohen könne, eilten Frau Burbank und Miß Alice ebenfalls hinaus nach dem Flußufer, erreichten dieses aber nur, um noch zu sehen, daß sich ein Boot schleunigst durch die Dunkelheit entfernte.

»Hierher! . . . Zu Hilfe! . . . Das ist Texar! . . . jammerte Zermah.

— Texar! . . . Texar! . . . « rief auch Alice schluch= zend aus.

Sie zeigte dabei mit der Hand nach dem beim Widerscheine der Feuersbrünste auf Camdleß=Bay schwach sichtbaren Spanier, der im Hintertheile eines Bootes stand, welches sofort den Augen der Frauen entschwand.

Dann war Alles still.

Die beiden Schwarzen lagen ermordet auf der Erde.

Ihrer Sinne nicht mehr mächtig, stürzte Frau Burbank, welche Alice nicht mehr zurückzuhalten ver= mochte, ganz nahe an das Ufer und rief ihre kleine Tochter. Kein Schrei antwortete ihr. Das Boot war unsichtbar geworden; entweder entzog es die Dunkel= heit ihren Blicken oder es steuerte quer über den Fluß, um an irgend einem Punkte des linken Ufers zu landen.

Vergebens suchten die Frauen wohl eine ganze Stunde lang; endlich sank Frau Burbank, am Ende ihrer Kräfte, auf dem Uferrande zusammen. Miß Alice, welche jetzt eine staunenswerthe Energie entwickelte, gelang es jedoch, die unglückliche Mutter aufzurichten und zu unterstützen, fast sie zu tragen. Von fern her, in der Richtung des Castle=House, hörte man noch immer das Knattern der Schüsse und zeitweilig das Wuthgeschrei der angreifenden Massen. Und doch mußten sie jetzt dahin zurückkehren; sie mußten versuchen, durch den Tunnel die Wohnung wieder zu erreichen und sich die Thür zu öffnen, welche nach der Kellertreppe Zugang bot. Doch ob dort Miß Alice vernommen werden würde, konnte Niemand vorher sagen.

Das junge Mädchen zog Frau Burbank, welche gar nicht wußte, was sie that, mit sich fort. Bei dem Rückwege längs des Ufers mußten sie wohl zwanzig Mal stehen bleiben. Beide konnten jeden Augenblick einer Rotte in die Hände fallen, welche die Pflanzung verwüstete. Vielleicht wäre es besser gewesen, erst den Tag abzuwarten, nur konnte hier, wo sie sich befanden, Frau Burbank die Pflege, der sie bedurfte, in keiner Weise erhalten. Miß Alice entschloß sich also, um jeden Preis wieder nach Castle-House heimzukehren. Da die vielen Flußwindungen ihren Weg gar so sehr verlängerten, meinte sie, sei es rathsamer, quer durch das Wiesenland zu gehen, wo der Schein der brennenden Baracken sie leitete. Das that sie denn auch, und so gelangte sie bis in die Nähe der Wohnung.

Hier verweilte Frau Burbank einige Zeit völlig regungslos neben Alice, die sich kaum selbst noch aufrecht erhalten konnte. Jetzt befand sich die Abtheilung der Miliz und mit ihr die Horde der Räuber, nachdem sie den Angriff aufgegeben, schon weit von der Umzäunung. Weder draußen noch im Innern hörte man einen Schrei, Miß Alice konnte glauben, daß die Angreifer das Castle-House, nachdem sie sich desselben bemächtigt, verlassen hätten, ohne daß ein einziger seiner Vertheidiger übrig geblieben war. Da überkam sie eine entsetzliche Angst und sie sank erschöpft zusammen, während ein letzter Seufzer, ein letzter Hilferuf sich ihrer Brust entrang. Zum Glück war sie gehört worden. James Burbank und seine Freunde stürzten darauf hinaus. Jetzt wußten sie Alles, was sich an der Marino-Bucht ereignet hatte. Was bedeutete es nun, daß die Banditen abgezogen waren, was nützte es, daß sie jetzt in deren Hände zu fallen nicht mehr zu fürchten brauchten! Ein furchtbareres Unglück hatte sie ereilt — die kleine Dy befand sich in der Gewalt des abscheulichen Texar!

Miß Alice erzählte Alles in kurzen, von fortwährendem Schluchzen unterbrochenen Sätzen. Das hörte nun auch eigentlich erst Frau Burbank, die, in Thränen gebadet, wieder zu sich gekommen war, das erfuhren hiedurch James Burbank, Walter Stannard, Edward Carrol, Perry und die wenigen Anderen, welche hier anwesend waren. Das arme Kind war geraubt, entführt, man wußte nicht wohin, es wand sich jetzt gewiß unter den Händen des grausamsten Feindes seines Vaters!... Was konnte es Schlimmeres geben als das, und war es möglich, daß die Zukunft dieser schwer geprüften Familie noch entsetzlicheres Unheil vorbehalten hatte?

Alle waren zerschmettert von diesem letzten Schlage. Nachdem man Frau Burbank nach ihrem Zimmer gebracht und auf dem Bette niedergelegt hatte, blieb Miß Alice zur Pflege bei ihr.

Unten in der Vorhalle berieth inzwischen James Burbank mit seinen Freunden, was zu thun sei, um Dy wiederzufinden, um Zermah den Händen Texar's zu entreißen. Gewiß würde die ergebene Dienerin Alles versuchen, um das Kind bis zum letzten Blutstropfen zu schützen, und doch vermochte sie so gut wie nichts gegen den von persönlichem Haß erfüllten Schurken und mußte vielleicht die Anschuldigungen, die sie einst

12*

gegen ihn vorgebracht, noch außerdem mit dem Leben
bezahlen.

Jetzt machte sich James Burbank bittere Vorwürfe,
seine Familie zum Verlassen des Castle-House gedrängt,
ihr einen Weg zur Flucht eröffnet zu haben, der sie
nur dem Unheil entgegengeführt hatte. Offenbar durfte
man es nicht als einen Zufall betrachten, daß Texar
sich an der Marino-Bucht befunden hatte, vielmehr
mochte er auf irgend eine Weise von dem Vorhandensein jenes Tunnels Kenntniß erhalten haben. Dann hatte
er sich wahrscheinlich gesagt, daß die Vertheidiger des
Castle-House später versuchen könnten, durch denselben
zu entkommen, wenn sie das Herrenhaus nicht mehr
zu halten im Stande wären. Und nachdem er seine
Horden nach der rechten Flußseite übergeführt, nachdem er die Palissaden der Umzäunung durchbrochen
und James Burbank nebst den Seinigen gezwungen
hatte, hinter den Mauern des Castle-House Schutz zu
suchen, hatte er sich offenbar mit mehreren seiner
Spießgesellen auf die Lauer gelegt. Hier hatte er unerwarteter Weise die beiden Schwarzen überfallen,
welche das Boot bewachten, und sie grausamer Weise
umbringen lassen, während die Hilferufe der Unglücklichen bei dem Geräusche des Kampfes unmöglich gehört werden konnten.

Ferner hatte der Spanier gewartet, bis Zermah
und die kleine Dy sich zeigte. Da er diese allein sah,
konnte er annehmen, daß weder Frau Burbank noch
ihr Gatte oder dessen Freunde sich bisher entschlossen
hatten, das Castle-House zu verlassen. Er mußte sich
also mit dieser Beute begnügen und hatte das Kind
und die Mestizin geraubt, um sie nach einem unbekannten
Platz zu entführen, wo Keiner sie wiederzufinden vermochte.

Mit einem schrecklicheren Schlage konnte der Böse=
wicht die Familie Burbank gar nicht treffen, der Vater
und die Mutter des Kindes hätten gewiß nicht mehr
davon gelitten, wenn er ihnen das Herz aus der
Brust riß!

Es war eine schreckliche Nacht, welche die Ueber=
lebenden des Castle=House verbrachten. Mußten sie nicht
außerdem fürchten, daß die Angreifer und in noch
größerer Anzahl wiederkehren könnten, um auch die
letzten Vertheidiger des Castle=House zur Ergebung zu
zwingen? Glücklicher Weise geschah das nicht. Der Tag
brach an, ohne daß James Burbank und seine Genossen
durch einen weiteren Angriff aufgeschreckt worden wären.

Von großem Vortheile wäre es gewesen, zu wissen,
aus welchem Grunde am gestrigen Abend die drei
Kanonenschüsse abgefeuert worden waren, und warum
die Angreifer sich zurückgezogen hatten, da eine letzte
Anstrengung von höchstens einer Stunde sie doch be=
stimmt in den Besitz des Wohnhauses gebracht hätte.
Ja, wenn jenes Signal durch eine Demonstration der
Föderirten an der Mündung des Saint-John veranlaßt,
wenn die Flottille des Commodore Dupont vielleicht
gar schon im Besitz von Jacksonville war, hätte es
etwas Wünschenswertheres für James Burbank und
die Seinigen kaum geben können. Dann konnten sie in
aller Sicherheit die lebhaftesten Nachforschungen, um
Dy und Zermah wiederzufinden, wieder aufnehmen
und Texar unmittelbar zu Leibe gehen, wenn der
Spanier es nicht vorgezogen hatte, mit seinen Partei=
gängern die Flucht zu ergreifen, sie konnten ihn ver=
folgen als Anstifter der Verwüstungen auf Camdleß=
Bay und jedenfalls als den des an dem Kinde und
der Mestizin begangenen Doppelraubes.

Diesmal wäre es Jenem unmöglich gewesen, einen Alibibeweis beizubringen, wie zu Anfang dieser Erzählung, als er vor den Richterstuhl in Saint-Augustine geladen gewesen war. Wenn Texar wirklich die Bande von Uebelthätern nicht anführte, welche Camdleß-Bay überfallen hatten — was der Bote des Herrn Harvey ja nicht anzugeben vermochte, so hatte doch der Aufschrei Zermah's unzweifelhaft bewiesen, welch' directen Antheil er an jenem Raube genommen, und überdies hatte ihn Miß Alice in dem Augenblicke, wo sein Boot sich entfernte, deutlich erkannt.

Ja, die föderirte Justiz würde den Schurken schon zum Geständniß zu bringen wissen, wohin er sein Opfer geschleppt, und würde ihn bestrafen für die Verbrechen, die er nicht ableugnen konnte.

Unglücklicher Weise sollte nichts die Muthmaßungen James Burbank's bezüglich des Eintreffens der nordstaatlichen Flottille in den Gewässern des Saint-John bestätigen. An jenem Tage, dem 3. März, hatte noch kein Schiff die Bai von Saint-Mary verlassen. Das wurde vorläufig bewiesen durch die Nachrichten, welche einer der Verwalter sich am nämlichen Tage auf der anderen Seite des Flusses zu beschaffen wußte. Kein Fahrzeug war bisher auf der Höhe des Leuchtthurmes von Pablo erschienen. Alles beschränkte sich auf die Besetzung von Fernandina und des Fort Clinch, und es gewann den Anschein, als wenn der Commodore Dupont sich bis in die Mitte von Florida nur mit größter Vorsicht hineinwagen wollte. In Jacksonville befand sich noch immer die Pöbelpartei am Ruder. Nach dem Zuge nach Camdleß-Bay war der Spanier wieder in der Stadt aufgetaucht. Er leitete hier die Vorbereitungen zum Widerstand für den Fall, daß die

Kanonenboote Stevens' versuchen sollten, die Barre
des Flusses zu überschreiten. Ohne Zweifel hatte am
gestrigen Abend nur ein falscher Lärm die Räuber=
bande heimgerufen. Das Werk der Rache Texar's
konnte doch immerhin als vollbracht gelten, da die
Pflanzung verwüstet, die Werkstätten durch Feuer zer=
stört und die Neger in die Wälder der Grafschaft
zerstreut waren, während ihre früheren Baracken in
Ruinen lagen — vorzüglich aber, da die kleine Dy
ihrem Vater, ihrer Mutter geraubt war, ohne daß man
eine Spur von der Entführten aufzufinden vermochte.

James Burbank überzeugte sich hiervon nur zu
gut, als er am Morgen mit Walter Stannard am
rechten Ufer des Flusses hinaufwandelte. Vergebens
hatten sie die kleinsten Einschnitte durchforscht, vergeb=
lich irgend ein Anzeichen gesucht, das ihnen die von
Texar's Boot eingeschlagene Richtung hätte verrathen
können. Immerhin war diese Nachsuchung nur als eine
unvollkommene zu betrachten und mußte wenigstens
durch eine ebensolche am linken Flußufer vervollständigt
werden.

Doch war das in diesem Augenblicke ausführbar?
Mußte es nicht aufgeschoben werden, bis Texar und
seine Partei durch die Ankunft der Föderirten lahm
gelegt war? Glich es nicht einer offenbaren Unklug=
heit, Frau Burbank in diesem Zustand, in dem sie sich
befand, Miß Alice, welche die mütterliche Freundin
nicht verlassen konnte, und Edward Carrol, der noch
einige Tage das Bett hüten mußte, im Castle-House
allein zu lassen, wo eine Wiederkehr der Angreifer noch
immer zu fürchten war?

Noch bedrückender fand es James Burbank aber,
daß er nicht öffentlich als Ankläger gegen Texar auf=

treten, ihn weder wegen Verwüstung seiner Pflanzung, noch wegen der Entführung Zermah's und seiner kleinen Tochter belangen konnte. Der einzige obrigkeitliche Beamte, an den er sich deshalb hätte wenden können, war ja der Urheber dieser Verbrechen selbst. Er mußte sich also gedulden, bis die gesetzlichen Behörden in Jacksonville wieder die ihnen zukommende Stelle eingenommen hatten.

»James, sagte Mr. Stannard, wenn die Gefahren, die Ihr Kind bedrohen, auch furchtbar sind, so ist doch Zermah bei ihm, und auf deren Ergebenheit können Sie zählen, sie geht für Sie....

— Selbst in den Tod... Ja! bestätigte Burbank. Doch wenn Zermah todt ist?...

— Hören Sie mich an, mein lieber James, fuhr Mr. Stannard fort. Wenn ich es mir recht überlege, liegt es gar nicht in Texar's Interesse, soweit zu gehen. Noch hat er Jacksonville nicht verlassen, und so lange er sich daselbst befindet, fürchte ich nicht, daß seine Opfer eine Gewaltthätigkeit von ihm zu erwarten haben. Kann Ihr Kind jenem nicht als eine Garantie, als Geißel gegenüber den Wiedervergeltungen erscheinen, die er nicht allein von Ihnen, sondern auch von der föderalistischen Justiz zu fürchten hat dafür, daß er die staatlichen Behörden von Jacksonville gestürzt und die Ansiedlung eines Nordstaatlers verwüstet hat? — Offenbar ist es so. In seinem eigenen Interesse liegt es demnach, sie zu schonen, und es ist besser, Dupont und Sherman abzuwarten, und erst wenn diese die Herren des Gebietes sind, gegen Jenen vorzugehen.

— Und wann wird das der Fall sein?... rief James Burbank.

— Morgen ... vielleicht noch heute! Ich wieder=
hole Ihnen, Dy ist der Schutz und das Schild Texar's.
Aus diesem Grunde hatte er die Gelegenheit sie zu
entführen ergriffen, da er wohl wußte, daß es Ihnen,
mein lieber James, das Herz brechen würde, und der
elende Schurke hat seinen Zweck nur zu gut erreicht.«

So betrachtete Mr. Stannard die Sachlage, und
er hatte schwerwiegende Gründe, diese Anschauung für
die richtige zu halten, wenn er auch nicht dazu kam,
James Burbank davon zu überzeugen, ja ihm nur ein
helleres Fünkchen Hoffnung einzuflößen; das war ja
eben unmöglich. James Burbank sah aber wenigstens
ein, daß auch er gezwungen sei, seiner Gattin gegen=
über in derselben Weise zu sprechen, wie Walter
Stannard zu ihm selbst. Anderenfalls hätte Frau Bur=
bank diesen letzten Schlag wohl nicht überlebt. Und
als er in die Wohnung zurückgekehrt war, bediente er
sich mit großer Wärme derselben Beweisgründe, an
welche er selbst nicht hatte glauben können.

Inzwischen besichtigten Perry und die Unter=
verwalter Cambleß=Bay. Es war ein herzbrechender
Anblick, der sogar auf Pygmalion, der sie begleitete,
seinen Eindruck nicht zu verfehlen schien. Dieser »freie
Mann« hatte es nicht für geboten erachtet, den von
Texar zerstreuten freigelassenen Sclaven zu folgen. Die
Freiheit, sich im Walde ein Nachtlager zu suchen, da=
selbst von Kälte und Hunger zu leiden, ging ihm, wie
man zu sagen pflegt »über die Hutschnur«.

So hatte er es vorgezogen, im Castle=House zu
bleiben, und hätte er auch gleich Zermah seinen Frei=
lassungsschein in Stücke reißen müssen, um sich das
Recht des Verweilens daselbst zu sichern.

»Da siehst Du es, Pygmalion, sagte Perry wieder=
holt zu ihm. Die Pflanzung ist verwüstet, meine Werk=
stätten liegen in Trümmern. Das hat es uns gekostet,
Leuten von Deiner Farbe die Freiheit zu gewähren.

— Herr Perry, erwiderte Pygmalion, das ist
nicht meine Schuld.

— Im Gegentheil, es ist Deine Schuld! Hättet
Ihr, Du und Deines Gleichen, nicht auf die tollen
Darstellungen gelauscht, welche laut über die Sclaverei
gepredigt wurden, hättet Ihr Euch gegen die vom
Norden eindringenden Vorstellungen abwehrend ver=
halten, so würde auch Herr Burbank niemals den Ge=
danken gehabt haben, Euch frei zu lassen, und Camdleß=
Bay wäre all' das Unheil erspart geblieben.

— Was kann ich aber thun, Herr Perry? fragte
der verzweifelte Pygmalion, was kann ich thun?

— Ich will es Dir sagen, Pygmalion, und das
würdest Du thun, wenn in Dir noch das geringste
Gerechtigkeitsgefühl lebte. — Du bist frei, nicht
wahr?

— Es scheint so.

— Folglich gehörst Du Dir allein an?

— Ohne Zweifel.

— Und wenn Du Dir selbst angehörst, so liegt
für Dich kein Hinderniß vor, über Deine Person nach
Belieben zu verfügen.

— Nein, keines, Herr Perry.

— Nun gut, Pygmalion, ich an Deiner Stelle
würde nicht zögern; ich böte mich sofort auf einer be=
nachbarten Pflanzung an, verkaufte mich als Sclave
und das Kaufgeld brächte ich meinem früheren Herrn,
um ihn für das Unrecht, das ich durch Annahme
meiner Freilassung an ihm begangen, zu entschädigen.«

Man hätte kaum sagen können, ob der Verwalter
im Ernste sprach, denn von dem würdigen Mann
konnte man sich jeder Sonderbarkeit versehen, wenn er
sein geliebtes Steckenpferd ritt. Jedenfalls wußte der
verblüffte, unentschlossene und ganz aus der Fassung
gebrachte Pygmalion nichts darauf zu erwidern.

Ueber das Eine konnte kein Zweifel aufkommen,
daß die edelmüthige Handlungsweise James Burbank's
das Unglück über ihn gebracht und die Verwüstung
seiner Pflanzung verursacht hatte. Schon der materielle
Schaden mußte sich nach oberflächlicher Schätzung auf
eine hohe Summe belaufen. Von den nach vorheriger
Plünderung durch die Räuber zerstörten Baracken war
nichts mehr übrig, von den Sägemühlen und Werk=
stätten sah man nur noch Haufen häßlicher Asche und
formlose Ueberbleibsel nach dem Brande, aus denen da
oder dort graublaue Rauchsäulen aufwirbelten. An
Stelle der Zimmerplätze, welche auch zur Aufspeicherung
zum Versandt bestimmter Hölzer dienten, an Stelle
der Fabriken, in denen sich die Apparate zum Hecheln
der Baumwolle, die hydraulischen Pressen zur Ver=
packung derselben in Ballen, die Maschinen zur Ver=
arbeitung des Zuckerrohres befanden, fand man weiter
nichts, als geschwärzte Mauerreste, welchen jeden Augen=
blick der Einsturz drohte, und lose Haufen durch die
Gluth gerötheter Backsteine an Stelle der früheren
Schlote dieser Anlagen. Auf den Kaffeepflanzungen,
den Reisfeldern, in den Gemüsegärten und dem für
die Hausthiere bestimmten Gehege war die Zerstörung
eine vollkommenere, als wenn eine große Heerde wilder
Thiere die reiche Besitzung binnen wenigen Stunden
verheert hätte. Angesichts dieses jammervollen Anblicks
konnte Mr. Perry seine Entrüstung nicht zügeln, seine

Wuth machte sich in drohenden Worten Luft, Pygmalion fühlte sich nichts weniger als sicher, als er die wild=funkelnden Blicke sah, die der Verwalter ihm zuschleuderte. So beeilte er sich auch, von diesem weg und in das Castle=House zu kommen, um wie er sagte, »mit mehr Ruhe über den Vorschlag, sich zu verkaufen, nachzu=denken, den der Verwalter ihm eben gemacht hatte.« Scheinbar reichte der Tag für seine Erwägungen nicht zu, denn auch am Abend hatte er noch keinen Ent=schluß gefaßt.

An eben diesem Tage waren nun mehrere der früheren Sclaven heimlich nach Camdleß=Bay zurück=gekehrt. Man kann sich deren Verzweiflung wohl vorstellen, als sie auch nicht eine einzige unzerstörte Hütte mehr vorfanden. James Burbank sorgte sofort dafür, daß ihre nothwendigsten Bedürfnisse nach Mög=lichkeit befriedigt wurden. Eine gewisse Anzahl dieser Schwarzen konnte in dem vom Feuer verschont geblie=benen Theil der Dienerwohnung untergebracht werden. Man verwandte sie zuerst, diejenigen ihrer Kameraden zu beerdigen, welche bei Vertheidigung des Castle=House gefallen waren, ebenso wie die Leichen von Feinden, welche bei dem Angriffe ihren Tod fanden, während die Verwundeten der Gegenpartei von ihren Kameraden mit weggeschleppt worden waren. Dasselbe geschah mit den zwei unglücklichen Schwarzen, welche Texar und seine Kameraden ermordeten, als sie die=selben auf ihren Posten an der Marino=Bucht über=raschten.

Nach der Erfüllung dieser Christenpflicht konnte James Burbank freilich noch keineswegs daran denken, die Wiederinstandsetzung seiner Ansiedlung in die Hand zu nehmen, sondern mußte damit warten, bis die

Streitfrage zwischen dem Norden und dem Süden wenigstens für den Staat Florida endgiltig entschieden war. Andere und noch weit ernsthaftere Sorgen lasteten auf ihm ja Tag und Nacht. Er that alles, was in seinen Kräften stand, um eine Spur seiner kleinen Tochter aufzufinden. Außerdem war die Gesundheit der Frau Burbank schwer erschüttert. Obwohl Miß Alice sie keinen Augenblick verließ und mit wahrhaft kindlicher Zärtlichkeit pflegte, machte sich doch die Herbeiziehung eines Arztes für dieselbe nöthig.

Einen solchen, und zwar einen, der James Burbank's Vertrauen genoß, gab es in Jacksonville. Der brave Mann zögerte auch, als er gerufen wurde, nicht im mindesten, nach Camdleß-Bay zu kommen. Er verschrieb einige Arzneimittel, wenn er auch an deren Wirkung vielleicht selbst zweifelte, so lange die kleine Dy ihrer Mutter nicht zurückgegeben wäre. James Burbank und Walter Stannard unterließen es auch, während der noch an das Zimmer gefesselte Edward Carrol zurückblieb, keinen Tag, die beiden Ufer des Flusses abzusuchen. Sie durchforschten die Eilande des Saint-John, zogen selbst aus den kleinsten Weilern der Grafschaft Erkundigungen ein und setzten einen hohen Preis für Jeden aus, der ihnen nur die geringste Hindeutung vermitteln konnte.... Alle diese Anstrengungen blieben fruchtlos. Wie hätte ihnen Jemand sagen können, daß es tief im Hintergrunde der Schwarzen Bucht war, wo der Spanier sich verbarg? Diese Oertlichkeit kannte ja Niemand, und außerdem konnte Texar recht wohl, um seine Opfer gegen jede Nachstellung desto sicherer zu verwahren, diese nach dem Oberlaufe des Flusses geschleppt haben. Das Gebiet war ja groß genug und es gab eine Menge passender Schlupfwinkel

in den ungeheuren Waldungen des Innern, inmitten
der ausgedehnten Sumpfländereien des südlichen Florida,
wo Texar seine beiden Opfer so gut verstecken konnte,
daß es gewiß Niemand gelang, bis zu denselben vorzudringen.

Jetzt wurde übrigens James Burbank durch den
Arzt, der alltäglich nach Camdleß-Bay kam, über Alles
auf dem Laufenden erhalten, was sich in Jacksonville
sowie im Norden der Grafschaft Duval zutrug.

Die Föderirten hatten noch keinen weiteren Vor-
stoß auf das Gebiet von Florida unternommen, das lag
zweifellos zu Tage, und wahrscheinlich bestimmten sie
blos die von Washington eingegangenen Verhaltungs-
maßregeln dazu, nur vor der Küste liegen zu bleiben, ohne
diese zu überschreiten. Eine solche Haltung aber mußte
für die Interessen der in den Südstaaten ansäßigen
Unionisten höchst verderblich werden, und vorzüglich
für James Burbank, der durch sein letztes Auftreten
gegen die Conföderirten zu den bestgehaßten derselben
gehörte. Wie dem auch sein mochte, jedenfalls lag das
Geschwader des Commodore Dupont noch immer an
der Mündung des Saint-Mary vor Anker, und wenn
die Anhänger Texar's am Abend des 2. März durch
jene drei Kanonenschüsse zurückgerufen worden waren,
so geschah das, weil die Machthaber in Jacksonville
sich durch einen falschen Lärm hatten täuschen lassen
— eine Täuschung, der es das Castle-House verdankte,
vorerst der Plünderung und Zerstörung entgangen
zu sein.

Es hatte nicht viel Wahrscheinlichkeit für sich, daß
der Spanier darauf sinnen könnte, einen ähnlichen Ueberfall zu wiederholen, weil jener ihm, da James Burbank
nicht in seine Hände gefallen war, vielleicht nur halb

gelungen schien. Vorläufig genügte wohl seinen Absichten der auf das Castle-House gerichtet gewesene Angriff und vorzüglich die Entführung Dy's und Zermah's. Dazu hatten auch einige bessere Bürger sich nicht gescheut, ihre Mißbilligung bezüglich der Vorgänge auf Candleß-Bay und ihren Unmuth über den Rädelsführer der Aufständischen von Jacksonville zu erkennen zu geben, wenn sich Texar darum auch kein graues Haar wachsen ließ, denn der Spanier herrschte unbestrittener als je mit seinen Tollköpfen in der Grafschaft Duval. Diese Leute ohne Gewissen, diese Abenteurer ohne jeden Scrupel gediehen dabei vortrefflich. Jeden Tag überließen sie sich Vergnügungen aller Art, welche allemal in wüste Orgien ausarteten. Der Lärm derselben klang bis nach der Pflanzung hinaus, und am Himmel spiegelte sich der Widerschein der öffentlichen Illumination, die man für den Feuerschein neuer Brandstiftungen halten konnte. Die gemäßigteren Männer sahen sich dazu verurtheilt, zu schweigen, und mußten sich dem Joche jener, durch den Pöbel der Grafschaft unterstützten Partei von Schurken fügen.

Dabei kam die augenblickliche Unthätigkeit der föderirten Armee der neuen Obrigkeit des Landes besonders zu statten. Diese benützten jenen Umstand zur Ausbeutung des Gerüchtes, daß die Nordstaatler die Grenze überhaupt nicht überschreiten würden, sondern Befehl erhalten hätten, sich nach Georgia und den beiden Carolinen zurückzuziehen; die Halbinsel Florida werde demnach von jedem Einfalle feindlicher Truppen verschont bleiben, und ihre Eigenschaft als vormalige spanische Colonie lasse sie unberührt von der Frage, welche die Vereinigten Staaten jetzt durch Waffengewalt zu ordnen suchten u. s. w. In den verschiedenen

Grafſchaften entſtand dadurch eine den Ideen der Vertreter der Gewalt, welche ja jene Anſchauungen mit
Vorliebe zur Schau trugen, mehr günſtige, als widrige
Strömung. Man erkannte das an vielen Orten,
vor Allem aber im nördlichen Theile Floridas wie der
Grenze von Georgia, wo die, meiſt nordſtaatlichen Be-
ſitzer von Anſiedlungen mißhandelt, ihre Sclaven in
die Flucht getrieben, ihre Sägemühlen und Werkſtätten
durch Feuer zerſtört und alle ihre Anlagen durch conföderirte Soldaten ganz ebenſo verwüſtet wurden, wie
es Camdleß-Bay durch Pöbelhaufen von Jackſonville
widerfahren war.

Inzwiſchen hatte es nicht den Anſchein, daß die
Pflanzung mindeſtens in der nächſten Zeit einen neuen
Ueberfall zu befürchten oder das Caſtle-Houſe einen
neuen Angriff auszuhalten haben werde. Immerhin
konnte es James Burbank kaum erwarten, daß die
Föderirten ſich zu Herren des Landes machten. Bei
der gegenwärtigen Sachlage ließ ſich direct gegen Texar
nichts unternehmen und ebenſowenig konnte man ihn
gerichtlich wegen verſchiedener gar nicht abzuleugnender
Verbrechen belangen, noch ihn zwingen, den Ort, wo
er Dy und Zermah zurückhielt, anzugeben.

Welch' ununterbrochene Kette von Befürchtungen
laſtete deshalb auf James Burbank und den Seinigen
angeſichts dieſer ſo lange andauernden Verzögerung!
Dennoch konnten ſie nicht glauben, daß die Föderirten
ſich begnügen würden, an der Grenze unthätig liegen
zu bleiben. Der letzte Brief Gilberts ſprach es ja klar
und deutlich aus, daß die Expedition des Commodore
Dupont und des Generals Sherman Florida zum Ziele
habe. Jetzt müßte alſo die Bundesregierung gerade
entgegengeſetzte Befehle nach der Bai von Ediſto ge-

sendet haben, wo das Geschwader wartete, bis es wieder in See stechen sollte. Oder zwang vielleicht ein Sieg der conföderirten Heere in Virginia oder den beiden Carolinen die Armeen der Union, ihren Vormarsch nach dem Süden zu unterbrechen? Welche Reihenfolge stets erneuter Sorge für die schon seit Beginn des Krieges schwer geprüfte Familie! Und welche schrecklichen Katastrophen konnten ihr noch bevorstehen!

So verrannen die fünf Tage, welche dem Ueberfall von Camdleß-Bay folgten. Von neueren Maßregeln der Föderirten verlautete nicht das Geringste, ebensowenig hörte man etwas von Dy oder Zermah, obgleich James Burbank Alles aufgeboten hatte, ihre Spur wieder zu finden, obgleich kein einziger Tag vergangen war, ohne sich durch eine neue Bemühung in dieser Richtung auszuzeichnen.

Schon kam der neunte März heran. Edward Carrol war jetzt vollständig wieder hergestellt. Er konnte sich nun den Schritten wieder anschließen, welche seine Freunde thaten.

Frau Burbank befand sich noch immer in äußerst geschwächtem Zustande, ja es schien, als sollte ihr Leben mit ihren Thränen entrinnen. Im Fieberwahnsinn rief sie wiederholt und mit herzzerreißender Stimme den Namen ihres Töchterchens und wollte sich selbst nach dieser aufmachen. Auf solche Krisen folgten dann stets tiefe Ohnmachtsanfälle, welche immer das Schlimmste befürchten ließen, und öfter sah Miß Alice mit starrem Schreck dem furchtbaren Augenblick entgegen, wo diese unglückliche Mutter in ihren Armen den letzten Athemzug thun werde.

Am Morgen des 9. März gelangte doch wieder eine Kriegsnachricht nach Jacksonville, leider eine solche,

daß sie den Anhängern der Trennung des großen
Staates nur neue Kräfte geben mußte.

Dieser Nachricht gemäß hatte der conföderirte
General Van Dorn die Soldaten Curtis' am 6. März
in dem Gefechte von Betonville in Arkansas zurück=
getrieben und die Föderirten überhaupt zur Flucht
genöthigt. In Wahrheit lief das Ganze nur auf ein
unbedeutendes Engagement des Nachtrupps eines föde=
rirten Heerhaufens hinaus, und auch dieser kleine Er=
folg sollte wenige Tage später durch den Kampf bei Pea=
Ridge wieder mehr als aufgehoben werden. Immerhin
genügte derselbe, um die Unverschämtheit der Südstaatler
zu verdoppeln, und in Jacksonville feierte man das ganz
bedeutungslose Vorkommniß als eine völlige Niederlage
der föderirten Armee. Da gab es denn neue Festlich=
keiten und wilde Gelage, deren Lärm auf Camdleß=
Bay sehr schmerzlich wiederhallte.

Die Nachrichten aber, welche James Burbank
empfing, als er gegen sechs Uhr Nachmittags von einer
Absuchung des linken Flußufers heimkehrte, waren
folgende:

Ein Einwohner der Grafschaft Putnam glaubte
Spuren der Entführung nach dem Innern eines Eilandes
des Saint=John, und zwar wenige Meilen oberhalb
der Schwarzen Bucht, entdeckt zu haben. In letztver=
gangener Nacht wollte dieser Mann da auch einen ver=
zweiflungsvollen Hilferuf vernommen haben, und hiervon
machte er James Burbank sofort Meldung. Außerdem
war der Indianer Squambo, der Vertraute Texar's,
in derselben Gegend mit seinem Skiff gesehen worden.
Daß dieser Indianer hier erschienen war, lag außer
allem Zweifel und wurde überdies von einem Passagier
des »Shannon« bestätigt, der auf der Rückkehr von

Saint=Auguftine am nämlichen Tage an der Landungs=
brücke von Camdleß=Bay abgeftiegen war.

Mehr bedurfte es natürlich nicht, um James Bur=
bank fofort zur Verfolgung diefer, wenn auch nur
fchwachen Fährte anzutreiben. Mit Edward Carrol und
in Begleitung zweier Schwarzen hatte er fich fofort
in ein Boot geworfen und war den Fluß hinabgefegelt.
Nachdem er fo fchnell als möglich das bezeichnete
Eiland erreicht, war diefes forgfam abgefucht worden,
auch wurden dabei mehrere, offenbar fchon feit längerer
Zeit unbewohnte Fifcherhütten genauer befichtigt. Unter
dem faft undurchdringlichen Gehölz des Inneren war
jedoch keine Spur von lebenden Wefen zu entdecken,
und nichts zeigte fich, was auf eine hier ftattgefundene
Landung eines Bootes hingedeutet hätte. Squambo
wurde ebenfo nirgends gefehen, und wenn er fich vorher
hier umhergetrieben hatte, fo war er jedenfalls fchon
wieder aus der Nähe diefes Eilandes verfchwunden.

Diefe Nachfuchung blieb alfo gleich fo vielen anderen
ohne jedes Ergebniß.

Am nämlichen Abend befprachen James Burbank,
Walter Stannard und Edward Carrol gerade diefe
vergeblichen Bemühungen, während fie in der Vorhalle
beifammen faßen. Gegen neun Uhr gefellte fich auch
Miß Alice, welche Frau Burbank mehr in halber Be=
täubung als fchlafend verlaffen hatte, zu ihnen und
erfuhr hier, daß auch jener letzte Verfuch vergebens
verlaufen fei.

Die Nacht verfprach fehr dunkel zu werden. Der
im erften Viertel ftehende Mond war fchon unter dem
Horizont verfchwunden. Tiefes Schweigen lagerte fich
um das Caftle=Houfe, über die ganze Anfiedlung und
über das Bett des Fluffes. Die wenigen in der Diener=

13*

wohnung untergebrachten Schwarzen überließen sich
schon dem Schlummer. Wenn die Stille unterbrochen
wurde, so rührte das nur von entferntem Geschrei, von
dem Krachen blendender Feuerwerkskörper in Jackson=
ville her, wo der Erfolg der Conföderirten mit hellem
Jubel gefeiert wurde.

Jedesmal, wenn dieser Lärm bis in die Vorhalle
drang, gab es der Familie Burbank einen neuen Stich
ins Herz.

»Wir werden uns aber doch unterrichten müssen,
wie die Dinge liegen, sagte eben Edward Carrol, und
müssen zu erfahren suchen, ob die Föderirten wirklich
ihre früheren Absichten bezüglich Floridas aufgegeben
haben.

— Ja, das ist nothwendig, fiel Mr. Stannard
ein. In dieser Ungewißheit können wir nicht länger
verharren . . .

— Nun gut, ließ James Burbank sich vernehmen,
ich werde — gleich morgen — mich nach Fernandina
begeben und dort auskundschaften ob . . .«

Da klopfte es leise an die Hauptthür des Castle=
House und zwar an der Seite desselben, wo die nach
dem Ufer des Saint=John führende Allee ausmündete.
Miß Alice entfuhr ein unwillkürlicher Schrei, während
sie nach der Thür stürzte. Vergebens suchte James
Burbank das junge Mädchen zurückzuhalten. Und da
noch keine Antwort erfolgt war, ertönte an der Thür
ein erneutes, aber deutlicheres Klopfen.

XIII.

Während weniger Stunden.

James Burbank begab sich nach der Schwelle. Er erwartete Niemand. Vielleicht überbrachte ihm der von seinem Geschäftsfreunde Mr. Harvey noch einmal abgesendete John Bruce eine neue wichtige Nachricht aus Jacksonville.

Jetzt klopfte es schon zum dritten Male mit ungeduldiger Hand.

»Wer da? fragte James Burbank.

— Ich! lautete die kurze Antwort.

— Das ist Gilbert!...« rief Miß Alice.

Sie hatte sich nicht getäuscht. Gilbert auf Camdleß=Bay! Gilbert erschien bei seiner Familie, glücklich, einige Stunden im Schoße derselben verbringen zu können, und jedenfalls in Unkenntniß über das Unglück, das dieselbe vor kurzem betroffen.

Im nächsten Augenblick lag der junge Mann in den Armen seines Vaters, während ein Mann, der ihn begleitete, sorgfältig und nach einem letzten forschenden Blick nach außen die Thür verschloß.

Das war Mars, der Gatte Zermah's, der treu-ergebene Matrose des jungen Gilbert Burbank.

Nachdem er seinen Vater umarmt, wandte Gilbert sich um und ergriff, als er Miß Alice wahrnahm, deren Hand, die er mit innigster Zärtlichkeit drückte.

»Meine Mutter! rief er. Wo ist meine Mutter?... Ist es wahr, daß sie mit dem Tode ringt?

— Du weißt also, mein Sohn?... erwiderte James Burbank.

— Ich weiß Alles, daß die Ansiedlung durch die Banden von Jacksonville zerstört, daß das Castle-House wüthend angegriffen wurde, daß meine Mutter... vielleicht gar todt ist!...«

Die Anwesenheit des jungen Mannes hier im Lande, wo er persönlich die größte Gefahr lief, kam jetzt zur Erklärung.

Die Sache verhielt sich folgendermaßen.

Seit dem gestrigen Tage waren mehrere Kanonen-boote vom Geschwader des Commodore Dupont bis über die Mündung des Saint-John vorgedrungen, hatten aber vor der Barre, vier Meilen unterhalb Jacksonville, Halt machen müssen. Einige Stunden später erschien ein Mann, angeblich einer der Feuer-wächter von Pablo, an Bord des Kanonenbootes von Stevens, auf dem Gilbert die Stellung des zweiten Officiers einnahm. Dieser berichtete über Alles, was sich in und um Jacksonville ereignet hatte, den Einfall in Camdleß-Bay, die Zerstreuung der Schwarzen und den hoffnungslosen Zustand der Frau Burbank. Man kann sich leicht die Empfindungen Gilberts vorstellen, als er den Bericht über diese beklagenswerthen Vor-kommnisse vernahm.

Da ergriff ihn denn ein unwiderstehliches Ver-langen, seine Mutter wiederzusehen. Mit Erlaubniß des Commandanten Stevens verließ er die Flottille, warf sich in eines jener leichten Boote, welche man all-gemein »Gigs« nennt, und begleitet von seinem treuen Mars konnte er — oder glaubte doch so — bei der herrschenden Dunkelheit unbemerkt den Fluß hinauf-fahren, bis er eine halbe Meile unterhalb Camdleß-Bay das Land betrat, um eine Landung in dem kleinen

Hafen der Ansiedlung, der ja überwacht sein konnte, zu vermeiden.

Er wußte aber nicht und konnte nicht wissen, daß er dabei in eine ihm von Texar vorbereitete Falle ging. Um jeden Preis hatte der Spanier sich den von den Richtern des Court=Justice verlangten Beweis verschaffen wollen — den Beweis, daß James Burbank ein Einverständniß mit dem Feinde unterhielt. Um nun den jungen Lieutenant nach Camdleß=Bay zu verlocken, hatte ein ihm ergebener Wächter des Leucht=thurms von Pablo es übernommen, Gilbert einen Theil der Ereignisse, deren Schauplatz das Castle=House gewesen war, und vor Allem den gefahrdrohenden Zustand seiner Mutter erfahren zu lassen. Der junge Lieutenant, der unter den uns bekannten Verhältnissen abgefahren war, wurde dann, während er den Fluß hinaufschiffte, beobachtet. Während er aber längs des Röhrichts, welches die hohen Ufer des Saint=John besäumt, dahinglitt, war es ihm, ohne das selbst zu ahnen, gelungen, die zu seiner Verfolgung abgeschickten Leute von seiner Fährte abzulenken. Hatten ihn die Spione nicht an dem hohen Ufer unterhalb Camdleß=Bay landen sehen, so hofften sie wenigstens, sich seiner bei der Rückkehr zu bemächtigen, weil dieser ganze Theil des Flusses von ihnen scharf bewacht wurde.

»Meine Mutter!... Meine Mutter! rief Gilbert noch einmal. Wo ist sie?

— Hier, mein Sohn!« antwortete Frau Burbank.

Sie erschien eben auf dem Absatze der nach der Vorhalle führenden Treppe, die sie, sich am Geländer haltend, langsam herabstieg, und sank da in ein Sopha nieder, während Gilbert sie mit seinen Küssen bedeckte.

Trotz ihrer Betäubung hatte die Kranke doch das Pochen an der Thür des Castle=House vernommen und beim Erkennen der Stimme ihres Sohnes genug Kraft gefunden, sich zu erheben, um ihren Gilbert zu sehen, um mit ihm und all' den Ihrigen zu weinen.

Der junge Mann preßte sie in seine Arme.

»Mutter ... Mutter! ... rief er, ich sehe Dich also wieder! ... O Gott, wie Du leidest! ... Aber Du lebst doch! ... Und wirst wieder genesen! ... Ja, diese schreck= lichen Tage werden ein Ende nehmen! ... Wir werden wieder zusammen sein ... Bald! ... Wir geben Dir Deine Gesundheit wieder! ... Fürchte nichts für mich, Mutterherz! ... Niemand weiß, daß ich mit Mars hierher gekommen bin! ...«

Und Gilbert versuchte, da er während seiner Rede die geliebte Mutter schwächer werden sah, sie durch seine Liebkosungen wieder zu beleben.

Inzwischen hatte Mars wohl begriffen, daß Gilbert und er selbst noch gar nicht die ganze Ausdehnung des Unglücks kannte, das sie betroffen hatte. Still neigten James Burbank und die Herren Carrol und Stannard den Kopf. Miß Alice konnte ihren Thränen nicht Einhalt thun. Ja, die kleine Dy war nicht hier, ebenso wenig Zermah, die es doch hätte errathen müssen, daß ihr Gatte eben nach Camdleß=Bay gekommen war, daß er sich im Hause befand, sie erwartete....

Mit angsterfülltem Herzen ließ er die Blicke nach allen Seiten der Vorhalle umherschweifen und fragte dann James Burbank:

»Was ist denn vorgefallen, Herr?«

In diesem Augenblick erhob sich Gilbert wieder.

»Und Dy? ... rief er. Ist Dy schon schlafen ge= gangen? ... Wo ist denn meine kleine Schwester?

— Und wo ift meine Frau?« ſagte Mars.

Binnen einer Minute wußten der junge Officier und Mars Alles. Als ſie von der Stelle, wo ſie ihr Boot zurückließen, am hohen Ufer des Saint=John dahingeſchritten waren, hatten ſie trotz der Finſterniß die vielfachen Ruinen der Anſiedlungen an verſchiedenen Stellen erkennen können; ſie glaubten freilich bis dahin, daß ſich Alles nur auf einen materiellen Verluſt, in Folge der Freilaſſung der Sclaven, beſchränken dürfte... Jetzt waren ſie aus jeder Unkenntniß geriſſen. Der Eine fand nicht mehr ſeine Schweſter, der Andere nicht mehr ſeine Gattin in der Wohnung.... Und Niemand vermochte ihnen zu ſagen, nach welchem Verſteck Texar dieſelben ſeit ſieben Tagen entführt habe.

Gilbert kniete neben Frau Burbank nieder, er miſchte ſeine Thränen mit den ihrigen. In Mars' Geſicht ſchwollen alle Adern an, und mit keuchender Bruſt ging er hin und her.

Endlich machte ſich ſein Ingrimm Luft.

»Ich bringe Texar um! rief er. Ich gehe nach Jackſonville.... Morgen ... noch heute Nacht ... nein, auf der Stelle....

— Ja, komm' Mars, komm'!...« antwortete Gilbert.

James Burbank hielt ſie zurück.

»Wenn das ausführbar geweſen wäre, ſagte er, würde ich Dein Eintreffen nicht erſt abgewartet haben, mein Sohn! Ja, jener Elende hätte gewiß ſchon mit ſeinem Leben bezahlt, was er uns angethan hat. Vor Allem aber iſt es nöthig, daß er ausſagt, was er ausſagen kann; und wenn ich ſo zu Dir ſpreche, Gilbert, wenn ich Dir und Mars noch zu warten rathe, ſo geſchieht das, weil es unbedingt nöthig iſt.

— Du haft Recht, Vater, antwortete der junge Mann. Doch, so werde ich wenigstens die Umgebung durchsuchen, werde Alles aufbieten …

— Meinst Du denn, ich hätte das nicht gethan? rief Mr. Burbank. Kein Tag ist vergangen, ohne daß wir nicht die Ufer des Flusses, die Inseln und Holme, welche Texar als Zufluchtsort dienen können, abgesucht hätten. Doch nicht ein einziges Zeichen fand sich, das uns hätte auf die Fährte Deiner Schwester, Gilbert, und auf die Deiner Gattin, Mars, leiten können … bisher sind unsere Nachforschungen ganz erfolglos gewesen! …

— Warum sollten wir aber nicht in Jacksonville Klage führen? fragte der junge Officier. Warum nicht Texar verfolgen als den Schuldigen, der die Verwüstung von Camdleß=Bay veranlaßt, der jenen schändlichen Raub …

— Warum? antwortete James Burbank. Weil derselbe Texar jetzt der Herr ist, weil Alle, die noch auf Ehre halten, vor den ihm ergebenen Schurken zittern müssen, weil der schlimmste Pöbel, aber leider ebenso die Miliz der Grafschaft, auf seiner Seite steht.

— Ich bringe Texar um! wiederholte Mars, als ob das in ihm schon zur fixen Idee geworden wäre.

— Das wirst Du thun, wenn es dazu Zeit ist! bemerkte ihm James Burbank. Für jetzt würde es die ganze Lage nur verschlimmern.

— Und wann wird es Zeit? fragte Gilbert.

— Wenn die Föderirten die Herren von Florida sind, wenn sie Jacksonville in ihre Gewalt gebracht haben.

— Und wenn es dann zu spät wäre?

— Mein Sohn! … Mein Sohn! … Ich bitte Dich … sag' so etwas nicht! rief Frau Burbank.

— Nein, Gilbert, sag' so etwas nicht!« wieder=
holte Miß Alice.

James Burbank ergriff die Hand seines Sohnes.

»Höre mich an, Gilbert, sagte er. Wir würden
ganz wie Du und wie Mars Texar auf der Stelle
gebührend gestraft haben, wenn er verweigerte, auszu=
sagen, wohin er seine Opfer geschleppt hat. Im Inter=
esse Deiner Schwester, Gilbert, und im Interesse Deiner
Gattin, Mars, mußte unser gerechter Zorn der Klug=
heit weichen. Wir haben in der That alle Ursache, zu
glauben, daß Texar Dy und Zermah als Geißeln be=
trachtet, durch die er sich zu decken sucht, denn der
Schurke muß ja fürchten, verfolgt zu werden, weil er
die gesetzmäßige Obrigkeit von Jacksonville gestürzt,
weil er eine Bande Uebelthäter auf Camdleß=Bay ge=
hetzt, weil er die Ansiedlung eines Nordstaatlers ange=
zündet hat. Würde ich, wenn ich hievon nicht überzeugt
wäre, gegen Dich in dieser Weise sprechen, Gilbert?
Woher würde ich den Muth nehmen, zu warten?

— Und ich den, noch zu leben!« rief Frau Burbank.

Die unglückliche Frau hatte eingesehen, daß ihr
Sohn, wenn er sich nach Jacksonville begab, Texar in
die Hände fallen mußte. Und was hätte dann einen
Officier der föderirten Armee retten können, den die
Südstaatler in der Gewalt hatten, während die Föde=
rirten Florida bedrohten?

Der junge Officier war aber kaum noch Herr
seiner selbst; er bestand darauf, sofort aufzubrechen. Und
als Mars wieder rief:

»Ich bringe Texar um! — sagte er:
— So komm!
— Du wirst nicht gehen, Gilbert!«

Frau Burbank hatte sich mit dem letzten Auf=
gebot ihrer Kräfte erhoben und dicht vor die Thüre
gestellt; aber erschöpft von dieser Anstrengung konnte
sie sich nicht mehr halten und sank zusammen.

»Meine Mutter! . . . Meine Mutter! . . . rief der
junge Mann.

— Bleib, bleib hier, Gilbert!« flehte Miß Alice.

Frau Burbank mußte nach ihrem Zimmer zurück=
geschafft werden, wo das junge Mädchen an ihrer
Seite verharrte. Dann gesellte sich James Burbank
wieder zu Edward Carrol und Mr. Stannard in der
Vorhalle. Gilbert saß, den Kopf in die Hand gestützt,
auf einem Divan, und Mars stand schweigend an der
Seite.

»Jetzt, Gilbert, begann James Burbank, hast Du
Dich selbst wiedergefunden. So sprich. Von dem, was
Du uns zu sagen hast, werden die Entschlüsse, die wir
zu fassen haben, abhängen. Wir hegen keine andere
Hoffnung, als die einer schleunigen Ankunft der Föde=
rirten in der Grafschaft. Haben sie denn auf ihre Ab=
sicht, Florida zu besetzen, ganz verzichtet?

— Nein, gewiß nicht, Vater.

— Wo sind sie denn?

— Ein Theil des Geschwaders begibt sich eben nach
Saint=Augustine, um die Blockade der Küste vollständig
zu machen.

— Doch denkt der Commodore nicht daran, sich
in den Besitz von Jacksonville zu setzen? fragte lebhaft
Edward Carrol.

— Der Unterlauf des Saint=John gehört uns
schon, erklärte der junge Lieutenant. Unsere Kanonen=
boote liegen ja im Flusse selbst, unter dem Befehle des
Commandanten Stevens vor Anker.

— Im Fluſſe! ... Und ſie haben noch keinen Verſuch gemacht, ſich Jackſonvilles zu bemächtigen? ... rief Mr. Stannard.

— Nein, denn ſie waren gezwungen, vor der Barre, vier Meilen unterhalb des Hafens der Stadt, Halt zu machen.

— Die Kanonenboote aufgehalten ... ſagte James Burbank, aufgehalten durch ein unüberwindliches Hinderniß? ...

— Ja, lieber Vater, antwortete Gilbert, aufgehalten durch den Mangel an Fahrwaſſer. Die Flut muß hoch ſteigen, um ihnen die Ueberſchiffung der Barre zu geſtatten, und auch dann hat dieſe noch ihre Schwierigkeiten. Mars kennt das Fahrwaſſer ganz genau, und er ſoll uns deshalb dabei als Lootſe dienen.

— Warten! ... Immer noch warten! rief James Burbank, und wie viele Tage?

— Höchſtens drei Tage, und nur vierundzwanzig Stunden, wenn der Wind von außen die Fluten in die Mündung treiben ſollte.«

Drei Tage oder vierundzwanzig Stunden — wie lang mußte dieſe Zeit den Inſaſſen des Caſtle-Houſe erſcheinen! Und würde bis dahin, wenn die Conföderirten die Unmöglichkeit, die Stadt wirkſam zu vertheidigen, einſahen, wenn ſie dieſelbe ebenſo verließen, wie ſie Fernandina, das Fort Clinch und andere Punkte von Georgia und vom nördlichen Florida verlaſſen hatten — würde dann Texar nicht mit ihnen entfliehen? Und wo ſollte man dieſen nachher aufſuchen?

Nichtsdeſtoweniger war es in dieſem Augenblick, wo er in Jackſonville die Geſetze vorſchrieb, wo der Pöbel ihn bei jedem Gewaltſtreiche unterſtützte, unmöglich, ihn anzugreifen. Auf einen solchen Gedanken war gar nicht zurückzukommen.

Mr. Stannard fragte darauf Gilbert, ob es wahr sei, daß die Föderirten im Norden einen Mißerfolg zu verzeichnen gehabt hätten und was man von der Niederlage bei Betonville zu halten habe.

»Der Sieg bei Pea=Ridge, antwortete der junge Lieutenant, hat den von Curtis geführten Truppen gestattet, das einen Augenblick verlorene Terrain wieder= zunehmen. Die Lage der Nordstaatler ist eine ganz vorzügliche, ihr endlicher Erfolg in einer freilich nicht genau vorauszusehenden Zeit gesichert. Wenn sie erst die wichtigsten Punkte von Florida besetzt haben, werden sie schon die Zuführung von Kriegscontrebande, welche bisher über die hiesige Küste betrieben wurde, zu ver= hindern wissen, und in kurzer Zeit muß es den Con= föderirten dann an Waffen ebenso wie an Munition fehlen. Es kann also nicht mehr lange währen, und das Staatsgebiet wird unter dem Schutze unseres Ge= schwaders die Ruhe und Sicherheit wiedergefunden haben, die ihm jetzt mangelt. Ja . . . binnen weniger Tage! . . . Aber bis dahin. . . .«

Der Gedanke an seine, so schweren Gefahren ausgesetzte Schwester kam wieder über ihn mit einer solchen Gewalt, daß Mr. Burbank diese Erinnerung in ihm zu verwischen suchen mußte, und deshalb lenkte er das Gespräch wieder auf die kriegführenden Theile. Gilbert konnte ihm ja gewiß noch so manche Neuigkeit mittheilen, die nicht bis Jacksonville oder wenigstens nicht bis Camdleß=Bay gedrungen war.

In der That gab es deren, und sogar solche von höchster Bedeutung für die Nordstaatler im Gebiete von Florida.

Der Leser erinnert sich vielleicht, daß in Folge
des Sieges bei Donelson der Staat Tennessee fast voll=
ständig wieder unter die Macht der Föderirten ge=
kommen war. Diese gedachten, sich mittelst eines gleich=
zeitigen Angriffs ihrer Armeen und ihrer Flotte zu
Herren des ganzen Verlaufs des Mississippi zu machen.
Sie waren deshalb bis zur Insel 10 hinabgegangen,
wo ihre Truppen mit der Division des Generals
Beauregard, dem die Vertheidigung des Flusses oblag,
zuerst in Berührung kamen. Schon am 24. Februar
hatten die Brigaden des General Pope, der bei Com=
merse am rechten Ufer des Mississippi ans Land ge=
gangen war, das Corps J. Thomson's zurückgetrieben.
Bei der Insel 10 und dem Dorfe New-Madrid ange=
langt, mußten sie freilich vor einem furchtbaren System
von Feldwerken, welche Beauregard hatte anlegen
lassen, Halt machen. Wenn seit dem Fall von Donelson
und Nashville alle wichtigen Punkte oberhalb Mem=
phis für die Conföderirten als verloren zu betrachten
waren, so konnten doch diejenigen noch Widerstand
leisten, welche sich unterhalb der genannten Stadt be=
fanden. Auf diesem Punkt also sollte es bald zu einer
Schlacht, und wahrscheinlich zu einem Entscheidungs=
kampfe kommen.

Inzwischen war die Rhede von Hampton=Road
am Eingang des James River der Schauplatz eines
höchst denkwürdigen Seegefechtes gewesen. Dabei wurden
die ersten Vertreter jener gepanzerten Schiffe auf die
Probe gestellt, deren Verwendung die ganze Seetaktik
verändert und die Flotten der Alten wie der Neuen Welt
ganz umgestaltet hat.

Am 2. März waren der »Monitor«, ein von dem
schwedischen Ingenieur Erikson gebautes Panzerschiff,

und die »Virginia«, das heißt der umgewandelte
»Merimmak« fertig geworden, der eine von New-York,
der andere von Norfolk in See zu gehen.

Zu derselben Zeit befand sich eine föderalistische
Division, vereinigt unter dem Befehl des Capitän
Manston, vor Anker bei Hampton-Road, nahe Newport-
News. Diese Schiffsabtheilung bestand aus dem »Con-
greß«, dem »Saint-Laurence«, dem »Cumberland« und
zwei Dampffregatten.

Plötzlich erscheint am 5. März des Morgens die
von dem conföderirten Capitän Buchanan geführte
»Virginia« von einigen anderen minder bedeutenden
Fahrzeugen begleitet, wirft sich zuerst auf den »Congreß«, dann auf den »Cumberland«, den sie mit ihrem
Sporn anrennt und mit hundertzwanzig Mann Besatzung versenkt. Dann wendet sie sich gegen den »Congreß«, der in den Schlamm gerathen ist, durchlöchert
ihn mit ihren gewaltigen Geschossen und überliefert
das Schiff den Flammen. Nur die Nacht verhinderte
die drohende Vernichtung auch der anderen drei föderirten Kriegsschiffe.

Man kann sich jetzt nur schwer vorstellen, welche
Wirkung dieser Sieg eines kleinen gepanzerten Schiffes
über die hochbordigen Schiffe der Union hervorbrachte.
Diese Neuigkeit verbreitete sich mit wahrhaft wunder-
barer Schnelle. Die Anhänger der Nordstaaten waren
wirklich verblüfft und rathlos, da die »Virginia« ja
vielleicht ungestraft bis in den Hudson vordringen und
die vor New-York liegenden Fahrzeuge zerstören könnte.
Auf der anderen Seite herrschte im Süden ein maß-
loser Jubel, da man hier schon die Blockade aufgehoben und den Handel an allen Küsten wieder unbe-
schränkt sah.

Dieser maritime Erfolg war es gewesen, der am vorhergehenden Tage in Jacksonville so geräuschvoll gefeiert wurde. Die Conföderirten konnten jetzt glauben, gegen die Kriegsschiffe der Bundesregierung geschützt zu sein. Vielleicht wurde auch in Folge des Sieges von Hampton=Road das Geschwader des Commodore Dupont nach dem Potomak oder dem Chesapeake gerufen. Dann war Florida nicht länger von einer Landung bedroht. Die Anschauungen der Freunde der Sclaverei, welche sowieso von der gewaltthätigsten Volksclasse des Südens getragen wurden, mußten dann ohne Widerstreit trium= phiren. Das hätte aber die Sicherstellung Texar's und seiner Genossen in einem Amte bedeutet, durch das sie so viel Unheil anrichten konnten.

Die Conföderirten hatten sich übrigens mit ihrem Siegesgeschrei etwas stark übereilt, und mehrere im Norden von Florida schon bekannt gewordene Neuig= keiten vervollständigte Gilbert, indem er die umlaufenden Gerüchte erzählte, die zur Zeit, seit er das Kanonen= boot des Commandanten Stevens verließ, auftauchten.

Der zweite Tag des Kampfes von Hampton=Road war gerade das Gegentheil von dem vorhergegangenen gewesen. Am Morgen des 9. März, als die »Virginia« sich anschickte, die »Minnesota«, eine der beiden föderirten Fregatten, anzugreifen, stellte sich ihr ein Feind ent= gegen, den sie vorher hier nicht einmal geahnt hätte. Es war ein merkwürdig aussehendes Fahrzeug, das sich von der Flanke der Fregatte ablöste, eine auf einem Floß angebrachte Käsebüchse, sagten die Conföderirten. Diese Käsebüchse entpuppte sich als der vom Lieutenant Marden befehligte »Monitor«. Er war in diese Gewässer geschickt worden, um die Batterien im Potomak zu zerstören. Lieutenant Marden hatte aber, als er an der Mündung des James-River angekommen und den Kanonendonner von Hampton-Road gehört, den »Monitor« auf dieses Kampffeld geführt.

Nur zehn Faden von einander entfernt, beschossen sich die beiden furchtbaren Kriegsmaschinen volle vier Stunden und rannten aneinander an, ohne sich besonders Schaden zuzufügen. Endlich mußte die in der Schwimm- linie getroffene »Virginia«, welche zu sinken drohte, in der Richtung nach Norfolk entfliehen. Der »Monitor«, welcher übrigens ebenfalls neun Monate später unter- gehen sollte, hatte seinen Gegner vollständig geschlagen, und Dank diesem Siege erlangte die Bundesregierung wieder die Oberherrschaft auf den Gewässern von Hampton-Road.

»Nein, Vater, sagte Gilbert, unser Geschwader ist bestimmt nicht nach dem Norden zurückgerufen worden. Die sechs Kanonenboote von Stevens ankern vor der Barre des Saint-John. Ich wiederhole Dir, binnen höchstens drei Tagen sind wir die Herren von Jack- sonville.

— Du siehst wohl, Gilbert, antwortete Mr. Bur- bank, daß Du warten und nach Deinem Schiffe zurück- kehren mußt. Doch während Du Dich hierher nach Camdleß-Bay begabst, fürchtest Du nicht, bemerkt worden zu sein?

— Nein, lieber Vater, versicherte der junge Lieute- nant, Mars und mir gelang es, Jedermanns Blicken zu entgehen.

— Und jener Mann, der damals kam, Dir mit- zutheilen, was auf der Pflanzung vorgefallen war, der Dir von dem Brande, der Plünderung und von der Erkrankung Deiner Mutter berichtete, wer war er?

— Er gab sich für einen der Wächter aus, die von dem Leuchtthurm von Pablo vertrieben worden waren, und er machte auch den Commandanten Stevens auf die Gefahr aufmerksam, welche den Nordstaatlern in diesem Theile von Florida drohte.

— Vorher wußte er von Deiner Anwesenheit an Bord nichts?

— Nein, er schien daüber vielmehr sehr erstaunt zu sein, erklärte der junge Lieutenant. Doch wozu diese Fragen, lieber Vater?

— Ich fürchte bei der ganzen Sache immer eine von Texar gelegte Falle. Er ahnt nicht allein, sondern er weiß entschieden, daß Du in der föderirten Marine dienst. Er hat erfahren können, daß Du Dich unter dem Befehl des Commandanten Stevens befindest. Wenn er Dich hätte hierher locken wollen ...

— O, fürchte nichts, Vater. Wir sind in Camdleß-Bay angekommen, ohne beim Hinauffahren des Flusses von irgend Jemand gesehen worden zu sein, und ganz dasselbe wird der Fall sein, wenn wir wieder hinunterwärts fahren ...

— Um nach Deinem Schiffe zurückzukehren ... nicht anderswohin!

— Ich hab' es Dir versprochen, Vater. Mars und ich, wir werden vor Tagesanbruch an Bord zurück sein.

— Um welche Stunde brecht Ihr auf?

— Mit Eintritt der Ebbe, das heißt gegen zwei Uhr Morgens.

— Wer weiß, ließ sich Mr. Carrol vernehmen, vielleicht werden die Kanonenboote Stevens' gar nicht drei Tage lang vor der Barre des Saint-John aufgehalten.

— Ja ... es genügt, daß der Wind vom Meere her auffrischt, um der Barre hinreichend Wasser zuzu-

14*

führen, antwortete der junge Lieutenant. O, wollte er sich doch zum Sturme verwandeln und mit aller Macht blasen! Endlich, endlich müssen wir doch jene Schurken unterwerfen und dann . . .

— Dann bringe ich Texar um!« wiederholte Mars.

Es war jetzt ein wenig vor Mitternacht. Gilbert und Mars sollten das Castle=House vor zwei Uhr nicht verlassen, da sie warten mußten, bis die eintretende Ebbe ihnen gestattete, die Flottille des Commandanten Stevens zu erreichen. Die Dunkelheit mußte eine sehr tiefe werden, und so boten sich die besten Aussichten, daß sie unbemerkt davonkommen würden, obwohl zahlreiche Boote damit beauftragt waren, den Saint= John stromaufwärts von Cambleß=Bay zu überwachen.

Der junge Officier begab sich noch einmal zu seiner Mutter hinauf. Er fand Alice in ihrem Stuhle sitzen. Frau Burbank war, gebrochen von der letzten Anstren=gung, die sie sich zugemuthet, in eine Art schmerzhafte Betäubung versunken, wenigstens den Seufzern nach zu urtheilen, die sich von Zeit zu Zeit ihrer Brust ent=rangen.

Gilbert wollte diesen halbbewußtlosen Zustand, der allerdings mehr einer Ohnmacht, als dem Schlafe glich, nicht stören. Er setzte sich neben das Bett, nach=dem ihm Miß Alice durch ein Zeichen angedeutet hatte, nicht zu sprechen. Hier beobachteten nun Beide schweigend die arme Frau, die vielleicht die härtesten Schicksals=schläge noch immer nicht empfangen hatte. Brauchten sie denn Worte, um ihre Gedanken auszutauschen? Nein, sie litten von demselben Leiden, sie verstanden sich, ohne etwas zu sagen, sie sprachen ja mit dem Herzen!

Endlich erschien die Stunde des Aufbruches aus dem Castle=House. Gilbert hielt Miß Alice die Hand entgegen, und Beide beugten sich über Frau Burbank, deren halbgeschlossene Augen die jungen Leute nicht sehen konnten.

Dann drückte Gilbert seine Lippen auf die heiße Stirn seiner Mutter, welche das junge Mädchen nach ihm küßte. Frau Burbank schien das wie ein schmerzhaftes Zittern zu durchbeben; sie sah aber weder ihren Sohn sich zurückziehen, noch Miß Alice ihm nachfolgen, um dem Verlobten das letzte Lebewohl zu sagen.

Gilbert und sie kamen wieder zu James Burbank und dessen Freunden, welche die Vorhalle nicht verlassen hatten.

Mars, der sich nur in der Umgebung des Castle-House umgesehen hatte, trat hier eben wieder ein.

»Es ist Zeit aufzubrechen, sagte er.

— Ja, Gilbert, antwortete James Burbank. — Geh also mit Gott! ... Wir werden uns nicht eher, als in Jacksonville wiedersehen ...

— Ja ... in Jacksonville und schon morgen, wenn die Flut uns gestattet, die Barre zu überschiffen. Was Texar betrifft ...

— So müssen wir diesen lebend in unsere Gewalt bekommen! ... Vergiß das nicht, Gilbert!

Ja, ja ... lebend! ...«

Der junge Mann umarmte seinen Vater und drückte seinem Oheim Carrol sowie Mr. Stannard die Hand.

»Komm nun, Mars,« sagte er.

Beide folgten wieder dem rechten Ufer des Flusses längs der Grundstücke der Ansiedlung und schritten etwa eine halbe Stunde scharf dahin. Unterwegs trafen sie keine lebende Seele. An der Stelle angelangt, wo sie ihre Gig unter einem Haufen

Schilfrohr verborgen hatten, schifften sie sich ein, um
die schnellere Strömung zu benützen, welche sie rasch
über die Barre des Saint-John führen sollte.

XIV.

Auf dem Saint-John.

Der Fluß war in diesem Theile seines Laufes
jetzt ganz still und verlassen; keine einzige hellere Stelle
unterbrach das entgegengesetzte Ufer. Der Lichtschein
von Jacksonville verschwand hinter dem nach Norden
vorspringenden Winkel, der die Cambleß-Bucht bildete.
Der Widerschein desselben nur schimmerte über denselben hinaus und färbte die unterste Schichte der tief
herabhängenden Wolken.

Bei der vollkommenen Dunkelheit der Nacht konnte
die Gig leicht die Richtung nach der Barre einschlagen.
Da auch aus den Fluten des Saint-John kein Nebel-
dunst aufstieg, war es nicht schwer, ihm zu folgen und
nöthigenfalls auch jenen zu verfolgen, wenn ein con-
föderirtes Boot sie etwa erwartete, was Gilbert und
sein Begleiter jedoch nicht fürchteten.

Beide bewahrten das tiefste Stillschweigen. Statt
den Fluß hinabzusteuern, hätten sie ihn gern nur überschritten, um Texar, wenn es sein mußte, in Jacksonville selbst aufzusuchen und ihm Auge in Auge gegenüber zu stehen. Dann aber gedachten sie, stromaufwärts
fahrend, alle Wälder, alle Buchten des Saint-John
abzusuchen. Wenn James Burbank auch einen Mißerfolg gehabt hatte, konnten sie vielleicht mehr Glück

haben. Uebrigens war es nur klug gehandelt, zu warten. Wenn die Föderirten erst die Herren von Florida waren, konnten Gilbert und Mars entschieden mit größerer Aussicht auf Erfolg gegen den Spanier vorgehen. Uebrigens zwang sie ihre Pflicht, vor Tagesanbruch auf der Flottille des Commandanten Stevens zurück zu sein. Wenn die Barre noch eher, als erwartet, die Durchfahrt gestattete, mußte der junge Schiffslieutenant an seinem Posten und Mars ebenso an dem seinigen sein, um die Kanonenboote durch den Canal zu lootsen, dessen Tiefe letzterer in jeder Minute der steigenden Flut genau kannte.

Mit Kraft und Gewandtheit handhabte der im Hintertheile der Gig sitzende Mars seine Pagaie. Vor ihm beobachtete Gilbert aufmerksam den Flußlauf, um jedes sich bietende Hinderniß oder jede Gefahr — ein Boot oder einen herabtreibenden Baumstamm — zu signalisiren. Nachdem sie sich in schräger Richtung vom rechten Ufer entfernt, um in die Mitte des Wasserlaufes zu kommen, brauchte das leichte Fahrzeug nur der Strömung zu folgen, in der es sich schon allein halten mußte. Bis dahin genügte seitens Mars eine Handbewegung nach Back- oder Steuerbord hin, um in der gewünschten Richtung zu bleiben.

Ohne Zweifel wäre es besser gewesen, sich nicht aus dem dunklen Saume der Bäume und riesenhaften Gesträuche zu entfernen, welche das rechte Ufer des Saint-John begleiten. Folgte man diesem unter dem Dache des herabhängenden Gezweiges, so verminderte das die Gefahr, bemerkt zu werden, ganz wesentlich. Ein wenig unterhalb der Ansiedlung lenkte aber eine scharf vorspringende Landzunge des Ufers die Strömung nach der entgegengesetzten Seite ab, und hier hatte sich ein brodelnder Wirbel gebildet, der das Fortkommen der leichten Gig unendlich erschwert und verlangsamt hätte. Mars, der stromabwärts nichts Verdächtiges wahrnehmen konnte, suchte deshalb baldmöglichst die lebhafte, nach der Ausmündung zu gerichtete Strömung in der Mitte zu erreichen. Von dem kleinen Hafen von Eambleß=Bay bis zu der Stelle, wo die Flottille unterhalb der Barre verankert lag, rechnete man vier bis fünf Meilen, und mit Hilfe der Ebbe, von Mars' kräftigen Armen getrieben, mußte die Gig diese Strecke bequem in zwei Stunden zurücklegen können, sie mußte also, ehe das erste Tagesgrauen die Oberfläche des Saint=John erhellte, wieder eingetroffen sein.

Eine Stunde nach ihrer Einschiffung befanden sich Gilbert und Mars im freien Strome. Hier konnten sie wahrnehmen, daß das Boot zwar hinreichend schnell vorwärts kam, von der Strömung aber in der Richtung nach Jacksonville zu getragen wurde. Vielleicht hielt Mars auch, ohne sich davon Rechenschaft zu geben, auf dieses Ufer zu, als ob ihn eine unwiderstehliche Anziehungskraft dahin zwänge, und doch galt es vorläufig diesen unseligen Ort zu meiden, dessen Strand gewiß sorgsamer als der mittlere Theil des Saint=John bewacht war.

»Rechts, Mars, rechts!« begnügte sich der junge Officier zu rufen.

Die Gig mußte sich also inmitten der Strömung eine Viertelmeile vom linken Ufer halten.

Der Hafen von Jacksonville zeigte sich übrigens weder unbeleuchtet noch unbelebt. Zahlreiche Lichtpunkte bewegten sich hin und her auf seinen Quais oder schwankten in verschiedenen Booten auf dem Wasser. Einzelne derselben veränderten sogar sehr rasch ihre

Stelle, so als wäre ein strenger Ueberwachungsdienst einer sehr umfänglichen Strecke eingerichtet worden.

Gleichzeitig deuteten Gesang und wüstes Geschrei darauf hin, daß die wilden Lustbarkeiten und widerlichen Orgien in der Stadt noch immer ihren Fortgang nahmen. Es blieb unbestimmt, ob Texar und seine Spießgesellen auch jetzt noch an die Niederlage der Bundestruppen in Virginia und an den möglichen Rückzug der föderirten Flottille glaubten, oder ob sie nur die ihnen übrig bleibenden letzten Tage benützten, sich inmitten einer von Gin und Wisky erregten Volksmenge den größten Ausschreitungen zu überlassen.

Doch wie dem auch sein mochte, jedenfalls hatte Gilbert, der die Gig immer mit der schnelleren Strömung vorwärts trieb, alle Ursache, zu hoffen, daß er, schon nachdem sie bei Jacksonville vorübergekommen waren, die schlimmsten Gefahren im Rücken habe, als er Mars urplötzlich ein Zeichen gab, anzuhalten. Mindestens eine Meile unterhalb des Hafens bemerkte er nämlich eine Linie schwarzer Punkte, welche etwa den, das Wasser überragenden Spitzen einer, von einem Ufer zum andern reichenden Reihe von Klippen ähnelte.

Es war das eine Reihe von dorthin verlegten Booten, welche die Barre sperrten. Wenn die Kanonenboote sich bereiteten, diese gefährliche Stelle zu überschreiten, wären diese schwachen Fahrzeuge natürlich nicht im Stande gewesen, dieselben aufzuhalten und hätten sie ihr Heil in schleunigster Flucht suchen müssen; wenn aber nur Schaluppen der Föderirten den Fluß hinaufzudringen versuchten, konnten sie sich vielleicht deren Durchfahrt widersetzen. Aus diesem Grunde war in vergangener Nacht jedenfalls die Stromsperre hergestellt worden. Alle lagen bewegungslos quer über

dem Saint-John und wurden entweder durch ihre
Ruder oder durch Dreggs, das sind kleine, sechs bis
achtarmige Bootsanker, festgehalten. Obwohl man das
nicht erkennen konnte, war doch zweifellos anzunehmen,
daß sie eine zahlreiche, für den Angriff wie für die
Vertheidigung wohl ausgerüstete Mannschaft trugen.

Jedenfalls hatte Gilbert beobachtet, daß die Kette
von Booten den Fluß noch nicht absperrte, als er diesen
auf dem Wege nach Cambleß-Bay hinauffuhr. Diese
Vorsichtsmaßregel war also erst nach der Vorüberfahrt
der Gig ins Werk gesetzt worden, und wahrscheinlich
in der Voraussetzung eines Angriffes, von dem doch
jetzt, wo der junge Lieutenant die Flottille Stevens'
zeitweilig verlassen hatte, gar nicht die Rede war.

Sie mußten jetzt die schon etwas hellere Flußmitte
verlassen, um so gut wie möglich längs des rechten
Ufers Schutz zu suchen. Vielleicht blieb das kleine Fahrzeug doch unbemerkt, wenn es vorsichtig durch das
Rohrdickicht und im Schatten der Bäume am Rande
hinsteuerte. Jedenfalls gab es wenigstens kein anderes
Mittel, die abgesperrte Stelle des Saint-John zu überschreiten.

»Rudere ja recht lautlos, Mars, bis wir jene Linie
im Rücken haben, mahnte der junge Lieutenant.

— Gewiß, Herr Gilbert.

— Wir werden sicherlich gegen manche Wirbel
anzukämpfen haben, und wenn es nöthig wird, daß
ich Dir helfe . . .

— Ich werde schon allein durchkommen,« erklärte
Mars.

Er wendete mit geschicktem Drucke die Gig und
trieb sie nach dem rechten Flußufer zurück, als sie sich

kaum noch vier= bis fünfhundert Schritte von der Ab=
sperrung der Wasserstraße befanden.

Da das kleine Boot nicht bemerkt worden war,
als es schräg über den Saint=John dahin glitt — und
das hätte recht gut der Fall sein können — so erschien
dessen Entdeckung jetzt, wo es in der weit dunkleren
Nachbarschaft des Ufers hinstrich, nahezu unmöglich.
Wenn sich das eine Ende der absperrenden Bootslinie
nicht unmittelbar an dieses Ufer lehnte, war es so gut
wie gewiß, daß jenes ungefährdet darüber hinaus ge=
langen werde. Sich freilich in das eigentliche Fahr=
wasser des Saint=John selbst zu wagen, wäre mehr
als unklug gewesen.

Mars ruderte also inmitten der Dunkelheit hin,
welche der dichte Baumvorhang nur noch tiefer machte.
Er hütete sich sorgfältig, gegen Klötze und Stümpfe
anzustoßen, deren Obertheil da und dort hervorragte,
oder die Pinne der Pagaie klatschend aufschlagen zu
lassen, obwohl er eine Gegenströmung zu überwinden
hatte, welche durch hundertfachen Richtungswechsel in
den brodelnden Wirbeln äußerst beschwerlich wurde.
Bei der unter so ungünstigen Bedingungen erfolgenden
Rückfahrt mußte Gilbert auf eine Verzögerung von
mindestens einer Stunde rechnen.

Gegen vier Uhr war das Boot auf der Höhe
der absperrenden Fahrzeuge angelangt. Wie Gilbert
vorausgesehen, war, veranlaßt durch die geringe Tiefe
des Flusses an dieser Stelle, der Wasserweg längs
des Ufers unbesetzt geblieben. Einige hundert Schritte
weiter oben verbarg sich eine weit in den Saint=John
hinausspringende, dicht bewaldete Landspitze unter einem
Gewirr von Wurzelträgern und riesigen Bambus=
stauden.

Diese stromaufwärts noch sehr im Dunkel liegende Spitze galt es zu umschiffen. Stromabwärts freilich fehlten die grünen Massen fast gänzlich. Das mit der Annäherung an die Ausmündung des Saint=John ab= schüssigere Grenzland zerfiel hier in eine Reihe von Einbuchtungen und Sümpfen, welche mit ihren Zwischen= gliedern ein sehr offenliegendes, flaches, sandiges Vor= land des eigentlichen festen Ufers bildeten. Hier erhob sich kein Baum, hier hatte die Natur keinen schützenden Vorhang gewoben, und folglich war das Wasser da= selbst schon ziemlich klar erleuchtet. Desto leichter mußte es also möglich werden, einen dunklen, sich fortbewegenden Punkt, wie die Gig, die zu klein war, als daß sich beide Insassen darin hätten niederlegen können, wahr= zunehmen, wenn ein feindliches Boot nur in der Nähe jener Landspitze kreuzte.

Jenseits derselben machten sich keine Wirbel mehr fühlbar; dort verlief eine lebhafte Strömung auch längs des Ufers, während die eigentliche tiefere Wasserstraße stiller war.

Konnte das Boot also diese Spitze glücklich um= schiffen, so wurde es von selbst schnell nach der Barre zu gezogen und mußte bald die Ankerstelle des Commandanten Stevens erreichen.

Mars glitt mit äußerster Vorsicht längs des Landes hin. Den Unterlauf des Flusses beobachtend, schienen seine Augen die Dunkelheit durchbohren zu wollen. Er streifte mit der Gig fast das Ufer selbst und kämpfte gegen die Wasserwirbel an, welche diesseits der Spitze noch ziemlich mächtig waren. Die Pagaie bog sich unter dem Druck seiner kräftigen Arme, während Gilbert, den Blick stromaufwärts gerichtet, unablässig die Ober= fläche des Saint=John überwachte.

Inzwischen näherte sich die Gig allmählich der Spitze. Nur noch wenige Minuten, und sie mußte das Ende derselben erreicht haben, das sich in Gestalt einer schmalen sandigen Landzunge weit vorstreckte. Jetzt fehlte bis dahin höchstens noch eine Strecke von dreißig bis vierzig Schritten, als Mars plötzlich anhielt.

»Bist Du ermüdet, fragte der junge Lieutenant, und soll ich Dich etwa ablösen?

— Still! Kein Wort, Herr Gilbert!« antwortete Mars.

Gleichzeitig gab er mit zwei kräftigen Ruderzügen dem Boote eine scharfe Wendung, als wolle er auf den Strand auflaufen, und sobald er sich ganz nahe daran befand, ergriff er einen der über das Wasser herabhängenden Zweige, zog das Boot vollends unter diese und ließ es damit gänzlich unter dem grünen Blättergewölbe verschwinden. Gleich darauf und nachdem ihre Bootsleine um den Wurzelast eines Wurzelträgers geschlungen war, befanden sich Gilbert und Mars, die sich todtenstill verhielten, in so tiefer Finsterniß, daß sie einander selbst nicht sehen konnten.

Der ganze Vorgang hatte kaum zehn Secunden in Anspruch genommen.

Der junge Mann ergriff jetzt den Arm seines Begleiters, um diesen nach der Veranlassung des auffallenden Mänövers zu fragen, als Mars, den Arm durch das Blätterdickicht steckend, ihm einen sich bewegenden Punkt auf dem minder dunklen Theile der Wasserfläche zeigte.

Es war ein von vier Mann geführtes Boot, welches der Strömung entgegenfuhr und sich nach Umschiffung der Landzunge eben anschickte, ebenfalls längs des Ufers hinzusteuern.

Gilbert und Mars durchzuckte dabei ein und der=
selbe Gedanke: vor Allem und trotz Allem sich nach
ihrem Schiffe durchzuschlagen. Wurde ihr kleines Fahr=
zeug jetzt entdeckt, so würden sie keinen Augenblick zögern,
aus Land zu springen, sich zwischen den Bäumen hin=
durchzuschleichen und längs des Strandes bis zur Höhe
der Barre zu entfliehen. Hier würden sie, nachdem es
erst heller geworden, ob nun ihre Signale von dem
nächstverankerten Kanonenboote bemerkt oder sie ge=
zwungen wurden, dasselbe schwimmend zu erreichen,
alles, was in ihren Kräften stand, versuchen, um auf
ihren Posten zurückzukehren.

Fast gleichzeitig sollten sie sich aber leider über=
zeugen, daß ihnen auch jedes Entkommen auf dem
Landwege abgeschnitten war.

Als nämlich das fremde Boot sich höchstens noch
zwanzig Fuß weit von ihrem Verstecke befand, ver=
nahmen sie ein Gespräch zwischen den darauf befind=
lichen Leuten und etwa einem halben Dutzend anderer,
deren Schatten jetzt zwischen den Bäumen am Ufer=
abhange auftauchten.

»Ist das Schwerste überstanden? rief Einer vom
Lande aus.

— Ja, antwortete eine Stimme vom Flusse her.
Diese Landspitze bei fallender Flut zu umschiffen, ist
ein ebenso hartes Stück Arbeit, als ob man einer
Stromschnelle entgegenruderte.

— Werdet Ihr, nachdem wir an der Landspitze
abgesetzt wurden, hier still liegen bleiben?

— Natürlich, mitten im Wirbel, der uns allein
schon festhält ... so können wir das Ende der Sperrungs=
linie besser bewachen.

— Gut! Wir behalten inzwischen das Uferland
im Auge, und wenn sie sich nicht geradezu im Sumpfe
vergraben, denk' ich, sollen die Spitzbuben ihre Noth
haben, uns zu entwischen. . . .

— Wenn es nicht schon geschehen ist. . . .

— Nein, das ist unmöglich. Offenbar müssen sie
versuchen, vor Tagesanbruch ihr Schiff wieder zu erreichen. Da sie nun unsere absperrende Bootslinie nicht
durchbrechen können, so werden sie sich längs des Ufers
hinzuschleichen suchen, und da werden wir schon bei
der Hand sein, sie aufzuhalten.«

Diese wenigen Worte genügten, um die Sachlage
klar erkennen zu lassen. Die Abfahrt Gilberts und
Mars' mußte — darüber konnte kein Zweifel mehr
aufkommen — verrathen worden sein. Wenn sie
während ihrer Fahrt flußaufwärts nach einem Landungsplatze in der Nähe von Camdleß-Bay den zur Ab-
schneidung ihres Weges schon auf der Lauer liegenden
Booten hatten entgehen können, so mußte es jetzt, wo
der Fluß vollständig abgesperrt worden war und man
ihre Rückkehr erwartete, sehr schwer, wenn nicht gar
unmöglich sein, den Ankerplatz der Kanonenboote zu
erreichen.

Mit einem Worte, unter den gegenwärtigen Verhältnissen befand sich die Gig zwischen den Leuten auf
dem nächsten Boote und denen ihrer Gefährten, welche
an der Landzunge an's Land gegangen waren. Erschien
nun eine Flucht auf dem Wasser unausführbar, so
blieb diese nicht minder ausgeschlossen auf dem Wege
über das schmale, mehr dammartige hohe Uferland,
das sich zwischen dem Saint-John selbst und dem
sumpfigen Hinterlande ausstreckte.

Gilbert wußte nun also, daß seine beabsichtigte Thalfahrt auf dem Saint=John bekannt geworden war. Vielleicht aber herrschte noch Unkenntniß darüber, daß sein Begleiter und er eben Camdleß=Bay besucht hatten und daß Einer von ihnen der Sohn James Burbank's und Officier in der föderalistischen Marine, der Andere ein Matrose von derselben war. Doch auch diese Voraus= setzung sollte sich nicht bewahrheiten. Der junge Lieu= tenant konnte über die ihn bedrohende Gefahr gar nicht mehr im Unklaren bleiben, als er die letzten, zwischen den feindlichen Mannschaften gewechselten Worte ver= nahm.

»Also die Augen auf! rief Einer vom Lande.

— Natürlich . . . stets! erscholl die Antwort darauf. Ein föderirter Officier ist allemal ein guter Fang, dies= mal aber ein doppelt werthvoller, da dieser Officier der leibliche Sohn eines jener verdammten Nordstaatler von Florida ist!

— Und der bringt uns etwas Ordentliches ein, da Texar den Preis zahlt!

— Es ist immerhin möglich, daß es uns diese Nacht nicht gelingt, sie abzufangen, wenn es ihnen recht= zeitig gelang, sich in irgend einem Winkel des Ufers zu verstecken. Morgen aber, bei Tageslicht, durchsuchen wir alle Löcher desselben so genau, daß uns auch keine Wasserratte entgehen könnte.

— Und vergessen dabei niemals den ausdrücklichen Befehl, Beide lebend in unsere Hände zu bringen.

— Nein . . . gewiß nicht! Es gilt ebenso als ab= gemacht, daß wir, im Fall dieselben auf dem Uferlande eingefangen werden, Euch nur anzurufen brauchen, um sie zu übernehmen und nach Jacksonville zu befördern?

— Wir bleiben jedenfalls, außer wenn wir selbst in die Lage kämen, sie verfolgen zu müssen, hier ver= ankert liegen.

— Und wir auf unserem Posten längs des Ufers.

— Nun denn ... gut Glück! Wahrhaftig, es wäre eigentlich besser gewesen, die Nacht in einer der Schänken von Jacksonville zu verjubeln. ...

— Ja, im Fall die beiden Spitzbuben uns ent= wischen, nicht aber, wenn wir sie morgen, an Händen und Füßen gefesselt, unserem Texar zuführen!«

Nach diesem Gedankenaustausch entfernte sich das Fahrzeug um zwei Bootslängen vom Ufer. Dann ver= rieth das Gerassel einer abrollenden Kette, daß dessen Anker in den Grund sank. Die Leute, welche sich am Saume des Landes aufhielten, sprachen zwar nicht mehr, wohl aber hörte man das Geräusch ihrer Schritte über die von den Bäumen gefallenen Blätter.

Auf der Seite des Flusses wie auf der des Landes war eine unbemerkte Flucht also ganz unmöglich.

Gilbert und Mars überlegten sich diese Umstände. Weder der Eine noch der Andere hatte eine Bewegung gemacht oder eine Silbe gesprochen, nichts konnte dem= nach die Anwesenheit der Gig unter dem grünen, jetzt zum Gefängniß gewordenen Blättergewölbe verrathen, doch war es eben unmöglich, aus demselben zu ent= kommen. Wenn Gilbert auch annehmen konnte, unter dem Schutze des nächtlichen Dunkels nicht entdeckt zu werden, so konnte er doch den Blicken der Auflauerer nicht entgehen, wenn der Tag aufstieg. Die Gefangen= nahme des jungen Lieutenants bedeutete aber nicht allein eine unmittelbare Bedrohung seines eigenen Lebens — denn in seiner Eigenschaft als Soldat hätte er das

ja unbedenklich geopfert — sondern es wurde, wenn
man seinen, im Castle-House abgestatteten Besuch festzustellen vermochte, jedenfalls auch sein Vater durch
die Parteigänger Texar's auf's neue eingezogen und
daraus für das Einverständniß James Burbank's mit
den Föderirten ein unwiderleglicher Beweis abgeleitet.
Wenn der Beleg hierfür dem Spanier gemangelt hatte,
als er zum ersten Male den Besitzer von Camdleß-
Bay anklagte, so würde er ihn jetzt, wenn Gilbert in
seiner Hand war, beibringen können. Was sollte dann
seine arme unglückliche Mutter beginnen? Was sollte
aus Dy, was aus Zermah werden, wenn der Vater,
der Bruder, der Ehegatte nicht mehr da war, um die
Nachforschungen nach ihnen fortzusetzen?

In einem Augenblick schwirrten dem jungen Officier
alle diese Gedanken durch den Kopf und übersah er
die unausweichlichen Folgen.

In dem Falle nämlich, daß Beide gefangen wurden,
blieb ihnen nur noch die eine schwache Aussicht, daß
die Föderirten sich der Stadt Jacksonville bemächtigten,
ehe Texar ihnen sonderlich schaden konnte. Vielleicht
wurden sie dann ja noch zeitig genug befreit, bevor
die Verurtheilung, der sie ja keinesfalls entgehen konnten,
zur Vollstreckung gekommen war. Ja, hierauf, und allein
hierauf, bauten sie ihre letzte Hoffnung. Doch wie vermochten sie das Eintreffen des Commandanten Stevens
mit seinen Kanonenbooten hier, weiter oben im Flusse,
zu beschleunigen? Wie konnte jener bei noch andauerndem
zu niedrigen Wasserstande die Barre des Saint-John
überschreiten? Wer sollte endlich die Flottille durch die
vielen Krümmungen der Fahrstraße leiten, wenn Mars,
dem die Hindurchlootsung derselben oblag, in die Hände
der Südstaatler fiel?

Gilbert mußte also auch das Unmögliche wagen, um vor Tagesanbruch sein Schiff wieder zu erreichen, er mußte ohne jeden Verzug abfahren. War das ganz unausführbar? Konnte nicht Mars, wenn er die Gig mit raschem Stoße durch die Wirbel trieb, diesem wieder die Freiheit geben und, während die Mannschaft auf dem Boote doch mit Aufwindung ihres Ankers oder mit Einziehung der Leine einige Zeit verlieren mußte, genügend Vorsprung gewinnen, der jede Einholung ausschloß?

Nein, damit wäre Alles auf's Spiel gesetzt worden, das mußte der junge Lieutenant nur zu gut. Mars' einziges Ruder konnte nicht gegen die vier Riemen des Bootes aufkommen, das kleine Boot mußte, während es längs des Ufers hinglitt, bald eingeholt werden. Damit wären sie also dem gewissen Untergange ent-gegengelaufen.

Was war nun zu thun? Sollten sie noch warten? Es war schon halb fünf Uhr Morgens und mußte bald hell werden. Bereits schimmerte ein bleicher Schein über dem östlichen Horizonte.

Jedenfalls drängte es aber, einen Beschluß zu fassen, und Gilbert gelangte denn zu folgendem:

Nachdem er sich, um ganz leise sprechen zu können, zu Mars hingebeugt, sagte er:

»Wir können unmöglich noch lange warten. Wir sind Beide mit je einem Revolver und einem Seiten-gewehre bewaffnet. Im Boote befinden sich vier Mann, das sind zwei gegen einen. Uns kommt der Vortheil der Ueberraschung zugute. Du wirst die Gig mit kräftigem Ruderschlag durch den Wasserwirbel treiben und sie auf jenes Boot hin lenken. Da es vor Anker liegt, kann es sich unserem Anprall nicht entziehen.

Dann fallen wir über die Mannschaft her, machen sie unschädlich, ehe sie sich zur Abwehr sammeln kann, und wir gleiten darauf schnellstens stromabwärts. Bevor die Leute am Lande dazukommen, Alarm zu schlagen, gelingt es uns vielleicht, die Sperre zu durchbrechen und die Linie der Kanonenboote zu erreichen. Hast Du verstanden, Mars?«

Mars antwortete nur damit, daß er das Seiten= gewehr aus der Scheide zog und es offen neben den Revolver in den Gürtel steckte. Nachdem das geschehen, löste er lautlos die Leine des kleinen Fahrzeuges und ergriff das Ruder, um jenes mit aller Kraft fortzutreiben.

Im Augenblicke aber, wo er dieses Manöver be= ginnen wollte, gebot ihm Gilbert durch eine Hand= bewegung Einhalt.

Ein unerwarteter Umstand veranlaßte ihn, seinen Plan sofort zu ändern.

Mit dem ersten Tagesgrauen hatte sich nämlich ein dichter Nebel über das Wasser gelagert. Man hätte sagen können, es sei eine Schicht feuchter Watte, die sich auf dessen Oberfläche ausbreitete und sie mit ihrem hin= und herschwankenden Gewebe verhüllte. Diese draußen auf dem Meere aufgestiegenen Dunstmassen waren, durch eine leichte Brise getragen, den Saint= John hinaufgetrieben worden. Vor Ablauf einer Viertel= stunde mußte sowohl Jacksonville am linken Ufer, wie das Baumdickicht am Wasser längs des rechten Ufers, kurz Alles unter den sich übereinander thürmenden, leicht gelblichen Dunstmassen verschwunden sein, deren eigenartiger Geruch schon das Flußthal erfüllte.

Hiermit schien sich ja dem jungen Lieutenant und seinem Begleiter ein neuer Rettungsweg zu eröffnen. Statt sich in einen ungleichen Kampf einzulassen, in dem sie ja auch Beide unterliegen konnten, bot sich ihnen jetzt der Versuch, durch diesen dichten Nebel hin= zugleiten. Gilbert meinte wenigstens, das wäre das Beste, was sie thun könnten, und deshalb hielt er Mars zurück, als dieser sich eben anschickte, sie kräftig vom Uferlande abzustoßen. Jetzt galt es vielmehr, vor= sichtig, möglichst lautlos an demselben hinzugleiten und jedenfalls das feindliche Boot zu vermeiden, dessen nur verschwommen erkennbare Umrisse in kürzester Zeit ganz verschwinden mußten.

Da riefen einander wieder mehrere Stimmen durch die Finsterniß an, und vom Flusse aus antwor= tete man nach der Landseite hin.

»Achtung auf den Nebel!

— Ja, wir werden den Anker lichten und uns dichter ans Ufer legen.

— Gut, aber bleibt auch in Verbindung mit den anderen Booten auf dem Flusse. Wenn er bei Euch vorüber käme, so benachrichtigt die andern, daß sie, bis sich der Nebel hebt, in allen Richtungen kreuzen.

— Ja ... ja! ... Fürchtet nur nichts und paßt Ihr ordentlich auf, im Falle die Schurken auf dem Landwege zu entkommen suchten.«

Allem Anscheine nach wurde jene empfohlene Vor= sichtsmaßregel sofort ins Werk gesetzt. Eine gewisse Anzahl Boote übernahm es, von einem Ufer des Flusses zum andern zu kreuzen. Gilbert bemerkte es; er zögerte doch keinen Augenblick. Die von Mars ganz lautlos angetriebene Gig verließ das Blättergewölbe und glitt langsam durch den Wirbel hin.

Der Nebel wurde allmählich noch dichter, obschon bereits ein fahler Tagesschimmer denselben durchdrang, so wie der Lichtschein, der durch die Hornscheibe einer

Laterne fällt. Man sah, selbst auf die Entfernung nur
weniger Schritte, fast gar nichts mehr. Wenn das
kleine Boot unglücklicherweise nicht gegen eines der im
Wasser verankerten Fahrzeuge stieß, so hatte es die
beste Aussicht, ungesehen davon zu kommen. Das wurde
noch wahrscheinlicher, da die feindliche Mannschaft eben
im Begriffe war, die Ankerkette empor zu ziehen und
das dabei entstehende Geräusch ein wenig den Platz
bezeichnete, von dem es sich fern zu halten hatte.

Die Gig schlüpfte also vorüber, und Mars konnte
seine Pagaie schon etwas kräftiger handhaben.

Die Schwierigkeit lag jetzt nur darin, die geeignete
Richtung einzuhalten, ohne sich in die eigentliche Fahr=
straße inmitten des Flusses zu verirren, im Gegentheil
mußten sich die Flüchtlinge immer in geringer Ent=
fernung vom rechten Ufer halten. Nichts konnte dabei
Mars durch den dichten Nebel leiten, außer dem
schwachen Murmeln des Wassers, das sich da und
dort an hervorstehenden Wurzeln am Rande brach.
Schon bemerkte man ein Zunehmen der Tageshelle;
ja, über der Dunstmasse wurde es sichtlich klarer, wenn
der Nebel auch noch ebenso undurchdringlich über die
Oberfläche des Saint=John hinwallte.

Eine halbe Stunde lang irrte, so zu sagen, die
Gig auf gut Glück umher. Manchmal erhob sich da
und dort eine unklare Silhouette. Man hätte sie für
das Bild eines durch die Strahlenbrechung ins Un=
geheuerliche vergrößerten Bootes halten können — eine
Erscheinung, die man gleichmäßig im Nebel auf dem
Meere ganz gewöhnlich beobachtet. In der That zeigt
sich den Augen dabei jeder Gegenstand in wahrhaft
phantastischer Plötzlichkeit, wenn dieses Wort gestattet
ist, und macht den Eindruck, als wäre er von ganz

riesigen Größenverhältnissen. Auch hier kam dasselbe häufig genug vor. Zum Glück entpuppte sich, was Gilbert schon für ein Boot hielt, zuletzt als ein Pfahl= gestell, vielleicht mit einem quer darüber liegenden Stamme, als ein über das Wasser emporragender Stein oder als ein einzelner im Grunde feststehender kahler Pfahl, dessen Spitze sich schon in der Nebeldecke verlor.

Auch verschiedene Vögel von scheinbar übermäßiger Flügelspannweite rauschten über sie hin, und wenn diese manchmal kaum sichtbar waren, so verriethen sie sich doch durch ihr scharfes Geschrei, das weithin die Luft durchzitterte. Andere wieder flatterten erst von der Wasserfläche in die Höhe, wenn die sich nähernde Gig sie in die Flucht jagte, aber es wäre unmöglich gewesen zu erkennen, ob sie einen Ruhepunkt auf dem nur wenige Schritte entfernten Uferlande suchten, oder ob sie wieder auf das Gewässer des Saint=John nieder= tauchten.

Da die Flut jedoch immer im Fallen war, war sich Gilbert gewiß, daß die vom Ebbestrome hinab= geführte Gig sich jedenfalls dem Ankerplatze des Commandanten Stevens näherte. Da die Strömung andrerseits aber eine minder heftige geworden war, konnte den jungen Lieutenant nichts darüber aufklären, ob er die abgesperrte Linie schon hinter sich habe; im Gegentheil mußte er befürchten, jetzt auf der Höhe derselben zu sein und unerwartet einem feindlichen Boote in die Hände zu gerathen.

Jede Möglichkeit einer ernstlichen Gefahr war demnach noch keineswegs verschwunden; ja, es zeigte sich vielmehr sehr bald, daß die Gig sich in bedrohterer Lage befand, als je vorher. Mars hielt auch in kurzen

Zwischenräumen immer einmal an, wobei er seine Pagaie über dem Wasser schweben ließ. Unaufhörlich ließen sich nämlich in ziemlich beschränktem Umkreise die taktmäßigen Schläge von Rudern vernehmen und ebenso antworteten Aufrufe aus einem Boote denen aus einem andern. Plötzlich traten die Formen einiger solcher, wenn auch nur mit schwach angedeuteten Umrissen, durch den Nebel hervor. Das waren in Bewegung befindliche Boote, denen es zu entgehen galt. Auch zerrissen jetzt da und dort gelegentlich die Dunstmassen, als dränge ein Strich schärferen Windes in dieselben ein.

Es war nun ein wenig über fünf Uhr; Gilberts Berechnung nach befanden sie sich noch zwei Meilen vom Ankerplatze; in der That hatte er auch die Barre des Flusses noch nicht überschritten. Diese Barre hätte sich durch das schärfere Geräusch der gurgelnden Wellen und durch lange, sich hinziehende Streifen im Wasser kenntlich gemacht, worüber erfahrene Seeleute sich niemals täuschen können. Hätte er die Barre schon hinter sich gehabt, so würde Gilbert auch geglaubt haben, sich verhältnißmäßig in Sicherheit zu befinden, denn es war nicht anzunehmen, daß die feindlichen kleinen Fahrzeuge sich in dieser Entfernung von Jacksonville in das Feuerbereich der Kanonenboote wagen würden.

Sich bis fast zur Wasserfläche niederbeugend, lauschten also Beide in höchster Spannung, konnten aber trotz ihres geübten Ohres nichts wahrnehmen. Sie mußten sich augenscheinlich entweder zu weit nach rechts oder nach links auf dem Flusse verirrt haben, und deshalb erschien es am rathsamsten eine schräge Richtung einzuschlagen, um nach einem der beiden Ufer zu gelangen und dort, wenn es nöthig würde, zu

warten, bis der Nebel sich verzog, um dann die ge=
eignete Richtung steuern zu können.

Offenbar war das der beste Entschluß, da der
Nebel schon mehr in die Höhe zu steigen begann. Die
darüber ihre Wirkung geltend machende Sonne hob
ihn durch allmähliche Erwärmung empor. Allem An=
scheine nach mußte die Oberfläche des Saint-John
eher in weiter Ausdehnung klar zu überschauen sein,
ehe der Himmel selbst sichtbar wurde. Erst später
würde dann der Dunstvorhang plötzlich zerreißen und
der Horizont ringsum deutlich vor Augen treten.
Vielleicht konnte Gilbert dann die eine Meile unter=
halb der Barre und mit dem Vordersteven gegen den
Ebbestrom liegenden Kanonenboote erkennen und würde
es ihm möglich, dieselben in rascher Fahrt zu erreichen.

In diesem Augenblicke ließ sich das Geräusch an
einander klatschenden Wassers vernehmen. Fast gleich=
zeitig begann die Gig sich um sich selbst zu drehen,
als ob sie von einem mächtigen Strudel erfaßt wäre.
Eine Täuschung war nicht möglich.

»Die Barre! rief Gilbert.

— Ja, die Barre, bestätigte Mars, und wenn
wir erst über diese hinweg sind, kommen wir auch bis
zum Ankerplatze.«

Mars hatte wieder seine Pagaie ergriffen und
suchte sich in der gewünschten Richtung zu erhalten.

Plötzlich hemmte Gilbert die Bewegungen des
Matrosen. Beim Zurückweichen des Nebels hatte er
ein schnell daherruderndes und in der nämlichen
Richtung steuerndes Boot erkannt, vermochte aber an=
fänglich nicht zu sagen, ob die Insassen desselben ihre
Gig wahrgenommen und ob sie die Absicht hatten,
ihnen die Durchfahrt zu verlegen.

»Rasch nach Backbord wenden!« rief der junge Lieutenant.

Mars folgte dem Befehle, und mit wenigen Ruderschlägen schoß die Gig in dem angedeuteten Sinne hin.

Von dieser Seite wurden jedoch mehrere Stimmen laut, welche sich gegenseitig anriefen. Gewiß kreuzten auf diesem Theile des Flusses einige Boote in berechneter Zusammenwirkung.

Da — mit einem Schlage — als ob ein riesenhafter Besen die Umgebung rein fegte, rieselten die Dünste in pulverfeinen Tröpfchen auf den SaintJohn nieder.

Gilbert konnte einen Schreckensschrei nicht zurückhalten.

Die Gig schwankte in der Mitte eines ganzen Dutzends feindlicher Boote, beauftragt mit der Ueberwachung dieses Theils des Fahrwassers, in dem die Barre die in Krümmungen verlaufende Durchfahrt schieflinig durchschnitt.

»Da sind sie!... Da sind sie!«

So tönte es von allen Seiten und rief die Besatzung der Boote sich von einem zum andern zu.

»Ja, da sind wir! antwortete stolz der junge Lieutenant. Nun, Mars, Revolver und Seitengewehr in die Hand und wehren wir uns unserer Haut!«

Das war aber eine Vertheidigung — zwei Mann gegen dreißig!

Im nächsten Augenblicke lagen schon drei oder vier Boote dicht neben der Gig — einige Schüsse krachten — es waren nur **die** Revolver Gilberts und Mars', welche den Mund aufgethan hatten, da die beiden Flüchtlinge ja lebend eingebracht werden sollten. Drei bis vier von der feindlichen Mannschaft wurden

getödtet oder verwundet, doch mußten Gilbert und
sein Begleiter in diesem gar zu ungleichen Kampfe
natürlich unterliegen.

Der junge Lieutenant wurde trotz heftigster Gegen=
wehr zuletzt geknebelt und in eines der Boote geschafft.

»Fliehe ... Mars! ... Fliehe! ...« rief er als
letztes Wort.

Mit einem furchtbaren Seitengewehrhiebe befreite
sich Mars von den ihn haltenden Feinden, und bevor
man ihn wieder ergreifen konnte, hatte der unerschrockene
Gatte Zermah's sich in den Fluß gestürzt. Vergeblich
blieben die Versuche, ihn wieder zu erlangen. Er ver=
schwand inmitten des Wasserwirbels der Barre, deren
an sich rauschende Wellen sich bei stark fallender Flut
in reißende Stromschnellen verwandeln.

XV.

Die Verurtheilung.

Eine Stunde später betrat Gilbert den Landungs=
platz von Jacksonville. Die stromabwärts abgefeuerten
Revolverschüsse waren hier gehört worden, doch wußte
natürlich Niemand, ob es sich dabei um einen Kampf
zwischen den conföderirten Booten und der föderirten
Flottille handelte oder ob man gar fürchten sollte,
daß die Kanonenboote des Commandanten Stevens
die Fahrstraße an jener Stelle schon passirt hätten.
Die Bevölkerung der Stadt gerieth darüber in erklär=
liche Aufregung und viele Einwohner strömten infolge
dessen nach dem Landungsplatze hin. Die Civilbehörden

in der Person Texar's und seiner entschiedensten Parteigänger hatten sich beeilt, jenen zu folgen. Alle blickten erwartungsvoll nach der jetzt vom Nebel befreiten Barre hinaus. Gläser und Fernrohre waren unablässig in Gebrauch, die Entfernung — nahezu drei Meilen — erwies sich jedoch als zu groß, um sich über die Bedeutung des Gefechtes und seines Ausganges sichere Rechenschaft geben zu können.

Jedenfalls verweilte die Bundesflottille noch immer in der schon am Vortage innegehabten Stellung und Jacksonville hatte von einem unmittelbaren Angriffe der Kanonenboote vorläufig nichts zu fürchten. Die am meisten Compromittirten seiner Einwohner mußten also Zeit gewinnen, um ihr Entweichen nach dem Innern Floridas vorzubereiten.

Wenn übrigens Texar und zwei oder drei seiner Genossen mehr als Andere Ursache hatten, wegen ihrer persönlichen Sicherheit besorgt zu sein, so schien es ihnen doch nicht, als ob sie sich wegen jenes Vorfalles zu beunruhigen hätten. Der Spanier mochte sogar ahnen, daß es sich dabei nur um die Aufbringung jenes kleinen Bootes handle, dessen er sich um jeden Preis bemächtigen wollte.

»Ja, um jeden Preis! wiederholte Texar, der das sich schon dem Hafen nähernde Boot zu erkennen trachtete. Um jeden Preis — diesen Sohn Burbank's, der glücklich in die ihm von mir gestellte Falle gegangen ist. Endlich habe ich ihn, den Beweis, daß James Burbank mit den Föderirten ein Einverständniß unterhält! Donnerwetter, wenn ich den Sohn habe ins Gras beißen lassen, sollen keine vierundzwanzig Stunden vergehen, bis auch der Vater sein Loth Blei im Kopfe hat!«

Obwohl seine Partei in Jackſonville die Ober=
hand beſaß, hatte Texar, ſchon in Folge mehrfacher
Kundgebungen zu Gunſten James Burbank's, eine
paſſende Gelegenheit erwarten wollen, um den ihm
Verhaßten aufs neue verhaften zu laſſen. Da hatten es
die Umſtände gefügt, daß er Gilbert in eine geſchickt
gelegte Schlinge locken konnte. Wurde Gilberts Eigen=
ſchaft als föderirter Officier nachgewieſen, er im feind=
lichen Lande gefangen und als Spion zum Tode
verurtheilt, ſo konnte der Spanier ſeiner Rache bis
zur Neige genug thun.

Das Glück wollte ihm jetzt wirklich gar zu wohl.
Es war der Sohn James Burbank's, des Anſiedlers
von Camdleß=Bay, der eben nach dem Hafen von Jack=
ſonville eingeliefert wurde.

Daß Gilbert allein und ſein Begleiter ertrunken
oder gerettet war, hatte nicht viel zu bedeuten, da
der junge Officier eingefangen wurde. Jetzt galt es nur
noch, dieſen vor ein aus Anhängern Texar's zuſammen=
geſetztes Gericht zu ſtellen, in dem der Spanier ſelbſt
den Vorſitz führte.

Gilbert wurde mit Gejohle und Bedrohung ſeitens
der Volksmenge, die ihn recht wohl kannte, empfangen,
eine Begrüßung, die er mit gerechter Verachtung auf=
nahm. Seine Haltung verrieth nicht die geringſte
Furcht, obwohl eine zahlreiche Begleitmannſchaft her=
angezogen werden mußte, um ihn vor den ſinnloſen
Wuthausbrüchen des Pöbels zu ſchützen. Nur als er
Texar bemerkte, konnte er ſich nicht länger beherrſchen
und hätte ſich auf den Elenden geſtürzt, wenn ſeine
Wächter ihn nicht davon zurückhielten.

Texar ſelbſt machte keine Bewegung und ſprach
auch kein Wort; ja, er gab ſich den Anſchein, als ob

er den jungen Officier gar nicht bemerkte, denn er ließ ihn mit erheuchelter Gleichgiltigkeit sich ruhig entfernen.

Wenige Minuten später sah Gilbert sich in dem Stadtgefängnisse von Jacksonville eingeschlossen, und Niemand konnte sich einer Täuschung darüber hingeben, welches Loos ihm von den südstaatlichen Machthabern bestimmt sei.

Gegen Mittag meldete sich Mr. Harvey, der Geschäftsfreund James Burbank's, im Gefängnisse, um Gilbert aufzusuchen, aber nur um mit nichtssagenden Redensarten abgewiesen zu werden. Auf ausdrücklichen Befehl Texar's sollte der junge Lieutenant strengstens allein gehalten werden. Mr. Harvey's gutwilliger Schritt hatte nur zur Folge, daß auch er sich eine heimliche Beobachtung zuzog.

In der That waren ja seine näheren Beziehungen zur Familie Burbank nicht unbekannt geblieben, und es gehörte mit zu den Plänen des Spaniers, daß die Verhaftung Gilberts auf Camdleß-Bay nicht sofort bekannt wurde. Nach stattgefundener, nur der Form halber angestellter Untersuchung und Verurtheilung würde es Zeit genug sein, James Burbank von dem Vorgefallenen zu benachrichtigen, und wenn er dann davon erfuhr, würde es ihm nicht mehr gelingen, aus dem Castle-House zu entfliehen, um Texar zu entgehen.

Ueberdies konnte Mr. Harvey einen Boten nach Camdleß-Bay gar nicht mehr schicken, da alle Fahrzeuge im Hafen mit Beschlag belegt worden waren. Da eben jede Verbindung zwischen dem rechten und dem linken Ufer des Flusses aufhörte, konnte die Familie Burbank von der Verhaftung Gilberts auch keine Kenntniß bekommen, und während sie ihn an Bord des Kanonenbootes Stevens' wähnte, saß der

junge Mann — eingesperrt im Gefängnisse zu Jack=
sonville.

Mit welcher Seelenspannung lauschte man in=
zwischen im Castle=House darauf, ob nicht ein ent=
fernter Kanonendonner das Eintreffen der Föderirten
diesseits der Barre verkündigte. Jacksonville in den
Händen der Nordstaatler bedeutete ja gleichzeitig
Texar in der Hand James Burbank's! Letzterer ge=
wann dadurch aber wieder die Freiheit, im Verein mit
dem Sohne und den Freunden der Familie die bis
jetzt erfolglos gebliebenen Nachforschungen von neuem
aufzunehmen.

Aber nichts ließ sich von stromabwärts her ver=
nehmen. Der Verwalter Perry, der den Saint=John
bis zur Linie der Absperrung besichtigte, und Pyg mit
einem der Unterverwalter, die an dem Uferland bis
drei Meilen unterhalb der Pflanzung entsendet worden
waren, brachten die nämliche Meldung heim. Die
Flottille lag immer noch vor Anker; es schien, als
treffe man hier noch keinerlei Vorbereitung abzusegeln
und bis zur Höhe von Jacksonville vorzudringen.

Wie hätten die Schiffe auch die Barre über=
winden sollen? Selbst angenommen, daß die Flut
diese über Erwarten zeitig wieder fahrbar machte,
konnten sich die Kanonenboote nicht in die deshalb
noch immer gefährliche Wasserstraße hineinwagen, so
lange der einzige Lootse, der alle Windungen des
Weges genau kannte, nicht zur Hand war.

Auf der Ansiedlung erschien Mars übrigens nicht
wieder.

Am folgenden Tage, dem 11. März, gegen elf
Uhr, war der unter dem Vorsitze Texar's stehende
Ausschuß in demselben Saale des Court=Justice ver=

fammelt, in dem der Spanier schon früher als An=
kläger James Burbank's aufgetreten war. Diesmal
boten sich aber bezüglich des jungen Officiers so ernst=
hafte Belastungsmomente dar, daß dieser dem ihm
in Voraus bestimmten Schicksal nicht mehr entgehen
konnte — sein Todesurtheil war schon so gut wie gefällt.
Nach abgethaner Frage bezüglich des Sohnes wollte
sich Texar mit der des Vaters beschäftigen. Hielt er
die kleine Dy in seiner Macht und unterlag Frau
Burbank den wiederholten, von seinen Händen gegen
sie gerichteten Schlägen, so fühlte er seine Rache ge=
stillt. Schien es nicht, als ob Alles sich günstig fügte,
um seinem unversöhnlichen Hasse Ausdruck geben zu
können?

Gilbert wurde aus seiner Zelle geholt. Ganz wie
gestern begleiteten ihn Pöbelhaufen mit wüstem Ge=
schrei, und auch als er den Saal betrat, wo sich jenes
Zerrbild eines Richterstuhles, die wildeste Spießgesellen=
bande des Spaniers, befand, erhoben sich tobende Rufe
aus den Reihen der Zuhörer.

»Zum Tode mit dem Spion!... Zum Tode!«

Dahin ging die Beschuldigung, welche die hirnlose
Pöbelmasse auf Anregung Texar's ihm schon am Vor=
tage nachgeschleudert hatte.

Gilbert hatte inzwischen seine ganze Kaltblütigkeit
wieder erlangt und es gelang ihm sogar, sich gegenüber
dem Spanier zu bemeistern, der nicht einmal Scham
genug zeigte, bei einer ihn persönlich interessirenden
Verhandlung unbetheiligt zu bleiben.

»Ihr nennt Euch Gilbert Burbank, begann Texar,
und seid gegenwärtig Officier in der föderirten Kriegs=
flotte?

— Ja.

— Und augenblicklich Lieutenant an Bord eines der Kanonenboote des Commandanten Stevens?

— Ja.

— Ihr seid der Sohn jenes James Burbank, des Amerikaners aus dem Norden und Besitzers der Ansiedlung von Camdleß=Bay?

— Ja.

— Gesteht Ihr zu, die unterhalb der Barre verankert liegende Flottille in der Nacht des zehnten März verlassen zu haben?

— Ja.

— Gesteht Ihr ferner, gefangen worden zu sein, als Ihr im Begriffe wart, Euch in Begleitung eines Matrosen von demselben Schiffe wieder nach der Flottille zu begeben?

— Ja.

— Wollt Ihr offen aussagen, was Ihr auf den Gewässern des Saint=John beabsichtigtet?

— Es erschien ein Mann an Bord des Kanonenbootes, auf dem ich als zweiter Officier diene. Er benachrichtigte mich, daß die Pflanzung meines Vaters durch einen Haufen von Mordbrennern verwüstet, daß das Castle=House von den Räubern wenigstens bestürmt worden war. Ich brauche dem Vorsitzenden des über mich aburtheilenden Ausschusses nicht zu sagen, auf wen die Verantwortung für jene Schandthaten zurückfällt.

— Und ich, erwiderte Texar, habe Gilbert Burbank nur zu sagen, daß sein Vater durch Freilassung seiner Sclaven der öffentlichen Meinung einen Schlag in's Gesicht versetzt hatte, daß eine Verordnung die Ausweisung der neuen Freigelassenen bestimmte und daß dieser Verordnung der nöthige Nachdruck gegeben werden mußte....

— Durch Raub und Brandstiftung, unterbrach ihn Gilbert, durch eine Gräuelthat, deren persönlicher Urheber kein anderer, als Texar ist!

— Wenn ich vor meinen Richtern stehe, werde ich Antwort geben, entgegnete der Spanier frostig. Versucht es nicht, Gilbert Burbank, die Rollen zu tauschen. Ihr steht hier als Angeklagter, nicht als Kläger.

— Ja wohl ... als Angeklagter ... wenigstens augenblicklich, antwortete der junge Officier. Die föderirten Kanonenboote brauchen aber nur die Flußbarre zu überschiffen, um sich Jacksonvilles zu bemächtigen, und dann ...«.

Da schrie Alles wild durcheinander und nur noch heftiger wurden Drohungen laut gegen den jungen Officier, der sich erkühnte, den Südstaatlern so in's Gesicht zu trotzen.

»Zum Tode! ... Zum Tode!« tönte es von allen Seiten.

Dem Spanier kostete es einige Mühe, die aufgeregte Menge zu beschwichtigen. Dann nahm er die Befragung wieder auf.

»Werdet Ihr uns einfach sagen, Gilbert Burbank, aus welchem Grunde Ihr letztvergangene Nacht Euer Schiff verlassen habt?

— Ich verließ es, um meine sterbende Mutter zu sehen.

— Ihr gesteht also zu, an Cambleß-Bay gelandet zu sein?

— Ich habe keine Ursache, das zu verhehlen.

— Und einzig und allein, um Eure Mutter zu sehen?

— Allein aus diesem Grunde.

— Wir haben dagegen Veranlassung zu glauben, bemerkte Texar, daß Ihr dabei noch einen anderen Zweck verfolgtet.

— Welchen?

— Den, mit Eurem Vater zu verhandeln, mit dem nordstaatlich gesinnten Pflanzer, der schon lange im Verdacht steht, ein Einverständniß mit der Armee der Föderalisten zu unterhalten.

— Ihr wißt selbst, daß das erlogen ist, erwiderte Gilbert in ganz natürlicher Entrüstung. Wenn ich nach Camdleß-Bay gekommen bin, so geschah das nicht als Officier, sondern als Sohn....

— Nein, als Spion!« entgegnete Texar.

Da verdoppelten sich die Rufe: »Zum Tode mit dem Spion!... Zum Tode!...«

Gilbert sah wohl ein, daß er verloren war; einen schmerzlichen Stich gab ihm aber noch der neue Gedanke in's Herz, daß auch sein Vater gleich ihm verloren sei.

»Ja, nahm Texar wieder das Wort, die Krankheit Eurer Mutter war nur ein Vorwand! Ihr seid nach Camdleß-Bay als Spion gekommen, um den Föderirten Nachricht über die auf dem Saint-John getroffenen Maßnahmen zur Vertheidigung zu bringen!«

Gilbert schnellte empor.

»Ich bin gekommen, um meine sterbende Mutter zu sehen, antwortete er nachdrücklicher, und das wißt Ihr recht wohl. Nimmermehr hätt' ich geglaubt, daß sich in einem civilisirten Staate Richter finden könnten, die es einem Soldaten als Verbrechen anrechneten, an's Sterbebett seiner Mutter geeilt zu sein, wenn dieses auch auf feindlichem Gebiete stand! Mag der,

16*

der mein Verfahren tadelt, und unter gleichen Um=
ständen nicht ebenso gehandelt hätte, doch vortreten und
es auszusprechen wagen!«

Jede Zuhörerschaft, die nicht aus Leuten bestand,
in denen der Haß jedes Gefühl ertödtete, hätte dieser
ebenso edelmüthigen wie offenen Erklärung Beifall
spenden müssen. Hier ließ sich davon nichts spüren.
Nur Verwünschungen beantworteten dieselbe und
gröhlende, an Texar gerichtete Zustimmung, als der
Spanier erklärte, daß sich James Burbank schon
durch Aufnahme eines feindlichen Officiers zur Kriegs=
zeit ganz ebenso schuldig gemacht habe, wie dieser
Officier selbst. Endlich war also der Beweis ermittelt,
den Texar beizubringen versprochen, der Beweis des
geheimen Einverständnisses James Burbank's mit der
Armee des Nordens.

Die sogenannten Richter verurtheilten denn auch,
sich stützend auf seine Zugeständnisse in den seinen
Vater betreffenden Fragen, Gilbert Burbank, Lieute=
nant der föderirten Kriegsmarine, zum Tode durch
Pulver und Blei.

Der Verurtheilte wurde darauf, inmitten des Ge=
johles des Pöbels, der ihn mit den Rufen: »Zum
Tode mit dem Spion!... Zum Tode!...« verfolgte,
sofort in's Gefängniß zurückgeführt.

Am Abend traf noch eine Abtheilung Miliz auf
Camdleß-Bay ein.

Der dieselbe führende Officier fragte nach Mr.
Burbank.

James Burbank trat vor. Edward Carrol und
Walter Stannard schlossen sich ihm an.

»Was verlangt man von mir? fragte James
Burbank.

— Lesen Sie diesen Befehl!« antwortete der Officier.

Der betreffende Befehl lautete dahin, James Burbank zu verhaften als Mitschuldigen Gilbert Burbank's, der, wegen Spionage vom Bürgerausschuß in Jacksonville zum Tode verurtheilt, in den nächsten achtundvierzig Stunden erschossen werden sollte.

Ende des ersten Bandes.

Inhalt.

Erster Band.

Nord gegen Süd.

Zweiter Band.

Die Kanonenboote Stevens' waren da. (S. 63.)

Collection Verne. Band 53.

Nord gegen Süd.

Von

Julius Verne.

Autorisirte Ausgabe.

Zweiter Band.

Zweite Auflage.

Wien. Pest. Leipzig.
A. Hartleben's Verlag.
(Alle Rechte vorbehalten.)

Druck von Ch. Reißer & M. Werthner, Wien.

Zweiter Theil.

I.

Nach der Entführung.

— Texar! . . . — diesen verabscheuten Namen hatte Zermah in die Finsterniß hinaus in dem Augenblicke gerufen, als Frau Burbank und Miß Alice auf dem hohen Ufer der Marino-Bucht erschienen. Das junge Mädchen hatte den schurkischen Spanier deutlich erkannt; es lag also ganz außer Zweifel, daß er der Urheber der von ihm auch persönlich geleiteten Entführung war.

In der That hatte Texar dieselbe unter Mithilfe eines halben Dutzend ihm ergebener Leute bewerkstelligt.

Von langer Hand her war von dem Spanier der Raubzug vorbereitet worden, der zur Verwüstung von Camdleß-Bay, zur Plünderung des Castle-House, zum Ruin der Familie Burbank und zur Gefangennahme oder Tödtung des Hauptes derselben führen sollte. Mit dieser Absicht hatte er die räuberischen Horden auf die Pflanzung losgelassen, sich aber nicht an deren Spitze gestellt, sondern den gewaltthätigsten seiner Parteigänger die Führung derselben überlassen. Das erklärt es auch hinlänglich, wie John Bruce, selbst unerkannt unter dem tollen Haufen der Angreifer, James Burbank die

Versicherung geben konnte, daß Texar jene Haufen elenden Gesindels nicht begleite.

Um diesen zu treffen, hätte man sich nach der Marino=Bucht begeben müssen, welche der erwähnte Tunnel in Verbindung mit dem Castle=House setzte. Würde das Herrenhaus erstürmt, so benutzten die letzten Vertheidiger doch sicherlich diesen Weg zum Rückzuge. Texar wußte von dem Vorhandensein des Tunnels. So begab er sich von Jacksonville auf einem Boote, dem noch ein zweites Boot mit Squambo und zwei seiner Sklaven folgte, nach der bezeichneten Stelle, um hier James Burbank, wenn dieser entfliehen mußte, aufzu= lauern. Seine Voraussetzung sollte ihn wenigstens nicht ganz getäuscht haben; davon überzeugte er sich, als er eines der ihm wohlbekannten Boote von Camdleß=Bay hinter dem Uferschilf der Bucht, offenbar wartend, liegen sah. Die dasselbe behütenden Schwarzen wurden im ersten Anlauf überrumpelt und schonungslos hingemordet, und nun hatte er nur noch die Entwickelung der Dinge abzuwarten. Bald erschien denn auch Zermah, der das kleine Mädchen auf der Ferse nachfolgte. Auf den Schrei hin, den die Mestizin ausstieß, ließ der Spanier, in der Befürchtung, daß ihr noch Andere zu Hilfe kommen könnten, diese sofort in die Arme Squambo's werfen, und Frau Burbank erschien mit Miß Alice auf dem erhöhten Uferrande erst in dem Augenblicke, wo die Mestizin in dem Boote des Indianers schon ein gutes Stück nach dem Flusse selbst zu ent= führt war.

Das Uebrige weiß der Leser.

Nachdem dieser freche Raub geglückt, hatte es Texar indeß nicht für rathsam gehalten, sich sogleich zu Squambo zu gesellen.

Dieser ihm auf Tod und Leben ergebene Mann wußte ja, nach welch' unzugänglichem Schlupfwinkel er Zermah und die kleine Dy zu schaffen hatte. Der Spanier verschwand denn auch, als der Donner jener drei Kanonenschüsse herüberrollte, welche die eben zum Sturme bereiten Angreifer des Castle-House zurückriefen, vom Schauplatze, indem er schräg über den Saint-John hin- über steuerte.

Wohin er sich begab, wußte eigentlich Niemand. Jedenfalls kehrte er in der Nacht vom 3. zum 4. März nach Jacksonville nicht zurück, denn dort sah man ihn erst vierundzwanzig Stunden später wieder. Was er mit diesem unerklärlichen Fernbleiben, für das einen Grund anzugeben er sich gar nicht die Mühe nahm, bezweckte, hätte Keiner sagen können. Auf jeden Fall diente es nur zu seiner ferneren Belastung, wenn er etwa der persönlichen Theilnahme an der Entführung Zermah's und Dy's angeklagt wurde. Die zeitliche Uebereinstimmung zwischen diesem Vorfalle und seinem Verschwinden mußte ja zu seinen Ungunsten sprechen. Sei dem wie ihm wolle, gewiß kam er erst am Morgen des 5. wieder nach Jacksonville, um die nöthigen Vertheidigungsmaß- regeln seitens der Südstaaten vollends zu ordnen, und, wie wir gesehen haben, zeitig genug, um Gilbert Bur- bank eine geschickt erdachte Falle zu stellen, so wie um dem Bürgerausschuß zu präsidiren, der über den jungen Mann das Todesurtheil fällen sollte.

Unzweifelhaft blieb nur, daß Texar sich nicht mit auf dem von Squambo geführten kleinen Fahrzeuge befand, das in der Finsterniß bei steigender Flut strom- aufwärts von Camdleß-Bay hinglitt.

Zermah, die nun wohl einsah, daß kein Hilferuf, kein Nothschrei von ihr an den verlassenen menschen-

1*

leeren Ufern des Saint-John mehr Wiederhall finden konnte, schwieg jetzt still. Im Hintertheile des Bootes sitzend, preßte sie Dy in ihre Arme.

Das zum Tode erschrockene kleine Mädchen ließ keinen Klagelaut über ihre Lippen kommen. Sie drückte sich ängstlich an die Brust der Mestizin und verkroch sich in den Falten der großen Decke derselben. Nur ein- oder zweimal, während sie so in tiefer Finsterniß dahin- fuhren, kamen einzelne abgerissene Worte über ihre Lippen:

»Mama! . . . Mama! . . . Gute Zermah! . . . Ich fürchte mich! . . . Ich fürchte mich! . . . Ich will wieder zur Mama! . . .

— Ja, ja, mein Herz! . . . antwortete Zermah. Wir gehen wieder zu ihr! . . . Fürchte Dich nicht! . . . Ich bleibe ja bei Dir! . . .«

Zur selben Zeit wankte die ihrer Sinne fast be- raubte Frau Burbank längs des rechten Flußufers dahin und suchte vergeblich dem Boote zu folgen, das ihre kleine Tochter nach dem jenseitigen Ufer ent- führte.

Ringsum lag Alles in tiefster Finsterniß. Die auf der Ansiedlung lodernden Brände erloschen allmählich, als das Gewehrfeuer schwieg. Aus den sich nach Norden hin wälzenden Rauchwolken brach nur dann und wann noch eine Flammengarbe hervor, die sich auf der Ober- fläche des Flusses gleich einem flüchtig aufleuchtenden Blitze widerspiegelte. Dann wurde Alles todtenstill und dunkel. Das Boot hielt sich immer inmitten der eigent- lichen Fahrstraße des Flusses, dessen von dichtem Forst bestandene Ränder man nicht mehr zu erkennen ver- mochte. Selbst auf hohem Meere hätte dasselbe kaum vereinsamter seinen Weg verfolgen können.

Zermah kam es wohl vor Allem darauf an, zu erfahren, nach welcher Bucht sich das von Squambo gesteuerte Boot wenden werde, und doch wäre eine deshalb an den Indianer gerichtete Frage sicherlich erfolglos geblieben. Sie suchte sich also selbst über die Oertlichkeit aufzuklären, was bei der tiefen Dunkelheit sehr schwierig sein mußte, so lange Squambo die Mitte des Saint-John nicht verließ.

Die Flut war im Wachsen, und unter den Rudern der beiden Schwarzen schnitt das Boot rasch nach Süden durch die Wellen.

Wie nothwendig wäre es für Zermah jetzt gewesen, ein Zeichen ihrer Vorüberkunft zurückzulassen, um spätere Nachforschungen zu erleichtern! Hier auf dem Flusse war das natürlich unthunlich. Auf dem Lande hätte schon ein abgerissenes Stückchen ihrer Decke, das sie unversehens an einem Busche hängen ließ, das erste Merkzeichen einer Fährte bilden können, die, einmal erkannt, gewiß weiter und bis an's Ende verfolgt worden wäre. Wozu aber hätte es dienen sollen, irgend einen Gegenstand, der dem kleinen Mädchen oder ihr selbst gehörte, dem Flusse anzuvertrauen, da doch schwerlich auf den Zufall zu rechnen war, daß derselbe in James Burbank's Hände käme? — Nein, davon mußte sie absehen und sich darauf beschränken, wenn irgend möglich zu erkennen, an welchem Punkte des Saint-John das Boot wieder an's Land gehen würde.

So verfloß eine volle Stunde, ohne daß Squambo weder mit ihr noch mit den Ruderern ein Wort gewechselt hätte.

Die beiden Schwarzen arbeiteten gleichmäßig weiter. Kein Licht erglänzte am Ufer, weder in einem Häuschen,

noch unter den Bäumen, deren Masse sich im Schatten
unbestimmt abzeichnete.

Und während Zermah gleich nach rechts und links
hin scharf ausblickte, um sich das unscheinbarste Merk=
zeichen einzuprägen, dachte sie doch immer nur an die
das kleine Mädchen bedrohenden Gefahren; daß sie auch
selbst nicht minder jeder Unbill ausgesetzt sein könne,
bekümmerte sie gar nicht — alle ihre Furcht concen=
trirte sich einzig und allein auf das Kind. Ohne Zweifel
war es Texar, der sie hatte entführen lassen; ja, in dieser
Hinsicht konnte sie sich nicht täuschen, sie hatte zu sicher
den Spanier wieder erkannt, der an der Marino=Bucht
Stellung genommen hatte, ob er nun beabsichtigte, durch
den Tunnel in das Castle=House selbst vorzudringen,
oder dessen Vertheidigern aufzulauern, wenn diese den
Versuch machen würden, durch diesen verborgenen Aus=
gang zu entkommen. Hätte sich Texar nicht so unnöthig
übereilt, so wären jetzt Frau Burbank und Miß Alice
so wie Zermah und Dy in seinen Händen gewesen.
Wenn er die Leute von der Miliz und die Horde raub=
süchtigen Gesindels nicht persönlich angeführt hatte, so
war das aus dem Grunde geschehen, daß er, in sicherer
Voraussicht des Ausganges des Kampfes, überzeugt
war, an der Marino=Bucht die Familie Burbank desto
besser überraschen zu können.

Auf keinen Fall würde Texar seine persönliche Be=
theiligung bei dem hier vollführten Raube ableugnen
können. Zermah hatte laut genug seinen Namen aus=
gerufen; Frau Burbank und Miß Alice mußten diesen
gehört haben.

Später einmal, wenn die Stunde der Vergeltung
schlug, wenn der Spanier sich für seine Unthaten zu
verantworten hatte, würde er in diesem Falle nicht das

Hilfsmittel zur Hand gehabt haben, sich auf ein gleich unerklärliches Alibi zu berufen, wie er das schon öfter mit Glück gethan hatte.

Jetzt entstand die Frage, welches Schicksal er seinen beiden Opfern bestimmt habe und ob er wohl beabsichtigen werde, sie bis nach den sumpfreichen Everglades, jenseits der Quellen des Saint-John zu verschleppen. Die Mestizin stellte sich auch die Frage, ob er sich nicht ihrer, als einer besonders gefährlichen Zeugin, werde zu entledigen versuchen. Sie hätte übrigens ohne Bedenken das eigene Leben zum Opfer gebracht, wenn sie annehmen konnte, dadurch das des mit ihr entführten Kindes zu retten. Doch was sollte nach ihrem Ableben unter den Händen Texar's und seiner rohen Genossen aus der armen Dy werden? Dieser Gedanke quälte sie und sie preßte das kleine Mädchen unwillkürlich inniger an ihr Herz, als ob Squambo, der ja ganz ruhig da saß und ihrer gar nicht zu achten schien, sich schon anschickte, das Kind aus ihren Armen zu reißen.

In diesem Augenblicke konnte Zermah übrigens wahrnehmen, daß sich das Boot mehr dem linken Ufer des Flusses näherte. Als besonderes Merkmal konnte ihr das schon deshalb kaum dienen, weil sie nicht wußte, daß der Spanier im Hintergrunde der Schwarzen Bucht, und zwar auf einem der Holme dieser Lagune, wohnte; so wenig, wie das die Parteigänger Texar's wußten, da er vorsichtiger Weise bisher Niemand in dem Blockhause empfangen oder gar aufgenommen hatte, das nur ihm nebst Squambo und seinen Schwarzen als Schlupfwinkel und Unterkunft diente.

Dorthin nämlich sollte der Indianer Dy und Zermah jetzt bringen. Tief drinnen in dieser, fast geheimniß-

voll zu nennenden Gegend würden sie jeder Aufspürung
sicher entrückt sein.

Die Bucht erschien sozusagen undurchdringlich für
Jeden, der nicht das Gewirr ihrer zahlreichen Wasserstraßen und die Vertheilung der von denselben um-
schlossenen Inseln kannte. Sie bot tausend Schlupfwinkel, in denen die Gefangenen so wohl verborgen waren,
daß es unmöglich erschien, ihre Spuren zu entdecken.
Im Fall James Burbank aber doch unternehmen sollte,
die unentwirrbare Wildniß gänzlich zu durchsuchen, war
es immer noch Zeit, die Mestizin und das Kind nach
dem Süden der Halbinsel weiter zu schaffen. Dann entschwand jede Aussicht, sie inmitten jener weitausgedehnten
Gebiete wieder aufzufinden, welche kaum einzelne floridische Pionniere betraten und deren ungesunde Strecken,
von allen Uebrigen gemieden, nur noch wenige, stark
zusammengeschmolzene Indianerhorden durchstreiften.

Die fünfundvierzig Meilen, welche Camdleß=Bay
von der Schwarzen Bucht trennen, wurden rasch zurückgelegt. Gegen elf Uhr Nachts gelangte das Fahrzeug
um den vorspringenden Winkel herum, den der Saint=
John dritthalbhundert Schritte stromabwärts derselben
bildet, und jetzt handelte es sich nur noch darum, den
eigentlichen Eingang der Lagune zu erkennen, und das
war, in Berücksichtigung der pechdunklen, das linke Ufer
noch mehr als das rechte verhüllenden Finsterniß, keine
so leichte Aufgabe. So vertraut Squambo auch mit
den Gewässern dieser Gegend war, zögerte er jetzt doch
ein wenig, als er das Steuer wenden sollte, um die
Strömung in schiefer Richtung zu durchschneiden.

Diese Sache wäre jedenfalls viel leichter abzumachen
gewesen, wenn das Boot hätte längs des Ufers hin-
gleiten können, das sich freilich in eine Unzahl kleinerer,

mit Schilf bestandener oder mit Wasserpflanzen bedeckter
Einschnitte auflöste. Hierbei fürchtete der Indianer aber
zu leicht zu stranden, und da die bald zu erwartende
Ebbe dann die Fluten des Saint=John nach seiner
Mündung zurückführen mußte, wäre das für ihn eine
unbequeme Lage geworden. Wie hätte er, in der Zwangs=
lage bis zur nächsten Flut, d. h. also gegen elf Stunden
lang, zu warten, einer Entdeckung entgehen können, wenn
es wieder heller Tag wurde? Gewöhnlich durchfurchten
ja recht zahlreiche Boote den Fluß. Die Tagesereignisse
verursachten zudem jetzt einen fast ununterbrochenen
gegenseitigen Nachrichtenaustausch zwischen Saint=Au=
gustine und Jacksonville, und unzweifelhaft würden die
Mitglieder der Familie Burbank, soweit sie nicht bei dem
Angriffe auf das Castle=House umgekommen waren, leb=
hafte Nachforschungen anstellen. Squambo, der sich dann
vielleicht in der Nähe des höheren Uferlandes festgehalten
sah, hätte den auf seine Person gerichteten Verfolgungen
aber unmöglich entgehen können und seine Lage wäre
eine sehr mißliche geworden. Aus allen diesen Gründen
wollte er sich in der Fahrstraße des Saint=John halten
und, wenn es nöthig wäre, selbst mitten in der Strömung
vor Anker gehen. Dann hätte er mit Wiederanbruch
des Tages versucht, die versteckte Einfahrt in die Schwarze
Bucht zu erkennen, und hatte er diese einmal hinter sich
mit ihrem Vorhange dicht verwirrter Zweige, dann war
er gegen jede Verfolgung gesichert.

Inzwischen glitt das Boot mit der Fluth noch immer
stromaufwärts. Nach der verflossenen Zeit zu urtheilen,
glaubte Squambo sich noch nicht in der Höhe der Lagune
zu befinden.

Er suchte also noch etwas weiter nach Süden zu
gelangen, als sich ein nur wenig entferntes Rauschen

vernehmen ließ und der dumpfe Schlag von Schaufel=
rädern, welche das Wasser des Flusses aufrührten. Fast
gleichzeitig tauchte, wenn auch nur unklar erkennbar,
neben dem Winkel des linken Ufers eine sich bewegende
Masse auf.

Ein Dampfboot kam mit halber Kraft den Fluß
herab, über den hin es den weißen Schein seines Fock=
mastlichtes warf. In weniger als einer Minute mußte
es das Boot erreicht haben.

Durch eine Handbewegung setzte Squambo die Ruder
der beiden Schwarzen außer Thätigkeit und durch eine
Drehung des Steuers lenkte er nach dem rechten Ufer
zu ab, ebenso um aus der Fahrstraße des Dampfers
zu kommen, wie um von diesem aus nicht bemerkt zu
werden.

Das Boot war jedoch von den Auslugern an
Bord schon gemeldet worden. Jetzt rief man es an, mit
dem Befehle, am Dampfer beizulegen.

Squambo stieß einen entsetzlichen Fluch aus. Da
er sich jedoch durch die Flucht dem ihm gewordenen
ausdrücklichen Befehle nicht entziehen konnte, mußte er
wohl oder übel gehorchen.

Einen Augenblick nachher trieb das Boot neben der
Steuerbordseite des Dampfers, der selbst, um jenes zu
erwarten, gestoppt hatte.

Zermah erhob sich sofort.

Dieser Zwischenfall schien ihr unerwartete Rettung
zu versprechen. Sie glaubte ja rufen, sich erkennen geben,
um Hilfe bitten und so Squambo wieder entkommen
zu können.

Der Indianer erhob sich neben ihr. In der einen
Hand hielt er ein großes Bowiemesser, mit der anderen

packte er das kleine Kind, das Zermah ihm vergeblich zu entwinden suchte.

»Einen Laut, sagte er — und ich ermorde das Mädchen!«

Hätte es nur ihr eigenes Leben gegolten, so würde Zermah gewiß nicht gezaudert haben; da es aber das Kind war, dem des Indianers schreckliche Waffe drohte, so schwieg sie still. Die Klugheit siegte über die Sehnsucht nach Freiheit. Vom Verdeck des Dampfers aus konnte übrigens Niemand wahrnehmen, was im Boote unten vorging.

Ein Officier beugte sich über die Commandobrücke herunter und rief den Indianer an. Dabei wurden folgende Worte gewechselt:

»Wohin geht Ihr?

— Nach Picolata.«

Zermah faßte diesen Namen auf, während sie sich doch sagte, daß es in Squambo's Interesse liege, seine wirkliche Bestimmung nicht zu verrathen.

»Woher kommt Ihr?

— Von Jacksonville.

— Giebt es dort etwas Neues?

— Nein.

— Nichts von der Flottille Dupont's?

— Nichts.

— Man hat also keine weiteren Nachrichten seit dem Angriffe auf Florida und auf das Fort Clinch?

— Nein.

— In den eigentlichen Saint-John ist noch kein Kanonenboot eingedrungen?

— Nicht eines.

— Woher rührte der Feuerschein, den wir gesehen, und das Knallen und Krachen, das man vom Norden her vernahm, als wir in Erwartung der Fluth noch vor Anker lagen?

— Von einem während letzter Nacht auf die Ansiedlung von Camdleß-Bay gerichteten Angriff.

— Durch die Nordstaatler?

— O nein! . . . Durch die Miliz von Jacksonville. Der Eigenthümer hatte den Anordnungen des Bürgerausschusses trotzen wollen.

— Gut! . . . Weiß schon! Es betrifft James Burbank, den eingefleischten Abolitionisten.

— Ganz recht.

— Und wie lief die Sache ab?

— Das weiß ich nicht. Ich habe nur im Vorüberkommen etwas davon gesehen. Mir schien da Alles in hellen Flammen zu stehen!«

In diesem Augenblicke kam über die Lippen des Kindes ein schwacher Schrei . . . Zermah drückte ihm die Hand auf den Mund, als sich die Finger des Indianers schon dem Halse desselben näherten.

Der ziemlich hoch über ihnen stehende Officier hatte nichts gehört.

»Ist Camdleß-Bay gleich mit Geschützen angegriffen worden? fragte er.

— Das glaub' ich kaum.

— Was bedeuteten denn die drei Kanonenschläge, die wir gehört haben und die uns von Jacksonville zu kommen schienen?

— Das vermag ich nicht zu sagen.

— Der Saint-John ist demnach von Picolata bis zu seiner Mündung frei?

— Ganz frei, und Ihr könnt ruhig hinunterfahren, ohne von den Kanonenbooten etwas zu fürchten zu haben.

— Es ist gut. — Vorwärts . . . Vollen Dampf!«

Der Befehl wurde dem Maschinisten hinunter-
gerufen und der Dampfer begann sich wieder in Bewegung zu setzen.

»Noch um eine Auskunft möcht' ich bitten, sagte
Squambo zu dem Officier.

— Und die wäre?

— Die Nacht ist sehr dunkel . . . ich finde mich
kaum zurecht . . . könnt' ich erfahren, wo ich jetzt
eigentlich bin?

— Auf der Höhe der Schwarzen Bucht.

— Ich danke.«

Die Schaufeln peitschten die Oberfläche des Flusses,
nachdem das Boot sich um einige Faden entfernt hatte.
Der Dampfer verschwand allmählich in der Nacht und
ließ nur einen Streifen von seinen mächtigen Rädern
tief aufgewühlten Wassers hinter sich.

Squambo, jetzt wieder allein auf dem Flusse, setzte
sich im Hintertheile des Bootes nieder und ließ weiter
rudern. Er kannte jetzt die Oertlichkeit, steuerte nach
rechts hinüber und fuhr in den runden Einschnitt ein,
in dessen Grund sich die Schwarze Bucht öffnete.

Daß der Indianer sie nach einem Orte führte,
dessen Zugang nur sehr schwierig zu finden war, darüber konnte Zermah nicht im Zweifel sein, und es kam
gar nicht darauf an, ob ihr das noch besonders gesagt
wurde oder nicht.

Vorläufig hätte sie doch keinen Weg gesehen, sich
ihrem Herrn mitzutheilen, und Nachforschungen in diesem
undurchdringlichen Labyrinth verboten sich fast von selbst.
Jenseits der Bucht gewährten dagegen die Waldungen
der Grafschaft Duval die Möglichkeit, jede Fährte zu
täuschen, für den Fall, daß James Burbank und dessen

Freunde es ja unternehmen sollten, die ganze Lagune
zu durchstreifen. — Dieser westliche Theil von Florida
konnte noch als ziemlich unbekanntes Land bezeichnet
werden, auf dem es so gut wie unmöglich war, einer
Spur zu folgen; überdies wäre es kaum klug gewesen,
sich in diese Gebiete hinein zu wagen.

Die Seminolen, welche auch damals in diesen Wäl=
dern und sumpfigen Landstrichen umherschwärmten, waren
jetzt noch immer zu fürchtende Gesellen. Sie beraubten
gar zu gern die in ihre Hände fallenden Reisenden und
ermordeten sie ohne Bedenken, wenn diese sich je zu ver=
theidigen suchten.

Im oberen Theile der Grafschaft, etwas nordwest=
lich von Jacksonville, hatte sich erst unlängst ein eigen=
thümlicher Vorfall zugetragen, der lange Zeit das allge=
meine Gespräch bildete.

Ein Dutzend Floridier, die sich nach der Küste
am Golfe von Mexiko begaben, waren von einer Semi=
nolen=Horde überfallen worden. Wenn sie dabei mit dem
Leben davonkamen, hatten sie es nur dem Umstande zu
verdanken, daß sie keinerlei Widerstand leisteten, der
übrigens — sie standen Einer zehn Wilden gegenüber
— ganz nutzlos gewesen wäre.

Die guten Leute wurden dann gründlich durchsucht
und alles dessen beraubt, was sie bei sich führten, selbst
ihrer Kleidung. Unter Androhung des Todes hatte man
ihnen dann verboten, in diesen Gebieten, welche die
Indianer noch immer als ausschließliches Eigenthum
beanspruchen, jemals wieder zu erscheinen. Um sie aber
auch wieder zu erkennen, wenn sie dieses Verbot nicht
achteten, wendete der Häuptling jener Bande ein sehr
einfaches Verfahren an; er ließ den Arm eines Jeden
mit einem eigenthümlichen Zeichen tättowiren, indem ihm

mit einer Nadel und daran hängendem Safte einer
Farbpflanze unverwischbare Zeichen eingeritzt wurden,
dann wurden die Floridier, ohne weitere Unbill zu er=
leiden, heimgeschickt. Nach den Ansiedlungen des Nordens
kamen sie natürlich in sehr bemitleidenswerthem Zustande
zurück — von der Indianer=Horde an den Armen sozu=
sagen »gestichelt« und wenig danach verlangend, noch
einmal in die Hände jener Seminolen zu fallen, welche
sie diesmal, schon um ihrem Zeichen Ehre zu machen,
ohne Erbarmen niedergemetzelt hätten.

Zu jeder anderen Zeit würden die Milizen der
Grafschaft Duval es nicht ungestraft haben hingehen
lassen, sondern hätten die Indianer sicherlich verfolgt.
Jetzt aber hatten sie anderes zu thun, als einen doch
langwierigen Streifzug gegen diese Nomaden zu beginnen.
Die Furcht, das Land von den föderirten Truppen
überschwemmt zu sehen, beherrschte Alles, und man
behielt nur die eine Aufgabe im Auge, zu verhindern,
daß jene sich zu Herren des Saint=John und mit ihm
zu denen der von ihm bespülten Gebiete machten. So
konnte man die südstaatlichen Streitkräfte unmöglich zer=
splittern, denn diese waren schon von Jacksonville bis
zur Grenze von Georgia hinauf aufgestellt. So meinte
man, es würde später Zeit sein, gegen die Seminolen,
welche durch den Bürgerkrieg nur frecher geworden
waren, aufzubrechen, so lange diese sich nicht in die
nördlicheren Landestheile wagten, aus denen man sie
für immer vertrieben zu haben glaubte. Dann wollte
man sich auch nicht damit begnügen, sie nur aus den
Evergladen und den Sümpfen zu vertreiben, sondern die=
selben womöglich ausrotten.

Vorläufig blieb es demnach gefährlich, sich in die
mehr im Westen von Florida gelegenen Gebiete zu ver=

lieren, und wenn James Burbank seine Untersuchungen
wirklich nach dieser Seite hin ausdehnte, so trat damit
nur eine neue Gefahr zu allen hinzu, welche ein Streif=
zug dieser Art so wie so mit sich bringt.

Inzwischen war das Boot längs des linken Ufers
des Flusses dahingeglitten. Squambo, der nun ja mußte,
daß er sich in der Höhe der Schwarzen Bucht befand,
welche die Gewässer des Saint=John in's Land ein=
treten läßt, fürchtete nicht im mindesten, etwa auf einer
Untiefe zu stranden.

Fünf Minuten später durchschnitt das Fahrzeug
schon die Fluthen unter dem dunklen Gewölbe der
Bäume und inmitten einer Finsterniß, welche noch tiefer
war, als draußen auf freiem Flusse. Wie sehr es Squambo
auch gewöhnt war, sich in den Windungen dieser Lagune
zurecht zu finden, unter den jetzigen Verhältnissen wäre
ihm das vielleicht doch nicht geglückt. Da er jedoch von
keiner Seite bemerkt werden konnte, durfte er es ja
wagen, sich den Weg zu beleuchten. So ließ er denn
einen harzigen Zweig von einem Baume am Ufer ab=
schneiden, der vorn an der Spitze des Bootes befestigt
und angezündet wurde. Seine rußige Flamme mußte
dem geübten Auge des Indianers genügen, um die enge
Wasserstraße zu erkennen. Während einer halben Stunde
etwa drang er so durch die verwirrten Windungen der
Bucht vor und gelangte endlich an das Eiland mit
dem Blockhause.

Nun mußte Zermah aussteigen. Von Müdigkeit
überwältigt, lag das kleine Mädchen schlafend in ihren
Armen. Diese erwachte auch nicht, als die Mestizin die
enge Pforte der Befestigung überschritt und in einem
der neben dem inneren Mittelraume gelegenen Zimmer
eingesperrt wurde.

In einer Decke, welche in einer Ecke lag, einge=
wickelt, wurde Dy auf erbärmlichem Lager niedergelegt.
Zermah blieb neben ihr wach.

II.

Eine eigenthümliche Operation.

Am folgenden Tag, dem 3. März, des Morgens
trat Squambo in das Zimmer, in dem Zermah die
Nacht verbracht hatte. Er übergab ihr etwas Nahrung
— Brod, ein Stück kaltes Wildpret, Früchte, eine Kanne
mit ziemlich starkem Bier, einen Krug mit Wasser
und einiges Tischgeräth. Gleichzeitig stellte ein anderer
Schwarzer in eine Ecke ein altes Möbelstück, das als
Toilette und als Commode dienen konnte und etwas
Leinenzeug, Tücher, Servietten und andere Gegenstände
enthielt, von denen die Mestizin für das Kind und sich
selbst Gebrauch machen sollte.

Dy schlief noch immer. Durch eine Handbewegung
hatte Zermah Squambo gebeten, sie nicht zu wecken.

Als der Schwarze hinausgegangen war, wandte
sich Zermah halblauten Tones an den Indianer:

»Was hat man mit uns vor? fragte sie.

— Das weiß ich nicht, antwortete Squambo.

— Welche Befehle habt Ihr von Texar erhalten?

— Ob diese nun von Texar oder sonst Jemand
herrühren, thut nichts zur Sache, ich will sie Euch mit=
theilen, und Ihr werdet gut thun, dieselben streng zu
beachten. So lange Ihr hier seid, wird dieses Zimmer
das Eurige sein, und Ihr werdet während der Nacht

in dem inneren Raume des Hauses eingeschlossen bleiben.

— Und am Tage? . . .

— Könnt Ihr innerhalb der Umfriedigung gehen wohin Ihr wollt.

— So lange wir hier bleiben? erwiderte Zermah. Darf ich fragen, wo wir uns befinden?

— Da, wohin ich Euch zu führen beauftragt war.

— Und hier werden wir bleiben?

— Was ich zu sagen hatte, hab' ich gesagt, antwortete der Indianer, jedes weitere Wort ist unnütz — ich antworte nichts mehr.«

Squambo, der sich bestimmt nur an diesen kurzen Austausch von Worten zu halten hatte, verließ damit das Zimmer, in dem die Mestizin mit dem Kinde allein blieb.

Zermah betrachtete das kleine Mädchen.

Ihre Augen füllten sich dabei mit Thränen, welche sie aber sofort zu verwischen suchte. Bei ihrem Erwachen sollte Dy nicht sehen, daß sie geweint hätte. Das Kind mußte sich ja nothwendig an die neue Lage gewöhnen — eine Lage, die vielleicht eine höchst gefährdete war, denn von Seiten des Spaniers konnte man sich auf Alles gefaßt machen.

Zermah überdachte nun noch einmal Alles, was sich seit dem Vortage ereignet hatte. Sie hatte recht wohl gesehen, wie Frau Burbank und Miß Alice nach dem Ufer herantraten, während das Boot sich davon entfernte. Ihr verzweifelter Hilferuf, ihr herzzerreißendes Geschrei war gewiß bis zu diesen gedrungen. Doch hatten sie auch das Castle-House wieder erreichen, durch den Tunnel gelangen und in das belagerte Wohnhaus eindringen können, um James Burbank und seinen

Genossen zu melden, welch' neues Unglück sie eben betroffen hatte? Konnten sie nicht vielmehr von den Leuten des Spaniers abgefangen, weit von Camdleß-Bay weggeschleppt oder gar ermordet worden sein? Wenn das der Fall war, konnte James Burbank nicht wissen, daß das kleine Mädchen mit Zermah entführt worden war. Er mußte in dem Glauben sein, daß seine Gattin, Miß Alice, das Kind und die Mestizin sich hatten an der Marino-Bucht einschiffen und den Cedernstein erreichen können, wo sie ja in Sicherheit waren. So würde er also gar nicht auf den Gedanken kommen, sogleich Nachforschungen nach ihnen anzustellen .....

Doch wenn sie annahm, daß Frau Burbank und Miß Alice nach dem Castle-House hatten zurückkehren können und James Burbank Alles erfahren hatte, war dann nicht noch zu fürchten, daß die Wohnung von Angreifern gestürmt, geplündert, angezündet und zerstört worden wäre? Gefangen oder todt — in beiden Fällen konnte Zermah von ihrer Seite auf keine Hilfe rechnen.

Selbst wenn die Nordstaatler Herren des Saint-John geworden waren, war und blieb sie verloren — weder Gilbert Burbank noch Mars würden, der Eine von seiner Schwester, der Andere von seiner Frau erfahren, daß sie auf diesem Eilande in der Schwarzen Bucht gefangen gehalten wurden!

Nun, wenn das der Fall war, wenn Zermah nur auf sich allein zählen konnte, so würde die Entschlossenheit dazu ihr doch niemals mangeln; sie würde Alles thun, um dieses Kind zu retten, das vielleicht Niemand Anderen mehr als sie auf der Welt hatte. Ihr ganzes Leben sollte sich in dem Gedanken concentriren: zu entfliehen. Keine Stunde sollte vergehen, ohne daß sie sich damit beschäftigte, die Mittel dazu vorzubereiten.

Und doch blieb die Frage bestehen, ob es nicht möglich sei, dieses kleine Fort, trotz der Ueberwachung desselben durch Squambo und seine Untergebenen, zu verlassen, den beiden wilden Spürhunden zu entgehen, welche um die Einfriedigung desselben streiften, und dieses hinter tausenden verworrenen Windungen der Lagune verlorene Eiland zu fliehen.

Gewiß war die Möglichkeit nicht ausgeschlossen, freilich konnte es nur unter der Bedingung glücken, daß einer der Sclaven des Spaniers, der die schmalen Wasserstraßen der Schwarzen Bucht genau kannte, dazu seinen Beistand bot.

Warum sollte nicht die Lockspeise einer reichlichen Belohnung einen dieser Leute veranlassen, Zermah bei ihrem beabsichtigten Entrinnen behilflich zu sein?... Nach dieser Seite hin hatte also die Mestizin zunächst alle ihre Bemühungen zu richten.

Inzwischen war die kleine Dy erwacht. Das erste Wort, was über ihre Lippen kam, war ein Ruf nach ihrer Mutter, dann ließ sie die Blicke verwundert durch den seltsamen Raum schweifen.

Jetzt mochte ihr wohl die Erinnerung an die Vorgänge des gestrigen Tages kommen. Sie bemerkte die Mestizin und lief zu ihr hin.

»Gute Zermah!... Gute Zermah!... stieß das kleine Mädchen halblaut hervor, ich fürchte mich ... ich fürchte mich so sehr!...

— Du brauchst aber keine Furcht zu haben, mein Liebling.

— Wo ist die Mama?

— Sie wird kommen ... bald!... Wir mußten auf unsere Rettung bedacht sein ... Du weißt es ja! Jetzt sind wir unter Schutz! Hier haben wir nichts zu fürchten. Sobald Dein Vater genügend Unterstützung gefunden hat, wird er uns hier aufsuchen ...«

Dy schaute Zermah an, als wollte sie sagen: »Ist das auch wahr?

— Ja, ja, fuhr Zermah in ihrem Eifer, das Kind möglichst zu beruhigen, fort, ja, Herr Burbank hat selbst gesagt, daß wir ihn hier erwarten sollen ...

— Aber die Männer, die uns in ihrem Schiffe mit fortgenommen haben? ... erwiderte das kleine Mädchen.

— Das sind Leute des Herrn Harvey, mein Schatz! Du weißt doch, Herr Harvey, der Freund Deines Papas, der in Jacksonville wohnt. Wir wohnen jetzt in dessen Landhaus zu Hampton-Red.

— Und Mama und Alice, die bei uns waren, warum sind die nicht mit hier? ...

— Dein Vater hat sie zurückrufen lassen, als sie eben in's Boot steigen wollten ... Besinne Dich nur.... Sobald jene schlechten Menschen von Camdleß-Bay wieder vertrieben sind, werden wir hier abgeholt werden ... O nein doch ... weine nicht! ... Aengstige Dich nicht, mein Herzenskind, wenn wir auch einige Tage hier aushalten müßten ... Wir sind ja gut versteckt, nicht wahr? ... Nun komm, ich will Dich ordentlich ankleiden.«

Dy sah ihre Zermah noch immer sehr zweifelnd an, und trotz der Trostesworte der Mestizin schluchzte sie doch bitterlich. Heute hatte sie nicht, wie sonst stets beim Aufwachen, zu lächeln vermocht.

Das Kind mußte nun vor Allem beschäftigt und zerstreut werden.

Zermah gab sich dieser Aufgabe mit wahrhaft rührender Zärtlichkeit hin. Sie besorgte deren Toilette mit derselben Aufmerksamkeit, als befände sich das Kind in seinem hübschen Zimmerchen des Castle-House, und gleichzeitig suchte sie dasselbe durch ihre Erzählungen zu unterhalten.

Dann aß Dy ein wenig und Zermah theilte dieses erste Frühstück mit ihr.

»Jetzt, meine Liebe, wollen wir, wenn Du Lust hast, einen kleinen Spaziergang unternehmen . . . innerhalb der Umfriedigung.

— Ist es denn schön, das Landhaus des Herrn Harvey? fragte das Kind.

— Schön? . . . Nein, das gerade nicht . . . antwortete Zermah. Es ist wohl mehr ein altes befestigtes Nest . . . Doch, es fehlt ihm gar nicht an Bäumen und auch nicht an einem Bache, wo wir lustwandeln können. Uebrigens bleiben wir nur wenige Tage hier, und wenn Du Dir hier die Zeit so gut als möglich vertreibst und recht artig bist, dann wird Mama sich sehr freuen!

— Ja, gute Zermah . . . ja! . . .« antwortete das kleine Ding.

Die Thür des Zimmers war nicht durch einen Schlüssel verschlossen. Zermah ergriff die Hand des Kindes und Beide traten hinaus. Sie befanden sich damit in dem gedeckten und finsteren Mittelraum, einen Augenblick später aber schritten sie im vollen Sonnenlichte dahin, geschützt durch das Laubwerk der großen Bäume, welche die Strahlen der Sonne nur strichweise durchließen.

Der umfriedigte Raum war nicht groß — höchstens einen Acker, und das Blockhaus nahm den größten Theil desselben ein.

Die denselben abschließende Palissade verhinderte Zermah, die Lage des Eilandes inmitten der Lagune zu erkennen. Alles, was sie durch das alte Ausfallthor wahrnehmen konnte, beschränkte sich darauf, daß ein breiter Arm mit trübem Wasser es von den benachbarten Inseln trennte. Eine Frau und ein Kind konnten hier also nur sehr schwer entfliehen.

Selbst wenn Zermah sich hätte eines Bootes bemächtigen können, wie hätte sie sich durch diese zahllosen Krümmungen hindurch winden wollen? Sie wußte dazu auch nicht, daß nur Texar und Squambo allein den richtigen Weg durch diesen Irrgang kannten.

Die im Dienste des Spaniers stehenden Schwarzen verließen die kleine Befestigung fast gar nicht und waren wohl nie wieder aus derselben herausgekommen, ja, sie wußten nicht einmal, wo ihr Herr sie eingeschlossen hielt. Um das Ufer des Saint=John zu finden, ebenso wie um nach den Sümpfen zu gelangen, welche die Bucht im Westen begrenzen, hätten sie sich auf den reinen Zufall verlassen müssen; auf diesen zu bauen, wäre aber gleichbedeutend mit dem gewissen Untergang gewesen.

Im Laufe der nächsten Tage überzeugte sich Zermah auch, daß sie der Sachlage nach von den Sclaven Texar's jedenfalls keinerlei Unterstützung zu erwarten habe.

Das waren nämlich zum größten Theile halbwilde Neger von abstoßendem Aussehen. Wenn sie der Spanier nicht an der Kette hielt, so konnten sie sich deshalb doch kaum frei bewegen. Da die Erzeugnisse des Landes aber ihnen hinreichende Nahrung gewährten und sie bei ihrer Vorliebe für starke Getränke von Squambo nach dieser Seite auch ziemlich reichlich versorgt wurden, während ihnen eigentlich nur die Bewachung des Blockhauses und im Nothfalle dessen Vertheidigung oblag, hatten sie kein eigentliches Interesse, ihre jetzige Existenz gegen eine andere zu vertauschen.

Die Sklavenfrage, welche nur wenige Meilen von der Schwarzen Bucht so überaus lebhaft erörtert wurde, war nicht dazu angethan, die Leute zu erregen, die, wenn sie ihre Freiheit wieder erlangten, nicht einmal gewußt hätten, was sie damit anfangen sollten. Texar sicherte ihnen dagegen jetzt ihren Lebensunterhalt und Squambo mißhandelte sie auch nicht, obgleich er der Mann dazu gewesen wäre, jeden den Kopf zu zer= schmettern, der ihn zu erheben gewagt hätte. Ein solcher Gedanke lag ihnen indeß ganz fern. Sie glichen fast Thieren und standen noch unter den Spürhunden, welche rings um die kleine Befestigung streiften; wenigstens ist es buchstäblich keine Uebertreibung, zu sagen, daß sie an Intelligenz diese Vierfüßler nicht erreichten. Letztere kannten wirklich die Bucht nach allen Richtungen und durchschwammen leicht die vielfachen Wasseradern der= selben. Sie durchspürten, geleitet von einem wahrhaft wunderbaren Instinct, der sie niemals sich verirren ließ, ein Eiland nach dem anderen, und ihr Gebell tönte manchmal bis zum linken Ufer des Flusses hin. Immer aber kehrten sie mit Einbruch der Nacht nach dem Block= hause zurück. Kein Fahrzeug hätte in die Schwarze Bucht eindringen können, ohne durch diese furchtbaren Wächter angemeldet zu werden, und außer Texar und Squambo hätte Niemand die Befestigung verlassen können, der nicht Gefahr laufen wollte, von diesen verwilderten Abkömmlingen der caraibischen Racehunde zerrissen zu werden.

Als Zermah erkannt hatte, einer wie scharfen Ueber= wachung die ganze Umfriedigung unterlag, als sie sah, daß von denen, die sie selbst bewachten, eine Hilfe nicht zu erwarten war, hätte wohl jede Andere, welche minder muthig, minder thatkräftig war, sich der Verzweiflung überlassen — sie that das nicht. Entweder kam ihr Hilfe von außen, und in diesem Falle war eine solche nur von Burbank zu erwarten, der ja frei war, zu handeln, wie er wollte, oder von Mars, wenn der Mestize erfuhr, in welch' trostloser Lage seine Frau sich hier befand.

Ging das nicht in Erfüllung, so mußte sie sich freilich bezüglich ihrer eigenen Rettung und der des Kindes nur auf sich selbst verlassen; und auch dann hoffte sie noch zum Ziele zu kommen.

Tief in dieser unwirthlichen Lagune gefangen gehalten, sah sich Zermah nur von wild aussehenden Gestalten umgeben; dennoch glaubte sie zu bemerken, daß einer der Schwarzen, ein noch junger Mann, sie mit einem gewissen Mitleide zu betrachten schien, was ihr zuerst einen Schimmer von Hoffnung einflößte.

Dennoch schien es sehr zweifelhaft, ob sie sich ihm vertrauen, ihm die Lage von Camdleß=Bay beschreiben und ihn bestimmen könne, sich nach Castle=House zu begeben. Squambo bemerkte übrigens offenbar sehr zeitig diese Zeichen von Theilnahme seitens des Sclaven, denn letzterer wurde sofort von ihr entfernt gehalten, so daß Zermah ihn während ihrer Spaziergänge innerhalb der Umfriedigung nicht mehr traf.

So vergingen mehrere Tage, ohne eine Aenderung der Lage herbeizuführen.

Vom Morgen bis zum Abend genossen Zermah und Dy unbeschränkte Freiheit, sich nach Belieben zu bewegen; in der Nacht hätten sie, obwohl Squambo ihr Zimmer nicht eigentlich verschloß, aus dem Innenraume doch nicht entweichen können. Der Indianer sprach niemals mit ihnen, und auch Zermah hatte darauf verzichten gelernt, eine Frage an ihn zu richten. Er verließ das Eiland keinen Augenblick.

Man fühlte hier sozusagen jede Minute überwacht zu sein, und Zermah's Sorgen wandten sich deshalb ausschließlich dem Kinde zu, das unaufhörlich nach einem Wiedersehen mit seiner Mutter verlangte.

»Sie wird schon kommen! . . . antwortete Zermah. Ich habe von ihr Nachricht erhalten. . . Dein Vater kommt dann auch mit, mein Schatz, und Miß Alice ebenfalls . . .«

Doch wenn sie eine solche Antwort gegeben hatte, wußte das arme Geschöpf nicht mehr, was sie weiter erfinden sollte.

Dann bemühte sie sich nun, das kleine Mädchen, das einen für ihr Alter erstaunlichen Verstand erkennen ließ, passend zu zerstreuen.

Der 4., 5. und 6. März waren in dieser Weise vergangen. Obgleich Zermah fortwährend lauschte, ob ein entfernter Kanonendonner vielleicht das Eintreffen der föderirten Flottille auf den Gewässern des Saint-John verkündete, drang doch niemals das geringste Geräusch bis zu ihr. Die ganze Schwarze Bucht blieb in tiefes Schweigen gehüllt, woraus sich schließen ließ, daß die Soldaten der Union sich Florida noch nicht unterworfen haben konnten. Das beunruhigte die Mestizin im höchsten Grade; denn wenn James Burbank und den Seinigen die Umstände vielleicht nicht gestatteten, selbst handelnd aufzutreten, so konnte sie doch wenigstens auf das Eingreifen Gilberts und ihres Mannes Mars rechnen. Wenn deren Kanonenboote den Fluß einmal beherrschten, so würden jene die Ufer desselben durchsucht haben und sicherlich auch bis zu diesem Eilande vor=gedrungen sein, selbst wenn sie Niemand aus Camdleß=

Bay von den letzten Ereignissen unterrichtet hatte. Aber
nichts deutete auf einen Kampf auf den Gewässern des
Flusses hin.

Auffallend mußte es auch erscheinen, daß sich der
Spanier noch nicht ein einziges Mal in der Befestigung
weder am Tage noch in der Nacht gezeigt hatte. Zermah
wenigstens hatte nichts bemerkt, was darauf hingedeutet
hätte. Uebrigens schlummerte sie so gut wie niemals
und während aller dieser langen Stunden qualvoller
Schlaflosigkeit lauschte sie gespannt auf jeden Laut — bis
jetzt aber immer vergebens.

Und doch, was hätte sie thun können, wenn Texar
auch nach der Schwarzen Bucht gekommen wäre und
sie vor sich gerufen hätte? Auf ihre Bitten, ihre Drohungen würde er doch nicht gehört haben, und so war
die Anwesenheit des Spaniers vielleicht noch mehr zu
fürchten als sein Fernbleiben.

Zum tausendsten Male überdachte Zermah alles
das am Abend des 6. März.

Es mochte gegen elf Uhr sein. Die kleine Dy lag
in kindlich friedlichem Schlummer.

Im Zimmer, das ihnen als Aufenthalt diente,
herrschte die tiefste Finsterniß. Kein Laut von außen
drang herein, außer zuweilen das Pfeifen des Windes
durch die halbverfallene Planke des Blockhauses.

In diesem Augenblicke glaubte die Mestizin im
Mittelraume Schritte zu vernehmen. Zuerst setzte sie
voraus, es werde der Indianer sein, der sein Zimmer
aufsuchte, das dem ihrigen gegenüber lag, nachdem er
seinen Rundgang um die Palissade gemacht hatte.

Da hörte Zermah aber auch einzelne Worte, welche
zwischen zwei Personen gewechselt wurden. Sie näherte

sich der Thüre, legte das Ohr an und erkannte die Stimme Squambo's und gleich darauf auch die Texar's

Ein kalter Schauer überlief sie bei dem Gedanken, was der Spanier wohl um diese Stunde in der kleinen Befestigung vorhabe und ob es sich nicht um einen neuen Gewaltstreich gegen sie und das Kind handle. Vielleicht sollten sie aus ihrem Zimmer geholt und an einen noch weniger bekannten und noch unzugänglicheren Ort als hier, im Hintergrunde der Schwarzen Bucht, geschleppt werden.

Alle diese Vermuthungen schwirrten Zermah in einem Augenblick durch den Kopf.

Sofort aber gewann ihre Entschlossenheit wieder die Oberhand und, das Ohr fest an die Thür gedrückt, lauschte sie dem Gespräch.

»Nichts Neues? fragte Texar.

— Nichts, Herr, erwiderte Squambo.

— Und Zermah?

— Ich habe auf ihre Fragen keine Antwort ge= geben.

— Sind seit dem Vorfalle auf Camdleß=Bay schon Versuche gemacht worden, bis zu ihr vorzudringen?

— Ja, aber stets ohne Erfolg.«

Aus dieser Antwort entnahm Zermah, daß doch Jemand nach ihnen gesucht haben müsse. Aber wer?

»Wie hast Du das erfahren? fragte Texar weiter.

— Ich habe mich wiederholt bis zum Ufer des Saint=John selbst begeben, erklärte der Indianer, und habe dort vor wenig Tagen ein Boot bemerkt, das vor der Oeffnung der Schwarzen Bucht kreuzte. Es ist sogar soweit gekommen, daß zwei Männer auf einem der Holme am Ufer an's Land gingen.

— Wer waren diese Beiden?

— James Burbank und Walter Stannard.«

Zermah konnte kaum ihre innere Erregung zurück=
drängen. James Burbank und Walter Stannard waren
es gewesen! Die Vertheidiger des Castle=House hatten
also bei jenem Angriffe auf die Ansiedlung nicht alle
den Tod gefunden. Und wenn sie Nachforschungen an=
stellten, so mußten sie auch von der Entführung der
Mestizin und des Kindes wissen. Wußten sie endlich
davon, so mußten es Frau Burbank und Alice ihnen
haben mittheilen können; diese Beiden lebten also eben=
falls; Beide hatten nach dem Castle=House zurückkehren
können, nachdem sie den letzten von Zermah ausgestoßenen
Schrei vernommen, mit dem sie gegen Texar um Hilfe
rief. — James Burbank war also von dem unterrichtet,
was vorgefallen war; er kannte den Namen des frechen
Räubers; vielleicht muthmaßte er sogar, nach welchem
geheimen Verstecke jener seine Opfer gebracht hatte, und
dann konnte es gar nicht fehlen, daß er endlich einmal
bis zu ihnen gelangte.

Diese Kette von Thatsachen knüpfte sich augen=
blicklich in Zermah's Geiste und erfüllte sie mit der
frohesten Hoffnung — eine Hoffnung, die ihr freilich
in derselben Minute geraubt werden sollte, als sie den
Spanier antworten hörte:

»O sie mögen nur suchen, finden werden sie doch
nichts! Im übrigen wird James Burbank binnen wenigen
Tagen nicht weiter zu fürchten sein!«

Was diese Worte bedeuten sollten, konnte die
Mestizin nicht verstehen; jedenfalls enthielten sie, aus=
gesprochen von dem Manne, dem jetzt der sogenannte
Bürgerausschuß von Jacksonville gehorchte, eine ernste
Bedrohung.

»Und nun, Squambo, brauch' ich Dich für eine Stunde, fuhr der Spanier fort.

— Ich stehe zu Eurem Befehl, Herr.

— Folge mir!«

Gleich darauf hatten sich Beide nach dem Zimmer zurückgezogen, das der Indianer gewöhnlich einnahm.

Was wollten sie da beginnen? Handelte es sich vielleicht um ein Geheimniß, aus dem Zermah Nutzen ziehen konnte?

In ihrer Lage durfte sie nichts vernachlässigen, was ihr irgendwie von Vortheil sein konnte.

Wir wissen schon, daß ihre Zimmerthür nicht verschlossen war, nicht einmal während der Nacht. Diese Vorsicht wäre überflüssig gewesen, weil der Mittelraum von innen sicher verwahrt war und Squambo den Schlüssel stets bei sich trug. Es war also unter solchen Verhältnissen unthunlich, das Blockhaus zu verlassen und eine Flucht zu versuchen.

Zermah konnte also die Thür ihres Zimmers öffnen und mit verhaltenem Athem hinaustreten.

Rings dichte Finsterniß; nur aus dem Zimmer des Indianers drang ein leise zitternder Lichtschein heraus.

Zermah näherte sich der Thür und lugte durch die nicht ganz dicht aneinanderschließenden Bretter derselben.

Was sie da erblickte, war seltsam genug und erschien ihr das noch mehr, da sie den Grund dazu nicht zu begreifen vermochte.

Obgleich der Raum nur durch einen qualmenden Kerzenstumpf erhellt war, genügte das wenige Licht doch dem, mit einer ziemlich feinen Arbeit beschäftigten Indianer.

Texar saß nämlich vor ihm; das Lederjaquet hatte er ausgezogen und sein linker Arm lag entblößt auf

einem kleinen Tische, so daß diesen der Lichtschein mög=
lichst voll traf. Auf der inneren Seite seines Vorder=
armes lag ein von feinen Löchern durchbohrtes Papier
von merkwürdiger Form. Squambo stach dann mit feiner
Nadel in die Haut an den durch die Löcher bezeichneten
Stellen — kurz, der Indianer nahm eine Tättowirung
vor — eine Operation, zu der ihm als Seminolen die
nöthige Uebung gewiß nicht fehlte. Und in der That
führte er dieselbe mit ebensolcher Geschicklichkeit als
leichter Hand so aus, daß nur die Oberhaut von der
Nadel getroffen wurde, ohne daß der Spanier dabei
den mindesten Schmerz empfand.

Nach Vollendung dieses ersten Theiles seines Werkes
nahm Squambo das Papier — die Schablone — weg;
dann ergriff er einige Blätter einer von Texar selbst
mitgebrachten Pflanze und rieb den Vorderarm seines
Herrn damit tüchtig ein.

Der in die Nadelstiche eindringende Saft dieser
Pflanze erregte dem Spanier doch ein schmerzhaftes
Zucken, obwohl dieser nicht der Mann dazu war, sich
wegen solcher Kleinigkeiten zu beklagen.

Hierauf rieb Squambo den tättowirten Arm noch
mit einer Art Harz ein. Sofort trat auf dem Vorder=
arm Texar's eine deutliche röthliche Zeichnung hervor.

Die Linien derselben entsprachen vollständig den
Nadelstichen in dem verwendeten Papiermuster — der
Abklatsch war vorzüglich gelungen zu nennen. Er be=
stand im Wesentlichen aus einer Reihe sich durch=
kreuzender Linien, welche eine symbolische Figur aus der
Glaubenslehre der Seminolen darstellten.

Diese Zeichnung konnte von dem Arme, auf dem
Squambo sie eben angebracht hatte, niemals wieder
verschwinden.

Zermah hatte alles gesehen, aber, wie gesagt, den Grund dieser Vornahme nicht begriffen.

Welches Interesse konnte auch Texar haben, sich mit einer Tättowirung versehen zu lassen. Warum dieses »besondere Kennzeichen« — um ein Wort aus der auf Pässen üblichen Redeweise zu entlehnen? Wollte er gar für einen Indianer gelten? Dazu hätte weder seine Hautfarbe noch seine ganze äußere Erscheinung gepaßt. Oder sollte man diese Marke vielleicht in irgend eine Verbindung setzen mit der, welche einigen floridischen Reisenden beigebracht worden war, als diese im Westen der Grafschaft in die Hände einer Seminolen=Bande fielen? Wollte Texar sich etwa nur die Möglichkeit eines abermaligen Alibibeweises sichern, durch den er sich bisher immer aus mancher peinlichen Lage zu ziehen verstanden hatte?

Vielleicht war das Ganze eines der mit seinem Leben verknüpften Geheimnisse, welche erst die spätere Zukunft entschleiern sollte.

Zermah trat dabei aber auch noch eine andere Frage vor Augen.

War der Spanier wirklich nur nach dem Block= haus gekommen, um sich der Geschicklichkeit Squambo's im Tättowiren zu bedienen? Würde er nach Vollendung dieser Operation die Schwarze Bucht wieder verlassen, um nach dem Norden Floridas und zweifelsohne nach Jacksonville zurückzukehren, wo seine Parteigänger jetzt noch die Herren waren? Oder ging seine Absicht dahin, bis zum nächsten Tage im Blockhause zu verbleiben, dann die Mestizin zu sich zu bescheiden und vielleicht bezüglich seiner beiden Gefangenen einen neuen Entschluß zu fassen?

In dieser Hinsicht sollte Zermah sehr schnell be= ruhigt werden. In dem Augenblicke, als der Spanier sich erhob, um den inneren größeren Raum zu betrachten, war sie eiligst wieder nach ihrem Zimmer geflüchtet.

Da vernahm sie, an der Thür lehnend, die wenigen Worte, welche noch zwischen dem Indianer und seinem Herrn gewechselt wurden.

»Passe mir noch schärfer auf als je, sagte Texar.

— Gewiß, versicherte Squambo. Wenn uns James Burbank aber in der Schwarzen Bucht selbst zu sehr auf den Fersen wäre . . .

— Ich wiederhole Dir, daß James Burbank nach wenigen Tagen überhaupt nicht mehr zu fürchten sein wird. Sollte jener Fall unerwarteter Weise eintreten, so wißt Ihr ja, wohin die Mestizin mit dem Kinde zu schaffen ist . . . Dahin, wo nur ich Dich wiederfinde.

— Jawohl, Herr, antwortete Squambo, denn es ist auch die Möglichkeit vorzusehen, daß Gilbert, der Sohn James Burbank's, und Mars, der Mann Zermah's . . .

— Binnen achtundvierzig Stunden sind sie in meiner Gewalt, unterbrach ihn Texar; und wenn ich sie einmal habe . . .«

Zermah konnte das Ende dieser für ihren Mann wie für Gilbert so bedrohlichen Phrase nicht mehr verstehen.

Texar und Squambo verließen die kleine Festung, deren Thor sich hinter ihnen schloß.

Wenig Minuten später verließ das von dem Indianer geführte Skiff das Eiland, wandte sich durch die düsteren Strömungen der Lagune und traf dann mit einem Boote zusammen, das den Spanier an der Oeffnung der Bucht im Saint-John erwartete. Nachdem er dem Indianer nochmals die größte Aufmerksamkeit empfohlen, schied der Spanier von diesem und fuhr, von

der Ebbe unterstützt, rasch in der Richtung nach Jackson=
ville hinunter.

Hier traf er mit dem Tagesgrauen und noch recht=
zeitig ein, um seine geheimen Pläne zur Ausführung zu
bringen. In der That verschwand wenige Tage später
Mars unten den Fluthen des Saint=John und Gilbert
Burbank war unter seiner Mitwirkung zum Tode ver=
urtheilt worden.

III.

Am Vorabend.

Es war am Morgen des 11. März, als Gilbert
Burbank durch den Bürgerausschuß in Jacksonville ver=
urtheilt wurde, und noch am nämlichen Tage fand auch die
Verhaftung seines Vaters auf Befehl des genannten Aus=
schusses statt. Am zweiten Tage sollte der junge Mann durch
Pulver und Blei hingerichtet werden und James Bur=
bank, unter der Anklage der Mitschuld zur nämlichen
Strafe bedroht, ihm jedenfalls nachfolgen.

Wir wissen, daß Texar den Bürgerausschuß voll=
ständig in seiner Hand hatte, daß nur sein Wille es
war, der die Gesetze jetzt machte.

Die Hinrichtung des Vaters und des Sohnes bil=
dete dann gewiß nur das Vorspiel blutiger Schandthaten,
welche die ärmere weiße Bevölkerung unter Unterstützung
des Pöbels gegen die nordstaatlich gesinnten Bewohner
von Florida und gegen Diejenigen verüben würde,
welche ihre Anschauungen bezüglich der Sclavenfrage nicht
theilten. Wie viel persönliche Rache wurde nicht unter

dem Deckmantel des Bürgerkrieges rücksichtslos gestillt! Nur die Anwesenheit der föderirten Truppen hätte dem Einhalt thun können; aber es schien leider ganz unbestimmt, ob dieselben überhaupt kämen, und noch mehr, ob sie eher kämen, ehe die ersten Opfer seiner Rache dem Hasse des Spaniers dargebracht worden waren.

Wie gesagt, war das leider nicht zu erwarten.

Da diese unbegreifliche Verzögerung eintrat, kann man sich leicht vorstellen, welche Angst die Bewohner des Castle-House auszustehen hatten.

Allem Anscheine nach mußte man annehmen, daß der Plan, den Saint-John hinaufzusegeln, von dem Commandanten Stevens ganz aufgegeben sei. Die Kanonenboote machten keinerlei Anstalt, ihren Ankerplatz zu verlassen, und wahrscheinlich wagten sie jetzt, wo Mars nicht mehr da war sie zu führen, nicht die Barre des Flusses zu überschreiten und in die gefährliche Wasserstraße ohne Lootsen einzufahren. Sollten sie wirklich darauf verzichten, Jacksonville zu unterwerfen und mit der Einnahme dieser Stadt die Sicherheit der Ansiedlungen stromaufwärts des Saint-John zu gewährleisten?

Doch welch' neue kriegerische Ereignisse konnten den Commandanten Dupont wohl veranlaßt haben, seine Pläne zu ändern?

Das fragten sich Mr. Stannard und der Oberverwalter Perry während dieses ihnen fast endlos erscheinenden 12. März.

An demselben Tage gingen nämlich in demjenigen Theile von Florida, der zwischen dem Flusse und dem Meere liegt, ziemlich bestimmt auftretende Gerüchte, nach denen alle Maßnahmen der Föderirten sich hauptsächlich nur auf das Uferland zu richten schienen. Der Commandant Dupont, der sich auf dem »Wasbah« befand und dem die stärksten Kanonenboote seines Geschwaders folgten, war in die Bai von Saint-Augustine eingelaufen. Man sagte selbst, die Milizen träfen schon Anstalt, die Stadt zu verlassen und das Fort Marion ebensowenig zu vertheidigen, wie das Fort Clinch nach der Uebergabe von Fernandina vertheidigt worden war.

So lauteten wenigstens die Neuigkeiten, welche der Verwalter im Laufe des Morgens nach dem Castle-House mitbrachte. Dieselben wurden sofort Mr. Stannard und Edward Carrol mitgetheilt, den seine noch nicht ganz vernarbte Wunde vorläufig noch zwang, auf einem Divan in der Vorhalle still liegen zu bleiben.

»Die Bundestruppen in Saint-Augustine! rief der Letztere. Und warum gehen sie nicht nach Jacksonville?

— Vielleicht beabsichtigen sie nur, den Fluß nach seiner Mündung zu abzusperren, ohne von demselben weiter Besitz zu nehmen, antwortete Mr. Perry.

— James und Gilbert sind verloren, wenn Jacksonville in den Händen Texar's bleibt! sagte Mr. Stannard.

— Könnte ich, meldete sich Perry, mich nicht aufmachen, um dem Commodore Dupont die Meldung zu bringen, in welcher Gefahr Herr Burbank und sein Sohn schweben?

— Sie würden einen ganzen Tag brauchen, um nach Saint-Augustine zu gelangen, meinte Mr. Carrol, vorausgesetzt, daß sie unterwegs nicht von den auf der Flucht befindlichen Milizen aufgehalten werden. Und ehe es ferner dem Commodore Dupont nur möglich gewesen wäre, Stevens den Befehl, Jacksonville zu nehmen, zukommen zu lassen, müßte zuviel Zeit vergehen. Und dann . . . die Barre . . . diese unglückselige Barre des Flusses —! Wenn die Kanonenboote dieselbe nicht über- schreiten können, wie könnte unser armer Gilbert, der

schon morgen den Tod erleiden soll, gerettet werden?
— Nein! Nicht nach Saint-Augustine gilt es jetzt zu
gehen, sondern gleich nach Jacksonville selbst! . . . An
den Commodore Dupont haben wir uns nicht zu
wenden, sondern an Texar! . . .

— Herr Carrol hat Recht, lieber Vater. . . und
ich werde gehen!« erklärte Miß Alice, welche nur die
letzten von Mr. Carrol ausgesprochenen Worte gehört
hatte.

Das muthige junge Mädchen war entschlossen, Alles
zu versuchen, Allem zu trotzen zum Heile des unglücklichen Gilbert.

Als James Burbank am Vorabende Camdleß-Bay
verließ, hatte er ganz besonders dringend empfohlen,
daß seiner Gattin sein Aufbruch nach Jacksonville nicht
verrathen werden solle. Es kam ihm darauf an, ihr zu
verheimlichen, daß jener Bürgerausschuß einen Haftbefehl
gegen ihn erlassen hatte. Frau Burbank wußte also
davon nichts, ebenso wenig wie von dem Schicksale ihres
Sohnes, den sie längst wieder an Bord der Flottille
wähnte. Wie hätte das arme Weib auch den doppelten
Schlag, der sie zu treffen drohte, überstehen sollen? Ihr
Gatte in der Gewalt Texar's, ihr Sohn am Vorabend
seines Todes! Das hätte sie nimmermehr überlebt. Als
sie ihren Mann zu sehen gewünscht hatte, begnügte sich
Miß Alice zu antworten, daß er aus dem Castle-House
fortgegangen sei, um neue Nachforschungen wegen Dy's
und Zermah's anzustellen, und daß seine Abwesenheit
wohl achtundvierzig Stunden dauern könne. Frau Burbank's Gedanken weilten übrigens stets nur bei ihrem
verschollenen Kinde — schon dieser Verlust war zuviel,
als daß sie ihn in dem Zustande, indem sie sich befand,
lange hätte ertragen können.

Alice wußte übrigens selbst recht wohl, was James und Gilbert Burbank drohte. Es war ihr bekannt, daß der junge Officier am nächsten Tage erschossen werden solle, und daß dasselbe Schicksal seinem Vater bevorstand . . . Und deshalb entschlossen, Texar aufzusuchen, richtete sie an Mr. Carrol die Bitte, sie nach der anderen Seite des Flusses übersetzen zu lassen.

»Du . . . Alice . . . . nach Jacksonville! rief Mr. Stannard.

— Es muß sein, mein Vater!«

Das sehr natürliche Zögern Mr. Stannard's wich jetzt plötzlich der erkannten Nothwendigkeit, ohne Verzug zu handeln. Wenn Gilbert gerettet werden konnte, so war das nur durch den Schritt möglich, den Miß Alice eben wagen wollte. Vielleicht gelang es ihr, wenn sie sich Texar zu Füßen warf, diesen noch zu erweichen; vielleicht erlangte sie wenigstens noch einen Aufschub der Execution; vielleicht endlich fand sie gar Unterstützung seitens der besser denkenden Einwohner, welche die eigene Verzweiflung trieb, sich gegen die unleidliche Tyrannei des Bürgerausschusses aufzulehnen. Man mußte also, selbst auf die schlimmste Gefahr hin, nach Jacksonville gehen.

»Perry, sagte das junge Mädchen, wird mich nach der Wohnung des Herrn Harvey führen können.

— Ich bin jeden Augenblick bereit, versicherte der Verwalter.

— Nein, Alice, ich selbst werde Dich begleiten, erklärte da Mr. Stannard. Ja . . . ich! . . . Brechen wir auf . . .

— Sie, Stannard? . . . rief Edward Carrol . . . Sie setzen sich damit Allem aus . . . Ihre Ansichten sind allzubekannt . . .

— Was thut das! erwiderte Mr. Stannard. Ich werde meine Tochter nicht ohne mich unter diese rohen Burschen gehen lassen. Perry mag im Castle-House bleiben, Edward, da Sie selbst noch nicht gehen können, denn wir dürfen nicht vergessen, daß auch wir zurückgehalten werden könnten.

— Und wenn Frau Burbank nach Ihnen fragt, warf Edward Carrol ein, wenn sie nach Miß Alice verlangt, was soll ich ihr dann antworten?

— So sagen Sie ihr, wir hätten uns James an- geschlossen, den wir bei seinen Nachsuchungen auf dem anderen Flußufer begleiteten. . . . Sagen Sie, wenn es nöthig wäre, sogar, wir hätten uns nach Jacksonville begeben müssen . . . überhaupt alles Beliebige, um sie zu beruhigen, aber nichts, was sie muthmaßen lassen könnte, daß ihr Gatte und ihr Sohn jetzt in schlimmster Gefahr schweben . . . Perry, lassen Sie ein Boot zu- recht machen!«

Der Verwalter zog sich sofort zurück und überließ es Mr. Stannard, die weiteren Vorbereitungen zur Fahrt selbst zu treffen.

Immerhin erschien es rathsamer, daß Miß Alice das Castle-House nicht verließ, ohne Frau Burbank selbst mitzutheilen, daß sie und ihr Vater sich nach Jacksonville begeben mußten. Im Nothfalle durfte sie nicht zögern, zu sagen, daß Texar's Partei daselbst gestürzt worden sei . . . daß die Föderirten die Herren des Flußlaufes seien . . . daß Gilbert morgen in Castle- House eintreffen werde . . .

Doch würde das junge Mädchen auch die Kraft haben, dabei nicht zu zittern, würde ihre Stimme sie nicht verrathen, wenn sie angeblich Thatsachen aussprach,

deren Verwirklichung jetzt doch so gut wie unmöglich schien?

Als sie das Zimmer der Kranken betrat, schlief
Frau Burbank oder sie lag vielmehr, versenkt in eine
Art schmerzlicher Betäubung, in einem tiefen Torpor,
aus dem sie zu erwecken Miß Alice nicht den Muth
hatte. Vielleicht war es auch besser, daß das junge
Mädchen hierdurch der Aufgabe, sie durch ihre Worte
zu beruhigen, enthoben wurde.

Eine der in der Wohnung beschäftigten Frauen
wachte neben dem Bette. Miß Alice empfahl ihr dringend, keinen Augenblick von hier zu weichen und sich
wegen einer Antwort auf die Fragen, welche Frau Burbank an sie stellen könnte, an Mr. Carrol zu wenden.
Dann neigte sie sich über die Stirne der unglücklichen
Mutter, berührte diese mit den Lippen und entfernte
sich aus dem Zimmer, ihren Vater wieder aufzusuchen.

Als sie dessen ansichtig wurde, rief sie:

»Jetzt, mein Vater, wollen wir aufbrechen!«

Beide traten aus der Vorhalle, nachdem sie Edward
Carrol noch warm die Hand gedrückt hatten.

In der Mitte der Bambusallee, welche nach dem
kleinen Hafen führte, begegneten sie dem Oberverwalter.

»Das Boot ist bereit, sagte Perry.

— Gut, antwortete Mr. Stannard. Nun sorgen
Sie nach besten Kräften für das Castle=House, lieber
Freund.

— Fürchten Sie nichts, Herr Stannard; unsere
Schwarzen kehren schon nach und nach zur Ansiedlung
zurück, das liegt auf der Hand. Was sollten sie auch
mit einer Freiheit, zu der sie doch nicht geboren sind?
Führen Sie uns nur Herrn Burbank zurück und er
wird sie alle wieder an ihrer Stelle finden!«

Mr. Stannard und seine Tochter nahmen nun in dem von vier Leuten aus Cambleß-Bay geruderten Boote Platz. Das Segel wurde gehißt und unter schwachem östlichen Winde fuhr man ab. Die Landungsbrücke war bald hinter der Spitze, welche von der Pflanzung aus nach Nordwesten auslief, verschwunden.

Mr. Stannard hatte nicht die Absicht, im Hafen von Jacksonville selbst, wo er unfehlbar erkannt worden wäre, ans Land zu gehen. Es erschien ihm rathsamer, in einem kleinen Uferausschnitt, ein wenig oberhalb desselben, zu landen. Von hier würde es auch leichter sein, die Wohnung des Mr. Harvey, welche nach dieser Seite hin und am Ende der Vorstadt lag, ungehindert zu erreichen, dann wollte man sich, je nachdem die Umstände es forderten, bezüglich der weiter zu thuenden Schritte entscheiden.

Der Fluß war zu dieser Stunde ganz unbelebt und nichts sah man stromaufwärts, von wo die aus Saint-Augustine vertriebenen und nach dem Süden hin geflohenen Milizen hätten kommen können — nichts auch stromabwärts. Zwischen den floridischen Fahrzeugen und den Kanonenbooten des Commandanten Stevens war es also noch zu keinem Scharmützel gekommen. Man konnte nicht einmal deren Absperrungslinie sehen, da eine Biegung des Saint-John den Horizont unterhalb Jacksonville abschloß.

Nach ziemlich schneller, durch Rückenwind begünstigter Ueberfahrt erreichten Mr. Stannard und seine Tochter das linke Ufer. Ohne bemerkt zu werden, konnten beide im Grunde jenes, übrigens unbewachten Einschnittes landen, und schon nach wenigen Minuten befanden sie sich im Hause des Geschäftsfreundes James Burbank's.

Dieser war gleichzeitig sehr erstaunt und sehr beunruhigt, sie hier zu sehen. Ihre Anwesenheit inmitten des hiesigen aufs Höchste erregten und Texar gedankenlos ergebenen Pöbels erschien wirklich gefährlich. Die Leute wußten ja recht gut, daß Mr. Stannard die auf Camdleß=Bay herrschenden, der Sklaverei feindlichen Anschauungen vollständig theilte. Die Plünderung seiner eigenen Wohnung in Jacksonville konnte ihm schon als Warnung und Zeichen dienen, wessen er sich gegebenen Falles zu versehen hatte.

Unzweifelhaft setzte er sich persönlich den größten Gefahren aus. Das Geringste, was ihm, sobald er erkannt wurde, widerfahren konnte, war eine unmittelbare Einsperrung als Mitschuldiger James Burbank's.

»Wir müssen Gilbert retten! ... weiter vermochte Miß Alice auf Mr. Harvey's Einwendungen nichts zu antworten.

— Ja wohl, meinte dieser, das muß gewiß versucht werden, nur soll Herr Stannard sich nicht auf der Straße zeigen! ... Er mag hier verborgen bleiben, während wir handeln.

— Wird man mich in das Gefängniß einlassen? fragte das junge Mädchen.

— Ich glaub' es nicht, Miß Alice.

— Oder kann ich bis zu Texar vordringen?

— Wir wollen's versuchen.

— Sie wünschen also nicht, daß ich Sie begleite? fragte Mr. Stannard, der das gerne gethan hätte.

— Nein, damit würden alle unsere Schritte bei Texar und bei dem Bürgerausschuß nur weiter erschwert und jedenfalls erfolglos werden.

— So kommen Sie also, Herr Harvey,« drängte Miß Alice.

Bevor er die Beiden jedoch gehen ließ, wollte Mr. Stannard wenigstens erfahren, ob nicht neue Nachrichten vom Kriege eingetroffen wären, von denen in Camdleß=Bay vielleicht noch nichts verlautet hätte.

»Keine, berichtete Mr. Harvey, wenigstens soweit solche Jacksonville betreffen. Die föderirte Flottille ist in der Bai von Saint=Augustine erschienen und die Stadt hat sich ergeben. Was den Saint=John angeht, so ist keinerlei Bewegung gemeldet worden. Die Kanonenboote liegen noch immer unterhalb der Barre vor Anker.

— Es fehlt ihnen also auch jetzt noch das Wasser, um über dieselbe wegkommen zu können?

— Ja, Herr Stannard; heute aber werden wir hohe Aequinoctialflut haben. Gegen drei Uhr muß das Meer seinen höchsten Stand einnehmen, und vielleicht können dann die Kanonenboote die Einfahrt unternehmen ...

— Unternehmen ohne Lootsen, jetzt, wo Mars nicht mehr da ist, sie durch die ihnen so gut wie unbekannte Wasserstraße zu führen! erwiderte Miß Alice, in einem Tone, der Allen bewies, daß sie sich an eine solche Hoffnung nicht mehr zu klammern wagte. Nein ... das ist unmöglich!... Herr Harvey, ich muß Texar sehen und sprechen, und wenn er mich zurückweist, müssen wir Alles daran setzen, Gilbert aus dem Kerker zu befreien.

— Das werden wir auch thun, Miß Alice.

— Die allgemeine Stimmung hat sich in Jacksonville verändert? fragte Mr. Stannard.

— Nein, erwiderte Mr. Harvey. Die Schurken sind hier noch immer die Herren und Texar beherrscht sie. Gegenüber den Willkürlichkeiten und den Bedrohungen des sogenannten Bürgerausschusses zittern die besseren

Leute sozusagen vor Entrüstung. Es bedürfte nur einer
Bewegung der Föderirten auf dem Flusse, um den Zu=
stand der Dinge zu ändern. Dieser freche Pöbel ist im
Grunde entsetzlich feig. Wenn er sich erst zu fürchten
beginnt, ist es um Texar und seine Spießgesellen ge=
schehen ... Ich hoffe noch immer, der Commandant
Stevens wird die Barre übersegeln können ..!

— Darauf können und dürfen wir nicht warten,
bemerkte Miß Alice, und ehe das geschieht, muß ich
Texar gesehen haben!«

Es wurde also ausgemacht, daß Mr. Stannard
in der Wohnung bleiben sollte, damit zunächst Niemand
von dessen Anwesenheit in Jacksonville etwas erführe.
Mr. Harvey war bereit, dem jungen Mädchen bei allen
zu unternehmenden Schritten seine Unterstützung zu Theil
werden zu lassen, obwohl an einen Erfolg derselben
kaum zu glauben war. Wenn Texar ihr die Begnadigung
abschlug, wenn Miß Alice nicht bis zu ihm vordringen
konnte, so wollte man, selbst um den Preis eines ganzen
Vermögens, die Befreiung des jungen Officiers und
seines Vaters zu erlangen suchen.

Es war gegen elf Uhr, als Miß Alice und Mr.
Harvey dessen Wohnung verließen und sich nach dem
Court=Justice begaben, wo der Bürgerausschuß unter
dem Vorsitze Texar's jetzt unausgesetzt versammelt blieb.

In der Stadt herrschte noch immer große Be=
wegung. Da und dort zogen Milizen vorüber, verstärkt
durch einzelne Abtheilungen, welche aus anderen Ländern
des Südens hierher geströmt waren. Im Laufe des
Tages erwartete man noch Diejenigen, welche die Ueber=
gabe von Saint=Augustine außer Dienst setzte, ob diese
nun direct auf dem Saint=John kamen oder einen Weg
durch die Wälder des rechten Ufers einschlugen, um den

Fluß erst in der Höhe von Jacksonville zu überschreiten. Tausend Neuigkeiten schwirrten durch die Luft und — widersprachen sich wie gewöhnlich, was wiederum einen neuen Tumult hervorrief. Man erkannte übrigens leicht genug, daß, im Fall die Föderirten nur in Sicht des Hafens erschienen, von keiner einheitlichen Vertheidigung die Rede sein könne. An ernsthaften Widerstand war sonach gar nicht zu denken. Wenn sich neun Tage vorher Fernandina den ausgeschifften Truppen des Generals Voight ergeben hatte, wenn Saint-Augustine das Geschwader des Commodore Dupont empfangen hatte ohne nur einen Versuch, ihm die Einfahrt zu verweigern, konnte man voraussehen, daß es sich in Jacksonville nicht anders gestalten würde. Die conföderalistischen Milizen würden sich, indem sie den Platz den nordstaatlichen Truppen überließen, einfach tief in's Innere der Grafschaft zurückziehen. Ein einziger Umstand nur konnte Jacksonville vor der Einnahme retten, die Machtvollkommenheiten des Bürgerausschusses verlängern und die Ausführung der blutigen Beschlüsse desselben möglich machen — nämlich der, daß die Kanonenboote aus irgend einem Grunde — sei es wegen Mangels an Wasser oder wegen des Fehlens eines Lootsen — die Barre des Flusses nicht überschreiten konnten. Uebrigens handelte es sich ja nur um wenige Stunden, dann mußte diese Frage gelöst sein.

Inzwischen begaben sich, mitten in einer sich immer dichter zusammendrängenden Volksmenge, Miß Alice und Mr. Harvey nach dem öffentlichen Platze. Wie sie es freilich beginnen sollten, um in den Saal des Court-Justice zu gelangen, davon hatten sie zunächst keine Vorstellung. Vielleicht entzog sich auch Texar, wenn er vernahm, daß Alice Stannard vor ihm zu erscheinen verlangte, einer unbequemen Frage einfach auf die Weise, daß er das junge Mädchen verhaften und bis nach der Hinrichtung des jungen Lieutenants einsperren ließ. Das muthige Mädchen wollte jedoch von allen solchen Möglichkeiten nichts wissen. Keine persönliche Gefahr hätte sie von ihrem Vorhaben abwenden können, bis zu Texar vorzudringen und ihm die Begnadigung Gilbert's abzunöthigen.

Als Mr. Harvey und sie den Platz erreicht hatten, fanden sie hier einen Haufen Pöbel, der womöglich noch toller lärmte. Wildes Geschrei erschütterte die Luft. Von allen Seiten tönten wüthende Rufe und schreckliche Flüche von einer Gruppe zur anderen, doch immer brüllten alle einstimmig: »Zum Tode! Zum Tode!«

Mr. Harvey erfuhr auf seine Erkundigungen, daß der Ausschuß seit einer Stunde zu einer Sitzung beisammen sei. Ein peinliches Vorgefühl ergriff ihn, eine Ahnung, welche nur zu sehr in Erfüllung gehen sollte. In der That einigte sich der Ausschuß eben bezüglich des Urtheils über James Burbank als Mitschuldigen seines Sohnes Gilbert, unter der Anschuldigung, ein Einverständniß mit der föderirten Armee unterhalten zu haben. Dasselbe Verbrechen erheischte natürlich dieselbe Strafe, die Krönung des Werkes seines Hasses, den Texar der Familie Burbank einmal geschworen hatte.

Mr. Harvey wollte für jetzt nicht weiter gehen. Er versuchte Alice mit sich fortzuziehen. Es erschien ihm unnöthig, daß sie Zeugin der Gewaltthätigkeiten sei, zu denen der Pöbel geneigt schien, wenn die Gefangenen nach Verkündigung des Urtheiles den Court-Justice verließen. Das war auch gewiß nicht der geeignete Zeitpunkt zu einer Fürsprache bei dem Spanier.

»Kommen Sie, Miß Alice,« sagte Mr. Harvey, kommen Sie? — Wir kehren hierher zurück ... sobald der Bürgerausschuß ...

— Nein, erklärte Miß Alice, ich will und werde mich zwischen die Verurtheilten und deren Richter werfen . . .«

Die Entschlossenheit des Mädchens war eine so große, daß Mr. Harvey daran verzweifelte, dieselbe zu erschüttern. Miß Alice drängte sich vorwärts, er mußte ihr wohl oder übel folgen. So dicht sich die Volksmenge — aus der sie Einzelne gewiß erkannten — auch staute, öffnete sie sich doch vor ihrer Erscheinung, aber der Ruf »Zum Tode!« gellte nur noch schrecklicher in ihr Ohr. Nichts vermochte sie aufzuhalten, und so gelangte sie denn wirklich zuletzt bis zum Thore des Court-Justice.

Hier war die Menge nur noch aufgeregter, zeigte aber nicht die Aufregung nach dem Sturm, sondern die, die jenem vorherzugehen pflegt. Von deren Seite konnte man sich auf die schlimmsten Ausschreitungen gefaßt machen.

Plötzlich entstand eine lärmende Rückwärtsbewegung unter den Massen, und wild durcheinander strömten die Zuhörer aus dem Saale des Court-Justice heraus. Das Schreien und Heulen verdoppelte sich. Das Urtheil war eben verkündigt worden.

James Burbank wie Gilbert waren des angeblich gleichen Verbrechens schuldig befunden und zur Hinrichtung verdammt worden; Vater und Sohn sollten von dem nämlichen Executions-Commando fallen.

»Zum Tode mit ihnen . . . zum Tode!« brüllte sinnlos die Menge. James Burbank erschien auf den obersten Stufen. Er war ruhig und völlig Herr seiner selbst. Ein Blick unsäglicher Verachtung — das war Alles, was er für das Toben der Volksmasse hatte.

Eine Abtheilung Miliz umringte ihn; sie hatte Befehl, ihn nach dem Kerker zurückzuführen.

Er war nicht allein.

Gilbert ging an seiner Seite.

Aus der Zelle geholt, in der er die Stunde der Execution erwartete, war der junge Officier vor den Bürgerausschuß geschleppt worden, um James Burbank gegenüber gestellt zu werden. Dieser konnte die Aus=sagen seines Sohnes nur in allen Stücken bestätigen und versicherte, daß derselbe nur nach dem Castle=House gekommen sei, um dort zum letzten Male seine sterbende Mutter zu sehen. Dieser unzweideutigen Bestätigung gegenüber hätte die Anklage gegen ihn eigentlich schon allein aufgehoben werden müssen, wenn der Ausgang der Untersuchung nicht schon vorher bestimmt gewesen wäre. So traf also dasselbe Urtheil zwei Unschuldige — eine Verurtheilung, welche nur durch persönlichen Haß herbeigeführt und von unwürdigen Richtern be=stätigt wurde.

Die Menschenmenge stürzte inzwischen auf die Ver=urtheilten zu, so daß es der Miliz nur mit Mühe gelang, diesen über den Platz vor dem Court=Justice Bahn zu brechen.

Da entstand eine eigenthümliche Bewegung. Miß Alice hatte sich zu James und Gilbert Burbank hin=durchgedrängt.

Unwillkürlich wich der, über dieses unerwartete Dazwischentreten des jungen Mädchens erstaunte Pöbel ein wenig zurück.

»Alice! . ., rief Gilbert.

— Gilbert . . . Gilbert! . . . schluchzte Alice Stannard, die in die Arme des jungen Officiers fiel.

— Alice . . . warum bist Du hier? . . . sagte James Burbank.

— Um Eure Begnadigung zu erflehen! Um Eure Richter zu erweichen! . . . Gnade . . . Gnade für Euch!«

Die Ausrufe des unglücklichen jungen Mädchens klangen wahrhaft herzzerreißend. Sie hing sich an die Kleider der Verurtheilten, die einen Augenblick stehen geblieben waren. Konnte sie denn von der sie umtobenden zügellosen Menge Mitleid erhoffen? Nein! Ihr Dazwischen= treten hatte jedoch mindestens die Wirkung, jene in dem Augenblicke aufzuhalten, wo sie sich vielleicht, trotz der Milizen, zu Gewaltthätigkeiten gegen die Gefangenen hinreißen ließ.

Dazu erschien auch Texar, von dem Vorgefallenen unterrichtet, eben auf der Schwelle des Court=Justice. Ein Zeichen von ihm beschwichtigte die stürmende Menge. Der von ihm wiederholte Befehl, daß James und Gilbert Burbank nach dem Gefängnisse zurückzuführen seien, wurde gehört und beachtet.

Die Milizabtheilung setzte sich in Bewegung.

»Gnade! . . . Gnade! . . .« rief Miß Alice, die sich vor Texar auf die Knie geworfen hatte.

Der Spanier antwortete nur durch eine abwehrende Handbewegung.

Da erhob sich das junge Mädchen wieder.

»Elender!« donnerte sie ihn an.

Sie wollte sich wieder zu den Verurtheilten ge= sellen, verlangte, ihnen wieder in's Gefängniß zu folgen, die letzten Stunden, die Jene noch zu leben hatten, mit ihnen zu theilen . . .

Diese waren jedoch schon über den Platz hinaus,

und die Volksmenge begleitete sie mit ihrem wüsten
Geheul.

Das war mehr, als Miß Alice zu ertragen ver=
mochte. Die Kräfte verließen sie. Sie wankte und stürzte
zusammen. Als Mr. Harvey sie in seinen Armen auf=
fing, hatte sie weder Empfindung noch Bewußtsein mehr.

Das junge Mädchen kam erst wieder zu sich, als
sie schon in das Haus des Herrn Harvey und zu ihrem
Vater geschafft worden war.

»Nach dem Gefängniß! Nach dem Gefängniß! . .
murmelte sie schwach, wir müssen Beiden entweichen
helfen! . . .

— Ja, antwortete Stannard, etwas Anderes können
wir nicht mehr versuchen. . . Doch dazu wollen wir die
Nacht abwarten.«

In der That war auch während des Tages nichts
zu thun. Wenn die Dunkelheit ihnen gestatten würde,
ohne Besorgniß einer Ueberraschung zu handeln, wollten
Mr. Harvey und Mr. Stannard versuchen, mit Hilfe
des Wärters eine Flucht der beiden Gefangenen zu er=
möglichen. Sie gedachten dazu eine so große Summe
Geld bei sich zu führen, welche den Mann — so hofften
sie wenigstens — bestimmen könnte, ihren Willen zu
thun, zumal da der erste, von der Flottille des Com=
mandanten Stevens donnernde Kanonenschuß der Herr=
schaft des Spaniers ein Ende zu machen versprach.

Doch als die Nacht gekommen war, als die Herren
Stannard und Harvey ihre Absicht auszuführen ge=
dachten, da sahen sie sich gezwungen, darauf zu ver=
zichten. Das Haus erwies sich streng bewacht durch eine
starke Abtheilung Milizen, und es wäre unbedingt ver=
geblich gewesen, dasselbe nur verlassen zu wollen.

IV.

Ein Windstoß von Nordosten.

Den Verurtheilten winkte jetzt nur noch eine Rettung, eine einzige, die Hoffnung, daß die Föderirten vor Verlauf von zwölf Stunden sich zu Herren der Stadt machten, denn schon am folgenden Tage mit Sonnenaufgang sollten James und Gilbert Burbank ihren letzten Gang zum Richtplatz antreten, denn aus ihrem Gefängnisse, selbst im Einverständnisse mit dem Schließer, zu entweichen, daran war gar nicht zu denken, schon weil dasselbe ebenso scharf überwacht wurde, wie das Haus des Mr. Harvey.

Was eine Einnahme von Jacksonville anging, so durfte man bestimmt nicht auf die gelandeten nordstaatlichen Truppen rechnen, die einige Tage vorher Fernandina besetzt hatten, und welche diesen wichtigen Punkt im Norden von Florida nicht preisgeben konnten. Diese Aufgabe fiel allein den Kanonenbooten des Commandanten Stevens zu. Um dieselbe aber zu lösen, handelte es sich vor Allem darum, die Barre des Saint-John zu überschreiten. War die Linie der die Flußsperre bildenden Boote einmal durchbrochen, so brauchte die Flottille sich nur vor dem Hafen der Stadt in Schlachtordnung aufzustellen. Sobald sie diese in ihrem Feuerbereich hatte, war gar nicht daran zu zweifeln, daß die Milizen sich ohne Kampf nach den unzugänglicheren Sumpfgebieten der Grafschaft zurückziehen würden. Texar und sein Gelichter beeilten sich dann gewiß, ihnen zu folgen, um der allzu gerechten Strafe zu entgehen. Dann konnte der bessere Theil der Einwohnerschaft

4*

wieder die Stelle einnehmen, von der er auf so un-
würdige Weise verdrängt worden war, und mit den
Vertretern der Bundesregierung wegen der Uebergabe
der Stadt verhandeln.

Ob freilich der Uebergang über die Barre ausführbar und auch in so kurzer Zeit ausführbar war,
ob es irgend ein Mittel gab, dieses materielle Hinderniß,
welches der Wassermangel der Weiterfahrt der Kanonenboote bisher entgegenstellte, zu überwinden, das schien
freilich, wie wir gleich sehen werden, sehr zweifelhaft.

Nach der Verkündigung des Todesurtheiles hatten
sich nämlich Texar und der Befehlshaber der Milizen
von Jacksonville nach dem Quai begeben, um den
Unterlauf des Flusses zu besichtigen.

Natürlich ist es nicht zu verwundern, daß ihre
Augen hartnäckig nach der Sperrlinie weiter stromab-
wärts gerichtet waren und ihre Ohren gespannt auf jede
Detonation lauschten, die von der Seite des Saint-
John kommen konnte.

»Es ist nichts Neues gemeldet worden? fragte
Texar, als er am Ende der Verpfählung stehen blieb.

— Nichts, antwortete der Commandant. Eine Recognoscirung, welche ich eben nach Norden hin unternommen habe, gestattet mir auch zu behaupten, daß
die Föderirten Fernandina nicht verlassen haben, um
etwa auf Jacksonville zu marschiren. Höchst wahrscheinlich
bleiben sie nur zur Beobachtung an der Grenze von
Georgia liegen und warten ruhig, bis die Schiffe die
Wasserstraße freigemacht haben.

— Können aber nicht andere Truppen von Süden
her kommen, die vielleicht von Saint-Augustine ausgehen
und den Saint-John bei Picolata überschreiten? fragte
der Spanier.

— Das denk' ich nicht, antwortete der Officier. An Landungstruppen hat Dupont selbst nicht mehr mit sich, als er zur Besetzung der Stadt braucht, und sein Zweck ist offenbar nur der, längs der ganzen Küste von der Mündung des Saint-John an bis zu dem letzten Eilande Floridas hin die Blockade aufrecht zu erhalten. Von dieser Seite her haben wir also nichts zu fürchten, Texar.

— So bleibt nur die eine Gefahr übrig, von der Flottille Stevens' angegriffen zu werden, wenn es dieser gelingt, die Barre zu überschreiten, vor der sie nun schon seit drei Tagen still liegt.

— Gewiß; doch diese Frage wird binnen wenigen Stunden entschieden sein. Vielleicht haben die Föderirten doch allein die Absicht, den Unterlauf des Flusses abzuschließen, um jede Verbindung zwischen Saint-Augustine und Fernandina abzuschneiden.

— Ich wiederhole Ihnen, Texar, die Hauptaufgabe der Nordstaatler liegt keineswegs darin, sich Floridas in diesem Augenblicke zu bemächtigen, sondern nur der Contrebande zu steuern, die an allen Einfahrten des Südens eingeschmuggelt wird. Man darf wohl glauben, daß ihre Expedition keinen anderen Zweck verfolgt, denn sonst hätten die Truppen, welche Herren der Insel Amelia schon seit zehn Tagen sind, gewiß nach Jacksonville vordringen können.

— Sie können Recht haben, erwiderte Texar. Doch immerhin, mir liegt sehr viel daran, die Frage wegen der Barre baldmöglichst aus der Welt geschafft zu sehen.

— Nun, das wird noch heute geschehen.

— Doch wenn die Kanonenboote Stevens' noch heute vor unserem Hafen Stellung nehmen sollten, was würden Sie dann thun?

— Ich würde dem mir zugegangenen Befehle nach=
kommen und die Milizen tiefer ins Innere führen, um
jeden Zusammenstoß mit den Föderirten zu vermeiden.
Mögen sie sich immer der Städte in der Grafschaft
bemächtigen! Lange werden sie diese nicht halten können,
da ihnen alle Verbindungen mit Georgia und den beiden
Carolinen fehlen, und wir werden sie ihnen schon bald
genug wieder abzunehmen wissen.

— Vielleicht; aber wenn sie, warf Texar zögernd
ein, wenn sie auch nur einen einzigen Tag in Jackson=
ville die Macht in den Händen hätten, müßten wir
uns nicht schwerer Repressalien ihrerseits versehen . . .
Alle jene sogenannten ehrsamen Leute, die reichen An=
siedler, die Gegner der Sclaverei kämen dann zur Ge=
walt und dann . . . Doch dahin wird es nicht kommen!
. . . Nein! . . . Und ehe ich die Stadt verließe . . .«

Der Spanier vollendete seinen Gedanken nicht —
er war ja leicht genug zu verstehen.

Er würde die Stadt den Föderirten gewiß nicht
überliefern, weil das gleichbedeutend gewesen wäre mit
deren Uebergabe an die Behörden, welche der Pöbel
unter seiner Leitung vertrieben hatte. Eher zündete er
dieselben an allen Enden an und vielleicht waren seine
Maßnahmen zur Ausführung eines solchen Zerstörungs=
werkes schon getroffen, dann zog er sich mit den Seinigen
im Gefolge der Milizen zurück, und er durfte darauf
rechnen, in den Sumpfgegenden des Südens unnahbare
Zufluchtsorte zu finden, wo er den Lauf der Dinge
abwarten konnte.

Immerhin, wie hier wiederholt betont sei, war
der Eintritt dieser Ereignisse nur in dem Falle zu fürchten,
daß die Barre den feindlichen Kanonenbooten den Ueber=
gang gestattete, und jetzt war der Augenblick gekommen,

wo diese Frage endgiltig gelöst werden sollte. — Nach dem Hafen strömten dichte Massen niedrigen Volkes, und es genügten wenige Minuten, um die Quais zum Erdrücken zu füllen. Ringsum ertönte ein wahrhaft betäubendes Geschrei.

»Die Kanonenboote kommen!

— Nein, sie rücken nicht von der Stelle!

— Das Meer steht gerade ganz hoch . . .

— Sie versuchen mit voller Dampfkraft den Uebergang.

— Da seh't! Seh't doch . . .

— Wahrhaftig! sagte der Commandant der Milizen. Es ist etwas im Werke! — Sehen Sie da, Texar!«

Der Spanier antwortete nicht. Seine Augen blieben starr auf die Boote flußabwärts geheftet, welche quer über den Strom lagen. Eine halbe Meile jenseits derselben erhoben sich die Masten und die Schornsteine der Kanonenboote des Commandanten Stevens. Ein dichter Rauch stieg über die Flottille empor, und vom Winde getrieben, der etwas heftiger aufgefrischt hatte, drang derselbe bis nach Jacksonville herein.

Offenbar versuchte Stevens unter Benützung des Hochwassers der Fluth jetzt unter Anspannung der Dampfkessel »bis zum Zerplatzen«, wie man sagt, durchzukommen. Doch würde er auch über der Untiefe hinreichendes Wasser finden, selbst wenn es ihm nicht darauf ankäme, den Grund mit dem Kiele seiner Schiffe zu streifen? Diese Frage hatte Interesse genug, um die am Ufer des Saint-John versammelten Volksmassen in die lebhafteste Bewegung zu versetzen. Das Hin= und Herschreien wurde nur noch toller, weil immer der Eine etwas gesehen und der Andere nichts bemerkt haben wollte.

»Sie sind um eine halbe Kabellänge näher heran=
gekommen!

— Nein, sie haben sich noch nicht mehr von der
Stelle gerührt, als wenn ihre Anker noch im Grunde
festlägen.

— Da seht, das eine macht eine Wendung!

— Ja, es zeigt sich von der Breitseite und dreht,
weil es ihm an Wasser gebricht!

— O, diese Rauchwolken!

— Und wenn sie alle Steinkohlen der Vereinigten
Staaten verfeuerten, sie können doch nicht darüber!

— Ach, und jetzt fängt die Fluth schon an, zu
sinken!

— Hurrah für den Süden!

— Hurrah!«

Dieser von der Flottille unternommene Versuch
währte etwa zehn Minuten — zehn Minuten, welche
Texar, seinen Genossen und allen Denen, deren Leben
und Freiheit durch die gefürchtete Einnahme von Jackson=
ville gefährdet erschien, unendlich lange dauerten. Sie
wußten auch jetzt nicht recht, woran sie waren, da man
bei der noch so großen Entfernung der Kanonenboote
deren Bewegung nicht hinlänglich genau erkennen konnte.
Hatten sie die schlimmsten Stellen schon passirt, oder
würde das, trotz der zu frühzeitigen Hurrahs, die aus
der Mitte der Volksmenge ertönten, doch noch geschehen?
Noch immer und jedenfalls so lange der höchste Stand
des Wassers anhielt, blieb ja zu fürchten, daß der
Commandant Stevens, wenn die Kanonenboote allen
unnützen Ballast löschten und sich erleichterten, um ihre
Schwimmlinie höher zu verlegen, die kurze Strecke
zurücklegen konnten, hinter der sie dann wieder tieferes

Wasser und eine freie Fahrstraße bis zur Höhe des Hafens der Stadt finden mußten.

Wie Einzelne bemerkten, fing die Fluth jedoch schon an zurückzuweichen, und wenn einmal Ebbe eintrat, senkte sich der Wasserstand des Saint John sehr schnell.

Plötzlich streckten sich alle Arme stromaufwärts des Flusses aus und alle anderen Rufe übertönte der eine:

»Ein Boot! ... Ein Boot!«

In der That zeigte sich jetzt ein leichtes Fahrzeug dicht am linken Ufer, wo der Fluthstrom noch ein wenig bemerkbar war, während der zurückweichende Ebbestrom in der Mitte der Wasserstraße schon an Kraft gewann. Das von mehreren Rudern getriebene Fahrzeug schoß rasch vorwärts. Im Hintergrunde desselben stand ein Officier in der floridischen Uniform. Er hatte bald den Fuß der Landungsbrücke erreicht und erklomm hurtig die Stufen der steilen, neben der Pfahlwand angebrachten Treppe. Als er den oben stehenden Texar gewahrte, begab er sich mitten durch die Gruppen, die sich herandrängten, um ihn zu sehen und zu hören, zu diesem.

»Was ist geschehen? fragte der Spanier.

— Eigentlich nichts, und es wird auch nichts geschehen, antwortete der Officier.

— Wer sendet Sie?

— Der Führer unserer Boote, welche sich in kürzester Zeit nach dem Hafen zurückziehen werden.

— Warum?

— Weil die Kanonenboote bis jetzt ganz vergeblich versucht haben, die Barre, sowohl dadurch, daß sie sich leichter machten, als daß sie mit vollem Dampf dagegen anfuhren, zu überwinden; weil überhaupt nichts mehr zu fürchten ist ...

— Bei der jetzt herrschenden Fluth? ... fragte Texar.

— So wenig, wie bei einer anderen ... wenigstens nicht innerhalb mehrerer Monate.

— Hurrah! Hurrah!«

Laut donnerte der Jubelruf durch die Stadt. Und wenn die hitzigsten Köpfe noch einmal dem Spanier als demjenigen Mann Beifall riefen, in dem sich alle ihre verabscheuungswürdigen Gelüste gleichsam verkörperten, so fühlten sich die gemäßigteren Leute niedergeschmettert bei dem Gedanken, daß sie nun noch eine lange Reihe von Tagen der verbrecherischen Herrschaft des Bürger=ausschusses und seines Leiters unterworfen sein sollten.

Der Officier hatte wahr gesprochen. Vom heutigen Tage ab sollte das Meer immer weiter zurücksinken und die Fluth stets nur eine geringere Wassermenge in den Saint=John drängen. Diese Fluth des 12. März war eine der höchsten des ganzen Jahres gewesen, und es mußte ein Zeitraum von mehreren Monaten verfließen, ehe der Fluß sich wieder auf das gleiche Niveau erhob. Da die Wasserstraße damit unbenützbar wurde, entging Jack=sonville aller Voraussicht nach dem Feuer des Com=mandanten Stevens. Das bedeutete die Verlängerung der Machtvollkommenheiten Texar's und für diesen Elenden die Gewißheit, sein Rachewerk bis zum letzten Ende aus=zuführen ...

Selbst angenommen, daß der General Sherman durch die Truppen des bei Fernandina gelandeten General Voight Jacksonville besetzen lassen wollte, so nahm dieser Marsch nach dem Süden doch immer einige Zeit in Anspruch. Was aber James und Gilbert Burbank an=ging, deren Hinrichtung ja auf die ersten Stunden des folgenden Tages angesetzt war, so konnte diese jetzt nichts mehr retten.

Die von dem Officier überbrachte Nachricht verbreitete sich unverzüglich in die Umgebung nach allen Seiten und man kann sich leicht vorstellen, welche Wirkung sie auf den rohen hocherregten Pöbel ausübte. Die Orgien und Ausschweifungen aller Art wiederholten sich nur mit verdoppelter Kraft. Die eingeschüchterte bessere Bevölkerung mußte sich der scheußlichsten Excesse versehen. Die Meisten trafen denn auch Anstalt, eine Stadt zu verlassen, die ihnen keinerlei Sicherheit des Lebens und Eigenthums mehr bot.

Als die Hurrahrufe und das Freudengeschrei bis zu den unglücklichen Gefangenen drangen, erkannten diese, daß für sie jede Aussicht auf Rettung verschwunden sei. Auch bis zum Hause des Mr. Harvey tönte das Gebrüll der Menge, und man begreift leicht die Verzweiflung, welche sich des Mr. Stannard und der Miß Alice bemächtigte, die nun nicht mehr wußten, was sie unternehmen sollten, um James Burbank und dessen Sohn zu befreien. Konnten sie versuchen, deren Kerkermeister zu bestechen und um einen noch so hohen Preis die Flucht der Verurtheilten zu ermöglichen? Sie waren ja nicht einmal im Stande, das Haus zu verlassen, in dem sie schützend Zuflucht gefunden hatten, denn der Leser weiß, daß eine ganze Bande dasselbe in Gesichtsweite überwachte, und unaufhörlich ertönten deren Drohungen und Verwünschungen vor dessen Thür.

So kam die Nacht. Die Witterung, deren bevorstehender Umschlag sich seit einigen Tagen fühlbar machte, hatte sich merklich geändert.

Nachdem der Wind längere Zeit vom Lande her geweht, war er plötzlich nach Nordosten umgesprungen.

Schon jagten sich gewaltige Massen grauer zerrissener Wolken, die nicht einmal Zeit fanden, sich in Regen aufzulösen, mit großer Schnelligkeit von der Seeseite her und streiften fast die Oberfläche des Meeres. Eine Fregatte erster Classe hätte sicherlich die Spitzen ihres Mastwerkes schon in dieser Anhäufung von Dünsten verschwinden sehen, so niedrig zogen dieselben am Himmel hin. Der Barometer war schnell bis auf die Marke »Sturm« gefallen und deutlich erschienen alle Vorzeichen eines in unermeßlicher Ferne im Atlantischen Ocean entstandenen Orkans. Mit Anbruch der Nacht, welche Alles in tiefes Dunkel hüllte, entfesselte sich derselbe auch in voller Wuth.

In Folge seiner Richtung peitschte dieser Orkan mit aller Kraft gerade das Wasser vor den Mündungen des Saint-John. Er thürmte die Wellen davor auf, wie man sie bei der sogenannten Hohlen See wahrnimmt, und trieb sie vor sich her wie jene »Mascarets« der großen Ströme, deren Wogen alles, was den Ufern nahe liegt, vernichten.

Während dieser Sturmnacht wurde auch Jacksonville mit außerordentlicher Gewalt betroffen. Ein Stück der Uferverpfählung versank, da deren Grundpfeiler unter dem Stoße der anschlagenden Wellen nachgaben. Das Wasser überfluthete auch einen Theil des Quais, wo verschiedene Dogres zerstört wurden, deren Sorrtaue wie Zwirnsfäden zerrissen. Auf den Straßen und Plätzen, über welche es Bruchstücke aller Art hagelte, konnte kein Mensch sich erhalten. Der Pöbel mußte sich in die Schänken flüchten; hier litten die Kehlen natürlich keine Noth und das Gebrüll der Leute wetteiferte nicht ganz ohne Erfolg mit dem Heulen des Sturmes.

Aber nicht nur auf dem festen Erdboden richtete der Windstoß arge Verwüstungen an. Längs des Bettes des Saint-John entstand ein desto größerer Wellengang, da das Wasser desselben sich gegen den Grund des Flusses stieß. Die vor der Barre verankerten Schaluppen wurden von dieser Sturmfluth überrascht, ehe es ihnen möglich war, den Hafen zu erreichen. Ihre Anker brachen und ihre Ketten rissen entzwei. Die nächtliche, von dem Drängen des Windes gesteigerte Fluth warf sie unwiderstehlich flußaufwärts zurück. Einige gingen an den Pfählen der Quais in Trümmern, während andere, die über Jacksonville hinaus verschlagen wurden, sich einige Meilen weiter oben an den kleinen Inseln und den in den Fluß vorspringenden Landzungen verloren. Eine gewisse Anzahl der Mannschaft auf denselben verlor bei diesem Unfall das Leben, da dessen urplötzlicher Eintritt die Ergreifung irgendwelcher, unter solchen Umständen gebotener Maßregeln verhindert hatte.

Hatten nun die Kanonenboote des Commandanten Stevens die Anker gelichtet und mit der Kraft des Dampfes vielleicht Zuflucht in den Buchten des Unterlaufes im Strom gesucht? Waren sie, Dank einem derartigen Manöver, der Vernichtung entgangen? Doch ob sie nun das erste gethan und sich weiter nach den Mündungen des Saint-John zurückgezogen hatten, oder ob sie vor Anker liegen geblieben waren, jedenfalls hatte Jacksonville sie jetzt nicht zu fürchten, da die Barre ihnen ein unwiderstehliches Hinderniß entgegensetzte.

Es wurde eine rabenschwarze Nacht, die das Thal des Saint-John einhüllte, während Luft und Wasser sich vermischten, als ob irgend ein chemischer Proceß sie zu einem einzigen Element zu vereinen strebte. Mit einem Worte, jetzt vollzog sich eines jener in den Tropen-

zonen zur Zeit der Tagundnachtgleiche nicht seltenen ent=
setzlichen Naturereigniffe, aber mit einer Heftigkeit und
über das ganze Gebiet von Florida verbreitet, wie man
das kaum vorher erlebt hatte.

Ganz entsprechend seiner außerordentlichen Kraft
dauerte dieses Meteor auch nur wenige Stunden an. Mit
Aufgang der Sonne fegten zwar noch durch den Luft=
raum die schärfsten Windstöße, dann aber verlor sich
der Orkan über dem Golf von Mexiko, nachdem er mit
seiner letzten Wuth die floridische Halbinsel heim=
gesucht hatte.

Gegen vier Uhr Morgens, als das erste Tagesgrauen
den vom Sturm in der Nacht wieder rein gefegten
Horizont mit bleichem Schimmer beleuchtete, folgte jener
Empörung der Elemente eine vergleichsweise Ruhe. Da
strömte der Pöbel wieder auf die Gaffen, aus denen er
nach den Schänken hatte entfliehen müffen. Die Miliz
bezog wieder die verlaffenen Poften und Alle gingen
daran, die durch den Sturm verurfachten Schäden
nach Kräften auszubeffern. Vor Allem zeigten sich solche
längs des Quais der Stadt, wo da und dort das Pfahl=
werk zertrümmert, eine Anzahl Dogres vernichtet und
eine noch größere Anzahl Boote weggeführt waren,
welche die Ebbe von den höheren Theilen des Fluffes
wieder herabtragen mußte.

Diese Stromtriften sah man jedoch nur in der Ent=
fernung einiger Schritte vom Ufer vorübergleiten. Ein
dichter Nebel lagerte über dem ganzen Bette des Saint=
John und erhob sich auch nach den höheren, durch den
Sturm abgekühlten Luftschichten. Noch um fünf Uhr
war die Wafferstraße bis zur Mitte hin nicht erkenn=
bar, und konnte das erst werden, wenn der Nebel

durch die erwärmenden Strahlen der Sonne wieder
verschwand.

Plötzlich, ein wenig nach fünf Uhr, drang ein furcht-
bares Krachen durch die dichte Dunsthülle. Niemand
konnte sich über die Natur desselben täuschen, denn
dasselbe rührte gewiß nicht von dem rollenden Donner
nach einem Blitze her, sondern kennzeichnete sich als der
Donner schwerer Geschütze. Ein Schreckensschrei erhob
sich aus der Volksmenge, die sich, Milizen und Pöbel
untermischt, nach dem Hafen begeben hatte.

Unter den wiederholten Detonationen lichtete sich
der Nebel. Seine letzten Wolken trieben, durchleuchtet
von dem Aufblitzen der Kanonen, auf der oberen Fläche
des Flusses hin.

Die Kanonenboote Stevens' waren da, hatten vor
Jacksonville Stellung genommen und wandten der Stadt
die Breitseiten zu.

»Die Kanonenboote! ... Die Kanonenboote!« ...

Diese von Mund zu Mund gehenden Ausrufe
waren bald bis zum Ende der Vorstadt gedrungen.
Binnen wenigen Minuten erfuhr die ehrbare Bewohnerschaft zur größten Befriedigung und der Pöbel zum
tödtlichen Schreck, daß die Flottille jetzt den Saint-John
beherrschte. Wenn sich die Stadt nicht ergab, war es
um sie geschehen.

Doch wie war das gekommen? Hatten die Nordstaatler in dem Sturme einen unerwarteten Bundes-
genossen gefunden? — Ja! — Die Kanonenboote hatten
auch keinen Schutz in den Buchten nahe den Mündungen
gesucht. Trotz der Gewalt des Seeganges und des Windes
waren sie an ihrem Ankerplatz verblieben. Während sich
ihre Gegner mit den Schaluppen entfernten, hatten der
Commandant Stevens und seine Mannschaften dem

Sturme ruhig Trotz geboten — selbst auf die Gefahr hin, dabei zu Grunde zu gehen — um womöglich die Einfahrt zu versuchen, welche die augenblicklichen Umstände wahrscheinlich erleichtern mußten.

In der That schwellte dieser Orkan, der das Wasser vom Meere her in die Flußmündungen jagte, das Niveau im Strombett zu außergewöhnlicher Höhe an, welche die Kanonenboote zur Ueberfahrt über die schlimmste Stelle sofort benutzten, und dabei gelang es ihnen, unter vollem Dampfdruck, wenn die Kiele sich auch zuweilen in den Sand des Grundes einwühlten, die Barre zu überschreiten.

Gegen vier Uhr Morgens manövrirte der Commandant Stevens zwar im dichten Nebel, seiner Schätzung nach, mußte er sich aber ungefähr auf der Höhe von Jacksonville befinden. Da ließ er die Anker herabrollen und ordnete seine Stellung. Nachdem das geschehen, hatte er den Nebel durch die Detonation seiner gröbsten Geschütze zerrissen und die ersten Sprenggeschosse nach dem linken Ufer des Saint-John geworfen.

Die Wirkung davon zeigte sich augenblicklich. Binnen wenigen Minuten hatten die Milizen, ganz ebenso wie die südstaatlichen Truppen in Fernandina und Saint-Augustine, die Stadt geräumt. Stevens, der die Quais menschenleer sah, mäßigte sofort das Feuer, da es nicht in seiner Absicht lag, Jacksonville zu zerstören, sondern dasselbe zu besetzen und in seiner Gewalt zu behalten.

Fast gleichzeitig stieg auch schon die weiße Flagge an der Fahnenstange des Court-Justice in die Höhe.

Man begreift wohl leicht, mit welcher Angst jene ersten Kanonenschüsse im Hause des Mr. Harvey vernommen wurden; der Stadt drohte damit ein unmittelbarer Angriff. Doch dieser Angriff konnte ja nur von

den Förderirten ausgehen, welche entweder den Saint-
John hinaufgekommen oder aus dem Norden Floridas
herbeigezogen waren. Eröffnete sich hiermit vielleicht
eine unerwartete Aussicht zur Rettung -- die einzige,
welche James und Gilbert Burbank noch beschieden
sein konnte?

Mr. Harvey und Miß Alice eilten nach der Schwelle
des Hauses. Die Leute Texar's, welche dieselbe vorher
bewachten, hatten sich den nach dem Inneren der Grafschaft abziehenden Milizen angeschlossen.

Mr. Harvey und das junge Mädchen näherten sich
dem Hafen. Da der Nebel sich zerstreut hatte, konnte
man jetzt den Fluß bis zum rechten Ufer hinüber frei
überblicken.

Die Kanonenboote schwiegen, denn offenbar verzichtete Jacksonville schon auf jeden Widerstand.

In diesem Augenblicke landeten mehrere Boote an
der Verpfählung und brachten eine mit Gewehren,
Revolvern und Aexten bewaffnete Abtheilung, welche
sogleich im Hafen Fuß faßte.

Plötzlich erscholl ein freudiger Aufschrei aus der
Mitte der von einem Officier befehligten Seeleute.

Der Mann, der denselben ausgestoßen hatte, stürzte
auf Miß Alice zu.

»Mars!... Mars!... rief das junge Mädchen,
erstaunt sich dem Gatten Zermah's gegenüber zu sehen,
den sie längst in den Fluthen des Saint-John ertrunken
glaubte.

— Herr Gilbert!... Herr Gilbert! antwortete Mars,
wo ist er?

— Gefangen mit Herrn Burbank! ... Mars
rettet ihn ... rettet ihn und rettet seinen Vater!

— Nach dem Gefängniß!« rief Mars, der, sich an seine Gefährten wendend, diese mit sich fortriß.

Da eilten Alle, was sie die Füße tragen konnten, um womöglich ein letztes, auf Befehl Texar's zu begehendes Verbrechen zu verhindern.

Mr. Harvey und Miß Alice folgten ihnen.

Mars hatte sich also, nachdem er in den Fluß gestürzt, aus den Wirbeln der Barre noch freimachen können? Ja! Aber aus Vorsicht hütete sich der muthige Mestize, dem Castle-House wissen zu lassen, daß er heil und gesund war. Hätte er dort Zuflucht gesucht, so wäre damit seine eigene Sicherheit in Frage gestellt gewesen, und er, mußte ja frei sein, um sein Werk zu vollenden. Nachdem er schwimmend das rechte Ufer erreicht, hatte er, durch das Röhricht schlüpfend bis zur Höhe der Flotille vordringen können, und hier nahm ihn, als man sein Signal erkannte, ein Boot auf, das ihn an Bord des Kanonenbootes des Commandanten Stevens führte. Dieser wurde sofort über die Sachlage unterrichtet, und gegenüber der Gefahr, welche Gilbert Burbank bedrohte, richteten sich alle seine Anstrengungen nur darauf, den Eingang in den Fluß zu erzwingen. Der erste Versuch war, wie wir wissen, fruchtlos verlaufen und das Manöver sollte schon aufgegeben werden, als jener ungestüme Windstoß während der Nacht das Niveau des Flusses noch einmal außerordentlich aufstaute. Immerhin wäre die Flotille, da sie mit den gewundenen Wegen der Wasserstraße unbekannt war, noch Gefahr gelaufen, auf Untiefen des Flusses zu stranden. Zum Glück war Mars jetzt wieder da. Er hatte sein Kanonenboot mit großem Geschick durchgelootst, und die anderen folgten, trotz dem Wüthen des Sturmes, dessen Richtung, und noch bevor der Nebel den ganzen Theil des Saint-John umhüllte, hatten sie vor der Stadt Stellung genommen, die nun in ihrem nächsten Feuer=bereich lag.

Es war die höchste Zeit, denn die beiden Ver=urtheilten sollten in der ersten Stunde des Tages hin=gerichtet werden. Doch schon hatten sie nichts mehr zu fürchten. Die früheren Behörden von Jacksonville hatten die von Texar usurpirte Macht wieder in den Händen, und in dem Augenblicke, wo Mars und seine Gefährten vor dem Gefängnisse anlangten, verließen James und Gilbert Burbank — endlich frei — die düsteren Mauern.

In derselben Minute auch hatte der junge Lieute=nant Miß Alice an sein Herz gedrückt, während Mr. Stannard und James Burbank einander in die Arme fielen.

»Meine Mutter? ... war Gilberts erste Frage.

— Sie lebt! ... Sie lebt! antwortete Miß Alice.

— Dann schnell nach Haus! rief Gilbert. Schnell nach Castle-House.

— Nicht eher, bis der Gerechtigkeit Genüge ge=schehen!« erklärte James Burbank.

Mars hatte seinen Herrn verstanden. Er eilte, in der Hoffnung, Texar zu finden, nach der Seite des großen Platzes hinweg.

Doch sollte der Spanier nicht schon die Flucht er=griffen haben, um der strafenden Vergeltung zu ent=gehen? Hätte ihm nicht Alles daran gelegen, nebst allen Denjenigen, die während dieser Zeit der schamlosesten Ausschreitungen so viel Schuld auf sich luden, der öffentlichen Verurtheilung aus dem Wege zu gehen? Folgte er nicht jetzt schon den Abtheilungen der Miliz, welche sich nach den niederen Theilen der Grafschaft zurückzogen?

5*

Das konnte, das mußte man wohl glauben. Doch ohne das Eingreifen der Föderirten erst abzuwarten, waren schon viele Bewohner der Stadt nach dem Court-Justice zusammengeströmt. Im Augenblick, wo er ent-weichen wollte, verhaftet, wurde Texar unter Aufsicht gehalten. Uebrigens schien er sich ziemlich leichten Muthes in sein Schicksal ergeben zu haben.

Nur als er sich plötzlich Mars gegenüber sah, begriff er, daß es ihm jetzt an den Kopf zu gehen drohte.

Der Mestize stürzte sich nämlich rasend vor Wuth auf den elenden Schurken. Trotz der Anstrengung Der-jenigen, die ihn bewachten, hatte er ihn schon an der Gurgel gepackt, und würgte ihn, als James und Gilbert Burbank hinter ihm erschienen.

»Nein .... nein .... lebend! rief James Burbank. Er muß leben!... Er muß erst reden!

— Ja, ja ... Das muß er!« antwortete Mars.

Wenige Minuten später saß Texar in derselben Zelle eingesperrt, in der seine Opfer noch kurz vorher ihrer bangen Todesstunde entgegenharrten.

V.

Die Besitznahme.

Die Föderirten waren endlich Herren von Jackson-ville — und in Folge dessen auch des Saint-John. Die unter der Leitung des Commandanten Stevens ge-landeten Truppen besetzten unverzüglich die Hauptpunkte der Stadt. Die Beamten aus eigener Machtvollkommenheit waren entflohen. Vom früheren Bürgerausschuß war Texar der Einzige, der in ihre Hände fiel.

Im Uebrigen bereiteten die Einwohner, sei es, weil sie der in den letzten Tagen verübten Vexationen müde waren, oder aus Gleichgiltigkeit gegenüber der Sklaven=frage, welche der Norden und der Süden jetzt noch durch Waffengewalt zu entscheiden suchten, den Officieren der Flottille, also den Vertretern der Bundesregierung zu Washington, keineswegs einen schlechten Empfang.

Zu derselben Zeit beschäftigte sich der jetzt in Saint=Augustine liegende Commodore Dupont damit, am floridischen Ufer die Einfuhr von Kriegscontre=bande zu verhindern. Die Wasserstraße des Mosquito=Eilands wurde sofort gesperrt. Das machte dem Handel mit Waffen und Munition, der von den zu den eng=lischen Bahama=Inseln gehörigen Lucayen aus sehr schwunghaft betrieben wurde, mit einem Schlage ein Ende. Man konnte sagen, von dieser Stunde an stand der Staat Florida wieder unter der Botmäßigkeit der Bundesregierung.

Noch am nämlichen Tage fuhren James und Gil=bert Burbank, Mr. Stannard und Miß Alice wieder über den Saint=John, um nach dem Castle=House zurück=zukehren.

Perry und die Unterverwalter erwarteten sie an der Landungsbrücke des kleinen Hafens mit einer An=zahl Schwarzer, welche sich auf der Ansiedlung wieder eingefunden hatten, und man kann sich leicht den Empfang, der ihnen zu Theil wurde, die Huldigungen, welche die Leute ihnen darbrachten, vorstellen.

Eine Minute nachher befanden sich James Burbank und sein Sohn, Mr. Stannard und seine Tochter, am Krankenbette der Frau Burbank.

In derselben Stunde, wo sie Gilbert wiedersah, erfuhr die Leidende auch Alles, was geschehen war. Der junge Officier preßte sie in seine Arme. Mars küßte ihr die Hand. Jetzt dachten sie sie nicht mehr zu verlassen. Miß Alice konnte ihr alle Sorgfalt und Pflege angedeihen lassen, und dabei mußte sie ihre früheren Kräfte wohl wiedergewinnen. In Zukunft hatte sie ja nichts mehr von den verbrecherischen Anschlägen Texar's und Derjenigen zu fürchten, die er, um sich zu rächen, um sich versammelt hatte. Der Spanier war in den Händen der Föderirten, und die Föderirten waren die Herren in Jacksonville.

Doch wenn die Gattin James Burbank's, die Mutter Gilberts, nicht mehr für ihren Gatten und ihren Sohn zu zittern brauchte, so hefteten sich deren Gedanken um so mehr an die verschwundene kleine Tochter. Ihr fehlte Dy ebenso wie Mars seine Zermah.

»Wir werden sie wiederfinden! rief James Burbank. Mars und Gilbert werden uns bei unseren Nachforschungen begleiten.

— Ja, mein Vater, ja ... und ohne einen Tag zu verlieren, antwortete der junge Lieutenant.

— Da wir nun Texar haben, bemerkte Mr. Burbank, ist es unbedingt nöthig, daß Texar redet.

— Und wenn er sich dessen weigert? warf Mr. Stannard ein. Wenn dieser Mensch behauptet, daß er mit der Entfernung Dys und Zermahs gar nichts zu schaffen gehabt habe?«

— Er war es bestimmt! ließ Frau Burbank sich vernehmen, die sich erhob, als wollte sie gleich das Bett verlassen.

— Ja! ... fügte auch Miß Alice hinzu, ich selbst habe ihn sicher erkannt! ... Er stand ... im Hintertheile

seines Canots, das sich nach der Mitte des Flusses zu
entfernte.

— Zugegeben, sagte Mr. Stannard, Texar ist das
gewesen! Es ist ja daran kein Zweifel möglich. Doch
wenn er es abschlägt zu sagen, nach welchem Orte Dy
und Zermah verschleppt worden sind, wo sollen wir die
Verschollenen finden, nachdem wir das Ufer des Flusses
schon auf eine Entfernung von mehreren Meilen abgesucht haben?«

Auf diese so klar und bündig gestellte Frage vermochte Niemand Antwort zu geben. Alles hing davon
ab, was der Spanier sagen würde, und doch wußte
von ihm Niemand, ob er es in seinem Interesse finden
werde, zu schweigen oder zu sprechen.

»Man kennt also wohl die gewöhnliche Wohnung
dieses Elenden gar nicht? fragte Gilbert.

— Man kennt sie nicht und hat sie nie gekannt,
antwortete James Burbank. Im Süden der Grafschaft
giebt es so ausgedehnte Forste, so viele unzugängliche
Sümpfe, wo er sich hat verbergen können. Man würde
vergeblich das ganze Land durchforschen können, in
dem selbst die Föderirten die Milizen auf dem Rückzuge
nicht zu verfolgen vermöchten. Nein, das wäre verlorene Mühe!

— Ich muß meine Tochter wiedersehen! rief Frau
Burbank, die James Burbank nur schwer zu beruhigen
im Stande war.

— Meine Frau!... Ich will auch meine Frau
haben! rief Mars, und ich werde den Schurken schon
dazu zwingen, zu sagen, wo sie ist!

— Ja, erklärte James Burbank, wenn dieser
Mensch erst sieht, daß sein Leben auf dem Spiele steht,
das er durch eine offene Aussage vielleicht noch retten

kann, so wird er wohl nicht zögern zu sprechen. Wäre er entflohen, so müßten wir leider an jedem Erfolg ver= zweifeln. Befindet er sich in den Händen der Föderirten, so werden wir ihm sein Geheimniß zu entreißen wissen. Hab' nur Vertrauen, mein armes Weib! Wir sind ja Alle da, wir werden Dir auch Dein Kind wieder= geben!«

Frau Burbank war tief erschöpft auf ihr Bett zurückgesunken. Miß Alice, die sie nicht allein lassen wollte, hatte sich neben ihr niedergesetzt, während Mr. Stannard, James Burbank, Gilbert und Mars nach der Vorhalle hinuntergingen, um daselbst mit Edward Carrol über die zunächst zu thuenden Schritte zu be= rathschlagen.

Hier einigte man sich dann über Folgendes: ehe irgend Etwas unternommen werden sollte, wollte man den Föderirten Zeit lassen, sich in ihrem neuen Besitze zu organisiren. Uebrigens erschien es auch nothwendig, den Commodore Dupont nicht allein von den Vor= gängen bezüglich Jacksonvilles, sondern auch bezüglich der auf Camdleß=Bay zu benachrichtigen. Vielleicht mußte Texar unter den jetzigen Verhältnissen gar der Militärjustiz ausgeantwortet werden, und in diesem Falle konnte seine Verfolgung nur mit Hilfe des Obercommandanten der ganzen Expedition nach Florida aufgenommen werden.

Jedenfalls wollten aber Mars und Gilbert weder das Ende dieses, noch das des nächsten Tages ab= warten, ohne ihre Nachforschungen zu beginnen. Während James Burbank und die Herren Stannard und Edward Carrol die ersten nothwendigen Schritte thaten, wollten sie den Saint=John hinauffahren, in der Hoffnung, doch irgendwo ein Merkzeichen, eine noch so leise Spur zu entdecken.

Konnten sie in der That nicht fürchten, daß Texar jede Auskunft verweigern möchte, daß er, von wildem Haß getrieben, es vielleicht vorzog, sich einer Verurtheilung zum Tode auszusetzen, statt seine Opfer zurückzugeben? Von ihm konnte man ja Alles erwarten. Es kam also zunächst darauf an, zu erfahren, an welchem Orte er gewöhnlich wohnte. Das war jedoch vergeblich. Von der Schwarzen Bucht wußte Niemand etwas und allgemein hielt man diese Lagune für unzugänglich. Gilbert und Mars fuhren denn auch wiederholt an dem Gestrüpp des Ufers derselben hin, ohne den engen Eingang aufzufinden, durch den ihr leichtes Boot hätte schlüpfen können.

Im Laufe des 13. März ereignete sich kein Zwischenfall, der diese Lage der Dinge geändert hätte. Auf Camdleß-Bay vollzog sich allmählich die Reorganisation der Ansiedlung. Von allen Winkeln des weiten Gebietes her, wie aus den benachbarten Wäldern, in welche sich zu zerstreuen sie gezwungen gewesen waren, kamen die Schwarzen in großer Anzahl zurück. Freigelassen durch den edelmüthigen Entschluß James Burbank's, betrachteten sie sich keineswegs jeder Verpflichtung gegen denselben entbunden. Sie wollten seine Diener sein, wenn sie nicht mehr seine Sklaven waren. Es verlangte Alle nach der Pflanzung zurückzukehren, die durch die Banden Texar's zerstörten Baracken wieder aufzubauen, die Werkstätten wieder einzurichten, die Zimmerplätze in Ordnung zu bringen und die gewohnten Arbeiten aufzunehmen, denen sie schon seit einer langen Reihe von Jahren das Wohlbefinden und das Glück ihrer Familien verdankten.

Man ging also daran, den Betrieb der Pflanzung wieder zu organisiren. Edward Carrol, jetzt fast ganz geheilt von seiner Verwundung, konnte sich seinen gewohnten Beschäftigungen wieder hingeben. Ebensoviel lobenswerthen Eifer entwickelten Perry und seine Unterverwalter. Es gab Keinen, der sich nicht regte, selbst Pygmalion nicht ausgenommen, obgleich er dabei nichts Besonderes leistete. Der arme Tropf war von seinen früheren Ideen doch ein wenig zurückgekommen. Wenn er sich als frei ansah, so handelte er jetzt wie ein platonischer Freigelassener, der sehr in Verlegenheit war, seine Freiheit zu benützen, trotzdem er das Recht hatte, dieselbe nach Belieben zu genießen. Kurz, das ganze Personal war auf Camdleß=Bay zurück, und wenn die zerstörten Baulichkeiten wieder hergestellt waren, mußte die Ansiedlung bald wieder das gewohnte Aussehen gewinnen. Welches Ende der Secessionskrieg auch nahm, durfte man sich doch dem Glauben hingeben, daß in Zukunft die Sicherheit der hervorragendsten Ansiedler nicht weiter bedroht würde.

In Jacksonville war die Ordnung nun wieder hergestellt. Die Föderirten hatten von Anfang an darauf verzichtet, sich in städtische Verwaltungsangelegenheiten zu mischen. Sie besetzten die Stadt nur militärisch, und ließen den Behörden die Autorität, welche ihnen vor wenig Wochen durch einen Aufruhr aus der Hand gerissen worden war. Es genügte ihnen, daß das Sternenbanner auf den Gebäuden flatterte. Schon deshalb, weil die Mehrheit der Einwohner sich ziemlich indifferent gegenüber einer Frage zeigte, welche jetzt die Vereinigten Staaten in zwei Heerlager spaltete, unterwarf sie sich willig und ohne Widerstreben der siegreichen Partei. Die Sache der Unionisten sollte also in den Gebieten Floridas eigentlich keinen ausgesprochenen Gegner finden. Man empfand es wohl, daß die Doctrin der

»states-rights«, welche sonst der Bevölkerung der Süd=
staaten wie in Georgia und den beiden Carolinen so
theuer war, hier nicht mit der den Separatisten eigenen
Halsstarrigkeit aufrecht erhalten werden würde, selbst
wenn die Bundesregierung ihre Truppen wieder zurückzöge.

Die kriegerischen Ereignisse, deren Schauplatz Amerika
damals war, lassen sich in Folgendes zusammenfassen:

Die Conföderirten hatten, um die Armee Beau=
regard's zu unterstützen, sechs Kanonenboote unter dem
Commando Hollins' abgesendet, der auf dem Mississippi
zwischen New=Madrid und der Insel 10 Stellung nahm.
Hier kam es zu einem Kampfe, den der Admiral Foote
mit aller Zähigkeit in der Absicht durchführte, sich des
Oberlaufes des Flusses zu bemächtigen. An demselben
Tage, wo Jacksonville in die Gewalt Stevens' fiel, ant=
wortete die föderirte Artillerie dem Feuer der Kanonen=
boote Hollins'. Der Sieg neigte sich zuletzt auf die Seite
der Nordstaatler, welche die Insel 10 und New=Madrid
wegnahmen. Sie behaupteten nun den Lauf des Mississippi
auf eine Länge von zweihundert Kilometern, wenn man
die Windungen seines Stromes dabei anrechnet.

In jener Zeit zeigte sich aber in den Plänen der
föderirten Regierung eine merkwürdige Zögerung. Der
General Mac Clellan hatte seine Beschlüsse erst einem
Kriegsrathe unterbreiten müssen, und obgleich dieselben
von der Mehrheit des Raths gebilligt wurden, so schob
der Präsident Lincoln, der dabei beklagenswerthen Ein=
flüssen nachgab, deren Ausführung längere Zeit hinaus.
Die Armee des Potomac wurde getheilt, um Washington
gegen jeden Handstreich sicher zu stellen. Zum Glücke
hatte der Sieg des »Monitor« und die Flucht
der »Virginia« die Schifffahrt auf dem Chesapeake
wieder frei gemacht, und außerdem gestattete der über=

eilte Rückzug der Conföderirten nach der Räumung
Manassas der Armee, ihre Cantonnements in diese
Stadt zu verlegen. Hiermit war die Frage, betreffend
die Blockade des Potomac, endgiltig gelöst.

Leider sollte die Politik, deren Einfluß immer so
verderblich ist, wenn sie sich in die Militär-Angelegen=
heiten eines Landes mischt, noch eine die Interessen des
Nordens benachtheiligende Entscheidung herbeiführen.
Jener Zeit wurde nämlich der General Mac Clellan
von der Oberleitung der föderirten Armee enthoben,
und sein Commando einzig auf die Operationen am
Potomac beschränkt, während die anderen nun unab=
hängig gewordenen Corps dem persönlichen Befehle des
Präsidenten Lincoln unterstellt blieben.

Das war ein entschiedener Fehler. Mac Clellan
empfand lebhaft das Demüthigende dieser, von ihm
gewiß nicht verdienten Degradirung. Er als Soldat
kannte jedoch nur seine Pflicht, und er fügte sich. Schon
am nächsten Tage entwarf er einen Plan, der dahin
ging, seine Streitkräfte am Strande des Fort Monroe ans
Land zu setzen. Dieser von den Führern der einzelnen
Corps gebilligte Plan erhielt auch die Zustimmung des
Präsidenten. Der Kriegsminister erließ die nöthigen
Befehle nach New=York, nach Philadelphia und Bal=
timore, und bald sammelten sich Schiffe jeder Art auf
dem Potomac, um die Armee Mac Clellan's mit ihrem
gesammten Materiale aufzunehmen und fortzuschaffen.

In dieselbe bedrohliche Lage, in der Washington
bisher geschwebt hatte, kam nun Richmond, die Haupt=
stadt der Südstaaten.

Das war die Lage der kriegführenden Parteien
zur Zeit, als Florida sich dem General Sherman und
dem Commodore Dupont unterwarf. Mit dem Tage,

wo das Geschwader der Föderirten über die floridische Küste eine effective Blockade ausübte, wurden diese auch zu Herren des Saint=John — was ihnen also den vollständigen Besitz der Halbinsel sicherte.

Inzwischen hatten Gilbert und Mars leider vergeblich die Uferstrecken und Eilande des Flusses bis über Picolata hinaus untersucht, und nun blieb ihnen nichts anderes übrig, als direct gegen Texar vorzugehen. Seit dem Tage, wo sich die Pforten des Gefängnisses hinter ihm geschlossen hatten, konnte er keine Verbindungen mit seinen Helfershelfern gehabt haben. Es folgt daraus, daß die kleine Dy und Zermah sich noch an demselben Orte befinden mußten, wo sie vor der Einfahrt der föderirten Kriegsdampfer in den Saint-John gewesen waren.

Wie die Verhältnisse in Jacksonville jetzt lagen, gestatteten sie, gegen den Spanier, wenn dieser Aufschluß zu geben sich weigerte, der Gerechtigkeit freien Lauf. Doch ehe hierbei zu den äußersten Mitteln geschritten wurde, konnte man wohl hoffen, daß er sich, um seine persönliche Freiheit wieder zu erlangen, wohl zu einigen Geständnissen herbeilassen werde.

Am 14. beschloß man, unter Zustimmung der vorher davon benachrichtigten Militärbehörden, diesen ersten Schritt zu versuchen.

Frau Burbank war wieder bei Kräften wie früher. Die Rückkehr ihres Sohnes, die Hoffnung, ihr Töchterchen bald wiederzusehen, die jetzt im ganzen Lande herrschenden friedlicheren Verhältnisse, die Sicherheit, deren die Ansiedlung von Camdleß=Bay sich wieder erfreute — Alles wirkte glücklich zusammen, um ihr wenigstens einen Theil der zeitweilig verlorenen früheren moralischen Energie wiederzugeben. Jetzt war nichts mehr

zu fürchten von den Spießgesellen Texar's, welche Jack=
sonville terrorisirt hatten. Die Milizen waren mehr nach
dem Innern der Grafschaft Putnam abgezogen. Sollten
später einmal auch diejenigen von Saint=Augustine, nach=
dem sie den Fluß in seinem Oberlauf überschritten,
jenen die Hand reichen, um einen Putsch gegen die
föderirten Streitkräfte zu wagen, so barg das doch nur
eine sehr entfernt liegende Gefahr in sich, auf welche
kein besonderes Gewicht zu legen war, so lange Dupont
und Sherman noch im Lande weilten.

Es wurde also beschlossen, daß James und Gilbert
Burbank an genanntem Tage nach Jacksonville gehen,
aber allein dahin gehen sollten, während die Herren
Carrol, Stannard und Mars auf der Pflanzung zurück=
blieben. Miß Alice leistete natürlich der Frau Burbank
Gesellschaft. Uebrigens rechneten der junge Officier und
sein Vater stark darauf, noch vor Abend im Castle=
House zurück zu sein und dahin erfreuliche Nachrichten
mit heim zu bringen. Sobald Texar nur das Versteck,
wo Dy und Zermah gefangen gehalten wurden, ver=
rathen, wollte man zur schleunigsten Befreiung derselben
vorschreiten. Einige Stunden, schlimmsten Falles ein
Tag, mußten dazu ja hinreichen.

Als James und Gilbert Burbank schon zum Auf=
bruche bereit standen, nahm Miß Alice den jungen
Officier noch einmal zur Seite.

»Gilbert, redete sie ihn fast bittend an, Du gehst,
dem Manne gegenüber zu treten, der so viel Unglück
über Deine Familie gebracht, dem Elenden, der Deinen
Vater und Dich in den Tod senden wollte... Gilbert,
versprichst Du mir, auch Texar gegenüber Deine Selbst=
beherrschung zu bewahren?

— Meine Selbstbeherrschung! . . . rief Gilbert, in dem schon bei der Namensnennung des Spaniers der gerechte Zorn aufwallte.

— Es muß ja sein! fuhr Miß Alice fort. Du erreichst gewiß gar nichts, wenn Du Dich von Deinem Groll hinreißen läßt . . . Vergiß jeden Gedanken an Wiedervergeltung, um ein Ziel, die Rettung Deiner Schwester, welche bald auch die meinige sein wird, nicht aus dem Auge zu verlieren! Diesem Ziele mußt Du Alles opfern, und solltest Du Texar selbst zusichern, daß er von Deiner Seite in Zukunft nichts zu fürchten habe.

— Nichts zu fürchten! rief Gilbert, noch einmal auflodernd. Ich soll vergessen, daß meine Mutter durch seine Schuld beinahe dem Tode verfallen wäre... daß er meinen Vater erschießen lassen wollte . . .

— Und Dich ebenfalls, Gilbert, unterbrach ihn Miß Alice, Dich, den ich schon niemals wieder zu sehen fürchtete. Ja, das Alles hat er gethan — und doch dürfen wir uns dessen nicht erinnern! . . . Ich sage Dir das, weil ich besorge, daß Dein Vater sich zu beherrschen nicht im Stande sein möchte, und wenn es Dir nicht gelingt, ihn zu besänftigen, wird Euer Schritt überhaupt nutzlos bleiben. Ach, warum habt Ihr ausgemacht, ohne mich nach Jacksonville zu gehen! . . . Vielleicht hätte ich . . . durch Sanftmuth . . . erlangen können . . .

— Und wenn der Mensch sich weigert, Antwort zu geben! . . . warf Gilbert ein, der wohl die Berechtigung der Warnungen seitens seiner Verlobten empfand.

— Wenn er sich dessen weigert, wird der Behörde die Aufgabe überlassen bleiben müssen, ihn dazu zu nöthigen. Es handelt sich ja um sein Leben, und sobald er einsieht, daß er das nur durch ein offenes Geständniß

erkaufen kann, wird er schon sprechen . . . Gilbert, ich
muß Dein Versprechen haben! . . Bei unserer Liebe
— giebst Du es mir?

— Ja, meine theure Alice, ja! versicherte Gilbert
. . . Was dieser Mann auch gethan, er gebe mir meine
Schwester wieder und Alles soll vergessen sein . . .

— So ist's recht, mein Gilbert! Wir haben ja
schreckliche Prüfungen ausgestanden, doch jetzt neigen
sie ihrem Ende zu . . . Die traurigen Tage, während
der wir so viel gelitten haben, wird uns Gott durch
lange Jahre des Glückes vergelten!«

Gilbert hatte seiner Verlobten, der einzelne Thränen
über die Wangen herabperlten, innig die Hand gedrückt,
und Beide schieden nun von einander.

Um zehn Uhr schifften sich, nachdem sie ihren
Freunden Lebewohl gesagt, James und Gilbert Burbank
im kleinen Hafen von Camdleß-Bay ein.

Die Fahrt über den Fluß ging rasch von statten.
Auf eine Bemerkung Gilberts hin steuerte das Boot
aber nicht unmittelbar nach dem Hafen von Jacksonville,
sondern hielt die Richtung nach dem Kanonenboote des
Commandanten Stevens ein.

Dieser Officier fungirte jetzt als militärischer Befehlshaber der Stadt, und dieser Umstand erheischte es, ihm
den von James Burbank beabsichtigten Schritt vorher
noch einmal zu unterbreiten. Stevens stand mit den
Behörden von Jacksonville in sehr häufiger Verbindung.
Ihm war nicht unbekannt geblieben, welche Rolle Texar
gespielt hatte, seit seine Anhänger die Macht an sich
rissen, eine wie große Verantwortlichkeit für die Ereignisse, welche die Verwüstungen von Camdleß-Bay
herbeiführten, auf ihm lastete, warum und unter welchen
Verhältnissen er in der Stunde, wo die Milizen schon

entflohen, verhaftet und eingekerkert worden war. Er
wußte auch, daß gegen ihn ein allgemeiner Widerwille
herrschte, daß die ganze bessere Bevölkerung von Jacksonville sich erhob, um seine Bestrafung für viele begangene
Verbrechen zu fordern.

Der Commandant Stevens bereitete James und
Gilbert Burbank einen wohlverdienten Empfang. Er
schätzte den jungen Officier ganz besonders hoch, da er,
seitdem Gilbert unter ihm diente, dessen Charakter und
Mannesmuth wiederholt kennen zu lernen Gelegenheit
gehabt hatte, und als er nach der Rückkehr Mars' an
Bord der Flottille erfahren, daß Gilbert den Südstaatlern in die Hände gefallen sei, dachte er nur daran,
ihn um jeden Preis zu retten. Doch wie hätte er, aufgehalten durch die Flußbarre, hierzu zur rechten Zeit
gelangen können? .. Wir wissen ja, welchen Umständen
der junge Lieutenant und James Burbank ihr Leben
zu verdanken hatten.

Mit wenig Worten klärte Gilbert den Commandanten Stevens über alles Vorgefallene auf, und bestätigte damit, was Mars jenem schon vorher gemeldet
hatte. Wenn es nicht zweifelhaft war, daß Texar der
persönliche Urheber der Entführung in der Marino-
Bucht war, so konnte auch kein Zweifel aufkommen,
daß dieser Mann allein sagen konnte, an welcher Stelle
von Florida, Dy und Zermah durch seine Helfershelfer
jetzt noch zurückgehalten wurden. Ihr Schicksal lag also
in den Händen des Spaniers, das war nur zu gewiß,
und der Commandant zauderte denn auch nicht, das
anzuerkennen. Er wollte es übrigens James und Gilbert
Burbank allein überlassen, diese Angelegenheit ganz nach
eigenem Ermessen zu erledigen, und im Voraus billigte
er alle Maßnahmen, die im Interesse der Mestizin und

des Kindes getroffen werden könnten. Selbst wenn es
nöthig werden sollte, Texar als Austausch seine Freiheit
anzubieten, sollte ihm diese zugestanden werden. Der
Commandant übernahm dafür gegenüber den Behörden
in Jacksonville die volle Verantwortung.

Für diese ihnen gewährte Handlungsfreiheit sprachen
James und Gilbert Burbank ihren herzlichen Dank dem
Commandanten aus, der ihnen noch eine schriftliche
Erlaubniß, mit dem Spanier zu unterhandeln, aus=
händigte, und dann fuhren sie nach dem Hafen selbst.

Hier befand sich schon der von James Burbank
durch einige Zeilen benachrichtigte Mr. Harvey. Alle
Drei begaben sich sofort nach dem Court=Justice, und
dort wurde der Befehl ertheilt, ihnen die Thüren des
Gefängnisses zu öffnen.

Ein Psycholog hätte gewiß nicht ohne Interesse
das Gesicht oder noch mehr die ganze Erscheinung Texar's
seit seiner Gefangensetzung beobachtet. Daß der Spanier
höchst erregt war, seit das Eintreffen der föderirten
Truppen seiner Stellung als obersten Beamten der
Stadt ein Ziel gesetzt; daß er mit der ihm zugefallenen
Machtvollkommenheit, ganz nach Belieben zu handeln,
die verlorene Leichtigkeit, seinen persönlichen Haß zu
befriedigen, bedauerte, und daß ein Verzug von nur
wenig Stunden ihm nicht gestattet hatte, James und
Gilbert Burbank durch einige Loth Blei abthun zu
lassen — in dieser Hinsicht bestand kein Zweifel. Dar=
über hinaus reichte aber sein Bedauern nicht. Sich in
den Händen seiner Feinde zu befinden, unter den schwersten
Beschuldigungen eingekerkert und verantwortlich zu sein
für alle die Gewaltthätigkeiten, welche ihm mit Recht
vorgeworfen werden konnten, das schien ihn völlig
gleichgiltig zu lassen. Sein ganzes Auftreten war also

ebenso seltsam wie unerklärlich. Ihn quälte offenbar nur
der eine Gedanke, daß er seine dunklen Anschläge gegen
die Familie Burbank nicht nach Wunsch habe durch=
führen können. Um die Folgen seiner Verhaftung schien er
sich gar nicht zu kümmern. — Sollte diese bisher so
räthselhafte Natur wirklich den letzten Versuchen, ihre
Lösung zu finden, erfolgreich widerstehen?

Die Thür der Zelle öffnete sich. James und Gil=
bert Burbank standen dem Gefangenen gegenüber.

»Aha, Vater und Sohn zugleich! rief Texar zu=
nächst mit dem ihm zur Gewohnheit gewordenen un=
verschämten Tone. Wahrhaftig, ich fühle mich den Herren
Föderirten tief verpflichtet. Ohne sie hätte ich nicht die
Ehre Ihres Besuches genossen. Sie kommen ohne Zweifel,
um mir die Begnadigung anzubieten, die Sie von mir
zu erbitten nicht mehr brauchen?«

Diese Worte polterte er in so herausforderndem
Tone hervor, daß James Burbank schon aufbrausen
wollte. Sein Sohn hielt ihn zurück.

»Mein Vater, sagte er, laß' mich ihm antworten.
Texar will uns auf ein Gebiet verlocken, wo wir ihm
nicht folgen können. Es ist nutzlos, auf die Vergangen=
heit zurückzugreifen; wir haben uns mit der Gegenwart,
nur mit der Gegenwart zu beschäftigen.

— Mit der Gegenwart, rief Texar, das soll wohl
heißen, mit der gegenwärtigen Lage. Diese scheint mir
aber völlig klar zu sein. Vor drei Tagen waren Sie
Beide in dieser Zelle eingesperrt, die Sie nur verlassen
sollten, um zum Tode zu gehen. Heute bin ich dafür
an Ihrer Stelle, und befinde mich dabei weit behag=
licher, als Sie wohl voraussetzen mögen.«

Diese Antwort war ganz dazu angethan, James
Burbank und seinen Sohn etwas außer Fassung zu

6*

bringen, da sie darauf ausgingen, Texar im Austausch gegen sein Geheimniß bezüglich der Entführung seine Freiheit anzubieten.

»Texar, sagte Gilbert, hören Sie mich an. Wir wollen mit Ihnen ganz offenherzig sprechen. Was Sie in Jacksonville etwa gethan, berührt uns nicht. Was Sie auf Camdleß=Bay gethan, wollen wir der Vergessenheit anheimgeben. Uns interessirt nur eine Sache. Meine Schwester und Zermah sind verschwunden, während Ihre Parteigänger die Ansiedlung überfielen und das Castle=House förmlich belagerten. Es steht fest, daß Beide entführt worden sind . . .

— Entführt! wiederholte Texar fast mechanisch; ah, es freut mich sehr, das zu erfahren.

— Zu erfahren? rief James Burbank entrüstet. Leugnen Sie etwa, Sie Elender, wagen Sie zu leugnen? . . .

— Liebster Vater, sagte der junge Officier, bewahre Dir Dein kaltes Blut . . . es muß sein! Ja, Texar, diese doppelte Entführung hat während des Angriffes auf die Pflanzung stattgefunden . . . Geben Sie zu, der persönliche Urheber derselben gewesen zu sein?

— Darauf habe ich nichts zu antworten.

— Schlagen Sie es ab, uns jetzt mitzutheilen, wohin meine Schwester und Zermah auf Ihren Befehl gebracht worden sind?

— Ich wiederhole Ihnen, daß ich darauf nichts zu antworten habe.

— Auch dann nicht, wenn wir Ihnen als Entgelt für eine wahrheitsgemäße Antwort die Freiheit wieder geben können?

— Ich habe nicht nöthig, diese von Ihrer Hand anzunehmen.

— Und wer wird Ihnen die Thüre dieser Zelle, die Pforte dieses Hauses öffnen? rief James Burbank, den eine solche Frechheit außer sich brachte.

— Wer? . . Die Richter, die ich verlange.

— Richter? . . . Die werden Sie ohne Erbarmen zum Tode verurtheilen.

— Dann werd' ich ja sehen, was ich zu thun habe.

— Sie weigern sich also unbedingt, mir eine Antwort zu geben?

— Ganz entschieden!

— Auch nicht um den Preis Ihrer Freiheit, die ich Ihnen dafür biete?

— Von dieser Freiheit mag ich nichts wissen.

— Auch nicht um den Preis eines ganzen Vermögens, das ich . . .

— Ich brauche Ihr Vermögen nicht. Und nun, mein Herr, lassen Sie mich in Ruhe.«

James und Gilbert Burbank fühlten sich einer solchen Sicherheit dieses Mannes gegenüber wirklich verblüfft, da sie nicht begreifen konnten, worauf dieselbe sich gründete, und wie Texar sich einer Untersuchung auszusetzen wagen konnte, die doch nur mit seiner Verurtheilung zum Tode oder doch zur schwersten Freiheitsstrafe ausgehen mußte. Weder die Freiheit noch das ihm versprochene Gold hatte ihm eine Antwort entlocken können, so daß es nur durch einen gar nicht zu stillenden Haß erklärlich schien, wenn er seinen eigenen Vortheil so auffällig aus den Augen setzte. Diese räthselhafte Persönlichkeit wollte selbst gegenüber den schlimmsten, für ihn daraus erwachsenden Folgen nicht der Rolle untreu werden, die er bisher gespielt.

»Komm', Vater, komm'!« sagte der junge Officier.

Er zog damit James Burbank schon aus dem Gefängnisse. An der Thüre fanden sie Mr. Harvey, und alle Drei beschlossen, sich zum Commandanten Stevens zu begeben und diesem von ihrem fruchtlosen Schritte Meldung zu machen.

Zur selben Zeit war eine Proclamation des Commodore Dupont an Bord der Flottille eingetroffen; an die Einwohner von Jacksonville gerichtet, enthielt sie die Zusicherung, daß Niemand wegen seiner politischen Anschauung verfolgt, noch wegen thätiger Theilnahme an solchen Maßregeln bestraft werden solle, die seit dem Beginne des Bürgerkrieges zum gewaltsamen Widerstand Floridas getroffen worden wären. Die Unterwerfung unter das Sternenbanner deckte, soweit das allgemeine Angelegenheiten betraf, jede Verantwortlichkeit.

Offenbar konnte diese an sich sehr weise Maßnahme, für welche unter ähnlichen Verhältnissen der Präsident Lincoln stets eingetreten war, keinen Bezug auf private Angelegenheiten und Streitigkeiten haben. Hierher gehörte aber offenbar die Sache Texar's. Daß er aus den Händen der gesetzmäßigen Behörden die Gewalt an sich gerissen, daß er diese zur Organisation des Widerstandes mit Waffengewalt angewendet, das war eine Frage, die nur zwischen Südstaatlern als solchen Bedeutung hatte, und eine Frage, um deren Erledigung sich die föderirte Regierung nicht weiter kümmerte. Seine Attentate auf Personen aber, sein Ueberfall von Camdleß=Bay, der sich gegen einen einzelnen Nordstaatler richtete, die Vernichtung seines Eigenthums, der Raub der Tochter desselben und einer zu dessen Personal gehörigen Frau, das waren Verbrechen, welche das gemeine Recht berührten und denen gegenüber die Gerechtigkeit vollkommen freien Lauf behalten mußte.

Hierhin ging die Ansicht des Commandanten Stevens,
der auch Commodore Dupont rückhaltslos zustimmte, als
die Anklage James Burbank's und dessen Antrag be=
züglich einer gerichtlichen Untersuchung gegen den Spanier
zu seiner Kenntniß gebracht worden waren.

Am folgenden Tage, am 15. März, wurde denn
auch eine Ordonnanz abgeschickt, welche Texar unter der
Anschuldigung der Plünderung und des Menschenraubes
vor das Kriegsgericht führte. Vor dieser Behörde, welche
derzeit ihren Sitz in Saint=Augustine hatte, sollte der
Angeklagte sich gegen das ihn Vorliegende verantworten.

VI.

Saint=Augustine.

Eine der ältesten Städte Nordamerikas, die schon
aus dem fünfzehnten Jahrhundert herrührt. Es ist die
Hauptstadt der Grafschaft Saint=John, welche trotz ihrer
großen Ausdehnung doch nur dreitausend Bewohner
zählt. — Von spanischem Ursprunge, hat sie Aussehen
und Charakter fast gar nicht geändert. Sie erhebt sich
am Ende einer der Inseln der Küste. Kriegs= und
Handelsfahrzeuge können in ihrem Hafen sichere Unter=
kunft finden, da derselbe gegen die von der Seeseite
kommenden Winde, welche an dieser höchst gefährlichen
Küste Floridas häufig sehr stark auftreten, hinlänglich
geschützt ist. Um da hinein zu gelangen, muß man aber
eine schwierige Barre passiren, deren Eingang durch die
Wirbel des Golfstromes oft sehr erschwert ist.

Die Straßen von Saint-Augustine sind enge, wie
die aller Städte, auf welche die Sonne ihre Strahlen
gelegentlich lothrecht hinabsendet. Dank ihrer Lage und
der Seebrise, welche jeden Morgen und jeden Abend
die Atmosphäre erfrischt, ist das Klima dieser Stadt
besonders mild und sie nimmt in den Vereinigten
Staaten nach dieser Seite etwa die Stelle Nizzas oder
Mentones unter dem Himmel der Provence ein.

Die Bevölkerung hat sich vorzüglich im Hafen-
viertel und in den benachbarten Straßen zusammen-
gedrängt. Die Vorstädte mit ihren vereinzelten, mit
Palmenblättern abgedeckten Häuschen und elenden Hütten
würden ohne die Hunde, die Schweine und die Kühe,
welche hier eine unbegrenzte Freiheit genießen, so gut
wie vollkommen verödet sein.

Die eigentliche innere Stadt bietet durchweg ein
spanisches Aussehen. Die Häuser zeigen sorgfältig ver-
gitterte Fenster und haben im Innern den traditionellen
Patio — das ist ein mit schlanken Colonnaden einge-
faßter Raum mit phantastischen Giebeln und gleich Altar-
blättern in Stein gearbeiteten Balcons. Zuweilen, meist
an einem Sonn- oder Festtage, ergießen die Häuser
alles, was sie bergen, auf die Straße. Das ergiebt dann
ein merkwürdiges Gemisch von Sennoras, Negerinnen,
Mulattinnen, Halbindianern, Negern und deren Kindern, englischen Damen und Gentlemen, Geistlichen,
Mönchen oder anderen katholischen Priestern, fast alle
mit der Cigarrette im Munde, selbst wenn sie sich nach
der Calvaire, der Parochialkirche von Saint-Augustine,
begeben, deren volle Glocken fast unausgesetzt seit der
Mitte des 17. Jahrhunderts läuten.

Hier sind auch die Märkte nicht zu vergessen mit
ihrer reichen Zufuhr an Gemüse, Fischen, Geflügel,

Schweinen, Lämmern — welche hic et nunc auf Verlangen der Käufer abgeschlachtet werden — ferner von
Eiern, gesottenen Bananen, »Frijoles«, das sind kleine
eingekochte Bohnen, endlich von allen tropischen Früchten,
wie Ananas, Datteln, Oliven, Granaten, Orangen,
Goyaven, Pfirsichen, Feigen, Maronen — und das Alles
zu ganz billigen Preisen, was das Leben in diesem
Theile Floridas ebenso angenehm wie leicht macht.

Was die Straßenreinigung betrifft, so wird diese
im Allgemeinen nicht durch dazu angestellte Straßen-
kehrer, sondern durch zahlreiche Banden von Geiern
besorgt, welche das Gesetz schützt, indem es die Tödtung
derselben mit harten Strafen belegt. Diese vertilgen
Alles, selbst Schlangen, deren Anzahl, trotz der Ge-
fräßigkeit jener schätzbaren Vertreter der Vogelwelt,
leider eine sehr große ist.

An freundlichem Grün fehlt es dieser Anhäufung
von Häusern, welche die eigentliche Stadt bildet, auch
nicht. An den Straßenkreuzungen sind häufig kleine
Plätze angelegt, welche dem Blicke gestatten, auf Gruppen
von Bäumen auszuruhen, deren Höhe die der Dächer
übertrifft und welche durch das unaufhörliche Geschnatter
wilder Papageien belebt werden. Meist sind es große
Palmen, die ihre Kronen im Winde wiegen und deren
Blätter den Fächern der Sennoras oder den Punkas
der Hindus ähneln. Da und dort verlaufen auch lange
Ketten von Lianen oder Glycinen und erheben sich
Bouquets riesenhafter Cactusarten, deren unterer Theil
eine undurchdringliche Hecke bildet. Alles das ist anziehend,
ja reizend zu sehen, und würde es noch mehr sein, wenn
die Geier ihren Obliegenheiten gewissenhafter nachkämen.
Entschieden vermögen diese aber die mechanischen Besen
nicht zu ersetzen.

In Saint-Augustine findet man nur ein oder zwei Dampfsägewerke, eine Cigarrenfabrik und eine Terpentin-Destilliranstalt. Die mehr handeltreibende als industrielle Stadt importirt oder exportirt Melasse, Getreide, Baumwolle, Indigo, Harze, Bauholz, Fische und Salz. In gewöhnlichen Zeiten ist der Hafen immer sehr belebt von ein- und ausfahrenden Dampfern, welche den Güterverkehr und den Personentransport nach den verschiedenen Häfen im Ocean und im Meerbusen von Mexiko besorgen.

Saint-Augustine ist ferner der Sitz eines der höheren Gerichtshöfe, welche es im Staate Florida giebt. Was seine Vertheidigungsanstalten betrifft, die gegen einen Angriff von der Landseite oder einen Ueberfall vom Meere her zu dienen bestimmt sind, so bestehen diese nur aus einem einzigen Fort, dem Fort Marion oder Saint-Marc, ein nach castilischem Vorbilde im 17. Jahrhundert errichtetes Bauwerk. Vauban oder Cormontaigne würden damit allerdings wenig Federlesens gemacht haben; dagegen erweckt es die Bewunderung der Archäologen und Antiquare mit seinen Thürmen und Bastionen, seinem Halbmond, seinen Machicoulis, wie mit seinen alten Waffen und Mörsern, welche für diejenigen, welche sie abschießen, gefährlicher sind, als für die, nach denen sie zielen.

Dieses Fort war es, das die conföderirte Besatzung bei Annäherung der föderirten Flottille sofort aufgegeben hatte, obwohl die Regierung dasselbe nur wenige Jahre vor dem Kriege in besseren Vertheidigungszustand versetzt hatte. Nach Abzug der Milizen hatten es denn auch die Bewohner von Saint-Augustine dem Commodore Dupont gern übergeben, und dieser ließ es, ohne einen Schuß abzufeuern, von seinen Leuten besetzen.

Die bevorstehende Untersuchung gegen den Spanier Texar hatte sich inzwischen gleich einem Lauffeuer in der ganzen Umgebung verbreitet. Es schien damit der letzte Act in dem Kampfe zwischen dieser verdächtigen Persönlichkeit und der Familie Burbank sich abspielen zu wollen. Die Entführung des kleinen Mädchens und der Mestizin Zermah erregte ziemlich heftig die öffentliche Meinung, die sich übrigens lebhaft zu Gunsten der Bewohner von Camdleß-Bay aussprach. Daß Texar der Urheber des Verbrechens sei, daran hegte Niemand einen Zweifel. Selbst für der Sache ferner Stehende hatte diese wenigstens den Reiz, zu sehen, wie dieser Mann sich aus der Schlinge ziehen und ob ihn nicht endlich die Strafe erreichen werde, die er für alle Unthaten, deren man ihn schon seit langer Zeit bezichtigte, so reichlich verdiente.

In Saint-Augustine konnte man sich also einer ziemlichen Erregung versehen. Die Besitzer der benachbarten Ansiedlungen strömten daselbst zusammen. Die hier vorliegende Frage berührte sie ziemlich nahe, da die Hauptbeschuldigung auf den Ueberfall und die Zerstörung der Ansiedlung von Camdleß-Bay hinauslief, und andere Niederlassungen ebenfalls durch südstaatliche Banden verwüstet worden waren. Es kam nun darauf an zu sehen, welche Stellung die Vertreter der Bundesregierung gegenüber diesen Verletzungen des gemeinen Rechtes einnehmen würden, welche unter dem Deckmantel der separatistischen Politik verübt worden waren.

Das vornehmste Gasthaus von Saint-Augustine, das City-Hôtel, hatte eine große Anzahl Besucher erhalten, deren Sympathie von vornherein der Familie Burbank zugewendet war, es hätte deren auch noch mehr aufnehmen können. In der That gab es keine

mehr geeignete Baulichkeit, als dieses aus dem 16. Jahr=
hundert stammende Haus, die frühere Wohnung des
Corregidor mit ihrer »Puerta« oder Hauptpforte, ihrer
großen »Sala« oder Ehrensaal, ihrem inneren Hofe,
dessen Säulen von Passionsblumen umwunden waren,
ihrer Veranda, nach der sich hübsch ausgestattete Zimmer
öffneten, deren Getäfel unter leuchtender Smaragd= und
Goldfarbe verschwindet, mit ihren nach spanischer Mode
an den Mauern emporstrebenden Miradores, ihren
plätschernden Springbrunnen und frischgrünen Rasen=
flächen, und das alles in ausgedehntem Raume, in einem
»Patio« mit hochragenden Mauern. Es ist mit einem
Worte eine Art Carawanserai, welche jedoch nur von
bemittelten Reisenden besucht werden kann.

Hier hatten James und Gilbert Burbank, Mr.
Stannard und seine Tochter, begleitet von Mars, seit
dem Vortage Wohnung genommen.

Nach ihrem vergeblichen Schritte im Gefängnisse
zu Jacksonville, waren James Burbank und sein Sohn
nach dem Castle-House zurückgekehrt. Bei der Nachricht,
daß Texar es verweigerte, die an ihn gerichtete Frage
zu beantworten, glaubte die Familie ihre letzte Hoffnung
schwinden zu sehen, und nur die Gewißheit, daß Texar
für seine Schandthaten auf Camdleß=Bay einem Kriegs=
gericht überantwortet werden sollte, gewährte einigen
Trost in dieser Angst. Sah er sich hier zu einer Strafe
verurtheilt, der er sich nicht entziehen konnte, so würde
der Spanier wohl nicht länger das frühere Schweigen
bewahren, wenn es sich darum handelte, Leben und
Freiheit zu erkaufen.

Bei dieser Untersuchung sollte Miß Alice als Haupt=
zeugin auftreten. Sie befand sich ja damals an der
Marino=Bucht, als Zermah den Namen Texar's aus=

rief, und auch sie selbst hatte ganz genau den Elenden in seinem sich entfernenden Boote erkannt. Das junge Mädchen rüstete sich also zur Abfahrt nach Saint-Augustine. Ihr Vater wollte sie ebenso begleiten, wie ihre Freunde, James und Gilbert Burbank, welche durch ein Gesuch des Referenten beim Kriegsgericht dahin geladen waren. Der Gatte Zermah's aber wollte dabei sein, wenn man dem Spanier das Geheimniß, das er allein entschleiern konnte, abnöthigen würde. Dann hatte James Burbank, sein Sohn und Mars nur noch die beiden Gefangenen aus den Händen Derjenigen in Empfang zu nehmen, die sie ja blos auf Befehl Texar's festhielten.

Am Nachmittag des 16. hatten James Burbank und Gilbert, Mr. Stannard, seine Tochter und Mars sich von Frau Burbank und Edward Carrol verabschiedet. Einer der Dampfer, der den Dienst auf den Saint-John versah, nahm sie am Pier von Camdleß-Bay auf und setzte sie in Picolata wieder ab. Von hier brachte sie ein Stellwagen durch die gewundene Fahrstraße, welche durch ein Dickicht von Eichen, Cypressen und Platanen, die auf diesem Theile der Halbinsel besonders üppig wuchern, hindurchführt.

Noch vor Mitternacht fanden sie dann in den Zimmern des City-Hôtel ein bequemes und angenehmes Unterkommen.

Man darf übrigens nicht glauben, daß Texar von allen Anhängern verlassen gewesen wäre. Er zählte unter den kleinen Leuten in der Grafschaft, meist ausgesprochene Vertreter der Sklaverei, noch eine Menge Parteigänger. Andererseits hatten seine Gefährten, da sie darüber beruhigt waren, wegen des in Jacksonville erregten Aufstandes ungestraft zu bleiben, ihren alten Führer nicht im Stiche lassen wollen. Viele derselben waren in Saint=Augustine eingetroffen, wenn man sie natürlich auch nicht im Patio des City=Hôtels suchen durfte. In der Stadt fehlt es aber nicht an gewöhnlichen Schänk= stätten, jenen »Tiendas«, wo die Mestizen spanischer Abkunft von allem, was eßbar, trinkbar und rauchbar ist, verkaufen. Hier hörte man von dem niedrigeren Volke, von den Leuten zweideutigen Rufes, so manche Proteste bezüglich des Verfahrens gegen Texar.

Der Commodore Dupont befand sich jetzt gerade nicht in Saint=Augustine. Er war in Anspruch ge= nommen, mit einem Geschwader die versteckteren Fahr= straßen an der Küste zu blockiren, um diese für jede Kriegscontrebande zu sperren. Die nach der Uebergabe des Forts Marion aber gelandeten Truppen wachten für die Ordnung in der Stadt, so daß weder eine Er= hebung der Südstaatler, noch ein Putsch der nach der anderen Seite des Flusses entwichenen Milizen zu fürchten war. Hätten die Parteigänger Texar's einen Aufstand versucht, um die Stadt den Händen der Föderirten zu entreißen, so wären sie ohne Mühe ver= nichtet worden.

Den Spanier hatte eines der Kanonenboote des Commandanten Stevens von Jacksonville nach Picolata befördert. Von Picolata nach Saint=Augustine war er unter sicherer Bedeckung geführt und sofort in einem festen Gelaß des Forts eingesperrt worden, von wo zu entfliehen ihm ganz unmöglich war. Da er übrigens selbst verlangt hatte, vor Gericht gestellt zu werden, dachte er an so etwas wahrscheinlich gar nicht. Seine Anhänger wußten das recht gut. Sollte er diesmal ver= urtheilt werden, so würden sie ja sehen, was zur Er= möglichung seiner Flucht zu thun wäre.

Bis dahin hatten sie sich nur ruhig zu ver=
halten.

In Abwesenheit des Commodore versah der Oberst
Gardner die Function des militärischen Stadtcomman=
danten und ihm fiel demnach der Vorsitz bei der Gerichts=
verhandlung zu, welche in einem der Säle des Fort
Marino über Texar abgehalten werden sollte.

Dieser Oberst war nicht lange vorher bei der Ein=
nahme von Fernandina betheiligt gewesen, und auf
seinen Befehl wurden die durch den Angriff des Kanonen=
bootes »Ottawa« gefangenen Flüchtlinge achtundvierzig
Stunden zurückgehalten — ein Umstand, der hier nicht
unerwähnt bleiben darf.

Das Kriegsgericht trat um elf Uhr Vormittags
zur Verhandlung zusammen. Ein zahlreiches Publicum
hatte die Bänke der Zuhörerschaft dicht besetzt und unter
den Lautesten konnte man Freunde oder Parteigänger
des Angeklagten voraussetzen.

James und Gilbert Burbank, Mr. Stannard, seine
Tochter und Mars nahmen die für die Zeugen reser=
virten Plätze ein, wobei ihnen sofort auffiel, daß kein
einziger Entlastungszeuge zu sehen war. Es hatte den
Anschein, als habe der Spanier sich überhaupt keine
Mühe gegeben, Jemanden zu finden, der zu seinen
Gunsten aussagte, doch blieb es ungewiß, ob er frei=
willig auf jede Zeugenschaft verzichtete oder nur die
Unmöglichkeit eingesehen hatte, seine Sache durch eine
solche zu unterstützen. Bald sollte man das erfahren.
Jedenfalls schien jedoch an dem Ausgange der Ver=
handlung Niemandem ein Zweifel beizukommen.

James Burbank's hatte sich immerhin eine Art uner=
klärlicher Vorahnung bemächtigt. In derselben Stadt
war es ja gewesen, wo er schon einmal eine Klage

gegen Texar angestrengt und wo der Spanier sich durch ein unbestreitbares Alibi der drohenden Bestrafung zu entziehen gewußt hatte. Auch im Zuhörerkreise mußte die Erinnerung daran noch wach sein, denn jene erste Verhandlung lag ja nur wenige Wochen gegen den heutigen Tag zurück.

Durch Gerichtsdiener hereingeführt, erschien Texar sofort, als der Kriegsrath zur Sitzung zusammen= getreten war. Man geleitete ihn zur Anklagebank, wo er sich, äußerlich sehr ruhig, niedersetzte. Ohne Zweifel konnte nichts und unter keinen Umständen auf seine natürliche Frechheit einen dämpfenden Einfluß üben. Seine Erscheinung bot nur ein verächtliches Lächeln gegenüber seinen Richtern, einen höchst zuversichtlichen Blick auf seine Freunde, die er im Saale erkannte, und einen solchen voll glühenden Hasses, den er James Bur= bank zusandte. So erwartete er den Beginn der gewöhn= lichen Fragestellung seitens des Oberst Gardner.

In Gegenwart dieses Mannes, der ihnen soviel Unheil zugefügt, konnten sich James Burbank, Gilbert und Mars kaum beherrschen.

Die Vorfragen erfolgten gemäß den gewöhnlichen Formeln, um die Identität des Angeklagten zu con= statiren.

»Ihr Name? fragte Oberst Gardner.

— Texar.

— Ihr Alter?

— Fünfunddreißig Jahre.

— Wo wohnen Sie?

— In Jacksonville, in der Tienda Torillo's.

— Ich frage, wo Sie Ihren gewöhnlichen Wohn= sitz haben?

— Ich habe gar keinen.«

Wie fühlten James Burbank und die Seinigen
ihre Herzen schneller schlagen, als sie diese Antwort
vernahmen, welche durch ihren Ton die feste Absicht
des Angeklagten verrieth, auf keinen Fall seinen gewöhnlichen Aufenthaltsort kund zu geben.

In der That beharrte Texar, trotz dringlicher
Aufforderung des Vorsitzenden, dabei, keine feste Wohnung zu haben. Er stellte sich sozusagen als Nomaden
dar, als Waldläufer, als Jäger in den ungeheueren
Urwäldern des Landes, oder als Einsiedler in den
Cypressendickichten, der sein Lager aufschlug, wo es der
Zufall wollte, und der auf gut Glück von seiner Flinte
und seinen Fallen und Schlingen lebte. Etwas Anderes
konnte man aus seinen Aussagen nicht abnehmen.

»Nun, mag sein, antwortete Oberst Gardner;
darauf kommt ja nicht allzuviel an.

— In der That, darauf kommt gar nichts an,
erklärte Texar unverschämt. Nehmen wir also, wenn es
Ihnen recht ist, Herr Oberst, an, meine Wohnung
befände sich jetzt im Fort Marion in Saint-Augustine,
wo man mich gegen Recht und Gesetz zurückhält. —
Wessen bin ich denn angeklagt, wenn es Ihnen beliebt?
fügte er hinzu, als wolle er von Anfang herein die
Verhandlung in seinem Sinn weiter führen.

— Sie sind, erwiderte Oberst Gardner, nicht verhaftet worden wegen dessen, was in Jacksonville vorgefallen ist. Eine Proclamation des Commodore Dupont
erklärt ausdrücklich, daß die Bundesregierung jede Ein-
mischung verschmäht, so weit es sich um locale Revo-
lutionen handelt, durch die an Stelle der gesetzmäßigen
Behörden des Landes andere Beamte, wer sie auch sein
mögen, eingesetzt worden sind. Florida ist jetzt wieder
unter die Flagge des Bundes zurückgekehrt und die

Regierung des Nordens wird die Reorganisation des Staates alsbald in die Hände nehmen.

— Wenn man mich aber nicht verfolgt, weil ich die Behörden und zwar unter Zustimmung der Mehrheit der Einwohner verjagte, fragte Texar, warum bin ich dann überhaupt vor dieses Kriegsgericht gestellt worden?

— Das will ich Ihnen sagen, da Sie sich stellen, als ob Ihnen das unbekannt wäre, erwiderte Oberst Gardner. Während Sie die Stellung des ersten Beamten der Stadt inne hatten, sind Verbrechen gegen das gemeine Recht begangen worden. Sie sind beschuldigt, den zu Gewaltthätigkeiten neigenden Theil der Bevölkerung zur Begehung derselben aufgereizt zu haben.

— Von welchen Verbrechen reden Sie?

— Zunächst handelt es sich um die Verwüstung von Camdleß-Bay, auf das sich eine Horde von Uebelthätern gestürzt hat ...

— Neben einer, von einem Officier der Miliz geführten Abtheilung Soldaten, fügte der Spanier hinzu.

— Zugegeben, Texar; es handelt sich aber um eine Plünderung, Brandlegung, um einen Angriff mit bewaffneter Hand auf die Wohnung eines Colonisten, dessen Recht es war, einen solchen Ueberfall zurückzuweisen, und der das auch gethan hat.

— Sein Recht? versetzte Texar. Das Recht war gewiß nicht auf der Seite desjenigen, der sich weigerte, den Anordnungen des eingesetzten Bürgerausschusses nachzukommen. James Burbank — denn um ihn handelt es sich — hatte seine Sclaven freigelassen, entgegen der allgemeinen Anschauung, welche in Florida, wie in den meisten südlichen Staaten der Union, für Beibehaltung der Sclaverei ist. Dieser Act konnte für die

anderen Ansiedlungen des Landes durch die nahe ge=
legte Verleitung der Schwarzen zur offenen Empörung
die schlimmsten Folgen haben. Der Bürgerausschuß von
Jacksonville hielt sich unter den gegebenen Umständen
also für verpflichtet, amtlich einzuschreiten. Wenn er die
von James Burbank so unklugerweise verkündete Frei=
lassung seiner Leute nicht einfach aufhob, so erschien es
ihm doch als angezeigt, die neuen Freigelassenen wenig=
stens aus diesem Gebiete entfernt zu sehen. Da James
Burbank nun sich weigerte, einer derartigen Aufforderung
nachzukommen, blieb dem Bürgerausschuß nichts übrig,
als seinem Beschlusse mit Gewalt Geltung zu verschaffen,
und deshalb schritt die Miliz, der sich ein Theil der
Einwohnerschaft anschloß, zur Vertreibung der früheren
Sclaven von Camdleß=Bay.

— Sie stellen diesen Vorgang, erwiderte Oberst
Gardner, von einem Gesichtspunkt aus dar, den das
Kriegsgericht zu dem seinigen nicht machen kann. James
Burbank hat als geborner Nordländer nur in Aus=
übung eines ihm zustehenden Rechtes gehandelt, wenn
er seine Leute freigab. Nichts vermag also die Aus=
schreitungen zu entschuldigen, deren Schauplatz seine An=
siedlung gewesen ist.

— Ich fürchte hier nur Zeit zu vergeuden, ent=
gegnete Texar unhöflich, meine Anschauungen vor dem
Kriegsgericht weiter darzulegen. Der Bürgerausschuß
von Jacksonville hat gethan, was er thun zu müssen
glaubte. Verfolgt man mich nun etwa als den Vor=
sitzenden dieses Ausschusses und will man mir allein
die Verantwortung für seine Beschlüsse und Handlungen
zuwälzen?

— Allerdings Ihnen, Texar, gerade Ihnen, der
Sie nicht allein der Vorsitzende des genannten Aus=

7*

schusses waren, sondern der Sie auch persönlich die auf Camdleß-Bay gehetzten Räuberbanden geführt haben.

— Beweisen Sie mir das, erwiderte Texar kühl. Giebt es einen einzigen Zeugen, der mich in der Mitte jener Bürger und Milizsoldaten, welche dem Befehl des Ausschusses Nachdruck zu geben beauftragt waren, gesehen hat?«

Auf diese Antwort ersuchte Oberst Gardner James Burbank um seine bezüglichen Mittheilungen.

James Burbank erzählte die Thatsachen, die sich seit der Stunde vollzogen hatten, wo Texar und seine Anhänger die gesetzmäßigen Behörden von Jacksonville stürzten. Er wies dabei mit besonderer Betonung auf die Haltung des Angeklagten hin, der den Pöbel auf seine Wohnung gehetzt hatte.

Auf die Frage des Oberst Gardner bezüglich der Anwesenheit Texar's unter den Angreifern, konnte er nur antworten, daß er davon sich persönlich nicht habe überzeugen können. Der Leser erinnert sich wohl, daß John Bruce, der Bote des Mr. Harvey, als sich James Burbank bei dessen Eintreffen im Castle-House nach jenem Umstande erkundigte, nicht hatte behaupten können, daß Texar sich an der Spitze jener Uebelthäter befunden habe.

»In jedem Falle, setzte James Burbank hinzu, kann es für gar Niemand zweifelhaft erscheinen, daß auf ihn die Verantwortlichkeit für jene Schandthat zurückfällt. Er ist es gewesen, der die Angreifer zur Plünderung von Camdleß-Bay angereizt hat, und sein Verdienst war es wahrlich nicht, daß meine eigene Wohnung von der Vernichtung durch die Flammen verschont blieb und die letzten Vertheidiger derselben dem Tode entgingen. Ja, seine Hand ist hier überall im Spiele wie wir dieselbe bei einem noch schändlicheren Verbrechen wiederfinden werden!«

James Burbank schwieg. Ehe die Frage der Entführung verhandelt werden konnte, mußte der erste Theil der Anklage, den Ueberfall von Camdleß-Bay betreffend, erledigt sein.

»Sie glauben also, nahm Oberst Gardner wieder das Wort, nur einen Theil der Verantwortlichkeit auf Ihren Schultern zu tragen, während diese sonst jenem Bürgerausschuß, der seine Befehle zur Durchführung bringen wollte, zufiele?

— Ganz gewiß.

— Und Sie bleiben auch bei der Behauptung, nicht an der Spitze der Angreifer gestanden zu haben, welche Camdleß-Bay überfielen?

— Ich verbleibe dabei, erklärte Texar. Es wird kein einziger Zeuge auftreten können, der mich da gesehen hätte. Ich stand nicht in den Reihen jener muthigen Bürger, welche für die Anordnungen des Ausschusses mit Blut und Leben eintraten, und ich muß sogar hinzufügen, daß ich an jenem Tage von Jacksonville überhaupt abwesend war.

— Ja freilich . . . das ist nach Allem sehr möglich, mischte sich James Burbank selbst wieder ein, da er jetzt den Augenblick gekommen glaubte, den ersten Theil der Anklage an dessen zweiten zu knüpfen.

— Das ist sogar gewiß, warf Texar dazwischen.

— Doch wenn Sie sich nicht unter den Plünderern von Camdleß-Bay befanden, fuhr James Burbank fort, so kam das nur daher, daß Sie an der Marino-Bucht zur Verübung eines noch schlimmeren Verbrechens auf der Lauer lagen.

— Ich? . . . Ich bin gar nicht in der Marino=
Bucht gewesen, antwortete Texar. Ich erkläre auch noch=
mals, daß ich mich weder unter jenen Angreifern noch
an dem betreffenden Tage überhaupt in Jacksonville
befand.«

Der Leser wird nicht vergessen haben, daß John
Bruce sich James Burbank gegenüber dahin ausge=
sprochen hatte, daß Texar, der nicht unter den An=
greifenden sichtbar, auch schon achtundvierzig Stunden
lang, das heißt vom 2. bis zum 4. März, in Jackson=
ville nicht bemerkt worden sei.

Dieser Umstand veranlaßte den Vorsitzenden des
Gerichtes daher zu folgender Frage:

»Wenn Sie an jenem Tage nicht in Jacksonville
waren, wollen Sie uns dann mittheilen, wo Sie sich
damals aufhielten?

— Das werd' ich Ihnen sagen, wenn es dazu
Zeit ist, erwiderte Texar. Für den Augenblick genügt
es mir, festgestellt zu haben, daß ich an jenem Ueber=
falle der Ansiedlung nicht theilgenommen habe.

— Und nun, Herr Oberst, wessen beschuldigt man
mich ferner?«

Die Arme nachlässig kreuzend und mit einem noch
frecheren Blick als vorher, maß Texar seine ihm gegen=
über sitzenden Ankläger.

Diese Beschuldigung ließ denn nicht auf sich warten.
Der Oberst Gardner formulirte dieselbe, und dieses Mal
schien es sehr schwierig darauf zu antworten.

»Wenn Sie nicht in Jacksonville waren, sagte
der Vorsitzende, so wird von gegnerischer Seite doch
behauptet, daß Sie sich in der Marino=Bucht befanden.

— In der Marino=Bucht? . . . Und was soll ich
da gethan haben?

— Sie haben von da ein Kind, Diana Burbank, die Tochter James Burbank's, und Zermah, die Frau des hier anwesenden Mestizen Mars, welche jenes Kind begleitete, entweder selbst entführt oder doch entführen lassen.

— Ah, also mich beschuldigt man jener Entführung!... rief Texar in höchst ironischem Tone.

— Ja!... Sie!... riefen gleichzeitig James Burbank, Gilbert und Mars, die sich nicht zurückzuhalten vermochten.

— Und warum, wenn es Ihnen beliebt, antwortete Texar, soll gerade ich das gewesen sein und nicht eine andere Person?

— Weil Sie allein Interesse daran hatten, jenes Verbrechen zu begehen, entgegnete der Oberst.

— Welches Interesse?

— Einen Act der Rache gegen die Familie Burbank auszuüben. Mehr als einmal hatte James Burbank gegen Sie schon Klage zu führen gehabt, und wenn Sie in Folge gelungener Berufung auf Ihr Alibi noch nicht verurtheilt worden sind, so haben Sie doch zu wiederholten Malen die Absicht laut werden lassen, sich an ihren Anklägern zu rächen.

— Zugegeben, erklärte Texar. Daß zwischen mir und James Burbank ein unversöhnlicher Haß herrscht, läugne ich gewiß nicht. Daß ich ein Interesse daran haben könnte, um durch das Verschwindenlassen seines Kindes ihm das Herz zu brechen, läugne ich ebenfalls nicht. Aber daß ich es auch gethan haben sollte, ist doch ein ganz anderes Ding. Giebt es einen Zeugen, der mich gesehen hat?

— Ja,« antwortete Oberst Gardner.

Er ersuchte darauf Alice Stannard, ihre Aussage unter eidlicher Versicherung der Wahrheit vorzubringen.

Miß Alice erzählte hierauf, was in der Marino= Bucht vorgegangen war, wobei ihr die Erregung manch= mal das Wort auf der Lippe erstickte. Ueber die in= criminirte Thatsache sprach sie sich mit zweifelloser Sicherheit aus. Aus dem Tunnel hervortretend, hatten Frau Burbank und sie selbst von Zermah einen Namen ausrufen hören und dieser Name war der Texar's ge= wesen. Beide waren, nachdem sie die Leichen der zwei Schwarzen am Ufer gefunden, nach dem Flußufer zu= geeilt. Von diesem entfernten sich eben zwei Boote, das eine, welches die Opfer davonführte, und das andere, auf dem im Hintertheile Texar aufrecht stand. Bei dem Widerschein der Feuersbrünste, welcher die Zimmerplätze von Camdleß=Bay zum Opfer fielen, und der sich über den Saint=John ausbreitete, hatte Miß Alice den Spanier vollkommen genau erkannt.

»Das beschwören Sie? sagte der Oberst Gardner.

— Ich beschwöre es!« entgegnete Miß Alice ruhig.

Nach einer so bestimmt abgegebenen Erklärung konnte über die Schuld Texar's eigentlich kein Zweifel mehr aufkommen, und doch bemerkten James Burbank, seine Freunde, sowie das ganze Auditorium, daß der An= geklagte in seiner bisherigen Zuversicht nichts eingebüßt zu haben schien.

»Texar, was haben Sie auf diese Aussage zu er= widern? sagte der Vorsitzende des Kriegsraths.

— Nur Folgendes, sagte der Spanier. Es kommt mir nicht in den Sinn, Miß Alice Stannard falschen Zeugnisses zu zeihen. Ebenso wenig fällt mir ein, sie zu beschuldigen, daß sie etwa dem Hasse der Familie Burbank gegen mich ihre Unterstützung leiht, indem sie unter eidlicher Versicherung erklärt, ich sei der Urheber einer Entführung, von der ich doch erst seit meiner Verhaftung etwas gehört habe. Ich behaupte allein, sie täuscht sich, wenn sie mich in einem jener Boote, die sich von der Marino=Bucht damals entfernt hatten, auf= recht stehen zu sehen glaubte.

— Doch wenn Miß Alice Stannard auch in diesem Punkte geirrt haben sollte, so kann sie mindestens keiner Täuschung unterliegen bezüglich der Aussage, daß sie Zermah hatte »Zu Hilfe! . . . Texar ist es!« rufen hören.

— Nun gut, antwortete der Spanier, wenn sich Miß Alice Stannard nicht getäuscht hat, so hat sich Zermah geirrt, das ist Alles.

— Zermah hätte gerufen, »das ist Texar!« und Sie wären es nicht gewesen, der sich im Augenblick des Raubes daselbst befunden hätte?

— Das muß wohl so sein, da ich nicht im Boote war und nicht einmal nach der Marino=Bucht ge= kommen bin.

— Dafür wird der Beweis beizubringen sein.

— Obgleich es nicht meine Sache ist, den Beweis zu liefern, sondern Derjenigen, welche mich anklagen, so wird es mir doch ein Leichtes sein.

— Noch ein Alibi? . . . sagte der Oberst Gardner.

— Noch eins!« antwortete Texar kühl.

Auf diese Antwort entstand unter den Zuhörern ein ironisches zweifelhaftes Murmeln, das keineswegs zu Gunsten des Angeklagten zu sprechen schien.

»Texar, fragte der Oberst, da Sie sich auf ein neues Alibi berufen, können Sie Beweise dafür auf= bringen?

— Sehr leicht, antwortete der Spanier, und dafür wird es genügen, eine Frage an Sie zu stellen, Herr Oberst.

— Reden Sie.

— Befehligten Sie nicht, Herr Oberst Gardner, die Landungstruppen bei Gelegenheit der Einnahme von Fernandina und des Fort Clinch durch die Föderirten?

— So ist es.

— Dann müssen Sie sich sicherlich besinnen, daß ein nach Cedar-Keys entfliehender Bahnzug durch das Kanonenboot »Ottawa« auf der Brücke, welche die Insel Amelia mit dem Festlande verbindet, angegriffen wurde.

— Vollkommen.

— Nun der Wagen am Ende dieses Zuges wurde auf der Brücke zurückgehalten und eine Abtheilung föderirter Truppen bemächtigte sich aller der Flüchtlinge, welche er enthielt. Die Gefangenen, deren Namen und Signalement man feststellte, erhielten ihre Freiheit erst achtundvierzig Stunden später wieder.

— Ich weiß es, antwortete der Oberst Gardner.

— Nun wohl, unter jenen Gefangenen befand auch ich mich.

— Sie?

— Ich!«

Ein neues noch mißliebigeres Gemurmel beantwortete diese so unerwartete Erklärung.

»Da diese Gefangenen also, fuhr Texar fort, vom 2. bis zum 4. März zurückgehalten wurden, der Ueberfall der Pflanzung und die mir vorgeworfene Entführung aber in der Nacht zum 3. März stattgehabt haben soll, so ist es doch schlechterdings unmöglich, daß ich deren Urheber sein könnte. Alice kann ferner auch Zermah

gar nicht meinen Namen haben ausrufen hören; sie
kann mich folgerichtig nicht auf dem aus der Marino-
Bucht sich entfernenden Boote gesehen haben, einfach,
weil ich zu derselben Zeit von den föderirten Truppen
in Haft gehalten wurde.

— Das ist falsch, rief James Burbank. Das kann
nicht sein! . . .

— Und ich, fügte Miß Alice hinzu, ich schwöre,
daß ich diesen Mann gesehen, daß ich ihn deutlich erkannt
habe. —

— Schlagen Sie die Acten nach,« begnügte sich
Texar zu antworten.

Der Oberst Gardner ließ die Acten herbeischaffen,
die zur Verfügung des Commodore Dupont in Saint-
Augustine gestellt waren, und zwar diejenigen, welche
die bei der Einnahme von Fernandina und bei Ueber-
rumplung des Eisenbahnzuges nach Cedar-Keys gemachten
Gefangenen betrafen. Man legte sie ihm vor, und er
mußte in der That bestätigen, daß der Name Texar
nebst passendem Signalement sich in dem Verzeichnisse
vorfand.

Es war also kein Zweifel mehr. Der Spanier
konnte jenes Raubes nicht angeklagt werden. Miß Alice
täuschte sich, wenn sie ihn wiederzuerkennen versicherte.
Er hatte an jenem Abend in der Marino-Bucht gar
nicht sein können. Seine achtundvierzigstündige Abwesenheit erklärte sich ganz natürlich; er befand sich während
derselben an Bord eines der Kanonenboote des Geschwaders.

Auch dieses Mal war es ein unbestreitbares, auf
ein officielles Actenstück begründetes Alibi, welches Texar
von der Anschuldigung eines Verbrechens freimachte.
Man mußte sich wirklich fragen, ob nicht bei den früher

gegen ihn erhobenen Anklagen ein offenbarer Irr=
thum unterlaufen sei, ebenso wie man einen solchen
bei der heutigen Sache bezüglich Camdleß=Bay und der
Marino=Bucht anzuerkennen gezwungen war.

James Burbank, Gilbert, Mars und Alice Stan=
nard fühlten sich von dem Ausgange dieser Verhand=
lung wie niedergeschmettert. Texar entging ihnen noch
einmal und mit ihm jede Aussicht, je zu hören, was
aus Dy und Zermah geworden war.

Gegenüber dem von dem Angeklagten nachgewiesenen
Alibi konnte die Entscheidung des Kriegsgerichts nicht
mehr zweifelhaft sein.

Texar wurde von der Anklage der Plünderung
und des Menschenraubes freigesprochen. Er verließ den
Gerichtssaal mit hocherhobenem Kopfe und begleitet von
den laut schallenden Hurrahs seiner Freunde.

An demselben Abend noch hatte der Spanier
Saint=Augustine verlassen, und Niemand hätte sagen
können, in welchem Winkel von Florida er sein aben=
teuerliches Leben wieder aufnehmen werde.

VII.

Letzte Worte und ein letzter Seufzer.

Am nämlichen Tage, am 17. März, kehrten James
und Gilbert Burbank, Mr. Stannard und seine Tochter
nebst dem Gatten Zermah's nach der Ansiedlung von
Camdleß=Bay zurück.

Frau Burbank konnte die Wahrheit nicht wohl
verhehlt werden.

Für die unglückliche Gattin war das ein neuer Schlag, der bei dem Zustande der Schwäche, in dem sie sich befand, leicht tödtlich werden konnte.

Der letzte Versuch, das Schicksal ihres Kindes aufzuhellen, hatte sich erfolglos erwiesen, da Texar jede Antwort verweigerte. Und wie hätte man diesen auch zu einer solchen zwingen können, da er behauptete, mit der Entführung nichts zu thun gehabt zu haben? Und das behauptete er nicht allein, sondern es bewies ein nicht weniger als alle früheren unerklärliches Alibi, daß er zu der Zeit, wo das Verbrechen begangen wurde, in der Marino-Bucht gar nicht hatte sein können. Da ihn das Gericht in Folge dessen von der erhobenen Klage freisprechen mußte, verschwand auch die Möglichkeit, ihn vor die Wahl einer harten Strafe oder eines Geständnisses zu stellen, welches wenigstens auf die Spuren seiner Opfer hätte führen können.

»Doch, wenn es Texar nicht gewesen ist, wiederholte Gilbert, auf wem lastet dann dieses Verbrechen?

— Es kann ja durch seine Leute begangen worden sein, meinte Mr. Stannard, ohne daß er dabei persönlich anwesend war.

— Das wäre die einzige annehmbare Erklärung, sagte Edward Carrol.

— Nein, lieber Vater; nein, Herr Carrol! versicherte Miß Alice. Texar befand sich in dem einen Boote, während das andere unsere kleine Dy fortführte ... Ich habe ihn gesehen ... habe ihn noch in dem Augenblicke erkannt, als Zermah mit einem letzten Hilferuf seinen Namen ausstieß ... Ich habe ihn gesehen ... ganz sicher und bestimmt gesehen.«

Niemand wußte eine Antwort auf eine so bestimmt abgegebene Erklärung, nach der ein Irrthum ihrerseits,

wie das junge Mädchen im Castle-House wiederholt erklärte, ebensowenig unterlaufen konnte, wie vorher, als
sie ihre Aussage im Fort Marion eidlich erhärtete. —
Freilich blieb damit noch immer unaufgeklärt, wie der
Spanier sich in dem Augenblicke hatte unter den Gefangenen in Fernandina befinden und an Bord eines
der Fahrzeuge des Commodore Dupont zurückgehalten
werden können.

Doch wenn sich auch bei allen Anderen leise Zweifel
über diesen Punkt regen mochten, bei Mars war dies
nicht der Fall. Er suchte gar nicht zu begreifen, was
einmal unbegreiflich schien, wie er sagte, und, entschlossen, den Spuren Texar's nachzufolgen, hoffte er,
ihm sein Geheimniß schon noch entwinden zu können,
und müßte er es ihm durch die Folter entreißen.

»Du hast Recht, Mars, antwortete Gilbert. Im
Nothfalle müssen wir freilich ohne diesen Schurken unser
Ziel zu erreichen suchen, denn wir wissen nicht, was
jetzt aus ihm geworden und wohin er gegangen ist.
Wir nehmen unsere Nachsuchungen wieder auf. Ich habe
Urlaub, so lange Zeit, wie es mir nöthig erscheint, auf
Camdleß-Bay zu bleiben, und schon von morgen an...

— Ja, ja, Herr Gilbert, fiel Mars ein, von morgen an!«

Der Mestize begab sich nach seinem Zimmer, wo
er seinem Schmerze und seinem Zorne gleichmäßig freien
Lauf lassen konnte.

Am folgenden Tage trafen Gilbert und Mars
ihre Vorbereitungen zum Aufbruche. Sie wollten die
nächsten zwölf Stunden dazu benützen, mit größter
Sorgfalt alle Einbuchtungen und kleinen Eilande flußaufwärts von Camdleß-Bay an beiden Ufern des Saint-
John abzusuchen.

Während ihres Fernbleibens sollten James Burbank und Edward Carrol die nöthigen Maßregeln zur Ausführung eines umfassenden Zuges treffen. Lebensmittel, Schießbedarf, Transportmittel und Mannschaft — nichts sollte dabei vernachlässigt werden, um denselben zu gutem Ende zu führen.

Wurde es nothwendig, sogar bis in die verwilderten Theile des unteren Florida vorzudringen, quer durch die Evergladen inmitten der Sümpfe des Südens, so würde man deshalb nicht zögern. Es schien ja unmöglich, daß Texar das Gebiet des Staates verlassen haben könnte; denn bei dem Versuche, nach Norden hin auszuweichen, wäre er den föderirten Truppen in die Hände gefallen, welche längs der Grenze von Georgia standen. Wollte er über das Meer entkommen, so konnte das nur durch eine Fahrt über die Meerenge von Bahama erfolgen, um dann vielleicht Zuflucht auf den englischen Lucayen zu suchen. Die Schiffe des Commodore Dupont hielten aber alle Wasserstraßen vom Mosquito-Eiland bis zum Eingange in jene Meerenge besetzt und außerdem übten die Schaluppen derselben eine effective Blockade über das ganze Küstengebiet aus. Nach dieser Seite hin bot sich dem Spanier also keine Aussicht zur Flucht. Er mußte in Florida sein und hielt sich wahrscheinlich ebenda verborgen, wo seine von dem Indianer Squambo bewachten Opfer nun schon seit vierzehn Tagen schmachteten. Der von James Burbank geplanten Expedition fiel also die Aufgabe zu, jene Schurken auf dem ganzen Gebiete von Florida aufzusuchen.

Uebrigens erfreute sich dieses ganze Gebiet jetzt einer vollkommenen Ruhe in Folge der Anwesenheit der Truppen aus dem Norden, und der Schiffe, welche die östliche Küste im Schach hielten.

Wir brauchen wohl kaum hinzuzufügen, daß die=
selben Zustände in Jacksonville herrschten, wo die früheren
Beamten ihre Stellungen in der Stadtverwaltung wieder
eingenommen hatten. Da gab es keine wegen ihrer lauen
oder gegentheiligen Anschauungen eingekerkerten Bürger
mehr, und die Spießgesellen Texar's, die sich in der
ersten Stunde auf den Fersen der zurückweichenden
Milizen aus dem Staube machten, waren nach allen
Himmelsgegenden zerstreut.

Inzwischen nahm der Secessionskrieg in den Central=
staaten der Union einen für die Föderirten immer
günstiger verlaufenden Fortgang. Am 18. und 19. März
war die erste Division der Potomac=Armee beim Fort
Monroe gelandet; am 22. schickte sich die zweite an,
Alexandria zu verlassen, um jener mit derselben Be=
stimmung zu folgen. Trotz des militärischen Genies des
ehemaligen Chemie=Professors J. Jackson, der sich den
Namen »Stonewall (das ist: Steinmauer) Jackson« er=
worben hatte, wurden die Südstaatler doch schon wenige
Tage später in der Schlacht bei Kernstown auf's Haupt
geschlagen. Für jetzt war demnach von einer etwaigen
Erhebung in Florida nicht das Geringste zu fürchten,
hier in dem Staate, der sich, was nicht genug hervor=
gehoben werden kann, gegenüber jenen den Norden wie
den Süden erfüllenden Leidenschaften ziemlich theil=
nahmslos verhalten hatte.

Unter diesen Verhältnissen hatte das nach dem
Ueberfalle der Pflanzung einstweilen zerstreute Personal
von Camleß=Bay nach und nach zurückkehren können.
Nach der Einnahme Jacksonvilles hatten die Befehle
Texar's und seines Bürgerausschusses bezüglich der Aus=
weisung der befreiten Sclaven ja keinerlei Geltung mehr.
An jenem 17. März waren die meisten Familien der

auf der Ansiedlung wieder eingetroffenen Schwarzen schon mit der Wiederaufrichtung ihrer Baracken beschäftigt. Gleichzeitig räumten zahlreiche Arbeiter die Trümmer der Zimmerplätze und Sägewerke hinweg, um den regel= mäßigen Betrieb auf ganz Camdleß=Bay baldigst wieder aufnehmen zu können. Perry und seine Unterverwalter entwickelten unter der Leitung Edward Carrol's eine große Thätigkeit.

Wenn James Burbank ihm die Sorge, Alles an= zuordnen, überließ, so kam das daher, daß er selbst eine andere Aufgabe zu erfüllen — daß er sein Kind wieder= zufinden hatte, und er wollte also für einen nahe bevor= stehenden Nachforschungszug alle Elemente seiner Expe= dition vereinigen. Eine Abtheilung von zwölf befreiten Schwarzen, ausgewählt unter denen, die ihm auf Gut und Blut ergeben waren, sollte ihn bei seinen Nach= suchungen begleiten, und man darf sicher glauben, daß die wackeren Leute sich dieser Aufgabe mit opfermuthigem Feuereifer unterzogen.

Nun blieb zunächst festzustellen, welche Richtung die Expedition einschlagen sollte, denn hierüber konnte man wohl im Zweifel sein. Ja, nach welchem Theile des Landes sollte der Zug denn gehen? Diese Frage mußte offenbar alle anderen überwiegen.

Ein ganz unerwarteter Umstand, den einzig der Zufall herbeiführte, wies da mit ziemlicher Bestimmt= heit darauf hin, welcher Fährte man, wenigstens zum Beginne des Zuges, zu folgen habe.

Am 19. fuhren nämlich Gilbert und Mars, die am frühen Morgen von Castle=House aufgebrochen waren, in einem der leichtesten Boote von Camdleß=Bay schnell den Saint=John hinauf. Keiner der Schwarzen von der Ansiedlung begleitete sie bei diesen Nachsuchungen, welche sie jeden Tag an beiden Ufern des Flusses unternahmen. Sie bemühten sich dabei, so heimlich als möglich zu Werke zu gehen, um ja nicht den Verdacht etwaiger Spione zu wecken, welche auf Befehl Texar's die Umgebungen des Castle-House überwachen konnten.

An genanntem Tage glitten Beide längs des linken Ufers hin. Ihr unter dem hohen Schilf, das sich hinter den durch die Hochfluthen der Tag- und Nachtgleichen vom Lande losgerissenen Inseln erhob, hinschleichendes Fahrzeug lief nicht die geringste Gefahr, bemerkt zu werden. Für Boote, welche im eigentlichen Flußbette steuerten, wäre es vollständig unsichtbar gewesen; ebenso auch vom Ufer selbst aus, dessen Höhe gegen die Blicke jedes Lauschers schützte, der sich unter dem Blätterdache desselben aufhielt.

An jenem Tage wollten sie die verborgensten Einbuchtungen und selbst die kleinsten Zuflüsse, welche die Grafschaften Duval und Putnam zum Saint-John entsenden, aufsuchen und durchforschen.

Bis zum Weiler Mandarin erscheint der Fluß überall ziemlich sumpfig. Bei Hochwasser im Meer steigt dasselbe über seine niedrigeren Ufertheile, welche sich dann nicht vollständig wieder entleeren, wenn wieder soweit Ebbe eingetreten ist, um den Saint-John auf seinen gewöhnlichen Wasserstand zurückzuführen. Auf dem rechten Ufer nun steigt der Erdboden fast überall höher an. Dort sind die Maisfelder geschützt gegen die periodischen Ueberfluthungen, welche keine Cultur derselben gestattet hätten. Der Oertlichkeit selbst, wo sich die wenigen Häuser von Mandarin erheben und die sich in ein bis zur Mitte der Wasserstraße reichendes Vorland fortsetzt, kann man fast den Namen eines Hügels geben.

Weiter hinaus durchsetzen zahlreiche Inseln das
mehr eingeengte Bett des Flusses, und, die weißlichen
Blüthenmassen ihrer prächtigen Magnolien wiederspiegelnd,
wälzt sich das in drei Arme getheilte Wasser desselben
mit der Fluth hinauf und sinkt mit der Ebbe wieder
herunter — ein Wechsel, den die Flußschifffahrt binnen
vierundzwanzig Stunden zwei Mal mit Vortheil benützt.

Nachdem sie in den westlichen Arm eingedrungen,
durchsuchten Gilbert und Mars auch die geringsten Einschnitte und Durchlässe des Ufers; sie bemühten sich,
zu erkennen, ob nicht die Mündung eines kleinen Rio
unter dem Gezweige der Tropenbäume sich öffnete, dessen
Windungen sie nach dem Innern hinein hätten folgen
können. An dieser Stelle fanden sich schon nicht mehr
die Sumpfniederungen des unteren Flußlaufes; vielmehr
zeigte sich hier eine Art kleiner Thäler mit baumartigen
Farren und Ambrabüschen, deren erste zarte Blüthen,
durch welche sich Guirlanden von Schlangenkraut und
Aristolochia wanden, welche die Luft mit ihrem durchdringenden Geruch erfüllten. Wo sie aber hier und da solche
kleine Zuflüsse entdeckten, hatten diese nur eine ganz geringe
Tiefe und bildeten eigentlich nur Wasserfäden, die nicht einmal einem Skiff genug Wasser boten, vorzüglich, da die
Ebbe sie fast ganz trocken legte. An deren Rande erhob
sich nirgends eine Wohnstätte, höchstens vereinzelte, jetzt
verlassene Jägerhütten, die schon seit langer Zeit unbe-
nützt zu sein schienen. Wenn sich hier auch keine menschlichen Wesen aufhielten, hätte man doch glauben können,
daß verschiedene Thiere in dieser Wildniß hausten.
Das Gebell der Hunde, das Miauen von Katzen, das
Quacken von Fröschen, wie das Pfeifen von Reptilien
und das Kläffen von Füchsen schlug einem dann und
wann an's Ohr. Und doch gab es hier weder Füchse

8*

noch Katzen, Frösche, Hunde oder Schlangen; Alles kam
nur auf den Schrei des fast jede Thierstimme nach=
ahmenden Katzenvogels hinaus, einer Art bräunlicher
Drossel mit schwarzem Kopfe und orangerothem Schwanz,
den die Annäherung des Bootes aus seinem Verstecke
verscheuchte.

Es war jetzt etwa um drei Uhr Nachmittags. Eben
glitt das leichte Fahrzeug mit seinem Vordertheile unter
das düstere Dickicht riesenhaften Schilfrohrs, als ein
kräftigerer Stoß mit dem Bootshaken, dessen Mars sich
hier bediente, dasselbe durch eine grüne Wand trieb,
welche ganz undurchdringlich schien. Jenseits dieser Wand
glitzerte ein, vielleicht einen halben Anker großer Ein=
schnitt, dessen durch ein dichtes Gewölbe von Tulpen=
bäumen gedecktes Wasser sich wohl noch niemals durch
die Strahlen der Sonne erwärmt hatte.

»Da ist ein Teich, den ich bisher nicht gekannt,
sagte Mars, der sich erhob, um den Verlauf der Ufer=
wand an der entgegengesetzten Seite zu übersehen.

— So untersuchen wir ihn, antwortete Gilbert.
Er muß wohl mit der Kette von Tümpeln zusammen=
hängen, welche in dieser Lagune zerstreut liegen. Viel=
leicht werden dieselben doch von einem Nebenflusse ge=
speist, der uns gestattet, weiter in's Innere dieses Gebietes
einzudringen.

— Ganz recht, Herr Gilbert, bestätigte Mars,
dort seh' ich auch schon die Oeffnung einer Fahrstraße
im Nordwesten von uns.

— Kannst Du wohl angeben, fragte der junge
Officier, an welchem Orte wir uns befinden?

— Ganz genau nicht, antwortete Mars, wenn
das nicht die Lagune ist, welche man die Schwarze
Bucht nennt. Uebrigens glaubte ich mit allen Leuten

im Lande, daß es unmöglich sei, zu Wasser in dieselbe einzudringen, und daß sie überhaupt nicht mit dem Saint-John in Verbindung stände.

— Befand sich in dieser Bucht nicht ehemals eine zur Abwehr der Seminolen errichtete Befestigung?

— Ja, Herr Gilbert. Doch schon seit langen Jahren hat sich der Eingang zur Bucht vom Flusse her geschlossen, und die Befestigung ist aufgegeben worden. Ich selbst bin übrigens nie bis dahin gekommen, und sie muß jetzt wohl in Trümmern liegen.

— Versuchen wir, dieselbe zu erreichen, sagte Gilbert.

— Ja, wir wollen es versuchen, stimmte Mars zu, obgleich die Sache ziemlich schwierig sein wird. Bald muß es mit dem Wasser zu Ende sein, und das sumpfige Land bietet uns dann nicht hinreichend festen Boden, um über denselben hinzuschreiten.

— Gewiß, Mars; so lange wir also genug Fahrwasser unter uns haben, bleiben wir natürlich in dem Boote.

— Verlieren wir keinen Augenblick, Herr Gilbert; es ist schon drei Uhr, und unter diesen Bäumen muß es zeitig Nacht werden.

In der That war es jene Schwarze Bucht, in die Gilbert und Mars eingedrungen waren, Dank jenem Stoße mit dem Bootshaken, der ihr Boot unvermuthet durch die Schilfwand getrieben hatte. Wie wir wissen, war diese Lagune nur für ganz leichte Skiffs, wie Squambo ein solches gewöhnlich benützte, wenn er oder sein Herr sich nach dem Saint-John selbst hinaus begab, fahrbar. Um übrigens bis zu dem inmitten dieser umfänglichen Einbuchtung gelegenen Blockhause zu gelangen, das fast unentwirrbare Netzgewebe von Eilanden

und schmalen Wasserstraßen zu passiren, mußte man mit
deren tausend Windungen genau vertraut sein, und schon
seit langen Jahren hatte sich bis hierher Niemand verirrt, ja man glaubte wohl im Lande gar nicht an das
Nochvorhandensein jener kleinen Befestigung; das gewährte
natürlich der fremdartigen und verbrecherischen Persönlichkeit, die hier gewöhnlich einen Schlupfwinkel fand,
ungestörte Sicherheit, und daher rührte auch das bisher
unentschleierte Geheimniß, welches das Privatleben Texar's
umhüllte.

Man hätte einen Ariadnefaden gebraucht, um sich
durch dieses immer dunkle Labyrinth zu finden, welches
die Sonne nicht einmal, wenn sie im Mittag stand,
durchleuchtete. In Ermangelung dieses Fadens konnte es
nur der Zufall geben, die Central-Insel der Schwarzen
Bucht zu entdecken.

Dieser unbewußten Führung mußten sich also auch
Gilbert und Mars anvertrauen. Ueber den ersten freien
Einschnitt hinweggekommen, steuerten sie in die Canäle
ein, deren Gewässer jetzt mit der steigenden Fluth an-
wuchs, so daß selbst die engsten Durchlässe fahrbar
schienen. Sie drangen dabei vorwärts, als triebe sie ein
geheimes Vorgefühl, ohne sich zu fragen, wie sie wohl
den Rückweg finden würden. Da sie einmal die ganze
Grafschaft bis in's Kleinste durchsuchen wollten, so
sollte auch kein Winkel in dieser Lagune ihrer Besichti-
gung entgehen.

Nach einer halbstündigen Anstrengung mochten sie,
wie Gilbert es schätzte, wohl eine gute Meile in die
Bucht eingedrungen sein. Mehr als einmal hatten sie
sich dabei, vor ein undurchdringliches Uferstück gelangt,
wieder rückwärts wenden müssen, um eine andere Durchfahrt zu entdecken, doch bestand kein Zweifel darüber,

daß sie sich in der Hauptrichtung nach Westen hin
fortbewegten. Weder der junge Officier noch Mars
hatte daran gedacht, an's Land zu gehen, was auch
seine Schwierigkeiten gehabt hätte, da der Boden aller
dieser Eilande den mittleren Wasserstand des Flusses
nur um wenige Fuß überragte.

Jedenfalls schien es besser, das leichte Boot nicht
eher zu verlassen, als bis eintretender Wassermangel
dessen weiteres Vorwärtskommen verhinderte.

Dennoch hatten Gilbert und Mars diese eine Meile
nur unter großer Anstrengung zurücklegen können. So
kräftig er auch war, mußte der Mestize wohl ein wenig
ausruhen. Er wollte das aber nicht früher, als bis sie
ein größeres und höher ansteigendes Eiland erreicht
haben würden, auf das durch Lücken in den Bäumen
wenigstens einige Sonnenstrahlen herniederfielen.

»Da, das ist auffallend, sagte er plötzlich.

— Was meinst Du? fragte Gilbert.

— Dieses Eiland zeigt Spuren von Cultur,« ant=
wortete Mars.

Beide sprangen ans Land und sahen, daß sie sich
auf einem minder sumpfigen Ufer befanden.

Mars täuschte sich nicht; hier verriethen sich deut=
liche Spuren eines stattfindenden Anbaues. Da und dort
sproßten einige Ignamen, und der Erdboden zeigte vier
bis fünf offenbar von Menschenhänden gezogene Furchen;
überdies stak noch eine zurückgelassene Haue in der
Erde.

»Die Bucht ist demnach bewohnt? . . . . fragte
Gilbert.

— Das könnte man wohl glauben, erwiderte Mars,
mindestens ist sie wahrscheinlich Waldläufern bekannt,

vielleicht auch nomadiſirenden Indianern, welche ſich
hier einiges Gemüſe züchten.

— Dann wäre es auch nicht unmöglich, daß die=
ſelben ſich Wohnſtätten . . . Hütten erbaut hätten . . .

— Nun, Herr Gilbert, wenn es nur eine ſolche
giebt, werden wir ſie auch finden.‹

Sie hatten natürlich ein großes Intereſſe, zu wiſſen,
welcher Art Leute dieſe Schwarze Bucht beſuchen mochten,
ob es ſich dabei nur um Jäger aus den unteren Ge=
bieten oder um Seminolen handelte, von denen manche
Banden noch immer durch die Sumpfländereien Floridas
ſtreifen.

Ohne an die Rückkehr zu denken, begaben ſich Gil=
bert und Mars alſo wieder in ihr Boot und drangen
noch tiefer in die Schlangenwege der Bucht ein. Es
ſchien, als ob eine Art Ahnung ſie gerade nach den
düſterſten Theilen derſelben hinzöge. Ihre an die ver=
hältnißmäßige Dunkelheit, welche das dichte Laubwerk
auf den Eilanden unterhielt, ſchon gewöhnten Blicke
wandten ſich nach allen Richtungen hin. Manchmal
glaubten ſie ſchon eine Wohnung zu entdecken, während
es ſich nur um einen von Baum zu Baum reichenden
Blättervorhang handelte. Bald wieder ſagten ſie: »Da
iſt ein Menſch, der ſtill ſteht und uns beobachtet!« —
und es war doch nur ein ſeltſam gewundener alter
Baumſtumpf, deſſen Profil einigermaßen die Seiten=
anſicht eines Menſchen wiedergab. Dann lauſchten ſie
wieder voller Spannung . . . konnte ihnen die Kunde,
welche ſie durch die Augen nicht erhielten, vielleicht
durch die Ohren werden? Es genügte ja das geringſte
Geräuſch, um die Anweſenheit eines lebenden Weſens
in dieſer Wüſtenei erkennen zu laſſen.

Eine halbe Stunde nach ihrem ersten Halt waren Beide nahe bei der Mittelinsel angelangt. Das in Ruinen liegende Blockhaus verbarg sich so vollständig unter dem Baumdickicht, daß sie davon nichts wahrnehmen konnten. Es schien sogar, als ginge die Bucht hier zu Ende und als würden die von Gestrüpp durchsetzten Wasserfäden völlig unfahrbar. Hier strebte noch eine ganz undurchdringliche Wand von Buschwerk empor und zwar zwischen den letzten Ausläufern der Canäle und den sumpfigen Wäldern, die sich auf dem linken Ufer des Saint-John durch die ganze Grafschaft Duval verbreiten.

»Es scheint mir unmöglich noch weiter vorwärts zu kommen, bemerkte Mars. Schon fehlt es an Wasser, Herr Gilbert . . .

— Und doch, erwiderte der junge Officier, haben wir uns bezüglich jener Spuren von Cultur nicht täuschen können, daß in dieser Bucht auch menschliche Wesen hausen. Vielleicht waren solche vor ganz kurzer Zeit . . . vielleicht sind sie gar jetzt noch hier? . . .

— Gewiß, stimmte Mars ihm zu, wir müssen aber den Rest des Tages benutzen, um nach dem Saint-John zurückzufahren. Schon naht die Nacht heran, bald wird tiefe Finsterniß herrschen, und wie sollen wir uns dann inmitten dieser gewundenen Canäle wieder zurecht finden? Ich glaube, Herr Gilbert, es ist am klügsten, wir kehren nun schleunigst um, und beginnen diese Durchsuchung morgen bei Tagesanbruch von neuem. Kehren wir also wie gewöhnlich nach dem Castle-House zurück; dort melden wir, was wir gesehen haben, und stellen unter günstigeren Bedingungen eine wiederholte und vollständigere Durchsuchung der Schwarzen Bucht an.

— Ja, es geht wohl nicht anders, meinte Gilbert; und doch, ehe wir aufbrechen, hätte ich gern . . .«

Gilbert hielt sich regungslos still, warf eben einen letzten Blick unter die Bäume hin und wollte schon das Boot wieder abstoßen lassen, als er Mars durch eine Handbewegung noch davon zurückhielt.

Der Mestize legte sofort die Ruder ein, richtete sich auf und lauschte auch selbst mit größter Aufmerksamkeit.

Ein Schrei oder vielmehr eine Art fortwährendes Wimmern, das mit den gewöhnlichen Lauten aus dem Walde gar nicht zu verwechseln war, ließ sich jetzt vernehmen. Es klang wie eine verzweifelte Klage, wie Schmerzenslaute eines menschlichen Wesens, welche diesem offenbar durch schwere Leiden abgerungen wurden. Man konnte darin die letzten Lebenszeichen einer Stimme erkennen, welche dem Verlöschen nahe war.

»Das ist ein Mensch! Er verlangt Hilfe! ... Vielleicht liegt er im Sterben!

— Ja, bestätigte Mars; wir müssen zu ihm hin, müssen sehen, wer es ist! ... Gehen wir an's Land!«

Das war im Handumdrehen geschehen. Nach sorgfältiger Festlegung des Bootes am Uferrand, sprangen Gilbert und Mars auf das Eiland und drangen unter die Bäume desselben ein.

Auch hier fanden sich verschiedene Spuren auf den durch das Dickicht gebrochenen Fußpfaden, sogar solche von menschlichen Tritten, deren Eindrücke der letzte Schimmer des Tages gerade noch erkennen ließ.

Von Zeit zu Zeit blieben Mars und Gilbert stehen, um zu lauschen, ob jene Klagelaute noch hörbar wären, da sie sich ja nur durch diese, und durch diese allein führen lassen konnten.

Beide vernahmen sie von neuem und jetzt schon weit näher. Trotz der mehr und mehr zunehmenden

Dunkelheit mußte es ihnen offenbar gelingen, nach der Stelle vorzudringen, von der jene kamen.

Plötzlich ertönte ein schrecklicher Aufschrei, so daß sie über die einzuhaltende Richtung gar nicht im Unklaren sein konnten. Mit wenig Schritten hatten Gilbert und Mars ein dichtes Gebüsch erreicht und sahen sich hier einem schon röchelnden, neben einer Palissade auf der Erde liegenden Mann gegenüber.

Von einem Messerstich in die Brust getroffen, entquoll dem Unglücklichen ein reichlicher Blutstrom und die letzten Seufzer kamen über seine erbleichten Lippen. Er hatte gewiß nur noch wenige Augenblicke zu leben.

Gilbert und Mars hatten sich über ihn hinabgebeugt. Er öffnete wohl noch einmal die Augen, bemühte sich aber vergebens, auf die an ihn gerichteten Fragen zu antworten.

»Wir müssen ihn genauer sehen können, diesen Mann! rief Gilbert. Eine Fackel! Einen brennenden Zweig her!«

Mars hatte bereits einen Zweig von einem der harzreichen Bäume gerissen, die in großer Anzahl auf dem Eilande wuchsen. Er zündete denselben an, und seine qualmende Flamme warf einige Helligkeit in den Schatten.

Gilbert kniete neben dem Sterbenden. Es war ein Schwarzer, dem Anscheine nach ein noch junger Sclave. Sein zerrissenes Hemd ließ eine klaffende Oeffnung in seiner Brust erkennen, aus der das Blut hervorquoll. Die Verwundung mußte eine tödtliche sein, da der Messerstich wohl durch die Lunge gedrungen war.

»Wer bist Du? . . . Wer bist Du? . . .« fragte Mars.

Keine Antwort.

»Wer hat Dich verwundet?«

Der Sclave vermochte keine Silbe hervorzubringen.

Inzwischen bewegte Mars den brennenden Zweig hin und her, um die Oertlichkeit zu erkennen, wo dieses Verbrechen begangen worden war.

Da bemerkte er erst besser die Palissade und durch das halb offenstehende Thor derselben die unbestimmten Umrisse des Blockhauses. Es war das wirklich die kleine Veste der Schwarzen Bucht, von deren Vorhandensein in der Grafschaft Duval wahrscheinlich Niemand etwas wußte.

»Die Befestigung!« rief Mars.

Und seinen Herrn neben dem armen Schwarzen zurücklassend, drang er durch das Thor in jene ein.

Binnen einer Minute war Mars durch das Innere des Blockhauses gelaufen und hatte in dessen Einzelräume, die sich von beiden Seiten nach dem mittleren größeren Raume öffneten, einen flüchtigen Blick geworfen. In dem einen fand er die Ueberreste eines Feuers, das sogar noch schwach rauchte. Die Befestigung war also bis vor ganz kurzer Zeit bewohnt gewesen. Doch welcher Art Leuten, Floridiern oder Seminolen, hatte dieselbe als Zufluchtsort gedient? Das mußten sie um jeden Preis erfahren und zwar von einem Verwundeten, der ihnen unter den Händen zu sterben drohte. Sie mußten wissen, wer seine Mörder gewesen seien, die ja nur seit wenigen Stunden entflohen sein konnten.

Mars trat aus dem Blockhaus wieder heraus, lief im Innern der Einfriedigung um die Palissade herum, leuchtete mit seiner Fackel unter alle Bäume . . . Niemand! Wären Gilbert und er heute Morgen hierher gekommen, vielleicht hätten sie dann die Insassen der Befestigung angetroffen. Jetzt war es zu spät.

Der Mestize kehrte zu seinem Herrn zurück und meldete ihm, daß sie sich beim Blockhaus der Schwarzen Bucht befänden.

»Hat dieser Mann eine Antwort geben können? fragte er.

— Nein, erwiderte Gilbert, er ist jetzt ohne Bewußtsein, und ich fürchte sehr, daß er nicht wieder zu sich kommen wird.

— Versuchen wir, was uns möglich ist, Herr Gilbert, bat Mars. Hier liegt ein Geheimniß vor, das zu erforschen sicher von Wichtigkeit ist und das kein Mensch uns zu entschleiern vermag, wenn dieser Unglückliche todt ist.

— Ja, Mars, wir wollen ihn in die Befestigung tragen ... Dort erholt er sich vielleicht noch einmal ein wenig ... Wir können ihn nicht an dieser Stelle aushauchen lassen.

— Nehmen Sie die Fackel, Herr Gilbert, sagte Mars. Ich werde ihn schon tragen können.«

Gilbert ergriff den brennenden Harzzweig. Der Mestize nahm den Körper, der nur noch eine leblose Masse war, in die Arme, stieg die Stufen am Ausfallsthore hinauf, drang durch die Oeffnung, welche durch die Umfriedigung Eingang gewährte, und legte seine Last in einem der Zimmer der kleinen Befestigung nieder.

Der Sterbende wurde auf eine dicke Blätterlage gebettet. Mars ergriff darauf seine Kürbisflasche und führte sie ihm zwischen die Lippen.

Wenn auch nur schwach und in längeren Zwischenräumen, klopfte das Herz des Unglücklichen doch noch. Das Leben drohte ihm zu entfliehen ... Sollte er sein

Geheimniß vor dem letzten Athemzuge wirklich nicht mehr offenbaren?

Die wenigen Tropfen Branntwein schienen ihn ein wenig zu beleben, denn er öffnete noch einmal die Augen und richtete dieselben auf Gilbert und Mars, die ihn dem Tode abzuringen suchten.

Er wollte sprechen. Einige gurgelnde Laute — vielleicht ein Name — kamen mühsam über seine Lippen.

»Rede!... Um Gotteswillen rede!«

Die maßlose Aufregung des Mestizen erschien ganz unerklärlich, als wenn das zu erreichende Ziel, dem er sein ganzes Leben gewidmet, von den letzten Worten dieses Sterbenden abhinge.

Der junge Sclave versuchte vergeblich, einige Silben hervorzubringen ... er fand die Kraft dazu nicht mehr ...

In diesem Augenblicke fühlte Mars, daß ein Stück Papier sich in dessen Westentasche befand.

Das Papier ergreifen, es entfalten und beim lodernden Scheine der Fackel lesen, war nur das Werk einiger Secunden.

Auf demselben fanden sich, mit einem Kohlenstifte geschrieben, folgende Worte:

»Entführt durch Texar in der Marine=Bucht ... In die Evergladen ... nach der Insel Carneral ge= schleppt .... Zettel diesem jungen Sclaven ... für Mr. Burbank ... anvertraut ...«

Es waren Schriftzüge, welche Mars gar zu gut kannte.

»Zermah!...« rief er.

Bei Nennung dieses Namens schlug der Sterbende die Augen wieder auf und senkte, wie zur Bestätigung, ein wenig den Kopf.

Gilbert richtete ihn vorsichtig halb empor und fragte:

»Zermah?...

— Ja!

— Und Dy?...

— Auch.

— Wer hat Dich so schwer verletzt?

— Texar!«

Das war das letzte Wort des jungen Sclaven, der jetzt todt auf sein Blätterlager zurücksank.

VIII.

Von Camdleß-Bay nach dem Washington-See.

Noch denselben Abend, kurz vor Mitternacht, waren Gilbert und Mars wieder im Castle-House zurück; doch welche Schwierigkeiten hatten sie zu überwinden gehabt, um aus der Schwarzen Bucht wieder herauszukommen! Als sie das Blockhaus verließen, begann schon die Nacht über das Thal des Saint John herabzusinken und unter den Bäumen der düsteren Lagune herrschte bereits tiefe Finsterniß. Ohne eine Art Instinct, der Mars jetzt in der Dunkelheit noch durch die engen Wasserstraßen und zwischen dem endlosen Inselgewirr leitete, hätten sie weder der Eine noch der Andere den Lauf des Flusses wieder finden können. Zwanzigmal mußte ihr Boot wohl vor einer geschlossenen Stelle Halt machen und wieder umkehren, um einen fahrbaren Weg aufzusuchen. Immer mußten sie frische harzreiche Zweige anzünden und am Vordertheile des Canots befestigen, um so gut

es anging das Fahrwasser zu beleuchten. Am allerschlimmsten gestalteten sich diese Schwierigkeiten, als
Mars sich bemühte den einzigen Ausgang zu finden,
der dem Wasser der Bucht als Verbindung mit dem
Saint-John diente. Der Mestize erkannte zuerst die
Stelle nicht wieder, durch welche sie nur vor wenig
Stunden hierher eingedrungen waren, obwohl er sie
durch Umbrechen verschiedener Rohrstengel bezeichnet hatte.
Zum Glück war die Fluth im Fallen und das Boot
konnte sich der Strömung überlassen, welche nach diesem
natürlichen Abfluß hintrieb. Drei Stunden später und
nachdem sie die zwanzig Meilen von der Schwarzen
Bucht bis Camdleß-Bay in rascher Fahrt zurückgelegt,
landeten Gilbert und Mars am Pier der Ansiedlung.

Im Castle-House wartete man ihrer. Noch hatten
weder James Burbank noch einer der Seinigen ihre
Zimmer aufgesucht, da Alle diese ungewöhnliche Verzögerung beunruhigte. Gilbert und Mars pflegten sonst
stets mit Anbruch des Abends heimzukehren, und heute
blieben sie so lange aus. Natürlich erfüllte das Alle
mit einiger Angst, wenn man wie als Trost dafür
auch die Erklärung darin zu finden meinte, daß sie
wahrscheinlich eine neue Spur gefunden, daß ihre Nachforschungen vielleicht zu unerwartetem Erfolge geführt
hätten.

Endlich kamen sie und bei ihrem Eintritte in die
Halle eilten ihnen Alle entgegen.

»Nun, wie steht's, Gilbert? rief James Burbank.

— Lieber Vater, antwortete der junge Officier,
Alice hatte sich doch nicht getäuscht! . . . Texar ist es
gewesen, der meine Schwester und Zermah entführte.

— Hast Du dafür Beweise?

— Hier, lies selbst!«

Gilbert reichte ihm das zerknitterte Stückchen Papier, welches die wenigen, von der Hand der Meſtizin geſchriebenen Worte trug.

»Ja, fuhr er fort, nun giebt's keinen Zweifel mehr, der Spanier iſt der ſchurkiſche Räuber! Seine beiden Opfer hat er nach der kleinen Befeſtigung in der Schwarzen Bucht ſelbſt gebracht oder dahin bringen laſſen. Dort hat er gewohnt, ohne daß wir etwas davon ahnten. Ein armer Sclave, dem Zermah dieſes Papierſtückchen anvertraute, um es im Caſtle Houſe abzuliefern, und von dem ſie jedenfalls erfahren hatte, daß Texar ſich nach der Inſel Carneral zurückzuziehen beabſichtigte, hat den Dienſt, den er ihr leiſten wollte, mit dem Leben bezahlen müſſen. Wir haben ihn, von Texar's Hand tödlich verwundet, nur ſterbend aufgefunden, und jetzt iſt er todt. Doch wenn Dy und Zermah auch nicht mehr in der Schwarzen Bucht weilen, ſo wiſſen wir mindeſtens, nach welchem Theile Floridas man ſie geſchleppt hat, nach den Everglades nämlich, und von dort müſſen wir ſie uns holen. Schon morgen, lieber Vater, gleich morgen brechen wir auf . . .

— Wir ſind bereit, Gilbert.

— Alſo morgen!«

In das Caſtle-Houſe war ein neuer Hoffnungsſchimmer eingezogen, denn jetzt brauchte man keine Zeit mehr in unfruchtbaren Nachforſchungen zu vergeuden. Frau Burbank fühlte ſich, als ſie dieſe günſtige Veränderung der Sachlage erfuhr, wie neu belebt, ſo daß ſie die Kraft gewann ſich aufzurichten und Gott für ſeine Gnade auf den Knien zu danken.

Der beſtimmten Ausſage Zermah's nach war es alſo Texar geweſen, der perſönlich jenen frechen Raub an der Marino Bucht geleitet, und ihn hatte Miß

Alice ganz richtig in dem nach der Flußmitte zu
steuernden Boote erkannt, wenn diese Thatsache auch
mit jenem Alibi, auf das der Spanier sich berief, kaum
in Uebereinstimmung zu bringen war. Wie konnte er
zur Stunde, als jenes Verbrechen begangen wurde,
gleichzeitig an Bord eines der Fahrzeuge des Geschwaders
Gefangener der Föderirten gewesen sein? Ohne Zweifel
mußte dieser Alibibeweis, ebenso wie die früheren, ein
trügerischer, erlogener sein. Doch wie das zusammen=
hing und ob jemals das Geheimniß dieser Allgegenwart
Texar's, von der er schon mehrfache Proben abgelegt,
gelüftet werden würde, das konnte vorläufig Niemand
sagen.

Im Grunde kam für den Augenblick wenig darauf
an, da ja nun bekannt gegeben war, daß die Mestizin
und das Kind anfänglich nach dem Blockhause in der
Schwarzen Bucht und dann nach der Insel Car=
neral geschafft worden waren und daß man sie Texar
dort wieder entreißen mußte. Diesmal sollte ihn nichts
der härtesten Strafe entziehen, die er für seine schänd=
lichen Verbrechen schon längst verdient hatte.

Jetzt galt es, keinen Tag zu verlieren. Die Ever=
glades lagen von Camdleß Bay in sehr beträchtlicher
Entfernung, deren Zurücklegung wenigstens einige Tage
in Anspruch nahm. Zum Glücke war die von James
Burbank vorbereitete Expedition, wie er versprochen,
schon zum Aufbruch vom Castle=House bereit.

Die Karten der Halbinsel Florida zeigen, daß die
Insel Carneral im sogenannten Okee=cho=bee=See ge=
legen ist.

Die Everglades selbst bilden ein sumpfiges Gebiet,
das bis an den Okee=cho=bee=See heranreicht und im
südlichen Florida, ein wenig unterhalb des 27. Breiten=

grades, zu suchen ist. Zwischen Jacksonville und jenem
See rechnet man nahezu vierhundert Meilen (= 644
Kilometer). Ueberdies ist es ein sehr wenig besuchtes
und jener Zeit fast unbekanntes Land.

Wäre der Saint-John bis zu seiner Quelle schiffbar gewesen, so hätte die Fahrt dahin rasch und ohne
größere Schwierigkeiten ausgeführt werden können, höchst
wahrscheinlich war dieser Wasserweg aber nur auf einer
Strecke von hundertsieben Meilen, das heißt bis zum
Georg-See, zu benützen. Weiterhin hätte in seinem beschränkten Bett, das von vielen Holmen übersäet und von
Wasserpflanzen so ausgefüllt ist, daß kein hinreichendes
Fahrwasser freibleibt, zumal da bei tiefstem Ebbestand
da und dort der Grund fast trocken gelegt wird, ein
einigermaßen belastetes Boot schon ernsthafte Hindernisse
gefunden oder wenigstens beträchtliche Verzögerungen
erleiden müssen. Erwies es sich dagegen ausführbar,
denselben bis zum Washington-See, sehr nahe dem
28. Breitengrade und bis etwa zur Höhe des Kap
Malabar, hinaufzusegeln, so hätte man sich dem Ziele
damit wesentlich genähert. Auf mehr durfte man jedenfalls nicht rechnen. Am richtigsten schien es, sich auf
einen Landmarsch von zweihundertfünfzig Meilen vorzubereiten, der freilich durch eine beinahe ganz öde Gegend
führte, in der alle Transportmittel und anderen Hilfsquellen fehlen mußten, deren eine rasch durchzuführende
Expedition bedurfte. Unter Berücksichtigung aller dieser
Umstände hatte James Burbank auch seine Vorbereitungen
getroffen.

Am folgenden Tage, dem 20. März, waren alle
Theilnehmer der Expedition auf dem Pier von Camdleß-
Bay versammelt. James Burbank und Gilbert hatten
nicht ohne ängstliche Unruhe Frau Burbank umarmt,

9*

die das Zimmer noch immer nicht verlassen konnte.
Miß Alice, Mr. Stannard und die Unterverwalter
hatten ihnen das Geleite gegeben. Selbst Pyg verabschiedete sich recht herzlich von Mr. Perry, für den
er jetzt wirklich eine Art Zuneigung hegte. Er erinnerte
sich ja der Lectionen, die ihm von Jenem über die Un-
zuträglichkeiten einer Freiheit, für welche er sich doch
nicht reif genug fühlte, zutheil geworden waren.

Die Expedition bestand aus folgenden Mitgliedern:
James Burbank, sein jetzt von der erlittenen Verwundung völlig wiederhergestellter Schwager Edward Carrol,
sein Sohn Gilbert, der Oberverwalter Perry, Mars
und dazu ein Dutzend Schwarze, die aus den muthigsten
und ergebensten Leuten der Ansiedlung gewählt worden
waren — zusammen siebzehn Personen. Mars kannte
hinlänglich den Lauf des Saint John, um sozusagen als
Lootse dienen zu können, so lange — unterhalb und
oberhalb des Georg-Sees — der Wasserweg überhaupt zu Gebote stand. Die Schwarzen dagegen, lauter
junge Männer, denen es an der Uebung im Rudern
nicht fehlte, sollten ihre kräftigen Arme dransetzen, wo
und wann es an der Strömung oder an günstigem
Winde mangelte.

Das Fahrzeug, eines der größten von Camdleß-
Bay, führte ein einziges Segel, das ihm bei Rücken-
wie bei einem Seitenwinde gestattete, allen Windungen
des manchmal sehr scharfe Winkel bildenden Fahrwassers
zu folgen. Es trug übrigens Waffen und Schießbedarf
in hinreichender Menge, um James Burbank und seine
Gefährten nichts von den Seminolen-Banden des unteren Florida oder von den Spießgesellen Texar's fürchten
zu lassen, sofern der Spanier etwa einige seiner Parteigänger um sich versammelt hatte, und auch diese Mög-

lichkeit, welche den Erfolg des ganzen Zuges hätte in Frage stellen können, mußte wohl berücksichtigt werden.

Nun noch den letzten Abschied — Gilbert um= armte Miß Alice, und James Burbank drückte diese in die Arme, als wäre sie schon seine Tochter gewesen.

»Mein Vater . . . liebster Gilbert . . . rief sie, bringt mir unsere kleine Dy mit zurück! . . . Bringt mir mein Schwesterchen wieder! . . .

— Ja, meine theure Alice! antwortete der junge Officier, Du wirst — Du mußt sie wieder haben! . . . Gott gebe uns seinen mächtigen Schutz!«

Mr. Stannard, Miß Alice, die Unterverwalter und Pyg waren auf der Landungsbrücke zurück ge= blieben, als das große Boot von derselben abstieß, und Alle sandten diesem ein letztes Lebewohl nach, als es, von günstigem Nordostwind getrieben und von der an= steigenden Fluth unterstützt, hinter der kleinen Land= zunge vor der Marino Bucht verschwand.

Es war jetzt gegen sechs Uhr Morgens. Eine Stunde später segelte das Boot an dem Weiler Man darin vorüber, und etwa um zehn Uhr befand es sich, ohne daß bisher die Ruder in Anspruch genommen worden wären, in der Höhe der Schwarzen Bucht.

Wie schlug da Allen das Herz, als sie nahe diesem linken Ufer des Flusses hinglitten, durch welches jetzt das höher stehende Wasser nach dem Hinterlande ein= drang! Durch dasselbe Dickicht von Schilfrohr, von Cannas und Wurzelträgern waren ja Dy und Zermah anfänglich entführt worden. Hier hatten sie Texar und seine Helfershelfer seit länger als vierzehn Tagen so tief versteckt gehalten, daß nach dem schändlichen Raube auch keine Spur von ihnen zu entdecken war. Zehnmal wenigstens waren James Burbank und Stannard, und nach) diesen Gilbert und Mars bis zu dieser Höhe des Flusses hinaufgefahren ohne eine Ahnung, daß das verfallene Blockhaus jenen als Gefängniß diente.

Heute hatte man natürlich keine Ursache, sich hier aufzuhalten, wo es ja galt, die Nachforschungen mehrere hundert Meilen weiter unten im Süden wieder aufzunehmen, und das Boot trieb also ohne Verzug an der Schwarzen Bucht vorüber.

Die erste Mahlzeit wurde in Gemeinschaft eingenommen. Mitgenommene Kisten und Koffer enthielten Nahrungsmittel für gut zwanzig Tage und daneben eine gewisse Anzahl Säcke, um diese weiter zu schaffen, wenn der Weg über Land eingeschlagen werden mußte. Verschiedene Lagergeräthe gestatteten überdies am Tage oder in der Nacht in den dichten Waldungen Halt zu machen, mit denen die Ufergelände des Saint=John überall bedeckt sind.

Gegen elf Uhr, als das Wasser zurücksinken begann, blieb zwar der Wind noch günstig, doch wurden jetzt die Ruder in Thätigkeit gesetzt, um die gewünschte Fahrschnelligkeit beizubehalten. Die Schwarzen gingen also an's Werk, und unter dem Drucke ihrer fünf Ruderpaare glitt das Boot rasch den Fluß hinauf.

Mars stand am Steuer und führte das Fahrzeug mit sicherer Hand durch die Einzelarme, welche Inseln und Eilande im Saint=John so vielfach bilden. Er folgte dabei allemal den Durchfahrten, in welcher eine minder starke Strömung stattfand, bog aber stets ohne jedes Zaudern in dieselben ein. Niemals gerieth er dabei aus Irrthum in einen unfahrbaren Canal, niemals lief er Gefahr, auf einer Untiefe zu stranden, welche die Ebbe vielleicht bald ganz trocken legen sollte. Er kannte das Bett des Flusses bis zum Georg-See ebensogut, wie dessen Verlauf unterhalb Jacksonvilles, und er leitet jetzt das Fahrzeug mit derselben Sicherheit, wie die Kanonenboote des Commandanten Stevens, als er diese durch die Windungen bei der Barre lootste.

In diesem Theile seines Laufes war der Saint-John ganz öde und verlassen. Die Küstenschifffahrt auf demselben — wenn dieses Wort erlaubt ist — welche sonst im Interesse der Pflanzungen an seinen Ufern unterhalten wurde, war seit der Einnahme von Jacksonville gänzlich eingestellt worden. Wenn jetzt noch ein Boot auf demselben stromauf- oder abwärts hinglitt, so geschah das nur zur Befriedigung der Bedürfnisse der föderirten Truppen und zur Aufrechthaltung der Verbindung des Commandanten Stevens mit seinen Unterbefehlshabern. Sehr wahrscheinlich mußte übrigens oberhalb Picolata auch dieses geringe Leben auf dem Flusse aufhören.

James Burbank traf vor diesem kleinen Flecken gegen sechs Uhr Abends ein. Eine Abtheilung nordstaatlicher Soldaten hatte hier den Landungsplatz besetzt. Das Boot wurde angerufen und mußte in der Nähe des Quais Halt machen.

Hier gab sich Gilbert Burbank dem in Picolata commandirenden Officier zu erkennen und konnte, da er vom Commandanten Stevens seinen Passierschein aufwies, ungehindert weiter fahren.

Dieser Aufenthalt hatte nur wenig Augenblicke in Anspruch genommen. Da sich jetzt schon wieder das Anschwellen der Fluth bemerkbar machte, wurden die Ruder eingezogen und das Boot schnitt rasch durch das Wasser zu den tiefen Wäldern hin, die sich auf jeder Seite des Ufers erhoben. Einige Meilen unterhalb Picolata trat an die Stelle desselben ein mehr sumpfreiches Land,

Was dagegen den Wälderbestand am rechten Ufer angeht, so mußte man bis über den Georg-See hinaus gelangen, ohne dessen Ende gesehen zu haben. Auf diesem Ufer entfernen sie sich freilich ein wenig von dem Saint-John und lassen einen ziemlich breiten Streifen offenen Landes liegen, dessen sich die Cultur mit Recht bemächtigt hat. Hier dehnen sich weite Reisfelder aus oder solche mit spanischem Rohr und Indigo, und daneben bezeugen reiche Baumwollpflanzungen noch die Fruchtbarkeit der floridischen Halbinsel.

Kurz nach sechs Uhr schon hatten James Burbank und seine Begleiter hinter einer Biegung des Flusses den rothen Thurm des alten spanischen, seit einem Jahrhundert verlassenen Forts, der sogar die hohen Wipfel der großen Palmen am Ufer überragt, aus dem Gesicht verloren.

»Du fürchtest nicht, Mars, sagte da James Burbank, auch während der Nacht auf dem Saint John weiter zu fahren?

— Nein, Herr Burbank, antwortete Mars, bis zum Georg-See stehe ich für Alles. Weiter werden wir ja sehen. Uebrigens haben wir keine Stunde zu verlieren, und da uns jetzt die Fluth begünstigt, gilt es dieselbe zu benützen. Je weiter wir hinauf kommen, desto schwächer wird sie freilich sein, aber doch noch anhalten. Meiner Meinung nach, sollten wir also immer Tag und Nacht weiter fahren.«

Mars' Vorschlag war durch die Umstände gegeben. Da er für ein ungehindertes Fortkommen eintrat, mußte man sich wohl seiner Geschicklichkeit anvertrauen, und sollte das auch nicht zu bereuen haben. Die ganze Nacht hindurch drang das Boot ohne Schwierigkeiten den Lauf des Saint John hinauf, doch während einiger

Stunden kam ihm dabei die Fluth zu Hilfe. Dann griffen die Schwarzen wieder zu den Rudern und so konnte man noch fünfzehn Meilen nach Süden zu zurücklegen.

Weder in dieser Nacht noch während des 22. März selbst wurde irgendwo Halt gemacht, alles ging ohne Störung ab, und auch im Laufe der nächsten zwölf Stunden ereignete sich keinerlei Zwischenfall. Der Oberlauf des Flusses schien vollständig verlassen. Man segelte sozusagen inmitten eines endlosen Waldes alter Cedern hin, deren Blättermassen sich zuweilen über den Saint John vermischten und ein dichtes Laubgewölbe bildeten. Dorfschaften waren nirgends zu erblicken, und ebensowenig Pflanzungen oder Einzelwohnungen. Das Uferland mochte offenbar zu keinem Anbau geeignet sein, so daß keinem Ansiedler der Gedanke ankommen konnte, hier eine Pflanzung, oder nur eine kleine Farm zu begründen.

Am 23. bei Tagesanbruch erweiterte sich der Fluß zu einer sehr ausgedehnten Wasserfläche, deren Ufer sich zuletzt von dem schier endlosen Wald abhoben. Das sehr flache Land wich bis zu den Grenzen eines mehrere Meilen entfernten Horizontes zurück.

Das Ganze bildete einen See — den Georg See — den der Saint John von Süden nach Norden durchfließt und dem er einen Theil seiner Wassermassen entnimmt.

— Ja, da ist der Georg See, erklärte Mars, den ich schon besucht habe, als ich eine zur Erforschung des Oberlaufes des Flusses ausgesendete Expedition begleitete.

— Und wie weit, fragte James Burbank, befinden wir uns jetzt von Camdleß Bay?

— Etwa hundert Meilen, antwortete Mars

— Das ist also noch nicht ganz der dritte Theil der Strecke, die wir zurückzulegen haben, um bis zu den Evergladen zu gelangen, bemerkte Edward Carrol.

— Wie sollen wir uns nun verhalten, Mars? fragte Gilbert. Werden wir das Boot verlassen müssen, um längs eines der Ufer des Saint-John weiterzuziehen? Das würde ohne Mühe und Verzögerung nicht abgehen. Sollte es nicht möglich sein, nach Ueberschreitung des Georg-See dem Wasserlaufe noch bis zu dem Punkte zu folgen, wo er überhaupt unfahrbar wird? Könnten wir das nicht versuchen, selbst auf die Gefahr hin aufzulaufen und uns nicht wieder flott machen zu können? Mindestens verlohnt sich's der Mühe, es zu probiren. — Was meinst Du?

— Versuchen wir es, Herr Gilbert, erwiderte Mars.

In der That konnten sie ja etwas Besseres nicht thun. Die Fahrt auf dem Wasser ersparte ihnen ohne Zweifel so manche Anstrengung und manche Verzögerung.

Das Boot steuerte also über den Georg-See, immer mehr an dessen östlichem Uferrande hin.

In der Umgebung dieses Sees, auf dem sehr ebenen Lande, ist die Vegetation nicht so üppig wie am Strande des Flusses. Große Sümpfe dehnen sich hier fast über Gesichtsweite hin aus. Einzelne den Ueberschwemmungen weniger ausgesetzte Theile des Bodens zeigen sich mit einem Teppich von schwärzlichem Moose bedeckt, zwischen dem in violetter Färbung abertausende von kleinen Champignons emporragen. Dieser beweglichen Erde hätte man sich gar nicht anvertrauen können, da der weiche Grund dem Fuße nirgends einen Stützpunkt darbot. Hätten James Burbank und seine Begleiter diesen Theil des

floridischen Gebietes durchwandern müssen, so konnte
ihnen das nur um den Preis der größten Anstrengungen,
der tiefsten Entkräftung und unbegrenzt langer Verzögerungen gelingen, wenn sie sich nicht gezwungen
sahen, überhaupt umzukehren. Nur Wasservögel allein
— meistentheils die hier gewöhnlichen Plattfüßler —
können sich in diese Sümpfe wagen, wo man auch un-
zählige Sarcellen, Enten und Wasserschnepfen antrifft.
Da gab es Auswahl genug, um sich mit Mundvorräthen
zu versehen, wenn das Boot mit Lebensmitteln zu karg
ausgestattet gewesen wäre. Um auf diesen Ufern aber
der Jagd obzuliegen, hätte man den Kampf mit einer
ganzen Legion sehr gefährlicher Schlangen in den Kauf
nehmen müssen, deren scharfes Zischen man aus dem
Teppich von Algen und Wassermoosen hörte. Diese
Reptilien fanden freilich ernsthafte Feinde in den Heerden
weißer Pelikane, die zu diesem Kampfe bis auf's Messer
vorzüglich ausgerüstet sind und längs der ungesunden
Ufer des Georg-Sees immer umherschweifen.

Das Boot glitt indeß mit großer Schnelligkeit
weiter. Das von frischem Nordwind geschwellte Segel trieb
es in gewünschter Richtung vorwärts. Dank der günstigen Brise konnten die Ruder den ganzen Tag über
in Ruhe bleiben. Mit Anbruch des Tages waren denn
auch die dreißig Meilen Länge, welche der Georg See
von Norden nach Süden mißt, ohne jede Anstrengung
zurückgelegt. Gegen sechs Uhr hielt James Burbank mit
seiner kleinen Truppe an dem unteren Winkel, durch
welchen der Saint John sich in den See ergießt.

Wenn hier Rast gemacht wurde — übrigens ein
Aufenthalt, der kaum eine halbe Stunde dauerte — so
kam das daher, weil drei oder vier Häuser an dieser
Stelle eine Art Weiler bildeten. Sie waren von einigen

jener floridischen Nomaden bewohnt, die sich zu Anfang
der schönen Jahreszeit ausschließlich der Jagd und dem
Fischfange widmen. Auf Edward Carrol's Vorschlag
hin erachtete man es für gerathen, wegen des Vorüber-
kommens Texar's hier Erkundigungen einzuziehen, und
man sollte das nicht bereuen.

Einer der Bewohner des Weilers wurde also befragt, ob er während der nächstvorhergegangenen Tage vielleicht ein Boot bemerkt habe, das über den Georg See
nach dem Washington-See zu gefahren sei — ein Boot,
das sechs bis sieben Personen außer einer farbigen
Frau und einem Kinde, einem kleinen Mädchen von
weißen Eltern, getragen haben dürfte.

»Gewiß antwortete der Mann, vor nur achtundvierzig Stunden sah ich ein Boot vorüberkommen, das
jedenfalls dasselbe war, von dem Sie sprechen.

— Hat es sich an diesem Weiler aufgehalten?
fragte Gilbert.

— Nein! Es schien sich sogar zu beeilen, den Oberlauf des Flusses zu erreichen. An Bord sah ich deutlich,
fügte der Floridier hinzu, eine Frau mit einem Kinde,
das sie in den Armen hielt.

— Meine Freunde, rief Gilbert, frohe Hoffnung!
Wir sind bestimmt auf Texar's Spuren!

— Ja, bestätigte auch James Burbank. Er hat
nur einen Vorsprung von achtundvierzig Stunden, und
wenn das Boot uns nur noch wenige Tage zu tragen
vermag, so holen wir ihn ein.

— Kennen Sie etwa den Lauf des Saint-John
aufwärts vom Georg-See? fragte Edward Carrol den
Floridier.

— Ja wohl, Herr, ich bin ihn selbst auf eine
Strecke von über hundert Meilen hinaufgefahren.

— Glauben Sie auch, daß er für ein Boot wie
das unsrige schiffbar sein wird?

— Welchen Tiefgang hat dasselbe?

— Ungefähr drei Fuß, antwortete Mars.

— Drei Fuß? sagte der Floridier. Das wird an
manchen Stellen knapp hergehen, doch wenn Sie immer
das Fahrwasser sondiren, werden Sie schon bis zum
Washington-See hinaufkommen können.

— Und wie weit, fragte Carrol, befinden wir
uns denn vom Okee-cho-bee-See?

— Gegen hundertfünfzig Meilen.

— Ich danke, guter Freund.

— Stoßen wir also ab, rief Gilbert, und fahren
wir so weit, bis uns das Wasser unter dem Kiele
ausgeht.«

Jeder nahm seinen Platz wieder ein. Da der
Wind gegen Abend abgeflaut hatte, wurden die Ruder
wieder ausgelegt und kräftig gehandhabt. Rasch verschwanden die eingeengten Ufer des Flusses. Vor voll-
ständigem Einbruche der Nacht waren bereits fünfzehn
Meilen nach Süden zurückgelegt, und anzuhalten brauchte
man nicht, da Alles vorgesehen war, um an Bord
schlafen zu können.

Der Mond war fast voll. Das Wetter versprach
klar genug zu bleiben, um die Schifffahrt nicht zu be-
hindern. Gilbert hatte das Steuer ergriffen. Mars stand
jetzt am Vordertheile mit einer langen Stange in
der Hand. Er untersuchte unablässig den Grund, und
wenn er auf diesen stieß, ließ er das Boot nach Back-
oder Steuerbord wenden. Kaum berührte er fünf- bis
sechsmal während dieser nächtlichen Fahrt den Boden,
und konnte immer ohne größere Schwierigkeiten vorwärtskommen, so daß Gilbert gegen Morgen nach vier

Uhr, als die Sonne sich zu zeigen begann, den während der Nacht zurückgelegten Weg auf nicht weniger als fünfzehn Meilen abschätzte.

Wie günstige Aussichten hätte es James Burbank und den Seinen geboten, wenn der Fluß noch einige Tage schiffbar blieb und sie bis nahe an ihr Ziel führte! —

Im Laufe des Tages erhoben sich doch einige materielle Hindernisse. In Folge starkgewundenen Flußverlaufes traten sehr oft lange Landzungen in demselben hervor. Angehäufter Sand vervielfältigte noch die an und für sich vorhandenen Untiefen, welche man umschiffen mußte, was den Weg ebenso verlängerte, wie es merkbare Verzögerungen mit sich führte. Dazu konnte man den Wind nicht immer nach Wunsch benützen, wenn er auch, was die Hauptrichtung betraf, günstig blieb, da die zahlreichen Windungen die Richtung des Bootes gar zu oft änderten. Dann neigten sich aber die Schwarzen über ihre Ruder und entwickelten eine solche Kraft, als ob sie die verlorene Zeit wieder einzubringen sich bemühten.

Außerdem zeigten sich bald auch andere, dem Saint-John eigenthümliche Schwierigkeiten. Es waren das schwimmende Inseln, welche aus einer mächtigen Ansammlung einer wuchernden Pflanze bestanden, jener »Pistia«, die, von verschiedenen floridischen Forschern mit riesigem Lattich verglichen, sich auf der Wasserfläche ausbreitete. Diese Teppiche von Pflanzenfasern bieten nur den Fischottern und Reihern genügende Festigkeit, um sich darauf zu tummeln. Nun kam es sehr darauf an, sich nicht in diese vegetabilischen Massen zu verirren, aus denen man sich nur mit großer Mühe hätte befreien können. Als das Auftreten derselben gemeldet

wurde, verwendete Mars denn auch alle Vorsicht darauf,
sie zu vermeiden.

Was die Ufer des Flusses betrifft, so rahmten diese
jetzt wieder dichte Wälder ein; doch enthielten sie nicht
mehr die zahllosen Cedern, deren Wurzeln der Saint=
John in seinem unteren Laufe badet. Hier streben vielmehr Unmassen von Fichten empor, und zwar eine Art
jener australischen Fichten, welche inmitten dieser von
hochstehendem Grundwasser getränkten Gebiete, die man
unter dem Namen »Barrens« kennt, ganz vorzügliche
Existenzbedingungen finden. Die fruchtbare Erde zeigt
an diesen Stellen eine ganz außerordentliche Elasticität,
welche da und dort soweit geht, daß ein Fußgänger
völlig das Gleichgewicht verliert, wenn er sich auf die=
selben wagt. Zum Glücke hatte die kleine Truppe James
Burbank's eine solche Probe nicht zu bestehen. Der
Saint=John trug sie noch immer durch die Gebiete des
unteren Florida.

Der Tag verlief ohne Zwischenfall. Der Fluß
blieb immer so öde wie vorher. Kein einziges Fahrzeug
belebte seine Gewässer — keine Hütte erhob sich an den
Ufern. Letzterer Umstand war eigentlich freudig zu be-
grüßen, denn man begegnet lieber Niemandem in diesen
weltvergessenen Gegenden, wo solche Begegnungen manchmal recht schlimm ablaufen — die hiesigen Waldläufer,
die Jäger von Profession und die Abenteurer aller Art
gehören einmal zu den verdächtigsten Gesellen.

Daneben konnte man wohl auch fürchten, mit Milizen aus Jacksonville oder Saint=Augustine zusammen-
zutreffen, welche Dupont und Stevens zum Rückzuge
nach dem Süden genöthigt hatten. Diese Möglichkeit erschien vielleicht am allerbedrohlichsten. Unter jenen Abtheilungen befanden sich ja gewiß auch Parteigänger

Texar's, welche nur zu gern die Gelegenheit ergriffen hätten, sich an James und Gilbert Burbank zu rächen. Die kleine Truppe mußte aber jeden Kampf meiden, außer einen solchen mit dem Spanier selbst, wenn es nöthig wurde, die Gefangenen diesem mit Gewalt zu entreißen.

Die Fahrt James Burbank's und seiner Begleiter ging jedoch so ungehindert glücklich von statten, daß am Abende des 25. die Entfernung zwischen dem Georg- und dem Washington-See zurückgelegt war. Mit Erreichung des Randes dieses Kessels stagnirenden Wassers mußte das Boot endlich Halt machen. Die Schmalheit des Flusses und die geringe Tiefe seines Bettes verboten auf demselben jedes weitere Vordringen nach dem Süden.

Kurz, zwei Drittel des Zuges waren überwunden, und James Burbank und seine Gefährten befanden sich jetzt nur noch hundertvierzig Meilen von den Evergladen entfernt.

<hr />

IX.

Der große Cypressenwald.

Der etwa zehn englische Meilen lange Washington-See ist einer der weniger bedeutenden in dieser Gegend des südlichen Florida. Sein seichtes Wasser scheint angefüllt mit Gras und allerlei Pflanzentheilen, welche die Strömung von den schwimmenden Wiesen abreißt; letztere aber bilden wahrhafte Nester von Schlangen, welche die Schifffahrt auf seiner Fläche sehr gefährlich machen. Er ist also meist ebenso verlassen wie seine Ufer, vorzüglich da auch hier weder Jagd- noch Fischfang erfolgreich zu betreiben ist, und nur selten geschieht es, daß sich Fahrzeuge vom Saint-John bis zu ihm verirren.

Im Süden des Sees setzt sich der Lauf des Flusses fort, der dann genau nach dem Süden der Halbinsel abbiegt. Er bildet da freilich nur noch einen Bach, dessen Quelle gegen dreißig Meilen weiter unten, zwischen dem 28. und 27. Grad der Breite liegt.

Oberhalb des Washington-Sees hört die Schiffbarkeit des Saint-John auf. Wie sehr James Burbank das auch beklagte, so mußte er doch auf die weitere Wasserfahrt verzichten und einen Weg über Land einschlagen, aber leider über ein sehr beschwerliches Terrain mit vielfachen Sümpfen und durch endlose Waldungen, deren von Rios und Wasserlachen unterbrochener Boden das Vorwärtskommen von Fußgängern merkbar erschweren mußte.

Die ganze Gesellschaft ging also ans Land. Die Waffen und die Säcke, welche den Nahrungsvorrath enthielten, wurden unter die Schwarzen gleichmäßig vertheilt. Das machte wenig Sorge und konnte das Personal der Expedition kaum besonders anstrengen, so daß aus diesem Grunde keine Verzögerung zu gewärtigen war. Alles hatte man schon im Voraus bestens geordnet, und wenn Halt gemacht werden sollte, so konnte eine Art Lager binnen wenigen Minuten aufgeschlagen werden.

Zunächst ließ es Gilbert, unterstützt von Mars, sich angelegen sein, das Boot zu verbergen, da es ihm erklärlicherweise darauf ankam, dasselbe den Blicken Vorüberkommender zu entziehen, wenn eine Abtheilung Floridier oder Seminolen etwa nach den Ufern des Washington-Sees kam, und jedenfalls wollte man sicher sein, es wiederzufinden. Unter den niederhängenden Baumzweigen des Ufers und zwischen dem riesenhaften Schilfrohr vor demselben ließ sich unschwer ein Platz für das Boot frei machen, dessen Mast schon vorher umgelegt worden war. Hier lag es unter dem dichten Grün so gut versteckt, daß es weder von der Wasser- noch von der Landseite her wahrgenommen werden konnte.

Neben der Sorge für sein eigenes Fahrzeug lag es Gilbert auch noch sehr am Herzen, womöglich ein anderes zu entdecken, das Boot nämlich, auf dem Dy und Zermah bis zum Washington-See geschafft worden waren. In Ansehung der Unfahrbarkeit des Wassers hatte ja auch Texar dasselbe nothwendiger Weise in der Umgebung dieses kesselartigen Bassins, durch welches der See nach dem Flusse zu abfließt, zurücklassen müssen. Das, wozu James Burbank sich genöthigt sah, hatte der Spanier doch auch nicht umgehen können.

Aus diesem Grunde unternahm man denn in den letzten Tagesstunden sehr sorgfältige Untersuchungen, um jenes Boot aufzufinden. Es wäre das ein höchst schätz- bares Merkzeichen und der Beweis gewesen, daß Texar den Fluß bis zum Washington-See benützt hätte.

Diese Nachforschungen blieben vergeblich. Das Boot konnte nicht entdeckt werden, ob nun die Nachsuchungen nicht weit genug ausgedehnt worden waren oder der Spanier jenes in der Annahme zerstört hatte, daß er, unter Aufgebung jedes Gedankens an eine spätere Rück- kehr, dasselbe doch nicht wieder brauchen würde.

Doch wie beschwerlich mußte der Weg zu dem Washington-See und den Evergladen gewesen sein, wo es keinen Fluß mehr gab, um einer Frau und einem Kinde so langdauernde Strapazen zu ersparen. Mit schmerzlichster

Empfindung stellten sich auch Alle die traurigen Scenen vor, wie Dy da von den Armen der Mestizin getragen, Zermah aber gezwungen gewesen war, den an den Marsch durch solche beschwerliche Gegenden gewohnten Männern nachzufolgen; sie gedachten der Beleidigungen, der Gewaltthätigkeiten, der Schläge, von denen sie gewiß nicht verschont blieb, um ihre Schritte zu beschleunigen; ihrer Bemühungen, das kleine Mädchen vor dem Fallen zu bewahren, ohne daß sie dabei an sich selbst dachte. Mars stellte sich besonders lebhaft vor, wie seine Frau allen diesen Leiden ausgesetzt war; er erbleichte vor Wuth, und immer drangen ihm über die Lippen die Worte:

»Ich bringe Texar um!«

Warum befand er sich nicht schon auf der Insel Carneral, Auge in Auge jenem Elenden gegenüber, dessen schändliche Machinationen über die Familie Burbank so viel Unheil gebracht, der ihm Zermah, seine Gattin, geraubt hatte!

Das Lager war am Endpunkte des kleinen Cap aufgeschlagen worden, das sich vom nördlichen Winkel des Sees aus in diesen hinausstreckt. Es wäre ja unklug gewesen, sich mitten in der Nacht durch ein unbekanntes Gebiet zu wagen, wo der Gesichtskreis höchst beschränkt sein mußte. Nach kurzer Ueberlegung wurde denn auch beschlossen, den ersten Tagesschimmer hier abzuwarten, um dann erst den Marsch wieder aufzunehmen. Die Gefahr, sich in dem dichten Walde zu verirren, war eine zu große, als daß man sich ihr ohne Noth hätte aussetzen mögen.

Die Nacht verlief übrigens ohne jede Störung. Um vier Uhr Morgens, als sich der Himmel am Horizont zu erhellen begann, wurde das Signal zum Aufbruche

10*

gegeben. Die Hälfte des Personals genügte schon zum Transporte der Lebensmittelsäcke und der Lagergeräthe. Die Schwarzen konnten einander also von Zeit zu Zeit ablösen. Alle, Herren und Diener, waren mit Minié-Gewehren, geladen mit je einer Kugel und vier Reh-posten, und mit Colt-Revolvern bewaffnet, deren Gebrauch sich seit Anfang des Secessionskrieges unter beiden kämpfenden Theilen ganz außerordentlich verbreitet hatte. Unter diesen Verhältnissen konnten sie noch mit Vortheil einem halben Hundert Seminolen Widerstand leisten, und wenn es sein mußte, auch Texar angreifen, selbst wenn dieser eine gleiche Anzahl von seiner Partei um sich hatte.

Soweit es ausführbar erschien, empfahl es sich selbstverständlich, immer dem Saint-John nachzugehen. Der Fluß verlief jetzt direct nach Süden, also in der Richtung nach dem Okee-cho-bee-See hin, und er bil-dete gleichsam einen durch dieses Wälderlabyrinth aus-gespannten Faden, dem man nachgehen konnte, ohne auf einen falschen Weg zu gerathen, und dem man also auch folgte.

Das machte sich unerwartet leicht. Auf dem rechten Ufer verlief eine Art Fußsteig — wie man solche zum Ziehen der Schiffe an manchen Strömen findet und der dazu dienen konnte, ein leichtes Boot weiter nach dem Oberlauf des Flusses hinauf zu schleppen. Die Gesell-schaft schritt rasch dahin, Gilbert und Mars voran, James Burbank und Edward Carrol am Schlusse und der Verwalter Perry in der Mitte der Schwarzen, welche jede Stunde mit dem Tragen des Gepäckes ab-wechselten. Vor dem Aufbruche war noch eine kurze Mahlzeit eingenommen worden. Zu Mittag zum Essen, um sechs Uhr Abends zum Nachtmahl anzuhalten, still zu

liegen, wenn die Dunkelheit einen Weitermarsch nicht
gestattete, und sich wieder auf den Weg zu machen,
wenn es möglich schien, durch den Wald fortkommen
zu können, so lautete das angenommene Programm,
welches auch stets streng eingehalten wurde.

Zuletzt galt es nun, um das östliche Ufer des
Washington-Sees zu ziehen — übrigens ein ziemlich
flaches und fast bewegliches Uferland. Hier traten wieder
Wälder auf, doch weder der Ausdehnung noch der
Dichtigkeit nach konnten sie sich mit den weiter hinaus
liegenden messen, wo schon durch die Natur der dieselben
bildenden Baumarten ihre Gedrängtheit bedingt wurde.

Hier erhoben sich nämlich nur Gehölze von Cam-
peche-Bäumen mit kleinen Blättern und gelben Trauben,
deren tief bräunlich gefärbtes Herz den bekannten
Farbstoff liefert; ferner mexikanische Ulmen, Guazumas
mit weißlichen Blüthendolden, welche zu so vielerlei
häuslichen Zwecken dienen und deren Schoten, wie man
sagt, das hartnäckigste Erkältungsfieber — selbst das
des Gehirns — heilen sollen. Da und dort finden sich
auch einzelne Gruppen von Eichenbäumen, welche hier
freilich nur als baumartige Gesträuche vorkommen, an
Stelle der mächtigen Bäume, die sie in Peru, ihrem
Vaterlande, bilden. Endlich dufteten an verschiedenen
Stellen, in zahlreichen Exemplaren zusammenstehend und
ohne je durch sachverständige Cultur unterstützt worden
zu sein, mancherlei Blumen von lebhaften Farben, wie
Gentianen, Amaryllis, Asclepias, deren feine Büschel
zur Herstellung gewisser Gewebe dienen. Alle Pflanzen
und Blumen aber — nach den Bemerkungen einer der
competentesten Erforscher Floridas*) — die in Europa

---

*) Poussielgue, der leider mit Tode abging, ehe er seine
Forschungsreise vollenden konnte.

gelb oder weiß sind, bekleiden sich in Amerika mit den verschiedensten rothen Farbentönen, vom tiefsten Purpur bis zum zartesten Rosa.

Gegen Abend nahmen diese Gehölze ein Ende, um dem großen Cypressenwalde Platz zu machen, der sich bis zu den Evergladen hin ausdehnt.

Während dieses Tages hatte man einige zwanzig Meilen zurückgelegt, und Gilbert fragte sich, ob seine Gefährten sich nicht etwa zu erschöpft fühlten.

»Wir sind bereit, weiter zu ziehen, Herr Gilbert, antwortete einer der Schwarzen im Namen aller seiner Kameraden.

— Riskiren wir aber nicht, uns während der Nacht zu verirren? bemerkte Edward Carrol.

— Keineswegs, versicherte Mars, da wir auch ferner immer nur dem Saint-John nachzugehen brauchen.

— Und außerdem, fügte der junge Officier hinzu, wird die Nacht klar sein. Der Himmel ist ganz wolkenlos, und der gegen neun Uhr beginnende Mondschein muß bis zum Morgen anhalten. Uebrigens haben die Cypressen ein nur wenig dichtes Geäst, und die Dunkelheit darunter ist weniger tief, als in jedem anderen Walde.«

Man brach also wieder auf. Am folgenden Morgen nahm die kleine Gesellschaft, nachdem sie einen Theil der Nacht ununterbrochen weiter gezogen, ihr erstes Frühstück am Fuße einer jener gewaltigen Cypressen ein, die in dieser Gegend Floridas millionenweise vorkommen.

Wer diese Wunder der Natur nicht selbst gesehen hat, vermag sich kaum ein Bild davon zu machen. Man stelle sich eine in üppigem Grün prangende Wiese, aber eine von hundert Fuß Höhe, vor, die von schnurgeraden

Baumschäften — welche auf der Drehbank zugerichtet
scheinen — getragen wird und auf der man ohne
Schwierigkeit hinwandern zu können glauben möchte;
darunter ist der Erdboden weich und sumpfig, und jahr-
aus jahrein steht über dem undurchlässigen Untergrunde
das Wasser, in dem es von Fröschen, Kröten, Eidechsen,
Scorpionen, Wasserspinnen, Schlangen, Schildkröten und
Sumpfvögeln jeder Art wimmelt. In den Kronen spielen,
während Pirole, eine Art Goldammern mit metallisch
glänzendem Gefieder, wie glitzernde Sterne umhergaukeln,
Eichhörnchen, die von Zweig zu Zweig hüpfen, und
zahlreiche Papageien erfüllen den Wald mit ihrem be-
täubenden Geschrei. Mit einem Worte, es ist eine merkwürdige, aber leider schwer zu bereisende Landschaft.

Der Grund und Boden, auf den man sich begab,
mußte also sorgfältig besichtigt werden. Ein Fußgänger
hätte hier leicht bis an die Achseln einsinken können.
Mit einiger Aufmerksamkeit aber, und Dank der Klarheit
des Mondes, der durch das obere Blätterwerk drang,
konnte man — wohl oder übel — zurechtkommen.

Der Fluß bezeichnete wenigstens immer die einzuhaltende Richtung, und das war ein sehr glücklicher
Umstand, denn alle diese Cypressen ähnelten sich unge-
mein mit ihren gewundenen, scheinbar abgedrehten, am
Fuße ausgehöhlten Stämmen, welche lange, kleine Er-
höhungen bildende Wurzeln über die Erde hintreiben
und dann bis zur Höhe von zwanzig Fuß ihre cylindrischen
Schäfte erhoben. Es sind das wirkliche Schirmstiele mit
verdicktem Handgriffe, deren großer Stab einen ungeheueren grünen Sonnenschirm trägt, der freilich weder
gegen Regen noch gegen Sonnenschein schützt.

Unter das endlose Dach dieser Bäume drangen
James Burbank und seine Begleiter bald nach Tages-

anbruch ein. Das Wetter war herrlich und jedenfalls
kein Gewitter zu fürchten, das den Erdboden in einen
ungangbaren Sumpf verwandelt hätte. Immerhin mußte
man stets den Weg besonders auswählen, um die niemals trocknenden Lachen zu vermeiden; glücklicherweise
sollten längs des Saint-John, dessen rechtes Ufer ein
wenig höher liegt, die Schwierigkeiten minder groß sein.
Abgesehen von dem Bette der Bäche, die sich in den
Fluß ergießen und die man entweder eine weite Strecke
umgehen oder an geeigneter Stelle durchwaten mußte,
gab es nicht viel Ursache zur Verzögerung.

An eben diesem Tage wurde übrigens keine Spur
gefunden, welche die Anwesenheit einer Abtheilung Südstaatler oder einer Seminolenbande angedeutet hätte,
ebenso wenig eine Fährte von Texar und seinen Genossen. Es war ja möglich, daß der Spanier einen Weg
auf dem linken Flußufer eingeschlagen hatte. Doch das
machte im Grunde genommen nichts aus. Längs des
einen oder des anderen Ufers gelangte man ja geraden
Weges nach dem unteren Florida, auf welches Zermah's
Billet hinwies.

Als der Abend herankam, machte James Burbank
für sechs Stunden Halt, während des übrigen Theiles
der Nacht wurde der Marsch aber ohne Unterbrechung
fortgesetzt, und schweigend zogen Alle durch den eingeschlafenen Cypressenwald. Kein Windhauch regte sich in
dem düsteren Blättergewölbe. Der jetzt als Sichel am
Himmel stehende Mond zeichnete scharf das feine Zweig-
netz auf den Erdboden, das in Folge der Höhe der
Bäume hier vergrößert erschien. Vom Flusse, der über
sein ganz schwach abfallendes Bett hinglitt, hörte man
kaum ein leises Murmeln. Zahlreiche Untiefen, jetzt kleine
Sandbänke, traten aus demselben hervor, und es wäre

ganz leicht gewesen, ihn, wenn das nöthig wurde, zu
überschreiten.

Am folgenden Morgen nahm die kleine Gesellschaft
nach zweistündiger Rast in der einmal gewohnten Ordnung den Weg nach Süden wieder auf. Im Laufe des
Tages riß nun freilich der leitende Faden wiederholt
entzwei oder vielmehr er näherte sich dem Ende des
Knäuels. In der That verschwand der Saint-John, jetzt
nur noch ein schwacher Wasserfaden, bald unter einer
Gruppe Chinabäume, welche sich von dessen Quelle
nährten. Weiter hinaus verdeckte der Cypressenwald den
Horizont auf Dreiviertel seines Umfanges.

An dieser Stelle fand sich auch ein nach Art der
Eingeborenen hergerichteter Friedhof für Schwarze, die
zum Christenthum übergetreten und ihrem katholischen
Glauben auch bis zum Tode treu geblieben waren.
Hier und da bezeichneten bescheidene Kreuze, einmal aus
Holz und dann wieder aus Stein, welche an kleinen
Erdhügeln standen, die Gräber zwischen den Bäumen.
Zwei oder drei in der Luft befindliche Grabstätten,
welche von im Sumpfe befestigten Pfählen getragen
wurden, schaukelten im Winde je einen zum Skelett ver=
moderten Cadaver.

»Das Vorhandensein eines Friedhofes an dieser
Stelle, bemerkte Edward Carrol, könnte wohl auf die
Nähe eines Dorfes oder Weilers hindeuten.

— Der heute wohl nicht mehr existiren wird, setzte
Gilbert hinzu, denn auf unseren Karten findet sich nicht
die Spur eines solchen. Das Verschwinden von Dörfern
im unteren Florida ist ja eine gar häufige Erscheinung,
ob diese nun von den Bewohnern einfach verlassen oder
von Indianern zerstört worden waren.

— Nun sage, Gilbert, fragte James Burbank, wie werden wir jetzt, wo der Saint John uns zu leiten fehlt, weiter vorwärts kommen?

— O, der Compaß wird uns schon die einzuhaltende Richtung angeben, lieber Vater, antwortete der junge Officier. Wie groß und dicht der Wald auch sein mag, so ist es damit doch unmöglich, sich darin zu verlieren.

— Also vorwärts, Herr Gilbert, drängte Mars, der sich während der Stunden der Nacht kaum auf der Stelle zu halten vermochte. Vorwärts, und Gott möge uns leiten!

Eine halbe Stunde jenseits des Negerfriedhofes gelangte die kleine Gesellschaft unter das grüne Dach und mit Hilfe des Compasses wanderte sie ziemlich genau nach Süden hinab.

Während der ersten Hälfte dieses Tages ereignete sich nichts Erwähnenswerthes. Bisher hatte kein Zwischenfall diesen Forschungszug gehindert, doch würde das bis zum Ende so fortgehen? Sollte er das Ziel erreichen oder die Familie Burbank verurtheilt sein, zu verzweifeln? Das kleine Mädchen und Zermah nicht wieder zu finden, sie allem Elend preisgegeben, vielleicht Mißhandlungen aller Art ausgesetzt zu wissen und sie dem nicht entziehen zu können, wäre für Alle so gut wie die grausamste Strafe gewesen.

Gegen Mittag machte man Halt. Unter Berechnung des vom Washington See zurückgelegten Weges schätzte Gilbert die Entfernung bis zum Okee-cho-bee-See noch auf fünfzig Meilen.

Acht Tage waren seit dem Aufbruche aus Camdleß-Bay verflossen, und mehr als dreihundert Meilen (gleich 480 Kilometer) mit außerordentlicher Schnelligkeit zurückgelegt worden, doch ist nicht zu vergessen, daß zuerst der Fluß bis zu seiner Quelle und dann der Cypressenwald niemals ein ernsthaftes Hinderniß geboten hatten. Bei dem Ausbleiben jener gewaltigen Regengüsse, welche den Lauf des Saint John unfahrbar gemacht und das darüber hinaus liegende Land durchweicht hätten, hatte Alles in diesen schönen Nächten, welchen der Mond eine merkwürdige Klarheit verlieh, die Reise und die Reisenden begünstigt.

Jetzt trennte sie nur eine verhältnißmäßig kurze Entfernung von der Insel Carneral; bei der fortwährenden Uebung im Marschiren, die sie durch Tag und Nacht fortgesetzte Anstrengungen erlangt, hofften sie ihr Ziel vor Ablauf von achtundvierzig Stunden zu erreichen. Dann winkte die Lösung des Knotens, von der natürlich Niemand vorher sagen konnte, wie sie ausfallen würde.

Doch wenn ein günstiges Geschick sie bisher unterstützt hatte, konnten James Burbank und seine Begleiter in der zweiten Hälfte des Tages wohl zu dem Glauben kommen, daß sie auf fast unüberwindliche Hindernisse stoßen möchten.

Nach der Mittagsmahlzeit war der Weg unter den gewöhnlichen Verhältnissen wieder aufgenommen worden. Das Terrain bot nichts Neues, sondern zeigte noch immer ausgedehnte Wasserlachen und halbausgetrocknete Vertiefungen, vor denen sie sich hüten mußten, neben jenen Bächen, die nicht anders als bis zum Knie im Wasser zu überschreiten waren. Alles in Allem wurde ihr Fortkommen aber durch solche Kleinigkeiten nicht sonderlich verlangsamt.

Da blieb Mars gegen vier Uhr Nachmittags plötzlich stehen. Dann, als die Uebrigen zu ihm herankamen, machte er sie auf deutlich am Boden eingedrückte Spuren aufmerksam.

»Es unterliegt gar keinem Zweifel, sagte James Burbank, daß hier vor nicht langer Zeit eine Anzahl Menschen vorübergekommen sind.

— Und zwar eine große Anzahl, fügte Edward Carrol hinzu.

— Von welcher Seite kommen jene Spuren und nach welcher Seite sind sie gerichtet? fragte Gilbert; das müssen wir vor Allem wissen, bevor ein weiterer Entschluß zu fassen ist.«

Die Fährte wurde also sorgfältig besichtigt.

Bis auf sechshundert Schritte weit nach Osten zu konnte man jenen Spuren, die sich aber auch noch weiter hinaus fortsetzten, unschwer folgen, doch schien es nutzlos, dieselben auch noch darüber hinaus zu untersuchen. Was durch die Richtung der Fußabdrücke bewiesen wurde, war die Gewißheit, daß hier eine Gesellschaft von wenigstens hundertfünfzig bis zweihundert Mann, die vom Ufer des Atlantischen Oceans gekommen schienen, diesen Theil des Cypressenwaldes durchzogen hatten. Nach Westen hin setzte sich diese Fährte nach dem Golf von Mexiko zu fort; sie durchschnitt also die Insel Florida durch eine Linie, die in dieser Breite nicht über zweihundert Meilen mißt. Man konnte auch erkennen, daß jene Truppe, ehe sie ihren Marsch in der nämlichen Richtung wieder aufnahm, genau an derselben Stelle, wie James Burbank und seine Begleiter, Halt gemacht hatte.

Nachdem Gilbert und Mars Allen dringend anempfohlen, sich für jeden Alarm fertig zu halten, konnten diese, als sie sich eine Viertelstunde weiter in

den Wald hinein begaben, constatiren, daß die Fuß-
spuren sich da geraden Weges nach Süden richteten.

Als Beide nach dem Halteplatz zurückgekehrt waren,
sagte Gilbert:

Vor uns ist eine Truppe von Männern, welche
genau den Weg eingeschlagen haben, dem wir schon vom
Washington See aus folgen. Es sind bewaffnete Leute,
denn wir haben Reste von Patronen gefunden, mit
denen sie sich offenbar Feuer angezündet hatten, von
dem man nur noch erloschene Kohlen sehen kann.

Wer diese Leute sind, weiß ich freilich nicht. Gewiß
ist nur, daß sie sehr zahlreich sind und nach den Evergladen hinunterziehen.

— Sollte es etwa eine Truppe nomadisirender
Seminolen sein? fragte Edward Carrol.

— Nein, erwiderte Mars. Der Abdruck der Tritte
beweist deutlich, daß diese Männer Amerikaner sind . .

— Vielleicht Soldaten von der floridischen Miliz? . . .
bemerkte James Burbank.

— Das könnte möglich sein, antwortete Perry.
Sie scheinen in zu großer Zahl beisammen zu sein, um
dem Personal Texar's angehören zu können . . .

— Wenn der Bursche nicht eine ganze Bande
seiner Hilfstruppen zusammengerafft hat, sagte Edward
Carrol. Da wäre es ja kaum zu verwundern, wenn
deren mehrere Hundert wären . . .

— Gegen siebenzehn! . . . ließ sich da der Verwalter
vernehmen.

— O, das macht nichts aus! rief Gilbert. Wenn
sie uns angreifen oder wir gezwungen wären, sie anzugreifen, so wird Keiner von uns zurückweichen.

— Nein, nein! . . . riefen alle die muthigen Gefährten des jungen Officiers.

Es war das ja ein gewiß ganz natürlicher Ausdruck ihrer Gesinnung; bei näherer Ueberlegung mußte
man aber doch begreifen, daß ein solches Vorkommniß
sehr böse Aussicht für sie bot.

Wenn sich dieser Gedanke aber wahrscheinlich
Allen bald genug aufdrängte, so that er doch dem
Muthe keines Einzigen Abbruch. So nahe dem Ziel
nun auf ein Hinderniß, und auf welch' ernsthaftes
Hinderniß zu stoßen! Eine Abtheilung Südstaatler,
vielleicht Parteigänger Texar's, die sich in den Evergladen dem Spanier anzuschließen suchten, um da den
geeigneten Augenblick abzuwarten, wo sie wieder im
Norden von Florida auftauchen konnten!

Ja, gewiß war so Etwas zu fürchten. Alle empfanden es. So blieben sie denn nach der ersten Auf-
wallung von Enthusiasmus auch nachdenklich still und
blickten ihren jungen Führer an, wie fragend, was er
nun zunächst bestimmen werde. Auch Gilbert selbst hatte
sich diesem allgemeinen Eindruck nicht entziehen können.
Bald aber warf er den Kopf wieder in die Höhe
und rief:

»In Gottes Namen vorwärts!«

X.

Ein Zusammentreffen.

Ja, sie mußten wohl weiter vorwärtsgehen. Gegen
jene zu fürchtende Möglichkeit wurden alle Vorsichtsmaßregeln getroffen. Es erschien zum Beispiel unumgänglich, den Weg, so gut es anging, zu beleuchten,

die Cypreſſenwildniß zu erhellen und ſich für jede Ueber=
raſchung bereit zu halten.

Die Waffen wurden alſo ſorgſam unterſucht und
in Stand geſetzt, um auf das erſte Signal zum Gebrauch
bereit zu ſein. Beim geringſten Allarm ſollten, nachdem
die Packete niedergelegt waren, ſich Alle bei der Ver=
theidigung betheiligen. Die Ordnung des Zuges wurde
nicht weiter verändert. Gilbert und Mars marſchirten
immer an der Spitze desſelben, aber in etwas größerer
Entfernung davor, um jede Ueberraſchung abzuwenden.
Jeder war bereit, ſeine Pflicht zu thun, obgleich die
wackeren Leute alle ſich im Herzen recht bedrückt fühlten,
ſeit ſich ein Hinderniß zwiſchen ihnen und dem zu er=
reichenden Ziele erhob.

Man nahm übrigens keine langſamere Gangart
an; nur ſchien es rathſam, nicht immer unmittelbar
den immer deutlich ſichtbaren Spuren nachzugehen; denn
beſſer war es immerhin, nicht mit der nach den Ever=
glades marſchirenden Abtheilung zuſammenzutreffen. Un=
glücklicher Weiſe erkannte man bald, daß das nur ſchwer
ausführbar ſein möchte. Jene Abtheilung hielt nämlich
offenbar keine gerade Richtung ein. Die Fährte wich
zuweilen nicht wenig nach links und dann ebenſoviel
nach rechts hin ab, als wären ſie ungewiß geweſen, wohin
ſie ſich zu wenden hätten. Im Allgemeinen aber verlief
die Fährte doch nach dem Süden.

Wiederum war ein Tag verfloſſen. Kein Zuſammen=
treffen hatte James Burbank genöthigt Halt zu machen.
Er war ziemlich ſchnell vorwärts gekommen und näherte
ſich dabei offenbar mehr und mehr jener durch den
Cypreſſenwald ziehenden Truppe. Das erkannte man
leicht an den immer ſehr zahlreichen Spuren, die von
Stunde zu Stunde immer friſcher auf dem etwas pla=

ſtiſchen Boden zu ſehen waren. Es wäre nichts leichter
geweſen, als der Nachweis, wie vielmal jene geraſtet
hatten, entweder um zu eſſen und ſich zu ſtärken —
dann zeigten die ſich kreuzenden Fußeindrücke das vielfache Hin- und Herlaufen der Leute — oder wenn ſie
nur gehalten hatten, um die einzuſchlagende Richtung
zu berathſchlagen.

Gilbert und Mars prüften dieſe Merkzeichen fortwährend mit größter Aufmerkſamkeit. Da dieſe ſie über
ſo mancherlei aufklären konnten, beobachteten ſie dieſelben ebenſo genau, wie es die Seminolen zu thun
pflegen, welche ſo geſchickt ſind, auf dem Erdboden, den
ſie zur Zeit der Jagd oder im Kriege durchziehen, die
geringſten Anzeichen zu erkennen und zu deuten.

In Folge dieſer eingehenden Prüfung konnte auch
Gilbert mit Sicherheit Folgendes ausſprechen:

„Lieber Vater, wir wiſſen nun ganz gewiß, daß
weder Zermah noch meine Schweſter bei der uns voraus-
gehenden Truppe geweſen ſind. Da ſich auf der Erde
nirgends die Spur eines Pferdes findet, ſo mußte Zermah, wenn ſie dabei war, offenbar zu Fuße gehen,
wenn ſie auch meine Schweſter auf dem Arme trug,
und dann mußten ihre Fußtritte, ſowie die unſerer Dy
wenigſtens an den Halteſtellen, erkennbar ſein. Nirgends
findet ſich aber der Abdruck eines weiblichen oder kindlichen Fußes. Was die männliche Geſellſchaft ſelbſt angeht, ſo iſt dieſe zweifelsohne mit Feuerwaffen aus-
gerüſtet, denn an vielen Stellen findet man Eindrücke,
die nur von Gewehrkolben herrühren können. Ich habe
ſogar zu erkennen geglaubt, daß dieſe Kolben denen
der Gewehre unſerer Seeſoldaten ganz ähnlich ſeien.
Die floridiſchen Milizen müſſen alſo Feuerwaffen nach
dieſem Modell zur Verfügung gehabt haben, ſonſt

erschiene jener Umstand ganz unerklärlich. Außerdem — und das ist leider zu gewiß — ist jene Truppe mindestens zehnmal so stark als die unsrige. Wir müssen also mit größter Vorsicht vorgehen, je mehr wir uns derselben nähern.«

Natürlich mußte man diesen Empfehlungen des jungen Officiers nachkommen, und das geschah denn auch, da die Schlüsse, welche er aus der Zahl und der Form jener Eindrücke zog, gewiß ganz richtige waren. Daß die kleine Dy und Zermah sich unter jener Truppe nicht befanden, erschien gar nicht bestreitbar, und daraus ergab sich der weitere Schluß, daß man hier keiner Fährte des Spaniers folgte. Die aus der Schwarzen Bucht abgezogenen Leute desselben konnten weder so zahlreich, noch so gut bewaffnet sein. Es erschien also gar nicht zweifelhaft, daß es sich hier um einen starken Trupp floridischer Milizen handelte, die sich nach den südlichen Gebieten der Halbinsel, also nach den Everglades zu, begaben, wo Texar wahrscheinlich seit einem oder zwei Tagen schon angelangt war.

Kurz, jene Truppe in ihrer Stärke und Bewaffnung bildete für die Genossen James Burbank's gewiß eine ernsthafte Gefahr.

Am Abend wurde an einer beschränkten Lichtung Halt gemacht. Auch hier mußte sich nur wenige Stunden vorher Jemand aufgehalten haben, denn das bezeugten verschiedene Haufen kaum erkalteter Asche, die Reste von Feuern, welche für den Lagerplatz angezündet worden waren.

Man entschloß sich deshalb nicht eher wieder aufzubrechen, als bis es fast schon ganz dunkle Nacht war. Ueber den Himmel zogen einzelne Wolken hin. Der in seinem letzten Viertel stehende Mond konnte nur erst sehr spät aufgehen, und das gab die Möglichkeit, sich jener Abtheilung unter den günstigsten Bedingungen zu nähern. Vielleicht konnte man dieselbe erkennen, ohne selbst bemerkt zu werden, und sie umgehen, wenn man tiefer in den Wald hinein abwich. Damit hätte man ihr auf dem Wege von Südosten zuvorkommen und eher am Okee-cho-bee-See und an der Insel Carneral eintreffen können.

Die kleine Gesellschaft, Gilbert und Mars immer an der Spitze, brach gegen achteinhalb Uhr wieder auf und zog schweigend unter dem Gewölbe der Bäume hin, wo es vollkommen finster war. Zwei Stunden lang wanderten Alle in dieser Weise weiter und dämpften möglichst den Laut ihrer Schritte, um sich nicht zu verrathen.

Kurz nach zehn Uhr hielt James Burbank durch ein leises Wort die Abtheilung der Schwarzen an, denen er selbst mit dem Oberverwalter vorausging. Sein Sohn und Mars kamen eben eilig zu ihnen zurück. Mit gespannter Erwartung harrten Alle der Erklärung dieser plötzlichen Rückwärtsbewegung.

Diese Erklärung wurde sofort gegeben.

»Was giebt es, Gilbert? ... fragte James Burbank. Was habt Ihr, Mars und Du, bemerkt? ...

— Ein Lager unter den Bäumen, von dem man wenigstens die Feuer ganz deutlich sehen kann.

— Weit von hier? ... fragte Edward Carrol.

— Gegen hundert Schritte.

— Habt Ihr auch erkennen können, wer die Leute sind, welche da lagern?

— Nein, denn die Feuer sind dem Verlöschen nahe, antwortete Gilbert. Ich glaube aber, wir haben

uns nicht getäuscht, als wir deren Anzahl auf zweihundert abschätzten.

— Schlafen sie etwa, Gilbert?

— Ja, wenigstens die Meisten, doch haben sie
Wachtposten ausgestellt. Wir haben einige Mann gesehen,
welche mit dem Gewehr auf der Schulter unter den
Cypressen auf- und abziehen.

— Was sollen wir nun thun? fragte Edward
Carrol, sich an den jungen Officier wendend.

— Zuerst, erwiderte Gilbert, haben wir uns,
wenn es möglich ist, darüber Aufklärung zu verschaffen,
wen wir da vor uns haben; erst dann können wir daran
denken, diese Truppe zu umgehen.

— Ich bin erbötig, darüber Kundschaft einzuziehen,
sagte Mars.

— Und ich begleite Euch, meldete sich Perry.

— Nein, ich werde gehen, erklärte Gilbert. Dabei
kann ich mich nur auf mich allein verlassen . . .

— Gilbert, fiel James Burbank ein, es giebt gewiß
Keinen unter uns, dem es nicht danach verlangt, im
Interesse Aller selbst sein Leben auf's Spiel zu setzen.
Doch um jene Kundschaft zu erlangen und dabei wo-
möglich nicht bemerkt zu werden, muß Einer allein
sein . . .

— Deshalb will ich eben allein gehen.

— Nein, mein Sohn, ich verlange, daß Du bei
uns bleibst, antwortete James Burbank. Es wird mit
Mars genug sein.

— Ich bin bereit, Herr!«

Und ohne weiter zu fragen, verschwand Mars
schon im Dunkeln.

James Burbank und die Seinigen trafen gleichzeitig die Vorbereitungen, um jedem Angriff Widerstand

11*

leisten zu können. Die Ballen wurden auf die Erde
niedergelegt und die Träger derselben griffen zu ihren
Flinten. Mit dem Gewehr in der Hand nahmen Alle
hinter den Cypressenstämmen Aufstellung, doch so, daß
sie im Nothfalle gleich nach einem Punkte zusammentreten konnten.

Von der Stelle, die James Burbank einnahm,
konnte man das Lager selbst nicht sehen. Man mußte
sich dazu wenigstens um weitere fünfzig Schritte nähern,
um die schon sehr weit abgebrannten Feuer wahrnehmen
zu können. Deshalb machte es sich also nothwendig, die
Rückkehr des Mestizen abzuwarten, um diejenigen Entschlüsse zu fassen, welche die Umstände etwa erheischten.
In seiner Ungeduld hatte sich der junge Lieutenant
noch mehrere Schritte über den Halteplatz hinausgewagt.

Mars schlich mit äußerster Vorsicht hin und verließ den Schutz eines Baumes nur, um sich hinter einem
anderen zu bergen. So näherte er sich mit der geringsten Gefahr bemerkt zu werden und hoffte nahe genug
heran zu kommen, um die Oertlichkeit, die Anzahl der
Leute daselbst, aber vorzüglich, um zu erkennen, welcher
Partei sie wohl angehörten. Gerade das erwies sich
aber als besonders schwierig. Die Nacht war sehr finster
und die Feuer warfen nur einen sehr schwachen Schein.
Um sein Ziel zu erreichen, mußte er sich bis zum Lager
selbst heranschleichen. Mars besaß Unerschrockenheit genug,
um das zu thun, und Gewandtheit genug, um die Aufmerksamkeit der ausgestellten Wachen zu täuschen.

Inzwischen gelangte er immer weiter vorwärts.
Um vorkommenden Falls unbehindert zu sein, hatte er
weder Gewehr noch Revolver mitgenommen, sondern
sich nur mit einer Art bewaffnet, denn er mußte jeden

Lärm vermeiden und sich schlimmsten Falls vertheidigen, ohne ein Geräusch zu verursachen.

Bald befand sich der muthige Mestize nur noch in sehr geringer Entfernung von einem der wachthabenden Leute, der selbst wieder nur acht bis zehn Schritte von dem eigentlichen Lagerplatze entfernt stand. Alles still ringsum. Offenbar ermüdet von einem langen Marsch, lagen die Mannschaften alle in tiefem Schlummer. Nur die Wachtposten waren noch mehr oder weniger auf die Umgebung aufmerksam, was Mars sofort bemerkte.

Einer von der Mannschaft nämlich, den er seit einigen Augenblicken beobachtete, stand zwar aufrecht, aber er regte sich nicht. Sein Gewehr ruhte auf dem Boden. An einen Cypressenstamm gelehnt und den Kopf herabgesunken, schien auch er in Schlaf verfallen zu wollen. Vielleicht gestattete dieser Umstand, hinter ihm weg zu schleichen und so bis nach dem Lager selbst zu gelangen.

Langsam näherte sich Mars der Schildwache, als ein trockener Zweig, den er zertreten hatte, plötzlich seine Anwesenheit verrieth.

Der Mann richtete sich auf, erhob den Kopf und neigte sich, nach rechts und links hinausblickend, lauschend vor.

Ohne Zweifel mochte er etwas Verdächtiges bemerken, denn er erhob schon das Gewehr zum Anschlage ...

Doch bevor er dazu kam, Feuer zu geben, hatte Mars die auf seine Brust gerichtete Waffe gepackt und den Mann zur Erde geworfen, nachdem er ihm die breite Hand über den Mund gedrückt, so daß dieser keinen Laut von sich geben konnte.

Einen Augenblick darauf war der Mann gefesselt;
der kräftige Mestize nahm ihn in die Arme, wogegen sich
jener vergebens wehrte, und Mars trug ihn nach der
Lichtung hin, wo James Burbank sich aufhielt.

Nichts hatte die übrigen Schildwachen, welche den
Lagerplatz behüteten, auf diesen Vorgang aufmerksam
gemacht — ein Beweis, daß sie nur nachlässig ihre
Pflicht erfüllten. Wenige Secunden darauf erschien Mars
mit seiner Last und legte den Gefangenen zu Füßen
seines jungen Herren nieder.

In einem Augenblick hatten die Schwarzen schon
einen Kreis um James Burbank, Gilbert, Edward
Carrol und den Verwalter Perry geschlossen. Der halb-
erstickte Mann hätte jetzt keinen Laut, nicht einmal ohne
seine Fesseln, hervorzubringen vermocht. Die Finsterniß
gestattete nicht, weder sein Gesicht, noch an seiner
Kleidung zu erkennen, ob er einem Theil der floridischen
Milizen angehörte.

Mars entfernte das Taschentuch, das ihm den Mund
verstopfte, und man mußte warten, bis Jener etwas
zum Bewußtsein gekommen war, um ihn zu befragen.

»Zu Hilfe! rief er endlich schwach.

— Keinen Laut! sagte James Burbank, ihn wieder
niederdrückend. Du hast von uns nichts zu fürchten.

— Was wollt Ihr von mir?

— Daß Du offen Antwort giebst.

— Das wird von den an mich gerichteten Fragen
abhängen, erwiderte der Mann, der jetzt schon einigermaßen beruhigt schien.

Vor Allem, seid Ihr für den Süden oder für
den Norden?

— Für den Norden.

— Dann bin ich bereit zu antworten.«

Gilbert übernahm nun die weitere Befragung.

»Wie viel Mann, begann er, zählt die Abtheilung, welche da drüben liegt?

— Nahezu zweihundert.

— Und diese begiebt sich wohin?

— Nach den Everglaben.

— Wer ist der Führer derselben?

— Der Kapitän Howick!

— Wie! Der Kapitän Howick, einer der Officiere vom »Wasbah«? rief Gilbert.

— Derselbe!

— Jene Abtheilung besteht also aus Seesoldaten von dem Geschwader des Commodore Dupont?

— Ja, es sind Föderirte, Nordstaatler, Anti=Sclavereifreunde, Unionisten!« antwortete der Mann, der ordentlich stolz schien, alle diese den Anhängern der guten Sache gegebenen Namen aufzuzählen.

Anstatt einer Truppe floridischer Milizen also, welche James Burbank und die Seinigen vor sich zu haben fürchteten, statt einer Bande Helfershelfer Texar's, waren es Freunde, die hier zu ihnen stießen, Waffen=gefährten, welche ihnen eine gar sehr erwünschte Ver=stärkung zuführten.

»Hurrah, hurrah!« riefen jetzt Alle so laut, daß das ganze Lager erwachte. Fast augenblicklich leuchteten zahl=reiche Fackeln in der Finsterniß auf. Die Leute von dort kamen nach der Lichtung gelaufen, und vor jeder weiteren Erklärung drückte der Kapitän Howick die Hand des jungen Lieutenants, den er gewiß nicht auf dem Wege nach den Everglaben vermuthet hatte.

Die nachfolgenden Erklärungen waren weder lang noch schwierig.

»Herr Capitän, fragte Gilbert, können Sie mir wohl mittheilen, was Sie im unteren Florida beab= sichtigen?

— Mein lieber Gilbert, antwortete Kapitän Howick, wir befinden uns auf einer dahin gerichteten Expedition, welche der Commodore entsendet hat.

— Und Sie kommen . . .?

— Vom Mosquito=Inlet, von wo aus wir uns zuerst nach New=Smyrna im Innern der Grafschaft begaben.

— Dann gestatten Sie mir die Frage, Herr Capitän, welchen Zweck Ihre Expedition hat?

— Sie ist beauftragt, eine Bande südstaatlicher Parteigänger abzustrafen, welche zwei unserer Schaluppen in einen Hinterhalt gelockt haben, und den Tod unserer braven Kameraden zu rächen.«

Der Kapitän Howick berichtete darauf Folgendes, was James Burbank noch nicht wissen konnte, da es sich erst zwei Tage nach seinem Aufbruche von Camdleß= Bay zugetragen hatte.

Der Leser hat nicht vergessen, daß der Commodore Dupont beschäftigt war, über das Küstengebiet die effec= tive Blockade auszuüben. Seine Flottille beherrschte auch das Meer von der Insel Anastasia, oberhalb Saint= Augustine, ab bis zur Mündung des Canals, der die Bahama=Inseln von dem Cap Sable, an der Südspitze Floridas trennt. Das erschien ihm jedoch noch nicht hin= reichend, und er beschloß deshalb die südstaatlichen Fahr= zeuge bis in die kleineren Wasserläufe der Halbinsel zu verfolgen.

Zu diesem Zwecke war eine jener Expeditionen, bestehend aus einer Abtheilung Seesoldaten und zwei Schaluppen des Geschwaders, unter Führung zweier

Officiere abgesendet worden, welche trotz geringen Mann=
schaftsbestandes doch nicht zögerte, sich nach dem Küsten=
gebiet der Grafschaft zu begeben.

Hier überwachten aber südstaatliche Banden die
Bewegungen der Föderirten. Sie ließen die Schaluppen
unbelästigt in diesen wilden Theil Floridas eindringen,
was von jenen als eine beklagenswerthe Unbesonnenheit zu
betrachten war, da Indianer und Milizen gerade diese
Gebietstheile stark besetzt hatten. Das Resultat war denn
auch, daß jene Schaluppen, achtzig Meilen im Westen
von Cap Malabar, in einen Hinterhalt am Strande
des Kissimmee-Sees verlockt wurden. Hier von zahl=
reichen Parteigängern des Südens überfallen, fanden
die beiden Officiere, welche diese traurige Expedition
führten, mit einer Anzahl Matrosen den Tod. Die
Ueberlebenden erreichten das Mosquito-Inlet nur wie
durch ein Wunder. Sofort befahl nun Commodore
Dupont die strengste Verfolgung der floridischen Milizen,
um jene Niedermetzelung der Föderirten zu rächen.

Eine Abtheilung von zweihundert Seesoldaten
wurde also unter dem Befehl des Kapitän Howick nahe
dem Mosquito-Inlet an's Land gesetzt. Bald erreichte
dieselbe die kleine Stadt New-Smyrna, wenige Meilen
von der Küste. Nachdem er hier die ihm nöthigen Er=
kundigungen eingezogen, setzte sich Capitän Howick in
Marsch nach dem Südwesten. Gerade in den Ever=
glades rechnete er die Banden zu finden, denen man
jenen Hinterhalt beim Kissimmee-See zuschrieb, und
dahin führte er eben seine Abtheilung, die sich jetzt
nur noch in geringer Entfernung von ihrem Ziel
befand.

Das war das Vorkommniß, welches James Bur=
bank und seine Begleiter nicht kannten, als sie in diesem

Theile des Cypressenwaldes mit dem Capitän Howick zusammentrafen.

Schnell wechselten jetzt Fragen und Antworten zwischen dem Capitän und dem Lieutenant über Alles, was für den Augenblick und für die nächste Zukunft von Bedeutung schien.

»Zunächst, sagte Gilbert, lassen Sie mich Ihnen mittheilen, daß auch wir nach den Evergladen zu ziehen im Begriff sind.

— Auch Sie, antwortete der Officier, höchst überrascht von dieser Erklärung, was haben Sie dort vor?

— Wir verfolgen mehrere Schurken, Herr Capitän, und denken sie ebenso zu strafen, wie Sie diejenigen, die von Ihnen gesucht werden.

— Schurken? Wer sind diese Schurken?

— Gestatten Sie, Herr Kapitän, ehe ich Ihnen darauf antworte, noch eine Frage an Sie zu stellen. Seit wann haben Sie New-Smyrna mit Ihren Leuten verlassen?

— Seit acht Tagen.

— Und Sie sind keiner südstaatlichen Abtheilung im Innern der Grafschaft begegnet?

— Nein, mein lieber Gilbert, antwortete Capitän Howick. Dagegen wissen wir aus sicherer Quelle, daß sich verschiedene Abtheilungen Milizen nach Unter-Florida geflüchtet haben.

— Wer ist denn der Führer der Abtheilung, welche Sie verfolgen? Kennen Sie denselben?

— Ja, gewiß, und ich kann sogar sagen, daß es Herr Burbank nicht zu bereuen haben dürfte, wenn wir den frechen Burschen einfingen.

— Was wollen Sie damit sagen? fragte James Burbank den Capitän Howick.

— Nun, weiter nichts, als daß der betreffende Anführer niemand Anderes ist, als jener Spanier, den der kürzlich zusammengetretene Kriegsrath trotz der Vorkommnisse auf Camdleß-Bay wegen Mangel an Beweisen aus der Untersuchung entlassen mußte...

— Texar?«

Aus Aller Munde erklang dieser Name, und mit welcher Verwunderung kann man sich wohl leicht denken.

»Wie, rief Gilbert, Sie sind im Begriffe, Texar, den Führer jenes Raubgesindels, einzufangen?

— Ihn selbst! Er hat jenen Hinterhalt beim Kissimmee auf dem Gewissen und gleichzeitig die Niedermetzelung unserer Leute durch fünfzig seiner von ihm befehligten Spießgesellen, wie wir in New-Smyrna gehört haben, wo man uns auch mittheilte, daß er nach der Gegend der Everglaben geflüchtet ist.

— Und wenn es Ihnen gelingt, sich des Elenden zu bemächtigen?... fragte Edward Carrol.

— So wird er auf der Stelle durch Pulver und Blei abgethan, antwortete Capitän Howick; so lautet der bestimmte Befehl des Commodore, und dieser Befehl, verlassen Sie sich darauf, Herr Burbank, wird ohne Zögern zur Ausführung gebracht werden.«

Der Leser begreift wohl leicht die Wirkung, welche diese Erklärung auf James Burbank und die Seinigen hervorbrachte. Mit Hilfe der durch Capitän Howick zugeführten Verstärkung erschien die Befreiung Dy's und Zermah's, ebenso wie die Gefangennahme des Spaniers und seiner Helfershelfer und endlich die lange vergeblich erstrebte Bestrafung für so viel Verbrechen so gut wie gewiß. Das gab einen herzlichen Austausch von Händedrücken zwischen den Seesoldaten der föderirten Abtheilung und den von Camdleß-Bay gekommenen

Schwarzen, und laute Hurrahs tönten durch die tiefe
Stille des majestätischen Waldes.

Gilbert unterrichtete nun den Capitän Howick ein-
gehender über die Zwecke, die er und seine Begleiter
im Süden Floridas in erster Linie verfolgten. Ihnen
lag es vor Allem am Herzen, Zermah und das Kind,
welche jetzt nach der Insel Carneral gebracht worden
waren — wie das Billet der Mestizin ankündigte —
aus den Händen des Feindes seiner Familie zu befreien.
Der Capitän erfuhr dabei gleichzeitig, daß das Alibi,
auf welches sich der Spanier vor jenem Kriegsrathe
berufen hatte, unbedingt keinen Glauben verdiente, obwohl Niemand zu enträthseln vermochte, wie es im
Grunde damit zusammenhing. Jetzt freilich, wo er sich
wegen Menschenraubes und wegen der blutigen Affaire
vom Kissimmee zu verantworten hatte, schien es kaum
glaublich, daß Texar sich der Bestrafung für dieses
doppelte Verbrechen entziehen könnte.

Da machte aber James Burbank noch eine unerwartete Bemerkung, die er an den Capitän Howick
richtete:

»Können Sie mir sagen, Herr Capitän, an welchem
Tage jenes Vorkommniß mit den föderirten Schaluppen
stattgefunden hat?

— Gewiß, Herr Burbank, es war am 22. März,
als unsere Leute meuchlings hingemordet wurden.

— Nun, am 22. März, antwortete James Burbank, befand sich Texar bestimmt noch in der Schwarzen
Bucht, die er eben zu verlassen sich anschickte. Wie
konnte er also an dem Gemetzel betheiligt sein, das an
demselben Tage zweihundert Meilen weit entfernt am
Kissimmee-See stattfand?

— Was sagen Sie? . . . rief der Capitän.

— Ich sage, daß Texar nicht der Anführer jener Südstaatler gewesen sein kann, die Ihre Schaluppen überfallen haben.

— Sie irren, Herr Burbank, erwiderte Capitän Howick. Der Spanier ist von den dem Gemetzel entgangenen Seesoldaten erkannt worden. Ich habe diese Leute selbst darum befragt, und sie kannten Texar, den sie ja in Saint-Augustine wiederholt gesehen hatten, vollkommen genau.

— Das kann nicht sein, Herr Capitän, versetzte James Burbank. Das von Zermah geschriebene Billet, welches sich noch in meiner Hand befindet, beweist, daß Texar am 22. März sich noch in der Schwarzen Bucht aufhielt.«

Gilbert hatte diesem Zwiegespräch gelauscht, ohne sich einzumischen. Auch seiner Ansicht nach mußte sein Vater Recht haben. Der Spanier hatte sich am Tage jenes Gemetzels unmöglich in der Nachbarschaft des Kissimee-Sees befinden können.

»Das ändert an der Hauptsache nichts, sagte er jetzt. Im Leben dieses Menschen trifft man auf so unerklärliche Dinge, daß ich mir gar nicht die Mühe nehmen mag, dieselben aufzuhellen. Am 22. März war er noch in der Schwarzen Bucht, das behauptet Zermah, und am 22. März stand er an der Spitze einer Bande von Floridiern, zweihundert Meilen von dort, das behaupten Sie, Herr Capitän, nach der einstimmigen Erklärung Ihrer Leute. Zugegeben; eines aber ist gewiß, nämlich, daß er sich augenblicklich in den Evergladen befindet — und binnen achtundvierzig Stunden kann und wird er in unserer Gewalt sein!

— Ja, Gilbert, antwortete Capitän Howick, und
ob er nun für jene Entführung oder für jenen heim-
tückischen Hinterhalt erschossen wird, jedenfalls, meine
ich, wird der Schurke mit vollem Rechte erschossen. Vorwärts also!«

Jener Umstand erschien zwar nicht minder unbegreiflich, wie viele andere, die mit dem Privatleben
Texar's in Beziehung standen. Auch hier schien ein unerklärliches Alibi vorzuliegen, und man hätte fast glauben
mögen, daß der Spanier wirklich die Fähigkeit besäße,
sich zu verdoppeln.

Niemand konnte sagen, ob dieses Geheimniß noch
entschleiert werden würde. Immerhin! Jedenfalls galt
es, sich Texar's zu bemächtigen, und das war jetzt das
Bestreben der Seesoldaten des Capitän Howick ebenso
wie der Genossen James Burbank's.

XI.

Die Everglaben.

Es ist eine ebenso schreckliche wie zauberisch schöne
Gegend, die der Everglaben. Im südlichsten Theile Floridas gelegen, erstrecken sie sich bis zum Cap Sable,
der äußersten Spitze der Halbinsel. Das ganze Gebiet
stellt freilich nur einen ungeheuren, fast im gleichen
Niveau mit dem Atlantischen Ocean gelegenen Sumpf
dar. Die Fluthen des Meeres tränken denselben sehr
reichlich, wenn Stürme im Ocean oder im Golfe von
Mexiko sie darüber tragen, und hier mischen sie sich
auch noch mit dem Wasser aus den Wolken, das zur

Winterszeit in furchtbaren Katarakten darauf niederstürzt. Das ganze Land erscheint demnach halb flüssig und halb fest, so daß an eine Bewohnbarkeit desselben nicht zu denken ist.

Als Umfassung haben jene Wasserflächen Rahmen von weißem Sande, welche die düstere Färbung jener zahlreichen glänzenden Oasen nur umso deutlicher hervortreten lassen, in denen sich allein die massenhaft vorkommenden Sumpfvögel wiederspiegeln, welche nahe darüber hinflattern. Fischreich sind jene übrigens nicht, wohl aber wimmelt es darin von verschiedenen Schlangen.

Man darf deshalb aber nicht glauben, daß der allgemeine Charakter dieser Gebiete der der Unfruchtbarkeit sei. Gerade auf Inseln, welche die ungesunden Gewässer der See baden, kommt die Natur wieder zu ihrem Rechte. Die verderbliche Malaria wird hier sozusagen von dem entzückenden Dufte besiegt, welchen die prächtigen Blumen dieser Zone ausathmen. Alle diese Inseln sind erfüllt von dem Wohlgeruche von tausend, zu herrlichstem Glanz und überraschendster Ueppigkeit entwickelter Pflanzen, welche den Namen der floridischen Halbinsel rechtfertigen. Nach diesen heilsamen Oasen der Evergladen ziehen sich auch die nomadisirenden Indianer zurück, wenn sie einmal einen — übrigens nie lange andauernden — Halt machen.

Dringt man einige Meilen in dieses Gebiet ein, so trifft man auf eine ziemlich ausgedehnte Wasserfläche, den Okee-cho-bee-See, ein wenig unterhalb des **27.** Breitengrades. In einer Ecke dieses Sees nun lag die Insel Carneral, auf der Texar sich eine unbekannte Zuflucht gesichert hatte, in der er jeder Verfolgung entgehen konnte.

Diese Gegend erscheint eines Texar und seiner Genossen vollkommen würdig. Als Florida noch den

Spaniern gehörte, flüchteten sich gerade hierher alle
Uebelthäter weißer Race, um sich der Justiz ihres Landes
zu entziehen. Vermischt mit der eingebornen Bevölkerung,
in deren Adern noch caraïbisches Blut vorkommt, waren
sie dann wahrscheinlich die Stammväter jener Creeks,
wie der Seminolen und jener nomadisirenden Indianer,
die nur ein langwieriger blutiger Kampf einzuschüchtern
vermochte und deren mehr oder weniger vollständige
Unterwerfung erst aus dem Jahre 1845 datirt.

Die Insel Carneral schien gegen jeden Angriff
geschützt zu sein. In ihrem östlichen Theile ist sie freilich
nur durch einen schmalen Wasserarm vom Festlande
getrennt — wenn man mit diesem Namen den sie umgebenden Sumpf bezeichnen darf. Jener Canal mißt
in der Breite etwa hundert Fuß, und ein grob gear-
beitetes Boot diente zu seiner Ueberschreitung; ein anderes Verkehrsmittel gab es hier nicht.

Auf dieser Seite mittelst Schwimmens zu entweichen, ging unbedingt nicht an, denn Niemand konnte
sich in dieses halbschlammige Wasser, mit seinem Gewirr
von Sumpfpflanzen und den zahlreichen Reptilien darin,
wagen.

Weiter hinaus erhebt sich der große Cypressenwald
mit seinem halbdurchtränkten Erdboden, der nur schmale
und kaum erkennbare Fußpfade bietet, von den anderen
Hindernissen desselben ganz zu schweigen. Ein thoniger
Boden, der an den Füßen wie Vogelleim haftet, ungeheure
kreuz- und querliegende Stämme und ein Modergeruch,
der den Wanderer zu ersticken droht. Hier wuchern dazu
noch sehr gefährliche Pflanzenarten, Phylacien, welche
ebenso giftig wirken können, wie manche Disteln, vorzüglich auch Unmassen von jenen »Pezizen«, das sind
riesenhafte Champignons, welche gelegentlich explodiren,

als ob sie Schießbaumwolle oder Dynamit enthielten.
Schon der geringste Stoß vermag eine heftige Detonation derselben auszulösen, und im Augenblicke erfüllt sich
dann die Luft mit röthlichen Staubmassen. Letztere bestehen aus den Sporen der Gewächse, dringen in die
Athmungswege ein und erzeugen einen Ausbruch von
stark brennenden Eiterblüthen. Es erscheint also als ein
Gebot der Klugheit, diese schadenbringenden Gewächse
ebenso zu meiden, wie man den gefährlichen Raubthieren
aus dem Wege geht.

Die Wohnung Texar's war nichts anderes, als
ein alter indianischer Wigwam, der aus Pfählen und
Bohlen unter dem Schutze großer Bäume im östlichen
Theile der Insel bestand. Völlig versteckt unter dichtem
Grün, konnte man dieselbe auch vom nächstgelegenen Ufer
nicht wahrnehmen. Die beiden Spürhunde bewachten sie
übrigens mit demselben Eifer, wie das Blockhaus in
der Schwarzen Bucht. Auf den Mann dressirt, hätten
sie Jeden in Stücke zerrissen, der sich dem Wigwam
zu nähern versuchte.

Hierher also waren Zermah und die kleine Dy
seit zwei Tagen gebracht worden. Die Reise auf dem
Saint-John selbst und auf dem Washington-See war
zwar eine ziemlich bequeme gewesen, wurde aber höchst
beschwerlich in ihrer Fortsetzung durch den Cypressenwald, selbst für kräftige Männer, die an das ungesunde
Klima gewöhnt und in langen Tagemärschen durch diese
Wälder und Sümpfe geübt waren. Was hatten dabei
aber eine Frau und ein schwaches Kind zu leiden gehabt! Zermah wenigstens war ja stark, muthig und
ergeben. Während des ganzen Auszuges trug sie Dy,
deren kleiner Fuß diese Dauermärsche doch nicht aus-
gehalten hätte. Zermah hätte sich auf den Knien fort-

schleppen laſſen, um nur jener jede Anſtrengung zu
erſparen. Freilich war ſie am Ende ihrer Kräfte, als
ſie auf der Inſel Carneral anlangte.

Mußte ſie nun nach dem, was ſie ſeit ihrer Entführung nach der Schwarzen Bucht durch Texar und
Squambo ſchon erlitten hatte, nicht gänzlich verzweifeln?
Wenn ſie auch nicht wußte, daß jenes von ihr dem
jungen Sclaven anvertraute Billet in James Burbank's
Hände gefallen war, ſo war ihr dafür nicht unbemerkt
geblieben, daß dieſer ſeine edelmüthige Bereitwilligkeit,
ihr zu helfen, hatte mit dem Leben bezahlen müſſen.
In dem Augenblicke überraſcht, wo er das Eiland verlaſſen wollte, um ſich nach Camdleß-Bay zu begeben,
erhielt er die ihm den Tod bringende Wunde. Da
mußte ſich die Meſtizin alſo wohl ſagen, daß James
Burbank niemals von dem unterrichtet werden würde,
was ſie von dem unglücklichen Schwarzen erfahren hatte,
daß nämlich der Spanier und ſeine Leute im Begriffe
waren, nach der Inſel Carneral überzuſiedeln, und wie
konnte unter dieſen Verhältniſſen Jemand Veranlaſſung
nehmen, ihren Spuren nachzugehen?

Zermah konnte alſo den Schatten einer Hoffnung
nicht mehr bewahren. Uebrigens erloſch ſo wie ſo jede
Ausſicht auf Rettung inmitten dieſer Gebiete, deren
Schrecken ſie vom Hörenſagen kannte. Ja, ſie war damit
nur zu gut vertraut — hier ſchien kein Entrinnen
möglich.

Das kleine Mädchen befand ſich inzwiſchen in einem
Zuſtande äußerſter Schwäche. Die Ermüdung zunächſt,
trotz der unabläſſigen Sorgfalt Zermah's, und dann der
Einfluß des wirklich mörderiſchen Klimas hatten deren
Geſundheit tief erſchüttert. Bleich und abgezehrt, wie
vergiftet von den ſchädlichen Ausdünſtungen, beſaß ſie

kaum noch die Kraft, sich aufrecht zu erhalten; kaum noch die, ein paar Worte hervorzubringen, wobei sie dann stets nach ihrer Mutter verlangte. Jetzt konnte Zermah sie nicht, wie in den ersten Tagen ihres Aufenthaltes in der Schwarzen Bucht, durch die Zusicherung trösten, daß sie Frau Burbank bald wiedersehen werde, daß ihr Bruder, Miß Alice, Mars schon zu ihr unterwegs wären. Bei ihrem frühreifen Verstande, der durch die schrecklichen Scenen, welche die Verwüstung der Ansiedlung begleiteten, nur noch mehr geschärft erschien, begriff Dy schon, daß sie dem heimatlichen Herd entrissen war und sich in den Händen eines bösen Mannes befand, daß sie, wenn ihr Niemand zu Hilfe käme, Camdleß Bay wohl niemals wiedersehen würde.

Jetzt wußte Zermah auf ihre Klagen nichts zu antworten und sah, trotz zuverlässigster Pflege, das arme Kind mehr und mehr verfallen.

Der Wigwam bestand, wie gesagt, nur aus einer nachlässig errichteten Hütte, welche für die Winterszeit gewiß nicht ausreichend war, denn dann mußten Wind und Regen überall in dieselbe eindringen. In der warmen Jahreszeit dagegen, die sich unter dieser Breite jetzt schon fühlbar machte, konnte sie ihre Insassen wenigstens gegen die brennenden Sonnenstrahlen schützen.

Dieser Wigwam war in zwei ungleich große Räume getheilt; der eine, sehr beschränkte, stand nicht direct mit außerhalb in Verbindung, sondern öffnete sich nur nach dem anderen »Zimmer«. Dieser ziemlich große Raum erhielt sein Licht durch eine weite Thüre an der vorderen, das heißt an derjenigen Seite, welche nach dem Ufer des Canals zu lag.

Zermah und Dy sahen sich auf den kleineren Raum beschränkt, wo sie wenigstens die nothdürftigsten Ge-

12*

räthe vorfanden, und einen Haufen von Blättern, der ihnen als Nachtlager diente.

Den anderen Raum bewohnten Texar und der Indianer Squambo, der seinen Herrn niemals verließ. Hier befanden sich als Möbel ein Tisch mit mehreren Krügen Branntwein darauf, Gläser und einige Schüsseln, eine Art Vorrathsschrank, ein kaum aus dem gröbsten bearbeiteter Baumstamm als Bank, und zwei Bündel trockenes Laub, das die Stelle der Betten vertrat. Das zur Bereitung der Mahlzeiten nöthige Feuer wurde auf einem, an einer Ecke des Wigwams draußen ange- brachten Steinherde entzündet. Das genügte für die Be- dürfnisse einer Nahrungsweise, die nur aus getrock- netem Fleische, ferner aus Wild bestand, von dem ein Jäger auf der Insel leicht den nöthigen Bedarf erlegen konnte, und die sich endlich aus Früchten und Gemüsen in fast rohem Zustande zusammensetzte — um wenigstens nicht Hungers zu sterben.

Die Sclaven, etwa sechs an der Zahl, welche Texar von der Schwarzen Bucht mitgebracht hatte, schliefen wie die beiden Hunde im Freien, und wie diese über- wachten sie die nächste Umgebung, während ihnen nur die großen Bäume, die niedrigsten Aeste, die sich über ihrem Kopfe kreuzten, einigen Schutz gewährten.

Vom ersten Tage ab hatten Zermah und Dy dagegen die Freiheit, sich nach Belieben umherzubewegen. Sie wurden in ihren Wohnräumen nicht ferner einge- schlossen, da sie es ja schon auf der Insel Carneral selbst waren. Man begnügte sich, sie zu überwachen — eine ziemlich unnütze Vorsicht, da es ja unmöglich war, den Canal zu überschreiten, ohne sich des Bootes zu bedienen, welches einer der Schwarzen unausgesetzt hütete. Und während sie das kleine Mädchen spazieren führte, hatte

sich Zermah sehr schnell von allen den Schwierigkeiten
Rechnung gegeben, denen eine Entweichung von hier
begegnen mußte.

Wenn die Mestizin an diesem Tage nicht aus den
Augen gelassen wurde, so begegnete sie dafür Texar
niemals. Erst in der Nacht vernahm sie wieder die
Stimme des Spaniers. Er wechselte einige Worte mit
Squambo, dem er die strengste Aufsicht anempfahl, und
bald darauf schliefen Alle, mit Ausnahme Zermah's, in
dem Wigwam.

Bisher hatte Zermah von Texar übrigens noch
kein Wort hervorzulocken vermocht. Bei der Flußfahrt
nach dem Washington See zu fragte sie ihn wiederholt
vergeblich, was er mit dem Kinde und ihr selbst im
Schilde führe, ja, sie versuchte es sogar mit Bitten wie
mit Drohungen.

Während sie so sprach, begnügte sich der Spanier,
sie mit seinen kalten, boshaft blickenden Augen anzu-
sehen. Dann zuckte er höchstens die Schultern, wie Einer,
den man belästigt und der es unter seiner Würde hält,
Antwort zu geben.

Zermah fühlte sich dadurch jedoch keineswegs geschlagen. Auf der Insel Carneral angelangt, beschloß sie
Texar gegenüber zu treten, ihn um Mitleid, wenn nicht
für sie, doch für das bedauernswerthe Kind anzuflehen,
und wenn das von ihm abprallte, ihn durch Zusicherung
gewisser Vortheile zu gewinnen.

Die Gelegenheit bot sich sehr bald.

Am folgenden Tage, als das kleine Mädchen noch
schlummerte, begab sich Zermah nach dem Canal.

Texar wandelte langsam an dessen Ufer hin und her.
Mit Squambo ertheilte er eben einem Sclaven den Auftrag, die Schlingpflanzen zu entfernen, welche das

Forttreiben des einzigen schwerfälligen Bootes stark behinderten.

Bei Ausführung dieser Arbeit schlugen zwei Schwarze mit langen Ruthen auf die Oberfläche des Canals, um die Reptilien zu erschrecken, deren Köpfe aus dem Wasser hervorlugten.

Bald darauf verließ Squambo seinen Herrn, und dieser wollte sich ebenfalls schon entfernen, als Zermah gerade auf ihn zukam.

Texar ließ sie ruhig herankommen, und als sie vor ihm stand, blieb auch er stehen.

»Texar, begann Zermah, mit fester Stimme, ich habe mit Ihnen zu reden. Ohne Zweifel wird das zum letztenmale sein, und ich bitte Sie, mich anzuhören.«

Der Spanier, der sich eine Cigarrette angezündet hatte, gab keine Antwort. Nachdem sie einige Secunden gewartet, nahm Zermah wieder wie folgt das Wort:

»Wollen Sie mir endlich sagen, Texar, was Sie mit Dy Burbank vorhaben?«

Keine Antwort.

»Es kommt mir nicht in den Sinn, Sie für mich um Mitleid anzuflehen. Es handelt sich nur um jenes Kind, dessen Leben sehr gefährdet ist, und das Sie also bald auch verlieren würden . . . .«

Auf diese Schilderung machte Texar eine leichte Bewegung, die seine völlige Ungläubigkeit verrieth.

»Ja, bald, fuhr Zermah fort. Wenn es durch eine Flucht nicht möglich ist, dann durch den Tod.«

Nachdem der Spanier langsam den Rauch seiner Cigarrette ausgeblasen, begnügte er sich zu erwidern:

»Bah, das kleine Ding wird sich schon nach einigen Tagen Ruhe wieder erholen, und ich rechne auf Deine

besondere Sorgfalt, Zermah, uns dieses kostbare Leben
zu erhalten.

— Nein, ich wiederhole es, Texar, binnen kurzem
wird das Kind todt sein, und todt ohne jeden Vortheil
für Euch!

— Ohne Vortheil, versetzte Texar höhnisch, wenn
ich das Mädchen fern von seiner sterbenden Mutter und
von seinem zur Verzweiflung getriebenen Vater und
Bruder halte!

— Zugegeben, sagte Zermah. Doch Ihr habt Eure
Rache wohl hinlänglich gekühlt; Texar, glaubt mir, Ihr
würdet mehr Vortheil daraus ziehen, dieses Kind, statt
es hier zurückzuhalten, seiner Familie wiederzugeben.

— Was willst Du damit sagen?

— Ich will sagen, daß James Burbank nun wohl
genug gelitten hat. Jetzt muß Euer eigenes Interesse
zu Worte kommen . . .

— Mein Interesse? . . .

— Ganz sicherlich, Texar, antwortete Zermah, lebhafter werdend. Die Ansiedlung von Camdleß-Bay ist
verwüstet worden, Frau Burbank ringt mit dem Tode
und ist vielleicht in diesem Augenblicke, wo ich zu Euch
spreche, schon nicht mehr unter den Lebenden, ihre Tochter
ist verschwunden und deren Vater möchte wohl vergebens
versuchen, eine Spur von ihr wiederzufinden. Alle diese
Verbrechen, Texar, sind durch Euch begangen worden
— das weiß ich! Ich habe das Recht, es Euch in's
Gesicht zu sagen. Doch hütet Euch — einmal kommt
noch Alles an's Licht — und denkt an die strenge
Strafe, die Eurer wartet. Ja, schon Euer Interesse er-
heischt es, Mitleid zu haben. Ich spreche nicht für mich,
die mein Gatte bei seiner Rückkehr nicht wieder finden
wird — nein, ich spreche nur für die arme Kleine,

welche offenbar dem Tode entgegengeht. Behaltet mich hier, wenn Ihr wollt, aber sendet dieses Kind nach Camdleß=Bay; gebt es seiner Mutter zurück! Niemand wird wegen der Vergangenheit von Euch Rechenschaft fordern. Ja, wenn Ihr's verlangt, wird man Euch die Freigebung des Kindes mit Gold aufwiegen, Texar, und wenn ich mich unterfange, so zu Euch zu reden, so geschieht es, weil ich James Burbank und die Seinigen vom Grunde ihres Herzens kenne. Sie würden gewiß ihr ganzes Vermögen dafür hingeben, dieses Kind zu retten, und ich rufe Gott zum Zeugen an, daß Jene das Versprechen halten werden, welches deren Sclavin Euch hier giebt.

— Deren Sclavin? . . . rief Texar ironisch. Es giebt auf Camdleß=Bay ja keine Sclaven mehr.

— Doch, Texar; denn um bei meinem Herrn bleiben zu können, hab' ich es nicht angenommen, frei zu sein.

— Wirklich, Zermah, wirklich! erwiderte der Spanier. Nun, da es Dir doch nicht widersteht, Sclavin zu sein, so könnten wir uns vielleicht verständigen. Es sind jetzt wohl sechs bis sieben Jahre her, seit ich Dich von meinem Freund Tickborn kaufen wollte. Ich hatte auf Dich, und auf Dich allein, eine beträchtliche Summe geboten, und Du würdest mir seit jener Zeit angehören, wenn James Burbank nicht hinzugekommen wäre, um Dich zu erstehen. Jetzt hab' ich Dich und werde Dich behalten.

— Thut, was Ihr wollt, Texar, antwortete Zermah, ich werde auch Eure Sclavin sein, doch werdet Ihr dieses Kind nicht zurückgeben?

— Das Kind James Burbank's, versetzte Texar mit dem Ausdrucke niedrigsten Hasses, seinem Vater zurückgeben . . . nimmermehr!

— Elender! rief Zermah, welche ein gerechter Ingrimm übermannte. Nun wohl, wenn es dessen Vater
nicht ist, so wird es Gott sein, der Euch dieses Kind
entreißt!«

Ein Hohnlachen, ein geringschätziges Achselzucken
war die ganze Antwort des Spaniers. Er hatte sich
eine zweite Cigarrette gedreht, zündete diese ruhig an
dem Reste der ersten an, aber entfernte sich, am Canal-
ufer hinschreitend, ohne Zermah ferner eines Blickes zu
würdigen.

Gewiß würde die muthige Mestizin ihn, auch auf
die Gefahr hin, von Squambo und seinen Genossen ermordet zu werden, wie ein wildes Thier niedergeschlagen
haben, wenn sie nur eine Waffe gehabt hätte.

Doch jetzt vermochte sie nichts. Regungslos starrte
sie auf die Schwarzen, die am hohen Ufer arbeiteten
— nirgends ein befreundetes Antlitz, nichts als wilde
Gesichter von stumpfsinnigen Geschöpfen, welche dem
menschlichen Geschlechte kaum anzugehören schienen. Da
kehrte sie in den Wigwam zurück, um bei dem Kinde,
das mit schwacher Stimme nach ihr rief, wieder ihre
Mutterrolle zu übernehmen. Zermah bemühte sich, das
arme kleine Wesen zu beruhigen, das sie in ihre Arme
nahm. Ihre Küsse belebten es wieder ein wenig; sie
besorgte ihm ein warmes Getränk, das sie auf dem
Herde an der Außenseite bereitete, neben welchem sie
jenes getragen hatte. Sie umgab es mit aller Sorgfalt,
welche ihre hilflose und verlassene Lage nur gestattete.
Dy dankte ihr mit einem Lächeln. Aber mit welchem
Lächeln! . . . Mit einem traurigeren, als wenn es
Thränen gewesen wären.

Im Laufe des ganzen Tages sah Zermah den Spanier nicht wieder, sie suchte ihn auch nicht. Wozu denn?

Er würde doch niemals zu anderen Empfindungen kommen, und mit neuen Beschuldigungen hätte sie die Lage nur verschlechtert.

Wenn nämlich bisher seit ihrem Aufenthalte in der Schwarzen Bucht und seit ihrer Ankunft auf der Insel Carneral dem Kinde und ihr jede eigentliche schlechte Behandlung erspart geblieben war, so durfte sie von einem solchen Manne doch Alles fürchten. Es bedurfte bei ihm nur eines Wuthanfalles, um sich zu den größten Gewaltthätigkeiten hinreißen zu lassen; diese schwarze Seele war doch keiner Regung von Mitleid fähig, und da nicht einmal das Interesse über seinen Haß hatte obsiegen können, so mußte Zermah auf jede Hoffnung für die Zukunft Verzicht leisten. Was aber die Gefährten des Spaniers betraf, wie Squambo und die Sclaven, wie hätte man von ihnen verlangen können, menschlicher zu sein als ihr Herr? Diese wußten ja, welches Loos ihrer harrte, wenn einer von ihnen nur etwas Mitgefühl an den Tag legte. Von dieser Seite war also nichts zu hoffen. Zermah war demnach auf sich allein angewiesen. Ihr Entschluß war gefaßt . . . sie wollte in der nächstfolgenden Nacht zu entfliehen suchen.

Auf welche Weise aber? Jedenfalls mußte sie dabei den die Insel Carneral umschließenden Wassergürtel überschreiten. Wenn dieser Theil des Sees vor dem Wigwam auch nur eine geringe Breite hatte, so konnte man ihn doch nicht schwimmend überwinden. Es blieb also nur die einzige Aussicht, sich des Bootes zu bemächtigen, um das andere Ufer zu erreichen.

Der Abend kam heran, dann die Nacht, welche sehr dunkel, selbst schlecht zu werden versprach, denn schon begann es zu regnen und über den Sumpf schien sich ein tüchtiger Wind entfesseln zu wollen.

Wenn es Zermah unmöglich war, den Wigwam durch die Thür des großen Raumes zu verlassen, so konnte es vielleicht nicht schwer fallen, ein Loch in die Wand zu machen, durch dasselbe zu entschlüpfen und Dy nach sich zu ziehen. Einmal draußen, würde sie sich nach den Umständen richten.

Gegen zehn Uhr hörte man draußen nichts mehr als das Pfeifen der scharfen Windstöße. Texar und Squambo schliefen. Selbst die unter irgend welchem dichten Busche gelagerten Hunde streiften nicht mehr um die Wohnung einher.

Der Augenblick war günstig.

Während Dy noch auf ihrem Blätterlager ruhte, begann Zermah vorsichtig das Stroh und Schilfrohr herauszuziehen, die mit einander verflochten die Seiten-wand des Wigwam bildeten.

Nach einer Stunde war das betreffende Loch noch nicht groß genug, daß das kleine Mädchen und sie hätten hindurch kriechen können, und schon wollte sie daran gehen, es zu erweitern, als ein Geräusch sie plötzlich unterbrach.

Dieses Geräusch kam von außen, aus der tiefen Dunkelheit. Das Gebell der Spürhunde verrieth, daß Jemand auf dem Ufer hin und her ging. Sofort er-wacht, verließen Texar und Squambo ohne Zögern ihr Zimmer.

Dann ließen sich Stimmen vernehmen. Offenbar war ein Trupp Leute vom anderen Ufer des Canals angelangt. Zermah mußte ihren, augenblicklich undurch-führbaren Fluchtversuch verschieben. Bald konnte man trotz des wüthenden Sturmes leicht das Geräusch von zahlreichen Schritten auf dem Erdboden unterscheiden.

Zermah lauschte gespannten Ohres. Was ging hier vor? Hatte die Vorsehung vielleicht Mitleid mit ihr? Sendete sie ihr eine Hilfe, auf welche sie nicht mehr rechnen konnte?

Nein, das begriff sie gar bald. Es hätte sonst doch offenbar zu einem Kampfe zwischen den Ankommenden und den Leuten Texar's, zu einem Angriffe beim Ueberschreiten des Canals, zu lauten Rufen von der einen oder der anderen Seite, gewiß auch zu Gewehrschüssen kommen müssen. Doch nichts von alledem. Die Ankömmlinge bildeten vielmehr eine Verstärkung für die Bewohner der Insel Carneral.

Eine Minute später bemerkte Zermah, daß zwei Personen nach dem Wigwam zurückkehrten, der Spanier war von einem anderen Manne begleitet, der Squambo nicht sein konnte, denn draußen, nach der Seite des Canals, hörte man noch immer die Stimme des Indianers.

Zwei Menschen befanden sich jetzt aber im vorderen Zimmer, sie hatten schon angefangen mit gedämpfter Stimme zu plaudern, als sie sich plötzlich unterbrachen.

Einer der Beiden schritt mit einer Laterne in der Hand auf Zermah's Zimmer zu. Diese fand nur noch Zeit, sich auf das Blätterlager zu werfen, um das in der Seitenwand ausgehöhlte Loch zu verdecken.

Texar — denn dieser war es — öffnete die Thür ein wenig, blickte in das Zimmer, zog sich aber, als er die Mestizin neben dem kleinen Mädchen ausgestreckt liegen und scheinbar tief schlafend sah, langsam wieder zurück.

Dann nahm Zermah ihren Platz an der zugeschlagenen Thür wieder ein.

Wenn sie nicht sehen konnte, was im anderen Zimmer vorging, noch den, der mit Texar sprach, zu erkennen vermochte, so konnte sie doch hören.

Und dabei vernahm sie Folgendes.

XII.

Was Zermah hörte.

»Du, auf der Insel Carneral?

— Ja, seit einigen Stunden.

— Ich glaubte Du seiest jetzt in Adamsville*) in der Umgebung des Apopka-Sees**)?

— Da war ich vor acht Tagen.

— Und warum bist Du hierher gekommen?

— Weil es mir unumgänglich nöthig schien.

— Wir dürfen uns, das weißt Du ja, niemals begegnen, außer im Sumpfe der Schwarzen Bucht, und auch dann nur, wenn ein paar Zeilen von Dir mich vorher davon verständigt haben.

— Ich wiederhole Dir, ich mußte unverzüglich davon gehen und mich nach den Evergladen flüchten.

— Warum?

— Das wirst Du gleich hören.

— Riskirst Du nicht, uns zu compromittiren?...

— Nein, ich bin in der Nacht gekommen, und keiner Deiner Sclaven hat mich sehen können.«

Wenn Zermah von diesem Gespräch zunächst nichts verstand, so errieth sie ebensowenig, wer dieser so wenig

---

*) Eine kleine Stadt in der Grafschaft Putnam.
**) Ein See, der die Hauptzuflüsse des Saint-John speist.

erwartete Gaſt des Wigwams ſein möge. Ganz beſtimmt
waren hier zwei Männer, welche ſprachen, und doch
hatte es den Anſchein, als ob es nur ein Einziger wäre,
der Fragen ſtellte und Antwort gab.

Bei der ganz gleichen Färbung und Stärke der
Stimme mußte man annehmen, daß jene Worte alle
aus ein und demſelben Munde kämen. Vergeblich bemühte ſich Zermah, durch einen Spalt der Thüre zu
blicken. Das nur ſchwach erleuchtete Zimmer lag in
einer Art Halbſchatten, der nicht das Geringſte zu erkennen geſtattete. Die Meſtizin mußte ſich alſo damit
begnügen, möglichſt viel von dieſem Zwiegeſpräch, das
für ſie von größter Bedeutung ſein konnte, zu erlauſchen.

Nach kurzem Stillſchweigen fuhren die beiden
Männer wie folgt fort. Offenbar war es Texar, der
die Frage ſtellte:

»Du biſt nicht allein gekommen?

— Nein, einige unſerer verläßlichſten Genoſſen
haben mich bis nach den Everglaben begleitet.

— Wie viele ſind es?

— Gegen vierzig.

— Fürchteſt Du denn nicht, daß ſie durchſchauen
lernen könnten, was wir ſeit ſo langer Zeit geheim zu
halten vermochten?

— Keineswegs. Sie werden uns eben nie bei-
ſammen ſehen. Wenn ſie von der Inſel Carneral
wieder abziehen, wiſſen ſie auch noch weiter nichts,
und im Programm unſeres Lebens tritt alſo keine Veränderung ein.«

Hier glaubte Zermah das Einſchlagen zweier Hände
in einander zu hören, als ob die Männer damit dieſe
Worte bekräftigen wollten.

Dann wurde das Zwiegespräch mit folgenden Worten weiter geführt:

»Was ist denn seit der Einnahme von Jacksonville vorgefallen?

— O, eine ziemlich ernsthafte Sache. Du weißt doch, daß Dupont sich Saint-Augustines bemächtigt hat?

— Ja, das weiß ich; und Dir kann ja nicht wohl unbekannt sein, warum ich das wissen muß.

— Nein, wirklich nicht! Die Geschichte mit dem Eisenbahnzug bei Fernandina ist Dir wieder prächtig zu statten gekommen, um ein Alibi nachzuweisen, auf Grund dessen der dortige Kriegsrath Dich wohl oder übel freilassen mußte.

— Und dazu schien er vorher nicht besonders Lust zu haben! — Bah!

— 'S ist ja nicht das erstemal, daß wir den Gerichten auf diese Weise ein Schnippchen schlagen …

— Und wird auch nicht das letzte Mal gewesen sein. Vielleicht weißt Du aber doch nicht, was die Föderirten mit der Einnahme von Saint-Augustine eigentlich bezweckten. Es kam ihnen weniger darauf an, die Hauptstadt der Grafschaft Saint John in ihre Gewalt zu bringen, als die Blockade auf die ganze Küste des Atlantischen Oceans auszudehnen.

— Das ist mir gerüchtweise zu Ohren gekommen.

— Nun wohl; aber die Ueberwachung der Küste von den Mündungen des Saint John bis zu den Bahama-Inseln erschien Dupont noch nicht hinreichend, der jedem Verkehr mit Kriegscontrebande auch im Innern Floridas ein Ende machen wollte. Zu diesem Zwecke sandte er also zwei Schaluppen mit einer Abtheilung See-Soldaten und unter Führung zweier

Officiere von seinem Geschwader ab. — Wußtest Du
etwas von dieser Expedition?

— Nein.

— An welchem Datum hast Du denn die Schwarze
Bucht verlassen?... Wenige Tage nach Deiner Freilassung?...

— Ja, am 22. dieses Monats.

— Nun ja, jene Geschichte spielte sich am 22. ab.«

Es muß hierbei bemerkt werden, daß Zermah, von
dem Ueberfall beim Kissimmee, dessen der Capitän Howick
nach seinem Zusammentreffen mit Gilbert gegen diesen
erwähnte, noch nichts wußte.

Sie vernahm also jetzt gleichzeitig mit dem Spanier,
daß nach Verbrennung der nordstaatlichen Schaluppen
kaum ein Dutzend Ueberlebende die Nachricht von jenem
Unfall dem Commodore hatte bringen können.

»Gut!... Gut!... rief Texar. Das ist eine glückliche Wiedervergeltung für die Einnahme von Jacksonville, und könnten wir diese verdammten Nordstaatler
nur noch wiederholt in's Innere unseres Florida verlocken! Da sollten sie bis zum letzten Mann aufgerieben
werden!

— Ja, bis zum letzten Mann, wiederholte der
Andere, vorzüglich, wenn sie sich bis in die Sümpfe
der Evergladen vorwagten. Und wahrscheinlich werden
wir sie bald genug hier zu sehen bekommen.

— Was sagst Du?

— Dupont hat geschworen, den Tod seiner Officiere
und Mannschaften nicht ungerächt zu lassen, und so hat
er eine neue Expedition nach dem Süden der Grafschaft
Saint John ausgesendet.

— Die Föderirten sollten von dieser Seite her
vorzudringen suchen?...

— Ja, aber in großer Anzahl, gut ausgerüstet und vorsichtig, um nicht wieder in einen Hinterhalt zu gerathen.

— Bist Du mit ihnen zusammengestoßen?

— Nein; unsere Leute waren ihnen zunächst nicht gewachsen, und wir mußten langsam zurückweichen. Doch gerade im Zurückgehen lockten wir sie nach. Wenn wir dann die Milizen zusammengezogen haben, welche in hiesiger Gegend umherschweifen, fallen wir über sie her, und dann soll schon Keiner davonkommen.

— Von wo sind jene ausgegangen?

— Vom Mosquito-Eiland.

— Und welchen Weg schlugen sie ein?

— Den durch den Cypressenwald.

— Wo mögen sie sich augenblicklich wohl befinden?

— Etwa vierzig Meilen von der Insel Carneral.

— Schön, erwiderte Texar. Wir müssen sie sich nach dem Süden hinziehen lassen, und wir dürfen keinen Tag verlieren, die Milizen zusammenzurufen. Wenn nöthig, brechen wir aber schon morgen auf, um Zuflucht auf der anderen Seite des Bahama-Canals zu suchen.

— Und dort werden wir, wenn man uns zu sehr auf den Fersen wäre, bevor unsere Parteigänger zusammentreten könnten, auf den englischen Inseln sicheren Schutz finden!«

Die verschiedenen Einzelheiten, welche im Laufe dieses Gespräches erwähnt wurden, hatten für Zermah natürlich das größte Interesse, schon da sie ja nicht wußte, ob Texar, wenn er sich für Aufgebung der Insel entschied, auch seine Gefangenen mitnehmen oder diese unter Aufsicht Squambo's im Wigwam zurücklassen würde. In letzterem Falle schien es ihr gerathener, einen

Fluchtversuch erst nach dem Fortgange des Spaniers zu unternehmen; denn dann konnte die Mestizin wahrscheinlich mit mehr Aussicht auf Erfolg handeln und außerdem war ja nicht ausgeschlossen, daß die föderirte Abtheilung, welche eben jetzt durch Unter-Florida zog, an den Ufern des Okee-cho-bee-Sees und in Sicht der Insel Carneral eintraf.

Doch alle Hoffnung, welche Zermah aus diesen Erwägungen schöpfte, sollte leider wieder erblassen.

Auf die an ihn gerichtete Frage nämlich, was mit der Mestizin und dem Kinde werden solle, antwortete Texar ohne Zögern:

»O, die nehm' ich mit, und wenn es sein muß, bis nach den Bahama-Inseln.

— Wird das kleine Mädchen auch die Strapazen einer nochmaligen Reise aushalten können? . . .

— Ja, dafür steh' ich ein; und übrigens wird es Zermah's Aufgabe sein, ihr solche unterwegs möglichst zu ersparen.

— Doch wenn das Kind trotzdem sterben sollte? . . .

— Ich würde es lieber todt sehen, als daß ich es seinem Vater zurücklieferte.

— Ah, Du hast einen gründlichen Haß gegen diese Burbanks! . . .

— Ebensoviel wie Du selbst sie hassest!«

Zermah vermochte sich kaum noch zu zügeln und war nahe daran, die Thür aufzustoßen, um diese beiden Männer, die einander nicht nur der Stimme, sondern auch ihren bösen Leidenschaften und dem völligen Mangel an Gewissen und Gefühl nach so außerordentlich gleich waren, Aug'in Auge gegenüber zu treten. Doch einmal noch bezwang sie sich, da es ihr nützlicher schien, bis zum letzten den Worten zu lauschen, welche zwischen Texar und seinem Genossen gewechselt wurden. Sollten sie nach Beendigung dieses Gesprächs etwa in Schlaf versinken, da würde es für sie Zeit sein, eine Flucht zu wagen, die jetzt nothwendig geworden war, ehe sie noch weiter hinaus verschleppt wurde.

Offenbar befand sich der Spanier in der Lage eines Mannes, der alles von dem mit ihm sprechenden Anderen zu erfahren hat. So fuhr er denn auch fort zu fragen:

»Was giebt es denn Neues im Norden?

— Nichts von Bedeutung. Leider scheint es allerdings, als ob die Föderirten allenthalben im Vortheil blieben, und es ist wohl zu befürchten, daß die Sache der Sclaverei endgiltig eine verlorene ist.

— Bah! rief Texar mit sehr gleichgiltigem Ausdruck.

— Im Grunde genommen halten wir Beide es ja ebenso wenig mit dem Süden wie mit dem Norden, meinte der Andere.

— Nein; und es handelt sich nur darum, während beide Parteien sich zerfleischen, immer auf der Seite zu stehen, wo am meisten zu holen ist.«

Mit diesem Ausspruche enthüllte Texar sein Inneres vollständig. Im trüben Wasser des Bürgerkrieges zum eigenen Vortheile zu fischen, das war der einzige Zweck, den diese beiden Männer im Auge hatten.

»Doch, fügte er hinzu, was hat sich speciell in Florida seit den letzten acht Tagen ereignet?

— Nichts, was Dir unbekannt wäre. Stevens beherrscht noch immer den Fluß bis hinauf nach Picolata.

— Und es weist nichts darauf hin, daß er noch über diesen Punkt hinaus stromaufwärts zu gehen beabsichtigte?

13*

— Nein, nach dem Süden der Grafschaft dehnen die Kanonenboote ihre Recognoscirungen nicht aus. Uebrigens glaub' ich, wird diese Occupation bald zu Ende sein, und in diesem Falle steht der Fluß dem Verkehre der Conföderirten wieder völlig offen.

— Wie kommst Du zu dieser Ansicht?

— Nun, es geht schon das Gerücht, Dupont beabsichtige, von Florida in nächster Zukunft ganz wieder abzuziehen und nur zwei oder drei Schiffe zur Blockade der Küsten zurückzulassen.

— Wäre das möglich?

— Ich wiederhole Dir, daß davon die Rede ist, und wenn es so weit kommt, wird Saint Augustine bald geräumt sein.

— Und Jacksonville? . . .

— Jacksonville ebenso.

— Alle Wetter! Dann könnt' ich also dahin zurückkehren, unseren Ausschuß wieder zusammenrufen und den mir durch die Föderirten geraubten Platz wieder einnehmen! Ah, verdammte Nordstaatler, laßt mich nur noch einmal zur Gewalt kommen — ich will schon davon Gebrauch machen! . . .

— Bravo!

— Und wenn James Burbank und seine Familie Camdleß-Bay noch nicht verlassen, wenn sie sich nicht durch die Flucht meiner Rache entzogen haben, so werden sie mir diesmal nicht wieder entschlüpfen.

— Einverstanden! Was Du durch diese Leute zu leiden hattest, litt ich ja mit! Was Du willst, will ich auch! Was Du hassest, hasse auch ich! Wir Beide bilden ja immer nur . . .

— Ja wohl, nur Einen!« schloß Texar.

Das Gespräch wurde einen Augenblick unterbrochen. Gläsergeklirr verrieth Zermah, daß der Spanier und »der Andere« mit einander tranken.

Zermah war wie angewurzelt. Nach dem was sie gehört, schien es, als ob diese beiden Männer gleichen Theil an den in letzterer Zeit in Florida und im Besonderen gegen die Familie Burbank gerichteten Verbrechen hätten, das trat ihr noch deutlicher vor Augen, als sie Jenen noch eine halbe Stunde zuhörte. Nun wurden ihr verschiedene Vorkommnisse aus dem Leben des Spaniers klar. Immer aber war es dieselbe Stimme, welche Fragen stellte und Antwort ertheilte, als wäre Texar allein im Zimmer gewesen. Hier lag noch ein Räthsel vor, an dessen Lösung der Mestizin begreiflicherweise sehr viel gelegen sein mußte. Doch wenn diese Elenden nur zu der Ahnung kamen, daß Zermah wenigstens in einen Theil ihrer Geheimnisse eingedrungen war, würden sie wohl einen Augenblick gezögert haben, diese Gefahr dadurch, daß sie die Frau umbrachten, abzuwenden? Was sollte aber aus dem verlassenen Kinde werden, wenn Zermah todt war?

Es mochte jetzt gegen elf Uhr Nachts sein. Das Wetter war noch immer ganz abscheulich. Wind und Regen pfiff und fiel ohne Unterlaß, so daß kaum zu erwarten war, daß Texar und sein Begleiter sich der Unbill der Witterung aussetzen würden. Jedenfalls verbrachten sie die Nacht im Wigwam und verschoben die Ausführung ihrer nächsten Pläne wenigstens bis zum folgenden Tage.

Zermah überzeugte sich davon noch mehr, als sie den Genossen Texar's — denn dieser mußte es sein — fragen hörte:

»Nun, was beginnen wir also?

— Sehr einfach, erwiderte der Spanier. Morgen schon früh bei Zeiten durchstreifen wir mit unseren Leuten die Umgebungen des Sees. Auf drei bis vier Meilen hinein durchsuchen wir den Cypressenwald, wobei diejenigen unserer Genossen, die ihn am besten kennen, und vor Allen Squambo, ein Stück vorausgeschickt werden. Deutet dann nichts auf die Annäherung der föderirten Abtheilung, so gehen wir einfach wieder zurück und warten es ab, bis der Augenblick kommt, wo wir zum Rückzug wirklich genöthigt sind. Sollte sich unsere Lage dagegen als unmittelbar bedroht erweisen, so ziehe ich meine nächsten Anhänger und meine Sclaven zusammen und bringe Zermah nach dem Bahama-Canale. Du selbst aber läßt es Dir angelegen sein, inzwischen die in Unter-Florida zerstreuten Milizen zusammenzuraffen.

— Einverstanden, antwortete der Andere. Morgen, während Ihr jene Recognoscirung vornehmt, verberg' ich mich im Gehölz der Insel. Es darf uns Niemand zusammen sehen.

— Natürlich nicht! rief Texar. Der Teufel soll mich behüten, eine solche Unklugheit zu begehen, die unser profitables Geheimniß entschleiern würde. In keinem Falle sehen wir uns vor nächster Nacht im Wigwam wieder. Und selbst wenn ich gezwungen wäre, im Laufe des Tages weiter zu ziehen, verläßt Du die Insel erst nach mir. Als Stelldichein mag dann das Cap Sable gelten.«

Zermah sah zu ihrem Schmerze ein, daß sie durch die Föderirten wohl kaum errettet werden könne.

Denn beabsichtigte der Spanier nicht, wenn er morgen von dem Herannahen der Föderirten erfuhr, mit ihr die Insel zu verlassen?

Die Mestizin konnte das Heil der Zukunft also nur von sich selbst erwarten, trotz der Gefahren, um nicht zu sagen der Unmöglichkeiten, welche sich einem Entweichen unter so schwierigen Umständen entgegenstellten.

Und doch, mit welch' frohem Muthe hätte sie das scheinbar Unmögliche versucht, wenn sie gewußt hätte, daß James Burbank, Gilbert, Mars nebst einigen seiner Kameraden von der Ansiedlung sich schon unterwegs befanden, sie den Händen Texar's zu entreißen; daß ihr Billet Jene unterrichtet hatte, wohin sie ihre Nachforschungen zu lenken hätten; daß Mr. Burbank schon den Saint-John bis über den Washington-See hinaufgesegelt war; daß Alle einen großen Theil des Cypressenwaldes schon durchmessen; daß die kleine Gesellschaft von Camdleß-Bay sich der von Capitän Howick geführten Abtheilung angeschlossen hatte; daß es Texar, Texar selbst war, den man für den Urheber jenes blutigen Ueberfalles beim Kissimmee betrachtete; daß dieser gewissenlose Verbrecher mit Aufgebot aller Mittel verfolgt und daß er, sobald man sich seiner Person bemächtigte — was nicht ausbleiben konnte, da ihm auch die Flucht über den Bahama-Canal verlegt war — ohne weitere Untersuchung standrechtlich erschossen werden sollte! ...

Zermah konnte das jedoch nicht wissen; sie durfte auf Hilfe von außen also nicht zählen ... Und doch blieb sie auf jeden Fall entschlossen, Allem Trotz zu bieten, um von der Insel Carneral zu entkommen.

Indessen mußte sie die Ausführung ihres Vorhabens um vierundzwanzig Stunden verschieben, wenn die sehr dunkle Nacht einer Entweichung auch sehr günstig schien. Die Parteigänger ihres Peinigers, welche ein

Obdach unter den Bäumen gesucht hatten, befanden sich jetzt in der nächsten Umgebung des Wigwams. Man hörte sie am Ufer rauchend und plaudernd umhergehen. Mißlang aber ihr Unternehmen und wurde ihre Absicht entdeckt, so hatte sie damit ihre Lage nur weiter ver= schlimmert und mußte sich wohl der gräulichsten Gewalt= thätigkeiten Texar's versehen.

Uebrigens versprach ja der nächste Tag, ihr weit bessere Aussichten zur Flucht zu bieten. Der Spanier hatte ja ausgesprochen, daß seine Genossen, seine Sclaven, selbst der Indianer Squambo ihn begleiten sollten, um das Vorwärtsdringen der föderirten Abtheilung zu be= lauern. Damit bot sich ihr ein Umstand, den Zermah benutzen konnte, ihre Aussichten auf Erfolg zu er= weitern. Gelang es ihr nur, den Canal zu überschreiten, ohne von Jemand gesehen zu werden, so zweifelte sie, einmal im Walde, gar nicht daran, mit Gottes Hilfe so gut wie gerettet zu sein. Wenn sie sich da verbarg, würde sie es schon zu vermeiden wissen, nochmals in Texar's Hände zu fallen. Der Capitän Howick konnte ja gar nicht mehr fern sein. Da er sich bestimmt auf den Okee=cho=bee=See zu bewegte, hatte sie ja einige Aussicht, von ihm aufgenommen und befreit zu werden.

Es erschien ihr also am gerathensten, den folgen= den Tag abzuwarten. Da sollte aber ein Zwischenfall das ganze Gebäude umstürzen, auf das Zermah ihre letzten Aussichten gegründet hatte, während er gleich= zeitig ihre Stellung gegenüber Texar compromittirte.

In diesem Augenblicke klopfte es nämlich an die Thüre des Wigwams. Es war Squambo, der sich auf eine Anfrage von innen seinem Herrn zu erkennen gab.

»Tritt ein!« sagte der Spanier.

Squambo folgte der Einladung.

»Haben Sie mir für diese Nacht Befehle zu er=
theilen? fragte er.

— Keine, als daß man scharf Wache hält, ant=
wortete Texar, und daß man mich bei dem geringsten
auffallenden Zeichen benachrichtigt.

— Dafür steh' ich ein, versicherte Squambo.

— Morgen früh durchsuchen wir dann den Cy=
pressenwald auf einige Meilen von hier aus.

— Und die Mestizin und Dy? . . .

— Werden ebenso gut bewacht sein wie gewöhn=
lich. Und nun, Squambo, erwarte ich, daß uns im
Wigwam hier Keiner stört.

— Das versteht sich von selbst.

— Was machen unsere Leute?

— Sie gehen auf und ab und scheinen wenig
Neigung zu haben, sich einige Ruhe zu gönnen.

— Daß keiner derselben sich entfernt!

— Nicht einer.

— Und die Witterung? . . .

— Ist jetzt etwas besser geworden. Es regnet nicht
mehr, und auch der scharfe Wind dürfte sich bald legen.

— Gut.«

Zermah hatte noch immer gelauscht. Das Gespräch
schien sich offenbar seinem Ende zuzuneigen, als sich ein
erstickter Seufzer, eine Art Röcheln hören ließ.

Alles Blut stürmte der Mestizin zum Herzen.

Sie richtete sich auf, eilte nach dem Laublager und
neigte sich über das kleine Mädchen . . .

Dy war eben erwacht, aber in welchem Zustande!
Keuchende Athemzüge kamen über ihre Lippen; ihre
kleinen Hände peitschten die Luft, als wollten sie diese
dadurch dem Munde reichlicher zuführen. Zermah ver=
mochte nur die Worte zu verstehen:

»Zu trinken! . . . Etwas zu trinken!«

Das unglückliche Kind schien dem Ersticken nahe. Sie mußte dasselbe ohne Zögern hinaus in's Freie tragen. In der tiefen Dunkelheit nahm Zermah, halb ihrer Sinne verlustig, die Kleine in die Arme, um sie durch ihren eigenen Athem wieder etwas zu beleben. Sie fühlte, wie dieselbe sich in beängstigenden Krämpfen wand. Da entfuhr ihr ein Schrei — sie stieß die Thür ihres Zimmers auf . . .

Da standen vor Squambo zwei Männer, nach Gesicht und ganzer Erscheinung einander aber so ähnlich, daß Zermah unmöglich erkennen konnte, welcher von Beiden Texar war.

XIII.

Ein doppeltes Leben.

Wenige Worte werden hinreichen, das zu erklären, was in dieser Erzählung bisher unerklärlich schien, und der Leser wird daraus erkennen, was manche Menschen auszudenken vermögen, wenn ihre angeborne böse Natur, unterstützt von wirklicher Intelligenz, sie einmal auf den Weg des Verbrechens treibt.

Die Männer, bei denen Zermah eben unvermuthet erschien, waren zwei Brüder, und zwar Zwillinge.

Wo sie das Licht der Welt erblickt, wußten sie selbst nicht genau. Jedenfalls in einem kleinen Dorfe von Texas — woraus, durch einfache Veränderung des letzten Buchstaben, der Name Texar gebildet schien.

Jenes im Süden der Vereinigten Staaten und am Golfe von Mexiko gelegene weit ausgedehnte Gebiet ist ja hinlänglich bekannt.

Nachdem es sich gegen das Joch der Mexikaner erhoben, schloß sich Texas, das die Amerikaner bei seinem Unabhängigkeitskampfe unterstützten, im Jahre 1845 unter der Präsidentschaft John Tyler's an die Union an. — Fünfzehn Jahre vor diesem Ereignisse wurden in einem texanischen Küstendorfe zwei ausgesetzte Kinder gefunden, aufgenommen und durch öffentliche Mildthätigkeit erzogen.

Die Aufmerksamkeit Anderer richtete sich auf diese beiden Kinder zunächst wegen ihrer ganz außergewöhnlichen Aehnlichkeit. Sie hatten dieselben Bewegungen, dieselbe Stimme und Haltung, natürlich ganz dieselben Gesichtszüge, aber, es verdient wohl hinzugefügt zu werden, leider auch dieselben Anlagen zu frühreifer Verdorbenheit. Wie sie aufgezogen wurden, inwieweit sie überhaupt Unterricht genossen und welcher Familie sie eigentlich zugehörten, das hätte Niemand sagen können, vielleicht einer jener nomadisirenden Familien, welche seit der Unabhängigkeitserklärung zahlreich das Land durchstreiften.

Sobald die von einem unwiderstehlichen Drange nach Ungebundenheit erfüllten Brüder Texar sich selbst genügen zu können glaubten, verschwanden sie auch schon. Damals zählten sie vierundzwanzig Jahre. Seitdem beschafften sie sich ihren Lebensunterhalt ohne Zweifel einzig durch Diebstähle von den Feldern und in den Farmen, wo sie hier Brod, dort Früchte wegnahmen, bis sie gar Raubanfälle mit bewaffneter Hand wagten, und als Wegelagerer — wozu sie von Kindheit auf vorgebildet schienen — auftraten.

Kurz, man sah sie bald nicht mehr in den texanischen Dörfern und Weilern, die sie sonst in Gesellschaft
verwegener, ihre Aehnlichkeit zum eigenen Vortheile aus-
beutender Landstreicher zu besuchen pflegten.

Eine Reihe von Jahren ging dahin und die Brüder
Texar wurden allmählich, selbst dem Namen nach, gänzlich vergessen. Und obgleich dieser Name später in
Florida einen traurigen Widerhall erwecken sollte, so
erinnerte doch nichts daran, daß die Beiden ihre erste
Jugend in den Küstenprovinzen von Texas verlebt
hatten.

Wie hätte es sonst auch dahin kommen können,
daß nach ihrem Verschwinden, in Folge eines gleich zu
erwähnenden Umstandes, Niemand die beiden Texars
erkannt hätte? Und auf denselben Umstand oder dieselbe
Abmachung hin hatten sie eine ganze Reihe von Schandthaten begangen, die ihnen zu beweisen merkwürdig
schwer wurde, so daß sie immer der strafenden Hand
der Gerechtigkeit entgingen.

Erst weit später — als deren Doppelexistenz entdeckt und handgreiflich nachgewiesen wurde — erfuhr
man, daß sie schon lange Jahre, wenigstens schon zwanzig bis dreißig, getrennt gelebt hatten, während sie ihr
Glück auf jede denkbare Weise versuchten. Dabei begegneten sie einander — und gegen jede Beobachtung
sicher geschützt — nur höchst selten, entweder in Amerika
oder in irgend einem anderen Theile der Welt, wohin
das Schicksal sie gerade verschlagen hatte.

Man wußte auch, daß Einer oder der Andere —
welcher von Beiden hätte Niemand sagen können —
sich mit dem Negerhandel befaßte. Sie transportirten
Sclaven oder ließen solche von den Küsten Afrikas nach
den Südstaaten der Union transportiren. Bei diesen

Operationen spielten sie nur die Rolle von Vermittlern zwischen den Händlern, die ihre »Waare« an der Küste ablieferten, und den Capitänen der diesem unmenschlichen Verkehre dienenden Schiffe.

Ob ihr Zwischenhandel viel abwarf, wußte man zwar nicht, doch war das nicht gerade wahrscheinlich. Jedenfalls ging er mit der Zeit merklich zurück und hörte allmählich ganz auf, als jener zum menschenunwürdigen Gebahren gestempelte Handel nach und nach in der ganzen civilisirten Welt abgeschafft wurde, und die beiden Brüder mußten diese Erwerbsquelle also zuletzt aufgeben.

Die Schätze aber, denen sie nach langer Zeit nachstrebten, die sie um jeden Preis an sich reißen wollten, hatten sie noch nicht gesammelt, und dieses Ziel verloren sie auch jetzt nicht aus den Augen. Deshalb beschlossen denn die beiden gewissenlosen Abenteurer, sich ihre außerordentliche Aehnlichkeit zunutze zu machen.

In derartigen Fällen beobachtet man häufig, daß eine solche Erscheinung sich verändert, wenn einander gleichende Kinder zu Männern heranwachsen.

Bei diesem Brüderpaare war das anders. Je mehr sie an Alter zunahmen, desto deutlicher, man konnte nicht wohl sagen, nahm ihre körperliche und geistige Aehnlichkeit zu, wohl aber blieb sie, was sie gewesen war — eine nach allen Seiten vollkommene. Es war ganz unmöglich, einen von dem andern zu unterscheiden, und zwar ebenso wenig an Gesichtszügen und an der Körpergestalt, wie an Bewegungen oder Eigenthümlichkeiten der Stimme.

Das saubere Brüderpaar beschloß also, jenes merkwürdige Naturspiel auszunützen, um die gräulichsten Schandthaten immer mit der Aussicht zu begehen, im

Falle einer deshalb ergehenden Anschuldigung durch ein stets bereites Alibi ihre Unschuld darzuthun. Während dann der Eine irgend welches unter ihnen besprochene Verbrechen beging, zeigte sich der Andere geflissentlich an einem beliebigen Orte, so daß, Dank diesem leicht zu erhärtenden Alibi, die Schuldlosigkeit des Ersteren ipso facto bewiesen wurde.

Es versteht sich von selbst, daß sie dabei mit aller Schlauheit besorgt waren, sich niemals auf frischer That abfangen zu lassen; dann hätten sie sich auf ein Alibi ja nicht mehr berufen können und die ganze Machination wäre sehr bald zutage gekommen.

Nachdem das Programm ihres Lebens auf diese Weise entworfen, kamen die beiden Zwillinge nach Florida, wo weder der Eine noch der Andere bisher bekannt gewesen war. Hierher verlockten sie besonders die zahlreichen Gelegenheiten zu heimlichen Schandthaten, die ein Staat darbieten mußte, in dem die Indianer noch immer einen hitzigen Kampf gegen Amerikaner und Spanier unterhielten.

Es war im Jahre 1850 oder 1851, als die beiden Texars auf der Halbinsel von Florida auftauchten; eigentlich sollte man freilich nur Texar, nicht die Texars sagen. Ihrer Uebereinkunft entsprechend, zeigten sie sich niemals gleichzeitig, niemals begegnete man ihnen denselben Tag am nämlichen Orte, und nie erfuhr Jemand, daß es zwei Brüder dieses Namens gab.

Und während sie ihre Person mit dem vollständigsten Incognito umgaben, hatten sie auch ihren gewöhnlichen Aufenthaltsort in einen kaum zu lüftenden Schleier gehüllt.

Wir wissen, daß es der tiefe Hintergrund der Schwarzen Bucht war, wo sie geheime Zuflucht suchten.

Die Centralinsel mit dem aufgelassenen Blockhause hatten sie bei einem ihrer Streifzüge längs der Ufer des Saint-John sozusagen entdeckt. Hierher brachten sie einige Sclaven, welche in ihr Geheimniß aber auch nicht eingeweiht wurden. Nur Squambo wußte etwas von ihrer Doppelexistenz. Von einer, jeder Probe stichhaltenden Ergebenheit gegen die beiden Brüder und von unverbrüchlicher Verschwiegenheit bezüglich alles dessen, was jene berührte, war der würdige Vertraute der Texars der unerbittliche Vollzieher ihrer Wünsche und Befehle.

Selbstverständlich erschienen diese niemals zusammen in der Schwarzen Bucht. Wenn sie sich über etwas zu verständigen hatten, so geschah dies schriftlich. Wir wissen auch aus dem Früheren, daß sie sich der Post dazu nicht bedienten. Ein Papierstückchen, verborgen im Hauptnerv eines Blattes, und die Befestigung dieses Blattes am Zweige eines Tulpenbaumes, der in der, die Schwarze Bucht umgebenden Sumpfgegend wuchs, mehr bedurfte es für sie nicht. Tag für Tag begab sich Squambo unter der nöthigen Vorsicht nach jenem Sumpfe. Brachte er dahin ein paar Zeilen, die der eben in der Schwarzen Bucht weilende Texar geschrieben hatte, so befestigte er dieselben an jenem Tulpenbaumzweige. Hatte der andere Bruder geschrieben, so holte der Indianer das betreffende Billet von der vereinbarten Stelle und brachte es nach der kleinen Befestigung.

Gleich nach ihrem Eintreffen in Florida hatten die Texars mit dem verworfensten Theile der Bevölkerung Verbindungen anzuknüpfen gestrebt. So wurden zahlreiche ehrlose Gesellen ihre Helfershelfer bei vielen, jener Zeit verübten Diebstählen und später ihre Parteigänger, als sie es dahin gebracht hatten, während des Secessionskrieges eine einflußreiche Rolle zu spielen.

Bald trat der Eine, bald der Andere an deren Spitze, während diese niemals ahnten, daß der Name Texar zwei Zwillingen zukam.

Hiermit erklärt sich, wie die Texars bei Gelegenheit der wegen verschiedener Verbrechen angestellten Unter=suchungen sich auf so viele Alibibeweise berufen konnten, die auch ohne begründeten Widerspruch anerkannt werden mußten. So geschah es bezüglich der dieser Erzählung schon vorausgegangenen Vorkommnisse, unter Anderm bezüglich jener in Brand gesteckten Farm. Obwohl James Burbank und Zermah den Spanier ganz positiv als Urheber jener Brandstiftung erkannt hatten, mußte dieser doch vom Richterstuhle zu Saint=Augustine freigesprochen werden, weil er nachwies, zur Zeit jenes Verbrechens in Jacksonville, und zwar in der Tienda Torillo's ge=wesen zu sein, eine Behauptung, welche zahlreiche Zeugen bekräftigten. Ebenso verhielt es sich mit der Verwüstung von Camdleß=Bay. Wie hätte Texar das Raubgesindel zum Sturme auf das Castle=House führen, wie die kleine Dy und Zermah entführen können, da er sich unter den von den Föderirten bei Fernandina gemachten Ge=fangenen befand und auf einem Schiffe der Flottille zurückgehalten war? Der Kriegsrath sah sich also eben=falls genöthigt, ihn trotz aller Beweise, trotz der von Miß Alice Stannard eidlich abgegebenen Erklärung von der erhobenen Anschuldigung freizusprechen.

Selbst angenommen, daß das Doppelwesen der beiden Texars endlich entschleiert würde, würde man noch immer nicht gewußt haben, wer von Beiden per=sönlich an jenen verschiedenen Verbrechen betheiligt ge=wesen war. Höchstens hätte man sich dahin schlüssig machen können, daß Beide in gleichem Grade schuldig befunden wurden, bald als Theilnehmer und bald als

Urheber jener vielen Angriffe auf Leben und Eigenthum, welche seit so vielen Jahren das Gebiet des oberen Floridas unsicher machten, und selbst die Bestrafung mit dem Tode, welche einen oder den andern, oder einen und den andern treffen konnte, hatten sie gewiß redlich verdient.

Was die in jüngster Zeit in Jacksonville vorgekommenen Ereignisse betrifft, hatten die beiden Brüder wahrscheinlich abwechselnd die nämliche Rolle gespielt, nachdem die gesetzmäßigen Behörden nach dem Pöbelaufstande gestürzt worden waren. Entfernte sich Texar I. wegen eines vereinbarten Zuges, so ersetzte ihn Texar II. in der Ausübung seiner Functionen, ohne daß ihre Parteigänger davon etwas ahnten. Man konnte also annehmen, das ihnen bezüglich der, jener Zeit gegen die Ansiedler nordstaatlichen Ursprunges, sowie gegen die der Abschaffung der Sclaverei zustimmenden Pflanzer des Südens verübten Verbrechen nahezu der gleiche Antheil zukam.

Beide mußten natürlich stets genau unterrichtet sein von Allem, was in den Centralstaaten der Union vorging, wo der Bürgerkrieg zuweilen ganz unvorhergesehene Wendungen nahm, wie im Staate Florida selbst. Sie hatten allmählich wirklich einen weitreichenden Einfluß auf die kleinen weißen Leute der Grafschaften, auf die Spanier ebenso wie auf die der Sclaverei anhänglichen Amerikaner, und endlich überhaupt auf den verächtlichsten Theil der Bevölkerung erlangt. Unter solchen Verhältnissen mußten sie auch häufiger brieflichen Verkehr pflegen, sich an irgend welchem verborgenen Orte ein Stelldichein geben, die Durchführung weiterer Pläne besprechen und sich wieder trennen, um Alibis für die Zukunft vorzubereiten.

So geschah es daß, während der Eine auf einem
Schiffe des Unionsgeschwaders in Haft gehalten wurde,
der Andere die Ueberrumpelung von Camoleß-Bay ins
Werk setzte, und wir wissen ja, wie es kam, daß er
von dem in Saint-Augustine zusammengetretenen Kriegs-
gerichte von der wider ihn erhobenen Anklage freigesprochen wurde.

Wir sagten schon oben, daß auch das zunehmende
Alter dieser ganz außergewöhnlichen Aehnlichkeit keinen
Abbruch gethan hatte. Immerhin war es möglich, daß
ein äußerlicher Zufall, eine Verwundung, diese völlige
Uebereinstimmung dadurch störte, daß Einer dann ein
sogenanntes besonderes Kennzeichen an sich getragen
hätte. Das wäre aber hinreichend gewesen, den Erfolg
ihrer Machinationen auf's Spiel zu setzen.

Bei ihrem höchst abenteuerlichen Leben setzten sie
sich ja Gefahren jeder Art aus, deren Folgen, wenn sie
nicht zu beseitigen waren, ihnen nicht ferner gestattet
hätten, Einer für den Andern einzutreten.

Sobald solche Zufälligkeiten dagegen sich verwischen
oder ausgleichen ließen, hatte ihre Aehnlichkeit davon
nicht weiter zu leiden.

So kam es, daß dem einen Texar bei einem nächtlichen Ueberfalle, bald nach ihrer Ankunft in Florida,
durch einen ganz aus der Nähe abgegebenen Gewehrschuß der Bart verbrannt wurde. Sofort ließ auch der
Andere sich rasiren, um gleich seinem Bruder bartlos
zu erscheinen. Der Leser erinnert sich, daß dieser Thatsache bezüglich desjenigen Texar erwähnt wurde, der sich
zu Anfang dieser Erzählung in der kleinen Befestigung
aufhielt.

Noch eine andere Sache verdient hier Erwähnung.
Der Leser hat wohl nicht vergessen, daß Zermah zur

Zeit, wo sie sich noch in der Schwarzen Bucht zurückgehalten sah, beobachtete, wie der Spanier sich den
linken Arm tättowiren ließ. Das geschah aus folgendem
Grunde: Sein Bruder hatte sich unter der Gesellschaft
floridischer Reisenden befunden, die, durch eine Bande
Seminolen abgefangen, ein unverwischbares Merkmal
auf den linken Arm eingeritzt erhielten. Sofort wurde
ein Abklatsch dieses Zeichens nach dem Blockhause gesendet, und Squambo mußte dasselbe in einer Tättowirung genau nachahmen. Die Identität Beider war
nachher also wieder so vollständig wie zuvor.

Wahrlich, man wäre versucht zu glauben, daß,
wenn Texar I. sich etwa ein Körperglied abnehmen lassen
mußte, Texar II. sich gewiß derselben Operation unterzogen hätte.

Kurz, während eines Jahrzehntes hatten die Brüder
Texar unausgesetzt diese Art Doppelexistenz geführt,
und das mit solchem Geschicke, daß es ihnen bisher
stets gelungen war, allen Verfolgungen der floridischen
Justiz ein Schnippchen zu schlagen.

Die beiden Zwillinge hatten sich bei ihrer verbrecherischen Thätigkeit wenigstens in gewissem Grade
bereichert. Eine ziemlich große, von zahlreichen Raubanfällen und Diebstählen herrührende Geldsumme lag
an geheimer Stelle im Blockhause in der Schwarzen
Bucht verborgen. Aus Vorsicht hatte der Spanier, als
er sich für Uebersiedelung nach der Insel Carneral entschied, dieses Geld mitgenommen, und man darf überzeugt sein, daß er es auch nicht im Wigwam zurücklassen würde, wenn er sich zur Flucht jenseits der Meerenge von Bahama genöthigt sah.

Diese Schätze erschienen dem sauberen Paare aber
noch nicht hinreichend. Noch wollten sie dieselben ver

mehren, um sie später ohne Gefahr in irgend einem Lande Europas oder Nordamerikas zu genießen.

Als sie demnach hörten, der Commodore Dupont hege die Absicht, Florida bald wieder zu räumen, da hatten sich die beiden Brüder gesagt, es werde sich ihnen dann auch mehr Gelegenheit zu weiterer Bereicherung darbieten, und sie würden die nordstaatlichen Ansiedler diese wenigen Wochen der Besetzung durch Föderirte theuer genug bezahlen lassen.

Sie waren also entschlossen, die Dinge an sich herankommen zu lassen. Einmal wieder in Jacksonville, rechneten sie, Dank ihren Parteigängern und allen gleich ihnen bedroht gewesenen Südstaatlern, sicher darauf, die Stellung wieder zu erringen, welche erst ein Volks-aufstand ihnen gegeben und ein erneuter Volksaufstand also auch wiedergeben konnte.

Die Texars besaßen übrigens ein sicheres Mittel, zu erraffen, was ihnen fehlte, um reich zu sein, selbst über die Grenze ihrer Wünsche hinaus.

Warum hätten sie sonst nicht auf das, Einem von ihnen durch Zermah gemachte Angebot geachtet? Warum nicht zugestimmt, die kleine Dy ihren verzweifelten Eltern zurückzugeben? James Burbank hätte ja die Freiheit seines Kindes mit seinem ganzen Vermögen bezahlt. Er hätte sich verpflichtet, keinerlei Anklage zu erheben, keiner Verfolgung des Spaniers stattzugeben. Bei den Texars aber hatte der Haß eine lautere Stimme als das Inter-esse, und wenn sie sich noch zu bereichern suchten, so wollten sie doch ihre Rache an der Familie Burbank gefühlt haben, ehe sie Florida verließen.

Wir kennen jetzt Alles, was bezüglich der beiden Texars irgend wissenswerth erschien, und haben nur noch der Lösung des Knotens dieser Vorgänge unser Augenmerk zuzuwenden.

Es ist wohl unnöthig, besonders auszusprechen, daß Zermah Alles durchschaute, als sie sich plötzlich jenen Männern gegenüber sah. In ihrem Geiste schlossen sich die Einzelerscheinungen der Vergangenheit jetzt zu einem klargefügten Ganzen. Ganz versteinert von ihrem Anblicke, blieb sie, wie im Boden angewurzelt, das kleine Kind in den Armen haltend, regungslos stehen. Zum Glücke hatte die reichlichere Luft dieses Zimmers von dem Kinde jede Gefahr des Erstickens abgewendet.

Für Zermah aber war deren Erscheinen vor den beiden Brüdern, das von ihr entdeckte Geheimniß, die sichere Verurtheilung zum Tode.

XIV.

Zermah beim Werke.

So sehr die beiden Texars sich sonst zu beherrschen verstanden, verloren sie Zermah gegenüber jetzt doch fast alle Fassung. Seit ihrer Kindheit, konnte man wohl sagen, war es jetzt zum erstenmale, daß eine dritte Person sie bei einander sah, und diese dritte Person war ihre unversöhnliche Feindin. In der ersten Erregung hierüber wollten sie sich schon auf sie stürzen und das Weib ermorden, um das Geheimniß ihrer Doppelexistenz zu bewahren . . .

Das Kind hatte sich in den Armen Zermah's aufgerichtet, und seine kleinen Hände ausstreckend, schluchzte es:

Ich fürchte mich! . . . Ich fürchte mich!»

Auf ein Zeichen der beiden Brüder trat Squambo rasch auf die Mestizin zu, packte sie an der Schulter und drängte sie in ihren Wohnraum zurück, dessen Thüre er hinter ihr verriegelte.

Dann begab sich Squambo wieder zu den beiden Texars. Seine ganze Haltung verrieth, daß sie nur zu befehlen brauchten — er würde gehorchen. Immerhin hatte jene unvorhergesehene Scene sie weit mehr, als ihr tollkühner, gewaltthätiger Charakter erwarten ließ, beunruhigt.

Ihre Blicke kreuzten sich wie fragend.

Zermah hatte sich inzwischen in einer Ecke ihrer Kammer niedergeworfen, nachdem sie das kleine Mädchen auf die Streu aus dürren Blättern niedergelegt. Ihre fieberhaft erregten Pulse beruhigten sich wieder, und sie schlich nach der Thüre hin, um zu belauschen, was jetzt draußen gesprochen werden würde, wo jedenfalls in der nächsten Minute das ihrer harrende Loos entschieden werden sollte. Die beiden Texars und Squambo hatten jedoch den Wigwam verlassen und ihre Worte drangen nicht mehr bis zu Zermah's Ohr.

Das kurze Gespräch der drei Männer lautete übrigens wie folgt:

»Zermah muß sterben!

— Unbedingt! Wenn es ihr gelingen sollte, zu entwischen, ebenso wie wenn es den Föderirten glückte, sie uns hier abzunehmen, wären wir auf jeden Fall verloren. Drei Zoll Eisen ihr in's Herz!

— Sofort!« erklärte Squambo.

Er begab sich schon, mit dem Jagdmesser in der Hand, nach dem Wigwam, als einer der beiden Texars ihn zurückhielt.

„Halt an! sagte dieser. Zermah verschwinden zu lassen, wird immer noch Zeit sein, wenn wir eine andere Pflegerin des Kindes an ihre Stelle gesetzt haben, jetzt brauchen wir sie noch als solche. Zunächst laßt uns versuchen, über die augenblickliche Sachlage Klarheit zu erhalten. Auf Befehl Dupont's durchsucht jetzt eine feindliche Abtheilung den Cypressenwald — wohlan, so streifen wir durch die Umgebungen der Insel und über den See. Nichts deutet vorläufig darauf hin, daß diese nach dem Süden hin ziehende Abtheilung sich der Küste nähere; geschieht es doch, so bleibt uns noch Zeit genug zur Flucht: geschieht es nicht, so bleiben wir eben hier und lassen sie ruhig tiefer nach Florida hinein marschiren. Dort ist die kleine Truppe in unserer Gewalt, denn wir gewinnen damit Zeit genug, den größten Theil der im Lande umherirrenden Milizen zu sammeln. Statt jene zu fliehen, werden wir sie vielmehr mit hinreichenden Kräften verfolgen. Es muß uns ein Leichtes sein, ihnen den Rückweg abzuschneiden, und wenn dem Gemetzel vom Kissimmee noch einzelne Seeleute zu entgehen vermochten, so wird diesmal kein einziger der Feinde zurückkehren."

Unter den gegebenen Verhältnissen war das offenbar das klügste Verfahren. Eine große Anzahl Südstaatler befand sich zur Zeit in dem umgebenden Lande und wartete nur auf die Gelegenheit zu einem erfolgversprechenden Handstreiche gegen die Föderirten. Wenn einer der beiden Texars mit seinen Leuten Kundschaft eingezogen hatte, wollten sie sich entscheiden, ob sie noch auf der Insel blieben oder mehr in der Richtung nach dem Cap Sable zurückwichen. Zur Ausführung wurde der folgende Tag bestimmt. Was Zermah anging, behielt Squambo den Auftrag, deren Stillschweigen

— wie auch der morgende Auszug ausfiele — durch einen Dolchstoß zu sichern.

»Das Kind jedoch betreffend, setzte einer von dem würdigen Brüderpaare hinzu, liegt es in unserem eigenen Interesse, es am Leben zu erhalten. Das hat nicht verstehen können, was Zermah verstanden hat, und es kann als Preis für unsere Auslösung dienen, im Falle wir in Howick's Hände geriethen. Um seine Tochter zurückzukaufen, wird James Burbank auf alle Bedingungen eingehen, die zu stellen uns beliebt, nicht allein auf die Zusicherung unserer Straflosigkeit, sondern er wird obendrein noch jeden Preis zahlen, den wir für die Freigebung seines Kindes fordern.

— Doch wird die Kleine, warf der Indianer ein, nicht selbst untergehen, wenn Zermah todt ist?

— Nein, denn an Pflege soll es ihr nicht mangeln, antwortete der eine Texar, und ich werde ja leicht eine Indianerin finden, um die Mestizin zu ersetzen.

— Mag sein! Vor Allem aber handelt es sich darum, daß wir von Zermah nichts mehr zu fürchten haben.

— Sie wird bald, es komme, was da will, nicht mehr unter den Lebenden sein!«

Hiermit endete das Gespräch der beiden Brüder, und Zermah hörte sie wieder in den Wigwam eintreten.

Welch' entsetzliche Nacht verbrachte das unglückliche Weib! Sie wußte, daß ihr ein gewaltsamer Tod bevorstand und dachte an sich selbst doch gar nicht.

Um ihr Schicksal bekümmerte sie sich schon deshalb nicht, weil sie von jeher bereit gewesen war, auch das Leben für ihre geliebte Herrschaft hinzugeben. Aber Dy, die arme Dy ließ sie dann in der Gewalt dieser gefühllosen Schurken zurück. Selbst zugestanden, daß diese ein

Interesse an dem Leben des Kindes hatten, würde das=
selbe nicht dem Untergange verfallen sein, wenn ihm
die sorgsame Pflege Zermah's abging?

Da drängte sich ihr ein Gedanke mit solcher Hart=
näckigkeit —— man könnte sagen, fast in Gestalt einer
fixen Idee —— auf, der Gedanke zu fliehen, ehe Texar
sie von dem Kinde getrennt hatte.

Während dieser scheinbar endlosen Nacht grübelte
die Mestizin nur über die Möglichkeit, ihren Plan aus=
zuführen, nach. Jedenfalls hatte sie aus jenem Gespräche
unter Anderm die Gewißheit erlangt, daß einer von den
Texars nebst deren Leuten am folgenden Tage die Um=
gebungen des Sees durchsuchen wollte. Offenbar konnte
dieser Zug nicht unternommen werden, ohne die Mög=
lichkeit, der föderirten Abtheilung, wenn man derselben
begegnete, wenigstens einigen Widerstand zu leisten.
Texar ließ sich also sicherlich von allen seinen Leuten
und von den durch seinen Bruder zugeführten Partei=
gängern begleiten. Letzterer selbst würde ohne Zweifel
auf der Insel zurückbleiben, sowohl um hier nicht er=
kannt zu werden, wie um den Wigwam zu bewachen.
Dann aber wollte Zermah um jeden Preis entfliehen.
Vielleicht fand sie zufällig auch irgendwelche Waffe, von
der sie im Falle einer Ueberraschung Gebrauch zu machen
gewiß nicht zögern wollte.

Die Nacht verrann. Vergebens hatte Zermah sich
bemüht, aus allen Geräuschen, die auf der Insel hör=
bar wurden, einen verläßlicheren Schluß zu ziehen, und
zwar immer mit der ersehnten Hoffnung, daß die Mann=
schaft des Capitäns Howick doch noch hierher vordringen
könnte, um sich Texar's zu bemächtigen.

Wenige Minuten vor dem eigentlichen Tages=
anbruch erwachte, nachdem sie sich ein wenig erholt,

das kleine Mädchen wieder. Zermah reichte ihm ein paar Tropfen Wasser, die es erfrischten. Dann drückte sie dasselbe, mit einem Blicke, als wenn ihre Augen es niemals mehr wiedersehen sollten, zärtlich in die Arme. Wäre Jemand in diesem Augenblicke eingetreten, um ihr das Kind zu entreißen, so würde sie dasselbe mit der Wuth der Löwin, der man ihr Junges rauben will, vertheidigt haben.

»Was fehlt Dir, gute Zermah? fragte das Kind.

— Ach, nichts . . . nichts! murmelte die Mestizin.

— Und Mama . . . wann sehen wir die Mama wieder?

— Bald . . . versicherte Zermah. Vielleicht noch heute! . . Ja, mein Herzenslieb! . . . Heute, hoff' ich, werden wird noch weit weg kommen . . .

— Und die garstigen Männer, die ich diese Nacht gesehen habe? . . .

— Diese Männer, antwortete Zermah lebhafter, hast Du sie richtig gesehen?

— Ja, ich fürchtete mich sogar vor ihnen!

— Aber Du hast sie ordentlich angesehen, nicht wahr? . . . Du hast auch bemerkt, wie ähnlich sie einander waren? . . .

— Ja wohl, Zermah.

— Nun gut; so merke Dir einmal, daß Du Deinem Vater oder Deinem Bruder sagen mußt, es seien das zwei Brüder . . . hörst Du wohl, zwei Brüder Texar, die einander so ähnlich aussehen, daß man sie, selbst wenn sie zusammen sind, kaum unterscheiden kann.

— Aber Du . . . wirst Du das auch sagen? . . . erwiderte das kleine Mädchen verwundert.

— Ich? . . . Natürlich! . . . Doch wenn ich nicht da wäre, darfst Du es nicht vergessen . . .

— Und warum solltest Du nicht da sein? fragte
das Kind, während es die Aermchen um den Hals der
Mestizin schlang, als wollte es sich fester an diese an-
klammern.

— O, ich werde ja da sein, mein Lieb; ja wohl,
ich bin dann da! — Jetzt, wenn wir von hier fortgehen — und wir haben einen weiten Weg vor uns
— müssen wir dafür sorgen, Kräfte zu haben . . .
Ich werde Dein Frühstück zurecht machen.

— Und Du?

— Ich habe gegessen, während Du schliefst, und
spüre keinen Hunger mehr.«

In Wahrheit hätte bei dem Zustande der Ueber-
reizung, unter dem Zermah eben litt, sie auch nicht das
Geringste zu essen vermocht. Nachdem es sein dürftiges
Mahl verzehrt, legte sich das Kind wieder auf seine
Lagerstatt nieder.

Zermah nahm darauf Stellung neben einer breiteren
Ritze, welche die Stöcke der Wand an der Ecke des
kleinen Raumes zwischen sich ließen. Hier beobachtete
sie eine Stunde lang unausgesetzt, was draußen vorging, da das für sie von größter Bedeutung war.

Sie sah da, wie man sich zum Aufbruche rüstete.
Einer der beiden Brüder — nur einer — leitete die
Zusammenstellung der Truppe, welche er nach dem
Cypressenwalde führen wollte. Der andere, den Niemand
erblickt hatte, mußte sich offenbar, entweder im Innern
des Wigwam oder in irgend einem Winkel der Insel
verborgen halten.

Das glaubte wenigstens Zermah, da sie wußte,
mit welch' ängstlicher Sorgfalt die beiden Brüder ihr
Geheimniß zu behüten trachteten. Sie sagte sich, daß

wahrscheinlich dem Zurückbleibenden die Aufgabe zuge=
fallen wäre, sie selbst und das Kind zu überwachen.

Wie wir bald sehen werden, täuschte Zermah
sich nicht.

Inzwischen hatten sich, in Erwartung der Befehle
ihres Anführers, die Parteigänger und die Sclaven in
einer Anzahl von etwa fünfzig Köpfen vor dem Wigwam
versammelt.

Es mochte gegen neun Uhr Morgens sein, als die
Truppe sich anschickte, nach dem Saume der Waldung
überzutreten, was immerhin einige Zeit in Anspruch
nahm, da die vorhandene einzige Pirogue nur fünf bis sechs
Mann faßte. Zermah bemerkte, wie die Männer in
kleineren Gruppen hinab= und am jenseitigen Ufer
wieder hinaufstiegen. Durch die Wandspalte konnte sie
übrigens die Oberfläche des Wassers selbst nicht sehen,
da diese ein gutes Stück tiefer als das Niveau der
Insel lag.

Texar, der bis zuletzt zurückgeblieben war, ver=
schwand dann ebenfalls und nahm einen der Hunde mit,
dessen Spürsinn bei dem Zuge benützt werden sollte.
Auf ein Zeichen seines Herrn trabte der andere Leit=
hund nach dem Wigwam zurück, als hätte es ihm
allein obgelegen, die Thür desselben zu bewachen.

Ganz kurze Zeit darauf bemerkte Zermah auch
Texar, der am entgegengesetzten Uferrand emporklomm
und dann ein Weilchen stehen blieb, um seine Truppe
zu ordnen. Dann verschwanden Alle, Squambo an der
Spitze, hinter dem hohen Röhricht unter den ersten
Bäumen des Waldes. Höchst wahrscheinlich hatte einer
der Schwarzen die Pirogue zurückzuführen gehabt, damit
Niemand nach der Insel hinüber gelangen könne. Die

Mestizin konnte ihn jedoch nicht sehen und glaubte des=
halb, er werde längs des Canalrandes hingegangen sein.

Jetzt galt es, nicht länger zu zögern.

Dy war eben wieder erwacht und es war schmerz=
lich, ihren abgemagerten Körper unter der durch so
viele Strapazen abgenützten Kleidung zu sehen.

»Komm nun, mein Lieb, rief sie Zermah.

— Wohin denn? fragte das Kind.

— Dorthin ... in den Wald! ... Vielleicht finden
wir dort Deinen Vater, Deinen Bruder! ... Du wirst
Dich doch nicht fürchten?

— Mit Dir niemals!« versicherte das kleine
Mädchen.

Dann öffnete die Mestizin vorsichtig die Thür des
Raumes. Da sie in dem nebenliegenden Gelaß keinen
Laut vernommen, setzte sie voraus, daß Texar sich nicht
im Wigwam befinden könne.

Wirklich war hier Niemand.

Zunächst suchte Zermah nun nach einer Waffe,
von der Gebrauch zu machen sie fest entschlossen war,
wenn irgend Jemand sie zurückzuhalten versuchen sollte.
Auf dem Tische lag eines jener langen, breitklingigen
Messer, deren sich die Indianer bei ihren Jagdzügen
zu bedienen pflegen. Die Mestizin ergriff dasselbe und
verbarg es unter ihrer Kleidung; sie nahm auch noch
etwas getrocknetes Fleisch, um nöthigenfalls für einige
Tage mit Nahrung versehen zu sein.

Jetzt handelte es sich ihr darum, aus dem Wigwam
hinauszukommen. Zermah blickte durch den Spalt in
der Wand nach dem Canale hin. Auf diesem Theile
der Insel zeigte sich kein lebendes Wesen, nicht einmal
der eine Hund, der zur Bewachung der Wohnung zurück=
gelassen worden war.

In dieser Hinsicht beruhigt, versuchte die Mestizin, die äußere Thür zu öffnen.

Diese aber — von außen verschlossen — widerstand ihren Bemühungen.

Sofort kehrte Zermah mit dem Kinde nach dem Wohnraume zurück. Jetzt blieb ihr nur der eine Ausweg übrig, die schon in der Wand des Wigwams vorhandene Oeffnung hinreichend zu erweitern.

Das war keine zu schwierige Aufgabe; sie konnte dazu das Jagdmesser benützen, mit dem sie das Rohrgeflecht der Wand durchschnitt, und das vollbrachte sie, ohne dabei das geringste Geräusch zu erregen.

Doch wenn jener Spürhund, der Texar nicht gefolgt war, vorläufig unsichtbar blieb, würde derselbe nicht kommen, wenn Zermah sich draußen befand? Würde er dann nicht sie und das Kind mit gewohnter Wuth überfallen? Das wäre ungefähr dasselbe gewesen, als wenn sie sich einem Tiger gegenüber befunden hätte.

Dennoch durfte sie keinen Augenblick zaudern. Nach Verbreiterung der Oeffnung zog Zermah das Kind an sich und umfing es in zärtlichster Umarmung. Das kleine Mädchen gab ihr jeden Kuß mit Zinsen zurück. Sie hatte begriffen, daß sie fliehen, durch diese Oeffnung fliehen mußten.

Da erscholl plötzlich ein wüthendes Gebell. Noch ziemlich weit entfernt, schien es von der Westseite der Insel herzukommen. Zermah hatte das Kind ergriffen. Das Herz schlug ihr zum Zerspringen. Sie glaubte sich nicht eher in verhältnißmäßiger Sicherheit, als bis sie hinter dem Röhricht des anderen Ufers verschwunden war.

Freilich, den etwa hundert Schritte langen Zwischenraum, der den Wigwam vom Canal trennte, zu überschreiten, war der allergefährlichste Theil ihres kühnen

Vorhabens. Sie lief ja dabei Gefahr, entweder von Texar oder von einem der auf der Insel zurückgebliebenen Sclaven bemerkt zu werden.

Glücklicher Weise erstreckte sich zur Rechten des Wigwams ein dichtes Gewirr baumartiger, mit Rohr durchsetzter Gesträuche bis zum Rande des Canals und bis wenige Schritte von der Stelle, wo die Pirogue liegen mußte.

Zermah beschloß zunächst in dieses, sie gut verbergende Dickicht zu flüchten, was sie denn auch sogleich ausführte. Die hohen Gewächse gewährten den beiden Flüchtlingen einen Durchgang und schlossen sich hinter diesen wieder zusammen. Das Bellen des Hundes war augenblicklich nicht mehr zu hören.

Dieses Durchschlüpfen des Dickichts gelang freilich nicht ohne Mühe. Sie mußten sich dabei durch das Gezweig der Büsche drängen, die oft nur einen sehr beschränkten Raum zwischen sich ließen. Bald hingen Zermah's Kleider in Fetzen herunter und von ihren Händen tröpfelte das Blut, doch das kümmerte sie nicht, wenn sie nur das Kind davor schützen konnte, von den langen spitzen Dornen verletzt zu werden — der muthigen Mestizin konnten diese Stiche und Risse keinen Schmerzenslaut abnöthigen. Trotz ihrer sorgsamsten Aufmerksamkeit zog sich das kleine Mädchen doch da und dort an Händen und Armen kleine Verwundungen zu. Doch auch Dy stieß keinen Schrei aus und ließ keine Klage über ihre Lippen kommen.

Obwohl die zu durchmessende Strecke nur kurz — höchstens gegen siebenzig Schritte lang — war, so bedurfte es doch nicht weniger als einer halben Stunde, um den Canal zu erreichen.

Zermah stand hierauf still und blickte durch das Rohr erst noch einmal nach der Seite des Wigwams und dann nach der des Waldes scharf hinaus.

Unter dem Hochwald der Insel war kein Mensch zu bemerken; ebensowenig am anderen Ufer ein Zeichen der Anwesenheit Texar's und seiner Begleiter, die sich jetzt wahrscheinlich schon eine oder zwei Meilen weit im Innern befanden. Trafen sie dabei nun nicht mit einer feindlichen Abtheilung zusammen, so war ihre Rückkehr vor Ablauf einiger Stunden nicht zu gewärtigen.

Zermah konnte jedoch nimmermehr glauben, daß sie im Wigwam ganz allein zurückgelassen worden wäre. Ebensowenig war anzunehmen, daß der Bruder Texar's, der mit seinen Anhängern am Portage eintraf, während der Nacht die Insel schon wieder verlassen haben werde, und noch weniger, daß der zweite Spürhund mit ihm fortgegangen sei. Außerdem hatte die Mestizin ja vorher ein Gebell vernommen — ein Beweis, daß der Hund doch irgendwo unter den Bäumen umherstreifte. Jeden Augenblick konnte Einer oder der Andere vor ihr auftauchen.

Der Leser erinnert sich, daß Zermah, als sie den Abzug der Begleiter Texar's beobachtete, die Pirogue bei der Fahrt über den Canal nicht wahrnehmen konnte, da dessen Bett durch die Höhe und den dichten Stand des Rohres verdeckt wurde.

Die Mestizin zweifelte jedoch gar nicht daran, daß diese Pirogue durch einen der Sclaven zurückgerudert worden sei. Das erforderte ja schon die Sicherheit des Wigwams für den Fall, daß die Soldaten des Capitän Howick die Südstaatler zurückgeworfen und versprengt hätten.

Wenn die Pirogue aber doch am jenseitigen Ufer zurückgeblieben war, wenn man es für rathsam erachtet hätte, sie nicht zurückzuschicken, um dem von den Föderirten zu hart bedrängten Texar und seiner Truppe einen schnelleren Uebergang zu ermöglichen, was sollte dann die Mestizin beginnen, um nach der anderen Seite zu gelangen? Dann blieb ihr auf den ersten Blick nur übrig, vielleicht in den Hochwald der Insel zu flüchten und etwa abzuwarten, bis der Spanier tiefer drin in den Everglades selbst einen neuen Zufluchtsort aufsuchte. Doch wenn er das that, geschah es gewiß nicht, ohne vorher Alles zu versuchen, um Zermah nebst dem Kinde wieder in seine Gewalt zu bringen. Die Hauptsache für sie blieb also, die Pirogue benutzen zu können, um zum anderen Ufer des Canals zu gelangen.

Zermah hatte nur sechs bis acht Schritte weit durch das Röhricht vorzudringen. Hier angelangt, hielt sie ein . . .

Die Pirogue lag am anderen Ufer.

<hr />

XV.

Die beiden Brüder.

Die Situation war eine verzweifelte. Wie nun hinüberkommen? Selbst ein geübter Schwimmer hätte das nicht vermocht, ohne dabei zwanzigmal das Leben auf's Spiel zu setzen. Wohl betrug die Entfernung von einem Ufer zum anderen nur etwa hundert Fuß, doch ohne Benutzung eines Bootes war dieselbe gar nicht zu überwinden. Da und dort lugten nämlich verdächtige dreieckige Köpfe aus dem Wasser heraus und die darin wachsenden Pflanzen bewegten sich unaufhörlich durch das Hin- und Hergleiten der Reptilien.

Vor Entsetzen schaudernd, drängte sich die kleine Dy noch dichter an Zermah. O, wenn es für das Heil des Kindes genügt hätte, sich mitten unter diese Ungeheuer zu stürzen, die sie gleich einem riesenhaften Kopffüßler mit tausenden Saugarmen zu umschlingen drohten, so würde sich die Mestizin keinen Augenblick überlegt haben, was sie zu thun hätte.

Um die Tochter ihres Herrn zu retten, bedurfte es aber eines helfenden Eingriffes der Vorsehung, und eine solche Hilfe in höchster Noth kann nur Gott allein gewähren. Zu ihm nahm auch Zermah ihre Zuflucht. Am Uferrande in die Kniee gesunken, flehte sie zu Dem, der dem Zufall gebietet, dem Zufall, der ja so oft zum Träger seines Willens wird.

Inzwischen konnten einzelne Gefährten Texar's aber von einer Minute zur anderen am Saume des Waldes erscheinen; ebenso mußte sie befürchten, daß der auf der Insel zurückgebliebene Bruder Texar's sich nach dem Wigwam begab, und wenn er dort Zermah und Dy nicht mehr vorfand, nach ihnen zu suchen beginnen würde . . .

»O mein Gott, flehte die unglückliche Frau, Erbarmen, Erbarmen mit uns!«

Da richteten sich ihre Blicke unwillkürlich nach der rechten Seite des Canals.

Ein leichte Strömung führte das Gewässer desselben nach der nördlichen Seite des Sees, wo einige Zuflüsse des Calaooschatches münden, eines an sich kleinen Flusses, der nach dem Golf von Mexiko ver-

läuft und durch dessen Wasser der Okee-cho-bee-See
zur Zeit der allmonatlichen Hochfluthen gespeist wird.

Ein Baumstamm, der langsam von der rechten
Seite daher geschwommen kam, stieß eben an's Ufer.
Dieser Stamm konnte offenbar zur Ueberschreitung des
Canals dienen, da ein vorspringender Winkel des Ufers,
der wenige Schritte weiter unten der Strömung eine
andere Richtung ertheilte, ihn nach dem Cypressenwalde
hinübertreiben mußte. Gelangte der Stamm aber unglücklicherweise doch nach der Insel selbst zurück, so waren
die Flüchtlinge auch nicht mehr gefährdet als jetzt.

Ohne weiter zu überlegen und wie durch Instinct
gedrängt, eilte Zermah auf den daherschwimmenden
Stamm zu. Bei reiflicherem Nachdenken hätte sie sich
vielleicht sagen müssen, daß Hunderte von gefährlichen
Reptilien hier im Wasser wimmelten und daß der
Stamm selbst sich mit seinen Zweigen in Wasserpflanzen
fangen und dadurch mitten im Canal festgehalten werden
konnte. Ja — aber Alles war noch besser, als auf der
Insel selbst zu bleiben. Zermah faßte also Dy in den
einen Arm, hielt sich mit dem anderen an den Aesten
des Stammes fest und trieb vom Ufer ab.

Sofort gelangte dieses eigenthümliche Rettungsfloß
wieder in die Strömung und diese trug es langsam dem
jenseitigen Ufer zu.

Zermah suchte sich dabei in dem Gezweig, das sie
theilweise bedeckte, möglichst zu verbergen. Uebrigens
waren beide Ufer völlig verlassen, und weder von der
Seite der Insel noch von der des Cypressenwaldes tönte
ein Laut zu ihrem Ohre. Wenn sie nur erst den Canal
überschritten, hoffte die Mestizin schon bis zum Abend
ein schützendes Versteck zu finden, da sie, ohne Gefahr
bemerkt zu werden, bis dahin tiefer in die Waldung

15*

eindringen zu können glaubte. Allmählich schöpfte sie
wieder einige Hoffnung. Um die gräulichen Schlangen,
deren offene Rachen zu beiden Seiten des Baumstammes
gähnten und die wiederholt durch die halb in's Wasser
tauchenden Aeste desselben schlüpften, machte sie sich fast
gar keine Sorge. Das kleine Mädchen hatte vor diesem
Anblick die Augen geschlossen. Mit der einen Hand hielt
Zermah sie an ihre Brust gedrückt, die andere hatte
sie frei, immer bereit, jene Ungeheuer mit dem Jagdmesser abzuwehren. Ob diese nun vor der blitzenden
Klinge wirklich erschraken oder ob sie nur unter dem
Wasser für ihre Opfer gefährlich wurden, jedenfalls
suchten sie gar nicht auf den dahertreibenden Stamm zu
gelangen.

Endlich erreichte der Stamm die Mitte des Canals,
dessen Strömung schräg nach dem Walde zu gerichtet
war. Vor Ablauf einer Viertelstunde mußte er, wenn
er sich nicht an Wasserpflanzen fing, am jenseitigen Ufer
angelangt sein. Wie groß auch die dort lauernden Gefahren sein mochten, jedenfalls hielt sich Zermah dann
gegen einen Ueberfall Texar's geborgen.

Plötzlich drückte sie das Kind noch fester in ihre
Arme.

Von der Insel her erscholl ein wüthendes Gebell;
fast in demselben Augenblicke erschien ein Hund auf dem
hohen Ufer, an dem er in tollen Sätzen herabsprang.

Zermah erkannte den zur Bewachung des Wigwams
zurückgelassenen Spürhund, den der Spanier nicht mit
sich genommen hatte.

Mit borstig aufgerichtetem Felle und glühenden
Augen schickte das Thier sich an, mitten unter die
an der Wasserfläche wimmelnden Reptilien hineinzu-
springen.

In diesem Augenblicke zeigte sich aber auch ein Mann am Rande des Wassers — der auf der Insel zurückgebliebene Bruder Texar's.

Durch das Gebell des Hundes aufmerksam gemacht, wollte er diesem zu Hilfe eilen.

Man würde sich nur schwer eine Vorstellung machen können von der in ihm auflodernden Wuth, als er Dy und Zermah auf dem dahintreibenden Baumstamm erblickte. Sie unmittelbar zu verfolgen, vermochte er ja nicht, da sich die Pirogue am anderen Ufer befand — nur ein Mittel blieb ihm übrig, Zermah zu tödten, auf die Gefahr hin, auch das Kind dem Tode zu weihen.

Texar, der ein Gewehr bei sich trug, legte an und zielte auf die Mestizin, die das Kind mit dem eigenen Körper zu decken suchte.

Plötzlich stürzte sich der völlig wuthtolle Hund in den Canal. Texar glaubte, ihn vorher gewähren lassen zu sollen.

Doch schneller als man es ausdenken kann, hatten die Schlangen das Thier umstrickt, das, nachdem es sich kurze Zeit mit seinen furchtbaren Fangzähnen gegen deren giftige Bisse gewehrt, unter dem Wasser verschwand.

Texar hatte den Tod des Hundes mit angesehen, ohne Zeit zu gewinnen, ihm Hilfe zu bringen. Jetzt drohte Zermah ihm zu entgehen ...

»So stirb Du!« rief er und gab auf sie Feuer.

Der Stamm hatte jetzt aber schon das andere Ufer fast erreicht und die Kugel streifte nur unbedeutend die Schulter der Mestizin.

Wenige Augenblicke darauf stieß der rettende Baumstamm an's Land. Das Kind in den Armen tragend, sprang Zermah an's Ufer, verschwand inmitten des Röhrichts, wo ein zweiter Schuß sie kaum hätte treffen können, und eilte bald unter den ersten Bäumen des Cypreſſenwaldes hin.

Wenn die Meſtizin jetzt auch nichts mehr von dem auf der Inſel zurückgehaltenen Texar zu befürchten hatte, so konnte sie doch noch in die Hände des Bruders deſ=ſelben fallen.

Ihr eifrigſtes Streben ging also zunächſt darauf hin, so ſchnell und so weit wie möglich von der Inſel Carneral wegzukommen. Mit einbrechender Nacht wollte ſie dann verſuchen, nach dem Waſhington=See hin zu flüchten. Unter Aufwendung allen Vorrathes körper= licher Kraft und geiſtiger Energie lief ſie denn, mehr als daß ſie ging, auf gut Glück weiter, immer das Kind im Arme, das ihr, ohne eine Verzögerung herbeizu= führen, nicht hätte folgen können. Die kleinen Füßchen Dys hätten es dieſer verſagt, auf dem ſehr unebenen Boden, durch das Geſtrüpp, das ſich wie von einem Jäger geſtellte Fallen auf= und niederbog, und zwiſchen den großen zutage liegenden Wurzeln hin, deren Ver= ſchlingungen für ſie ebenſoviele unüberſteigliche Hinder= niſſe gebildet hätten, Dienſte zu thun.

Zermah trug also unabläſſig die ihr so theure Laſt, deren Gewicht ſie gar nicht zu empfinden ſchien. Zuweilen blieb ſie ſtehen — weniger um Athem zu ſchöpfen, als um auf ein etwaiges Geräuſch im Walde zu lauſchen. Manchmal glaubte ſie ein Gebell zu ver= nehmen, das dann also von dem anderen, von Texar mitgenommenen Spürhunde herkommen mußte, und dann wieder einzelne Gewehrſchüſſe zu hören, die in der Ferne verhallten. Da legte ſie ſich die Frage vor, ob die ſüdſtaatlichen Parteigänger doch nicht etwa mit einer

föderirten Abtheilung in's Handgemenge gekommen sein
möchten. Als sie bald darauf aber erkannte, daß alle
jene Laute nur von dem Geschrei eines dieselben nach-
äffenden Vogels oder von einem dürren Zweige herrührten, dessen Fasern unter der, durch die warme Luft
erzeugten Spannung gleich einem Pistolenschusse zer-
barsten, nahm sie den einen Augenblick unterbrochenen
Weg wieder auf. Von erneuerter Hoffnung voll, wollte
sie die Gefahren nicht mehr sehen, die sie bis zur Erreichung der Quellen des Saint-John noch so vielfach
bedrohten.

Während einer Stunde entfernte sie sich so in
schräger Richtung von dem Okee-cho-bee-See, um der
Küste des Atlantischen Oceans näher zu kommen. Sie
sagte sich mit Recht, daß einzelne Schiffe des Bundes-
geschwaders nahe dem Uferlande Floridas kreuzen
würden, um die unter Führung des Capitän Howick
ausgesendete Abtheilung zu erwarten. Dann war es ja
leicht möglich, daß einige Schaluppen zur Beobachtung
längs des Strandes vertheilt lagen.

Plötzlich hielt Zermah an. Diesmal konnte sie sich
nicht täuschen. Ein wüthendes Gebell erhob sich unter
den Bäumen und kam merkbar näher. Zermah erkannte
es als dasselbe, welches sie so oft gehört hatte, wenn
die Spürhunde um das Blockhaus in der Schwarzen
Bucht umherstreiften.

»Dieser Hund ist uns auf der Spur, dachte sie,
und Texar kann dann auch nicht mehr weit entfernt
sein.«

Ihre erste Sorge wandte sich nun der Auffindung
eines Dickichts zu, in dem sie sich mit dem Kinde zu
verbergen vermöchte. Konnte sie damit aber dem Spür-
sinne eines ebenso intelligenten wie wilden Thieres ent-

gehen, das von jeher dazu abgerichtet war, flüchtige Sclaven zu verfolgen und deren Fährte zu entdecken?

Das Gebell näherte sich mehr und mehr, und schon ließen sich, allerdings noch entfernte Rufe vernehmen.

Wenige Schritte von der Stelle, wo sie sich befand, strebte eine große, vom Alter ausgehöhlte Cypresse empor, über welche Schlangenkraut und Lianen ein dichtes Netz aus verworrenen Zweigen gestrickt hatten.

Zermah verkroch sich in diese, für das kleine Mädchen und sie selbst gerade hinreichend große Aushöhlung, deren Lianennetz Beide vollkommen deckte.

Der Hund war aber einmal auf ihrer Spur. Einen Augenblick später bemerkte Zermah ihn schon vor dem Baume. Er bellte mit zunehmender Wuth und sprang in gewaltigem Satz auf die Cypresse zu.

Ein gut gezielter Hieb ließ ihn zurückweichen und ein schmerzliches Geheul ausstoßen.

Gleich darauf machte sich das Geräusch von Tritten vernehmbar. Verschiedene Stimmen riefen und antworteten einander, und unter diesen auch die so leicht erkennbaren Stimmen Texar's und Squambo's.

Wirklich kam hier der Spanier mit seinen Leuten, die nach der Seite des Binnensees hin zurückwichen, um der föderirten Abtheilung aus dem Wege zu gehen. Sie waren dieser im Cypressenwalde unerwarteter Weise begegnet und bei der Ungleichheit der Kräfte suchten sie ihr Heil in schleunigster Flucht. Texar strebte danach, die Insel Carneral auf kürzestem Wege zu erreichen, um einen Wassergürtel zwischen sich und den Föderirten zu wissen. Da Letztere den Canal ohne Fahrzeug nicht zu überschreiten vermochten, mußten sie vor diesem Hinderniß Halt machen. Während der dadurch gewonnenen mehrstündigen Frist dachten die Südstaatler nach dem anderen Ufer der Insel zu gelangen, und nach Anbruch der Nacht hofften sie nach dem südlichen Strande des Sees übersetzen zu können.

Als Texar und Squambo bis zu der Cypresse kamen, vor der der Hund noch immer heulte und bellte, sahen sie den Erdboden stellenweise geröthet von dem Blute, das aus einer offenen Wunde in der Seite des Thieres floß.

»Da seht! . . . Seht! rief der Indianer.

— Der Hund ist verwundet? antwortete Texar.

— Ja . . . offenbar durch einen Jagdmesserhieb, und jedenfalls nur vor ganz kurzer Zeit! . . . Sein Blut dampft noch!

— Wer kann das gewesen sein?«

In diesem Augenblicke stürzte sich der Hund von neuem auf das Zweiggewirre, das Squambo mit dem Kolben seines Gewehres auseinander drängte.

»Zermah! . . . rief er verblüfft.

— Und das Kind bei ihr! setzte Texar hinzu.

— Ja! . . . Doch wie haben sie entfliehen können?

— Das koste dem Weibe das Leben!«

Die von Squambo, gerade als sie noch einen Schlag gegen den Spanier führen wollte, entwaffnete Mestizin wurde so roh und gewaltsam aus der Baumhöhle gezerrt, daß das kleine Mädchen ihrem Arme entsank und mitten unter die riesigen Pilze, die im Cypressenwalde besonders üppig wuchernden Becherschwämme, rollte.

Durch den Stoß zerplatzte eines der Pilzhäupter gleich einer Feuerwaffe, und eine leuchtende Wolke feinen Staubes verbreitete sich in der Luft. Gleich darauf explodirten sozusagen auch noch mehrere andere Becherschwämme. Es entstand ein allgemeines Krachen, als

wäre der Wald mit Feuerwerkskörpern angefüllt gewesen, welche nach allen Seiten hin zischten.

Geblendet durch diese Myriaden von Sporen, hatte
Texar Zermah, auf die er schon das breite Messer
zückte, loslassen müssen, während auch Squambo der
brennend-reizende Staub völlig blind machte. Zum
Glücke wurden die Mestizin und das Kind von den
Sporen nicht belästigt, weil sie auf dem Erdboden ausgestreckt lagen und jene Samenbehälter über ihnen
platzten.

Nichtsdestoweniger konnte Zermah dem wüthenden
Texar noch nicht entweichen. Schon war auch die Luft
nach einer letzten Reihenfolge von Explosionen wieder
athembar geworden.

Da krachten noch andere Detonationen — diesmal
aber der Knall von Feuerwaffen.

Es war die föderirte Abtheilung, welche sich auf
die südstaatlichen Parteigänger stürzte, und letztere
mußten, da sie sich von den Seesoldaten des Capitän
Howick fast umringt sahen, sofort die Waffen strecken.
In diesem Augenblicke drückte Texar, der Zermah wieder
gepackt hatte, dieser den Stahl in die Brust.

»Das Kind! . . . Schaff' das Kind weg!« rief er
Squambo zu.

Schon hatte der Indianer das kleine Mädchen ergriffen und wollte mit ihr nach der Seite des Sees
zu entfliehen, als wieder ein Gewehrschuß krachte. —
Er stürzte todt zusammen, getroffen von einer Kugel,
die Gilbert ihm mitten in's Herz gesendet hatte.

Jetzt waren Alle zur Stelle. James und Gilbert
Burbank, Edward Carrol, Perry, Mars, die Schwarzen
von Camdleß Bay, die Seewehrleute des Capitän Howick,
welche mit dem Gewehr im Anschlage auf die Süd-

staatler lagen, und unter letzteren Texar, der neben Squambo's Leichnam stand.

Einzelne hatten doch noch nach der Seite der Insel zu entkommen vermocht.

Doch was that das? Das kleine Mädchen lag ja wieder in den Armen seines Vaters, der es an sich preßte, als fürchte er, es könne ihm noch einmal geraubt werden. Ueber Zermah herabgebeugt, suchten Gilbert und Mars diese in's Leben zurückzurufen. Das arme Weib athmete zwar noch, vermochte jedoch nicht zu sprechen. Mars unterstützte mit der Hand ihren Kopf und rief und umarmte sie einmal über das andere.

Zermah schlug die Augen auf. Sie sah das Kind in den Armen des Herrn Burbank; sie erkannte Mars, der sie mit Küssen bedeckte, und lächelte ihm zu. Dann schlossen sich ihre Lider wieder . . .

Mars, der sich wieder aufgerichtet hatte, wurde jetzt Texar gewahr und sprang auf diesen mit den von ihm schon so oft ausgerufenen Worten zu:

»Texar umbringen! . . . Texar umbringen!

— Haltet ein, Mars, sagte da der Capitän Howick, überlaßt es uns, an dem Elenden Gerechtigkeit zu üben!«

Dann wendete er sich nach dem Spanier.

»Ihr seid Texar aus der Schwarzen Bucht? fragte er.

— Ich brauche hier keine Antwort zu geben, versetzte Texar trotzig.

— James Burbank, der Schiffslieutenant Gilbert, Edward Carrol und der Mestize Mars kannten Euch und erkennen Euch wieder.

— Das kann ja sein.

— Ihr werdet standrechtlich erschossen werden.

— Meinetwegen!«

Da wandte sich zum größten Erstaunen Aller, die sie verstehen konnten, die kleine Dy an Mr. Burbank.

»Papa, sagte sie, es sind zwei Brüder . . . zwei solche garstige Männer . . ., die einer wie der andere aussehen . . .

— Zwei Männer? . . .

— Ja; meine gute Zermah hat von mir verlangt, daß ich's Dir sagen sollte! . . .«

Er schien sehr schwer zu begreifen, was diese einfachen Worte des Kindes wohl bedeuteten, doch fast gleichzeitig sollte dazu und in höchst unerwarteter Weise die Erklärung gegeben werden.

Texar war nach dem Fuße eines Baumes geführt worden. Von hier aus sah er James Burbank ziemlich gleichmüthig an und rauchte auch noch eine eben angezündete Cigarrette, als in dem Augenblicke, wo sich schon das Executionspeloton aufstellte, ein Mann herzugesprungen kam und sich dem Verurtheilten zur Seite stellte.

Das war der zweite Texar, dem die nach der Insel Carneral entkommenen Parteigänger des Spaniers die Gefangennahme seines Bruders mitgetheilt hatten.

Der Anblick dieser beiden, sich so außerordentlich ähnelnden Männer erklärte mit einem Schlage die Bedeutung obiger kindlichen Worte.

Endlich fand man den Schlüssel zu diesem Lebenslaufe voller Verbrechen, der bisher nur durch unerklärliche Alibis beschützt worden war.

Und jetzt trat, frisch hervorgerufen durch die Gegenwart der beiden Texars, Allen deren Vergangenheit wieder vor die Augen.

Immerhin mußte das Dazwischentreten des Bruders eine gewisse Verzögerung in der Ausführung der Befehle des Commodore zur Folge haben.

In der That bezog sich der Befehl Dupont's, betreffend eine Hinrichtung ohne weitläufigere Untersuchung, ja nur auf den Urheber der Falle, in der die Officiere und Seeleute der föderirten Boote ihren Untergang gefunden hatten.

Was aber den Veranstalter der Zerstörung von Camdleß Bay und der Entführung betraf, so sollte dieser nach Saint-Augustine eingeliefert werden, wo er bei einer wiederholten Untersuchung übrigens wohl auch zum Tode verurtheilt werden würde.

Im Grunde konnte man gewiß beide Brüder als gleichmäßig verantwortlich für die lange Reihe von Verbrechen betrachten, die sie bisher straflos begangen hatten.

Ohne Zweifel war das erlaubt, doch aus Achtung vor den Gesetzen glaubte der Capitän Howick Jenen doch noch folgende Frage vorlegen zu sollen:

»Welcher von Euch beiden, sagte er, bekennt sich schuldig jenes Gemetzels beim Kissimmee?«

Er erhielt keine Antwort.

Offenbar waren die beiden Texars gleichmäßig entschlossen, jeder ihnen gestellten Frage nur Stillschweigen entgegenzusetzen.

Nur Zermah allein hätte den Antheil bezeichnen können, der jedem an jenen Verbrechen zukam. Es lag auf der Hand, daß derjenige der beiden Brüder, der sich mit ihr am 22. März in der Schwarzen Bucht befand, nicht der Urheber oder mindestens nicht Theilnehmer jenes an demselben Tage, aber hundert Meilen weiter im Süden von Florida, stattgefundenen Gemetzels sein konnte. Diesen aber, den Leiter der Entführung, wieder zu erkennen, hatte Zermah ein wohl unerwartetes Mittel. Doch war sie denn jetzt nicht todt? . . .

Nein, gestützt von ihrem Gatten, trat sie eben heran und sagte mit kaum vernehmbarer Stimme:

»Derjenige, welcher der Entführung schuldig ist, hat eine Tättowirung auf dem linken Arme ...«

Bei diesen Worten sah man das nämliche verächtliche Lächeln die Lippen der beiden Brüder umspielen, und den Aermel zurückstreifend, zeigten sie auf ihrem linken Arme eine — ganz gleichmäßige Tättowirung.

Gegenüber dieser neuen Unmöglichkeit, sie zu unterscheiden, begnügte sich der Capitän Howick, zu erklären:

»Der Urheber des Gemetzels beim Kissimmee wird erschossen werden. — Welcher von Euch beiden ist es?

— Ich!« antwortete gleichzeitig das Brüderpaar.

Nach dieser Antwort nahm das Executions-Peloton die Verurtheilten auf's Korn, während diese sich zum letztenmale umarmten.

Die Salve krachte, und Hand in Hand sanken Beide zur Erde.

So endigten diese Männer, auf denen so viele Schandthaten lasteten, welche seit einer Reihe von Jahren ungestraft zu begehen, ihnen eine ganz außergewöhnliche Aehnlichkeit gestattet hatte. Das einzige menschenwürdige Gefühl, das sie je an den Tag gelegt, war die hingebende brüderliche Zuneigung gewesen, die einer für den anderen empfunden und die sie bis in den Tod begleitet hatte.

XVI.

Schluß.

Der Bürgerkrieg tobte inzwischen mit wechselndem Erfolge weiter. Erst neuerdings waren verschiedene Ereignisse vorgekommen, von denen James Burbank seit seiner Abfahrt von Camdleß Bay keine Kenntniß haben konnte und die er erst bei seiner Heimkehr erfuhr.

Gerade zu jener Zeit schien sich übrigens, als die Föderirten die Stellung bei Pittsburg-Landing inne hatten, der Vortheil mehr auf die Seite der bei Corinth concentrirten Conföderirten zu neigen. Die Armee der Separatisten hatte dort Johnston als Oberbefehlshaber, unter dem Beauregard, Hardee, Braxton-Bagg und der Bischof Polk, ein ehemaliger Schüler von West-Point, commandirten, und diese wußten sich die merkwürdige Sorglosigkeit der Nordstaatler bestens zunutze zu machen. Am 5. April hatten sich letztere nämlich bei Shiloh überrumpeln lassen, was die Zersprengung der Brigade Heabody und den Rückzug Sherman's zur Folge hatte. Freilich sollten die Conföderirten diesen vorübergehenden Erfolg sehr theuer bezahlen, denn der heldenmüthige Johnston fiel auf dem Schlachtfelde, als er die föderirte Armee zurücktrieb.

So verlief der erste Tag der Schlacht vom 5. April. Am zweitfolgenden Tage entbrannte auf der ganzen Linie der Kampf von neuem, und es gelang Sherman, Shiloh zurückzuerobern. Jetzt mußten die Conföderirten vor den Heerhaufen Grant's Fersengeld zahlen. Doch welch' blutige Schlacht! Auf 80.000 Kämpfer 20.000 Verwundete und Todte!

Das war das letzte kriegerische Ereigniß, von dem James Burbank und seine Begleiter am Tage nach ihrem Eintreffen im Castle-House hörten, wohin sie am 7. April hatten zurückkehren können.

Nach der Hinrichtung der Brüder Texar waren sie nämlich dem Capitän Howick gefolgt, der seine Abtheilung nebst den Gefangenen nach der Küste führte. Bei Cap Malabar lag dann eines der Schiffe der an der Küste kreuzenden Flottille. Dieses Schiff brachte sie nach Saint Augustine. Dann hatte ein Kanonenboot, das sie in Picolata aufnahm, die kleine Gesellschaft am Pier von Cambleß-Bay gelandet.

Alle waren also wieder im Castle-House vereinigt — selbst Zermah, die ihre schwere Verwundung überlebt hatte. Von Mars und seinen Kameraden bis nach dem föderirten Fahrzeuge auf einer Art Bahre getragen, hatte es ihr auch an Bord an der sorgsamsten Pflege nicht gemangelt. Wie hätte sie wohl bei der beglückenden Empfindung, die kleine Dy gerettet und Alle, die sie liebte, wiedergefunden zu haben, sterben können!

Man kann sich wohl leicht die Herzensfreude dieser so lange und schwer geprüften Familie vorstellen, als alle Glieder derselben endlich vereinigt waren, um sich nie wieder zu trennen. Mit ihrem Kinde an der Seite, erlangte Frau Burbank allmählich die frühere Gesundheit wieder, und außerdem hatte sie ja auch ihren Gatten, ihren Sohn, Miß Alice, welche bald ihre Tochter werden sollte, sowie Mars und Zermah um sich, von jenem Elenden aber, oder vielmehr von den beiden Schurken, deren Hauptmitschuldige sich jetzt in den Händen der Föderirten befanden, nichts mehr zu fürchten.

Indessen hatte sich ein Gerücht verbreitet, von dem, wie wir wissen, schon in dem Gespräche der beiden Brüder auf der Insel Carneral die Rede gewesen war. Man sagte, daß die Nordstaatler Jacksonville wieder aufgeben würden, und daß der Commodore Dupont, wegen Beschränkung seiner Thätigkeit auf die Blockade des Küstenstreifens, die Kanonenboote, welche bisher die Sicherheit des Saint John verbürgten, zurückzuziehen im Begriffe sei. Die Ausführung dieses Plans mußte offenbar die Sicherheit derjenigen Colonisten in Frage stellen, deren Hinneigung zu den Ideen der Abschaffung der Sclaverei allgemein bekannt war — vor Allem also auch die James Burbank's.

Jenes Gerücht erwies sich als begründet. In der That begannen, als die ganze Familie sich am 8. April im Castle House wieder vereinigt fand, die Föderirten schon die Räumung von Jacksonville, und verschiedene Einwohner, die sich der Sache der Union günstig gestimmt erwiesen hatten, hielten es für gerathen, die Einen nach Port-Royal, die Andern nach New-York zu flüchten.

James Burbank glaubte nicht, es ihnen nachthun zu sollen. Die Schwarzen waren, nicht als Sclaven, sondern als freie Männer, nach der Ansiedlung zurückgekehrt, und ihre Gegenwart gewährleistete schon hinlänglich die Sicherheit von Camdleß-Bay. Uebrigens trat der Krieg in eine für den Norden entschieden günstige Phase, was Gilbert auch erlaubte, eine Zeit lang im Castle-House zu verweilen und seine Vermälung mit Alice Stannard zu feiern.

Die Arbeiten auf der Pflanzung waren also wieder aufgenommen worden, und bald ging der Betrieb hier wieder seinen gewohnten Gang. Da war nicht länger davon

die Rede, James Burbank zur Ausführung des Be=
fehls, betreffend die Vertreibung der Freigelassenen
aus Florida, zu nöthigen. Texar und seine Helfers=
helfer waren ja nicht mehr vorhanden, um den niedri=
geren Theil der Bevölkerung aufzuhetzen, und schlimmsten
Falles hätten die an der Küste verbleibenden Kanonen=
boote die Ordnung in Jacksonville schnell genug wieder
hergestellt.

Die kriegführenden Parteien selbst sollten freilich
noch drei volle Jahre mit einander im Kampfe bleiben,
und auch Florida empfand später noch einige Rückwir=
kungen dieses brudermörderischen Streites.

In demselben Jahre, im Monate September, er=
schienen die Schiffe des Commodore Dupont noch
einmal auf der Höhe des Saint=John=Bluffs, nahe
den Mündungen des Flusses, und Jacksonville wurde
dabei zum zweitenmale eingenommen. Ein drittesmal
besetzte dasselbe im Jahre 1865 der General Sey=
mur, ohne nennenswerthen Widerstand gefunden zu
haben.

Am 1. Jänner 1863 hatte eine Proclamation des
Präsidenten Lincoln die Abschaffung der Sclaverei in
allen Unionsstaaten verkündet. Immerhin verzögerte sich
das Ende des Krieges bis zum 9. April 1865. An
diesem Tage ergab sich beim Court=House zu Appomattox
der General Lee mit seiner gesammten Armee dem Ge=
neral Grant auf Grund einer für beide Theile ehren=
haften Capitulation.

Vier Jahre hindurch hatte der erbitterte Kampf
zwischen dem Norden und dem Süden gewährt. Er
hatte zwei Milliarden und siebenhundert Millionen Dollars
und mehr als eine halbe Million Menschenleben gekostet,

die Sclaverei aber war damit in ganz Nordamerika abgeschafft.

So wurde für ewige Zeiten die Untheilbarkeit der
Republik der Vereinigten Staaten sichergestellt, Dank
den Anstrengungen jener Amerikaner, deren Vorfahren
ihrem Lande durch den Unabhängigkeitskrieg ein Jahrhundert vorher die Freiheit errungen hatten.

Ende.

Inhalt.

Zweiter Band.

CPSIA information can be obtained
at www.ICGtesting.com
Printed in the USA
LVHW100014181022
730905LV00003B/140